SIMONE NEUMANN

Des Teufels Sanduhr

Buch

Westfalen während des Dreißigjährigen Krieges. Anna Pippel, eine junge Landarme, verliert in den Wirren des Krieges ihren Mann, ihre Schwester und ihre gesamte Habe. Sie steht vor den Trümmern ihrer bescheidenen Existenz und sieht keinen anderen Ausweg, als das zerstörte Dorf zu verlassen und sich dem Tross eines Heeres anzuschließen. Dort findet die schüchterne Frau in der resoluten Marketenderin Liese Kroll und in dem kauzigen Geschichtenerzähler Hans Mergel eine neue Familie. Doch das Leben in einem Kriegsheer ist rau. Und ausgerechnet in Annas nächster Umgebung geschehen immer wieder Frauenmorde, die nicht auf das Konto betrunkener Soldaten oder wilder Marodeure gehen. Hier ist ein Mörder am Werk, der den Krieg nutzt, um seine eigenen Schreckenstaten unbemerkt begehen zu können.

Doch wer ist der Mörder, der für den Tod so vieler Trosshuren, Bauersfrauen und Landstreicherinnen verantwortlich ist? Und was hat es mit den Sanduhren auf sich, die er den Frauen schon Tage vor ihrem Tod zusteckt? Je mehr solcher Morde geschehen, desto unruhiger wird es im Tross. Man will einen Schuldigen sehen, und schnell fällt der Verdacht auf die geschäftstüchtige Liese Kroll und ihre Begleiter. Liese, Anna, Mergel und ein Mädchen namens Therese werden der Hexerei beschuldigt. Doch der unbekannte Mörder bleibt auf Annas Spur, das mysteriöse Morden geht weiter. Und Anna ahnt: Es kann kein Zufall sein, dass der Mörder immer in ihrem Umfeld zuschlägt …

Autorin

Simone Neumann, 1977 in Höxter geboren, verbrachte ihre Kindheit und Jugend im idyllischen Weserbergland. Schon während ihres Studiums der Geschichte und Slavistik in Köln führte sie ihr Weg in die Buchbranche. Auch nach ihrem Examen blieb sie der Branche treu und arbeitete in einem Münchner Verlag als Lektorin. Seit der Geburt ihrer beiden Kinder hat sie ihren Arbeitsplatz nach Hause, in den Osten Münchens, verlegt, wo sie als freie Redakteurin und Autorin tätig ist und sich endlich einen Jugendtraum erfüllen kann – das Schreiben historischer Romane. Weitere Romane von Simone Neumann sind bei Goldmann in Vorbereitung.

Simone Neumann

Des Teufels Sanduhr

Roman

GOLDMANN

FSC
Mix
Produktgruppe aus vorbildlich bewirtschafteten Wäldern und anderen kontrollierten Herkünften

Zert.-Nr. SGS-COC-1940
www.fsc.org
© 1996 Forest Stewardship Council

Verlagsgruppe Random House FSC-DEU-0100
Das FSC-zertifizierte Papier *München Super* für dieses Buch liefert Arctic Paper Mochenwangen GmbH.

1. Auflage
Originalausgabe Juli 2009

Umschlaggestaltung: Uno Werbeagentur München
Umschlagfoto: Collage: Detail aus: Verleugnung Petri,
Guercino zugeschrieben. Pinacoteca Nazionale, Bologna
© Alinari / Bridgemanart.com (BAL243047)
und © Bridgeart.com
Redaktion: Eva Wagner
BH · Herstellung: Str.
Satz: Buch-Werkstatt GmbH, Bad Aibling
Druck und Bindung: GGP Media GmbH, Pößneck
Printed in Germany
ISBN: 978-3-442-46971-0

www.goldmann-verlag.de

Meinem lieben Großvater Hans Bahmann.

Noch einmal lässt des Dichters Phantasie
Die düstre Zeit an euch vorüberführen,
Und blicket froher in die Gegenwart
Und in der Zukunft hoffnungsreiche Ferne.

Friedrich Schiller

PROLOG

Nirgendwo kann das Böse besser gedeihen als auf dem Boden allgegenwärtiger Grausamkeit. Und einen solchen Nährboden bot vor einigen hundert Jahren ein Krieg, der ein ganzes Menschenalter andauern sollte.

Dreißig Jahre lang regierte in Deutschland der Schrecken. An den Weggabelungen fanden Krähen eine willkommene Mahlzeit in erhängten Deserteuren, zahllose Dörfer lagen in Schutt und Asche, kaum eine Stadt entging Raub und Plünderung. Täglich wurden Männer gefoltert, Frauen geschändet, Kinder ermordet. Und so wurde der Tod zum ständigen Begleiter, den zu fürchten man schnell verlernte.

In einer solchen Zeit der Gewalt ist es ein Leichtes für das Böse, sich inmitten all dieser Schrecken zu verbergen. Still und heimlich findet es, umgeben von Brutalität und Verwüstung, Gelegenheit, seine ganz eigenen unglaublichen Taten zu vollbringen.

So geschah es damals, dass bereits seit mehr als zehn Jahren zahlreiche Frauen auf ungeheuerliche Weise den Tod fanden, ohne dass ihre verstümmelten Leichen Aufsehen zu erregen vermochten. Um manche von ihnen weinten hinterbliebene Männer und Kinder, andere wiederum wurden von ihren Freiern vermisst, und wieder andere ernteten nichts weiter als den mitleidigen Blick des Totengräbers, wenn sie überhaupt die Gnade erfuhren, begraben zu werden. Kaum jemand jedoch sah in diesen toten Frauen mehr als nur die Opfer eines Krieges, der unweigerlich Vergewaltigung und Mord mit sich brachte.

Doch tatsächlich hatten die Toten ihre ganz eigene Geschichte zu erzählen – eine Geschichte, hinter der sich ein mörderisches Wesen verbarg, das den Krieg als willkommene Bühne benutzte, um ungehindert seine grausamen Taten zu vollbringen. Und so führte es sein Weg im Jahre 1629 auch in ein kleines Dorf im Osten Westfalens.

I

Dumpf drangen die Geräusche aus dem Haupthaus in den engen Verschlag, in welchem sich Anna Pippel versteckt hielt. Seit Stunden saß sie nun in diesem stinkenden Verlies und wartete darauf, dass das Wüten und Toben bald ein Ende finden würde und sie mit ihrem gewohnten Tagwerk fortfahren konnte. Sie war ein geduldiger Mensch, konnte vieles über sich ergehen lassen, doch die Enge ihrer winzigen Notherberge und vor allem der grausige Geruch wurden langsam unerträglich.

Es war schon viele Jahre her – Anna wusste selbst nicht mehr genau, wie viele –, da hatte sie noch zusammen mit ihrem Mann Friedrich dieses Loch gegraben, in dem sie nun hockte. Damals war der tolle Christian, wie man den Herzog von Braunschweig nannte, immer und immer wieder mit seinen Soldaten in die Dörfer der Gegend eingefallen und hatte auch das ihre so manches Mal heimgesucht.

Anna selbst hatte die Idee gehabt, den Eingang des Schlupflochs, in welchem sie sich bei weiteren Überfällen zu dritt verstecken wollten, unter dem Misthaufen zu verbergen. Dieser Vorschlag reute sie nun sehr, denn derselbe Misthaufen war es, der ihr im Moment die ohnehin spärliche Luft zusätzlich bestialisch verpestete. Wollte man unter Mist lediglich die Reste tierischer Auswürfe verstehen, so war diese Ansammlung von Unrat mehr als das: Hier tummelte sich alles, was Tier wie Mensch an Übelriechendem tagtäglich produzierte, und das seit Monaten. So war es kein Wunder, dass Anna in ihrem Verlies nicht allein war. Außer ihr fanden dort unzählige Insekten aller Art Unterschlupf und vermehrten sich in seinem feuchtwarmen Klima seit Jahren prächtig. Ganz so gut wie ihnen ging es Anna nicht, denn außer an eingeschlafenen Gliedern, unmöglich zu linderndem Juckreiz und erdrückender Atemnot litt sie auch unter zunehmender Angst.

Und wieder war dieses schreckliche, grausame Quieken zu hören, begleitet von dröhnendem Männergelächter. Zunächst hatte sie angenommen, dass die einfallenden Horden damit begonnen hätten, die Schweine des Bauern zu schlachten. Doch dann wurde immer unverkennbarer, dass diese abscheulichen Geräusche von Katharina, der drallen Magd des Bauern, stammen mussten.

Zwar war Katharina kein Kind von Traurigkeit, das wusste mindestens jeder zweite Mann im Dorf, den Bauern und den Pfarrer nicht ausgenommen. Doch was da jetzt mit ihr geschah, das passierte eindeutig gegen ihren Willen. Aber was sollte man tun? Helfen konnte Anna ihr nicht, das hätte nichts genutzt. Und eigentlich dachte sie auch gar nicht darüber nach, denn letztendlich wären sie dann alle beide zu Opfern geworden.

Diese Lektion hatte sie in den letzten Jahren gelernt, immer dann, wenn sich Katholische oder Evangelische über ihr Dorf mit all seinem Vieh und seinen Frauen hergemacht hatten. Sie würde einfach in ihrem stinkenden Loch bleiben und hoffen, dass sich niemand für diese heruntergekommene Kate interessierte, in der nichts zu finden war außer einer betagten Ziege und ihr – einer Frau, die allmählich kein ganz so frisches Mädchen mehr war wie Katharina. Nur Feuer legen, dachte Anna, Feuer legen, das durften sie nicht.

Feuer war Annas größte Sorge, denn elendig verbrennen wollte sie in ihrem Versteck auf keinen Fall. Ihre zweitgrößte Sorge galt ihrer Schwester Mine. Heute Morgen, schon in aller Frühe, war sie in den Wald aufgebrochen, um Holz zu sammeln. Doch sie war nicht zurückgekehrt, und dann waren die fremden Reiter ins Dorf gekommen. Es waren mindestens zwölf, und so, wie einige von ihnen gerade mit Katharina umgingen, waren die ganz und gar nicht zimperlich.

Mine war der einzige Mensch, der Anna noch geblieben war. Sie war nicht ganz richtig im Kopf, und ihre Mutter hatte immer erzählt, dass Mine schon bei der Geburt den Teufel gesehen habe, denn bereits als kleines Kind litt sie an der Fallsucht. Dabei hatte sie sich irgendwann so sehr den Kopf angeschlagen, dass sie tagelang nicht aufwachen wollte und die Eltern beim Pfarrer schon das Begräbnis bestellten. Dann kam sie aber doch wieder zu sich. Doch seitdem sprach sie kein einziges Wort mehr. Nur laut lachen und Melodien summen, das konnte sie. Jetzt war Mine hoffentlich im Wald geblieben und hatte sich gut versteckt, bis dieser Spuk hier vorüber war.

Die lustige Katharina schrie nun nicht mehr. Ganz still war sie geworden, und auch das Gegröle der Männer war verstummt. Stattdessen hörte Anna nun Hämmern, Schlagen, Brechen und Gackern. Wahrscheinlich nahmen sie gerade das schöne große Haus des Bauern auseinander und jagten sein Federvieh über den Hof. Wo wohl der Bauer geblieben war? Und wo war seine Frau, die noch immer im Wochenbett lag? Und auch den fünf Kindern war doch wohl nichts geschehen?

Anna lebte nun schon seit mehr als zehn Jahren in dem kleinen Häuschen auf dem großen Hof des Bauern Schulz. Damals war sie mit ihrem Mann Friedrich hier eingezogen, und als ihre Eltern gestorben waren, hatte sie auch ihre Schwester Mine aufgenommen. Alle drei arbeiteten für den Bauern, pflügten, säten, ernteten, fütterten, melkten, butterten, putzten, fegten, hackten Holz, holten Wasser und ertrugen die Launen ihres Arbeitgebers, weil er ihnen dafür ein kleines Häuschen mit einem winzigem Stall und einem Gemüsegarten zur Verfügung stellte. Das war ein hartes Leben, doch Anna beschwerte sich nicht, denn es war nun einmal ihr Los, als fünftes Kind einer armen Tagelöhnerfamilie zur Welt gekommen zu sein. Und so hatte sie nach zwölfstündiger Arbeit für den Bauern Schulz die Abende am Spinnrad als herrliche Entspannung empfunden, für die sie Gott dankte. Ja, sie hatte einmal ein eigenes Spinnrad besessen und sich damit ein Zubrot verdient, doch das war lange her. Irgendwann, als wieder einmal Marodeure ihr Unwesen trieben, war es von diesen Banausen zu Brennholz zerschlagen worden, während Anna, Mine und Friedrich zitternd, aber unentdeckt in ihrem Versteck gesessen hatten.

Friedrich war ein guter Mann. Beide kamen sie aus einem kleinen Nachbarort und kannten sich schon seit Annas Kindheit. Weil er der jüngste Sohn eines Kleinbauern war, war Friedrich nichts anderes übriggeblieben, als sich auf einem großen Hof als Knecht zu verdingen. Er war viel älter als Anna gewesen, um die zwölf Jahre. Doch das hatte ihn nicht davon abgehalten, das junge Mädchen eines Tages hinter einen Heuschober zu ziehen und sie, ehe sie sich's versah, ihrer Jungfräulichkeit zu berauben. Aber da Friedrich trotz alledem recht anständig war, heiratete er das mittellose Ding, welches von dem einen Male gleich ein Kind unter dem Herzen trug. Einen Tag nach der Hochzeit zogen die beiden in ein Nachbardorf, um dort als Erntehelfer und Tagelöhner zu leben. Zwei Tage nach der Hochzeit verlor Anna ihr Kind, es fiel einfach tot aus ihr heraus.

Während sich Friedrich und Anna mehr schlecht als recht ihrem neuen entbehrungsreichen Leben zu zweit fügten, ereigneten sich viele hundert Meilen entfernt Dinge, deren Auswirkungen von schicksalshafter Tragweite für nahezu einen jeden Menschen in den deutschen Ländern werden sollten, so auch für Anna und Friedrich Pippel. Drei Tage nach ihrer Vermählung wurden in einer weit entfernten Stadt namens Prag zwei Statthalter des Kaisers unrühmlich zum Fenster hinausgeworfen. Sie überlebten, so hieß es, nur, weil sie – von den Armen der Mutter Gottes getragen – weich in einen dampfenden Misthaufen fielen. Diese merkwürdige Episode sollte der Beginn eines dreißig Jahre währenden Krieges werden, und Anna war eines seiner Opfer – ein Opfer, das nun nicht auf, sondern unter einem Misthaufen saß und wieder einmal wartete und bangte.

Sie kannte diese elendig langen Stunden nur zu gut, und jedes Mal, wenn sie sich verbergen und still sitzen musste, bis eine Gefahr wieder vorüber war oder sich als falscher Alarm herausgestellt hatte, zählte sie. Sie zählte – von eins bis hundert und dann wieder von vorn. Und jedes Mal, wenn sie bei hundert angekommen war, hob sie einen Finger ihrer verkrampften Faust. So lange, bis alle zehn Finger ausgestreckt waren, danach fing sie von Neuem an. Zählen konnte sie, das hatte ihr ihre erblindete Großmutter beigebracht, und Anna war immer stolz auf dieses Können gewesen.

Doch nun war es zu einer schrecklichen Plage geworden, und sie musste sich beherrschen, nicht laut zu sprechen, so sehr hatten sich die Zahlen in ihrem Ohr festgesetzt und schienen sie voll und ganz zu beherrschen. Sie versuchte sich mit anderen Gedanken von dieser Sucht abzulenken. Doch sosehr sie sich bemühte, schweiften ihre Erinnerungen immer nur zurück zu einem Tag, an den zu denken ihr noch mehr Leid verschaffte als das lästige Zählen.

Es war auf einem der häufigen Durchzüge des Halberstädters – wie der tolle Christian auch genannt wurde – passiert, als ein Reiter, ein bulliger, stinkender Mensch, über Anna hergefallen war. Dieser Überfall war nicht ohne Folgen geblieben, wieder war Anna schwanger geworden. Damals war sie zur Kohlenmarie in den Wald gegangen. Die Köhlersfrau verstand sich gut aufs Engelmachen. Tagelang hatte Anna dann fiebrig im

Bett gelegen, und seitdem konnte sie keine Kinder mehr bekommen, sosehr sie sich das auch wünschte.

Friedrich hatte zu dieser Zeit damit begonnen, häufiger ins Wirtshaus zu gehen. Dort hatte er Karten gespielt und Bier getrunken, immer öfter auch Weinbrand. Eines Tages war ein Werber des Halberstädters ins Wirtshaus gekommen und hatte seinen Tisch aufgeschlagen. In Begleitung eines lustigen Flötenspielers, der fröhliche Tanzmusik gespielt hatte, hatte er eine Runde nach der anderen geworfen.

Als Friedrich spät in der Nacht nach Hause gekommen war, stellte sich heraus, dass er sich hatte anwerben lassen. Und schon am nächsten Tag hatte er zusammen mit drei anderen Burschen aus dem Dorf zum Musterplatz marschieren müssen. Das war vor nunmehr sieben Jahren gewesen, und seitdem hatte Anna ihn nicht wiedergesehen.

Das Poltern kam nun immer näher. Waren die Halunken etwa im Haus? Seit einigen Wochen trieben sich auch Kaiserliche in der Gegend herum. Sie waren katholisch, genauso wie Anna und alle Bewohner des Dorfes. Doch das kümmerte die Soldaten nur wenig. Das Dorf gehörte zu einem großen Kloster ganz im Osten Westfalens, und obwohl dieses Kloster katholisch war, gab es in der Umgebung auch viele Protestantische; besonders in Höxter, der nächsten Stadt. Und das kam den durchziehenden Truppen gerade recht. Denn ganz gleich, ob sie papistisch oder evangelisch waren, sie fanden immer einen Grund, den Menschen Leid anzutun, ihnen ihre Tiere, ihre Habe und ihr Leben zu nehmen.

Die Reiter, die soeben die Magd Katharina zum Schweigen gebracht hatten, waren Kaiserliche, und nun waren mindestens zwei von ihnen in Annas Hütte. Ein Poltern und Schlagen war zu hören. Sie suchten etwas, doch Anna in ihrem Verschlag wusste, dass sie nichts finden würden. Es gab nichts zu finden. Dann war wieder ein lauter, elender Schrei zu vernehmen, und daraufhin ein dumpfer Knall. Das war die arme Ziege, wahrscheinlich hatten sie ihr den Schädel eingeschlagen. Sie mussten nun den Weg in den Stall und somit auch bald zur Hintertür und zum Misthaufen gefunden haben.

Anna hätte niemals gedacht, dass es ihr in ihrem brütend heißen Versteck noch heißer werden konnte, doch da hatte sie sich getäuscht. Der stechende Geruch ihres eigenen Schweißes vertrieb sogar den Gestank der verwesenden Hühnerdärme. Und all ihre Gliedmaßen waren eingeschlafen, nachdem sie nun stundenlang eingeengt in diesem schrecklichen Verschlag hockte, in dem sie sich nicht bewegen konnte und aus Angst auch nicht bewegen wollte.

Die Männer sprachen eine seltsame Sprache, doch das war nichts Besonderes in diesem Krieg, in dem man Bekanntschaft mit den außergewöhnlichsten Völkern machen konnte. Noch immer wühlten sie lautstark herum, warfen alles um, was ihnen im Wege stand. Aber dann war von der Straße her lautes Rufen zu vernehmen, und mit einem Mal hörte Anna, dass sich die schweren Schritte der Eindringlinge entfernten. Sie waren verschwunden und hatten sie nicht aufgespürt. Dieses Mal war sie mit dem Schrecken davongekommen.

Zur Sicherheit verharrte sie noch zwei Stunden in ihrem Versteck, zwei ewige Stunden, bis der Hunger und ihre schmerzenden Knochen sie heraustrieben. Sie wollte ja nicht so enden wie die alte Jungfer Fine, die sich vor drei Jahren unter einem umgestülpten Schweinetrog versteckt hatte und aus Angst um ihre nun schon 53 Jahre währende Unberührtheit nicht mehr herausgekommen und unter demselben verhungert war. Erst der Verwesungsgestank hatte die Dorfbewohner auf die tote Jungfrau aufmerksam gemacht.

Anna stand nun auf wackeligen Beinen vor dem leblosen Körper ihres einzigen Nutztieres. Mühsam schleppte sie sich mit ihren eingeschlafenen Gliedern in die Wohnstube. Nichts in dem kleinen Häuschen war mehr an seinem Platz, irdene Schüsseln waren zerschlagen, die drei Schemel zerbrochen, die einzige Truhe zerhackt, aber wenigstens hatte die Räuberbande kein Feuer gelegt.

Rotes Haar hat sie, schönes rotes Haar und ganz weiße Haut. Und wie wunderbar sie singen kann, so ganz ohne Worte.

Jetzt kommt sie immer näher. Nein, das darf nicht sein. Wo soll man sich nur verstecken, damit sie einen nicht sieht?

Dort hinten, hinter der Baumwurzel. Ja, das ist ein guter Platz. Man darf nur keine Laute machen, sonst hört sie einen, und dann läuft sie weg, und man kann sie nicht mehr anschauen.

Was macht sie jetzt? Sie kniet sich nieder und hebt ihren Rock, muss sicherlich ihr Geschäft erledigen. Was für schöne weiße Haut sie hat, am ganzen Körper.

Ja, das ist ein guter Tag, das sieht man nicht allemal, so ein schönes Mädchen, ganz allein im Wald, und dazu hat sie eine so liebliche Stimme.

Jetzt steht sie wieder auf. Kann sie denn das ganze Holz tragen? Da fällt ihr schon wieder ein Zweig herunter. Immer mehr Holz sucht sie hier im Wald. Ja, such weiter, bleib noch hier, geh noch nicht wieder zurück ins Dorf.

Wie mag sie wohl heißen? Wie alt wird sie wohl sein? Soll man sich zeigen? Soll man ihr beim Tragen helfen? Nein, besser nicht. Nein, dann bekommt sie es noch mit der Angst zu tun. Besser, man bleibt in seinem Versteck und verhält sich ruhig.

Diese liebliche Stimme und diese schöne Haut. Ach, wie schön wäre es doch, sie zu berühren …

Was ist das? Woher kennt sie diese Melodie? Warum summt sie dieses Lied? Was soll das? Das ist nicht ihr Lied. Nicht ihr Lied. Nur die liebe Mama darf dieses Lied singen, nur sie. Woher kennt diese hier das Lied? Woher kennt sie es? Es ist Mamas Melodie. Nur Mama, Mama hat sie erfunden und einem vorgesungen.

Immer wieder vorgesungen, so schön. So schön, wie diese es jetzt singt, aber mit Worten. Mama hat es mit Worten gesungen. Doch diese kann es auch gut. Man will sich hinsetzen und lauschen. Will dabei an Mama denken, an die liebe Mama.

Anna versuchte, ihre Beine, die sie noch immer nicht richtig spüren konnte, zu bewegen und sich langsam aus ihrer Hütte zu schleichen. Schritt für Schritt setzte sie ganz vorsichtig einen Fuß vor den anderen. Grell schien ihr die Sonne ins Gesicht, als sie auf den Hof hinaustrat. Sie glaubte fast erblinden zu müssen, so schmerzhaft war der Lichtunterschied zwischen dem Erdloch und der Mittagssonne, die erbarmungslos hell, aber herrlich warm und erschreckend unbekümmert auf Anna und das Elend hinunterschien, das sich auf dem Hof offenbarte.

Als Annas Augen sich endlich an die Helligkeit gewöhnt hatten, sah sie, was diese wütende Bande angerichtet hatte. Auf dem gesamten Hof verteilt lag reglos das Federvieh. Alle Hühner, Gänse und Enten des Bauern Schulz waren nicht mehr. Ein Kadaver fand sich neben dem anderen, die einen ohne Kopf, andere mit ausgerissenen Beinen und Flügeln.

Das gute Vieh, dachte Anna, wer soll das nur alles essen, bevor es verdirbt? Und inmitten von blutigen Federn lag auch die gutmütige Fee, der Hofhund. Sie hatte erst vor wenigen Tagen Welpen geworfen, doch von den Kleinen war weit und breit nichts zu hören und nichts zu sehen.

Vorsichtig ging Anna auf das Haupthaus zu, wo der Bauer mit seiner Familie wohnte und von wo vermutlich auch das entsetzliche Geschrei der frivolen Katharina zu hören gewesen war. Die riesige Dielentür stand weit offen, und als Anna langsam näher kam, da erblickte sie den Bauern Schulz.

Aufgeknüpft hatten sie ihn. Dort, wo immer die herrlichen Mettwürste und der duftende Schinken an einer Stange über dem Feuer gehangen hatten, hing nun er. Die Zunge quoll dick und blau aus dem Mund heraus, und mit weit hervorstehenden Augen blickte er auf Anna hinab. Grausig sah er aus, der Bauer, wie er nun so dahing.

Sie hatte ihn nie gemocht, er war laut und geizig gewesen. Doch Arbeit hatte er immer für sie gehabt. Nun war er dahin. Anna bekreuzigte sich schnell, bevor sie sich weiter umsah. Auch hier im Haus war alles verwüstet, und als ihr Blick die offene Tür zu der kleinen Schlafkammer neben der Küche streifte, da konnte sie dort im Innern zwei nackte Frauenfüße erkennen.

Anna traute sich nicht, näher hinzugehen. Zwar hatte sie schon in ihrer Kindheit ständig tote Menschen gesehen. Aufgebahrt mit Kerzen und Blumen, deren Duft den Leichengeruch überdecken sollte, hatten sie friedlich in ihren Häusern gelegen, bevor sie zum Kirchhof gebracht worden waren. So war das bei ihren Großeltern und auch bei all ihren zu früh gestorbenen Geschwistern gewesen – ganz ruhig hatten sie ausgesehen, als ob sie schliefen. Die Toten, die Anna jedoch in den letzten Jahren zu Gesicht bekommen hatte, hatten selten einen solch friedlichen Anblick geboten – das brachte der Krieg mit sich. Doch gewöhnen konnte Anna sich nicht daran. Denn ein friedlicher Tod kannte nur ein Gesicht, ein grausamer hingegen hatte zahllose verschiedene Gesichter. Und die Leiche dort in der Kammer, das war sicherlich die Katharina.

Die ganze Zeit über war Anna ruhig gewesen, hatte ihre schreckliche Furcht überwunden, war aus ihrem Loch gekrochen, hatte dem Bauern Schulz ins Gesicht geblickt, hatte sich bekreuzigt und an sein Seelenheil gedacht. Doch als sie nun die nackten Füße der Magd sah und als dann im selben Moment in den Wohnräumen der Bauersfamilie ein Säugling zu schreien begann, da verlor sie die Fassung. Wie ein wild gewordenes Pferd stürzte sie auf und davon, sie rannte um ihr Leben, als wäre der Teufel hinter ihr her. Sie rannte fort von dem zerstörten Hof, fort von den toten Hühnern und dem toten Hund, fort von dem Bauern mit der blauen Zunge und der Magd mit den nackten Füßen, fort von dem schreienden Neugeborenen und fort von dem Dorf, in dem nichts mehr war, das sie zum Bleiben gezwungen hätte – außer ihrer Schwester.

Wie himmlisch still und traumhaft schön doch der Wald war. Ganz, als ob es der Natur vollkommen gleichgültig wäre, ja als ob sie es sogar heimlich befürworte, dass die Menschen vor nunmehr elf Jahren damit begonnen hatten, sich in ihren Städten, Dörfern und auf ihren Feldern abzuschlachten. Der Wald schien eine Welt für sich zu sein, hier rauschten leise die Blätter, zwitscherten lieblich die Vögel, und manchmal raschelte es im Gehölz. Doch Angst hatte Anna auch hier.

Hatte ihre Furcht im Dorf einen wirklichen Grund gehabt, so war es hier eine andere, eine nicht fassbare Angst vor dieser ganz eigenen Welt des Waldes, in der es so viele Geheimnisse gab. Hinter jeder umgestürzten Baumwurzel konnte ein Troll hocken, unter dem Laub hausten winzige Zwerge, und in Höhlen trieben Hexen und Hexenmeister ihr Unwesen. Nichts von alldem war sichtbar, und viele glaubten auch nicht mehr an böse Geister, doch Anna war sich immer sicher gewesen, dass der Wald ein gottloses Gebiet war. Hier regierten die Mächte der Vorzeit, einer Zeit, zu der die Lehren des Herrn noch keinen Eingang in die Köpfe und Herzen der Menschen dieser Gegend gefunden hatten.

Anna war völlig außer Atem. Mehr als eine halbe Stunde war sie gelaufen, so schnell ihre Beine sie tragen konnten, und nun war sie hier im Wald, irgendwo tief im Wald. Erschöpft ließ sie sich auf einem Baumstamm nieder. Doch erholen konnte sie sich nicht, denn all ihre Sinne waren weiterhin geschärft. Sie registrierte jedes Geräusch, bemerkte jeden sich bewegenden Schatten und spürte jeden noch so leichten Luftzug.

Nun saß sie hier, war davongelaufen, hatte nichts mehr, kein Haus, keine Habe, keine Arbeit, nur noch ihre Schwester, die sie unbedingt finden musste. Doch was hatte sie schon verloren? Eine kinderlose Landarme war sie gewesen. Sitzengelassen von ihrem Mann und mit einer schwachsinnigen Schwester am Hals, hatte sie ohnehin keinen guten Stand im Dorf gehabt. Die Frauen am Brunnen redeten nicht einmal mit ihr. Wenn sie wenigstens *über* sie geredet hätten. Doch Anna war einfach ein Nichts, einsam, arm und harmlos. Nicht einmal das Interesse der Männer, zumindest das der Männer im Dorf, konnte sie auf sich ziehen. Nicht dass sie das gewollt hätte, Gott bewahre – dennoch war es seltsam, denn Anna war keineswegs hässlich.

Mittelgroß mit aschblondem Haar und nicht auffällig schönen, aber ebenmäßigen Gesichtszügen, war es allein die rosafarbene Narbe, die sie ein wenig entstellte. Sie reichte von der Stirn über die Nase bis hin zum linken Mundwinkel und rührte daher, dass einer der Jagdhunde des alten Abtes Anna als Kind mit einem Frischling oder Rehbock verwechselt haben musste. Das Schönste an ihr waren ihre Augen. Groß und graubraun, mit langen dichten Wimpern, lenkten sie – blickte man nur tief genug hinein – von all ihren äußeren Nachteilen ab. Doch kaum jemand blickte ihr jemals tief in die Augen. Selbst ihr Mann Friedrich hatte das nie wirklich getan. Und so hielt auch Anna sich selbst für eine unschöne Frau.

Was sollte sie nun tun? Sie wollte nicht zurück ins Dorf. Der Bann war gebrochen, sie war fortgelaufen, und jetzt gab es auch keinen Weg zurück. Doch wohin? Annas Überlegungen wurden immer wieder von ihrer schrecklichen Angst unterbrochen, die sie ständig über die Schulter blicken ließ. Selbst hoch in die Baumwipfel schaute sie, als ob dort, in für Menschen unerreichbarer Höhe, eine Gefahr lauern könnte. Stunden verstrichen, vielleicht auch nur Minuten, doch Anna kam es vor wie eine Ewigkeit. Sie fühlte sich wie an einem Morgen, an dem man plötzlich krank und schwach aufwachte, aufstehen musste, aber nicht aufstehen konnte, immer wieder eindöste, sich zwingen wollte, das Bett zu verlassen, sich aber eine um die andere Minute gönnte und dann erst am Mittag mit hohem Fieber wirklich erwachte. All ihre Glieder waren schwer, ein dumpfes, erdrückendes Gefühl von Furcht und gleichzeitig von Trägheit umgab sie, und es kostete sie unendliche Kraft, sich schließlich aufzuraffen, sich von ihrem Baumstamm zu erheben und auf die Suche nach ihrer Schwester zu gehen.

Der Bauer sollte nicht der einzige erhängte Mensch sein, den Anna an diesem schönen Sommertag finden würde.

Über Baumwurzeln und Geäst stolpernd, versuchte sie sich wieder in Richtung des Dorfes durchzuschlagen, an den Waldrand, wo ihre Schwester auf Brennholzsuche gegangen war. Annas Lungen schmerzten, und ihr Blut rauschte derartig laut in ihren Ohren, dass sie kaum noch die Geräusche des Waldes wahrnehmen konnte. Vor Angst, Hunger und Erschöpfung konnte sie nur noch weiße und schwarze Punkte vor den Augen sehen, doch sie musste weiter, um dann zusammen mit Mine so schnell wie möglich von hier fortzukommen.

Endlich – dort hinten konnte sie den verschwommenen Umriss der alten Eiche erkennen, die schon seit Hunderten von Jahren am Waldrand stand und einen jeden begrüßte, der sich vom Dorf in den Wald begab. Hier suchte Mine immer das Brennholz, und hier musste sie sich irgendwo versteckt haben.

Sollte Anna nach ihr rufen? Besser nicht, wer wusste schon, wer und was sich hier im Wald verbarg. Vielleicht waren auch die Marodeure nicht weit. Der Wald war immer ein guter Ort, um in Ruhe die frische Beute zu begutachten und aufzuteilen. Nein, Anna wollte keine Aufmerksamkeit erregen, sie wollte sich so still und leise wie möglich auf die Suche nach Mine machen. Hinter jeden Baum wollte sie schauen, jeden Stein umdrehen, doch auffallen wollte sie nicht. Niemand sollte sie sehen, denn niemand sollte ihr wehtun, niemals mehr wollte sie auch nur einer Menschenseele begegnen.

Dort drüben zwischen dem Geröll ist ein gutes Versteck, keiner wird einen dort finden. Dort kann man bleiben, dort kann man verschnaufen und vielleicht auch die Nacht verbringen.

Und dann könnte man sich immer und immer wieder an alles erinnern, was soeben geschehen ist. Jeden einzelnen Moment könnte man sich wieder vor Augen rufen, jede Bewegung, jedes Geräusch, jedes Gefühl erneut erleben.

Es war nicht schön gewesen, grausam war es gewesen, abscheulich und ekelhaft. Warum nur hatte das schon wieder geschehen müssen? Hätte man es verhindern können? Dabei hat sie so schön gesungen. Mamas Lied gesungen.

Und die andere Frau? Was sollte man mit ihr nur tun? Durch den Wald war sie gelaufen. Angst hatte sie gehabt. Sollte man umdrehen, sollte man ihr folgen, oder sollte man sich besser hier verstecken und warten?

Da, was war das? Ein Schrei. Die Frau. Jetzt hat sie alles gesehen.

Vor wenigen Stunden noch war Anna vor dem an einem Strick baumelnden Bauern, den nackten Füßen der Magd und den Schreien eines Säuglings davongelaufen, und nun stand sie hier – wie angewurzelt, bewegungslos, fassungslos. Wieder ein Strick, wieder nackte Frauenfüße, und wieder das Wimmern eines Neugeborenen. Nur war es dieses Mal kein Menschenkind, sondern ein kleiner Hund.

Der Welpe war festgebunden am rechten Fuß ihrer Schwester, von dessen großem Zeh immerzu Blut auf das hilflose Lebewesen tropfte. Das Blut kam aus Mines Kehle. Sie war durchtrennt worden, und durch die tiefe Wunde zog sich ein Seil, mit dem die Schwester an einen der unteren dicken Äste der alten Eiche gehängt worden war. Der Hals mit der tiefen Wunde würde das Gewicht des schlaffen, toten Körpers nicht mehr lange halten können. Bald würde er reißen, und die arme Mine würde in zwei Teilen auf dem Waldboden liegen.

Anna wurde übel. Sie wankte erst nach vorn, dann fiel sie nach hinten, fiel weich auf Moosboden und kam nach wenigen Sekunden wieder zu sich, weil sie sich an ihrem eigenen Erbrochenen derartig verschluckte, dass sie minutenlang husten musste. Mühsam versuchte sie auf die Knie zu kommen, krabbelte auf allen vieren nach vorn und knotete mit zitternden Händen den kleinen Hund von den Füßen ihrer Schwester. Dann suchte sie nach dem Messer, welches sie immer im Unterrock trug, holte es hervor, kam mit letzter Kraft auf ihren Füßen zu stehen, stellte sich sogar auf die Zehenspitzen und schnitt das Seil, an dem die liebe Mine hing, ab. Auch Mine fiel weich auf den Moosboden.

Sie war ein so schönes Mädchen gewesen, viel schöner als Anna, und immer fröhlich. Nie hatte sie gemurrt oder sich beschwert, immerzu gelacht und sich an allem erfreuen können. Anna kamen die Tränen, als sie so neben ihrer toten Schwester stand. Sie setzte sich neben Mine auf den weichen Moosboden, strich ihr sanft über ihr rotes Haar und begann zu singen. Ja, Anna vergaß für einen Moment ihre Angst und sang, sang das Lieblingslied ihrer Schwester, das wunderschöne Lied, welches ihre geliebte Großmutter so oft den Enkelkindern hatte vorsingen müssen:

»Weiß mir ein Blümlein blaue, von himmelklarem Schein
Es steht in grüner Aue und heißt Vergissnichtmein
Ich kunnt es nimmer finden, war mir verschwunden gar;
Von Reif und kalten Winden ist es mir worden fahl.

Das Blümlein, das ich meine, ist braun, steht auf dem Ried.
Von Art ist es so kleine, es heißt: Nun hab mich lieb!
Das ist mir abgemäht wohl in dem Herzen mein.
Mein Lieb hat mich verschmäht. Wie mag ich fröhlich sein?«

Danach bekreuzigte sie Mines Stirn, bekreuzigte auch sich, stand auf, suchte genügend Reisig zusammen, um Mine notdürftig zu bedecken, und verschwand im Wald, tief im Wald.

Das sind die richtigen Worte zu dem Lied. Mamas Worte. Die Frau kennt Mamas Lied und Mamas Worte. Hat das Lied gesungen. Genau wie Mama es gesungen hat.

Man muss die Frau suchen. Sie soll noch einmal singen. Noch einmal singen, wie Mama gesungen hat. Wie Mama immer in dem dunklen Wagen gesungen hat. So soll auch die Frau wieder singen. Immer wieder, weil es so schön ist. Ihr darf nichts passieren. Das darf ihr nicht passieren. Nicht, was der anderen Frau passiert ist. Sie muss weitersingen, immer wieder weitersingen. Sie singt wie die liebe Mama, wie die liebe, arme Mama. So wie die Mama gesungen hat, im dunklen Wagen, bevor das große Feuer kam.

II

Tagelang war Anna nun durch die Wälder gestreift und hatte versucht, in der Einsamkeit Schutz zu suchen. Sie hatte sich notdürftig von Wurzeln und Beeren ernährt und aus Bächen getrunken und war nur selten einmal am späten Abend an den Waldrand gegangen, um einen Blick auf die Dörfer zu werfen. Das Licht, das aus den kleinen Fenstern der Bauernhäuser drang, nahm ihr ein wenig von ihrer Furcht. Doch niemals hätte sie sich getraut, an eine der Türen zu klopfen, nach einem Nachtlager und etwas Essbarem zu fragen.

Nur ein einziges Mal hatte sie es gewagt, sich auf den Hof eines außerhalb gelegenen Bauernhauses zu schleichen. Der Welpe, den sie bei ihrer toten Schwester gefunden hatte, war drei Tage lang ihr treuer Begleiter gewesen. Der kleine, warme Körper hatte ihr des Nachts Geborgenheit gespendet und ihr ein wenig von ihrer Angst genommen. Doch der Kleine brauchte Milch und wurde immer schwächer, sodass Anna schweren Herzens beschloss, ihn auf dem Bauernhof auszusetzen. Sie hoffte für das unschuldige Tierchen, dass es Menschen finden würde, die sich seiner annahmen.

Sie selbst jedoch wollte keine Hilfe. Sie wollte sich weiter verstecken, wollte allein sein und fürchtete sich gleichzeitig vor der Einsamkeit.

Sie wusste ja nicht, dass sie nicht allein war, obwohl sie es so manches Mal, wenn sie des Nachts zusammengekauert zwischen den Wurzeln eines großen Baumes saß, spürte. Dann hörte sie ein Rascheln im Gebüsch, und hin und wieder glaubte sie sogar ein Atmen zu vernehmen, das nicht von einem Tier stammen konnte. Leise fing sie an zu zählen, schlang ihre Arme um die Knie und vergrub den Kopf in ihrem Schoß. So verging langsam Sekunde für Sekunde, Minute für Minute und schließlich auch Stunde für Stunde, bis sich die ersten Sonnenstrahlen ihren Weg durch die Baumwipfel bahnten.

Anna ging ziellos umher, oft auch im Kreis, mal tiefer, mal weniger tief in den Wald hinein, manchmal kehrte sie einfach um und kam an Stellen zurück, die sie schon Tage zuvor passiert hatte. Ganz selten begegnete sie einer Menschenseele: Da waren einmal zwei Männer, die Holz hacken gingen, und dann Kinder, die Kräuter sammelten. Immer aber versteckte sie sich.

Am zwölften Tag dann, als sie sich gerade am Waldrand aufhielt, um nach Essbarem zu suchen, erblickte sie am Horizont etwas, das sie niemals zuvor in ihrem Leben gesehen hatte. Dort kroch eine riesige, nicht enden wollende Schlange langsam über Hügel, Felder und Wiesen. Fasziniert starrte Anna auf dieses apokalyptische Gebilde, welches stetigen Kurs auf die Stelle hielt, an der sie stand. Und je näher das seltsame Phänomen kam, desto deutlicher konnte Anna erkennen, worum es sich bei dem schwarzen Lindwurm tatsächlich handelte: Ein riesengroßes Heer bahnte sich dort seinen Weg, und in wenigen Stunden würde es auch an dem Wald vorüberkommen, in dem Anna hauste.

»Was meinst du? Was kann sie dafür verlangen?«

»Na ja, ein bis zwei Taler ist's schon wert.«

»Der alte Lumpen? Du steckst doch mit der krummen Hexe unter einer Decke. Erzähl mir nichts.«

»Ich erzähl dir gar nix. Denk nur an den roten Heinrich, der hat auch 'nen Tag zu lang mit ihr verhandelt, und dann hat ihn das Fleckfieber gepackt.«

»Na, siehst du. Das Weib hat Zauberkräfte. Wer nicht auf ihre Wucherpreise eingeht, dem zaubert sie die Pest an den Hals.«

»Wenn du's nicht haben willst, dann kauf's doch einfach nich'. Ich sag dir nur, dass ich meins schon zwanzig Jahre hab. Zwanzig Jahre! Ne, ne, und wohin hat's mich nich' schon alles begleitet, erst nach Polen, dann nach Böhmen, und in ganz Deutschland gibt's kaum 'nen Flecken, den ich in den letzten Jahren nich' gesehen hätte. So viele Jahre Krieg – und kuck an, ich lebe immer noch. Dutzende großer Schlachten, am Weißen Berg, in Wiesloch, Wimpfen, Höchst, Stadtlohn …«

»Ja, ja, das habe ich jetzt schon hundertmal gehört, und jedes Mal kommt eine neue Schlacht dazu. Dir glaube ich langsam kein Wort mehr, du alter Geschichtenerzähler.«

Ein Geschichtenerzähler, das war Hans Mergel wirklich, und deshalb war er auch der beste Kamerad der Lumpenliese, einer der tüchtigsten Marketenderinnen in den Wallensteinschen Regimentern. Lumpenliese bot Dinge feil, die es nirgendwo sonst zu kaufen gab. Bei ihr gab es mitunter sogar Rauchwaren aus der neuen Welt und allerlei Zeug, das seinen Besitzer in der Schlacht unverwundbar machte. Dem kahlen Josef, der erst kürzlich zum Regiment gestoßen war, wollte sie gerade ein Nothemd verkaufen. Ein Hemd, das jede Kugel und jeden Lanzenhieb abfangen konnte, weil es von den geschickten Händchen vier kleiner Jungfrauen von fünf Jahren gesponnen und gewebt worden war. Tatsächlich hatte die Liese den Fetzen bei einem der letzten Streifzüge durch westfälische Dörfer in einem Bauernhaus gefunden. Es war der ungewaschene Unterrock einer alten Bäuerin, die sich auf dem Heuboden versteckt hatte, während Liese zusammen mit einer Handvoll Marodeuren alles mitgehen ließ, was nicht niet- und nagelfest war.

Und genau von diesem Hemd war soeben die Rede gewesen, als der kahle, noch kaufunschlüssige Josef und der alte Hans Mergel nebeneinander marschierten. Die beiden waren wie zwei kleine Ameisen in dieser riesigen Armee. Wie ein bedrohlicher Insektenschwarm bewegte diese sich schwarz und langsam auf Anna zu, die sich inzwischen hinter einem Busch am Wegesrand versteckt hielt.

Da sind sie ja wieder. All die Soldaten mit ihren Weibern und Kindern. Ja, da sind sie. Man hat gar nicht so lange auf sie warten müssen. Jetzt kann man sich wieder heimlich einreihen, kann sich verkleiden, sich gut verhüllen und mit ihnen ziehen.

Wohin der Weg wohl diesmal geht? Ob die Frau auch mitkommt?

Dort drüben hockt sie. Hat sich ebenfalls im Gebüsch versteckt. Ist gar nicht so anders als man selbst. Versteckt sich immerzu. Will nicht gesehen werden. Hat sich so viele Tage lang versteckt. Hat nicht mehr gesungen. Muss schlimmen Hunger haben.

Vielleicht kommt sie ja mit. Das wäre schön. Kann nicht gut auf sich allein aufpassen, braucht Schutz, die Frau. Soll wieder singen. Soll wieder singen, wie die arme Mama gesungen hat.

Sie soll mitkommen. Man kann auch nicht immer hinter ihr durch den Wald laufen. Das geht nicht für lange Zeit. Man muss selbst mal wieder richtig essen.

Da sitzt sie und schaut auf all die Beine. Die vielen, vielen Beine. Menschenbeine und Pferdebeine. So viele, so laut, und stinken tun sie, diese vielen Menschen auf einem Haufen. Schrecklich stinken tun sie.

Man kann sie gar nicht zählen, die ganzen Menschen und Pferde. So lange marschieren sie schon an der Frau im Gebüsch vorbei, und so lange verpesten sie nun schon die Luft. Gleich, zum Schluss, kommen die Frauen und Kinder und die ganzen Händler, dann kann man selbst einfach mitlaufen. Dann kann man aus seinem Versteck kommen und mitlaufen. Sie werden schon nichts bemerken. Sie haben noch nie etwas bemerkt. So viele auf einem Haufen, da bemerken sie einen nicht.

Aber wird die Frau auch mitgehen? Sie soll doch wieder singen.

Wollte dieser kolossale Wurm denn gar kein Ende nehmen? Zunächst waren Hunderte von Reitern an Anna vorübergezogen. Einige von ihnen mit gepflegten Bärten und schönen Hüten, andere wiederum gänzlich verwahrlost, auf alten klapprigen Schindmähren, die nicht einmal zum Schlachten getaugt hätten. Ihnen war eine unendliche Schar an Fußvolk gefolgt, und dann waren Dutzende Ochsengespanne vorbeigerollt. Sie waren mit dicken und weniger dicken Kanonen, mit anderen Geschützen, Schießpulver und Proviant beladen gewesen. Und nun – es war bereits Abend geworden, und die Sonne wollte schon bald hinter einem Berg verschwinden – kamen die Frauen, die Kinder und all das Gesinde und Gesindel, welches einem jeden Regiment wie ein viel zu langer und dicker Rattenschwanz anhing.

Im Schutz eines Dornenbusches beobachtete Anna, vorsichtig durch Blätter und Zweige blickend, das bunte Treiben. Niemals hätte sie es für möglich gehalten, dass Menschen in der Lage waren, so viel auf einmal zu tragen.

Sie hatte in ihrem kurzen Leben schon seit der frühen Kindheit immer hart arbeiten müssen, hatte bereits mit fünf Jahren eimerweise Wasser aus dem Brunnen herbeigetragen, hatte später dann Holz sammeln, auf dem Feld arbeiten, schlachten, kochen, waschen, putzen und nähen müssen. Und das oft zwanzig Stunden am Tag, an jedem Tag und zu jeder Jahreszeit. Sie wusste bei Gott, was es hieß, ihrem Körper auch noch den letzten Rest an Kraft und Anstrengung abzugewinnen. Doch niemals, selbst wenn sie jeden Tag Butter und Fleisch essen dürfte, würde sie solche Lasten schleppen können wie einige der Frauen, die gerade an ihr vorbeizogen.

Mit staunenden Augen verfolgte Anna eine Mutter mit drei

kleinen Kindern und einem runden Kugelbauch, in dem ganz offensichtlich das vierte heranwuchs. Diese Frau mochte etwa fünfundzwanzig Jahre alt sein, vielleicht war sie jünger, doch älter sicher nicht, obwohl sie alt aussah. Die beiden großen Kinder von drei und vier Jahren gingen neben ihr, wobei das ältere das kleinere an der Hand hielt und es immer wieder zum Weitermarschieren auffordern musste, indem es sein Geschwisterchen von Zeit zu Zeit äußerst unsanft am Ohrläppchen zog. Das jüngste Kind war noch nicht ganz dem Säuglingsalter entwachsen und wurde in einer kunstvollen Tuchkonstruktion auf dem Kopf der Mutter transportiert. Auf den Rücken hatte die Frau sich einen riesigen Korb geschnallt, in dem außer einem lebenden Huhn auch noch verschiedener Hausrat verstaut war. Einen offensichtlich schweren Beutel schleifte sie mit der linken Hand durch den Staub hinter sich her, während sie mit der rechten einen alten Handkarren zog, der so überladen war, dass die Räder von der Last zur Seite gebogen wurden und sich nur noch äußerst mühselig über den buckligen und steinigen Weg rollen ließen.

Derartig vollgepackt, kam die Frau trotz brütender Sommerhitze erstaunlich gut voran und konnte ohne weiteres mit einem Eselkarren Schritt halten, der, ebenfalls völlig überladen, von einer uralten Greisin geführt wurde. Knochig und krumm ging die Alte, ihren Esel am Halfter ziehend, neben der jungen Mutter her und unterhielt sich mit ihr. Was die beiden Frauen sprachen, konnte Anna jedoch nicht verstehen, denn es war sehr laut um sie herum.

Wenn ein solch riesiger Tross in Bewegung war, dann konnte man die verschiedensten Dinge sehen, riechen und hören. Da gab es Menschen jeden Alters, die einen waren vollkommen gesund und wohlgenährt, andere wiederum hatten nur ein Bein und gingen an Krücken, wieder andere waren dürr und abgemagert und mussten auf Wagen transportiert werden. Sie alle erfüllten zusammen mit ihren unzähligen Haustieren die Luft mit einem Duftgemisch aus Schweiß, Kot, Urin und sonstigen Gerüchen, die ungewaschene Körper verströmten.

Doch war der Gestank nichts gegen den ohrenbetäubenden Lärm. Da war das Quietschen von ungeölten Achsen und Rädern, das Klappern von Hufen, das Bellen von Hunden, das Schreien von Kindern und das Murmeln aus Tausenden von Mündern zu vernehmen, die auf ihrem Marsch durch die Wiesen, Felder, Wälder und Dörfer Westfalens miteinander schwatzten, lachten, stritten, verhandelten oder einfach Lieder sangen.

Und all diese vielen, vielen Menschen zogen nun Stunde um Stunde in einem unendlichen Zug an Anna vorüber. Erst als der allerletzte Wagen, beladen mit etwa zwanzig verkrüppelten, aber schon wieder grölenden und einander neckenden Soldaten, Annas Gebüsch passiert hatte, erst als von dieser unendlich langen Schlange nichts weiter als eine riesige Staubwolke übrig geblieben war – erst da kam Anna der Gedanke, sich diesem Koloss anzuschließen.

Wieso auch nicht? Den besten Schutz, so dachte sie sich, hat die Maus, wenn sie sich im Fell des Katers versteckt. Seitdem sie erwachsen war, tobte nun dieser Krieg, und er hatte mehr oder weniger schlimme Zeiten mit sich gebracht. Sie hatte versucht, sich an ihn zu gewöhnen. Manchmal hatte sie wochen-, sogar monatelang ganz vergessen, dass Krieg war. Dann hatte sie mit ihrer Schwester im Winter am Spinnrad gesessen, und beide hatten Lieder gesungen. Das heißt, sie hatte gesungen, und Mine hatte gesummt.

Doch dann, eigentlich jedes Jahr im Frühjahr, war der Krieg zurückgekehrt. Evangelische und katholische Soldaten waren durch ihre Heimat gezogen, und nach und nach, Jahr für Jahr hatte der Krieg ihr schließlich alles genommen, was sie besaß. Zuerst war es hier und da ein Huhn oder ein Topf, der zerschlagen wurde, dann wurde ihr ihre Fruchtbarkeit genommen, bald darauf ihr Mann und schließlich ihre liebe Schwester, die ihr – das spürte sie erst jetzt, da Mine nicht mehr da war – mehr bedeutet hatte als alles andere zusammen.

Ja, der Krieg hatte alles genommen. Ein Krieg, der eigentlich gar keiner war, denn von einer wirklichen Schlacht hatte Anna nie etwas gehört. Vielmehr, so sprachen auch die Leute im Dorf, kämpften nicht protestantische gegen papistische Soldaten auf dem Schlachtfeld, sondern beide kämpften gegen all die braven Leute, die nichts anderes wollten, als friedlich in ihren Städten und Dörfern zu leben. Wie die Heuschrecken fielen mal die einen, dann wieder die anderen über die Menschen her, fraßen all ihr Getreide und schlachteten all ihr Vieh. Die einen nahmen sich alles, weil sie glaubten, der Feind zu sein und sich deshalb alles nehmen zu dürfen, und die anderen nahmen sich alles, weil sie glaubten, der Freund zu sein und deshalb versorgt werden zu müssen.

Und weil Anna nun nach zehn Jahren endlich gelernt hatte, dass der Krieg nur nahm und die Menschen in den Dörfern und Städten nur gaben, entschied sie sich, beim Krieg mitzumachen. Sie beschloss, sich dem Regiment anzuschließen, das heute den ganzen Tag über an ihrem Dornengebüsch vorbeigezogen war und nicht weit von ihr bald Quartier beziehen musste. Anna beschloss also, fortan nicht mehr Gebende, sondern Nehmende zu sein.

III

Etwa einen Tagesmarsch von Annas Heimatdorf entfernt hatte sich die schwarze Schlange zur Nachtruhe begeben. Ihr Kopf ließ sich in den reichen Bauernhäusern zweier kleiner Orte nieder, ihr mittlerer Teil nahm mit weniger großen Höfen vorlieb, und der lange Schwanz, der mehr als die Hälfte dieses ungeheuren Tieres ausmachte, schlief auf Feldern und Wiesen in der Umgebung.

Allein das Errichten der Schlaflager hatte bis tief in die Nacht gedauert. Es war eine schöne klare Nacht, der Mond stand hell und voll am Himmel, und die Sterne leuchteten in unendlicher Zahl auf all die Menschen mit ihren Waffen, Zelten, Wagen und ihrem Vieh herab.

Auch Anna, die sich noch immer im Verborgenen hielt, konnte von ihrem neuen Versteck aus weitere Beobachtungen anstellen. Noch wagte sie es nicht, sich bemerkbar zu machen, noch hatte sie Angst, dass diese Leute, die dort Würfel spielten, Wäsche trockneten, Bier tranken, Kinder stillten, Feuer machten, Lieder sangen oder Waffen polierten – dass diese Menschen ihr ein Leid antun könnten. Immerhin gehörten sie zu diesem riesigen Lindwurm, von dem sich vor zwei Wochen ein Teil gelöst hatte und raubend, schändend und mordend in ihr Dorf eingefallen war. Hier unter diesen Menschen, da war sich Anna sicher, waren die, die den Bauern Schulz aufgeknüpft, die Katharina zu Tode gequält und auch ihre liebe Schwester Mine so bestialisch ermordet hatten.

Doch so wild und grausam sie in ihrem Dorf gewütet hatten, so zahm und fröhlich waren sie hier. Anna beobachtete bis zu achtköpfige Familien, die sich in mitgebrachten Töpfen ein Süppchen kochten, sie lauschte den Liedern von drei alten Männern, die es sich um ein Lagerfeuer gemütlich gemacht hatten, und war fasziniert vom Anblick zweier junger Frauen, die mit hohen Stiefeln und kunstvollen Frisuren lächelnd an einer Gruppe Soldaten vorbeistolzierten. Hin und wieder waren von den Bier und Schnaps trinkenden Würfelspielern derbe Schimpfworte zu hören, und hier und da kam es auch einmal zu einer lautstarken Auseinandersetzung, doch alles in allem war es innerhalb eines solchen Kriegsheeres friedlicher, als Anna es sich vorgestellt hatte. Von brutalen, blutrünstigen Burschen jedenfalls war nichts zu sehen.

Doch wie sollte sie es nur anstellen, dass auch sie ein Teil dieses großen Wurmes wurde? Schon seit sie den Entschluss gefasst hatte, sich dem Tross dieses Regiments anzuschließen, seit sie also von ihrem Dornenbuschversteck aus die Staubwolke verfolgt hatte, welche die vielen Füße, Hufe und Räder hinterlassen hatten, seitdem suchte sie nach einem geeigneten Zeitpunkt, auf sich aufmerksam zu machen. Anna wollte wieder gesehen werden. Sie wollte nicht mehr allein sein.

»Ich kann es nur immer wiederholen: Du bist nicht der Einzige, der Interesse daran hat, Josef. Verhandeln lass ich nich' mit mir. Da wär' ich ja schön blöd, wo doch so viele andere das gute Stück haben wollen.«

Liese Kroll, im Tross besser als Lumpenliese bekannt, nähte gerade im Licht eines kleinen Lagerfeuers an einem alten dänischen Offizierswams, das sie wieder auf Vordermann bringen wollte, um es dann über Wert zu verkaufen. Der kahle Josef stand vor ihr, wurde jedoch keines Blickes gewürdigt. Liese wusste, wie sie sich verhalten musste, damit ihr der Fisch ins

Netz ging. Bloß nicht den Eindruck vermitteln, dass sie es nötig hatte, ihre Ware um jeden Preis loszuwerden.

Obwohl Liese von vielen als Wucherin und Hexe bezeichnet wurde, fand sie dennoch immer wieder Käufer für ihre überteuerten Waren, die angeblich Wunder vollbringen konnten. Liese selbst glaubte, dass ihr Verkaufsgeschick der einzige Grund für diesen zuweilen großen Ansturm auf all den Krempel war, von dem man sich Glück, Gesundheit, Manneskraft oder gar Unsterblichkeit versprach.

Sicher trug Lieses Talent, wertlosen Plunder durch das Erfinden fantasievoller Geschichten interessant zu machen, sehr dazu bei, all das Zeug an den Mann zu bringen, und ihr alter Begleiter Hans Mergel unterstützte sie seit Jahren tatkräftig dabei. Tatsächlich jedoch glaubte keiner ihrer Kunden wirklich an die Zauberkraft ihrer Waren, und die meisten wussten auch, dass sie das ganze Zeug irgendwo zusammengestohlen oder billig eingekauft hatte. Die meisten verschlossen einfach ihre Augen vor der wahren Biografie eines gefroren, also unverletzbar machenden Nothemdes, wie es nun der kahle Josef erwerben wollte.

Auch Josef war sich sicher, dass es sich bei dem schmutzigen Fetzen niemals um das Erzeugnis kleiner Jungfrauenfinger handelte, doch er zwang sich dazu, es zu glauben. Seit mehr als sieben Jahren war er nun Soldat, ihm war zweimal durchs linke Bein geschossen worden und einmal durch den rechten Arm, er humpelte und hatte lernen müssen, alle Geschäfte des Lebens mit nur einer Hand zu erledigen.

Josef hatte sich, so dachte er, an den Krieg gewöhnt, immerhin war das Soldatenleben dem eines armen Tagelöhners vorzuziehen, denn von Zeit zu Zeit konnte man als Soldat aus dem Vollen schöpfen. Von Zeit zu Zeit nämlich kam es vor, dass man reiche Städte belagerte und sie, sobald die Belagerung erfolgreich beendet war, plündern durfte – zur Strafe für die Stadtherren und ihre Bevölkerung. Dann gab es tagelang so viel zu essen und zu trinken, dass sich so mancher seiner Kumpel schon totgesoffen hatte. Viele ergatterten auch Geld, Schmuck und andere Wertsachen, welche die reichen Bürger zwar gut versteckt hatten, aber mit ein wenig Feuer unterm Hintern dann doch gern hergaben. Solche Tage gab es im Soldatenleben, doch sie gingen schnell vorbei und kamen auch nicht oft wieder.

Meistens hieß es, bei Wind und Wetter marschieren, mal in den Westen, dann in den Osten, dann hoch in den Norden und wieder hinunter in den Süden – ganz so, wie es dem Kaiser oder besser dem Wallenstein beliebte. Auf diesen Märschen holten sich viele die Pest, die Ruhr oder irgendein Fieber und starben dann wie die Fliegen. Entweder war es drückend heiß oder klirrend kalt, so trocken, dass man nirgends auch nur einen Tropfen Wasser fand, oder so feucht, dass man des Nachts in Pfützen schlafen musste. Und dann kamen auch noch die Schlachten hinzu, in denen man sich, oft krank und hungrig, stundenlang gegenseitig die Köpfe einschlug.

Der Tod war also ein ständiger Begleiter, und tagtäglich galt es ihm ein Schnippchen zu schlagen, ihm von der Schippe zu springen und weiterzuleben. Und dafür tat man alles, denn niemand – das hörte man des Abends auch in den Gesprächen an den Lagerfeuern – hatte wirklich Lust, ihm ins Auge zu blicken.

Und weil der kahle Josef noch lange nicht an den Frieden glaubte, auch wenn man davon munkelte, und weil er noch öfters eine Nacht in den weißen Laken eines reichen Bürgerbettes verbringen und den italienischen Rotwein eines Pfaffen – eines evangelischen, verstand sich – trinken wollte, entschloss er sich, einen ganzen Taler, also fast den Sold eines ganzen Monats, für das Nothemd auszugeben, welches Liese feilbot und welches ihn unverletzlich machen sollte.

Zwar wusste Josef nicht, wie er nun in den nächsten Wochen über die Runden kommen sollte, aber das interessierte eigentlich keinen der Soldaten. Man lebte im Hier und Jetzt, verprasste, was man gerade besaß, und ließ den nächsten Tag auf sich zukommen. Wie man überlebte, das war egal, doch *dass* man überlebte, das war den meisten wichtig. Und deshalb verdiente die Lumpenliese viel Geld.

So ein Geschäft macht man nicht alle Tage, dachte Liese bei sich, als sie sich aufmachte, um sich außerhalb des Lagers mit einer alten Böhmerin zu treffen, die es wunderbar verstand, ein herrliches Kräutergemisch zu sammeln, das Liese dann trocknete und als Tabak verkaufte. Natürlich wusste die Alte nicht, was Liese mit dem Zeug anstellte, und natürlich wussten auch Lieses Kunden nicht, dass die Rauchwaren, die sie ihnen verhältnismäßig günstig anbot, gar nicht aus der Neuen Welt stammten. Sie waren nicht von niederländischen oder portugiesischen Händlern monatelang über See transportiert worden, sondern wurden regelmäßig von einer alten Frau am hiesigen Wegesrand gepflückt. Bei einer solch jungen Mode wie dem Rauchen, so dachte Liese zu Recht, fiel doch keinem der betrunkenen Kerle auf, ob sie nun Tabak oder getrockneten Löwenzahn qualmten.

Liese und die Böhmerin trafen sich immer am Anfang eines Monats, sobald das Nachtlager errichtet war, etwa dreihundert Schritte hinter dem letzten Zelt oder dem letzten Wagen. Meist war die Alte schon vor Liese da und überreichte ihr dann einen Sack voller Kräuter. Frisch waren die nicht, doch das war egal, denn Liese musste sie ohnehin trocknen und dann fein zermahlen. Wieso dieses Geschäft heimlich verrichtet wurde, darum scherte sich die Alte nicht. Ihr war nur wichtig, dass sie ihr Säckchen Mehl und ihre fünf Eier dafür bekam.

Heute jedoch war die Böhmerin nicht da. Das passte der Lumpenliese gar nicht, denn eines besaß sie nicht, und das war Geduld. Einige Male ging Liese auf und ab, schaute hinter den ein oder anderen Baum, pfiff ein Lied und fing schließlich sogar zu rufen an. Doch entweder hatte die Böhmerin ihren Termin vergessen, oder sie war gestorben. Das wäre bedauerlich gewesen, aber auch nicht verwunderlich. Ein wenig wollte Liese doch noch warten, denn vielleicht hatte sich das Kräuterweiblein auch nur verspätet.

Anna nahm all ihren Mut zusammen und ging auf die Frau zu, die sie nun schon seit einiger Zeit beobachtet hatte, wie sie den Weg auf und ab ging und ganz offensichtlich auf jemanden wartete, der nicht kam. Es war eine Frau mittleren Alters, sehr groß gewachsen und dazu unwahrscheinlich mager. Ihr Gesicht, soweit Anna es im blauen Licht des Vollmondes erkennen konnte, war nicht schön, aber dennoch interessant. Sie hatte eine lange gerade Nase und einen spitzen Mund, dessen Lippen sie vollkommen verschwinden lassen konnte, wenn sie sich ärgerte. Und im Moment schien sie sich zu ärgern, das sah man ihr deutlich an.

Dennoch sprach Anna sie ganz vorsichtig und furchtbar leise von hinten an. Wie eine Furie drehte sich die Frau um, sodass die arme Anna vor Schreck aufschrie. Auch die Frau schrie laut auf, doch nur ganz kurz, um Anna dann aus kleinen, giftigen Augen anzuschauen und ihr die Laterne, die sie dabeihatte, mitten ins Gesicht zu halten.

»Was fällt dir ein, mich derartig zu erschrecken!«

»Aber … aber …«

»*Aber, aber…* Komm heraus mit der Sprache, du Bauernweib. Was hast du hier zu suchen? Wolltest mir wohl von hinten die Kehle durchschneiden, was?«

»Nein, das wollte ich nicht.«

»Was dann? Hast doch um diese Zeit hier nichts verloren. Oder gehörst du zum Tross? Wäre mir neu, hab dein Narbengesicht hier noch nie gesehen.«

»Ich möchte mit euch reisen. Ich kann nähen, kochen, Wäsche waschen. Wurst kann ich auch machen, und es gibt kein Tier, das ich nicht schlachten kann.«

»Ja, schlachten, das tut man hier gerne, da bist du richtig.« Liese lachte laut und sah auf einmal nicht mehr so furchtbar aus. »Komm mit, Mädel. Hab im Moment viel zu tun, die Geschäfte laufen gut, da kann ich eine Hilfskraft gebrauchen. Wie heißt du denn?«

»Anna heiß ich.«

»Und wie alt bist du?«

»Fünfundzwanzig Jahre war ich im Januar.«

»Siehst älter aus. Na, wer tut das nicht in diesen Zeiten.«

Anna war erleichtert. Sie hatte es nicht nur gewagt, endlich einen Menschen anzusprechen, sondern hatte gleich Arbeit und somit die Aussicht erhalten, noch in dieser Nacht endlich wieder eine richtige Mahlzeit zu sich nehmen zu können.

Als Liese zusammen mit ihrer neuen Begleitung an ihrem Ochsenkarren ankam, vor dem schon das Schlafzelt errichtet war, saß der alte Hans Mergel zusammen mit vier anderen Männern und einer jungen Frau an einem kleinen Feuer und erzählte einmal wieder Geschichten.

Es war eine schöne Sommernacht. Die Tage waren in diesem Jahr ausgesprochen heiß und die Nächte angenehm warm, sodass man Feuer nur zum Kochen benötigte oder um besser sehen zu können. Die Gruppe, die einmal wieder einer der schaurigen Gruselgeschichten des Erzählers Mergel lauschte, bemerkte zunächst nicht, dass sich die beiden Frauen genähert hatten.

»Was erzählst du wieder für ein dummes Zeug, Hans? Solltest doch den Kessel flicken und die neuen Stiefel putzen.«

»Ach, Liese, da bist du ja schon wieder.«

»Ja, da bin ich schon wieder, brauchst gar nicht so scheinheilig tun. Weiß genau, dass du mich am liebsten von Weitem siehst. Nun, was steht heute an? Doch nicht etwa der Geist des großen Cäsar? Wisst ihr«, wandte sie sich mit einem Augenzwinkern an die Zuhörer, »das ist ein seltsamer Kauz, der alte Römer, wendet sich in der Nacht vor jeder Schlacht ausgerechnet an den Mergel, um ihm zu berichten, wie alles verlaufen wird. Das ist doch vergebliche Liebesmüh. Der Mergel kann doch mit solch einem Wissen nichts anfangen. Soll er dem Wallenstein erscheinen oder einem Offizier. Aber doch nicht dem armen Mergel.«

»Ja, ja, Liese, ich weiß. Ich hör ja schon auf und vertage meine Geschichte auf 'nen anderen Abend. Auf dass wir noch mal in dieser fröhlichen Runde zusammenkommen. Gott möge uns beistehen!«

So schloss Hans Mergel seine rüde unterbrochene Erzählung und schaute in den Sternenhimmel. Nicht dass er ein strenggläubiger Mensch gewesen wäre, nein, das hatte ihm der Krieg ausgetrieben. Vielmehr gehörte eine gewisse Frömmigkeit zu dem Gesamtbild, das er selbst von sich geschaffen hatte und welches nahezu täglich durch neue Floskeln, Gesten und Merkwürdigkeiten erweitert wurde.

»Übrigens, das ist Anna. Hab sie gerade auf der Straße aufgelesen. Ist ein Bauernmädel aus der Gegend und möchte jetzt lieber mit uns mitziehen, statt in ihrer verlausten Bude sitzen.«

Lieses Einführung der verschüchterten Anna, die kaum ihren Blick vom Boden heben konnte, löste weder Begeisterung noch Ärgernis aus. So wie Anna es in ihrem bisherigen Leben gewohnt war, regierte auch hier am Lagerfeuer angesichts ihrer Erscheinung nichts weiter als pure Gleichgültigkeit. Hans Mergel grinste zwar und nickte dem Neuankömmling kurz zu, doch offensichtlich kreisten seine Gedanken immer noch um die Geschichte, die weiterzuerzählen ihm soeben verboten worden war. Einer der Männer, ein dicker Mensch, der nur aus Haaren zu bestehen schien, grunzte etwas Unverständliches und widmete sich dann wieder seinem Becher. Zwei jüngere Männer kramten derweil in ihren Taschen nach Würfeln und schienen Lieses Worte gar nicht gehört zu haben. Der vierte Mann jedoch, ein seltsamer Kerl von etwa dreißig Jahren, an dem alles außergewöhnlich lang und dünn erschien, musterte Anna immerhin kurz von oben bis unten, um sich dann weiter auf eine Schnitzerei zu konzentrieren. Und die junge Frau hatte die ganze Zeit nicht eine Sekunde lang damit aufgehört, ununterbrochen ins Feuer zu starren.

Nun gut, Anna war es recht. Sie ärgerte sich nicht über diesen Empfang, sondern war froh, dass sie nicht reden musste, denn reden mochte sie, im Gegensatz zu Liese und ihrem Begleiter Mergel, gar nicht gerne. Der einzige Laut, den sie von sich gab, kam nicht über ihre Lippen, sondern aus ihrem Magen: Ein unüberhörbares, langes und grollendes Knurren ließ keinen Zweifel an Annas dringendstem Bedürfnis.

»Na, dann wollen wir mal sehen, dass du etwas zwischen die Zähne bekommst«, sagte Liese und zog Anna hinter sich her zu ihrem Ochsenkarren.

Dieser Karren war ein Gebilde wie aus einer fantastischen Sagenwelt. Von außen ein gewöhnlicher Planwagen, eröffnete sich von innen plötzlich ein Raum von unvorstellbarer Größe, eine Wunderwelt voller Schatullen, Flaschen, Säckchen, getrockneter Kräuter, Messer, Dolche, bunter Tücher, Hüte, Stiefel und unzähliger anderer Waren. All das war in diesem einfachen Gespann untergebracht und präsentierte sich der staunenden Anna, trotz der großen Vielfalt und dem engen Raum, in einer erstaunlichen Ordnung.

Aus einem geflochtenen Korb, den Liese aus irgendeinem der vielen Winkel ihres kleinen Reiches hervorgezogen hatte, holte sie den Rest eines trockenen Fladens, ein Stück Käse und sogar etwas Butter.

»Das ist alles, was ich habe. Bin ja auch nicht grade reich. Musst also keine Festtagstafel erwarten.«

Gierig nahm Anna die ihr gereichten Speisen entgegen und schlang alles in Windeseile hinunter, sodass sich Liese doch noch einmal gezwungen sah, die Essenstruhe zu öffnen und ihrem Gast eine Köstlichkeit zu reichen, die zu kredenzen ihr geiziges Herz sehr viel Überwindung kostete. Es war ein Stück von einem Schinken, nicht unähnlich dem, der noch bis vor einigen Tagen über der Feuerstelle im Hause des Bauern Schulz gehangen hatte. Anna zögerte kurz, doch anstatt den Herrgott zu fragen, ob sie würdig sei, etwas so Gutes zu sich zu nehmen, stopfte sie sich auch den Schinken Stück für Stück in den Mund, schluckte ihn unzerkaut hinunter und entweihte somit tatsächlich diese Gaumenfreude, die ursprünglich dazu geschaffen war, nicht Gier zu befriedigen, sondern Genuss zu bereiten.

Als sie schließlich satt war, kehrten die beiden Frauen zum Lagerfeuer zurück und gesellten sich zu der Runde, die mittlerweile zum Würfelspiel übergegangen war. Das heißt, die Männer spielten Würfel, während das Mädchen weiterhin ins Feuer starrte. Anna kam zwischen ebendiesem Mädchen und dem langen, dürren Menschen zu sitzen. Sie zog ihre Beine an den Leib, soweit es ging, und nahm, ohne es zu beabsichtigen, ebendie Position ein, in der sie stundenlang in ihrem Misthaufenversteck verharrt hatte.

Ähnlich dem Mädchen begann auch Anna ins Feuer zu schauen, doch während ihre Nachbarin regelrecht in den Flammen versunken war, blickte Anna eher aus Verlegenheit hinein.

Plötzlich wandte sich der alte Mergel tatsächlich an sie und begann mit der verborgenen Absicht, einen neuen Anlass für einen weiteren Monolog zu finden, ein Gespräch mit Anna.

»Wie war noch gleich dein Name?«

»Anna heiße ich, Anna Pippel.«

»Kennst du schon viel vom Krieg, Mädchen?«

»Den Krieg nicht, aber Landsknechte habe ich schon viele gesehen.«

»Na, hier war ja auch noch nicht viel Krieg, hier in deiner Gegend. Glaub mal, euch geht's noch gut hier. Hast ja keine Ahnung, was schon alles passiert ist. Woanders, mein ich, nicht hier in Westfalen. Ich weiß, wovon ich spreche, ich war dabei.«

»Weißt du, Anna, den Mergel gibt es fünfmal, der ist immer und überall, der kann fliegen. Teilt sich mitunter ein Lager mit dem Wallenstein, dem Tilly oder dem Dänenkönig, selbst im Schlafzimmer vom Kaiser ist er schon gewesen. Wie könnte er sonst wissen, was die alle denken und vorhaben?«

»Ach, Liese, mach dich nur nicht lustig, du weißt selbst, dass es stimmt, was ich sage. Hast ja auch schon viel erlebt, kannst auch eine Menge erzählen.«

Da musste Liese dem alten Hans beipflichten, und dieser hatte damit ihre spitze Zunge geschickt besänftigt und konnte nun mit seiner Geschichte über den Krieg beginnen, die zu erzählen für ihn ein freudiges Ritual war, dem sich jeder Neuankömmling, ob er wollte oder nicht, unterziehen musste.

»Ich glaube, Männer, ich höre mit dem Spielen für heute auf. Will unserer Anna doch mal lieber ein bisschen was vom Krieg erzählen. Das arme Ding weiß doch anscheinend nichts darüber.«

Tatsächlich wusste Anna nicht viel vom Krieg, doch das konnte der Mergel eigentlich nicht ahnen, hatten sie doch bisher kaum miteinander gesprochen. Auch wenn er ein wenig schwatzhaft war, gefiel ihr der Alte. Er hatte gutmütige blaue Augen, und die tiefen Falten um seinen Mund hatten sich in einer Form in sein Gesicht eingegraben, welche dieses ständig munter und fröhlich wirken ließ.

»Ja, ja. Alles begann damals mit dem Stern«, fing Hans Mergel zu erzählen an. »Im Jahre 1618 unseres gelobten Herrn Jesus

Christus, da tauchte er auf und verhieß nichts Gutes. Wusstest du eigentlich, Liese …«, wandte er sich an seine Begleiterin, die fleißig das neue Paar Stiefel putzte, »… Liese, hör mal, wusstest du eigentlich, dass ich damals der Erste war, der den Stern gesehen hat?«

»Welchen Stern, Hans?«

»Der, mit dem alles anfing, vor elf Jahren, der blutrote Stern, das Zeichen Gottes, mit dem er uns vor dem schrecklichen Unheil warnen wollte.«

»Ja, ja, der Stern. Natürlich weiß ich, dass du ihn als Erster gesehen hast. Wer sonst, Hans? Wer sonst?«, antwortete Liese unter fortwährendem Bespucken und Reiben des Stiefels.

»Damals war ich gerade auf der Wanderschaft. Bin eigentlich Handwerker, Zimmermann, so wie der heilige Josef es war und wie es auch unser lieber Herr Jesus von ihm gelernt hat. War also Zimmermann und auf Wanderschaft. Und wo führt mich wohl diese Wanderschaft hin? Na, was denkst du? Nach Böhmen führt sie mich. Und da, eines Nachts, es war auch im Frühjahr, da sehe ich ihn. Rot wie Ochsenblut und riesengroß zieht er seinen Bogen am klaren Sternenhimmel. Glaub mal, der Himmel war nicht mehr blauschwarz, nein, dunkelrot war er plötzlich, und ein Geräusch … Ich sage dir, als wenn einer hunderttausend Peitschen durch die Luft sausen lässt. Ohrenbetäubend, ohrenbetäubend, das sage ich dir. Ja, das war der Unheil verkündende Komet. Aufgesprungen bin ich von meinem Nachtlager. Aufgestanden bin ich und ins nächste Dorf gelaufen. Bin zur Kirche, den Turm hinauf und habe die Glocken geläutet. Erst dann sind die Leute wach geworden, haben sich alle auf der Straße versammelt und in den Himmel gestarrt. Die Frauen haben geweint und gebetet, auf ihre Art, versteht sich, sind nicht katholisch da unten. Die Kinder haben geschrien, und das Mannsvolk war ganz durcheinander. Keiner konnte sich das Zeichen erklären, noch nie war so was da gewesen. Doch alle wussten wir: Das verheißt nichts Gutes. Ja, und so kam es dann auch.

Nicht lange danach, und die Statthalter des Kaisers wurden in Prag von Aufständischen aus dem Fenster geworfen. Defenestrieren heißt das, ist ein vornehmes Wort, hab es in einer Flugschrift gelesen. Und weißt du, Anna, was den Defenestrierten passiert ist? Nichts, rein gar nichts! Ein Wunder! Dabei ist das ganz schön hoch, das Fenster, aus dem sie gestoßen wurden. Sanft auf dem Hosenboden sind sie gelandet und haben dann schnell das Weite gesucht. Und die Böhmen haben danach alles aus ihrem Land gejagt, was katholisch ist, und den Friedrich – den Pfälzer, den Calviner – zu ihrem König gemacht. Der soll übrigens eine sehr schöne Frau haben, der Friedrich, eine Engländerin. Weißt du das, Kaspar? Interessierst dich doch immer für schöne Frauen!«

Bei dem Angesprochenen handelte es sich um den Mageren, neben dem Anna Platz genommen hatte. Er hatte ebenfalls mit dem Würfelspielen aufgehört und war dazu übergegangen, sich stupide am Kopf zu kratzen, von welchem sein spärliches blondes Haar in langen, dünnen Strähnen herunterhing.

»Was?«

»Die schöne Engländerin, die Frau vom Pfälzer. Hast du schon von ihr gehört?«

»Was gehen mich solche Weiber an? Vor Augen will ich sie haben und anfassen. Hab nichts davon, wenn die irgendwo in einem Schlösschen sitzen und den ganzen Tag Kuchen essen.«

»Ja, der Kaspar ist kein Schwärmer. Der Christian von Braunschweig jedoch, der hat sehr für sie geschwärmt. ›*Für Gott und für sie*‹, soll er auf seine Fahnen geschrieben haben, so verliebt war er in die Edeldame. Hat ihm auch nichts genützt, liegt nun schon seit drei Jahren unter der Erde. Aber von dem hast du doch gehört, Anna, vom tollen Christian, dem Halberstädter? Der war doch viel unterwegs hier in der Gegend.«

»Ja, von ihm habe ich viel gehört. Aber gesehen habe ich ihn nie. Seine Soldaten waren oft bei uns im Dorf, und mein Mann, Friedrich, hat sich in sein Heer werben lassen.«

»Oh, dann hoffen wir mal, dass er so klug war, das Heer zu wechseln. Ist nämlich nicht mehr viel übrig von den Burschen. War selbst dabei, als sie so richtig eines auf die Rübe bekommen haben. Bei Stadtlohn war das, da ist nur jeder Vierte davongekommen. Die Krabaten haben fast alle totgeschlagen. Ja, das war ein blutiges Wüten, sage ich dir.

Aber davon später. Wollen ja nicht alles durcheinanderbringen. Wo war ich noch gleich stehengeblieben? Ach ja, beim Pfälzer, den die Böhmen zu ihrem König gemacht haben. Das gefiel dem Ferdinand, der damals frisch Kaiser geworden war, nun gar nicht. Denn der Kaiser ist ja nicht nur Kaiser, nein, er ist eigentlich auch König von Böhmen. Ist kompliziert, das Politische, aber so ist es nun mal. Ja, und nun haben die Böhmen einfach einen anderen auf den Thron gesetzt und ihn gar nicht gefragt. Da gab es dann natürlich Krieg. Kannst du mir noch folgen, Anna?«

»Wer sind die Krabaten, die alle totgeschlagen haben?«

»Ach, *da* bist du noch? Die Krabaten, die kommen ganz aus dem Süden, aus einem anderen Land, sind auch katholisch und dienen deshalb im Ligaheer und auch hier beim Wallenstein. Die sind gut zu Pferd und kennen kein Pardon, wenn es ums Rauben und Morden geht. Aber lass mich lieber weitererzählen, komme noch zu den Krabaten, wenn's dich interessiert. Also, der Kaiser war wütend, und es gab Krieg, und so kam die ganze Geschichte ins Rollen. War wie ein Furunkel, das man zu früh aufsticht. Das wird immer größer und eitriger, und so ist auch dieser Krieg, ist wie 'ne riesige Eiterbeule, die sich über ganz Deutschland erstreckt. Dabei fing alles in Böhmen an. Na ja, aber der Pfälzer, wie gesagt, war ja nun einmal König, und der kommt aus der Pfalz, ist ja auch nicht gerade in der

Nähe von Böhmen, falls du das weißt. Und dann hat sich auch noch der Bayer eingemischt, der Maximilian. Der nun schlägt dem Kaiser vor, ihm gegen den Pfälzer in Böhmen zu helfen, und will dafür dessen Kurwürde, und als wäre das nicht genug, kommen auch noch die Spanier aus dem Süden und fallen in die Pfalz ein. Was die da wollen? Wenn du das wissen willst, dann müsste ich ja quasi bei Abraham beginnen.«

»Bloß nicht!«, warf Liese beiläufig ein.

»Ich wüsste nur gerne, wo denn die Soldaten sind, die nicht von den Krabaten erschlagen wurden?«, fragte Anna schüchtern, die Pause nutzend, die durch Lieses Einwand entstanden war.

»Später, mein Kind, später. Also, die Spanier hatten so ihre Gründe, in die Pfalz einzufallen, hat was mit Frankreich zu tun und mit den Niederlanden. Ist aber auch wirklich zu kompliziert. Das verstehe nicht einmal ich so ganz genau. Na, und dann kommen auch noch die wilden Ungarn und überfallen Bayern. Wahrscheinlich wollten die nichts anderes als rauben, schänden und brennen. Ist ja ein reiches Land, dieses Bayern. Bin schon da gewesen. Schön ist es dort, gutes Wetter und saubere Häuser.

So ging das nun hin und her, und dann kam die entscheidende Schlacht. Am Weißen Berg bei Prag in Böhmen. Bin dabei gewesen, hab mich nämlich – katholisch, wie ich war und gerade in Böhmen unterwegs – vom Tilly-Heer anheuern lassen. Weißt ja, wer Tilly ist. Das ist der Feldheer des Ligaheers, das der reiche Bayer, der Maximilian, unterhält. Der Kaiser hatte damals noch kein eigenes Heer, hatte kein Geld dazu. Na ja, wir haben den Böhmen auf jeden Fall einen ordentlichen Schrecken eingejagt, die sind gelaufen wie die Hasen. Und dann wurde endlich in Böhmen aufgeräumt, den Anführern hat man die Köpfe abgehauen und dann an eine Brücke gehängt. Hab's gesehen, damals in Prag. Da musste halt ein Exempel statuiert werden, wie die Gebildeten so schön sagen. Doch geholfen hat's nix, der Krieg ging nämlich weiter.

Der Pfälzer hat schließlich Hilfe bekommen. Und zwar von zwei Haudegen, die beide ein eigenes Heer hatten. Das waren der Halberstädter – der tolle Christian, von dem ich schon erzählt habe – und der Mansfelder. Vom Mansfeld muss ich schon noch eine Sache berichten, nämlich, wie wir ihn bei Wimpfen verhauen haben. Die Schlacht wäre sicher übel für uns Katholische ausgegangen, wenn nicht, ja wenn nicht ein Geschoss in einen von des Mansfelders Munitionswagen eingeschlagen wäre. Das gab eine gehörige Explosion, da flogen die Leute und die Pferde nur so durch die Lüfte. Man konnte glauben, die Erde habe sich aufgetan und der Leibhaftige würde alle zu sich in den Höllenschlund reißen. Das gab eine Panik, kann ich dir sagen, und wenn erst mal beim Gegner eine Panik ausbricht, dann ist die Schlacht schon gewonnen. Rate mal, Anna, wer damals das Geschoss abgefeuert hat. Na, was meinst du?«

»Hans Mergel höchstpersönlich«, kam Liese Anna in einem spöttischen und zugleich gleichgültigen Ton zuvor. »Niemand anders als der gute Hans. Ich frage mich nur, warum er nicht längst General ist.«

»Ja, ich war es. Und ihr könnt mir glauben, dass es kein Zufallstreffer war. Das war Strategie, pure Absicht.

Nun, und den Halberstädter, den haben wir dann anderthalb Monate später bei Hoechst erwischt. Ersoffen sind sie, so sehr haben wir sie erschreckt.«

»Ersoffen? Wann war das? War mein Friedrich wohl auch dabei? Er kann nicht schwimmen.«

»Nun, wann war das? Im Sommer muss das gewesen sein, im Jahre 1622 des gelobten Herrn, der für uns am Kreuze gestorben ist. Ja, im Jahre 1622, Frühsommer, um genau zu sein.«

»Ich glaube, da war er schon fort. Da muss er schon dabei gewesen sein.«

»Na, vielleicht ist er auch übergelaufen, machen viele. Kannst ihn ja im Tilly-Heer suchen. Weiß allerdings nicht, wo das Regiment von damals gerade steht. Ist in ganz Deutschland unterwegs, wegen dem Edikt des Kaisers, das alle wieder katholisch machen soll. Dazu braucht es viele Soldaten. Weigern sich natürlich, die Evangelischen, ist ja klar.

Aber wir wollen nicht vom Thema abkommen. Es gibt noch viel zu erzählen. Wo war ich? Ach, in Hoechst. Ja, da dachten wir, der Krieg sei gewonnen. Doch falsch gedacht. Der Mansfelder nämlich und der Halberstädter waren nicht totzukriegen. Mussten noch einmal verkloppt werden, der eine bei Stadtlohn, habe ich ja schon berichtet, mit den Krabaten und so weiter, und der andere … Ja, der andere. Das weiß ich jetzt gar nicht, wo der Mansfelder damals war. Ist ja auch egal. Aber wenn du denkst, dass jetzt endlich Ruhe war, dann hast du falsch gedacht, denn jetzt kam auf einmal der Däne. Warum der sich plötzlich einmischen musste, kann ich dir sagen, aber das würdest du nicht verstehen, das ist hohe Politik.

Oh, da mussten wir also in den Norden. Da sind wir übrigens auch hier durch diese Gegend gekommen, mit dem Tilly-Heer, wo ich damals noch war. Da waren wir schon ganz schön müde, konnten nicht mehr, aber es musste weitergehen. Ja, und da hat dann der Wallenstein sein Heer aus dem Boden gestampft. 40 000 Mann auf einen Schlag, und alles aus eigener Tasche bezahlt. Das hat er dem Kaiser angeboten, und der hat aufgeatmet, das kann ich dir sagen. Endlich hatte er nämlich sein eigenes Heer und musste sich nicht mehr nur auf den Bayern und die Liga verlassen.

Hier irgendwo an der Weser hat sich Wallenstein mit Tilly getroffen, und ich bin damals übergewechselt. Gibt nämlich besseres Geld und besseres Essen beim Wallensteiner. Dafür aber Teufelsmärsche, davon konnte ich schon bald ein Liedchen singen. Von Norddeutschland nach Ungarn und wieder zurück nach Stralsund sind wir in den nächsten Wochen gezogen. Stralsund haben wir dann belagert, doch das war zäh wie Zunder, nichts zu machen, aber den Dänen haben wir bei Wolgast den Arsch versohlt, und jetzt ist ja angeblich Frieden, heißt es. Ja, aber auf den haben wir schon so oft gewartet. In Lübeck wurde wohl verhandelt. Ich glaube aber nicht daran.

Na, auf jeden Fall hocken wir jetzt hier in Westfalen und warten, was sich der Wallenstein als Nächstes einfallen lässt.«

»Mal sehen, ob der uns überhaupt noch braucht. Frieden wäre schön, aber was sollen wir dann tun?«, fragte einer der jungen Männer, die ebenfalls das Kartenspielen aufgegeben hatten.

»Es gibt keinen Frieden«, warf plötzlich der dicke, haarige Mensch ein, der die ganze Zeit über gesoffen hatte. »Jetzt wird ganz Deutschland katholisch gemacht, und dazu braucht man uns.«

»Ja, das stimmt. Dafür wird man uns brauchen. Aber ich glaube nicht, dass es dabei bleibt. Dieser Krieg ist wie ein Wespennest: Einmal reingestochen, kommen von überall her neue Biester, man kann sie gar nicht zählen. Auf eine, die du totgeschlagen hast, kommen zehn neue. Es gibt keinen Frieden, das sage ich euch.«

Und dann wandte sich Hans Mergel wieder Anna zu. »Hast du alles verstanden, Anna, oder soll ich dir noch mehr erzählen?«

»Um Gottes willen, halt endlich den Mund. Ist ja schon ganz fusselig und trocken. Hier, trink erst einmal ein Bier, und schweig. Das tut nicht nur dir gut, sondern uns allen.« Liese, die mit den Polieren der Stiefel fertig war, nahm jetzt wieder das Kommando in die Hand. Es war ohnehin ein Wunder gewesen, dass sie den alten Mergel so lange, fast ohne Unterbrechungen, hatte reden lassen. »Jetzt, Anna, wollen wir doch einmal ein bisschen was von dir hören. Weißt du, so ein Lager ist zwar riesengroß, aber eigentlich ist es wie ein Dorf. Jeder weiß alles von jedem, und das ist ordentlich langweilig. Deshalb ist es auch gut, dass der Mergel so eine blühende Fantasie hat und immer wieder neue Geschichten erfindet, sonst würden wir hier abends am Lagerfeuer noch versauern. Warum bist du aus deinem Dorf fort?«

»Weil … weil dort nichts mehr ist, was mich noch hält. Mein Mann ist schon seit Jahren weg, den Bauern, bei dem ich gearbeitet habe, haben sie aufgeknüpft, und auch meine liebe Schwester ist tot.«

»Ja, das geht vielen Menschen so. Das ist der Beigeschmack des Krieges. Ein Heer ist wie ein ungeheuerlicher Heuschreckenschwarm, der dort, wo er entlangkommt, nichts als Ödnis und Verwüstung hinterlässt«, warf Hans Mergel ein, ein weiteres seiner zahlreichen Bilder aus dem Tierreich anbringend.

»Wer hat denn den Bauern aufgeknüpft? Hast du sie gesehen?«, wollte Liese wissen.

Sie kannte diejenigen im Heer genau, die immer und immer wieder derartige Dinge taten. In Dörfer einfallen, die Leute erschrecken und ihnen die eine oder andere Habseligkeit nehmen, das war in Ordnung, denn der Krieg musste sich halt selbst ernähren. Doch von den sinnlosen Gewaltakten, zu denen es ständig kam, hielt Liese nichts. Sie selbst borgte sich gern einmal das eine oder andere von den Bauersleuten aus, durch deren Dörfer sie zogen. So nannte sie es jedenfalls, wenn sie ihnen etwas nahm, obwohl es ihr natürlich nie einfiel, die Dinge wieder zurückzugeben. Doch quälen und töten musste man die armen Menschen nun wirklich nicht.

»Ich kann es nicht sagen, habe sie nicht gesehen. Es waren mehrere. Als sie ins Dorf kamen, hörte ich nur die Leute rufen, man solle alles verstecken. Ich habe nichts zu verstecken, also habe ich mich lieber selbst in Sicherheit gebracht.«

»Das war auch gut so.«

»Auf jeden Fall ist der Bauer tot, und auch seine Magd, die Katharina, scheint nicht mehr am Leben zu sein. Ich bin dann in den Wald gelaufen, hatte Angst und wollte meine Schwester suchen. Habe sie dann auch gefunden. Auch sie haben sie aufgeknüpft.«

»Ja, das kommt vor. Erst schänden und dann töten. Habe ich schon oft gesehen. In Hessen habe ich einmal beobachtet, wie zwei Männer eine Frau an den Haaren zu einer Viehtränke gezogen haben. Der eine hat ihren Kopf unter Wasser gedrückt, und der andere ...«

»So genau wollen wir es nicht wissen, Kaspar, ich weiß, dass du unendlich viele solcher Schreckensepisoden erzählen kannst«, unterbrach Liese den seltsamen Mann. »Und dann bist du nicht mehr zurück ins Dorf?«

»Nein, ich wollte keine Menschenseele mehr sehen. Hatte schlimme Angst. Am Anfang war noch das Hündchen bei mir.«

»Was für ein Hündchen?«

»Meine Schwester muss wohl ein Hündchen mit in den Wald genommen haben. Unser Hofhund hatte erst vor zwei Wochen geworfen, und Mine liebte kleine Tiere so sehr. Es war an ihrem Fuß festgebunden, als ich sie fand.«

Anna hatte der Tatsache, dass sich bei ihrer toten Schwester ein Welpe befunden hatte, keine große Bedeutung beigemessen, doch nun blickte sie in sieben weit aufgerissene Augenpaare. Selbst das Mädchen, welches bisher nur in die Flammen gestarrt hatte, war plötzlich aus ihrem Zustand erwacht. Nun fixierte sie Anna, und aus ihrem offenen Mund kamen laute, tiefe Töne, die einem schrecklichen Wehklagen glichen. Alle anderen schwiegen entsetzt, und auch die sonst so spöttische und überlegene Liese schüttelte nur den Kopf.

Anna konnte sich dieses seltsame Verhalten beim besten Willen nicht erklären. Es schien ihr, als seien alle miteinander plötzlich wahnsinnig geworden, nur weil sie einen jungen Hund erwähnt hatte.

Hans Mergel war der Erste, der wieder zu sich fand.

»Dann ist er also wieder da.« Das war für seine Verhältnisse ein ausgesprochen kurzer Satz.

»Verflixt noch mal. Das fehlt auch noch. Frag sie nach der Sanduhr, Hans«, meinte Liese ausgesprochen leise.

Der dicke Mann und die beiden jungen Soldaten standen derweil auf und gingen, ohne sich zu verabschieden, recht zügig fort.

Hans Mergel befolgte Lieses Aufforderung: »Hast du bei deiner Schwester auch eine Sanduhr gefunden, Anna?«

»Eine Sanduhr? Ja, sie hatte eine Sanduhr. Schon einen Tag vor ihrem Tod kam sie damit nach Hause. Ich konnte sie nicht fragen, woher sie sie hatte. Mine war ja stumm.«

Mergel und Liese wirkten still.

Dann wollte der lange Dünne wissen: »War ihr Hals durchtrennt?«

»Ja, das war er. Woher wisst ihr das alles? Und was besorgt euch so?«

»Weißt du, Anna, das war niemand anderes als der Teufel.« Es schien, dass Hans Mergel doch seine Sprache wiedergefunden hatte. »Das kann kein Mensch sein, denn es geht schon seit Jahren so, und immer ist es das Gleiche. Wenn ein Betrunkener ein Mädchen überfällt und tötet, dann handelt er mitunter grausamer, oh, davon kann ich dir ein Liedchen singen. Aber dieser hier, der hört nicht auf damit. Er verfolgt unser Heer, er pflastert unseren Weg seit Jahren mit den Leichen unzähliger Frauen. Am Anfang ist das nicht weiter aufgefallen. Du weißt selbst, wie es im Krieg zugeht. Da hing da halt mal eine an einem Baum oder in einer Scheune. Doch immer war da ein kleiner, wimmernder Hund und manchmal auch diese Sanduhr. Ganz so, als wollte der, der es gemacht hat, ein Zeichen hinterlassen.«

»Und so was macht nur der Satan«, setzte der dünne Kaspar Mergels Worte fort.

»Wir sind verflucht, wir sind verflucht, wir sind verflucht«, kreischte plötzlich die bisher stumme, junge Frau nun mit entsetzlich hoher Stimme.

»Ja, so scheint es zu sein«, bestätigte Hans Mergel ganz ruhig ihre Worte. »Die Erste, von der ich weiß, war die Elisabeth Stiegler, ein bayerisches Mädel. Die war kein Unschuldslamm. Wann war das? Vor vier Jahren etwa, da war das Wallensteiner Heer noch ganz frisch. Ich war gerade dazugestoßen. Doch vorher soll es auch schon Fälle gegeben haben, in anderen Heeren, so wurde mir zumindest berichtet. Seitdem haben wir immer wieder davon gehört. Wie viele arme Bauersfrauen jedoch in ihren Häusern hängen, ohne dass wir es erfahren, möchte ich gar nicht wissen. Jetzt allerdings war eine Zeitlang Ruhe. Keine Lagerhure ist verschwunden, kein Trossmädchen, alle sind noch da. Wir hatten schon gehofft, dass es vorbei ist.

Immer wieder dachte man, man hätte ihn gefunden. Weißt du noch, Liese, wie sie den lahmen Johann verdächtigt haben? Ohne Gericht zu halten, wurde er einfach einen Kopf kürzer gemacht. Doch aufgehört hat es trotzdem nicht.

Und dann glaubte man doch tatsächlich, dass es Frauen sind, die das tun. Die Regina Schüttler soll es gewesen sein, die aus diesem schwäbischen Ort, aus dem sie schon geflohen war, weil man sie dort der Hexerei beschuldigt hatte. Sie und ihre Tochter, ein fünfzehnjähriges Mädchen. Damals waren eine schwangere Trossfrau und die hübsche Tochter eines Brotbäckers innerhalb von zwei Tagen erhängt aufgefunden worden. Regina hatte sich noch kurz vorher mit der Schwangeren in den Haaren gehabt, und das Bäckersmädchen hatte der Schüttlertochter den Verlobten ausgespannt. Das reichte, um die beiden zu verdächtigen. Zuerst hat man sie nackt ausgezogen und dann peinlich verhört. Und wie peinlich, das möchte ich gar nicht schildern. Die Leute waren so aufgebracht, dass die beiden schließlich in eine Waldlichtung geschleppt wurden. Dort hat man sie an einen freistehenden Baum gebunden, Reisig um sie gestapelt und angezündet. Aber auch danach hat es nicht aufgehört.

Es ist die Strafe Gottes für unsere Taten. Es ist seine Strafe dafür, dass wir uns vom Krieg ernähren, dass wir leben, weil andere leiden«, schloss Hans Mergel.

»Sei jetzt ruhig, Hans. Wir wollen nicht weiter darüber reden. Lässt sich eh nichts mehr ändern. Annas Schwester ist und bleibt tot«, sagte Liese in einem äußerst bitteren Ton.

Doch der dünne Kaspar erklärte daraufhin nüchtern: »Seitdem ich hier bin – und das sind jetzt drei Jahre –, sind es mindestens zwei Dutzend Weiber gewesen. Von so vielen weiß ich, können auch mehr sein. Die Hunde, wenn sie nicht alle ertränkt worden wären, würden schon ein stattliches Rudel abgeben.«

»Man muss ihn finden und ertränken. Ertränken muss man ihn«, rief wieder das Mädchen.

»Sie meint den Hund. Alle kleinen Hündchen, die man bei den Leichen findet, werden ertränkt, weil man glaubt, dass sie verflucht sind. Der Rumormeister höchstpersönlich übernimmt diese Aufgabe.« So erklärte Hans Mergel die wirren Worte der jungen Frau.

Anna versuchte so schnell wie möglich aufzustehen. Doch sie schaffte es nicht mehr rechtzeitig, vom Lagerfeuer fortzukommen, bevor sie den kostbaren Schinken, den Fladen und den Käse nahezu unverdaut wieder von sich gab.

IV

Wie konnte das nur passieren? Wie konnte sie so schnell verschwinden? Man hat sie einfach aus den Augen verloren. War nicht schnell genug. Hätte achtsamer sein müssen. Ist mit der Hexe fort. Wo soll man sie nur suchen?

Wird sie schon wieder finden. Muss ja hier sein, hier bei den vielen Soldaten und ihren Weibern. Muss hier sein, ist ja mit der Hexe gegangen.

Jetzt muss man nur noch ein wenig warten, bis alle Lichter aus sind und alle schlafen. Dann ist die rechte Zeit, dann kann man es wagen, kann sich ins Lager schleichen. Dann kann man sich etwas zu essen suchen.

Man wird sie schon wieder finden. Kann nicht weit sein, wird jetzt auch schlafen. Ist sicherlich bei der Hexe.

Bald gehen die Lichter aus. Es dauert nicht mehr lang. Gar nicht mehr lang.

Anna hatte es sich am Lagerfeuer auf einem Strohsack bequem gemacht, wenige Schritte von ihr entfernt schlief in ihrem kleinen Zelt bereits die Lumpenliese, und etwas weiter entfernt hörte sie das regelmäßige Schnarchen des alten Mergel.

Trotz der schrecklichen Neuigkeiten, die sie an diesem Abend erfahren hatte, und trotz ihres erneut leeren Magens fühlte sie sich endlich wieder geborgen. Hier, inmitten so vieler Menschen, konnte ihr nichts zustoßen, das spürte sie. Auch wenn es im Heer von Strolchen, Schlitzohren und Strauchdieben nur so wimmelte, würde ihr schon niemand etwas tun, denn sie war nicht mehr allein.

»Bist du noch wach?«, hörte sie die zischende Stimme des seltsamen Mädchens, das die meiste Zeit des Abends ins Lagerfeuer gestarrt hatte.

»Ja«, antwortete Anna.

»Ich habe ihn gesehen.«

»Wen hast du gesehen?«

»Den Teufel, der all das anrichtet. Ich habe ihn gesehen.«

»Wann?«

»Weiß nicht genau. Ist schon eine Weile her. Viele Tage schon. Es war im Wald, auf dem Marsch. Hab da gewartet, war verabredet. Und dann hab ich ihn gesehen. Schrecklich, schrecklich, schrecklich …«, begann sie plötzlich schrill zu kreischen und hörte erst damit auf, als Anna sie unsanft an den Schultern packte. Das Mädchen blickte Anna aus dumm schielenden Augen unter zusammengewachsenen Brauen böse an.

»Du hast ihn wieder mitgebracht, das weiß ich. Er war fort, und jetzt ist er wieder da. Du bist schuld.«

»Woher willst du das wissen?«

»Ich weiß es, ich weiß es, ich weiß es«, schrie sie wieder.

»Sei doch still, du weckst ja das ganze Lager auf.«

»Ich spüre es, wenn er da ist. Kann es spüren. Nur darf das niemand wissen, muss immer mein Geheimnis bleiben. Gerade war ich drüben hinter dem Busch, musste mal, und da habe ich ihn gehört. Seinen Atem habe ich gehört. So atmet nur er, das weiß ich genau. Er hockt dort drüben in dem kleinen Wäldchen. Geh hin, und du wirst die Nächste sein. Geh schon, geh schon, geh schon!«, hub sie wieder zu kreischen an und verfiel in ein hysterisches Lachen.

Anna betrachtete verängstigt und zugleich abgestoßen dieses jämmerliche Geschöpf, wie es so vor ihr hockte und seinen mageren Körper nach vorne und dann wieder nach hinten warf.

Die schwarzen Haare waren vollkommen verfilzt, und der große Mund so weit vor Lachen aufgerissen, dass Anna bis in den Rachen der Verrückten schauen konnte. Sie war wahrscheinlich erst siebzehn oder achtzehn Jahre alt, dennoch konnte Anna im Schein des verglimmenden Lagerfeuers nur noch einen dunklen Rest an Zähnen erkennen.

»Halt's Maul, du dreckige Hure!«, schrie auf einmal eine Stimme hinter ihnen. Anna drehte sich erschrocken um und erkannte die Umrisse des langen, dünnen Kaspar. »Komm lieber mit, will mich langsam auch mal aufs Ohr legen.« Und dann grinste er Anna an und fragte, während er sich ans Gemächt fasste: »Oder hast *du* vielleicht Lust, mir was Gutes zu tun, kleine Bäuerin?«

»Lass mich in Frieden«, sagte diese nur leise und wandte sich ab. Das Mädchen hingegen hatte sein Geschrei eingestellt und sich wieder auf die dünnen Beine begeben. Ohne ein Wort zu sagen, begleitete sie den Mann hinter den nächsten Wagen.

Obwohl sie sich die Ohren zuhielt, musste Anna eine – nicht allzu lange – Weile ihr lautes Stöhnen und Grunzen ertragen. Dann machte sich das ungewöhnliche Liebespaar, offensichtlich auf getrennten Wegen, davon, denn während das Kichern des Mädchens in Richtung des Lagerinneren langsam verschwand, ließ es sich der lange Kaspar nicht nehmen, noch einmal bei Anna vorbeizuschauen.

»Musst nicht schüchtern sein, kleine Bäuerin. Bin gut, hat sich noch keine beschwert. Ich komm morgen wieder, vielleicht hast du es dir dann anders überlegt.«

Er verschwand und lies Anna ängstlich an dem immer schwächer werdenden Feuer zurück. Mittlerweile fühlte sie sich nicht mehr sicher und geborgen. Leise betend, erwartete sie zitternd den Sonnenaufgang.

Als Anna erwachte, herrschte um sie herum bereits reges Treiben. Man packte und rüstete sich für den Weitermarsch. Sie musste gegen Morgen in einen unnatürlichen Schlaf gefallen sein, denn nun schmerzten all ihre Glieder, und ihr Kopf brummte unerträglich. Hinzu kamen ein fast schon krampfartiges Hungergefühl und ein widerlicher, pelziger Geschmack im Mund.

Mühsam setzte sie sich auf. Erst als sie sich die Haare richten und die Augen reiben wollte, bemerkte sie, dass sie etwas in den Händen hielt. Es war eine Holzperlenkette mit einem kleinen, aus Knochen geschnitzten Kreuz als Anhänger.

»Mines Rosenkranz«, dachte Anna, immer noch vom Schlaf benebelt, bevor sie das Schmuckstück entsetzt aus den Händen gleiten ließ.

»Was ist denn mit dir los? Du schaust ja, als wäre dir heute Nacht der Teufel begegnet.« Liese begrüßte ihre neue Begleiterin derart frivol und unbekümmert, als habe sie den gesamten betrüblichen Inhalt des gestrigen Lagerfeuergespräches aus ihrem Gedächtnis gestrichen. Und so war es auch, denn die Marketenderin lebte strikt nach der Devise: Ganz gleich, was auch passierte, das Leben musste weitergehen. Nur wenn der Kopf frei war von trüben Gedanken, ließen sich gute Geschäfte machen. Und nur, wenn man gute Geschäfte machte, konnte man gescheit leben. Aus diesem Grund hatte sie im Laufe der Jahre die Kunst des Vergessens derartig vollendet, dass sie auf manchen mitunter seelenlos und kalt wirken konnte.

»Das hier gehört meiner Schwester.«

»Na und?«

»Sie hat sich ihren Rosenkranz immer ums Handgelenk gebunden. Hab ihn ihr nicht abgenommen, als sie tot war. Und jetzt ist er plötzlich hier. Irgendjemand muss ihn mir heute Nacht in die Hand gedrückt haben, als ich geschlafen habe.«

»Ach was! Zeig mal. Das ist doch ein ganz normaler Rosenkranz, davon gibt es Tausende. Kann dir in meinem Wagen ein ganzes Dutzend zeigen. Wobei das Stück schon besonders nett ist, muss ich zugeben. Weißt du was? Der lange Kaspar hat es dir sicherlich geschenkt, der hat doch ganz offensichtlich ein Auge auf dich geworfen. Will dich rumkriegen, der Lulatsch, das ist alles.«

»Meinst du?«

»So ist es. Wäre das der Rosenkranz deiner Schwester, dann würde doch sicherlich Blut daran kleben. Das saugt sich ganz gefährlich ins Holz und auch in den Faden, würde man nicht rausbekommen. Und, siehst du da Blut? Ich nicht. Wenn du das Ding nicht haben willst, ich hätte da schon Verwendung. Und jetzt steh auf! Hab dich genug geschont, bist hier nicht zum Vergnügen.«

Und nach einer dünnen Haferschleimsuppe, die ihr erstaunlich guttat, machte Anna sich an die Arbeit. Sie half Liese beim Packen, und gemeinsam mit dem alten Mergel warteten sie schließlich darauf, dass sich der lange Wurm wieder in Bewegung setzte. Wohin es ging, das wusste Anna nicht, und es interessierte sie auch nicht sonderlich. Ob nach Norden, Süden, Osten oder Westen – was kümmerte sie das? Ganz gleich, in welche Himmelsrichtung sie zogen, alles war neu für sie.

Tatsächlich machte sich der Truppenteil, zu dem Anna gestoßen war, auf, um dem General Wallenstein gegen Magdeburg behilflich zu sein. Trotz des angeblichen Friedensschlusses hatte er begonnen, die Stadt zu belagern. Man marschierte also, die Weser überquerend, in Richtung Nordosten, das Ziel Halberstadt vor Augen. Dort sollte man auf das Quartier des großen Wallensteinschen Heeres stoßen, mit dem sich das Regiment verbinden wollte.

Sie legten nicht mehr als eine Meile pro Tag zurück, und dennoch war es sehr mühselig, denn zu jeder Nacht hieß es, ein Lager zu errichten und am frühen Morgen wieder abzubauen. Dazwischen mussten Nahrungsmittel und neue Waren besorgt werden. Es gab also eine Vielzahl an Dingen zu tun, und für Liese war es ein Segen, Anna gefunden zu haben, denn sie verstand es, ihr schnell und gleichzeitig sorgfältig zur Hand zu gehen, indem sie Wäsche wusch, Waren sortierte und das Essen zubereitete.

So vergingen drei Tage, in denen Anna sich an das Lagerleben gewöhnen konnte. In diesen drei Tagen wurde sie – trotz seiner Ankündigung – weder vom langen Kaspar belästigt, noch geschahen andere Dinge und Seltsamkeiten, die sie an ihre Flucht oder an den Tod ihrer Schwester erinnert hätten.

Am vierten Tag – sie befanden sich gerade vor den Toren der Stadt Hameln – änderte sich dies.

Liese war gerade dabei, ihren Wagen herzurichten, denn das Heer bereitete sich auf eine längere Lagerzeit vor. Ein Bote Wallensteins hatte die Nachricht gebracht, dass es so aussah, als würde sich der Feldherr gütlich mit den Magdeburgern einigen und eine Verstärkung nicht unbedingt benötigen. Diese Nachricht hatte Liese gefreut, konnte sie nun doch in Ruhe ihre Geschäfte machen. Hans Mergel hingegen, der immer ein wenig weiter in die Zukunft zu schauen pflegte, stimmte es nachdenklich: »Der Wallenstein wird unser Heer bald auflösen«, sagte er, während er dem Ochsen einen Eimer Wasser hinstellte. »Das sage ich euch. Der ist jetzt Herzog von Mecklenburg, Reichsfürst ist er. Was will der mehr? Hat doch alles erreicht. Nur der Kaisertitel, der fehlt ihm noch. Aber daran wird selbst so einer wie der im Traum nicht denken. Ich sage euch, wir müssen uns bald eine andere Bleibe suchen.«

»Mal redest du so und mal so. Der Krieg dauert ewig, heißt es am einen Tag, und am nächsten jammerst du, dass sie uns morgen schon über den Jordan jagen. Warte doch einfach ab, und mal nicht immer den Teufel an die Wand. Manchmal glaube ich, du willst einfach immer nur das Schlimmste annehmen, weil du dir daraus bessere Geschichten zurechtspinnen kannst.«

Liese blieb also optimistisch.

»Es hat die Irmi erwischt.« Das war alles, was ein junger Bursche der Gruppe im Vorbeilaufen zurief. »Es hat die Irmi erwischt«, rief er auch den nächsten Leuten zu, denen er begegnete.

»Irmi, das ist doch das leichte Mädchen, dem du kürzlich noch dieses *Parföng* verkauft hast. Diesen Duft, von dem du sagst, er betört das gesamte Mannsvolk im Umkreis von einer Viertelmeile«, erinnerte sich Mergel.

»Ach die. Die Blonde, die es mal irgendwann, als sie noch taufrisch war, bis in die Unteroffiziersbetten geschafft hat. Ja, ja, dieser untergehende Stern. Kann mich erinnern. Die hat's erwischt? Heißt das, *er* hat sie erwischt?«

»Ich werde mich mal erkundigen gehen«, sagte Mergel kurz, um nach einer halben Stunde mit neuen Informationen zurückzukehren.

»Hing an einem Ast, direkt überm Weg«, berichtete er. »Die Vorhut musste sie abschneiden lassen, sonst wären die ganzen Karren nicht durchgekommen. Direkt vor der Nase soll sie den Reitern gebaumelt haben, als sich das Heer gestern Morgen in Bewegung gesetzt hat. Im Nebel, muss ein grausiges Bild gewesen sein. Ein Hündchen war auch da, ist aber in den Wald gelaufen.«

»Tja, es geht also fröhlich weiter. Was wollen wir da machen? Können nur hoffen, dass wir nicht die Nächsten sind, Anna. Der macht vor keiner Halt. Ob du zwölf oder achtzig Jahre zählst. Hat's schon alles gegeben. Hauptsache, du bist eine Frau«, wandte sich Liese an Anna, die dabei war, in einem großen Kessel Wasser zum Kochen zu bringen, um die schmutzigsten Wäschestücke einzuweichen. Morgen wollte sie an die

Weser gehen und den ganzen Tag mit Wäschewaschen verbringen.

»Na, du redest wohl gar nichts mehr«, sagte Liese nur, nachdem sie vergeblich auf eine Reaktion ihrer neuen Hilfskraft gewartet hatte.

»Ich will davon nichts hören«, sagte Anna leise und widmete sich weiter stillschweigend ihrer Arbeit. Gerade hatte sie begonnen, sich langsam an ein neues Leben zu gewöhnen, sich neuen Aufgaben hinzugeben und ihre Vergangenheit zu vergessen. Von ermordeten Frauen wollte sie nun wirklich nichts wissen. Mine war tot und würde es bleiben. Sollte man ihr doch ihren Frieden lassen und nicht weiter an diese teuflischen Ereignisse denken.

»Ist vielleicht auch das Beste«, meinte Liese kurz. »Was meinst du, Hans, glaubst du, du könntest noch schnell im Wagen ein paar Krüge von dem russischen Teufelszeug zubereiten, auf das sie alle so wild sind? Glaube, vom letzten Mal ist nicht mehr genug übrig geblieben.«

Seit mittlerweile einem Jahr hatte Liese auch einen kleinen Ausschank, den sie immer dann in Betrieb nahm, wenn sich das Heer für mehr als zwei Nächte an ein und demselben Ort niederließ. Dazu baute Mergel drei Holzbänke auf, und Liese besorgte die notwendigen Getränke sowie weitere, die es nur bei ihr gab, exklusive und gleichzeitig erschwingliche Waren. Ihre neueste Spezialität war Wodka, schwierig zu organisieren, doch mit ein wenig Fantasie und dem nötigen Verkaufstalent ließ es sich immer bewältigen. So hatte Liese sich von einem fahrenden Bader eine riesige Flasche Spiritus besorgt, den sie, zur Hälfte mit Wasser gemischt und mit etwas Salz und ein wenig Honig versehen, als Wodka darreichte. Niemandem von ihrer ohnehin betrunkenen Kundschaft war das aufgefallen.

Auch am heutigen Abend sollte Lieses Schenke geöffnet werden, und da Hans Mergel sich ausgezeichnet darauf verstand, auf der Geige Trinklieder und Tanzmusik zu spielen, waren ihr volle Bänke gewiss. Anna sollte bedienen, und das war ein weiterer Grund dafür, dass die ohnehin ruhige Frau heute besonders schweigsam war. Sie fürchtete sich vor den fremden Männern, die mit großer Wahrscheinlichkeit mehr von ihr verlangen würden als nur das Vorsetzen eines Getränks.

»Werde mich mal drum kümmern«, murmelte der alte Mergel und begab sich langsam ins Innere des Planwagens, um sich dort auf die Schnelle als Destillateur zu üben.

Es wurde schrecklicher, als Anna befürchtet hatte. Der Abend nahm und nahm kein Ende, ganz im Gegenteil: Je später es wurde, desto mehr Betrunkene fanden ihren Weg zu Lieses Schenke. Die Stimmung wurde immer ausgelassener und die Lieder immer schmutziger. Doch das hinderte Hans Mergel nicht daran, das Gegröle der Gäste in einer nahezu teilnahmslosen Unermüdlichkeit auf seiner Geige zu begleiten.

Ganz so teilnahmslos war Anna nicht, konnte sie gar nicht sein, denn es galt, sich mit Händen und Füßen gegen die Hände und die Füße der aufdringlichen Kundschaft zu wehren. Denn während Liese von einer unerklärlichen Aura rundum respektierter Unantastbarkeit umgeben war, so war dies Anna leider nicht zu eigen, und das machte die Kellnerei für sie zu einer kaum zu ertragenden Prozedur. Nicht nur, dass die Kerle ihre Finger nicht bei sich behalten konnten und sie und ihre losen Weiber kaum Anstalten machten, die Zeche zu bezahlen – nein, sie wurden auch derb in ihren Beschimpfungen der armen Anna gegenüber, wenn sich diese vor ihnen zierte und stattdessen auf das versoffene Geld bestand.

Liese schien das alles nicht zu stören. Sie kannte einen jeden von ihnen, und auch wenn es dem einen oder anderen gelang, als Zechpreller von dannen zu ziehen, summierte sich in Lieses Gedächtnis akribisch Posten für Posten, und es war jedem hier Anwesenden sonnenklar, dass keine Woche verstreichen würde, bis sie die gesamte Schuld auf Heller und Pfennig wieder eingetrieben hatte.

Leider hatte Anna keine solch selbstbewusste Natur, und das führte dazu, dass sie schon kurz nach Mitternacht vollkommen mit ihrer Kraft am Ende war. Nicht häufig hatte sie in ihrem Leben weinen müssen; eigentlich konnte sie sich an keine einzige Situation zurückerinnern, in der ihr vor Rührung, Trauer, Erschöpfung, Wut oder Schmerz je Tränen über die Wangen geflossen waren. Doch an diesem Abend lief sie plötzlich heulend auf und davon.

Wenige Schritte abseits des Lagers blieb sie stehen und setzte sich erschöpft an den Wegesrand. Alles war so neu für sie, und nichts von dem, was sie in der letzten Zeit erfahren hatte, hätte sie sich jemals in ihren kühnsten Vorstellungen ausmalen können. Sicherlich hatte sie schon viel Schrecklicheres ertragen müssen als einen Abend inmitten von Trunkenbolden, doch immer war alles vorhersehbar und ein Teil ihrer täglichen Routine gewesen. Starb ein Mensch, den sie liebte – so wie ihr älterer Bruder, der als siebenjähriger Junge vor ihren Augen im See ertrunken war –, dann gab es trotz des schmerzenden Verlustes vorgegebene Pflichten, die es zu erfüllen galt und die Halt und Schutz boten. Der Verstorbene wurde im Haus aufgebahrt, man hielt Totenwache und beerdigte ihn dann am dritten Tag. Auch wenn während des Krieges Marodeure einfielen und alles verwüsteten, dann baute man die Häuser wieder auf und lebte wie zuvor. Und schlug einmal der Blitz in den Kirchturm ein und brannte ihn nieder, dann war der Schrecken der Dorfbewohner groß, doch es dauerte nicht lange, und man hatte ihn gemeinsam neu errichtet. All das kostete Mühe, Überwindung und hinterließ mitunter Narben an Seele und Körper, aber es geschah unter Einhaltung vertrauter Regeln, die sie von Kindesbeinen an gelernt hatte.

Das Lagerleben jedoch war anders. Hier gab es sicherlich Halt und auch Sicherheit, man konnte Freundschaften schließen und sogar eine Familie gründen, doch all das folgte einem eigenen Gesetz, und dieses Gesetz war Anna fremd. Es war eine Form von Freiheit, die sie bisher nie erlebt hatte und von der sie nicht sicher war, ob sie sie überhaupt kennenlernen mochte. Eine Frau wie Liese, die stark und selbstbewusst war, konnte in einer solchen Gesellschaft wunderbar überleben, ja bestimmt sogar besser als im gewöhnlichen Leben. Aber ein Angsthase wie Anna, die es gewohnt war, sich nur wenige Schritte aus ihrem Bau herauszuwagen – ein solcher Mensch hatte es hier schwer, denn Rückzugsmöglichkeiten gab es nicht. Das Lagerleben war eine seltsame Kombination aus Miteinander und Gegeneinander, und genau dazu fühlte sich Anna zu schwach.

Ihr Widerwille gegen dieses Leben war plötzlich derartig groß, dass sie keinerlei Angst mehr davor verspürte, sich wieder ganz allein in den Wald zu begeben. Nie mehr würde sie zu Liese und deren Kameraden zurückkehren, das schwor sie sich, als sie dort weinend im Gras saß. Doch der Schrecken kehrte augenblicklich zurück, als sich plötzlich eine große Hand schwer auf ihre Schulter legte. Anna versteifte sich am ganzen Körper und kniff die Augen zu. Sie konnte heißen und nach Zwiebeln stinkenden Atem an ihrem Hals spüren, und dann hörte sie eine ihr bereits bekannte Stimme sagen:

»Habe dir doch versprochen, dass ich wiederkomme. Hast du es dir anders überlegt, kleine Bäuerin?«

Der lange Kaspar konnte es scheinbar nicht lassen. Annas Furcht verwandelte sich augenblicklich in Abscheu. Zwar traute sie diesem Kerl alles zu, aber dass es sich bei ihm um den grausigen Frauenmörder handelte, das glaubte sie nicht.

»Ich habe es mir nicht anders überlegt, will nichts von dir wissen. Lass mich einfach in Ruhe«, sagte sie leise, aber bestimmt.

»Wie du meinst. Du musst bloß nicht glauben, dass du was Besonderes bist, du blöde Metze. Kannst froh sein, wenn man dich auch nur mit dem Arsch anguckt«, sagte er und begann sie am Arm hochzuziehen. Als Anna sich wehren wollte, holte Kaspar aus, um ihr mit seiner großen Hand, die wie bei einer Marionette an seinem dünnen Arm zu baumeln schien, mitten ins Gesicht zu schlagen. Doch im selben Moment traf ihn ein Stein an der Schläfe, und er fiel wie ein großer dürrer Baum zu Boden.

Anna stand wie vom Blitz getroffen vor ihm und konnte im Schein der unzähligen Feuer des unweiten Heereslagers sehen, wie ein winziger Blutfaden über das aschfahle Gesicht dieses unangenehmen Gesellen lief. Sie war sich nicht sicher, ob er tot war. Als sie so dastand und noch keinen Gedanken daran verschwendet hatte, von wo und vor allem von wem ihr diese unerwartete Rettung zuteilgeworden war, vernahm sie plötzlich hinter sich ein Rascheln. Dort zog sich eindeutig ein Lebewesen fluchtartig in das pechschwarze Innere des Waldes zurück.

Anna entschied sich umgehend, doch zu dem ausgelassenen Gelage zurückzukehren und Hilfe für ihren angeschlagenen Angreifer zu holen. Als sie nach wenigen Minuten zusammen mit dem alten Mergel zurückkam, war jedoch von Kaspar keine Spur zu sehen. Er war verschwunden und blieb es. Niemand bekam ihn wieder zu Gesicht, aber auch niemand vermisste ihn, sodass seine seltsame Erscheinung bereits nach wenigen Tagen in Vergessenheit geriet.

Selbst die junge Verrückte – deren Name Therese lautete, wie Anna erst nach einiger Zeit erfuhr – schien nicht mehr an ihn zu denken. Obwohl sich die beiden mit großer Sicherheit häufiger als das eine Mal miteinander verlustiert hatten und obwohl sich an Thereses magerem Körper mittlerweile ein Bäuchlein abzuzeichnen begann.

»Die weiß selbst nicht, wem sie das Balg anhängen soll. Da

kommen der ganze Tross, das halbe Heer und selbst Dutzende von Bauern aus der Umgebung in Frage«, meinte Liese trocken, als Anna sie zwei Tage nach dem Verschwinden des langen Kaspar auf die Vaterschaft des Kindes ansprach. Und was Annas heimlichen Retter anbelangte, so konnte sich niemand wirklich erklären, wer das sein konnte. Mergel und Liese nahmen beide still und unabhängig voneinander an, dass Anna sich dieses Wesen ausgedacht hatte und schlicht und einfach selbst dafür verantwortlich war, dass der aufdringliche Kamerad so plötzlich auf Nimmerwiedersehen verschwunden war. Zwar war ihr das auf den ersten Blick nicht zuzutrauen, aber beide wussten, dass es in diesen Zeiten nichts gab, was unmöglich war.

V

Anna verbrachte die Nacht nach dem Angriff doch wieder im Lager bei ihrer Wohltäterin Liese und machte sich am frühen Morgen auf an die Weser, um dort im Fluss Wäsche zu waschen. Sie hatte sich von denen, die es sich leisten konnten, ihr ein paar Kupfermünzen dafür zu geben, schmutzige Kleidungsstücke zusammengesucht und nahm sich nun vor, ihre eigene kleine Profession zu beginnen. Liese hatte nichts dagegen. Doch ließ sie sich dieses Einverständnis von Anna bezahlen, indem sie argumentierte, dass sie immerhin die wertvollen Kontakte zur Verfügung stelle und zudem den Arbeitsausfall Annas in der Zeit, wo sie waschen ginge, finanziell ausgleichen müsse. Die unschuldige Anna ließ sich alles gefallen, war sie doch nie etwas anderes gewohnt gewesen. Und so meckerte sie auch nicht, als Liese nicht mehr und nicht weniger als die Hälfte ihres Lohnes verlangte. Zwar schüttelte der alte Mergel den Kopf, als er davon erfuhr, doch er wagte es nicht, Einspruch zu erheben und damit ein großes Donnerwetter auszulösen.

Anna machte sich also auf zum Ufer des Flusses. Es war nicht einfach, einen geeigneten Waschplatz zu finden, denn die Ufer der Weser waren bereits vollgestopft mit Waschweibern, die augenscheinlich dieselbe Idee wie Anna gehabt hatten. An die zwelhundert Frauen, die sich trotz der unterschiedlichsten Mundarten blendend verstanden, hatten sich an den Fluss begeben. Es war eng und laut. Anna erinnerte es an das unlängst verstorbene Federvieh des Bauern Schulz, als dieses noch gesund und munter gackernd den Hof bevölkert hatte.

Obwohl die Sonne heiß vom Himmel schien, war der Boden am Waschplatz bereits von den vielen Füßen und Schrubbvorgängen so matschig und aufgeweicht, dass Anna fürchtete, die Wäsche eher schmutziger als sauber zu machen. Ohnehin gab es kaum ein Durchkommen, denn hier herrschte der Ellenbogen. An einer Stelle jedoch war genügend Platz, weil die fünf oder sechs Frauen, die dort nebeneinandergehockt hatten, aufgestanden waren, ihre Sachen liegengelassen hatten und nun eine Traube um einen großen Mann bildeten, der mit angenehmer und ruhiger Stimme zu ihnen sprach. Was er sagte, konnte Anna nicht hören. Es interessierte sie auch nicht, denn sie nahm die Möglichkeit wahr und ließ sich einfach zwischen den Körben der Zuhörerinnen nieder, um mit ihrer Arbeit zu beginnen. Eine Dreistigkeit, die sie sich noch vor wenigen Tagen nicht im Traume erlaubt hätte.

»Was fällt dir ein, du dummes Stück«, hub auch sofort ein entsetzliches Geschrei an.

»Weg da!«

»So ein freches Biest.«

Wie Furien stürzten drei der Weiber plötzlich auf Anna zu, und sie glaubte bereits, dass sie ihr die Augen auskratzen würden, als der große Mann seine sanfte Stimme erhob und weiterhin ruhig, aber laut sagte: »Aber bitte, liebste Damen, warum so disgustiert? Diese Furi sind ganz unangebracht. Ihr werdet doch Humanitas genug besitzen, um der jungen Frau einen Platz zum Waschen freizugeben.«

Auf Anna zukommend, schaute er ihr mit gekonnt warmem Blick tief in die Augen und reichte ihr die Hand, um ihr aus dem Matsch zu helfen, in den sie der Schreck hineinkatapultiert hatte.

»Danke«, sagte Anna – die im Übrigen nicht ein Wort verstanden hatte – schüchtern errötend, senkte den Blick, um sich dann schnell und linkisch nach rechts zu drehen und ihre Sachen zu packen, die jedoch zu ihrer Linken standen. Es war ein schrecklich unangenehmer Augenblick. Roter als rot im Gesicht, kramte sie schließlich alles zusammen und wollte schnell davongehen.

»Ich möchte meinen, Ihr habt den falschen Korb genommen«, rief der hoch gewachsene Herr der davonstürmenden Anna hinterher, bückte sich, griff nach dem richtigen Korb und reichte ihn der Verstörten, die sich kurz nickend wieder auf und davon machen wollte. Der Mann jedoch war schneller, und es gelang ihm, Anna in ein Gespräch zu verwickeln, bevor sie fliehen konnte.

»Verzeiht die importune Frage, aber seid Ihr neu in diesem Tross?«

»Ja, das bin ich. Bin seit weniger als einer Woche dabei.«

»Nun, dann könnt Ihr auch nicht wissen, dass es hier einige selbst aufgestellte Conditiones gibt, die zu befolgen den Damen des Trosses von großer Importanz sind.«

Anna schüttelte nur verschüchtert und zugleich verwirrt den Kopf. Wovon, in Dreiteufels Namen, sprach dieser Mann?

»Kein Grund, sich zu tribulieren. Man benötigt gar ein Studium legum, um sich mit all den Partikularitäten eines solchen Heervolkes auszukennen«, lachte er und schaute Anna dabei äußerst charmant an. Diese hatte nach wie vor nicht die geringste Ahnung, was er da sprach.

»Ich werde morgen waschen«, sagte sie nur kurz, in der Hoffnung, mit diesem Satz das unangenehme Gespräch zu einem Ende zu bringen.

Schon seit ihrer frühen Jugend wurde Anna jedes Mal dann von einer erschreckenden Schüchternheit ergriffen, wenn es darum ging, mit einer Autoritätsperson reden zu müssen. Es wäre ihr niemals in den Sinn gekommen, so frei zum Beispiel mit dem Pfarrer Umgang zu pflegen, wie dies einige Weiber aus ihrem Dorf getan hatten; und auch dem Dorfschulten begegnete sie immer mit großem Respekt, obwohl dieser es als unheilbarer Säufer gar nicht verdient hatte. Zwar wusste Anna nicht, um wen es sich bei diesem schwarz gewandeten Herrn mit dem riesigen breitkrempigen Hut und dem kleinen Spitzenkragen handelte, aber sie war sich sicher, dass er kein Handwerker aus dem Tross und auch kein gewöhnlicher Soldat aus dem Heer war. Er war vornehm, das konnte sie sehen, denn so, wie er sich bewegte und wie er sprach und sie als einfache Bäuerin mit ›*Euch*‹ und ›*Ihr*‹ anredete, musste er eine gute Erziehung genossen haben. Und vor solchen Menschen besaß Anna eine natürliche Scheu.

»Wie ist denn Euer Name?«

»Ich heiße Anna Pippel.«

»Seid willkommen, Anna Pippel, als ein Teil dieses Regiments. Mein Name ist Georg Bracht, meines Zeichens Pastor, jedoch evangelischer Konfession und insofern in diesem Heer lediglich als profaner Seelsorger tätig. Es ist mir eine Freude, Eure Bekanntschaft zu machen, denn auch wenn täglich neue Menschen mit neuem Fatum ihren Weg in unser Regiment finden, so besitze ich re vera die Gabe, mir ein jedes Gesicht und selbst einen jeden Namen einzuprägen. Ich danke dem Herrn für dieses Ingenium. Denn so vermag ich Vertrauen zu schaffen, die Seelen zu öffnen und Gewissen zu erleichtern. Wo habt Ihr Eure Wohnstatt in diesem Tross, Anna Pippel?«

»Bei Liese Kroll, auch Lumpenliese genannt.«

»Aaaaah«, sprach er gedehnt, um sich Zeit zu schaffen, einen Gedanken zu Ende zu denken, bevor er weitersprach. Anna konnte nicht genau sagen, ob sie Georg Bracht nun als angenehm oder unangenehm empfand, doch in jedem Fall war sie während dieser ganzen Begegnung peinlich berührt, was jedoch eher an ihr selbst als an ihm zu liegen schien.

»Ja, ich weiß, wer Liese Kroll ist. Sie ist Marketenderin und fährt zusammen mit diesem älteren Mann, Hans Mergel mit Namen, einem herrlichen Narrator kurioser Schwank- und Wundergeschichten. Fühlt Ihr Euch wohl bei ihr?«

»Ja, das tue ich.«

»Nun gut. Sollte Euch aber dennoch einmal etwas Eigentümliches widerfahren – es gibt da das eine oder andere Gerücht –, so scheut Euch nicht, mich zu instruieren. Ihr erhaltet jederzeit meinen Sukkurs.«

»Was für Gerüchte?«, wollte Anna nun aber doch wissen, denn der Pastor hatte es geschafft, ihre Neugier zu wecken.

»Ich besitze nicht die Affektion, unbestätigte Informationen zu diskurieren und damit möglicherweise Unschuldige zu schädigen. Seid jedoch auf der Hut, Anna. Denn es steht außer Frage, dass im räumlichen Umfeld der Liese Kroll eigenartige, wenn nicht gar mörderische Exorbitantien geschehen. Ich bin der Letzte, der die arme Frau selbst damit coniungieren würde. Doch zu Eurer eigenen Custodia möchte ich Euch warnen. Habet Acht!«

»Worauf soll ich Acht geben?«

»Auf Euer Leben, Anna Pippel, auf Euer Leben.«

»Habt Dank, Hochwürden, ich gehe dann wieder zurück und werde morgen waschen.«

»Nun, dann gehet, aber« – und er lächelte wieder charmant und wissend – »die Dignität, Hochwürden genannt zu werden, erlauben sich nur die katholischen Geistlichen gern. Ich hingegen bin kein Mittler zwischen Himmel und Erde, ich bin nichts weiter als« – und er machte eine künstlerische Pause – »ein Freund.« Und er zitierte Luther, ohne Anna darüber aufzuklären, dass es nicht seine, Brachts, eigene Worte waren: »Denn die Botschaft Gottes ist die, dass wir alle, alle Getauften, in gleicher Weise Priester sind. Die wir Priester nennen, sind aus unserer Mitte ausgewählte Diener, die alles in unserem Namen tun sollen, und das Priestertum ist nichts anderes als ein Dienst.«

Bracht gefiel sich in diesem Moment, ja, er gefiel sich sogar sehr.

»Das ist ein Menschenfischer, aber einer von der üblen Sorte. Ein Schmierlapp und Widerling, glaubt jeden mit seiner sanften Stimme und seinen Rehaugen einlullen und dann aushorchen zu können.« Das war Lieses Reaktion, als Anna von ihrer Begegnung am Fluss erzählte.

»Den hat der Wallenstein persönlich angesetzt, damit er jeden im Regiment ausspioniert«, fügte Hans Mergel hinzu. »Vom Hauptmann bis hin zur Lagerhure. Auf jeden hat er es abgesehen und erstattet dem General Bericht über die Stimmung im Heer. Angeblich soll es in jedem Regiment so einen geben. Und der Bracht hat das auch nicht nur hier gemacht, schon im gesamten Krieg kundschaftet der in den verschiedensten Truppen herum, ob evangelisch oder katholisch. So einem ist nicht zu trauen, besonders die Großen sollten keinen Heller auf ihn geben. Morgen reist er zum Wallenstein und übermorgen dann zum Dänen oder zum Bayern. Wartet mal ab, wenn bald der Schwede für die Evangelischen zu Felde zieht – und das wird passieren, das prophezeie ich euch –, dann verkauft der Pastor Bracht sein Wissen an den.«

»Gut, dass der Mergel so wunderbar über alles unterrichtet ist«, kommentierte Liese. »Was der alles weiß, da könnte der Wallenstein doch glatt ihn als Spion einsetzen, aber dazu bist du ein zu lieber, guter Mensch, Hans, nicht wahr?«

»So ist es, Liese, so ist es. Gesunder Menschenverstand und ein bisschen Kombinationsgabe, das sind meine Fähigkeiten.«

»Was meinte denn der Pastor wohl damit, dass in deiner Umgebung seltsame Dinge geschehen, Liese?«, fragte Anna frei heraus. Sie hatte sich zunächst vorgenommen, diesen Teil des Gesprächs zu verheimlichen, doch nun war die Frage gestellt und löste zunächst entsetzte Sprachlosigkeit aus.

»Hat er das gesagt?«, schrie Liese schließlich nach einer Minute des Schweigens. Anna nickte.

»Diese Drecksau, dieser schleimige Hundesohn ...« Liese wurde noch rabiater und entwickelte im Erfinden scheußlichster Beschimpfungen eine unglaubliche Fantasie. Danach jedoch – es waren etwa zwanzig unaussprechliche Neubildungen aneinandergereiht worden – wurde ihre Stimme wieder leiser und versöhnlicher.

»Er meint natürlich die Morde, Anna. Der Rumormeister, der dicke Spengel, der hier für die Sicherheit im Tross zuständig ist, glaubte einmal, dass alle Frauen, die es bisher erwischt hat, vorher irgendetwas bei mir gekauft hätten. Das stimmt überhaupt nicht. Doch wenn so eine Behauptung erst einmal steht, dann haftet die einem an wie eine Schmeißfliege. Das hätte mich beinahe in den Ruin getrieben. Als Hexe wurde ich beschimpft, und die Kundschaft ist ausgeblieben. Doch zum Glück besitze ich ein eisernes Herz und konnte mich gegen all die Demütigungen und Anfeindungen wehren und meinen Ruf, so gut es ging, wiederherstellen. Zwar kaufen nicht mehr so viele Weiber wie früher bei mir, aber dafür habe ich mich jetzt halt mehr auf die Kerle spezialisiert. Man muss sich schnell anpassen in diesen Zeiten, Anna, sonst geht man unter.«

»Du brauchst dich wirklich nicht vor Liese zu fürchten, Anna. Sie verspritzt zwar gerne Gift, aber damit schützt sie nur sich selbst und all die, die ihr am Herzen liegen. Im Grunde ist sie eine Seele von Mensch«, legte der alte Mergel ein gutes Wort für seine Begleiterin ein.

»Ja, das glaube ich auch«, pflichtete ihm Anna schnell bei, und tatsächlich konnte sie sich nicht vorstellen, dass ausgerechnet Liese mit all den schrecklichen Dingen in Zusammenhang stand. Dann hatte es der Herrgott wirklich nicht gut mit ihr, mit Anna Pippel, gemeint, wenn er sie direkt in die Arme der Mörderin ihrer Schwester getrieben hätte.

VI

Zwei Wochen lagerte das riesige Heer in der Nähe der Stadt Hameln an der Weser. Seine Kommandeure warteten auf einen Wink ihres Generals Wallenstein, der sich in seinem Halberstädter Quartier in Verhandlungen mit den Magdeburgern befand. Es hatte mehr und mehr den Anschein, dass die Belagerung der Stadt Magdeburg einem unblutigen Ende zusteuerte, denn Wallenstein war geneigt, einen Kompromissfrieden mit den Stadtoberen zu schließen. Die Hilfe seines an der Weser stationierten Regiments würde er in einem solchen Fall nicht benötigen.

Seit Mai herrschte nun der Frieden von Lübeck, und er sollte diesen nun elf Jahre währenden Krieg beenden. Im Lager fürchtete man, dass dies wahr sein könnte. Obwohl man des Umherstreifens, Kämpfens, Hungerns und Sterbens überdrüssig war, schaute ein jeder Soldat zusammen mit seinem Weib und seinen Kindern mit Bangen dem entgegen, was man Frieden nannte. Niemand in diesem Tross – nicht einmal mehr Anna, die ganz frisch hinzugekommen war – hätte gewusst, wie er sich in einem herkömmlichen Leben zurechtfinden sollte. Wohin, das dachte sich eine jede dieser vom Krieg abhängigen Seelen, soll ich nur gehen, wenn Frieden ist?

Schließlich teilte sich der riesige Wurm in zwei Hälften, von der ein aus sechs Fähnlein bestehender Teil nun doch in den Norden des Reiches abberufen wurde. Es ging nicht mehr um Magdeburg, sondern um den Schutz Wallensteinschen Eigentums. Der General hatte seine rein privaten Gründe, Norddeutschland in Schach zu halten, war er doch frisch ernannter Herzog von Mecklenburg und hatte sich dadurch insbesondere bei seinen neuen Nachbarfürsten und -städten nicht unbedingt beliebter gemacht. Ein ganzes Regiment wollte er nicht beherbergen, doch einige zusätzliche Fähnlein zur Abschreckung neidischer Gemüter konnte man immer in seiner Nähe gebrauchen. Der Tross, als nimmersatter Anhang, war nur in seinen militärisch notwendigen Teilen erwünscht. Huren, Händler und Radaubrüder mussten sich den restlichen vier Fähnlein anschließen, welche nach Westfalen zurückgeschickt wurden.

Man zog die Weser abwärts in Richtung Corveyer Land. Und wie ein vom Vater übergangener trotziger Knabe ließ dieser restliche Teil des Regimentes seinem Unmut freien Lauf. Leidtragende waren wieder einmal die Bauern.

Von Glück konnten die Ortschaften auf der anderen Seite der Weser sagen. Sie schafften es, rechtzeitig ihre Fähren zu kappen und somit die Plünderer von ihren Häusern, ihrem Vieh und ihren Frauen fernzuhalten. Aus sicherer Entfernung beobachteten sie, wie am gegenüberliegenden Ufer die Dörfer brannten.

Danach streiften die Soldaten und ihr unverändert riesiger Anhang wochenlang orientierungslos in den Gebieten des Bistums Paderborn und des Stiftes Corvey umher. Ihr einziges Ziel war das Überleben. Und dazu benötigten sie Nahrung, viel Nahrung – so viel Nahrung, dass die Dörfer und Städte dieser Gegend sich hilferufend an den Kaiser wandten und auch der General Wallenstein in seinem weit im Nordosten gelegenen Quartier darüber informiert wurde, dass es in dem verbliebenen Teil seines westfalischen Regiments nicht nur zu üblen, sondern auch weiterhin zu sehr mysteriösen Schandtaten kam. Er gebot den Befehlshabern vor Ort, den Dingen auf den Grund zu gehen und sowohl dem Marodieren als auch den seltsamen Vorkommnissen von Teufelserscheinungen und Satansopfern Einhalt zu gebieten.

Anna hatte in den beiden heißen Sommermonaten, in denen sie viel herumkam, einiges gelernt. Vor allem hatte sie einen Großteil ihrer Schüchternheit abgelegt, ja ablegen müssen, um sich in dieser harten Gesellschaft, in der sie sich nun befand, durchsetzen zu können. Zusammen mit Liese und dem alten Mergel war sie einige Male in die verlassenen Dörfer gegangen und hatte dort Waren für Lieses Wagen besorgt. Während die Bewohner der einfachen Bauernhäuser ängstlich in selbst gegrabenen Gruben oder im Wald saßen, holten sie all ihre wertvolle Habe aus den Häusern.

»Wenn wir es nicht machen, dann machen es andere«, sagte Liese immer und schien sich mit dieser Weisheit selbst gut zureden zu wollen, denn es fiel auch ihr nicht leicht, die armen Leute zu berauben. Anna hatte sich anfangs gesträubt, doch schließlich hatte sie eingesehen, dass sich in diesen Zeiten jeder selbst der Nächste war. Denn auch die Bauern waren nicht zimperlich, wenn ihnen einer aus dem Heer in die Finger geriet. Einem jungen Soldaten von achtzehn Jahren hatten drei Dorfburschen an der Straße aufgelauert, ihn in eine Hütte gelockt und bei lebendigem Leibe über einem Feuer geräuchert. Derlei Schauergeschichten konnte man viele hören, und oft wurden sie von der Wirklichkeit noch um ein Vielfaches übertroffen.

Rache zog Rache nach sich, und so befand man sich schließlich in einem Teufelskreis, in welchem nicht mehr zwischen Gut und Böse zu unterscheiden war. Nicht anders erging es Anna, die sich mehr und mehr als Teil des Heeres fühlte und es empörend fand, wenn man ihnen in den Dörfern Unterschlupf und Nahrung verweigern wollte oder ihnen die Wege mit gefällten Bäumen versperrt wurden. Eine jede Seite hatte ihre Argumente, und eine jede Seite brachte Opfer, die einen mehr, die anderen weniger. Doch jeder für sich war überzeugt davon, dass sein Leiden am größten war.

Diese Überzeugung verhalf Anna, sich in den leeren Bauernhäusern nach einiger Zeit zu nehmen, was sie brauchte. Sie hatte Hunger, und dort gab es zu essen, also aß sie – so einfach war das. Zwar ließen sie nicht nur Essen mitgehen, sondern auch Wäsche und sämtliche Wertgegenstände, die sie finden konnten. Doch im Endeffekt diente alles dazu, sich wieder Essen zu beschaffen. Mit dieser Formel erleichterte Anna ihr Gewissen.

Man musste dem Gespann um Liese Kroll zugutehalten, dass sie niemals einem Menschen unmittelbar ein körperliches Leid zufügten und zuweilen, wenn das Mitgefühl sie übermannte, sogar Geschenke hinterließen. Andere hingegen – und da wurde Anna so manches Mal unfreiwillig Zeugin – gingen anders vor. Da wurde nicht nur gestohlen, sondern zerstört, Felder wurden mit Absicht verwüstet, Häuser in Brand gesteckt, Männer gefoltert, Frauen geschändet und Kinder verschleppt. Solche Szenen erinnerten Anna dann doch schmerzlich an das selbst Erlebte, und sie konnte die Menschen nicht verstehen, die nach einer solchen Heimsuchung wieder damit begannen, ihre Dörfer neu zu errichten. Es hatte doch keinen Sinn, dachte sie dann, sie würden ohnehin wiederkommen.

Wenige Tage, nachdem sich das Regiment geteilt hatte und man nun ziellos wie eine gefräßige Raupe umherkroch, erreichten sie Gefilde, die Anna äußerst vertraut waren. Eines Morgens konnte sie am Horizont, umschlossen von den sanften Hügeln dieser Landschaft, ihr altes Heimatdorf erblicken. Dort, weit fort von ihnen und dennoch in Sichtweite, ging das Leben weiter. Ohne sie, ohne ihren Mann und auch ohne die liebe Mine, und sehr wahrscheinlich wurden sie alle dort von niemandem vermisst.

Eines Abends lagerte ein Teil des Trosses ganz in der Nähe des abgelegenen Hofes, auf dem Anna in den Tagen ihrer Flucht das Hündchen ausgesetzt hatte. Von dem Haus war nicht mehr viel übrig geblieben. Nur noch verkohlte Gerippe zeugten davon, dass hier einmal Hof und Stall gestanden hatten. Dennoch ließen sich zahlreiche Wagen an diesem öden und verlassenen Ort nieder, und man machte sich daran, das Nachtlager vorzubereiten.

Am nächsten Tag – es dämmerte bereits – zog Anna dann zusammen mit Liese, Mergel und der verrückten Therese los, um im nahegelegenen Dorf »nach dem Rechten zu sehen«, wie Liese es nannte.

Auch dieses Nest, ein Ort mit nicht mehr als zwanzig Seelen, war wie ausgestorben. Zwar standen noch alle Häuser, und auch die kleine Kirche war bisher ganz geblieben, doch weder von Mensch noch von Vieh war auch nur die leiseste Spur zu entdecken. Liese machte sich sofort daran, ein Haus nach dem anderen von innen zu inspizieren. Auch wenn bereits Dutzende vor ihr dort gewesen waren, hielt sie das nicht davon ab, ihr Glück zu versuchen, denn nicht grundlos war sie davon überzeugt, dass niemand ein so untrügliches Gespür für Geheimverstecke besaß wie sie. Und tatsächlich: Liese fand selbst in den ausgeräumtesten Kammern immer eine Nische, eine Klappe oder Luke, in der sich die Schätze dieser ohnehin meist armen Leute verbargen.

Anna trieb sich derweil recht lustlos auf dem Hof eines größeren Hauses herum, öffnete die Tür des Schuppens und des Schweinestalls, warf einen Blick in den Abort und versuchte somit den Eindruck zu erwecken, dass auch sie sich auf die Suche nach Dingen machte, die die Gruppe in irgendeiner Form verwerten konnte. Der Sommer neigte sich bereits dem Ende zu, die Abende waren nicht mehr allzu lang, und es begann schon ein wenig frisch zu werden.

»Er ist hier«, hörte Anna mit einem Mal die Stimme der verrückten Therese hinter sich.

»Wer?«, fragte sie erschrocken.

»*Er.* Ich habe ihn gesehen, er schleicht sich hier herum. Drüben am Kirchhof ist er. Komm mit, dann zeig ich ihn dir.«

»Lieber nicht. Komm, wir gehen zum alten Mergel und sagen ihm besser Bescheid. Wir sollten verschwinden.«

»Ach was. Mir wird er nichts tun. Das weiß ich genau. Ja, ganz genau, ganz genau.« Und Therese begann wieder mit ihrem hysterischen, völlig unangebrachten Gelächter.

»Ich will ihn nicht sehen. Und wieso bist du dir eigentlich so sicher? Ich glaube, du willst mir nur Angst machen«, schrie Anna gegen das kreischende Mädchen an.

»Komm mit, und du wirst sehen, dass ich nicht lüge.«

Es ärgerte Anna, dass sie sich immer wieder von dem Verhalten dieses wunderlichen Geschöpfes verängstigen ließ. Ein derartig von Gott gestraftes Ding wie dieses Mädchen hätte nichts weiter als Mitleid bei ihr hervorrufen dürfen. Doch tatsächlich bemerkte Anna, dass nicht sie die Stärkere von beiden war, sondern dass Therese sie, die gesunde Anna, die alle Sinne beisammenhatte, zu beherrschen schien. Etwas in Anna sträubte sich gegen dieses Gefühl, und deshalb ging sie mit, um dem Treiben ein für alle Mal ein Ende zu setzen und der schielenden Therese zu beweisen, dass sie sich nicht vor ihren gruseligen Visionen fürchtete.

Sie machten sich also auf den Weg zur Kirche, die nur wenige Schritte von dem Hof entfernt war. Forsch und ohne zu zögern ging Therese auf die Kirchentür zu. Sie erweckte nicht den Anschein, dass sie eine Heimlichkeit plane. Es wirkte fast so, als sei sie dort drinnen verabredet und müsse sich beeilen, nicht zu spät zu kommen. Offenbar dachte sie nicht darüber nach, dass ein Mörder, der sich hier vielleicht verbarg, die Flucht ergreifen würde – von ihrem lautstarken Erscheinen gewarnt. Zu Gesicht bekommen, da war sich Anna sicher, würden sie bei diesem Vorgehen niemanden. Und im Grunde war ihr genau das das Liebste, denn für eine Begegnung der besonderen Art besaß sie nicht die notwendige Nervenstärke.

In der Kirche war es recht dunkel, alle Kerzen waren ausgeblasen, und nur das ewige Licht verbreitete einen einsamen roten Schimmer. Fenster gab es so gut wie keine, denn dieses schlichte Gotteshaus besaß lediglich kleine Schlitze im Mauerwerk, durch die Luft, jedoch kaum Helligkeit einströmen konnte. Der einzige Lichtstrahl kam durch die geöffnete Tür, und da die Dämmerung zügig voranschritt, hatten die beiden Frauen nicht mehr viel Zeit, sich an diesem Ort aufzuhalten, wollten sie nicht plötzlich im Finstern stehen.

»Ich dachte, du hättest ihn auf dem Friedhof gesehen«, flüsterte Anna.

»Ja, ja, aber er ist zur Kirche gegangen. Vom Friedhof in die Kirche. So und nicht anders, verstehst du? So und nicht anders …«

»Ist ja schon gut. Ich glaube dir«, versuchte Anna schnell einen weiteren hysterischen Anfall ihrer Begleiterin im Keim zu ersticken.

Sie standen nun mitten in der kleinen Kirche, und es war nicht viel zu sehen. Vorne im Altarraum konnten sie ein recht großes, freistehendes hölzernes Kreuz erblicken, und davor befand sich der einfache Altar. Das war alles – kein Tabernakel, kein Schmuck, keine Blumen, keine Bilder, man hatte offenbar alles in Sicherheit gebracht, oder es war bereits geraubt worden.

Ruckartig drehte Therese sich um und ging wieder zielsicher auf eine Leiter zu, die in den Glockenturm führte.

»Da müssen wir hoch.«

»Aber wir haben doch kein Licht«, versuchte Anna sie abzuhalten.

»Ich kann auch im Dunkeln sehen.«

Anna glaubte dieser Behauptung nicht und entschied sich, Therese allein machen zu lassen, was sie wollte. Sollte sie sich doch den Hals brechen, wenn sie mit ihrem dicken Bauch diese klapprige Leiter hinaufstieg. Sie jedoch würde nun kehrtmachen und sich auf die Suche nach Mergel und Lumpenliese begeben.

»Du wartest, und ich gehe«, befahl die Verrückte, und aus irgendeinem Grund gehorchte Anna. Ihren Fluchtplan vergessend, stand sie nun am Ende der Leiter, hielt das morsche Gestänge fest und beobachtete, wie Therese, Sprosse für Sprosse erklimmend, im finsteren Turm verschwand.

Während sich ihre Begleiterin im Turm zu schaffen machte, bemerkte Anna, dass man auch unten in der Kirche trotz geöffneter Tür mittlerweile kaum noch die Hand vor Augen sehen konnte. Zitternd vor Furcht und vor Kälte, begann sie also mit dem, was sie schon so oft getan hatte: Sie wartete und zählte.

Zunächst fiel es ihr nicht auf, weil sie selbst zu sehr auf die Ziffern konzentriert war, die laut aus ihrem eigenen Mund kamen. Doch dann, als sie verstummte, um zu lauschen, ob sie sich täuschte oder nicht, da war es deutlich zu hören. Dort winselte ein junger Hund. Hier irgendwo in der Kirche, unten im Kirchraum – und nicht dort oben, wo Therese war – winselte ein kleiner Hund. Heiß und kalt durchlief es Anna, stocksteif blieb sie stehen, wo sie war, und bemerkte nicht einmal, dass ihre Nägel brachen, als sie ihre Finger immer tiefer in das Holz der Leiter bohrte. Sie wollte nach Therese rufen. Doch ganz so, wie man es in einem schrecklichen Albtraum erlebt, brachte sie keinen Ton über ihre Lippen, obwohl sie sie bereits zu einem Schrei geöffnet hatte.

Endlose Sekunden vergingen, in denen das Winseln des Hundes gleichförmig den kleinen Kirchraum erfüllte. Dann, mit einem Mal, verstummte das Tier, und Anna bemerkte aus dem Winkel ihrer weit geöffneten Augen, dass sich rechts von ihr im Altarraum ein Schatten bewegte. Im roten Schein des ewigen Lichtes waren deutliche Umrisse zu erkennen, ein Wesen in gebückter Haltung mit einem Bündel unter dem Arm huschte dort hinter dem Altar hervor und bewegte sich unglaublich schnell auf sie zu.

Und da entfuhr er ihr, der Schrei. Aus Leibeskräften und so laut und schrill, wie sie es nie in ihrem Leben von sich selbst gehört hatte, schrie Anna. Es war Todesangst, denn sie war überzeugt, dass der leibhaftige Teufel mit Hörnern und Pferdefuß nun nicht mehr davon abzuhalten war, sie zu seinem nächsten Opfer zu machen.

Doch dieser huschte, durch ihren Schrei nur noch mehr angetrieben, in Windeseile an Anna vorbei und war im Nu durch die Tür ins Freie verschwunden.

Schrecklich, schrecklich, geh weg, geh weg. Fort mit dir, fort mit dir. Wieso verschwindet er nicht, dieser schlimme Laut. Hallt immer fort, wiederholt sich im Ohr, will gar nicht verklingen.

Warum musste denn die Frau so schreien? Das war gar nicht schön. Man hat ja ganz furchtbare Angst dadurch bekommen, und das Hündchen auch. Es hat auch furchtbare Angst bekommen. So darf die Frau nicht schreien.

Singen soll sie. Singen. Schön singen. Nicht schreien.

Dabei wollte man doch nichts Böses. Wollte doch nur ein wenig schauen, was sie macht. Wollte sehen, wie es ihr geht. Warten, ob sie anfängt, das Lied zu singen. Man muss sie doch beschützen, die Frau. Niemand darf ihr etwas tun. Nicht, dass es ihr geht wie der Mama. Nicht, dass sie nicht mehr so schön singen kann, wie die Mama gesungen hat.

Aber schreien muss sie trotzdem nicht. Das ist doch viel zu laut, und das macht doch Angst.

Und das Ohr tut immer noch weh, ganz arg weh.

Oh, da hinten.

Schnell, man muss sich verbergen. Da hinten, da ist die andere Frau, die Hexe. Oh, da muss man sich verbergen vor der bö-

sen Hexe. Sie kann zaubern. Sie ist gefährlich. Man muss die gute Frau von der Hexe fernhalten. Sie will Böses, die Hexe, und die gute Frau weiß das nicht.

Nein, sie weiß das nicht, sie ist allein und weiß es nicht. Sie ist ganz, wie man selbst auch ist, sie ist allein. Doch sie weiß es nicht, noch nicht. Da ist man selbst ein bisschen schlauer, man weiß, dass alle anderen böse sind, alle sind böse, besonders die Hexen sind böse.

Da, da ist die Hexe. Sie geht zur Kirche, hat auch den Schrei gehört. Schnell, schnell weg von ihr.

»Ach da seid ihr, ihr dummes Weibsvolk. Habt ja die ganze Gegend zusammengeschrien mit euerm blöden Gekreisch.«

Liese stand, eine Laterne in der Hand haltend, in der Eingangstür der Kirche und schaute zu, wie Anna der schwangeren Therese von der Leiter half.

»Wir haben ihn gesehen, Liese«, stammelte Anna, immer noch am ganzen Leib zitternd. »Er war hier und hatte einen Hund bei sich.«

»Er war hier, er war hier. Ja, ja, hier war er. Hier und nirgendwo anders. Nur hier, und wir haben ihn gesehen. Ihr könnt mir glauben. Ja, ja, endlich glauben, endlich glauben, endlich glauben, endlich glauben …«

»Ruhe!«, schrie Liese die sich erneut in einen Lachanfall hineinsteigernde Therese an. »Wer war hier? Doch nicht der Satansbraten. Glaube ich nicht, dann würdet ihr nämlich jetzt nicht so frisch und rosig vor mir stehen, ihr blöden Hühner.«

»Er war hier. So kann nur er aussehen, und er hatte einen Hund dabei«, versuchte Anna zu erklären.

»Blabla, dummes Zeug, das war ein Dorfjunge, der sich hier versteckt hat, und der hatte halt seinen Köter mitgenommen. Lass dich doch von dem Geschwätz einer Durchgedrehten nicht ins Bockshorn jagen, Anna.«

»Wieso glaubst du mir nicht? Du weißt doch selbst, dass es ihn gibt. Warum willst du es nicht wahrhaben?«

»Kommt jetzt mit. Hier ist nichts mehr zu holen. Auf, nach Hause.« Mit diesem Befehl überging Liese Annas Frage und verlor den ganzen Weg über kein Wort mehr über den Zwischenfall. Als Anna dem alten Mergel alles erzählen wollte, wurde ihr erneut gekonnt das Wort abgeschnitten und das Gespräch auf ein anderes Thema gelenkt. Liese wollte nichts hören von dem Teufel, der sich in der Kirche versteckte und arme Trossfrauen in Angst und Schrecken versetzte.

VII

Kommt, das müsst ihr euch anschauen! Das habe ich noch nie gesehen. Das ist entsetzlicher als alles Bisherige!«

Es war die dicke Adele, Näherin und Wäscherin, Mutter von zwölf Kindern und Ehefrau von mittlerweile fünf Soldaten, die nach und nach gefallen, erfroren, erschlagen, verschwunden und im letzten Fall dem Suff zum Opfer gefallen waren. Nun war Adele also erneut Witwe und gehörte mit zu den zwei Dutzend Trossleuten, die sich am selben Ort wie Liese und ihre Begleiter niedergelassen hatten. Sie war ganz rot im Gesicht vor Aufregung und sichtbar entsetzt.

»Adelchen, was ist denn in dich gefahren?«, fragte Liese in einem nur scheinbar interessierten Ton.

»Ich war gerade im Dorf. Wollte an den Brunnen, brauche doch Wasser zum Waschen, und hier gibt es weit und breit keinen Bach. Da habe ich es entdeckt. In der Kirche.«

»Was machst du in der Kirche, wenn du nur zum Brunnen willst?« Liese war offensichtlich vollkommen gleichgültig gegenüber dem, was die gute Adele zu berichten hatte.

»Was hast du gesehen?«, fragte stattdessen Anna, der Entsetzliches schwante.

»Ich habe sie nicht erkannt, weiß nicht, wer sie ist, aber es ist wieder eine Frau. Diesmal in der Kirche. Ich verstehe es nicht, dabei ist das Heer doch schon längst weitergezogen. Der muss doch beim Heer sein, der Teufel. Was macht er denn noch hier?«

»Hans, Haaaans! Wo steckst du denn schon wieder?«, rief Liese nach ihrem alten Begleiter.

Und nachdem Mergel in alles eingeweiht worden war, machte er sich zusammen mit Adele und Anna auf, das Schreckensszenario in Augenschein zu nehmen. Liese blieb da, sie hatte Wichtigeres zu tun. Es galt, die neuen Waren zu sortieren und alles für die Abfahrt vorzubereiten. Man musste schließlich das Heer einholen.

»Wenn ihr bis Mittag nicht zurück seid, fahre ich alleine«, schrie sie den Aufbrechenden hinterher.

Der Anblick, welcher sich den dreien in der Kirche bot, hinterließ bei allen einen unbeschreiblich grausamen Eindruck, wurde doch das freistehende Kreuz hinter dem Altar als Galgen missbraucht. Ein Sakrileg, welches für sich genommen einem gläubig erzogenen Menschen wie Anna, ganz unabhängig von der grausigen Todesart der armen Frau, das Blut in den Adern gefrieren ließ.

Am Fuß der Toten war wieder einmal ein Hündchen angebunden, ein noch ganz frisches kleines Köterchen, welches nicht einmal die Augen öffnen konnte. Es war noch so jung, dass es nur kaum hörbare Piepslaute von sich gab und hilflos nach Wärme suchte, die ihm die Blutlache, in der es herumtappste, nicht mehr liefern konnte, da schon alles erkaltet und geronnen war.

»Ich kenn die nicht«, meinte Adele, nachdem sie die Leiche abgeschnitten und ins Tageslicht gezerrt hatten.

»Nun, ich auch nicht, aber so, wie die aussieht, würde selbst ihre Mutter sie nicht gleich wiedererkennen«, meinte Mergel und klang dabei abgeklärter, als er tatsächlich war.

Es handelte sich bei der Frau – und das konnten die drei nicht wissen, weil sie ihnen tatsächlich niemals begegnet war – um Eva Sehlmann, eine junge Frau von neunzehn Jahren, entführt aus einem hessischen Dorf und mit einem Lebenslauf, wie ihn so viele Frauen in diesem Krieg vorwiesen. Ihre Entführung durch einen kaiserlichen Soldaten war nicht unfreiwillig vonstattengegangen. Man hatte längere Zeit Quartier im Haus ihrer Eltern genommen, und dabei hatte sich die Tochter Hals über Kopf in den hübschen Jüngling verliebt, der dort mit sechs seiner Kameraden untergekommen war. Gegen den Willen der Eltern, ehrbare Bauersleute, ließ sich die Tochter mit ihm ein, und es kam zu einer »Maienehe«. So nannte man in diesem Krieg die äußerst kurzlebigen Verbindungen zwischen einem bis dato unschuldigen Bauernmädel und einem nicht mehr ganz so unschuldigen Landsknecht.

Und obwohl ihre Ehe im Herbst geschlossen wurde, so dauerte Evas Zusammensein mit ihrem Herzallerliebsten auch nicht länger als einen Monat, denn dann machte er sich mit einer anderen auf und davon. Eva wurde schwanger zurückgelassen, traute sich nicht mehr heim, blieb im Tross des Heeres, verdingte sich, weil sie tiefer nicht mehr fallen konnte, gelegentlich als leichtes Mädchen und verlor dazu noch ihr Kindelein, nicht einmal einjährig, durch ein schreckliches Fieber.

Und nun war sie, noch nicht genug vom Leben gestraft, ein Opfer dieses Ungeheuers geworden.

Hans Mergel schnitt die Unglückliche von ihrem Galgen ab, während Anna und Adele sie aufzufangen versuchten. Sie glitt unsanft in die ausgestreckten Arme der beiden Frauen, und dabei kullerte etwas zu Boden: eine Sanduhr, die aus ihrem Mieder gefallen war.

Bereits an Annas erstem Abend im Tross hatte Hans Mergel am Lagerfeuer danach gefragt, ob Mine eine Sanduhr dabeigehabt hatte, und Anna hatte diese Frage bejaht. Nun fand sich auch bei dieser Toten eine solche. Anna konnte sich nicht erklären, was das zu bedeuten hatte.

Sie begruben die ihnen Unbekannte gleich vor Ort auf dem

Friedhof, und das Hündchen, welches in der Zwischenzeit auch sein zartes Leben ausgehaucht hatte, verfrachtete Mergel auf den nächstgelegenen Misthaufen. Besser gesagt, mit Rücksicht auf die Kreatur, *in den* Misthaufen, denn er machte sich immerhin die Mühe, ein kleines Loch zu buddeln.

Annas Gedanken kreisten derweil die ganze Zeit um ihre gestrige Begegnung mit der eigentümlichen Gestalt, die fluchtartig die Kirche verlassen hatte. Sie dankte Gott, dass sie verschont worden war. Und gleichzeitig, obwohl sie von klein auf wusste, dass die Wege des Herrn unergründlich waren und es sich nicht schickte, nach dem Warum und Weshalb zu fragen, war sie sich sicher, dass es einen Grund gab, weshalb sie verschont worden war. Doch was dies für ein Grund war, das konnte sie sich nicht erklären.

Wieso kam sie immer davon? Wer half ihr? War es tatsächlich der Allmächtige?

Sich ihrer hochmütigen Gedanken schämend, bekreuzigte sich Anna und hörte damit den ganzen Weg über, bis hin zu Lieses gepacktem Planwagen, nicht auf.

»Na, und da war also wieder ein Hündchen?«, fragte Liese, die sich noch immer weigerte, den Tatsachen ins Gesicht zu blicken, und weiter bemüht war, der grausigen Wahrheit zum Trotz, einen Schutzmantel aus durchaus möglichen Erklärungen aufzubauen.

»Den macht einer nach. Da will uns einer ärgern. Ein Bauernmädchen, das sie zu Tode geschändet haben, und dann haben sie sich, weil sie eh schon hinüber war, diesen Scherz erlaubt, um alle nachfolgenden Trossleute zu schockieren.«

»Das war eine aus dem Tross«, erklärte Adele trocken. »So sind keine Bäuerinnen angezogen, die ist von uns. Hab sie zwar noch nie gesehen, aber das war auf keinen Fall 'ne Bäuerin, wohl eher 'ne Käufliche.«

»Ja, da hat Adele wohl Recht«, stimmte Mergel zu.

Anna hingegen schwieg. Zum einen, weil sie zu dem Gespräch nichts beisteuern konnte, da sie auch nach einigen Wochen im Tross noch immer keinen Blick für die verschiedenen Sorten von Frauenzimmern hatte, die es hier gab. Zum anderen, weil Lieses Frage nach dem Hündchen sie auf einen Gedanken gebracht hatte, der ihr bisher noch nicht gekommen war.

Das winzige Hündlein, welches sich bei der Toten befunden hatte, war auf keinen Fall derselbe Hund, den der furchtbare Schatten unterm Arm aus der Kirche davongetragen hatte. Denn der gestrige Hund hatte es ja immerhin geschafft, mit seinem Wimmern den gesamten Kirchenraum zu füllen, während das kleine Geschöpf, welches sie heute vorgefunden hatten, selbst im guten Zustand zu solch kräftigen Lauten nicht in der Lage gewesen wäre. Es war nicht derselbe Hund.

Anna ertappte sich wieder bei dieser für sie vollkommen neuen Tätigkeit des Kombinierens. Es war ihr selbst unheimlich, und sie fühlte sich nicht wohl dabei, dass sie sich derartig viele Gedanken machte. Es war nicht recht, sich über Dinge den Kopf zu zerbrechen, die allein in den Händen Gottes lagen. Nur er wusste, was dort vor sich ging, und seiner Gnade war es anbefohlen, dem Ganzen Einhalt zu gebieten. Immerhin konnte es sich um eine Strafe handeln, eine Prüfung, die ihnen allen auferlegt wurde. Es galt zu warten, zu erdulden und zu beten, und deshalb war es auch gleich, ob sie glaubte, gestern einen anderen Hund wahrgenommen zu haben. Denn sie, die einfache Anna Pippel, konnte sich täuschen, der Herrgott jedoch nicht. Sie schob, so schnell es ging, jede Form von Gedanken von sich, die durch sündhafte Neugierde und den noch sündhafteren Wunsch nach Aufklärung dieser Vorgänge hervorgerufen wurden.

Verschiedene Beweggründe führten beide Frauen, sowohl

Liese als auch Anna, zu demselben Ergebnis: nämlich dem, das Vorgefallene zu vergessen und weiter dem üblichen Tagesgeschäft nachzugehen. Erwuchs diese Einsicht bei Anna aus dem Glauben an die Unverrückbarkeit des gottgewollten Schicksals, so waren Lieses Gründe profanerer Natur, indem sie sich der einfachen Glaubensformel unterwarf: Es gab nichts, was es nicht geben durfte. Und vor allem – und so ließ sich dieser Satz in ihrem Sinne erweitern – durfte es nichts geben, was sie in ihrem Leben beeinträchtigen könnte. Handeln war in jeglicher Hinsicht die Devise der Marketenderin Liese Kroll; sowohl das Handeln im ökonomischen, als auch das im alltäglichen Sinne. Gab es ein Problem, dann wurde es ohne zu zaudern angegangen und aus der Welt geschafft – solange Liese die Kontrolle besaß. Und eine resolute Frau wie sie besaß selbst in den auswegslosesten Situationen immer die Kontrolle.

Diese Situation jedoch, diese Morde, die – und das wusste sie – vermehrt in ihrem Umfeld geschahen, beherrschte sie nicht. All das war unerklärlich, gefährlich und nicht mit den ihr eigenen Mitteln zu beheben. Also versuchte sie es zu ignorieren.

Am frühen Nachmittag machte sich die Gruppe, die aus fünf Trosswagen und etwa fünfundzwanzig Menschen bestand, auf den Weg, das Heer einzuholen, welches sich in Richtung Lipper Land begeben hatte. Es war nicht schwierig, die Fährte aufzunehmen, denn ein Heer mit immer noch mehreren Tausend Soldaten und einem Anhang, der diese Zahl dreimal übertraf, hinterließ eindeutige Spuren. So wie von einem überfüllten Heuwagen auf seinem Weg in die Scheune immer wieder Bündel zu Boden fallen, so trafen auch Anna und ihre Mitreisenden immer wieder auf Zurückgebliebene und Zurückgebliebenes. Da waren Deserteure, die sich entschlossen hatten, nach Italien zu ziehen, denn es hieß, der Kaiser benötige dort in einem Erbfolgekrieg gegen die Franzosen Verstärkung; da waren Trossleute, die sich auf den Weg machten, ihr Glück woanders zu versuchen; und da waren natürlich auch die eindeutigen Hinterlassenschaften eines solchen Durchmarsches: Dort, wo es die Natur erlaubte, waren die Wege gewaltsam verbreitert worden, und an ihren Rändern häuften sich Unrat und Müll, Felder waren zertrampelt, Obstbäume geplündert, und hier und da lag der stinkende Kadaver eines geschlachteten oder anderweitig verendeten Tieres. Mitunter fand man sogar menschliche Verstorbene, die auf die Schnelle verscharrt und des Nachts von Wölfen oder streunenden Hunden wieder ans Tageslicht befördert und entsprechend verunstaltet worden waren.

Alles in allem dauerte es nicht lang, bis die Gruppe wieder Anschluss an ihren Mutterwurm gefunden hatte und sich nahtlos einreihte in dieses mittlerweile geschrumpfte, aber nach wie vor monströse und den Menschen der Umgebung nichts als Unglück bringende Gebilde.

Gemeinsam zog man nun wieder umher und vermied, auf Anweisung der obersten Regimentsführer, die Städte, deren Bürgerschaften kein weiteres hungriges Heer mehr ertragen wollten und sich stattdessen von einem Besuch des Lindwurms freikauften. Die Dörfer im Raum Lippe und Bielefeld jedoch standen der Plage hilflos gegenüber, und so kam es schließlich auch dazu, dass Liese und ihr Gefolge in den folgenden Nächten schnell genug waren, sich einen Schlafplatz in einem kurzfristig von seinen Bewohnern verlassenen Bauernhaus zu sichern.

Endlich lag Anna wieder in einem Bett. Zwar war es nicht bequem und die Unterkunft an sich auch nicht sehr viel komfortabler als ihre eigene frühere Kate, doch immerhin hatte sie wieder ein Dach über dem Kopf. Als es sich die vier – Liese, Mergel, Therese und Anna – am Abend an dem schlichten, aber großen Holztisch bequem gemacht hatten und gemeinsam aus einem Topf eine von Anna bereitete Linsensuppe schlürften, klopfte es an der Dielentür.

Wie bei einer kleinen Familie, die Besuch erwartete, machte sich der Hausherr Mergel mit einer Laterne in der Hand auf den Weg durch den nicht besonders großen und dazu leeren Stall hin zur Vordertür, um den nächtlichen Gast in Augenschein zu nehmen.

»Einen gesegneten guten Abend wünsche ich. Sagt mir, wenn ich mich in Errore befinde, doch Ihr müsst der Mergel sein, Hans mit Taufnamen.«

»Ja, das stimmt, Herr Pastor Bracht. Johann Heinrich, um genau zu sein. Auch Euch einen schönen Abend. Was verschafft uns die Ehre?«

»Ach, du liebe Neune, was will der denn hier?«, flüsterte Liese den beiden anderen Frauen zu, als die drei vernommen hatten, um wen es sich bei dem Besucher handelte. Dann stand sie auf und begrüßte überschwänglich und mit zuckersüßer Stimme den Pastor Bracht, der gerade damit begonnen hatte, den Grund seines Erscheinens in einen übergroßen Mantel von Worten zu kleiden. Von Lieses freundlichem Herannahen unterbrochen, ging er auf die neue Hausherrin zu und begrüßte sie.

»Nun, Liese Kroll, wie lange haben wir uns nicht mehr gesehen? Es müssen mehr als zwei Jahre vergangen sein. Wann war es noch genau? Ach ja, als wir konversierten wegen des rätselhaften Todesfalles der Sophie Thürauf. Ja, das war die Occasion.

Wie herrlich habitabilis Ihr es Euch gemacht habt, in diesem bescheidenen, von seinen Seelen zurückgelassenen Heim. Ich will es nicht wagen, diese traute Stimmung länger zu pertubieren. Möchte mich nur nach Eurem Wohlbefinden erkundigen, denn unlängst durfte ich die Bekanntschaft Eurer neuen Begleiterin, Anna Pippel, machen. Und erst da, das muss ich beschämt confessieren, fiel mir ein, wie lange es her ist, dass wir zuletzt einander sprachen. Dabei seid Ihr keine Unbekannte, Liese Kroll, und das meine ich im durchweg positiven Sinne. Ihr seid eine Institution, und deshalb möchte ich Euch und auch Eure Begleiter um eine Auskunft, nein besser, um einen Rat, ein Consilium, bitten. Es ist gut, dass wir hier in einer solch diskreten Kongregation zusammenkommen können, denn die Angelegenheit, um die es geht, ist doch durchaus pikant.«

Erst jetzt machte der Pastor eine Atempause, die Liese erlaubte, das Wort zu ergreifen. Mit einem nicht mehr zuckersüßen, sondern nur noch süßlichen Lächeln bat sie den Pastor in die »Stube« und bot ihm einen Becher Wein aus ihrem Vorrat an durchaus edlen Tropfen an. Dieser sagte nicht Nein und nahm neben der erröteten und schweigenden Anna auf der Bank Platz.

»Wie Ihr nur immer all Eure Schäfchen findet, Herr Pastor, inmitten einer solch riesigen und ungeordneten Herde, das bleibt mir ein Rätsel.«

»Nun, gute Liese Kroll, der Herr lenkt mich und führt mich hin, wo immer ich gebraucht werde. Ja, ja, die Herde ist magnitud, das habt Ihr ganz richtig gesagt, und deshalb ist es umso schwieriger, sie zu custodieren. Im Moment, das wisst Ihr alle, treibt wieder einmal ein Wolf sein Unwesen, und es dünkt mir, dass es sich bei ihm um einen Wolf im Schafspelz handelt. Etiam atque etiam wird ein Lamm aus unserer Mitte gerissen und auf die grausamste Weise sacrifiziert. Und selbst fremde Herden werden überfallen, aber immer nur dann, wenn sie mit der unsrigen in Berührung kommen. Der Wolf ist unter uns, und wir müssen ihn finden. Wo kann er sein? Das will ich Euch fragen, gute Liese. Wo kann er sein? Und auch Euch, Hans Mergel, frage ich es, denn Ihr kennt euch aus. Ihr geht re vera mit offenen Augen durchs Leben, seht Dinge, die anderen verborgen bleiben. Wo kann er sein? Oder besser: Wer ist er?«

»Das weiß ich nicht, und darüber habe ich mir auch noch keine Gedanken gemacht«, sagte Liese in einem urplötzlich sehr schnippischen Ton.

»Er ist der Teufel, der Teufel, und er ist bei uns. Hier ist er, in diesem Haus, ja, ja, in diesem Haus ist er, in diesem Haus, in diesem Haus …«

»Halt den Mund, du verrücktes Weib«, versuchte Liese den Anfall der hysterischen Therese zu unterbrechen, doch die ließ sich nicht beruhigen.

»Ich kenne ihn, ich kenne ihn, und er weiß, dass ich ihn kenne. Er fürchtet mich. Ja, er fürchtet mich, und deshalb tut er mir nichts zuleide.«

»Was sprichst du, Verwirrte? Er ist hier? Hier, in diesem Hause?«, wollte der Pastor nun näher wissen, und auch seine Stimme hatte einen eigentümlichen Ton angenommen, ganz ohne die sonst übliche selbstherrliche Note.

»Ich sehe seinen Schatten, seinen Schatten. Manchmal trennt sich sein Schatten von ihm, ja, das geschieht. Doch er entkommt mir nicht, denn ich kann ihn spüren. Ich kann spüren, wenn er nahe ist, und jetzt ist er nahe, ganz nahe, zum Greifen nahe.«

»So ist sie immer, wenn sie sich interessant machen will. Sie erfindet Gruselmärchen und spielt sich auf wie eine Hellseherin. Das hat nichts zu bedeuten. Sie ist einfach ein verwirrtes, krankes Mädchen. Und hinzu kommt die Schwangerschaft, so etwas macht die Frauen immer noch ein wenig hysterischer. Wer hätte das nicht schon erlebt? Gebt nichts auf ihre Worte. Im Grunde ist sie brav, will sich nur interessant machen.«

So versuchte der alte Mergel die unangenehme Situation zu entschärfen, während es Anna abwechselnd heiß und kalt wurde. Heiß aufgrund der körperlichen Nähe dieses Mannes, der sie, aus welchem Grund auch immer, unangenehm verwirrte, und kalt, weil die bisher so friedliche und gemütliche Stimmung durch das Geschrei der sich plötzlich wieder verrückt benehmenden Therese ins Unheimliche umgeschlagen war. Nun konnte nämlich auch Anna überall Schatten sehen, und hinter jeder Truhe, in jedem Winkel des Raumes vermutete sie die Gestalt, welche ihr unlängst in der Kirche begegnet war. Denn auch damals hatte Therese Recht gehabt, und seitdem glaubte Anna dem Mädchen, ganz gleich, wie sehr Mergel und Liese deren Anfälle abtaten.

»Vielleicht habt Ihr Recht, Mergel«, antwortete der Pastor und wandte sich dann wieder im gewohnten Ton an Liese. »Nun, gute Liese Kroll, wie ich hörte, seid Ihr unlängst mit der jüngsten res gesti dieser Art konfrontiert worden. Es soll sich in einem Gotteshaus unweit der Stadt Höxter zugetragen haben.«

»Ich habe damit nix zu tun. Die Adele Pfeffer hat die Leiche gefunden, ich hab mir das Spektakel nicht mal angeguckt. Da müsst Ihr schon den Mergel und die Anna fragen, die wissen mehr.« Liese gab sich mittlerweile keinerlei Mühe mehr, ihre schlechte Laune vor dem Gast zu verbergen.

»Anna Pippel, habt Ihr das unglückliche Opfer gesehen?«, wandte sich Bracht an seine Banknachbarin und warf ihr einen gekonnt und gewollt strahlenden Blick zu, der Anna erröten ließ. Sie wusste gar nicht, wohin sie schauen sollte, so sehr irritierte sie das Gesicht dieses Menschen, der seine Augen nun aus kürzester Entfernung auf sie gerichtet hatte und es zu genießen schien, dass sie vor Scham fast unter der Bank versank und nur stotternd antworten konnte.

»Ja, das ha-habe ich. Ha-habe sie gesehen. In … in der Kirche.«

»Nun, könnt Ihr mir Genaueres schildern? Wir sind nämlich in völliger Ignorantia darüber, um wen es sich bei der armen Seele handelt. Bisher konnten wir lediglich cognoszieren, dass sich dieser Vorfall ereignete, fernab vom Heer, jedoch ganz in der Nähe eines kleinen zurückgebliebenen Trossteiles, in dem –

o mirum! – auch Ihr allesamt versammelt waret und mir nun darüber exponieren könnt.«

Liese warf dem Pastor einen von Gift und Hass erfüllten Blick zu, den dieser jedoch nicht wahrnahm. Sie glaubte, diesen Menschen voll und ganz zu durchschauen, und verabscheute seine Art, Böswilligkeiten in schöne Worte zu packen. Auch wenn sie es sich nicht vorstellen konnte, so wusste sie, dass es genügend Menschen gab, die auf ihn hereinfielen. Nicht so Liese Kroll.

»Was wollt Ihr damit sagen, Herr Pastor?«, unterbrach sie das Gespräch, welches Bracht eigentlich mit Anna fortsetzen wollte. »Glaubt Ihr etwa, ich hätte etwas damit zu tun?«

Noch im selben Moment bereute sie, dass die Pferde mit ihr durchgegangen waren und sie sich diesem so mächtigen Menschen, anstatt sich gütlich mit ihm zu tun, entgegengestellt hatte. So empfanden es, bis auf Therese, auch alle anderen Anwesenden im Raum, denn Mergel und Anna schauten beide betreten auf den Tisch und hofften, dass die Situation sich nicht zuspitzte. Besonders Hans Mergel konnte sich ausmalen, wohin eine solche Beschuldigung, die Liese nun ganz offen ausgesprochen hatte, führen konnte. Zwar funktionierte die Justiz in einem Gebilde wie dem Heer nicht immer so reibungslos wie im herkömmlichen Gesellschaftsleben, und so mancher Verbrecher kam ungestraft davon. Doch in manchen Fällen kannte man auch in einem fahrenden Volk wie dem Kriegsheer kein Pardon, und dazu zählte zweifellos die Hexerei.

Bracht hatte die Macht, Liese der Hexerei zu beschuldigen, sie mit den Morden in Zusammenhang zu bringen und entsprechend bestrafen zu lassen. Und deshalb war es sehr unvorsichtig von ihr gewesen, den nötigen Respekt vor dem Pastor zu vergessen und ihm etwas zu unterstellen, was er zweifellos gedacht, aber tunlichst zu sagen vermieden hatte. Doch Bracht ließ sich nicht von seinem diplomatischen Wege abbringen und blieb dabei, seine Spitzfindigkeiten in einem Berg von aufgequollener und klebriger Wolle zu verpacken.

»Aber gute Liese Kroll, welch eine Sententia! Ich bin lediglich hier erschienen, um Euren Rat zu hören. Und Euch einen Rat mit auf den Weg zu geben. Glaubt mir, dass ich es gut mit Euch meine. Es wird geredet, und sosehr ich auch dagegen anzusprechen versuche, so reicht meine Position als Vertrauensträger bei Weitem nicht aus, die Furi der Menschen aufzuhalten. Sie verbreitet sich wie ein Geschwulst, und da kann auch Euer von mir eingangs erwähnter guter Leumund nicht lange standhalten. Ich will Euch inständig persuadieren, mich in Zukunft über all Euer Handeln zu informieren, ich möchte Euch beschützen und gleichzeitig mit Hilfe Eurer großen Prudentia dem ganzen Treiben ein Ende bereiten.

Instruiert mich, wenn Ihr wieder einmal gedenkt, Euch für einige Tage aus dem Haupttross zu entfernen, und ich werde alles dafür tun, dass nicht schlecht geredet und kein Suspicio falsa gegen Euch gehegt wird. Im Gegenzug möchte ich nun von Euch, Anna Pippel, alles hören, was Ihr in der Kirche wahrgenommen habt. Es gilt, der Sache auf den Grund zu gehen, es gilt, den Urheber zu exquirieren. Sei es der Teufel, sei es ein profaner Mörder, ein Herumtreiber, ein derber Lüstling. Oder am Ende doch der Fingerzeig des Herrn? Nennt mir alle Zeichen, die Ihr gesehen habt, denn wer anders als ein Mann Gottes besitzt die Gabe, sie zu entschlüsseln und die möglichen Solutiones des Rätsels zumindest in ihrer Anzahl einzugrenzen?«

Und Anna erzählte ihm alles, was sie gesehen hatte. Sie erzählte von Thereses Visionen und wie sie in die Kirche gegangen waren, wie sie das Hündlein hatte wimmern hören und der Schatten an ihr vorübergeschlichen war. Ja, sie erzählte ihm sogar, dass sie selbst der Überzeugung sei, dass bei der Toten ein anderes Hündchen gesessen habe als das, welches sie am Vortage wahrgenommen hatte. All das erzählte sie ihm, nicht am Stück und auch nicht flüssig. Nein, in einem stundenlangen Verhör musste er ihr Satz für Satz aus der Nase ziehen, ihr die Informationen bruchstückhaft entreißen und sich dann selbst einen Reim darauf machen.

Die anderen hörten gebannt zu und schwiegen. Lediglich als man auf den Schatten in der Kirche zu sprechen kam, ereilte die verrückte Therese ein Anfall, und sie schrie, bis Liese ihr derb Einhalt gebot: »Er war im Turm, im Turm, im Turm, er hat sich im Turm versteckt. Ja, im Turm, im Turm.«

Weit nach Mitternacht verabschiedete sich der Pastor, nicht ohne noch einmal im freundlichsten Ton seine hilfreiche Unterstützung für den Fall einer etwaigen Rufmordaktion gegen Lumpenliese anzubieten, und als sich die Tür hinter ihm schloss, ließ sein süßes, aber schwer bekömmliches Auftreten bei allen – außer Therese – einen aschfahlen Geschmack zurück.

Sie hatten Angst. Liese und Mergel fürchteten den durchaus bedrohlichen Arm der Heeresjustiz und den mitunter noch unsanfteren des Mobs. Und Anna fürchtete alles, vor allem den Pastor, dessen Anwesenheit alles andere als beruhigend auf sie wirkte. Therese hingegen fürchtete nichts. Sie ärgerte sich lediglich, dass man ihr keinen Glauben schenkte.

Endlich Ruhe. Und warm ist es hier, warm. So warm, wie es draußen schon lang nicht mehr ist. Draußen friert man des Nachts, ja, dort ist es kalt geworden.

Hier ist es warm. So warm wie in Mamas dunklem Wagen. Da, wo sie einen versteckt hat. Wo einen niemand gesehen hat. Niemand, außer Mama. So warm war es in dem Wagen, warm und weich. Und Mama kam und hat gesungen. Hatte ein schönes Kleid an und hat gesungen. Sah aus wie eine Prinzessin, jeden Abend. Die liebe Mama. So lieb war sie, aber dann kam das gro-

ße Feuer. Wäre er nicht gekommen und hätte einen gerettet, wäre man verbrannt, wäre verbrannt wie der Wagen, wie alle anderen Wagen. Verbrannt wie die ganzen Leute und wie Mama.

Jetzt will man aber nicht traurig sein, will jetzt einfach bleiben und warten, warten, bis wieder etwas geschieht. Ja, bald wird wieder etwas geschehen. Doch so lange kann man im Stroh liegen und warten. Ruhen und lauschen. Ruhen und lauschen.

Das Licht ist aus, alle schlafen, da kann man sich ein bisschen bewegen, kann sich umschauen, kann zu der Frau gehen, sie betrachten. Man kann sehen, wie sie daliegt und schläft, wie sie sich wälzt und etwas Schlimmes träumt. Man kann zu der Hexe gehen und sie betrachten, kann auch sie anschauen, kann sich ekeln vor ihrer Fratze, kann sie anspucken und sich schnell in der Dunkelheit verbergen, wenn sie aufwacht. Man kann auch zu der Kreischerin gehen, doch das lässt man lieber bleiben. Nein, das lässt man bleiben, die ist ein Geheimnis, ja, die ist ein großes Geheimnis.

Lieber schaut man die Frau an, schaut sie an und freut sich, dass sie so lieb ist. Doch lange wird man sie nicht mehr beschützen können. Wahrscheinlich nicht. Es kann passieren. Es kann jeden Tag passieren. Sie ist zu nah. Oft zu nah. Da kann es passieren. Und dann kann man nicht mehr helfen.

Jetzt schleicht man sich besser zurück, zurück ins Stroh, wo das Hündchen schläft. Das liebe, kleine Hündchen war so tapfer. Wollte nicht bei den Bauern bleiben, wollte zurück zu seiner Herrin. Soll zurück zu seiner Herrin, das kleine Hündchen. Bald wird sie es wieder in die Arme schließen. Bald. Noch nicht jetzt, noch nicht jetzt.

VIII

Langsam wurde es Herbst, die Bäume verloren ihre Blätter, die Tage wurden grauer und die Nächte kälter. Noch immer zog das geteilte Heer ziellos durchs Land, sein ehedem unendlich langer Rattenschwanz jedoch wurde immer kürzer.

Für Anna, die den Alltag einer fahrenden Trossfrau bisher nur von der angenehmsten, der warmen Sommerseite erlebt hatte, war es sehr schwierig, mit dem Herbstleben unter freiem Himmel zurechtzukommen. Auch in ihrer Bauernkate war es zugig und feucht gewesen, doch sie hatte immerhin einen Ort, an den sie sich bei Regengüssen und Herbststürmen zurückziehen konnte, ohne diesen Tücken des Wetters voll und ganz ausgesetzt zu sein. Hier im Tross war das anders. In der Regel suchte sich ein Regiment über den Winter ein Quartier, in welchem es, bei weiterer Besoldung, das Frühjahr und die Wiederaufnahme der Kampfhandlungen abwartete. In diesem Jahr war dem nicht so, und das aus einem einfachen Grund: Es war Frieden. Unter diesen Umständen war es für die Feldherren ein noch weitaus schwierigeres Unterfangen, eine Gegend ausfindig zu machen, die Tausende von Soldaten sowie deren Weiber und Bälger über den Winter brachte. Niemand – keine Stadt, kein Kloster und kein Schlossherr – war dazu bereit, und das führte im Falle dieses Heeres dazu, dass es sich immer weiter auflöste, indem sich einzelne Glieder verselbstständigten, um ihr Schicksal allein in die Hand zu nehmen.

Liese und ihre Leute blieben jedoch dem verbleibenden

Rumpf treu, unter anderem, weil sie hofften, dass es bald weitergehen würde, mit dem Krieg natürlich. Hans Mergel nämlich war der festen Überzeugung, die Schweden würden in Kürze in das Geschehen eingreifen, da ihr König Gustav Adolf, ein überzeugter Protestant, die Pläne des Kaisers Ferdinand, ganz Deutschland wieder katholisch zu machen, nicht tolerieren werde. Natürlich habe der Schwede, laut Mergel, auch andere, politische Gründe, doch die seien, wie immer, zu kompliziert, als dass man sie den einfachen Menschen deutlich machen könne. Und auch er, der große Erzähler, habe damit so seine Schwierigkeiten, obwohl er selbst natürlich alles begreife.

Anna hörte diesen allabendlichen Erzählungen zu und litt. Sie litt unter den Lebensbedingungen, die immer widriger wurden. Denn während sich die anderen nach elfjähriger Trosserfahrung an dieses Leben gewöhnt hatten und es selbst der hochschwangeren Therese nichts ausmachte, ihre Nächte unter feuchten Decken und in halbgefrorenem Matsch zu verbringen, so konnte Anna sich daran nur schwer gewöhnen. Auch die Märsche wurden immer anstrengender. Langsam schleppte man sich Schritt für Schritt durch dichten Nebel oder kalten Regen, der mitunter bereits in Schnee überging. Die Räder der Karren blieben immer wieder im Schlamm stecken, und obwohl es erst Oktober war, so musste man bereits die Hände mit Tüchern umwickeln, damit sie nicht steif wurden und es unmöglich machten, die Handwägen zu ziehen.

Hinzu kam, dass der Vorrat langsam knapp wurde, denn das Heer trieb sich noch immer in einer vollkommen ausgelaugten Gegend herum, in deren Städte es nicht durfte und deren Dörfer bereits leergefressen waren. Man wartete auf einen Befehl Wallensteins, der sich weiterhin in Halberstadt bei Magdeburg aufhielt und, soweit man den Erzählungen des alten Mergel Glauben schenken durfte, langsam in arge Schwierigkeiten geriet, da ihm die Feinde in den eigenen katholischen Reihen nun, wo Frieden war und er nicht mehr gebraucht wurde, zunehmend zu schaffen machten.

Mergel glaubte: »Der Wallenstein wartet da oben auf den Schweden, und uns lässt er hier in der Mitte versauern, weil er noch nicht ganz sicher ist, ob er uns in Nord- oder in Süddeutschland brauchen wird. Denn im Süden, da sitzt sein eigentlicher Feind, der Bayer, neuerdings Kurfürst Maximilian. Und wenn der Schwede nicht bald angreift und dem Wallenstein neues Futter liefert, dann fordert der Bayer seinen Kopf.«

Davon war Mergel überzeugt, und so erklärte er sich auch das ungewisse Schicksal des eigenen Heeres. Man wartete also, in ganz Deutschland wartete man. Und Anna fror und hungerte.

Mittlerweile hatte die Gruppe um Lumpenliese nahezu den gesamten essbaren Vorrat der Marketenderin verzehrt, es gab schon lange kein Mehl mehr, der Zwieback wurde langsam schwarz, und sein Aussehen erinnerte bei Weitem nicht mehr an das, was es einst gewesen war. Selbst die teuren Tartuffeln, eine Spezialität aus Übersee, von der Liese zwei Säcke von einem jüdischen Händler aus Holland erstanden hatte, waren fast aus, und der klägliche Rest war kaum noch genießbar, da er voller langer, grüner Keime oder dunkler Schimmelflecken war. Nicht zu sprechen von den Äpfeln, die mittlerweile so faulig waren, dass Liese nach dem Genuss eines daraus zubereiteten Muses zwei Tage lang immer wieder und unvermittelt einen Busch hatte aufsuchen müssen. Kurz, es gab nicht mehr viel – und hinzu kam, dass nichts hinzukam. Die Marketenderin Kroll wurde gemieden. Zunächst hatte sie geglaubt, es sich nur einzubilden, dass die Kundschaft ausblieb. Doch als dann die Kinder begannen, böse Lieder über sie zu singen und mit Kieseln nach ihr zu werfen, wusste sie, dass man es im Tross nicht gut mit ihr meinte.

Liese zog daraus aber nicht etwa die Konsequenz, das Weite

zu suchen, um mit ihrem Wagen und ihren Leuten andere, sicherlich schwerere, aber sicherere Wege zu beschreiten. Nein, Liese blieb stur. Die, die sonst die Anpassung an neue Situationen als den einzigen Schlüssel zum Überleben predigte, war so sehr in ihrem Stolz gekränkt, dass sie sich nicht beugen wollte. Sie wollte diesen rufmordenden Feind besiegen und nur erhobenen Hauptes vom Felde ziehen, denn sie hatte sich nichts zuschulden kommen lassen.

Unterstützt wurde sie in dieser Situation außer von Mergel, Anna und Therese – die alle drei zu sehr von der Kraft ihrer Leitfrau abhingen – auch von Pastor Bracht, der mehrmals in der Woche erschien, um Liese gut zuzureden und ihr zu versprechen, dass er alles in seiner Macht Stehende tun werde, um ihr zu helfen. Er riet ihr immer wieder, nicht die Flucht zu ergreifen und sich damit erst recht verdächtig zu machen. Dann, so prophezeite er ihr, werde man sie sicherlich aufspüren, und die Katastrophe wäre unvermeidbar. Liese blieb, jedoch nicht, um dem Rat des von ihr mit wachsender Geringschätzung betrachteten Pastors zu folgen, sondern eben wegen ihres Stolzes, der sich ihrer voll und ganz bemächtigte und den nach außen zu tragen sie sich nicht scheute. Was die Situation für sie und ihre drei Begleiter nicht einfacher machte.

Und so wartete also auch die kleine Gruppe, wartete auf die Fortsetzung des Krieges, wartete darauf, dass dann die Menschen um sie herum wieder auf andere Gedanken kamen, wartete mit Bangen auf den nächsten Mord und wartete auf Thereses Niederkunft.

»Komm schon, Treschen, so schnell sind wir nicht unterwegs, muss auch mit deinem dicken Bauch vorwärtsgehen.« Liese versuchte die mittlerweile um die Hüfte kugelrunde, aber sonst spindeldürre Therese anzutreiben, die während des gesamten Tagesmarsches, der an diesem verregneten Nachmittag bereits acht Stunden dauerte, Schwierigkeiten hatte, mit den anderen Schritt zu halten.

Liese hatte in ihrem Leben als Geschäftsfrau viele Erfahrungen gemacht, doch eine fehlte ihr: das Kinderkriegen. Nicht, dass sie niemals Bekanntschaften mit Männern gemacht hätte – nein, sie waren durchaus zahlreich gewesen –, doch Konsequenzen hatte es daraus nie gegeben.

»Bin als Knospe sofort vertrocknet, anders kann ich es mir nicht erklären«, hatte sie einmal nicht ohne Selbstironie erzählt, und es war spürbar gewesen, dass sie es nicht bedauerte, niemals ein Kindlein im Arm gehalten zu haben. So konnte sie auch nicht das geringste Gespür dafür aufbringen, wie es der armen Therese gerade ging. Diese war ihren Umständen entsprechend noch erstaunlich gut unterwegs, hatte jedoch langsam den Zenit ihres Durchhaltevermögens erreicht, denn die Wehen machten sich bereits seit drei Stunden immer wieder schmerzhaft bemerkbar.

Da Anna ebenfalls niemals geboren hatte und nie bei der Geburt eines Menschenkindes zugegen gewesen war, erkannte auch sie den Zustand des Mädchens nicht. Von Hans Mergel, als einem alten und dennoch in menschlichen Dingen erstaunlich unbewanderten Mann, ganz zu schweigen.

Es war eine von den Trossfrauen, die hinter der Gruppe marschierten, die schließlich das Schweigen gegenüber den Geächteten brach und rief: »Ja, merkt ihr denn gar nicht, dass es da losgeht?«

Therese schleppte sich noch immer tapfer vorwärts, obwohl sie nicht nur vom Regen, sondern auch bereits von ihrer geplatzten Fruchtblase vollkommen durchnässt war.

»Treschen, warum sagst du denn nichts? Hans, du musst schnell nach Grete Schuller suchen, der Hebamme, die Dicke mit den Schweinsäuglein. Du weißt schon, die, die dem Fähnrich Päffgen mal eine gescheuert hat. Geh, schnell, ich weiß doch nicht, wie so was hier funktioniert, und die arme Anna schaut auch schon ganz verloren. Oder hast du Ahnung davon, Anna?«

»Vom Kalben, da versteh ich was. Und ein Fohlen habe ich auch schon mal ans Tageslicht befördert, aber ein Menschlein nie.«

Hans Mergel machte sich auf die Suche nach der Hebamme, während die drei Frauen am Wegesrand zurückblieben. Sie hockten da im Regen, Anna hielt Therese im Arm, und Liese hielt den teils verächtlichen und teils verlegenen Blicken derer stand, die schweigend an ihnen vorüberzogen. Es waren zahllose bekannte Gesichter darunter, solche von Trunkenbolden, die früher gerne einen in Lieses provisorischer Schenke gehoben oder von Frauen, die so manches Duftwässerchen oder Stiefelchen bei ihr gekauft hatten. Doch all diese wollten nun nichts mehr mit ihr zu tun haben, sie hatten sich aus irgendeinem Grund gegen sie verschworen. Und Liese vermutete – ja sie vermutete es, sprach es aber nie aus –, dass eine bestimmte Person all das gezielt in die Wege geleitet hatte. Doch den Grund dafür, den konnte sie sich nicht erklären.

Es dauerte mehr als eine Stunde, bis der alte Mergel zurückkam. »Sie weigert sich, hat mich fortgejagt und einen Lumpen geschimpft. Solch einem Wechselbalg werde sie nicht auf die Welt helfen. Wolle nicht in der Hölle landen.«

Mittlerweile zog der klägliche Rest des Trosses, bestehend aus betrunkenen Tagedieben, Spielleuten und Possenhauern, an ihnen vorbei. Diese wenigstens, der Abschaum eines ohnehin nicht gerade friedlichen Völkchens, hatten nichts gegen Liese und ihre Leute. Doch das hieß nicht, dass sie etwas für sie übriggehabt hätten, nichts außer unanständigen Komplimenten und für Liese leicht abzuwehrenden, eindeutigen Angeboten.

Nach einer Weile hockten sie nun also allein, vier Leute am Straßenrand, mitten in einer menschenleeren Gegend und unter ihnen eine Gebärende, die ganz plötzlich dazu übergegangen war, vor Schmerz aus Leibeskräften zu schreien.

Unter den schrecklichsten Flüchen, die der Hebamme Grete Schuller galten und aus Lieses Mund kamen, machten sich die drei daran, die stöhnende Therese vom Straßenrand fortzuschleppen.

In Sichtweite, hinter einem Vorhang von dichtem Regen und kaltem Nebel, war eine alte Hütte zu erkennen, ein verwitterter Heuschober. Ihn erklärte Liese zum gemeinsamen Ziel, in welchen es die arme Schwangere zu befördern galt, damit sie dort niederkomme.

»So ist dem kleinen Geschöpf eine Geburt wie unserem Heiland vorbehalten, in einer verwaisten Krippe wird es das Licht der Welt erblicken.«

»Nun werd nicht wieder heilig, Hans. Ganz so besinnlich wird es schon nicht zugehen, das kann ich dir versprechen«, meinte Liese im üblich harschen Ton, und tatsächlich glaubte sie zu Recht, dass ihnen in den nächsten Stunden eine äußerst schwere Aufgabe bevorstand.

Auch in dem alten Schuppen gab es keine trockene Stelle, an der sie die Gebärende hätten lagern können. Überall tropfte es durch das schäbige Strohdach, sodass Hans Mergel sich schließlich bereit erklärte, zum Weg zurückzumarschieren, aus dem dort verbliebenen Ochsenkarren Hammer und Nägel zu holen und mit den herumliegenden Brettern wenigstens einen Teil des Daches dichtzumachen. Zusätzlich sollte er so viele halbwegs trockene Decken wie möglich mitbringen.

»Und wenn du dann wieder hier bist, kannst du gleich erneut kehrtmachen, denn erstens ist das hier nichts für einen alten Kerl wie dich, und zweitens muss einer auf unsere Sachen aufpassen«, rief ihm Liese hinterher.

Es vergingen zwei Stunden, bis alles einigermaßen gerichtet

war und Anna sogar ein kleines Feuer zustande brachte, welches sie mit Lumpen aus dem Marketenderwagen speisten. Das hatte Anna zwar sehr viel Überredungskunst gekostet, denn Liese war nicht bereit, kostbare Waren zu opfern, doch hier ging es um Leben und Tod, und die von Motten zerfressenen Fetzen konnte man Annas Ansicht nach ohnehin nicht mehr gebrauchen.

»Na, dir gönne ich aber mal, dass du den Krieg von seiner wahren Seite kennenlernst, Mädel«, schimpfte Liese. »Es gibt Zeiten – und die kommen sehr bald wieder –, da lecken sich die Menschen die Finger nach jedem Stückchen Stoff, das sie sich um den kalten Leib legen können.«

Doch auch Liese hatte letztendlich ein gutes Herz und gab, was sie nur schwerlich entbehren konnte.

Es verstrichen die Stunden, die Nacht kam und verging unter dem schrecklichen Stöhnen und Schreien der armen Therese nur schleppend, und auch, als es bereits wieder dämmerte, war noch keine Veränderung der Lage in Sicht.

Anna, die sich an die Geburten mehrerer Kälber erinnerte, fasste sich gegen Morgen endlich ein Herz und wagte zum ersten Mal einen Blick zwischen Thereses Beine.

»Und, was siehst du?«, fragte Liese.

»Da tut sich etwas. Es hat sich schon ziemlich weit geöffnet, und ich kann Haare erkennen.«

»Dann hilf ihr doch, in Gottes Namen, die schreit sich ja die Seele aus dem Leib, die arme Irre. Die macht es nicht mehr lange, wenn wir nichts unternehmen.«

»Aber was soll ich denn machen?«

Wieder verstrichen Sekunde für Sekunde die Stunden, und am Nachmittag verstummte Therese mit einem Mal, ganz plötzlich, so, wie bei ihr immer alles ganz plötzlich geschah.

»Sie hat das Bewusstsein verloren. Wir brauchen kaltes Wasser. Und du, gute Anna, überlegst jetzt einmal, was man mit einer Kuh macht, wenn das Kalb einfach nicht rauskommt.«

»Das, was man dann macht, kann ich bei einem Menschen nicht machen. Aber schneiden, das könnte man.«

»Dann schneide, Himmel, Herrgott!«

»Hol mir ein sauberes Messer, saubere Lappen, Nadel und Faden und noch mehr Brennmaterial, damit wir Wasser aufkochen können«, befahl Anna plötzlich.

»Bin gleich wieder zurück«, gehorchte Liese.

Und dann machte sie sich auf zum Wagen. Derweil schaffte es Anna mit Hilfe von kaltem Wasser, welches nach mehr als einer Woche Regen zu Genüge zur Verfügung stand, Therese wieder zu Bewusstsein zu bringen. Sie war schwach, doch Anna, die sich mit einem Mal völlig verändert hatte, forderte sie ununterbrochen auf zu pressen. Sie hielt beide Beine der Gebärenden mit aller Gewalt auseinander und gebot ihr immer und immer wieder, nicht aufzugeben. Als Liese zurückkam, war Thereses Unterleib noch weiter geöffnet, und Anna konnte immer mehr von dem dichten schwarzen Haar des Säuglings erkennen, doch der Kopf steckte weiterhin fest.

»Leg dich auf ihre Brust und drück mit aller Kraft von oben auf den Bauch, aber erst, wenn ich es dir sage«, befahl Anna der staunenden Liese in einem Ton, den diese dem schüchternen Geschöpf niemals zugetraut hätte. Sodann machte sich Anna an den Schnitt. Mit einem Geräusch, als hätte sie einen Ledergürtel auf einmal in zwei Hälften geteilt, öffnete sich der Unterleib der leidenden Therese, und das Kind drückte sich weiter hinaus. Doch obwohl sich das Loch, auf welches Anna starrte, bereits unmenschlich vergrößert hatte, passte der Kopf noch immer nicht hindurch.

»Jetzt pressen. Alle beide!«, schrie Anna. Und sowohl Therese als auch Liese begannen, mit aller Kraft zu drücken und zu schieben. Mehr als eine halbe Stunde dauerte dieser Vorgang, und Anna glaubte schon nicht mehr, dass Mutter und Kind die Strapazen überleben würden. Doch dann rutschte wie ein großer, nasser Fisch plötzlich das Neugeborene aus Therese, die, von der unglaublichen Last befreit, plötzlich die Augen verdrehte und erneut das Bewusstsein verlor.

Mittlerweile war es wieder Abend geworden, doch selbst im spärlichen Licht des kleinen Feuers konnten Anna und Liese erkennen, dass es sich bei dem Kind um keinen normalen Säugling handelte. Zwar schrie das kleine Ding, was angesichts der Strapazen einem Wunder gleichkam, doch abgesehen von der durch die lange Geburt dunkelblauen Verfärbung seiner Haut hatte es einen ungeheuerlich riesigen Kopf.

»Eine Monstergeburt, das fehlte uns noch! Wenn das die anderen sehen, dann binden die uns sofort auf den Scheiterhaufen.« Liese fand bereits wieder sehr handfeste Worte, während Anna mit entsetzt geweiteten Augen das arme Geschöpf anblickte und sich, wie es in schwierigen Situationen für sie üblich war, immerzu bekreuzigte.

»Ein Mädchen ist es, mit einem viel zu großen Kopf. Kein Wunder, dass Treschen solch einen riesigen Bauch hatte. Jetzt hör aber mal auf mit dem ewigen Rumgefummel, das bringt uns auch nicht weiter. Benutz mal lieber deine flinken Händchen dazu, das arme Dinge da unten wieder zuzunähen, die verblutet uns sonst noch. Ich kümmere mich mal besser um das Kind hier. Kann ja nichts dafür, dass es so aussieht. Gib mal das Messer. Man schneidet diese Schnur hier doch einfach ab, oder?«

»Ja, einfach abschneiden.« Anna war noch immer entsetzt, und ihr Tatendrang, den sie soeben als Geburtshelferin zum ersten Mal unter Beweis gestellt hatte, war wieder dem Irrationalen gewichen. Abergläubisch wie sie war, war sie sich sicher, dass die Geburt eines solchen Kindes ein schlechtes, ja ein katastrophales Omen bedeutete. Ein Fingerzeig Gottes, ein Hinweis, dass man sich auf einem gefährlichen Irrweg befand, der früher oder später in die Hölle führen würde. Zuerst dieser furchtbare Krieg, dann noch diese entsetzlichen Morde, die sie nun seit Monaten begleiteten, und jetzt auch noch das.

Plötzlich überlief Anna ein bitterkalter Schauer. Dessen Ursprung war jedoch jenseits jeden Aberglaubens allein auf dem Boden der Tatsachen zu finden. Denn vom selbigen hatte Liese aus einem dort platzierten Eimer einen Becher Wasser geschöpft und ihn der vor sich hinstarrenden Anna ins Gesicht geschüttet.

»Bist du jetzt wieder in dieser Welt angekommen, Mädel? Die Kleine stirbt uns, wenn du nicht bald handelst. Mach sie da unten wieder zu, und zieh ihr was Sauberes an. Ich besorge gleich eine heiße Brühe.«

Während vor Annas innerem Auge die schlimmsten Höllenqualen und apokalyptische Szenen abgelaufen waren, hatte Liese das Kind abgenabelt, in Tücher gewickelt und auf ein eigens hergerichtetes Lager gelegt, sie hatte der ohnmächtigen Therese immer wieder in die Wangen gekniffen und somit nach einer Weile ein Lebenszeichen bei ihr hervorgerufen. Und nun machte sich die unfreiwillig erfrischte Anna daran, Therese bei der Nachgeburt zu helfen, um dann mit einer riesigen Nadel und einem viel zu dicken Faden die Risse und den Schnitt am Unterleib der jungen Mutter zu vernähen.

»Sieh aber zu, dass du es nicht allzu dichtmachst, da unten. Die gute Therese ist ja kein Nönnlein und möchte bestimmt noch den einen oder anderen Spaß in ihrem Leben haben.«

Solche Äußerungen überhörte Anna immer geflissentlich, sie konzentrierte sich auf ihre Arbeit und war erstaunt, mit welcher Tapferkeit Therese, die ihre Augen wieder geöffnet hatte, die Schmerzen des Zunähens ertrug. Selbst als Anna die frische Naht mit Branntwein betupfte, verzog die junge Mutter nicht einmal das Gesicht.

Erst um Mitternacht war alles erledigt, und nun konnte auch der alte Mergel hinzugerufen werden, welcher mittlerweile das Ochsengespann und sämtliches Handgepäck durch tiefen Schlamm, der einst ein Acker gewesen war, an den Schuppen herangeschleppt hatte.

»Zur Sicherheit«, hatte er sich Liese gegenüber gerechtfertigt. »Denn über den Weg kommt doch noch einiges Pack gezogen, und da war der eine oder andere dabei, dem ich zugetraut hätte, dass er mir die Kehle durchschneidet und uns unsere ganze Habe stiehlt. Da, wo jetzt alles steht, kann man es vom Weg aus nicht sehen.«

Hans Mergel war von Lumpenliese bereits eingeweiht, dass das Kindlein, welches Therese stolz in den Armen hielt, keinem gewöhnlichen Säugling glich. Ähnlich wie Anna, so dachte auch Mergel sogleich an ein böses Omen und wollte damit beginnen, Liese von sämtlichen Monstergeburten der letzten Jahre und den Folgen, die diese nach sich gezogen hätten, zu berichten, als diese ihm jäh das Wort abschnitt.

»Solche wie du, die bringen unschuldigen Menschen den Flammentod. Du kannst mir doch nicht erzählen, dass du an so etwas glaubst. Schlimmer als Anna bist du. Bei ihr ist das ihre falsche Frömmigkeit, aber bei dir ist es nichts als Sensationsgier, die dich solche Schauergeschichten glauben lässt. Komm jetzt mit herein und schau dir an, wie sehr Therese das Kleine liebt! Sie hat nicht einmal bemerkt, dass es missgebildet ist. Und wenn ich ehrlich bin: Jetzt, wo es nicht mehr so blau ist, finde auch ich es ganz niedlich. Das ist doch kein Monster, welches die Menschen in Angst und Schrecken versetzt und ihnen Unheil verkünden soll. Es ist ein kleines unschuldiges Wesen, das nichts, aber rein gar nichts dafür kann, dass es nicht so ist wie alle anderen.«

Liese hatte ihren beiden abergläubischen Begleitern gehörig den Kopf gewaschen, und so trauten sich weder Anna noch Hans Mergel, auch nur ein weiteres Wort über Thereses Kind zu verlieren.

Am nächsten Morgen machten sie sich schließlich daran,

sich ein wenig gemütlicher in ihrer Notherberge einzurichten. Der Regen hatte nachgelassen, und das Wetter erlaubte es, die blutigen Tücher zu waschen, Brennholz zu suchen und der Wöchnerin und ihrem Neugeborenen die nächsten Tage so erholsam wie möglich zu gestalten.

Sosehr Liese nach der Geburt des Mädchens Feingefühl und Menschlichkeit bewiesen hatte, so sehr kostete es nun wiederum Anna Geduld und Überredungskunst, die Marketenderin davon zu überzeugen, dass Therese noch zu schwach sei, um sich wieder auf den Weg zu machen. In dieser Hinsicht war Liese unerbittlich, doch letztendlich gab sie wieder nach und stellte sich darauf ein, zusammen mit ihren Freunden eine ganze Woche in der gottverlassenen Hütte zu verbringen.

Obwohl Therese ihr Kind über alles liebte und obwohl es bereits in der Nacht seiner Geburt damit begonnen hatte, an der Brust seiner Mutter zu saugen, so war es nicht zu verhindern, dass die Kleine den dritten Tag ihres kurzen Lebens nicht überstand. Lieb wie ein Engelchen war sie nach einer ausgiebigen Mahlzeit eingeschlummert und danach nicht wieder erwacht.

Therese weinte bitterliche Tränen und verfiel immer wieder in einen hysterischen Anfall. Sie wollte den toten Körper des geliebten Kindes nicht hergeben, und Liese musste schließlich Gewalt anwenden, um ihn ihr zu entreißen. Anna war bestürzt und rang selbst mit den Tränen, so sehr rührte sie die entsetzliche Szene. Es hatte einen Tag und eine Nacht gedauert, bis Therese die kleine Leiche unfreiwillig aus ihren Armen gab. Liese und Mergel hielten die Rasende fest, während Anna das Kindlein wusch, ihm sogar das dichte schwarze Haar kämmte und es in ein buntes Tuch wickelte, welches Liese edelmütig gespendet hatte.

Während Mergel bei Therese blieb, die erschöpft in einen tiefen Schlaf gefallen war, machten sich die beiden Frauen gegen Abend auf den Weg, den toten Säugling zu begraben.

Am Vorabend hatte es ganz plötzlich zu frieren begonnen, und der vom Regen durchtränkte Boden war steinhart geworden. Selbst tagsüber war er nicht aufgetaut, und nun, in der Abenddämmerung, war es für die Frauen sehr beschwerlich, ein Loch zu graben. Sie versuchten es vergeblich an verschiedenen Stellen und gerieten, in der Hoffnung, einen geeigneten Platz zu finden, immer tiefer in den Wald hinein.

»Sieh mal, Anna, da hinten ist ein Sumpf, da ist im Morast bestimmt noch was zu machen.« Liese deutete auf eine lichte Stelle, die die Finsternis des Waldes durchbrach und den Blick auf einen von Schilf umgebenen kleinen See freigab. Noch war es nicht ganz dunkel, und die beiden machten sich schnell an die Arbeit, im immer noch feuchten und nur halbgefrorenen Morast ein Loch zu buddeln, das tief genug war, um wilde Tiere in jedem Fall davon abhalten zu können, sich an dem verstorbenen Säugling gütlich zu tun.

Mit einem Mal – sie waren gerade fertig mit dem Graben – hörten sie ein lautes Knacken und Rascheln im Gebüsch. Sie hatten keine Zeit mehr, Schreckliches zu ahnen oder in Angst auszubrechen, als plötzlich ein Reiter auf sie zusprengte.

Augenscheinlich handelte es sich nicht um einen gewöhnlichen Kürassier, der hier sein Pferd vor ihnen bändigte. Angetan mit ledernen Stulpenstiefeln, einer prächtigen Seidenschärpe, einem blütenweißen Spitzenkragen und einem wunderschönen Federhut, war dieser Mann mit seinem gepflegten blonden Bart sicherlich ein Kriegsmann hohen Ranges.

»Was macht ihr hier, Weibsvolk?«, fragte er in harschem Ton.

»Wir begraben ein totes Kindelein«, antwortete Liese unverzüglich und selbstbewusst.

»Hier, im Sumpf? Warum bringt ihr es nicht auf den Kirchhof?«

»Weil wir keinen Kirchhof haben, mein Herr, wir sind Trossweiber.«

»Nun, dann gehört ihr wohl zu dem kaiserlichen Heer, das sich im Lipper Land herumtreibt?«

»So ist es.«

»Lass mich sehen, was ihr da habt? Vielleicht führt ihr mich auch nur an der Nase herum, und ihr verbuddelt hier Diebesgut.«

»Und wenn es so wäre, wüsste ich nicht, weshalb das von Eurem Interesse wäre, mein Herr. Zwei einfache Weiber wie wir könnten doch niemals etwas besitzen, das einen Edelmann, wie Ihr es seid, bekümmert.«

»Sei nicht frech, Weib, und zeig mir, was du da hast! Oder soll ich dir erst mit der Pistole drohen?«

Liese reichte ihm das Bündel, welches der Mann öffnete und mit angewidertem Blick wieder in ihre Hände legte.

Weiter konnte er nichts sagen, denn just im selben Moment fielen mehrere Schüsse aus dem dichten Wald, und es erhob sich plötzlich ein jämmerliches Geschrei. Die entsetzlichen Laute stammten von dem Schimmel des Mannes. Das Pferd, von mehreren Kugeln getroffen, sank zusammen und vergrub dabei seinen Reiter halb unter sich. Auch dieser begann nun zu brüllen, denn das Pferd wälzte sich im Todeskampf auf dem eingeklemmten Bein des Mannes herum. Blitzschnell zog Liese im rechten Moment, als das Tier gerade verzweifelt versuchte, sich mit letzter Kraft aufzurichten, den halb Gequetschten hervor und bewies dabei eine körperliche Stärke, die man einer hageren Frau wie ihr niemals zugetraut hätte.

»Schnell, in den Wald«, rief sie, und zusammen mit dem hinkenden Mann jagten sie blindlings auf die dunklen Bäume zu. Was zurückblieb, waren das tote Kind und das Pferd, welches nach wenigen Augenblicken ebenfalls vom Tod erlöst wurde.

Derweil hatten sich die drei Flüchtenden offenbar in völlig unterschiedliche Richtungen verteilt. Denn als Anna nach einigen hundert Schritten pechschwarzen Irrwegs über Wurzeln, Äste und Steine mit aufgeschlagenen Knien und Ellenbogen stehen blieb, konnte sie keinen Laut mehr vernehmen, der von einem menschlichen Wesen herrührte. Weder die Verfolger noch Liese oder der junge Edelmann waren zu hören. Sollte sie nach ihrer Begleiterin rufen? Anna war sich nicht sicher, konnten doch die Spitzbuben ganz in der Nähe sein.

»Liese! Liese!«, rief sie fast im Flüsterton. Doch eine Antwort blieb aus.

»Liese, wo bist du?« Auf dieses lautere Rufen hin hörte Anna plötzlich Schritte, die sich ihr näherten.

»Bist du das, Liese?«, fragte sie mit zitternder, aber dennoch fordernder Stimme.

»Nein, ich bin es. Verdammte Dunkelheit, hab mir das ganze Wams zerrissen an diesen verflixten Ästen.« Es war eindeutig die Stimme des Reiters, der sich da auf Anna zubewegte. Ihr wurde ein wenig unbehaglich, doch andererseits war sie froh, in dieser Finsternis nicht mehr allein zu sein.

»Welche von den beiden Weibern bist du? Die alte Vettel oder das jüngere Ding?«, fragte der Mann, dessen Schatten nun vor Anna angekommen war. Diese wusste nicht, was sie auf eine solche Frage antworten sollte, und schwieg, was der Fremde dazu nutzte, sie an den Armen zu fassen und an sich heranzuziehen.

»Ah, du bist die Junge. Wie finden wir jetzt hier heraus? Ich muss spätestens im Morgengrauen weiterziehen und benötige dazu einen halbwegs brauchbaren Gaul. Diese verdammten Hurensöhne, dreckige Strauchdiebe und Heckenkrieger! Aufknüpfen sollte man sie allesamt, an den nächsten Baum hängen und elendig verrecken lassen.«

All das sagte er, während er Anna weiterhin an beiden Armen festhielt, was ihr in Anbetracht seiner derben Schimpfereien und der Tatsache, dass er vorhatte, Menschen an Bäumen aufzuhängen, äußerst unangenehm war.

Bei dem Schimpfenden handelte es sich um Andreas Moosberger, seines Zeichens Emporkömmling im Ligaheer des Kurfürsten Maximilian von Bayern. Als Sohn eines armen bayerischen Bergbauern geboren, hatte er es durch Geschick und Schlauheit geschafft, die Position eines Leutnants zu erringen, und war nun dazu erkoren, für den Kurfürsten auszukundschaften, wo sich die Regimenter des verhassten Wallenstein aufhielten, wie groß sie waren und in welchen Teil Deutschlands es sie zog. Auf seinem Weg durch Westfalen war er offensichtlich einer Handvoll harmloser Schnapphähne aufgefallen, die sich an seine Fersen, oder besser an die Hufe seines nun verendeten Pferdes, geheftet und ihn, in der Erwartung, Reichtümer zu finden, überfallen wollten – just in dem Moment, als dieser mit Anna und Liese sprach.

Moosberger war ein Mann, den die Frauen liebten und der die Frauen liebte, ohne sie jedoch zu achten. Er verstand es aufgrund seines angenehmen Erscheinungsbildes und seines von anderen abgeschauten guten Benehmens, weibliche Herzen zu erobern, zu brechen – und pflegte dann wieder zu verschwinden. Jedoch war er immer klug genug, Skandale zu vermeiden, und konnte es geschickt verhindern, dass sein Ruf als militärischer und diplomatischer Aufsteiger geschädigt wurde. Denn auch ein Mann konnte an Ansehen verlieren, wenn sein Können auf das des Herzensbrechers reduziert wurde.

Kurz: Moosberger benötigte in Liebesdingen Abwechslung, und die verschaffte er sich mit Vorliebe bei Bauersfrauen, denn immerhin entstammte er dieser Schicht und kannte sich aus. Und daneben waren diese in zweierlei Hinsicht ungefährlich. Zum einen konnten sie einen, wenn man sie verließ, nicht in Schwierigkeiten bringen, wie etwa ein entjungfertes Edelfräulein. Und zum anderen waren sie selten krank, wie die zahlreichen Trosshuren, die einen mit den unangenehmsten, juckenden und übel riechenden Flechten versehen konnten, wenn man ihnen zu nahe kam. Moosberger verabscheute diese Frauen, doch manches Mal blieb einem nichts anderes übrig, als ihre Dienste in Anspruch zu nehmen, denn nicht immer war ein nettes Bauernmädchen zur Stelle.

Hier im Wald war das nun anders. Vor ihm stand die zitternde Anna. Zwar war sie nicht mehr ganz so jung – das war ihm nicht entgangen –, doch unappetitlich war sie nicht, soweit er das in der Dunkelheit ausmachen konnte. Ihrer ganzen Erscheinung und ihrem schüchternen Auftreten zufolge war sie noch recht unverdorben und eindeutig ein Landmädchen, das erst kürzlich zum Heer gestoßen war. Anna schien ein leichtes Opfer zu sein.

»Dort hinten ist es heller, da müsste der Wald zu Ende sein. Komm mit. Die andere kannst du morgen suchen. Wahrscheinlich haben die Wegelagerer sie erwischt. Werden schon noch etwas von ihr übrig lassen.«

Der Fremde zog Anna hinter sich her. Er war in den bayerischen Bergen groß geworden und trotz seines nun edel anmutenden Äußeren ein Kind der Natur, das sich nach wie vor sehr gut in der Wildnis zurechtfand. Und so machte er sich auch keine Sorgen, heil aus dem kalten Wald herauszufinden und ein mauscheliges Örtchen auszukundschaften, an dem er es sich zusammen mit der Bauernfrau gemütlich machen konnte.

Anna war nicht arglos, was diesen Mann betraf. Sie konnte sich sehr gut vorstellen, dass er etwas im Schilde führte, und noch war sie unentschlossen, wie sie reagieren würde, wenn er sich ihr in eindeutiger Absicht näherte. Hier im Wald war es definitiv zu kalt zu dieser Jahreszeit, es war dunkel, und irgendwo konnten immer noch die Strauchdiebe herumlungern. Er wäre verrückt, sollte er hier über sie herfallen wollen. Früher, da war sie sich sicher, hätte sie sich einfach dem Schicksal ergeben und alles über sich ergehen lassen – aus Angst. So war es damals gewesen, als dieser stinkende, bullige Mensch sie geschändet und geschwängert hatte. Wie eine leblose Puppe hatte sie mit weit geöffneten Augen dagelegen und gezählt. Bis 87 war sie gekommen. Länger hatte es nicht gedauert.

Jetzt wäre das anders, jetzt würde sie sich das nicht so einfach gefallen lassen. Nichts würde sie sich so schnell wieder gefallen lassen, außer sie wollte es. Und da war sie sich noch nicht sicher, denn eigentlich – und für diesen Gedanken schämte sie sich – fand sie diesen Mann, der sie da durch den Wald zog, durchaus anziehend. Nie jedoch hätte sie es gewagt, sich ihm anzubieten, er war ein Edelmann und sie nur ein Trossweib, er war schön und sie nicht, und außerdem gehörte es sich nicht. Es gehörte sich einfach nicht, und deshalb würde sie, könnte sie es sich aussuchen, am liebsten davonrennen und ihn nie wiedersehen.

Anna war doch noch ein ängstliches Huhn. Ja, das war sie. Denn sonst wäre sie davongerannt. Sie wusste nicht, was es war, was sie verharren ließ: Neugierde oder fehlender Mut?

Offenbar besaß sie noch immer nicht die Kraft, sich gegen den Willen anderer aufzubäumen und sich ganz allein nur einem Willen zu unterwerfen, nämlich ihrem eigenen. Doch sie war auf dem besten Weg dahin, und ihr Lehrmeister war der Krieg, dieser üble Krieg, der alles durcheinanderbrachte, Menschen aus ihrem gewohnten Leben riss und sie nackt und einsam auf die Straße warf, wo sie sich auf nichts und niemanden mehr verlassen konnten, außer auf sich selbst.

Anna beschloss, sich in dieser Situation erst einmal auf den Fremden zu verlassen. Sollte er sie doch hinter sich herziehen und einen Weg aus dem Wald finden. Alles Weitere würde sich schon ergeben. Sie wollte es abwarten.

Der fremde Edelmann hingegen ahnte nichts von den Gedanken der Frau, deren schweißnasse Fingerchen er immer wieder drückte, während er sie einem Licht entgegenführte, das er unweit zwischen den Ästen hindurch entdeckt hatte. Es war ein Haus, da war er sich sicher, und dort würde er nach Unterschlupf fragen. Seinen Beutel mit Münzen trug er noch in der Rocktasche, der war nicht abhandengekommen. Ein Nachtquartier würden sie also finden. Je näher sie dem Gebäude kamen, desto heller wurde sein Gemüt, und als er dann auch noch erkannte, dass es sich um ein Wirtshaus handelte, das dort auf einem Hügel unweit des Waldes lag, war er sichtlich zufrieden.

»Schau an, eine Schenke. Der Herrgott meint es gut mit uns und errichtet gerade hier vor unseren Augen eine Schenke. Sei froh, dass ich Geld dabeihabe.«

Er fragte Anna nicht einmal, ob sie mitkommen wolle, war er es doch gewohnt, dass die Frauen nicht Nein sagten. Und die, das hatte er schon an ihren schwitzenden Händen bemerkt, die würde sicher nicht Nein sagen, auch wenn sie noch ein wenig schüchtern war.

›Die bekommt drei Schnäpschen, und dann ist der Bann gebrochen‹, dachte er bei sich, als sie in die kleine, nach tranigem Fett stinkende Gaststube eintraten. Der winzige Raum mit seiner niedrigen Decke war vollkommen ausgefüllt, an den Wänden verliefen alte Holzbänke, vor denen zwei morsche Tische mit schlecht gezimmerten Hockern standen. Die Tische waren voller Schmutz und Kerzenwachs, und darauf und darunter wimmelte es nur so von Schaben, die anscheinend keine Angst haben mussten, vom Wirt bekämpft zu werden. Dieser saß sichtlich betrunken zusammen mit zwei nicht weniger berauschten Männern beim Würfelspiel an einem der Tische. Alle drei lallten einander mürrisch an und verstummten, als sich die Tür öffnete und die beiden Gäste eintraten. Damit hatte der Wirt augenscheinlich nicht gerechnet, und er war es offensichtlich auch nicht gewohnt, Fremde zu empfangen, denn die Begrüßung fiel sehr frostig aus.

»Was wollt Ihr?«, murmelte er kaum verständlich und griff

mit einer Hand an seinen Gürtel, in welchem er allem Anschein nach eine Waffe versteckt hielt.

»Keine Angst, Wirt. Wir wollen uns nur aufwärmen, einen Schnaps trinken und Euch um ein Nachtlager bitten.«

»Warm ist es hier, 'nen Schnaps hab ich auch, aber ein Bett …? Kommt drauf an, was Ihr so fließen lasst, Fremder.«

»Nun, zwei Kreuzer für ein Zimmer.«

»Ha, dass ich nicht lache. Sieben, wenn du mit dem Weib da allein Spaß haben willst«, sprach er und brach über seine eigenen Worte in dröhnendes Gelächter aus, in welches seine Kumpane sofort mit einfielen. »Für fünf kriegst du's, wenn meine Freunde und ich auch mal mitspielen dürfen.«

Anna versuchte zu schrumpfen, sich so klein wie möglich zu machen, sich hinter dem Rücken ihres Begleiters zu verstecken und gegen die brennende Röte in ihrem Gesicht anzukämpfen. Sie kannte diese Art von Spelunken, die, meist abgelegen von den Dörfern, ausschließlich von zweifelhaftem Mannsvolk aufgesucht wurden. Man spielte dort und trank, und Frauen hatten nur Zutritt, wenn sie unter bestimmten Umständen geduldet wurden. Jede Frau jedoch, die im Ruf stand, dort hin und wieder Einlass zu erhalten, war auf Lebzeiten verschrien. Anna selbst hatte eine solche Wirtschaft noch nie von innen gesehen.

»Du bekommst sechs, wenn du uns noch eine Flasche Korn gibst«, sagte der blonde Edelmann ruhig, ohne auf die Ausfälligkeiten der betrunkenen Kerle zu reagieren.

»Gut«, der Wirt stand auf und kletterte mühsam eine knarrende Stiege empor. Er blieb eine halbe Ewigkeit dort oben, rückte offensichtlich Möbel und machte einen Höllenlärm. Anna und ihr Begleiter setzten sich derweil an den freien Tisch.

»Glotz nicht, sondern bring mir lieber eine Flasche Schnaps«, rief der Reiter einem der beiden Kerle zu. Dieser, ein magerer junger Mann mit derart schiefen Zähnen, dass sie kreuz und quer aus dem geschlossenen Mund hervorragten, stand auf und begab sich zum Ausschank, einer hohen, seit Jahrzehnten immer wieder von Bier und Schnaps durchtränkten Holzbank. Von einem Regal nahm er eine Flasche, und aus den schmutzigen Tiefen des Tresens kramte er zwei geflickte Holzbecher hervor. All das brachte er zum Tisch der Gäste, den der Edelmann bereits mit einem Streich seines Unterarms vorläufig von sämtlichem Krabbelgetier befreit hatte.

Für einen Edelmann pflegte er sehr raue Sitten, dachte Anna und musterte ihn heimlich. Er gefiel ihr. Etwas anderes konnte sie sich beim besten Willen nicht eingestehen.

Er öffnete die Flasche, roch an ihr, verzog das Gesicht, murmelte nur »Sei's drum« und nahm einen ordentlichen Schluck.

»Wollte nicht unhöflich sein«, sagte er, an Anna gewandt. »Aber so einen Fusel sollte man vorkosten, bevor man ihn einer Dame reicht. Wie ist eigentlich dein Name?«

»Anna Pippel.«

Er schaute sie an. Den Ellbogen auf den Tisch gestützt und mit den Fingern an seinem blonden Bart spielend, schaute er sie an und sagte nichts. Seine Augen hatten dabei einen ganz besonderen Ausdruck – einen Ausdruck, den Anna nicht erwartet hätte, der sie irritierte und noch verlegener machte. Sie senkte den Blick und schaute auf ihre Hände.

»Anna. Sehr schön.« Er war aus seiner seltsamen Erstarrung erwacht. »Trink, Anna, das tut gut nach solch einem Schreck.«

Nun nahm auch Anna einen Schluck, und dann noch einen, und schließlich einen dritten. Sie wusste, dass Alkohol eine verheerende Wirkung auf sie hatte, doch unter diesen Umständen war das genau das Richtige. Es war besser, wenn sie nicht mehr bemerkte, was da alles um sie herum geschah.

Sie war schon recht betäubt, als der Wirt endlich die Stiege herunterkam.

»Das Zimmer ist fertig. War schon lange keiner mehr drin. Seit meine Alte letzten Winter das Zeitliche gesegnet hat, ist da nicht mehr aufgeräumt worden. Na ja, was schert es mich, was anderes hab ich nicht, und was Besseres kriegt ihr hier in der Gegend auch nicht. Gezahlt wird im Voraus.«

Der Reitersmann gab dem Wirt das versprochene Geld und reichte Anna noch einmal die Flasche. Diese trank, vergrub dann das Gesicht hinter den Händen und kicherte immerzu. Aus welchem Grund, wusste sie selbst nicht. Ihr Begleiter schaute sie lächelnd an und griff dann nach ihren Händen, um sie ihr aus dem Gesicht zu nehmen.

Sie war hübsch, wenn sie lachte. Sehr hübsch. Ihre Augen strahlten, sie hatte schöne, weiße Zähne und ein kleines Grübchen in der rechten Wange. Sie sah tatsächlich aus wie das Stanzerl. So, wie das Stanzerl jetzt aussehen würde, wenn sie länger hätte leben dürfen.

Das Gesicht des blonden Edelmanns wurde mit einem Mal traurig und ernst. Anna bemerkte es und hörte auf zu kichern.

»Du bist betrunken. Zeit, schlafen zu gehen«, sagte er und half der wankenden Anna die steile Stiege hinauf.

Die Männer hatten derweil mit dem Würfelspiel aufgehört, grinsten breit und machten derbe Sprüche, als sich das Paar in sein Schlafgemach zurückzog.

Dort angekommen, konnte von Gemach kaum die Rede sein. In einer Ecke stand ein uraltes, aus schiefen Brettern zusammengenageltes Bett. Gefüllt war es mit Stroh, welches schon eher die Bezeichnung Mist verdiente, denn nicht anders sah es aus, und es roch sogar strenger. Vor Schmutz starrende Leinenfetzen sollten als Decke dienen. Auf einer Holzkiste brannte ein Talglicht und erleuchtete die rußigen Holzwände, hinter denen das Krabbeln des Ungeziefers zu hören war. Alles in allem ein nicht besonders einladendes Örtchen. Doch sowohl

Anna als auch ihr Begleiter waren einfache Behausungen gewohnt, und so schreckte diese Unterkunft sie weniger, als der Wirt befürchtet hatte.

Als Anna am nächsten Morgen erwachte, wusste sie zunächst nicht, wo sie war. Sie fand sich halbbekleidet auf schmutzigen Laken in einem uralten Bett wieder. Im Zimmer war es düster und furchtbar kalt, ihr Kopf drohte zu zerplatzen. Annas erste Handlung war genauso schlicht wie erleichternd, sie beugte sich aus dem Bett und erbrach sich auf dem ohnehin mit Unrat überhäuften Boden. Dann öffnete sie die winzige Luke, die den Blick nach draußen freigab. Es war bereits hell, und die Sonne schien an diesem Herbstmorgen. Allem Anschein nach musste es bald Mittag sein.

Außer ihr war niemand im Raum, und es vergingen einige Augenblicke, bis sie sich langsam an den vergangenen Abend erinnerte und es ihr dämmerte, dass sie dieses Haus nicht allein betreten hatte. Doch von dem Reitersmann war keine Spur zu sehen, er schien bereits das Weite gesucht zu haben.

Anna war es recht. Die ganze Situation war ihr ohnehin mehr als peinlich, und je weiter ihr Liebhaber davon war, desto geringer war die Gefahr, dass jemals irgendwer von diesem Abenteuer erfahren würde, an welches sie sich beim besten Willen nicht mehr genau erinnern konnte. Sie war sich nicht einmal sicher, ob überhaupt hier, in diesem mehr als schlichten Zimmer, etwas zwischen ihr und dem Unbekannten passiert war. Anna verbot sich, weiter darüber nachzudenken, sie schämte sich viel zu sehr. Stattdessen überlegte sie, wie sie nun möglichst unbemerkt dieses Gebäude verlassen konnte.

Sie war bemüht, sich so leise wie möglich anzukleiden, und machte sich dann auf Zehenspitzen daran, die knarrende Holzstiege, die in die Schankstube führte, hinunterzuklettern. Unten war alles leer, keine Menschenseele war zu sehen, vom Wirt und seinen Freunden zum Glück nicht die geringste Spur. Erleichtert trat Anna vor die Haustür und verschwand schnellen Schrittes aus der Sichtweite des Gasthauses.

Erst als die Schenke nicht mehr zu sehen war, versuchte sie sich zu orientieren und beschloss, wieder den Weg durch den Wald zu nehmen, den See zu finden und sich von dort aus auf die Suche nach der Behausung zu machen, die sie zusammen mit ihren drei Begleitern seit einigen Tagen bewohnte. Liese, da war sie sich sicher, war längst dorthin zurückgekehrt. Einer wie Liese würde doch im Wald nichts geschehen, und erst recht würde sie sich nicht von einfachen Strauchdieben in ernsthaften Schrecken versetzen lassen.

Da ist sie, die Frau. Man hat sie verloren. Hat sich erschreckt, als die Räuber kamen. Da ist sie. Man hat Angst um sie gehabt.

Der Mann. Was wollte er von der Frau? Hat sie angeschaut. Soll sie in Frieden lassen. Nicht, dass sie wegläuft und man sie nicht wiederfindet. Man muss doch in ihrer Nähe bleiben, weil man sie lieb hat.

Gut, dass sie wieder da ist. Da kommt sie und sucht das Kind. Das arme Kind. Ist tot, das Kind. Besser so. Hätte sich sonst auch verstecken müssen. Immerzu, ein Leben lang. Verstecken, damit niemand lacht.

Es dauerte nicht lange, da erreichte Anna bereits den See, an dessen sumpfigem Ufer sie das Kindelein hatten begraben wollen. Sie war noch nicht ganz an der Stelle angelangt, an der sie am Vorabend den fremden Reiter getroffen hatten, als sie bemerkte, dass sich dort eine Gruppe von Menschen versammelt hatte. Anna verbarg sich, wie sie es schon so oft getan hatte, im Gebüsch und beobachtete das Geschehen.

Das Bild, welches sich ihr bot, war mehr als grotesk. Dort lag ein totes Pferd, dem die Leichenstarre mittlerweile die Beine in die Luft stehen ließ. Und direkt daneben – das konnte Anna deshalb so gut erkennen, weil sie ahnte, worum es sich handelte – lag das aus seiner Decke gelöste tote, missgestaltete Neugeborene der armen Trese. Ein Bild, das der Teufel nicht hätte besser inszenieren können und das dennoch, das wusste Anna ja, auf vollkommen natürlichem Wege zustande gekommen war.

Sie hatte doch einfach nur mit Liese das arme kleine Ding beerdigen wollen, als plötzlich dieser Reiter gekommen war, dessen Pferd schließlich von gewöhnlichen Spitzbuben erschossen wurde. Das war alles gewesen, und daraus ergab sich nun dieses seltsame Bild, welches offensichtlich bereits von sich reden gemacht hatte, denn bei den Menschen, die sich um diese Szene gruppiert hatten, handelte es sich um schlichte, einfache Bauern, ihre Frauen und Kinder.

Alle miteinander verstanden nicht, was sie dort sahen, und vermuteten deshalb Teufelswerk darin. Aus den Worten, die Anna aufschnappen konnte, erriet sie, dass man verwirrt war und verängstigt, dass man diese Begebenheit als ein böses Omen betrachtete und sich nicht sicher war, wie man nun mit diesen beiden leblosen Körpern verfahren sollte. Schließlich einigte man sich darauf, beide mit Steinen zu belasten und im Sumpf zu versenken.

Anna bekreuzigte sich und sprach mehrere Gebete für das arme kleine Kind, das nun auf so unchristliche Art und Weise begraben werden sollte. Dann machte sie sich heimlich auf den Weg zu ihrem Heuschober.

Unterwegs musste sie viel über Liese nachdenken. Endlich verstand Anna, weshalb diese sich dagegen wehrte, dass man von den Morden als Strafe Gottes oder Streichen des Satans sprach. Liese war davon überzeugt, dass sich alles, was auf dieser Welt geschah, einfacher erklären ließ, als man gemeinhin dachte. »Ich habe schon zu viel erlebt, als dass mich noch irgendetwas entsetzen könnte. Der Mensch allein ist zu allem fähig«, das hatte Liese unlängst gesagt, als Mergel und Anna des Abends über die Frauenmorde gesprochen hatten.

In Anbetracht der Bauern, des toten Pferdes und des toten Kindes war Anna aufgegangen, wie gefährlich es war, so zu denken, wie Liese es tat. Denn – und da war sie sich sicher – wäre sie aus ihrem Gebüsch hervorgetreten und hätte gesagt: »Liebe Leute, es ist nicht so, wie ihr annehmt. Alles hat sich auf eine ganz natürliche Weise zugetragen. Der Zufall allein hat daraus ein solch seltsames Bild entstehen lassen« – dann wäre der Mob mit Heugabeln und Äxten auf sie losgegangen und hätte sie erschlagen.

Ob Liese hingegen auch geschwiegen hätte? Ob sie es zugelassen hätte, dass man an das kleine Hälschen Steine band und das arme, unschuldige Wesen im Moor versenkte? Anna fühlte sich schlecht bei diesem Gedanken. Das erste Mal in ihrem Leben verspürte sie es als Schmach, feige zu sein und unangenehmen Dingen, ja der Wahrheit, aus dem Weg zu gehen. Deshalb beschloss sie, Liese nichts zu sagen.

»Eine angenehme Nacht gehabt?«, fragte Liese, als Anna wieder bei der Hütte auftauchte. Die Marketenderin war gerade dabei, die Sachen zu packen, um samt Mergel und Trese wieder zum Heer zu stoßen.

»Mag die Dame mitkommen, oder ist sie jetzt in die feinere Gesellschaft aufgestiegen? War übrigens gar kein Edelmann, dein Beschäler. War ein ganz gemeiner Verkleidungskünstler. Er hatte ein viel zu wettergegerbtes Gesicht für sein Alter, viel zu große, abgearbeitete Hände, und auch an der Sprache konnte man vernehmen, dass der ein ganz gewöhnlicher Bauernbursche war. Nichts als ein Bauer in feinem Zwirn. So ist das.«

Anna antwortete nicht auf diese spitzen Bemerkungen und half stattdessen mit, den Ochsenkarren und die Handwagen zu beladen.

»Hans, lass dir von Anna den Weg zu dem See zeigen, wo wir das Kind vergraben wollten. Die kleine Kreatur muss da noch irgendwo herumliegen.«

»Ich war schon dort, das Kind ist nicht mehr da. Jemand anders wird es vergraben haben«, log Anna. Auch um die arme Therese zu schützen, die das wahre Schicksal ihres Säuglings nicht erfahren sollte.

»Na gut, dann lässt sich nichts machen«, sagte Liese kühl und arbeitete bis zur Abreise schweigend weiter. Lediglich Hans Mergel erhielt einige barsche Befehle von ihr.

Und so machten sie sich wieder auf den Weg. Nach nur zwei Tagen hatten sie die Reste des Heereswurmes eingeholt und hofften, sich wieder reibungslos einzugliedern. Hans Mergel glaubte nicht daran, dass man es ihnen erlauben würde, und auch Anna war skeptisch. Doch Liese bestand darauf, wieder dabei zu sein. Sie wollte sich von den Launen dieser Dummköpfe nicht das Geschäft verderben lassen. So schnell wurde man eine Liese Kroll nicht los, und deshalb fuhr sie erhobenen Hauptes in das Nachtlager des Trosses ein, der sich mittlerweile samt Heer bis ins Umland der Stadt Bielefeld fortgefressen hatte.

IX

Liese Kroll, was fällt Euch ein, dem Heer so lange fernzubleiben? Ich sagte Euch bereits, wie viel Unmut sich hier in diesem Lager hinsichtlich Eurer Person zu diffundieren begonnen hat. Ich kann nicht mehr für Eure Sicherheit garantieren. Wenn Ihr einfach das Weite sucht und Euch dann nach wenigen Tagen eines Besseren besinnt, hierher revertiert und meint, Ihr würdet mit offenen Armen empfangen, dann befindet Ihr Euch im Irrtum. Es wurde viel über Euch geredet, und mit Eurer Ästimation und Reputation ist es nicht zum Besten gestellt.«

»Und dazu werdet Ihr das Eurige beigetragen haben, hochgelehrter Herr«, antwortete Liese auf die Predigt des Pastors Bracht, nachdem er am zweiten Tag ihrer Rückkehr den Wagen der Lumpenliese aufgesucht hatte, um sie, sichtlich erzürnt, über die Lage im Tross zu unterrichten.

»Nur im Guten, nur im Guten. Man sagt, Ihr seiet ohne das Kindelein zurückgekehrt, und man munkelt, non sine causa, verschiedenartig darüber, wo das Neugeborene wohl verblieben sei. Welcher Art die Gerüchte sind, die aus diesen Munkeleien erwachsen, das wage ich nicht zu notifizieren. Grausame Geschichten sind es, und keine davon lässt Euch, gute Liese, in einem guten Lichte erstrahlen. Seid vorsichtig, zumal sich in der Zeit Eures Fortseins kein Mord ereignet hat. Sollte dem in den nächsten Tagen nicht mehr so sein, sollte wieder eine unschuldige Anima eines grausigen Todes sterben müssen, dann seid Ihr nicht weiter in salvo.«

»Ihr wiederholt Euch, Ehrwürdiger. Nur eines möchte ich gerne von Euch wissen: Was habt Ihr, Ihr ganz persönlich, gegen mich, dass Ihr hier im ganzen Lager schlecht Wetter gegen mich macht? Habe ich Euch jemals etwas getan?«

»Das ist reine Imagination. Welcher Teufel reitet Euch, dass Ihr so etwas behauptet? Ihr wisst ganz genau, dass ich es war, der immer und immer wieder zu Euch kam, um lediglich darüber zu referieren, dass den Leuten aufgefallen ist, dass es einige seltsame Kohärentien zwischen Euch und den Vorkommnissen gibt. Ich bin nichts weiter als ein Berichterstatter, als ein Ratgeber und Zuhörer. Niemals würde es mir in den Sinn kommen, Partei zu ergreifen, weder für die eine noch für die andere Seite.«

»Dass Ihr weder für die eine noch für die andere Seite Partei ergreift, ist hinlänglich bekannt. Ich jedoch bin kein Mensch, der sich aalglatt mal hierhin und dann dorthin windet. Ich habe meine Grundsätze, und wenn die anderen nicht passen, dann sollen sie mich einfach in Ruhe lassen. Und einer dieser Grundsätze ist, dass ich mir von abergläubischem Geschwätz nicht mein Geschäft vermiesen lasse.«

»Ihr seid unverbesserlich, Liese Kroll. Nun, was soll ich tun? Beleidigen lassen muss ich mich jedoch von Euch nicht. Ich werde weiterhin versuchen, die Menschen davon zu überzeugen, dass sie Euch Unrecht tun, das ist meine Religio, selbst wenn Ihr es mir nicht glauben wollt und mir, als Eurem einzigen Helfer, Unehrlichkeit, ja Perfidia unterstellt.«

Damit ging der Pastor, und Liese wurde das Gefühl nicht los, dass dieser Mann sie tatsächlich schützen wollte. Er war es hingegen aber auch, der all diese Gerüchte schürte und aus den Menschen herauskitzelte, um sie dann, sobald sie ausgesprochen waren, wieder zu dämpfen. Er legte ein Feuer, das er eilig selbst zu löschen versuchte, um es dann wieder zu entfachen, und immer so weiter. Liese erkannte dies, doch den Grund für dieses Handeln, den konnte sie sich beim besten Willen noch immer nicht erklären.

Obwohl es stets kälter wurde und der Oktober bald dem noch frostigeren November Platz machte, war Anna in gewisser Hinsicht froh, wieder im Tross aufgenommen worden zu sein. Sosehr sie sich auch nach Wärme, Ruhe und vor allem nach trockener Kleidung sehnte, so sehr genoss sie auch den Schutz, den sie hier, inmitten der vielen Menschen, zu verspüren glaubte. Ein Schutz, der nicht daher rührte, dass alle es gut mit ihr meinten, sondern vielmehr die Art von Sicherheit, die ein kleiner Fisch inmitten eines riesigen Schwarms erfuhr: Die Wahrscheinlichkeit, dass gerade er gefressen wurde, war sehr gering.

Nachdem sich die Gruppe wieder einigermaßen zurechtgefunden und ihre alte Position in Nachbarschaft des Hufschmiedes Vinsebeck und der Näherin Schmeichel eingenommen hatte, machte Anna sich an ihr gewohntes Trosstagwerk. Das Wetter erlaubte es am vierten Tag ihrer Ankunft, Wäsche zu waschen, und das war bitter notwendig. Zwar hatte Anna, seit Liese ihren Ruf und damit auch ihre Kontakte verloren hatte, keine fremden Waschaufträge mehr erhalten. Doch die eigenen Kleider mussten endlich auch einmal richtig gereinigt werden. Alles war klamm und stockig und roch deshalb äußerst unangenehm.

»Das bringt eh nichts, aber mach ruhig, Mädel«, sagte der alte Mergel, als er ihr seine einzigen Kleidungsstücke reichte, nachdem er sich notdürftig aus einer alten Decke ein Gewand gemacht hatte, welches ihn zu einer kleinen Erzählung über den Kalifen von Bagdad anregte.

Noch während Mergel erzählte, machte sich Anna, bepackt mit den Wäschestücken ihrer Begleiter, auf den Weg zu einem kleinen Bachlauf. Eigentlich hatte sie sich vorgenommen, etwas abseits zu waschen, um nicht den missmutigen Blicken der anderen Frauen ausgesetzt zu sein. Doch dann holte sie plötzlich die Näherin Ursula Schmeichel ein, dieselbe Frau, die hinter Lieses Wagen im Tross einherging und die Gruppe darauf aufmerksam gemacht hatte, dass bei Therese die Wehen eingesetzt hatten.

Ursula Schmeichel war eine überaus groß gewachsene und sehr hagere Frau. Trotz ihrer Körperlänge schritt sie immer sehr gerade, so gerade, dass sie sich fast schon wieder nach hinten zu neigen schien. Wahrscheinlich, so dachte Anna, hatte sie Rückenschmerzen, denn beim Nähen, was ja ihr Geschäft war, saß man nun einmal sehr krumm. Ihr Haar trug die Schmeichel kurz, um die Läuse und die Kerle fernzuhalten, und insgesamt erinnerte ihr Erscheinungsbild eher an einen dünnen Burschen mit faltigem Gesicht als an eine Frau.

Seitdem Liese in Verdacht stand, etwas mit der Mordserie zu tun zu haben, sprach auch Ursula Schmeichel nicht mehr mit ihr. Die beiden Frauen hatten sich ohnehin nie wirklich gemocht und nur aus gutnachbarschaftlichen Gründen einige Worte miteinander gewechselt. Ein Verlust also, den Liese gut verkraften konnte.

Selbige Ursula Schmeichel kam nun, ebenfalls mit einem Korb Wäsche unter dem Arm, hinter Anna herstolziert und rief lispelnd: »Bäuerin, gehst du auch zum Bach?«

»Ja, gehe ich.«

»Ich kann dir eine Stelle zeigen, an der es sich besonders gut waschen und schwatzen lässt. Komm mit und sei nicht schüchtern, werde dir schon nicht den Kopf abreißen.«

Obwohl sie keine rechte Lust hatte, diese Frau zu begleiten, die sich sicherlich mit anderen Klatschbasen verabredet hatte, wollte Anna nicht Nein sagen. Vielleicht war es gar nicht so schlecht, wieder einmal mit anderen reden zu können, dachte sie sich und versuchte die Aufforderung als eine Geste der Wiederannäherung zu verstehen.

»Wo habt ihr denn so lange gesteckt?«

»In einer alten Hütte. Therese ist niedergekommen und konnte nicht sofort weiterziehen.«

»Wieso das nicht? Ist doch ein zähes Ding, das lose Luder. Wo ist das Kind?«

»Es ist gestorben, es hatte einen zu großen Kopf.«

»Oh, Himmel. Auch das noch. Die bringt Unglück, die Kroll.«

»Was hat Liese damit zu tun, wenn Therese ein missgestaltetes Kind gebiert?« Anna begann aufzubegehren.

»Die hat mit vielem was zu tun, mit sehr, sehr vielem. Lass es dir gesagt sein, Mädchen. Die hat es faustdick hinter den Ohren. Ich könnte dir Dinge erzählen … Was glaubst du, warum ich dich abgefangen habe? Du tust mir leid, bist doch so unschuldig und weißt gar nicht, in was für ein Wespennest, ach was sag ich da, Hexennest, du da hineingeraten bist. Über die Kroll gibt es Geschichten, wenn da nur ein Fünkchen Wahrheit dran ist, dann reicht das aus, damit sie auf immer und ewig in der Hölle schmort.«

»Ich weiß von nichts, und ich will es gar nicht wissen. Liese ist immer gut zu mir, und ich kann mir nicht vorstellen, dass sie zu schlimmen Taten in der Lage wäre.«

»Wo ist denn nun das Kindelein des dummen Kreischweibes?«

»Tot, das habe ich doch schon gesagt. Tot und begraben.«

»Wer hat es begraben?«

»Liese und ich.«

»Ihr alle beide?«

»Ja, wir beide.«

»Und, hat sie etwas gemurmelt, als sie das Kind begraben hat?«

»Was soll sie schon gemurmelt haben? Das Vaterunser haben wir gesprochen, das ist alles«, log Anna und wurde immer böser auf dieses neugierige Weibsbild.

»Liese hat noch nie gebetet, und erst recht nicht das Vaterunser«, bemerkte Ursula nur spitz und sprach dann eine Zeitlang gar nichts mehr. Erst als sie am Bach angekommen waren, wurde sie wieder ein wenig freundlicher und machte Anna mit den Frauen bekannt, die dort bereits ihre Wäsche wuschen.

Anna hatte sie alle schon gesehen, doch nie mit ihnen gesprochen. Sie verrichtete ihre Arbeit gerne in Ruhe und hatte sich nie an den Schwätzereien der Waschweiber beteiligt. Sie kannte ja ohnehin niemanden von den Leuten, die Thema ihrer Lästereien waren – außer Liese natürlich, und über die sprachen die Klatschbasen nie, wenn Anna in Hörweite war.

»Ach, das ist doch die Magd von der Kroll.« Eine schwammige, käsebleiche Person von etwa vierzig Jahren musterte Anna von oben bis unten und versuchte dabei freundlich zu lächeln, was ihr jedoch nicht gelang.

»Willst du heute mal mit uns waschen?«, fragte eine kleine Blonde, die sehr hübsch gewesen wäre, hätte sich ihre Dummheit nicht allzu deutlich in sämtlichen Gesichtszügen Ausdruck zu verschaffen gewusst.

»Solange sie die Liese nicht mitbringt …«, gab schließlich eine Dritte von sich, ein Mannsweib mit dunklem Oberlippenflaum, das es nicht einmal für nötig hielt, Anna eines Blickes zu würdigen.

Man machte sich an die Arbeit, und Anna bereute es zutiefst, das Angebot Ursula Schmeichels angenommen zu haben. Schweigsam tauchte sie ihre Hände in das bitterkalte Wasser und genoss dieses frische Gefühl, welches sie wenigstens für einen kurzen Augenblick von dieser unangenehmen Situation ablenkte. Sie nahm sich vor, möglichst schnell fertig zu werden und dann allein zum Lager zurückzukehren. Worte wechseln wollte sie so wenig wie möglich, und auch nur dann, wenn sie gefragt wurde. Und sie wurde gefragt, mehr als ihr lieb war:

»Woher hat Liese ihr ganzes Geld? Hat sie ein Verhältnis mit dem alten Mergel? Ist der Mergel nicht etwa sogar ihr Bruder? Braut die Liese noch immer Zaubertränke? Hat sie einen Besen? Verschwindet sie des Nachts heimlich? Lästert sie Gott? Wie alt ist die Liese eigentlich? Hat sie nie Kinder gehabt? Hat Anna sie schon einmal nackt gesehen? Hat sie seltsame Flecken am Körper? Was isst die Liese am liebsten? Isst sie überhaupt? Trinkt sie Alkohol? Wie oft wäscht sie sich? War schon einmal ein Mann bei ihr in der letzten Zeit?«

Die Liste ließe sich nahezu unendlich fortsetzen. Anna war bemüht, auf dieses Feuerwerk so knapp und ehrlich wie möglich zu antworten – ehrlich deshalb, weil sie davon überzeugt war, dass es nichts zu verbergen gab. Als Lohn für ihre Auskunftsfreudigkeit erzählten ihr schließlich die Weiber die Geschichte der Liese Kroll, ganz so wie sie im Lager erzählt wurde.

Und diese Geschichte lautete so:

Liese Kroll soll vor nicht ganz genau vierzig Jahren irgendwo im Norden Deutschlands das Licht der Welt erblickt haben. Ihr Vater war Kaufmann – ob reich oder arm, darüber schieden sich die Geister. Einige behaupteten sogar, er sei ein jüdischer Hausierer gewesen. Liese verließ – aus welchem Grund, war unbekannt – schon früh das Elternhaus und landete in der Stadt Lübeck in einem heimlichen Freudenhaus.

Dort blieb sie nur wenige Jahre, denn es stellte sich heraus, dass mehreren der Herren, die bei ihr verkehrt hatten, das beste Stück abgefault war; es war einfach schwarz geworden und abgefallen, so hieß es. Eine solche Dame war natürlich geschäftsschädigend, und deshalb warf die Betreiberin des Hauses, nachdem sich die Beschwerden, trotz aller Peinlichkeit, herumgesprochen und verdichtet hatten, sie hinaus.

Liese ging, doch kurze Zeit nach ihrem Verschwinden ereignete sich Unheimliches in dem Sündenpfuhl. Alle Huren, einschließlich der Kupplerin, hingen aufgeknüpft und mit durchtrennter Kehle in ihren Kammern. Ob auch kleine Hündelein umherliefen, darüber konnte nach so langer Zeit nichts mehr in Erfahrung gebracht werden. Wahrscheinlich, so lautete die Erklärung, schenkte man dazumal diesem besonderen Tatbestand keine weitere Beachtung. Waren doch solche Damen durchaus mitunter in Besitz eines putzigen Welpen.

Auch die Jahre zwischen ihrem Fortgang aus Lübeck und ihrem Eintritt in den Krieg lagen im Dunkeln. Liese Kroll tauchte erst wieder im Ligaheer Tillys auf, mit welchem sie durch Böhmen und die Pfalz zog. Mittlerweile hatte sie es zu einem für die Verhältnisse einer einfachen Marketenderin beachtlichen Reichtum gebracht. Auf die Frage, wie sie das geschafft habe, habe sie einer Trossfrau geantwortet, sie habe Hilfe von unten, von ganz weit unten, bekommen.

Einen Pakt mit dem Teufel soll sie geschlossen haben, so wird berichtet, er habe ihr versprochen, sie vor ihren Lübecker Häschern zu beschützen und ihr Geld zu verschaffen. Sie musste ihm dafür nicht nur ihre eigene Seele verkaufen, sondern ihm auch in regelmäßigen Abständen die Seelen Unschuldiger zum Opfer bringen. Auf diesen Vertrag hatte sich Liese dann offensichtlich eingelassen, denn auch aus dem Tilly-Heer war bekannt, dass es zwar nicht unter den Trossleuten selbst, so doch auf deren Zügen durchs Land immer wieder zu besagten Mordfällen an Bäuerinnen und Mägden gekommen sei. Damals habe man jedoch keinen Verdacht gegen die emsige Liese gehegt. War sie doch stets aufmerksam und auf das Wohl ihrer Kundschaft bedacht.

Als dann jedoch eines Tages die Ehefrau eines hohen Offiziers zu Besuch erwartet wurde und ausblieb und als die dann baumelnd an einem Baume vorgefunden wurde, und zwar von niemand Geringerem als der Marketenderin Liese, da endlich wurde die Luft dünner. Doch bevor man sie ergreifen konnte, verschwand sie und tauchte schließlich im Heere Wallensteins wieder auf, wo sie ihre Mordtaten zwei Jahre lang einstellte, um unauffällig zu bleiben.

Stattdessen begnügte sie sich damit, heimlich in den Wäldern Katzen zu schlachten und zu kochen. Und der Teufel, in Gestalt eines jungen Hundes, schaute ihr dabei zu.

Nach zwei Jahren jedoch wollte er wieder richtige Opfer sehen, es dürstete ihn danach, mehr als je zuvor. Und so wurde der ahnungslose Tross dieses Regiments heimgesucht. Immer und immer wieder, ohne Gnade. Auch hier verdächtigte niemand die Liese – bis man eines Tages in ihrem Wagen einen Wurf bunter Welpen fand, nachdem am Vortag bei einer erhängten Trosshure namens Sophie Thürauf ein selbiger, gescheckt und mit Schlappohren, gesessen hatte. Dank des Beistandes von Pastor Bracht, der sich für die Marketenderin einsetzte, entging sie dem Lynchgericht, und als man dann nach dem nächsten Todesfall die Schüttler aufgriff, wurde über Liese gar nicht mehr geredet.

Doch die Morde nahmen ihren Lauf. Sosehr man auch die Augen davor zu verschließen suchte, sie fanden kein Ende. Mehrere Unschuldige wurden verurteilt und hingerichtet, doch der wahre Mörder war augenscheinlich nicht unter ihnen gewesen.

Immer deutlicher wurde, dass sämtliche Todesfälle der Folgezeit in räumlicher Nähe oder in unmittelbarer Beziehung zu Liese Kroll standen. Man wurde wieder misstrauischer, doch nachweisen konnte man es ihr nicht. Ihre Geschäfte liefen weiterhin gut. Als jedoch die Eva Sehlmann – ihre Identität war mittlerweile bekannt – in der Kirche aufgefunden wurde, da war sich jeder sicher. Die Liese war es. Denn dieser Mord geschah, als der Tross bereits weit entfernt war und nur Liese sowie einige wenige, jedoch Unverdächtige, zurückgeblieben waren.

Seither also ging man der Lumpenliese aus dem Weg. Man

fürchtete sich vor ihr, achtete sie jedoch noch so weit, dass man ihr nichts tat. Besonders der Pastor beruhigte die Gemüter und rief dazu auf, sich nicht erneut gegen eine möglicherweise Unschuldige zu versündigen. Man benötige Beweise, und nach diesen müsse man nun suchen.

So weit die Geschichte der Liese Kroll, die in dieser und in zahlreichen abgewandelten Formen, deren bunte Ausschmückungen keine Grenzen kannten, im Lager kursierte.

Anna hatte nach außen hin gleichmütig zugehört und einige Male protestierend den Kopf geschüttelt – vor allem, als es darum ging, dass Liese im Wald Katzen gekocht habe. So etwas konnte sie sich nun rein gar nicht vorstellen. Innerlich jedoch war Anna zerrissen. Denn einerseits war sie sich sicher, dass fast alles, was sie da hörte, erstunken und erlogen war, andererseits wusste sie, dass an allen Gerüchten, die innerhalb einer Gemeinschaft in Umlauf gebracht werden, meistens auch ein Fünkchen Wahrheit war.

So hatte man sich zum Beispiel über die dralle Katharina aus Annas Dorf – die Magd, die so grausam von den Marodeuren gequält worden war – erzählt, sie habe ein Verhältnis mit dem Dorfpfarrer gehabt und hätte gar die Schamlosigkeit besessen, ihn splitternackt auf dem Altar liegend zu erwarten und ebendort zu verführen. Letztere Details, da war sich Anna immer sicher gewesen, entsprangen mit großer Wahrscheinlichkeit der schmutzigen Fantasie von Wirtshausbesuchern. Doch dass die beiden hin und wieder ein Stelldichein hatten, davon wusste sie. Sie hatte sie nämlich heimlich und rein zufällig beobachtet, als der Dorfpfarrer, nachdem er der Mutter des Bauern Schulz die letzte Ölung verabreicht hatte, das stille Örtchen auf dem Hinterhof aufsuchte und kurz danach die Katharina hinterher schlüpfte. Beide hatten sich unbeobachtet gefühlt, und Anna hätte sicherlich nicht hingesehen, hätte sie nicht in ihrer Unschuld vermutet, dass es sich um das versehentliche Aufsuchen ein und desselben Ortes zu ein und derselben Zeit gehandelt hätte. Doch von peinlichem Zufall konnte bei dieser Zusammenkunft keine Rede sein. Das konnte Anna zwar nicht hören – man betrug sich sehr leise –, aber dennoch am Wackeln des nicht gerade stabilen Holzkabinchens sehen.

Möglicherweise, so dachte sie sich, war es bei Liese ähnlich, und nicht alles in dieser soeben gehörten Geschichte war erstunken und erlogen. Doch was von alledem könnte stimmen? Anna wollte gar nicht weiter darüber nachdenken, denn sowohl Lieses Vergangenheit als käufliche Liebschaft in Lübeck als auch der angebliche Pakt mit dem Teufel waren Informationen, die Anna sehr zuwider waren.

Mit der Ausrede, die Wäsche über dem Lagerfeuer trocknen zu müssen, verabschiedete sie sich von den Frauen und ging in einem dichten Nebel wildester Gedanken und widerlichster Fantasien zu ihrem Lager zurück.

Und als ob sie den Kopf nicht schon voll genug gehabt hätte, kam es auf dem Rückweg ins Lager auch noch zu einer Begegnung, die Anna für den Rest des Tages vollkommen außer Gefecht setzte und sie für niemanden mehr ansprechbar machte.

Nachdenklich, wie sie war, wurde sie beim Überqueren der Lagerstraße beinahe von einer Kohorte Reiter über den Haufen geritten.

»Aus dem Weg!«, hatte der Erste noch gerufen und Anna mit dem Fuß zur Seite gestoßen, sodass sie samt ihrer frisch gewaschenen Wäsche in den Matsch fiel. Sie hatte sich noch nicht ganz aufgerichtet und verdutzt den an ihr vorbeiziehenden edlen Rössern mit ihren adrett gekleideten Reitern nachgeschaut, als eines der Pferde plötzlich hielt und Anna beim Aufschauen in ein ihr nur zu vertrautes Gesicht blickte.

Mehr als ein keckes Augenzwinkern und ein kurzes »Auf

bald« erhielt sie nicht von dem blonden Edelmann, der, als Anna wieder halbwegs zu sich kam, bereits weiter seines Weges ritt.

Anna wusste nicht, wie sie sich sammeln sollte. Sie war vollkommen allein mit einem unüberblickbaren Haufen an Gefühlen, Sorgen und Eindrücken, und sie sah keine Möglichkeit, mit irgendjemandem darüber zu reden. Von Kindheit an war sie es gewohnt, Dinge für sich zu behalten, Sorgen in sich hineinzufressen und Sünden dem Pfarrer zu beichten oder darüber zu schweigen. Doch in der letzten Zeit konnte sie nicht mehr zu dieser alten Gewohnheit zurückfinden. Die Ereignisse der letzten Monate waren so verwirrend für sie, dass das Fass, in dem Anna bereits ein Leben lang ihren heimlichen Kummer aufbewahrte, langsam überzulaufen drohte.

Tief bekümmert und Böses ahnend, saß sie am Feuer und wartete darauf, dass der Kessel mit Wasser, in dem sie die wieder schmutzige Wäsche auskochen wollte, zu dampfen anfing.

»Was ist denn mit dir los?«, fragte Liese und setzte sich mit Flickarbeiten ebenfalls an das Feuer.

»Nichts, fühl mich nur ein wenig unwohl. Vielleicht eine Erkältung, mehr nicht.«

»Na gut. Siehst aber eher aus, als sei dir der Leibhaftige begegnet.«

Erschrocken blickte Anna ihre Begleiterin an. Jetzt sprach sie tatsächlich vom Teufel. Musste das sein?

»*Mir* ist der Teufel noch nie begegnet«, sagte Anna schnippisch.

»Ist ja mal ein ganz neuer Ton von dir. Darf man noch nicht einmal eine Redensart von sich geben? Will mal überhören, was du da vielleicht gemeint haben könntest. Und an deine Begegnung in der Kirche erinnerst du dich wohl gar nicht mehr? Wer hat denn da herausposaunt, den Satan gesehen zu haben?«

Liese war sichtlich gekränkt und auch betrübt. Ohne Worte widmete sie sich fortan dem Stopfen ihrer Strümpfe.

Anna starrte weiterhin auf den Kessel. Es war ihr unangenehm, diese Frau, über die sie soeben derartig schlimme Dinge erfahren hatte, in ihrer Nähe zu wissen. Ja, sie verabscheute Liese ganz plötzlich – und das nicht, weil sie den Erzählungen über sie glaubte, sondern allein wegen der Tatsache, dass es solche Erzählungen über sie gab.

Irgendetwas wird sie schon dazu beigesteuert haben, dachte sie bei sich und vertiefte sich in ihre düsteren Gedanken, in denen immer wieder das Gesicht dieses blonden Reiters auftauchte, dessen Namen sie nicht kannte, dessen Erscheinung ihr aber in bleibender Erinnerung war.

An diesem Abend verkroch Anna sich früh in ihrem Unterschlupf, der lediglich aus einem auf dünnen Holzstäben errichteten Leinenzelt bestand, das weder Nässe noch Frost von ihr fernhalten konnte. Sie wickelte sich in eine löchrige Wolldecke ein, so gut es ging, und legte ein stinkendes und verlaustes Schafsfell über sich. Ansonsten halfen gegen die Kälte nur warme Gedanken. Und von denen hatte sie – ob sie nun wollte oder nicht – mehr als genug.

X

Den folgenden Tag beschloss Anna allein zu verbringen. Am liebsten wäre es ihr gewesen, keiner Menschenseele zu begegnen und einfach schweigend ihre Arbeit zu verrichten. Schon früh machte sie sich mit dem Handkarren auf, um Holz sammeln zu gehen. Damit sie jedoch die Einsamkeit der Wiesen und Wälder erreichte und gleichzeitig einen Bogen um die Dörfer machen konnte, musste sie zunächst ihren Weg durch das gesamte Lager antreten.

Ihren Blick fest auf den Boden geheftet, zog sie den Wagen eilig über die schlammige Straße, an deren Rändern sich die Zelte und Ochsengespanne aneinanderreihten. Leise zählte sie wieder vor sich hin und wünschte sich nichts sehnlicher, als dass ihr ein bestimmter Mann auf gar keinen Fall begegnete. Sie hatte nach etwa einer halben Stunde das Ende des Lagers erreicht und wollte gerade aufatmen, weil sie bereits die in grauen Nebel gehüllten Felder vor sich sah, da hörte sie plötzlich eine dunkle, strenge Stimme hinter sich:

»Anna Pippel, Anna Pippel!«

Als sie sich umschaute, sah sie den Pastor Bracht in langen und würdevollen Schritten auf sich zukommen. Er schien es sichtlich zu genießen, dass ihr seine Erscheinung Respekt einflößte, und diesen Eindruck versuchte er durch eine aufrechte Körperhaltung und eine erhabene Mimik bewusst zu verstärken. Doch dann geschah etwas, was dieses Gesamtbild jäh erschütterte, ja sogar zum Wanken und schließlich zum Fallen brachte. Pastor Bracht musste sich für den Bruchteil einer Sekunde zu sehr darauf konzentriert haben, seine römische Nase und sein markantes Kinn in die ausdrucksvollste Position zu bringen, denn er übersah den großen Haufen durchweichter Pferdeäpfel, in die er trat und auf denen er ins Rutschen kam. Wild ruderte er mit den Armen und versuchte sich dann auch noch verzweifelt an einer Wäscheleine festzuhalten. Doch sämtliche Bemühungen, das Gleichgewicht und die Würde zu behalten, schlugen fehl, denn der Geistliche landete bäuchlings im Schlamm. Seine Rutschpartie endete direkt vor Annas Füßen.

Diese war zunächst sprachlos vor Schreck, doch dann musste sie ob dieser belustigenden Szene doch lauthals lachen. Der Pastor hatte sich derweil in Windeseile aufgerichtet und war wortlos davongestürzt, nachdem er sich nach allen Seiten umgeschaut und versichert hatte, dass bei diesem unangenehmen Spektakel außer Anna Pippel niemand zugegen gewesen war.

Anna schämte sich ein wenig, weil sie hatte lachen müssen, und sie schämte sich auch für den Pastor. Doch andererseits war sie froh, dass sie somit ein lästiges Gespräch vermieden hatte. Sich immer wieder den Sturz des Pastors vor Augen rufend, machte sie sich mit einem Lächeln auf den Lippen auf den weiteren Weg.

Sie ging absichtlich weiter, als es nötig gewesen wäre, um Brennholz zu finden. Ihre Füße trugen sie stundenlang über kleine und größere Pfade, durch Birkenhaine und an Bachläufen vorbei, bis sie schließlich wieder einen größeren Weg erreichte. Sie ging, ohne zu wissen, wohin, immer weiter und weiter. Die Sonne, die sich hinter einem dichten Schleier grauer Wolken versteckt hielt, stand bereits im Westen, als Anna endlich beschloss, einen Wald anzusteuern, um die von ihr geplante Arbeit zu verrichten.

Bisher war sie keiner Menschenseele begegnet, doch nun erkannte sie am Horizont auf dem Kamm eines Hügels eine weiße Gestalt. Wie ein Engel bewegte, nein: schwebte sie dort entlang. Anna gefiel diese Vorstellung, und es missfiel ihr, als sie beim Näherkommen entdecken musste, dass es sich nicht um eine Himmelserscheinung, sondern um eine – wohl mangels anderer Möglichkeiten – in ein weißes Laken gehüllte alte Bauersfrau handelte. Fröhlich sang sie trotz des nahenden Winters ein Frühlingslied und ließ es sich nicht nehmen, ein Gespräch mit Anna zu beginnen.

»Dat wird nen Winter, dat seh ich schon kommen.«

»Ja, es wird kalt werden«, antwortete Anna.

»Muss zum alten Müller, der liecht krank, wohnt dahinten auf dem Berch, ganz allein, die Frau ist schon lange doot. Gibt mir immer nen bisken Geld dafür, dass ich en wasche.«

»Ach so, das ist schön.«

»Nee, schön is dat nich. Der is nen ganz schönes Fickel auf seine alten Tage, dat sach ich dir. Der kann seine Finger nich bei sich behalten, und ich bin doch auch schon welk. Macht dem nix aus, der is ne Sau. Dat sach ich dir.«

»Ja, ich verstehe.« Anna lächelte verlegen.

»Nu, dann geh ich ma weiter, dat ich nich zu speet nach Hause komme. Bist du vom Kriegsvolk?«

»Nein«, log Anna.

»Na, denn is ja juut. Soll sich hier mal wieder inner Gegend rumtreiben, dat Pack.«

»Einen schönen Tag wünsche ich«, verabschiedete sich Anna.

»Ja, ja, dir auch, dir auch«, sprach die Alte und sang weiter.

Kurz nach der Begegnung kam Anna an einem dreieckigen Galgen vorbei, an dessen einer Strebe noch immer die Überreste eines Gehenkten baumelten. Anna erschrak zunächst, doch dann setzte sie ihren Marsch fort. Das war kein ungewöhnlicher Anblick – nichts weiter als ein Dieb, der seine gerechte Strafe erhalten hatte.

Sie selbst hatte einmal einer Hinrichtung auf dem Galgenberg in Höxter beigewohnt, es war Markttag gewesen und sie ein Kind. Ihr Vater hatte sie auf dem Rückweg mit zu dem Ereignis genommen, es hatte ihn interessiert, und das kleine Mädchen fand es ebenfalls spannend zuzuschauen. Sie hatte auf den Schultern ihres Vaters sitzen dürfen und den letzten Minuten eines wiederholten Pferdediebes zuschauen können. Es war durchaus üblich, dass solche Übeltäter nach ihrem Ableben noch monatelang an Ort und Stelle verblieben, als Mahnung für alle die, die je in Versuchung geraten sollten, ihre Straftaten nachzuahmen. Dieser hier, der bereits hundert Schritte hinter Anna hing, schien bereits seit mehr als einem Jahr dort zu baumeln. Er bestand nur noch aus gelben Knochen und alten Stofffetzen. Doch er bekümmerte Anna bereits nicht mehr. Sie dachte schon seit einiger Zeit an den unbekannten, blonden Edelmann, und bei dem Gedanken an ihn wurde ihr abwechselnd heiß und kalt.

So wie er hatte sie noch kein Mann angeschaut. Nicht einmal ihr Friedrich. Irgendetwas war in seinem Blick gewesen, etwas Warmes und Ehrliches. Auch wenn er sonst – und da machte Anna sich nichts vor – ein Luftikus zu sein schien. Still und heimlich, ohne es sich selbst einzugestehen, wünschte sie sich, ihn wiederzusehen, andererseits jedoch würde sie alles daransetzen, einer Begegnung mit ihm aus dem Wege zu gehen. Was hatte er nur damit gemeint: ›*Auf bald*‹? Anna wusste es nicht und schüttelte vor Scham immer wieder den Kopf, um all ihre sich gegen ihren Willen einschleichenden Fantasien zu vertreiben. So ging sie nun, an den kecken Reitersmann denkend, wieder weiter und weiter und merkte nicht einmal, dass es bereits spät am Nachmittag war.

Die Hand, die sich von hinten auf ihren Mund legte, kam so plötzlich, dass Anna nicht einmal mehr die Zeit blieb zu schreien. Mit einer ungeheuren Kraft wurde sie in den Wald gezogen, immer tiefer und tiefer. Eine Binde legte sich um ihre Augen, und ein Knebel wurde in ihren Mund gesteckt, dann band man ihre Hände und ihre Füße, setzte sie an einen Baum und fesselte sie an den Stamm. Schließlich wurde eine furchtbar stinkende Decke um sie gewickelt. Und so saß sie da, nicht wissend, was da mit ihr geschah.

Es dauerte, bis sie wieder richtig zu sich kam und so richtig begreifen konnte, was da innerhalb weniger Minuten passiert war. Sie konnte sich nur noch auf ihren Hörsinn konzentrieren, alle anderen Möglichkeiten, ihre Umwelt wahrzunehmen, waren ausgeschaltet. Selbst der Geruchssinn war durch den bestialischen Gestank der Decke, die sie wenigstens vor der Kälte schützte, blockiert. Anna war sich nicht sicher, ob sie wieder allein war, sie konnte zumindest keine verdächtigen Geräusche in ihrer nahen Umgebung vernehmen. Kein Rascheln, kein Atmen, nur die üblichen Laute des Waldes bei Anbruch eines Novemberabends. Es fiel Anna schwer, durch die Nase zu atmen, weil zum einen der Knebel ihre Oberlippe so sehr nach oben gestülpt hatte, dass sie nun die Nasenlöcher verdeckte, und weil sie zum anderen bereits seit Wochen einen lästigen Schnupfen hatte, der auch von innen alles verstopfte. Deshalb war es zum Überleben zunächst wichtig, dass sie sich beruhigte und versuchte, so viel Luft wie möglich einzuatmen, langsam und gleichmäßig. Es dauerte eine Zeit, bis es ihr gelang.

Danach machte sie sich an den Versuch, ihre Füße zu befreien, doch die Fesseln waren zu stramm. Auch die Hände blieben trotz großer Kraftanstrengungen fest umknotet. Sosehr sie sich auch wand und die Seile an der Rinde des Baumes rieb, es löste sich nichts. Keinen Daumenbreit mehr Bewegungsfreiheit, nicht einmal eine bequemere Sitzposition konnte sie erreichen. Nach einer Stunde gab sie auf und verfiel in einen halbschlafähnlichen Zustand, aus dem sie durch das Singen einer

Frau geweckt wurde. Sie konnte die Stimme nicht genau orten, doch an der Melodie erkannte sie, dass es sich um die alte Bäuerin handeln musste, die ihr unweit des Galgens entgegengekommen war.

Sicherlich war sie nun auf dem Heimweg. Anna versuchte mit aller Mühe, sich bemerkbar zu machen, doch mehr als ein Grunzen konnte sie nicht hervorbringen, und an dem fortgesetzten Singen der Frau war zu erkennen, dass diese sie offenbar nicht gehört hatte. Dann trat wieder Stille ein.

Anna war nun hellwach und konzentrierte sich voll und ganz auf ihr Gehör. Wieder waren Schritte zu vernehmen, sie waren schnell und kamen aus der gleichen Richtung wie zuvor das Lied der Alten. Jemand lief den Feldweg am Waldesrand entlang, hielt inne, drehte um. Lief wieder zurück, kam – das hörte sie am Rascheln des Laubes – ein Stück weit in den Wald hinein, fluchte leise und ging zurück zum Weg, wo sich seine schnellen Schritte langsam verloren. Anna hatte sich dieses Mal still verhalten. Wer wusste schon, ob es nicht ihr Entführer war, der sie nun suchte und möglicherweise vergessen hatte, wo genau im Wald sein Opfer angebunden war.

Wieder vergingen lange Augenblicke, Minuten oder Stunden, Anna konnte es nicht sagen. Sie spitzte noch immer die Ohren – und da tat sich erneut etwas auf dem Weg. Sie hörte ein schleifendes, schleppendes Geräusch, das nun aus der anderen Richtung kam, aus der, wo das Singen der Bäuerin und auch die Schritte des Fremden verklungen waren. Anna konnte sich nicht erklären, was es war, es hörte sich so an, als ziehe jemand einen Mehlsack hinter sich her. Es war besser, sich still zu verhalten.

Der Rest des Abends und der folgenden Nacht verlief still. Anna zählte wieder einmal, sie kam zweiundsiebzigmal bis hundert, als ihr Kopf nach vorne fiel und sie sich in einem wirren Traum wiederfand. Sie träumte von den Mettwürsten des

Bauern Schulz, von den polierten Stiefeln des Hans Mergel, von Thereses totem Kind und wie ihre Schwester Mine all das, die Würste, die Stiefel und das Neugeborene, an sich nahm und mit sich trug, hinein in den Wald, wo sie Holz suchen gehen wollte. Dann tauchte plötzlich der fremde Reiter vor Anna auf und schimpfte mit ihr, sie solle doch endlich ihrer Schwester beim Brennholzsammeln helfen, doch dann sagte er, das mache sein Pferd auch nicht mehr lebendig, und verschwand wieder. So folgte ein wirres Bild dem nächsten, und als Liese schließlich mit dem Pastor Bracht auf dem Kirchhof tanzte, wurde Anna geweckt.

Er war zurückgekommen und schnitt nun ihre Fesseln an den Füßen auf, dann entfernte er das Seil, welches sie an den Baum band. Augenbinde, Knebel und Handfesseln verblieben, wo sie waren. Unsanft wurde Anna aufgerichtet, und ihr unsichtbarer Entführer stieß sie vor sich her. Sie ahnte Schreckliches, größere Angst hatte sie die ganze Nacht über nicht gehabt.

Schließlich – Anna spürte wieder festeren Boden unter den Füßen – schnitt man auch die Fesseln an ihren Händen so weit auf, dass sie sich selbst befreien konnte. Während sie es versuchte, hörte sie, wie ihr Peiniger eiligen Schrittes im Wald verschwand. Nachdem ihre Hände befreit waren, zerrte Anna sich die Binde von den Augen und riss den von Speichel völlig durchtränkten Knebel aus dem Mund. Sie schnappte gierig nach Luft, orientierte sich kurz, erkannte, dass sie auf dem Feldweg stand, und eilte davon. Sie stolperte den Weg entlang und hoffte bald am Galgen anzukommen, denn das war der einzige Orientierungspunkt, den sie in Erinnerung hatte, um wieder zum Lager zurückzufinden.

Nach etwa fünfhundert Schritten erreichte sie ihn endlich und blieb davor stehen. Im nächsten Augenblick schrie sie entsetzlich auf und stürzte dann keuchend weiter.

Die Knochen des Diebes baumelten nicht mehr nur allein an

dem Galgen. Neben ihm hing die alte, singende Bäuerin – nun nicht mehr singend, dafür aus der aufgeschnittenen Kehle blutend, und mit einem winselnden Hündchen zu ihren Füßen.

»Hat dich wer gesehen?«

»Ich glaube nicht.«

»Hast du es schon jemandem erzählt?«

»Nein, niemandem.«

»Ist es weit von hier?«

»Querfeldein etwa eine Stunde. Aber nur, wenn man sehr schnell geht.«

»Meinst du, da kommen viele Leute vorbei?«

»Nein, ich glaube nicht. Vor allem nicht am Sonntag.«

»Gut, dann gehen wir jetzt hin, schneiden die Alte ab und verscharren sie im Wald.«

»Das können wir nicht tun, Liese. Wenn man uns dabei sieht, ist alles aus. Lass sie, wo sie ist. Das ist so weit weg, davon wird hier niemand etwas hören. Nichts haben wir damit zu schaffen, und das soll auch so bleiben. Wir sind unschuldig.«

»Ja, unschuldig. Das interessiert nur hier überhaupt niemanden. Die lecken sich doch die Finger danach, mich brennen zu sehen.«

»Willst du jetzt jedes Mal, wenn noch einmal so etwas passiert, die Leiche verschwinden lassen, bevor sie jemand anderer findet?«

»Unsinn. Aber ich muss noch eine Weile hier aushalten. So lange, bis die Schweden kommen, und dann gehe ich zu denen. Dann können die mir hier alle gestohlen bleiben. So, und jetzt wird nicht mehr geschwätzt, jetzt machen wir uns auf. Komm, Anna, solange noch alle schlafen.«

Anna war sich sicher, dass sie einen großen Fehler begingen, wenn sie die tote Frau verschwinden ließen, doch Liese war von ihrem Vorhaben nicht abzubringen. Zum ersten Mal bemerkte

Anna hinter der harten Fassade ihrer Begleiterin Furcht. Aus Mitleid und Schuldgefühl rang sie sich durch, zusammen mit Liese den verrückten Plan auszuführen. Schuldgefühl deshalb, weil sie sich langsam sicher war, dass es wenigstens dieses Mal kein Zufall war, dass der Mord in ihrer Nähe begangen wurde, und Anna schwante mehr und mehr, dass das nichts mit Liese, sondern allein mit ihr zu tun hatte.

Auf dem Weg durch das Lager hüllten sich die beiden Frauen tief in ihre Umhänge. Nur wenige waren bereits auf den Beinen, und die, die ihnen begegneten, interessierten sich dem Anschein nach nicht für sie. Sie kamen also unbemerkt an den Zelten und Wagen vorbei. So glaubten Anna und Liese zumindest.

Auf den Feldern angelangt, begann Liese Anna weiter zu löchern: »War es nur einer, der dich in den Wald geschleppt hat?«

»Ja.«

»Hat er etwas gesagt?«

»Kein Wort.«

»Hat er dich unsittlich angefasst?«

»Nein.«

»Hat er einen Hund dabeigehabt?«

»Ich konnte doch nichts sehen, und alles ging so schnell. Ich weiß es nicht.«

»Und er hat auch nichts gesagt, als er dich wieder freigelassen hat?«

»Nein.«

»Wie groß war er?«

»Weiß ich nicht.«

»Ungefähr. War er klein, mittelgroß oder ein Hüne?«

»Er war sehr stark, das ist alles, was ich weiß.«

»Wieso hat er dich gehen lassen?«

»Das weiß ich auch nicht.«

»Darauf kann ich mir beim besten Willen keinen Reim machen.«

»Ich auch nicht. Lass es uns doch einfach vergessen, drehen wir um, packen wir unsere Sachen, und verschwinden wir aus dem Heer.«

»Nein, das mache ich nicht. Liese Kroll macht sich nicht so einfach aus dem Staub. Die sollen mich in Erinnerung behalten! Und zwar nicht als eine vermeintliche Hexe, die kalte Füße bekommen und vor Angst das Weite gesucht hat. Ich kläre diese Morde auf, und wenn dann die Schweden kommen, kann ich wieder Geschäfte machen. Dann bin ich weg, das verspreche ich dir.«

Anna beschloss, nichts mehr zu sagen, sie wusste, dass sie gegen den Sturkopf einer Liese Kroll nicht ankommen konnte. Als sie schließlich in die Nähe des Galgens kamen, schlichen sie sich vorsichtig an, um auszukundschaften, ob sie allein waren. Zunächst dachten sie, es wäre ihnen schon jemand zuvorgekommen, denn die Alte hing nicht mehr dort, wo Anna sie zuletzt gesehen hatte. Doch dann, nachdem sie die Leiche unter dem Galgen liegend vorgefunden hatten, wurde ihnen klar, dass allein die Schwerkraft und der Wind dafür gesorgt hatten, dass die wenigen dünnen Sehnen des ansonsten durchtrennten Halses dem Gewicht des Körpers nicht standhalten konnten, gerissen sein mussten und die arme Alte dann zu Boden gefallen war. Den Kopf fand Liese nach kurzer Suche in einem nur wenige Schritte entfernten Busch.

Und Anna fand etwas anderes. Dort, direkt am Fuße des Holzpfahles, lag eine Sanduhr.

Anna hatte keine Zeit mehr zu reagieren. Liese jedoch hatte sich gerade nach dem Kopf gebückt und ihn an den Haaren aufgehoben, als sie beim Aufrichten die Füße dreier Männer vor sich entdeckte. Da standen sie vor ihr, mit Piken, Musketen und einem hämischen Grinsen bewaffnet.

»Haben wir dich endlich erwischt, du alte Hexe.«

Liese konnte kein Wort herausbringen, und auch Anna war stehen geblieben wie festgefroren, mit großen Augen und offenem Mund. Die Szene, die sich den Männern bot, war, was ihren Verdacht Liese Kroll gegenüber betraf, eindeutig. Fanden sie doch die Verdächtigte wie folgt vor: mit dem blutenden, abgetrennten Kopf ihres letzten Opfers in der Hand.

»Ihr kommt jetzt mit«, sagte der größte und kräftigste der drei, ein ehemaliger Unteroffizier namens Johann Schlick, der wegen zahlreicher kleinerer Vergehen degradiert worden war und sich nun als selbst ernannter Schutzmann und Geldeintreiber verdingte.

An seiner Seite waren seine Gehilfen, ein etwa vierzigjähriger Einäugiger mit schiefem, sabberndem Maul und ein noch sehr junger Bursche, der trotz seiner Jugend kaum noch Haare auf dem Kopf und keinen einzigen weißen Zahn mehr im Mund hatte. Dieses Gespann nun machte sich daran, Liese und Anna zu binden und die Leichenteile der armen Alten einzusammeln und in ein Laken zu schlagen. Dann ging es zurück ins Lager, die Männer auf klapprigen Zossen reitend, während Anna, Liese und die Tote hinterhergezogen wurden.

Mit nach mehreren Stürzen zerrissenen Kleidern, aufgeschlagenen Knien und blutendem Kinn kamen Anna und Liese wieder ins Lager zurück. Dort hatte sich die Nachricht schon vor ihrer Ankunft wie ein Lauffeuer verbreitet und dazu geführt, dass sie bereits von einem grimmigen Mob erwartet wurden.

»Herrgott, das sieht nicht gut aus«, stieß Liese hervor, als sie von Dutzenden Menschen umringt wurde, die sich noch damit begnügten, sie wild zu beschimpfen und ihr die wüstesten Beleidigungen entgegenzuwerfen. Anna hingegen zog nicht das geringste Interesse auf sich, sie wurde nicht mit Worten beleidigt, und, anders als bei Liese, ging man auch nicht dazu über, sie anzuspucken, an ihren Haaren zu ziehen und sie mit Steinen zu bewerfen. Liese ertrug all diese Demütigungen standhaft, stolz blickte sie ihren Peinigern in die Augen und lachte sie mitunter sogar aus. Doch an ihren bebenden Lippen konnte man sehen, dass sie Schmerzen und vor allem schreckliche Angst hatte.

»Auseinander! Auseinander!«

Pastor Bracht kam zusammen mit dem Rumormeister Spengel herbeigeeilt.

»Ich gebiete euch Einhalt. Tuet nichts, was ihr später bereuen werdet!«, schrie der Pastor, und die Menge stob ob seiner donnernden Stimme auseinander.

»Liese, Liese, ich hatte Euch gewarnt«, wandte er sich an die Kroll. Und diese antwortete ihm, indem sie ihm mit ernstem Gesicht vor die Füße spuckte.

Empört wandte sich der Pastor ab und ging davon. Liese und Anna wurden von ihren drei Kopfgeldjägern und dem Rumormeister zu dessen Unterkunft gebracht. Der Mob löste sich murmelnd auf.

Rumormeister Spengel war sozusagen der Hüter des Trosses. Zusammen mit Änne Mauler, dem Hurenweibel, sorgte er, vom Profoss Heidestett beauftragt, dafür, dass unter dem gemeinen Volk des Anhangs Ruhe und Ordnung herrschte. Er verhängte Strafen nach Massenschlägereien, unterband den Wucher unter den Händlern; bei ihm beschwerte man sich, wenn man beim Würfelspiel betrogen worden war, und man wandte sich auch bei sonstigen Streitigkeiten und Querelen an ihn. Spengel war nicht gerade ein vorbildlicher Wachtmeister, da er selbst gern dem Suff und dem Weibe erlag und sich zudem oft bestechen ließ. Kurz: Er war ein ungebildeter, gemeiner Schuft, und deshalb wusste Liese nur zu genau, dass sie bei ihm nicht gerade in die besten Hände geraten waren.

Im Falle der Liese Kroll jedoch hatte Spengel strikte Anweisungen, und deshalb hatten die beiden Frauen, ohne es zu wissen, von ihm nichts zu befürchten, zumindest nicht, was seine üblichen Interessen betraf.

Spengel war ein wenig überfordert mit dem, was er nun mit den beiden Hexen anstellen sollte. Einer Hure, die ihren Freier bestahl, der konnte man den nackten Arsch mit einem Lederriemen versohlen; eine Marketenderin, die verdorbene Ware zu Wucherpreisen verkaufte, konnte man an den Pranger stellen; und zwei Raufbolde wurden einfach vor einen Ochsenkarren gespannt und mussten den besoffenen Spengel im Lager herumfahren. Ja, da wären ihm noch viele weitere wunderbare Schikanemaßnahmen eingefallen. Doch diese hier, die durfte er nicht anrühren, die musste er dem Profoss übergeben, das war der ausdrückliche Wunsch des Pastors Bracht. Und Pastor Bracht war eine Institution.

Spengel beschloss also, solange der Pastor nicht zurückkam, den beiden Weibern ihre Hände und Füße zusammenzubinden und sie jeweils in ein – leider leeres – Fass zu stecken. Das machte wenigstens ein bisschen Freude, und er konnte immerhin sagen, dass er sie dort in Ermangelung eines soliden Kerkers zu ihrem eigenen Schutze aufbewahrte.

Gegen Mittag kam Pastor Bracht zurück und erteilte Spengel und seinen Helfern den Auftrag, die beiden Frauen dem Profoss zu übergeben. Nachdem sie unsanft aus ihren Holzfässern gehoben worden waren, baute sich Bracht vor ihnen auf und klärte sie über den Stand der Dinge auf.

»Liese Kroll und Anna Pippel, nun ist es so weit. Zwar konnte ich die aufgebrachte Menge davon abhalten, ein grausames Exempel an Euch zu statuieren, doch ließ es sich durch Euren eigenen Despekt nicht verhindern, dass sich nun die ordentliche Gerichtsbarkeit Eures Falles annimmt. Ich habe bereits mit Profoss Heidestett gesprochen, der Euch fortan in Gewahrsam nehmen und auch Justitiam administrieren wird. Alles Weitere liegt nicht mehr in meiner Hand. Ich wünsche Euch, dass

Ihr dem Gericht offen und ehrlich gegenübertretet, nichts verschweigt und keine Schuld von Euch weist. Nehmt diesen Rat an, denn er ist gut gemeint und soll Euch vor unnötigen Mortifizien schützen. Entscheidet nach Eurem Gewissen und betet zu Gott, dass er sich Eurer sündigen Seelen erbarme. Denn der Mensch untersteht zwei Ordnungen, der geistlichen und der weltlichen. Beide stammen unmittelbar von Gott, sind aber streng voneinander geschieden. Allein durch die Gnade Gottes, die dem Büßenden durch das Erlösungswerk Christi zuteilwird, können wir unser Heil erlangen. – Mehr habe ich nicht zu sagen.«

Und damit ging er.

XI

Walter Heidestett war seit nunmehr fünf Jahren Profoss in diesem Regiment, ein Amt in der unteren Riege der oberen Spitze militärischer Hierarchie. Trotz größter Bemühungen hatte er es bisher nicht geschafft, die Karriereleiter um weitere Stufen zu erklimmen, und der Grund war einfach: Heidestett fiel nicht auf. Ja, er fiel so wenig auf, dass es sogar sein Stellvertreter war, der mit dem Großteil des Heeres nach Norden ziehen durfte, während er, Heidestett, hier mit dem kläglichen Rest und dem stinkenden Tross zurückbleiben musste.

Dies bedeutete jedoch nicht, dass er unfähig war, sein Amt, oder gar ein höheres, zu bekleiden – im Gegenteil: Er war äußerst fleißig und gewissenhaft. Allein, es fehlte ihm an Pfiffigkeit und Ausstrahlung. Nichts an diesem Menschen war besonders. Er war nicht besonders groß und nicht besonders klein, er war nicht besonders dick und nicht besonders dünn, selbst hässlich war er nicht besonders, dafür aber auch nicht besonders schön. Seine Aufgabe als ausführende Gewalt der Heeresjustiz versah er mit großer Sorgfalt, aber ohne jegliche Form natürlicher Autorität. Selbst eine aufgesetzte Strenge wollte ihm nicht glaubwürdig gelingen, und so ließ er es nach wenigen gescheiterten Versuchen bleiben, laut und aufbrausend vor verdächtigen Übeltätern zu erscheinen.

Seine konkrete Aufgabe war es, straffällig gewordene Soldaten ausfindig zu machen, in Gewahrsam zu nehmen, sie dem Kriegsgericht zu überantworten und für die Vollstreckung des Urteils zu sorgen. All das nahm er nicht persönlich in die Hand, sondern ließ es meistenteils von seinem Personal erledigen, welches ihm außerordentlich treue Dienste tat. So hielt sich Profoss Heidestett als Polizeiverwalter einen großen Apparat an Untergebenen, die in seinem Auftrag Übeltäter einfingen, folterten und gegebenenfalls hinrichteten. Heidestett selbst hatte noch nie einen Menschen getötet. Allein bei dem Gedanken ekelte es ihn.

Was den Fall Liese Kroll und Anna Pippel betraf, so fühlte sich Heidestett zunächst nicht verantwortlich. Für Angelegenheiten des gemeinen Trossvolkes hatte er den Rumormeister eingestellt, der Profoss kümmerte sich um Recht und Ordnung unter den Soldaten. Die von ihm zu verfolgenden Kriminalfälle betrafen Desertierung, Feigheit, eventuell Plünderung und Vergewaltigung. Hexerei gehörte nur selten dazu. Heidestett selbst hatte noch keinen Fall erlebt.

Es war jedoch so, dass die Morde der letzten Zeit große Wellen geschlagen hatten, so große Wellen, dass sich eine Unruhe im gesamten Heer anzubahnen schien. Vom Tross ausgehend, hatte sich diese Unruhe rasant ausgebreitet, und man glaubte festgestellt zu haben, dass ein Teil der geflüchteten Soldaten nicht nur des Hungers und des fehlenden Winterquartiers wegen das Heer verlassen hatte.

Kurz und gut: Selbst Albrecht von Wallenstein hatte von den Vorkommnissen erfahren und befohlen, dem Treiben schnell ein Ende zu setzen, bevor sich der Aberglaube vom Teufelswerk so sehr ins Heer gefressen hätte, dass vom Selbigen gar nichts mehr übrig bliebe.

So nahm sich der Profoss also des Falles Kroll an. Er hatte von den Auditoren, den Kriegsrichtern, sogar die Vollmacht bekommen, einen Scheinprozess zu veranstalten. Nun war Profoss Heidestett also auch erstmals Richter, und er wollte sein Amt mit einem Höchstmaß an Korrektheit versehen.

All dies war längst vorbereitet gewesen, lange bevor Liese auf frischer Tat ertappt worden war. Sie war die Auserwählte, und nun war endlich der Zeitpunkt gekommen, ihr beweiskräftig anzulasten, was man ihr schon immer unterstellt hatte. Liese Kroll war eine böse Hexe, sie war mit dem Teufel im Bunde, und das musste man nur noch aus ihrem eigenen Munde hören. Profoss Heidestett war es gleichgültig, wen er verurteilen sollte, ob Liese Kroll oder irgendein anderes Weib; doch gegen sie hatte sich in der letzten Zeit eine brodelnde Abneigung innerhalb des Trossvolkes aufgebaut, wodurch sie zu einem idealen Bauernopfer wurde. Die Hauptsache war nur, dass damit auch das Morden aufhörte. Heidestett hatte nämlich in Erfahrung gebracht, dass sie nicht die Erste war, die wegen dieser Vorkommnisse beschuldigt wurde. Schon andere vor ihr waren entweder der Lynchjustiz des Trossvolkes oder der Hand des Rumormeisters zum Opfer gefallen.

Man wird sehen, dachte Heidestett und konzentrierte sich darauf, innerhalb der vor ihm liegenden Aufgabe die Form zu wahren. Über eine mögliche Schuld oder Unschuld der Angeklagten konnte er sich Gedanken machen, wenn es nach ihrer Hinrichtung weitere Tote geben sollte.

Liese und Anna waren also mittlerweile den Händen der offiziellen Heerespolizei überantwortet worden. Dies hieß, dass sie nicht mehr in ein Fass gesteckt, sondern in Eisen gelegt wurden. So saßen sie im Stall des Bauernhauses, in welchem Profoss Heidestett sein Lager aufgeschlagen hatte und von wo aus er sein Amt versah. Als Wache diente ein junger, starker Bursche, der mit einer Muskete über der Schulter vor dem Stall auf und ab ging. Es war bereits Abend geworden, und Liese und Anna hatten einen Getreidebrei und etwas Wasser zu sich nehmen dürfen. Weitere Vorkommnisse hatte es nicht gegeben, und auch viele Worte hatten sie nicht gewechselt.

Besser als Anna schien Liese zu wissen, was sie am folgenden Tag erwarten würde. Und sie versuchte, einen Plan zu schmieden, wie sie wenigstens die arme Anna vor einem schrecklichen Schicksal bewahren konnte. Schweigend saßen beide da, als mit einem Ruck die Holztür des Stalles geöffnet und zwei weitere Gestalten hineingestoßen wurden. Es handelte sich um den alten Mergel und die verrückte Therese. Auch ihnen wurden Hals, Hände und Füße in mit Ketten verbundene Eisen gelegt.

Schweigend verbrachten die vier die Nacht, und als am Morgen die Männer des Profoss kamen, um sie abzuholen, zischte Liese ihren Freunden zu: »Beschuldigt mich, niemand anderen als nur mich. Ich allein bin schuld. Ihr alle habt von nichts gewusst.«

Man mochte meinen, dass es einer fahrenden Gesellschaft besonders an solchen Dingen mangelte, die schwer zu transportieren waren. Doch genauso wie die Obersten eines Regimentes nicht auf Dutzende von Fässern ihres liebsten Weines oder auf riesige Gemälde an den Wänden ihrer Luxuszelte verzichten wollten, so war auch die Gerichtsbarkeit zwar nicht mit massiven Gefängnissen, aber mit der richtigen Gerätschaft ausgerüstet, um jederzeit ein zeitgemäßes peinliches Verhör durchführen zu können. Streckbänke, Daumenschrauben, spanische Stiefel, Stühle mit spitzen Eisendornen, diverse Zangen, Messer, Beile und glühende Eisen – alles war vorhanden und wurde sorgsam im Untergeschoss des einzigen unterkellerten Gebäudes des Dorfes, in dem man lagerte, aufgebaut. Dieses Gebäude war das Pfarrhaus.

Der Pfarrer – er war nicht geflohen und wurde außerdem recht ordentlich behandelt – hatte zwar protestiert, doch das war umsonst gewesen. Bei solchen Dingen brauchte der Henker zum Walten seines Amtes, des Folterns, seine Ruhe, und die hatte man am besten in einem Keller. Dieser war zwar sehr eng und dunkel, doch nachdem all die Habe des Geistlichen hinausgeworfen worden und reichlich Teerfackeln an den Wänden angebracht worden waren, ließen sich sämtliche Utensilien bequem unterbringen.

Die vier zu Verhörenden wurden zunächst in einen Vorraum gebracht, in welchem sie sich auf eine Holzbank setzen mussten. Einer nach dem anderen wurden sie einzeln zum Profoss gerufen, der im Erdgeschoss des Gebäudes in der Schreibstube des Pfarrers saß und dort zunächst »im Guten« mit dem Verhör begann.

Anna hörte nicht, was er mit Liese sprach, und sie wusste auch nicht, welche Fragen er Mergel und Therese stellte, doch auf sie machte er zunächst einen sehr friedlichen Eindruck. Mit leiser, fast schüchterner Stimme fragte er sie zunächst nach Name, Alter, Geburtsort und Stand, dann wollte er wissen, seit wann sie mit Liese Kroll bekannt sei und ob sie Sonderbares an ihr beobachtet hatte. Anna antwortete auf all diese Fragen aufrichtig und ruhig, Letztere verneinte sie. Der Mann las Punkt für Punkt aus einem vor ihm liegenden Katalog ab und blickte Anna nur selten an. Viel häufiger sah er hinüber zum Schreiber, um festzustellen, ob dieser auch alles genau notierte.

Nun wurden die Fragen unangenehmer: »Ist der Teufel in irgendeiner Gestalt bei Liese Kroll erschienen?«

»Nein.«

»Ging Liese Kroll häufiger des Abends aus und kehrte erst spät in der Nacht zurück?«

»Nein, nicht dass ich wüsste.«

»Lästerte Liese Kroll auf schmähliche Art und Weise den Herrn?«

»Nein.«

»Ist dir, Anna Pippel, an Liese Kroll jemals ein Hexenmal, ein Fleck auf der Haut, eine Warze oder dergleichen aufgefallen?«

»Nein.«

»Hat Liese Kroll dich jemals zu gotteslästerlichen oder unsittlichen Handlungen verführen wollen?«

»Nein.«

»Hat Liese Kroll ein Buch mit Zauberformeln?«

»Sie hat einige Bücher, aber soweit ich weiß, keines, in dem Zauberformeln stehen. Ich kann das nicht genau sagen, weil ich nicht lesen kann.«

»Liese Kroll hingegen kann lesen?«, hakte der Profoss nach und schien sich dabei zum ersten Mal von der vorgefertigten Liste seiner Fragen zu lösen.

»Ja, sie kann lesen.«

»Worin liest sie, in der Bibel etwa?«

»Ich weiß es nicht, ich habe sie lediglich hin und wieder in einem Buch lesen sehen.«

»Und sie sagte dir nicht, um was für ein Buch es sich handelte?«

»Nein. Ich habe auch nie danach gefragt.«

»Nun gut, also weiter: Hat Liese Kroll jemals Flüche gegenüber Mitmenschen ausgesprochen, ihnen Schlechtes gewünscht und über sie geschimpft?«

»Sicher hatte sie auch Streit mit anderen, aber sie hat niemanden verflucht.«

Jetzt wurde der Profoss konkret: »Hat sie der Sybille Wirth eine Salbe gegen Rinderflechte verkauft, die bei der Kundin frühzeitige Wehen ausgelöst hat und zu einer Totgeburt führte?«

»Davon weiß ich nichts.«

»Hat sie dem Paul Illberg, nachdem er ein Bier nicht bezahlt hatte, die Tollwut an den Hals gewünscht, von der jedoch sein alter Vater befallen wurde, der elendig starb?«

»Auch davon habe ich nie etwas gehört.«

»Hat sie nicht die Lotte Fuchs verflucht und ihr schreckliche rote Pocken gewünscht, nachdem diese sich bei ihr über verdorbene Äpfel beschwert hatte, und leidet nicht diese seither an der Franzosenkrankheit?«

»Lotte Fuchs ist eine Trosshure, und die stecken sich ganz woanders mit so etwas an.«

Anna war es langsam müde, diese Auflistung an bösen Unterstellungen zu hören, welche sie natürlich alle längst kannte. Sämtliche waren harmlos und ganz einfach zu erklären, doch sie wusste, dass der Profoss sie, wenn sie zu jedem Gerücht etwas sagte, auf irgendeine Aussage festnageln und ihr einen Strick daraus drehen würde. So verneinte sie auch etwa zwanzig weitere Beschuldigungen, die von böswilligen Zungen an den Profoss herangetragen worden waren.

Nach dieser Auflistung der unsinnigsten Verfluchungen und Zaubereien, die Liese begangen haben sollte, befragte der Profoss Anna darüber, was sie von Lieses Vergangenheit wüsste. Auch dazu konnte sie nichts sagen.

Schließlich war auch sie an der Reihe und musste von all den Morden berichten, die geschehen waren, seit sie zum Heer gestoßen war. Sie musste von ihrer Schwester erzählen und durfte kein Detail des schrecklichen Anblicks aussparen. Selbst die ungefähre Menge des Blutverlustes und die Farbe des Hündchens wollte Heidestett wissen.

»Als du deine Schwester Mine aufgefunden hast, wo war zu diesem Zeitpunkt Liese Kroll?«

»Das weiß ich nicht. Ich habe sie erst zwei Wochen später zum ersten Mal in meinem Leben gesehen.«

Auch der Mord in der Kirche an der jungen Hure Sehlmann interessierte den Profoss sehr.

»Weshalb ging Liese Kroll nicht mit, die Leiche der Eva Sehlmann abzuschneiden und zu vergraben?«

»Sie musste den Wagen richten und alles reisefertig machen.«

Und schließlich befragte er sie zu dem jüngsten Mordgeschehen an der alten Bauersfrau.

»Was triebet ihr gerade, als ihr von den Helfern des Rumormeisters aufgespürt wurdet?«

»Wir waren dabei, die Verstorbene abzuholen, um sie zu vergraben.«

»Woher, wenn ihr unschuldig seid, wusstet ihr von der Toten?«

»Ich hatte sie gefunden, als ich auf dem Rückweg zum Lager war.«

»Ist es nicht ein arger Zufall, wie oft du, Anna Pippel, aufgehängte Frauenleichen findest? So fandest du bereits deine Schwester, dann die Eva Sehlmann und schließlich dieses namenlose alte Dorfweib.«

Anna schwieg.

»Du befandest dich auf dem Rückweg. In Herrgottsfrühe auf dem Rückweg? Von woher?«

»Ich hatte die Nacht nicht im Lager verbracht.«

»Nicht im Lager, sondern wo?«

»Bei mir, ehrwürdiger Profoss, bei mir«, mischte sich plötzlich eine Anna wohlbekannte Stimme ein. Der blonde Edelmann musste schon lange hinter der nicht sehr stabilen Tür des Schreibzimmers gelauscht haben und trat nun ein.

»Wer seid Ihr?«

»Ludwig von Brunnthal, Gesandter im Auftrage des Kriegsrats von Questenberg. Ich befinde mich auf der Weiterreise zum Generalissimus und verweile momentan als Gast in diesem Heere. Wenn Ihr es verlangt, kann ich mich ausweisen.«

Anna wusste natürlich nicht, dass er log. Weder kannte sie den richtigen Namen des Reiters, noch wusste sie, dass er nicht Gesandter des Kaisers, sondern Spion des Kurfürsten von Bayern war. Doch sie war bei aller Peinlichkeit, die sie nun verspürte, froh darüber, dass er gerade kam, als es für sie unangenehm wurde.

Mit großen Augen sah sie ihn an, und als er ihr zulächelte, errötete sie und blickte zu Boden.

»Nun gut, wohledler Herr von Brunnthal« – Heidestett wurde wieder schüchtern –, »dann war Anna Pippel die Nacht über bei Euch. Das könnt Ihr bezeugen?«

»Ja, das kann ich.«

»Wo genau war das, wohledler Herr?«

»In einem kleinen Gasthaus. Unweit des Galgens.«

»Dort nahmet Ihr zu zweit Quartier?«

»So ist es.«

»Und Ihr entließet Anna Pippel in den frühen Morgenstunden?«

»So ist es. Sie ging zurück ins Lager, während ich mich ausschlief.«

»Nichtsdestotrotz fand man sie des Morgens bei der Leiche einer ermordeten Frau, und sie suchte zusammen mit Liese Kroll in frevelhafter Absicht die blutigen Überreste der Verstorbenen zusammen.« Heidestetts Stimme bebte, und er kratzte sich wild am linken Handrücken, während er diese Worte sprach.

»Sicher kann Anna Euch erklären, dass sie zu dieser Tat von Liese Kroll gezwungen wurde«, wandte der vorgebliche Herr von Brunnthal ein.

»Nein, das wurde ich nicht, ich bin –« Mit einem scharfen Blick brachte Annas Wohltäter sie zum Schweigen.

»Ich glaube, Anna Pippel hat Euch genügend Auskunft gegeben. Ich bitte Euch, sie zu entlassen. Ich habe bereits mit dem Kriegsrichter Rittling über die Angelegenheit gesprochen. Hier habt Ihr ein Schreiben von ihm, welches Euch dazu auffordert, Anna Pippel lediglich als Zeugin zu vernehmen und sie von dem peinlichen Verhör zu verschonen.«

Tatsächlich konnte der Mann, der sich Ludwig von Brunnthal nannte, ein echtes Schreiben des Kriegsrichters vorweisen. Dieser alte Mann war am Abend zuvor ein Saufkumpan des bayerischen Spions gewesen. Zusammen hatten sie Unmengen an Wein und Bier geleert, sich Musik aufspielen lassen und sich bis tief in die Nacht mit sechs verschiedenen Damen verlustiert. Als der vermeintliche von Brunnthal am Morgen durch einen Zufall von der Verhaftung zweier Hexen, einer Liese Kroll und einer Anna Pippel, gehört hatte, war es ihm ein Leichtes gewesen, dieses Schreiben von seinem neuen alten Freund zu erhalten.

Und nun stand er hier und versuchte, diese Frau, welcher er kürzlich im Wald begegnet war, vor dem sicheren Tod zu bewahren. Er verstand sich selber nicht, wollte sich nicht verstehen. Was ging sie ihn an? Ein solcher Aufwand für eine einfache Trossfrau, eine, mit der er noch nicht einmal eine Nacht verbracht hatte? Angetrunken war sie gewesen, und er hatte sie lediglich schlafen gelegt, um dann die heruntergekommene Spelunke heimlich zu verlassen. Aber sie wollte ihm nun einmal nicht aus dem Kopf, diese Frau mit den großen, grauen Augen.

Warum? Er ahnte es, und diese Ahnung tat ihm weh. Noch mehr hätte es ihn geschmerzt, wenn er erfahren hätte, dass ihr ein Leid zugefügt wurde – ein Leid, das er mit Leichtigkeit hätte verhindern können. Er redete sich ein, dass er einfach nur etwas Gutes tat, einer armen, unschuldigen Frau half. Aber tief in seinem Innern wusste er, dass es andere Gründe für sein Handeln gab.

Heidestett konnte nun nichts mehr machen. Er entließ Anna, befahl allerdings, sie wieder in den Stall seiner provisorischen Amtsbehörde zu verbringen und sie gut zu bewachen, auf das Legen in Eisen sollte verzichtet werden. Es bestehe Fluchtgefahr, und außerdem müsse eine solch wichtige Zeugin angesichts der Mysteriosität des Falles unbedingt in Schutzhaft genommen werden.

So wurde Anna aus dem Pfarrhaus abgeführt und entging nicht nur der Folter, sondern brauchte auch nicht mitanzuhören, wie ihre drei Freunde den ganzen Tag lang die schlimmsten Torturen über sich ergehen lassen mussten. Erst am späten Abend, als Liese, Therese und Mergel – mehr tot als lebendig – in Eisen zurück in den Stall gebracht wurden, schwante Anna, was sie durchlitten hatten.

Alle drei saßen stumm da und starrten auf den Boden. In der Dunkelheit war es Anna nicht möglich, das Ausmaß ihrer Verletzungen zu erkennen, doch die Tatsache, dass sie schwiegen, beunruhigte sie sehr. Sie traute sich nicht, sie anzusprechen, und so verbrachte man den Rest der Nacht in unruhiger Stille.

Der Henker Veit Sperling war den ganzen Tag über in seinem Element gewesen. Es bereitete ihm ganz besondere Freude, Frauen quälen zu dürfen, und da er dem Profoss und damit der Militärpolizei unterstand, kam er nicht oft in diesen Genuss.

Zuerst war die Alte dran gewesen. Heidestett hatte ihr alle möglichen Fragen gestellt, ob sie es mit dem Teufel treibe, ob sie des Nachts mit anderen Weibern nackt im Wald tanze und ob sie Männern das Gemächt abgeschnitten und danach verzehrt habe. Er hatte noch unendlich mehr wissen wollen, aber besonders diese Fragen waren Veit Sperling im Gedächtnis geblieben. Und tatsächlich hatte die Alte geantwortet: Ja, sie treibe es regelmäßig mit dem Teufel, verabrede sich in jeder Vollmondnacht mit ihm und freue sich jedes Mal auf diese Begegnungen. Dann schwinge sie sich auf ihren Besen und fliege davon, um so schnell wie möglich bei ihrem leidenschaftlichen Buhlen zu sein. Heidestett hatte sodann wissen wollen, ob das Geschlecht des Satans kalt sei. Auch das war ein Detail, welches den Henker sehr interessierte.

»Nicht so kalt wie deines«, hatte die alte Hexe geantwortet. Heidestett hatte diese Antwort ignoriert.

Auch das Nackttanzen im Wald hatte die Hexe bejaht. Sie treffe sich regelmäßig dort im Wald mit einer lustigen Gesellschaft. Man koche Krähenfüße und Katzenschwänze, trinke das Blut unschuldiger Jungfern und tanze bis in die Morgenstunden einen wilden Reigen. Allerdings seien bei dieser Gesellschaft außer ihr keine Frauen, sondern ausschließlich Mannsvolk zugegen. Und dann nannte sie Namen: Dort tanze regelmäßig der Rumormeister Spengel, der Geldeintreiber Johann Schlick, der Fuhrmann Pit Gaukler, der Büchsenmacher Josef Nippes, der Stückmeister Rudolf Becker, der Sattler Friedrich Prahl, und immer dabei sei der Pastor Georg Bracht.

All das sagte sie, ohne dass der Henker ihr auch nur die Instrumente hatte zeigen müssen, es sprudelte aus ihr heraus wie aus einem Wasserfall, und sie gab auch zu, seit ihrer frühen Jugend viele ihrer zahlreichen Liebhaber entmannt zu haben, wenn sie nicht mit ihnen zufrieden gewesen sei. Das sei ein großer Spaß gewesen, und wenn das Ding, so sagte sie tatsächlich, schon zu nichts tauge, so könne man es auch gleich mit Salz und Pfeffer würzen, braten und wie eine köstliche Wurst verzehren.

Der Henker war bei diesen Worten kreidebleich geworden.

Foltern musste man die Frau erst, als es darum ging, die Morde zuzugeben, und foltern musste man sie erst recht, als sie zugeben sollte, dass sowohl ihr Kumpan Hans Mergel als auch die Therese Wittmann und eventuell die Anna Pippel zu ihren Komplizen zählten.

Doch da blieb sie standhaft. Die Morde gab sie zu, nachdem man ihr die Hände am Rücken zusammengebunden und sie daran an einem über einen Balken gelegten Strick hochgezogen hatte, danach ihre Füße nach und nach mit Gewichten beschwert und sie dann auch noch mit glühenden Zangen traktiert hatte. Doch ihre Komplizen schützte sie. Kein Wort kam über ihre Lippen, als man ihr die Beine in die spanischen Stiefel steckte und so lange schraubte, bis das Blut spritzte. Sie schwieg auch, als man ihr die Daumenschrauben anlegte und ihr beide Daumen brach, sie sagte nicht einmal eine Silbe, als der Henker dazu überging, ihre Fingernägel auszureißen und ihre Zähne einzuschlagen. Nichts war zu machen: Die Hexe schwieg, und man brach das peinliche Verhör vorerst ab.

Auch der alte Mann gab nichts zu. Ihm kugelte man beide Arme aus, traktierte ihn mit glühenden Zangen und steckte ihn in die spanischen Stiefel. Er sagte immerzu, dass er von nichts wisse und ein braver alter Mann sei. Man beendete seine Folter frühzeitig.

Das junge Weib hingegen schlug wild um sich, schrie wie im Wahn und kreischte entsetzlich unter der Folter. Mit Schaum vor dem Mund rief sie ununterbrochen: »Ich kenne ihn, ich kenne ihn. Der Teufel ist nicht weit, er wird wiederkommen, immer wiederkommen. Er ist nicht weit. Ich kenne ihn, ihn und seinen Schatten. Ich kenne ihn. Nur ich kenne ihn. Niemand sonst außer mir kennt ihn. Er hat mich auserwählt, ihn zu sehen. Nur ich kann ihn sehen, nur ich kann ihn spüren. Er ist nicht weit.«

Irgendwann, nachdem sie sich auch ihr schmutziges Leinenhemd vom Leibe gerissen hatte, vollkommen unbekleidet und aus unzähligen Wunden blutend, um sich schlagend und um sich tretend, auf dem Boden gelegen hatte, hatte ihr der Henker einfach mit der Faust auf den Kopf geschlagen, damit es endlich ein Ende hatte mit diesem entsetzlichen Lärm.

So etwas hatte selbst der erfahrene Veit Sperling nur selten erlebt, und er war froh, die Folterung der drei abbrechen und sie den Wachen übergeben zu dürfen.

Der Profoss war mit dem Ergebnis sehr zufrieden, er hatte alles protokollieren lassen. Nur eines bereitete ihm Sorge: Soll te er die Namen der Männer, die die Angeklagte Kroll genannt hatte, wieder streichen? Er kannte nicht viele von ihnen, aber immerhin war der Pastor ein ehrenwerter Mann, und außerdem wusste er aus der Lektüre von Fliegenden Blättern, dass solche Namensnennungen in Hexenprozessen eine unendliche Lawine lostreten konnten, bei der nicht zuletzt oft auch Ankläger oder deren Frauen zu Opfern werden konnten. Hätte sie nur die Namen von nichtsnutzigen Dirnen genannt, so wäre es nicht weiter schlimm gewesen. Doch diese Männer musste man nun wirklich nicht belangen.

Heidestett nahm sich vor, eine Nacht darüber zu schlafen und die Entscheidung, ob er eine Urkunde fälschen sollte oder nicht, am nächsten Tage zu fällen.

Warum hat man nicht besser aufgepasst? Das hat nicht passieren dürfen. Man ist doch sonst immer achtsam. Viel besser hätte man aufpassen müssen. Sehr viel besser. Man ist ein Dummkopf, ein großer Dummkopf.

Jetzt muss man etwas unternehmen. Man muss die Frau da rausholen. Man muss sie rausholen und verschleppen. Muss sie beschützen. Muss sie vor allen anderen beschützen, vor allem vor der bösen Hexe muss man sie beschützen. Die böse Hexe wird endlich sterben. Aber die Frau darf nicht sterben. Noch nicht.

Man wird schon nicht gesehen. Man muss wieder ganz leise sein. Muss sich anschleichen.

Da ist ein Mann. Der soll wohl auf sie aufpassen. Sieht müde aus, der Mann. Wird bestimmt nicht sehr wachsam sein. Man muss sich an ihm vorbeischleichen. Er darf einen nicht sehen.

Da kommt ein anderer. Geht auf den Wachmann zu, spricht mit ihm. Sollen sie doch lachen, sollen sie doch lachen. Solange sie nicht über einen selbst lachen, einen ausschimpfen und bewerfen, können sie lachen, so viel sie wollen. Sollen sie lachen, dann passen sie wenigstens nicht auf.

Jetzt kann man sich anschleichen. Kann einen Blick in die Hütte werfen. Da muss sie drinsitzen. Ja, da sitzt sie, und die anderen sind auch da, die alte Hexe ist auch da. Dort drüben in der Ecke, da sitzt die alte Hexe. Und die Frau sitzt gleich hier vorn. Da sind gar keine Ketten, nur Schnüre, die kann man leicht zerschneiden. Keine Ketten, nur Schnüre. Das wird nicht schwierig sein. Wo kann man rein? Vielleicht da drüben?

Jetzt haben sie aufgehört zu lachen. Warum lachen sie nicht mehr? Kommen sie etwa her? Bleibt weg! Bleibt weg!

»Wer ist da?«

Anna hörte die Stimme des jungen Wachmanns, und im selben Moment erwachte die bis dahin wie ohnmächtig dasitzende Therese. Ihr wildes, wortloses Geheul erfüllte den Raum. Es musste nun gegen Mitternacht sein. In dem provisorischen Verlies brannte eine kleine Fackel und legte ihr gespenstisches Licht auf die gleichgültigen, starren, blassen, blut- und schmutzverschmierten Gesichter von Liese und Mergel. Sie sahen aus wie Leichen, aber immerhin wie menschliche Leichen. Therese hingegen glich in ihrer erbärmlichen Lage und ihrem schrecklichen Anfall eher einem Furcht einflößenden Monster.

Anna hatte keine Kraft mehr, sich zu fürchten; vielmehr hatte sie ein schlechtes Gewissen, dass sie so glimpflich davongekommen war, dass sie Glück gehabt hatte. Einfach nur Glück gehabt hatte.

»Bleib stehen! Ich hab gesagt, du sollst stehen bleiben! … Geh du von der anderen Seite, Sepp, dann kriegen wir diesen Mistkerl.«

»Schnell, Philipp, der läuft weg.«

»So schnell geht das nicht. So, jetzt hab ich dich! … Pfui Deibel, was bist du für eine elende Gestalt! Sepp, komm schnell und schau dir das an! Schnell, ich kann den nicht länger halten!«

»Himmel, Herrgott, Maria, so was habe ich noch nie gesehen! Wenn das nicht der Leibhaftige in eigener Person ist …«

»Aua, du verdammte Missgeburt! Gebissen hat der mich, der Satansbraten!«

»Der haut uns ab, Philipp! Du musst schießen!«

Ein Schuss aus einer Muskete ließ Anna aufschrecken. Sie hatte, trotz des wilden Geschreis im Innenraum, den Tumult, der sich vor der Hütte abspielte, mitangehört und konnte sich keinen Reim darauf machen. Was hatten die Soldaten da gefunden? Ein Tier oder einen Menschen? Es war ihr im Grunde gleich. Alles war ihr gleich.

»Ich hab ihn erwischt.«

»Schieß noch mal, der macht sich trotzdem vom Acker.«

»Lass mich das Scheißding erst einmal laden. Lauf solange hinterher, du Tölpel!«

Dann war es still. Auch Therese war verstummt und wieder in sich zusammengesunken.

Nach einigen Minuten hörte man wieder die keuchende Stimme des zweiten Mannes.

»Hab ihn nicht mehr erwischt. Ist weg. Irgendwo in den Wald hinein. Aber ich bin sicher, dass du ihn getroffen hast. Morgen früh mache ich mich auf die Suche, der wird bis dahin verreckt sein und irgendwo liegen. Wenn es nicht der Teufel war, so wie der ausgesehen hat!«

»So was hab ich noch nie gesehen. Das muss ich morgen unbedingt dem Profoss melden. Das war der Teufel, der hat ja sogar nach Schwefel gestunken. Der wollte die Hexen befreien. Und die eine hat ja auch sogleich zu kreischen angefangen. Das war ganz sicher der Teufel.«

»Und wir haben ihn verjagt.«

»Ja, wir haben ihn verjagt! Den Leibhaftigen höchstpersönlich!«

Anna legte den Kopf in den Nacken und versuchte zu schlafen. Es interessierte sie nicht weiter, was für ein Schauspiel dort draußen vorgegangen war. Sie wollte am liebsten in einer anderen Welt verschwinden, ohne Fesseln, ohne Wachen, ohne Teufel und ohne Hexen.

Die Nacht war unendlich lang gewesen, und der nächste Tag sollte noch länger werden. Am Morgen holten Wachen Liese und Therese ab. Anna und Hans Mergel blieben zurück, doch der Alte sprach den ganzen Tag über kein Wort. Er schien Fieber zu haben und stöhnte immerzu nur leise vor sich hin. Anna hätte ihm gerne geholfen, doch sie konnte nicht. Sie war festgebunden, und auch die Wachen wollten sich nicht überreden lassen, dem kranken alten Mann wenigstens frisches Wasser zu bringen.

Der Novembertag musste sehr trüb gewesen sein, denn im Innern des Stalles war es genauso dunkel wie in der Nacht. Durch die schmalen Ritzen der hölzernen Wände drang nur spärliches Licht, und so konnte Anna immer noch keinen genauen Blick auf Hans Mergel werfen; sie sah gegen Nachmittag nicht einmal mehr, ob er überhaupt noch lebte. Das Stöhnen hatte aufgehört, und auch der röchelnde Atem war in ein leises Pfeifen übergegangen, das nun ganz verstummt war.

Vielleicht schläft er nur, dachte Anna und hoffte inständig, dass all das ein baldiges Ende haben würde. An ihren Retter dachte sie kaum noch. Noch am Abend hatte sie sich gewünscht, er würde sie alle am nächsten Tag befreien. Er würde, adrett und sauber wie er war, wie eine Lichtgestalt in der offenen Stalltür stehen und sagen, dass er den Oberst höchstpersönlich überredet habe, diesem ganzen Spuk ein Ende zu bereiten.

Doch während der Nacht hatte Anna jegliche Illusion verloren. Wieso auch sollte er das tun? Was hatte er davon? Es war ihr ja sogar schleierhaft gewesen, dass er sie aus dem Verhör geholt und vor der Folter bewahrt hatte. Sicherlich war es nur eine Laune gewesen. Ein Spielchen, das der junge Reiter mit der armen Bauersfrau trieb. Er würde nicht wiederkommen, ihr aller Schicksal war besiegelt – davon war Anna immer mehr überzeugt.

Am frühen Abend ging die Tür zum Stall wieder auf, und zwei Körper wurden hineingestoßen und in der Ecke gegenüber Anna festgebunden. Zunächst war sie sich nicht sicher, ob sie es waren, doch als die Wachen schließlich die kleine Fackel anzündeten, konnte Anna erkennen, dass es sich um die beiden Frauen handelte. Therese und Liese waren nicht mehr wiederzuerkennen. Nun war ihre Veränderung so enorm, dass selbst das schwächste Licht ausreichte, um dies feststellen zu können. Ihre Köpfe waren kahlgeschoren und die Augen derartig angeschwollen, dass man die beiden kaum auseinanderhalten konnte. Zähne schienen sie gar keine mehr im Mund zu haben, so sehr waren ihre Wangen eingefallen. Alles in allem blickte Anna in zwei völlig fremde und über die Maßen entstellte Gesichter.

Die ganze Situation war wie ein schrecklicher Albtraum, schlimmer konnte sich Anna das Leiden in der Hölle nicht vorstellen. Und das Beklemmendste an der ganzen Sache war, dass sie sich schämte, nicht die gleichen körperlichen Qualen durchmachen zu müssen wie die anderen. Sie saß dort, unversehrt, und musste die Gegenwart und vor allem die Stille ertragen. Die Ungewissheit darüber, was der morgige Tag bringen werde, war nicht einmal so grausam wie die Tatsache, dass all diese bisher vertrauten Personen plötzlich so fremd geworden waren. Da saßen sie, Liese Kroll, die verrückte Therese und Hans Mergel, von dem man nicht einmal mehr wusste, ob er noch lebte. Und keiner gab einen Ton von sich, alle schwiegen, und alle hassten Anna. Zumindest schien es ihr so.

Wieso sprachen sie nicht mit ihr? Und weshalb wagte sie es nicht einfach, den Bann zu brechen und eine einfache Frage zu stellen? Nur drei, vier liebevolle Worte. Es ging nicht, sie brachte nichts über ihre Lippen. Sie fühlte sich wie geknebelt und glaubte nicht einmal, dass sie überhaupt noch eine Stimme besaß. Es war ihr, obwohl ihr nichts weiter als zwei Tage Haft widerfahren waren, mittlerweile egal, wie die Angelegenheit enden würde. Nur schnell sollte alles vorüber sein, so schnell wie nur irgend möglich.

Die Sekunden vergingen wie Stunden, und wieder wartete eine lausig kalte Nacht auf sie. In dieser Nacht gab es keine Zwischenfälle, keine Befreiungsversuche des Teufels, keine Schüsse und keine fluchenden Wachen, alles blieb still. Anna hätte sich schon gefreut, einfach das Grölen betrunkener Würfelspieler zu hören, doch in diesem Teil des Lagers blieb des Nachts alles ruhig.

Denn hier in diesem Dorf waren vor allem die Verwaltungsstellen untergebracht, hier befanden sich die provisorisch in einfachen Bauernhäusern eingerichteten Behörden und Institutionen, die ein Heer benötigte. Die Soldaten und der Tross hausten woanders. Ach, könnte sie doch nur in ihrem Zelt unter ihrem stockigen Schafsfell liegen und müsste nun nicht diese Luft einatmen, diese nach Verfall und Tod riechende Luft eines zum Verlies umgebauten Ziegenstalls!

Der nächste Tag brachte die gewünschte Erlösung – Erlösung im Sinne eines schnellen Endes dieses großen Albtraums. Den vier Trossleuten um Liese Kroll wurde ein kurzer Prozess gemacht. Unter Vorsitz des Profoss Heidestett tagte in den Räumen des Pfarrhauses das Gericht. Ein Schreiber verlas in Gegenwart der vier Angeklagten die Geständnisse, die während der Folterungen aus den Beschuldigten herausgepresst wurden.

Demnach hatte Liese eindeutig eingestanden, eine Hexe zu sein, und nicht nur alle in den letzten Jahren auf die gleiche Art und Weise geschehenen mysteriösen Morde zugegeben, sondern darüber hinaus noch unzählige weitere schreckliche Missetaten. Außerdem war es noch in der jüngsten Nacht zu einem Zwischenfall gekommen, welcher deutlich bewiesen habe, dass Liese Kroll mit dem Teufel im Bunde stehe. Der Wachmann der Gefangenen sowie ein Soldat hatten mit eigenen Augen gesehen, dass der Teufel in Gestalt eines verwachsenen Monstrums die Gefangenen aus ihrem Verwahrsam befreien wollte. Nachdem der Wachmann auf die Gestalt geschossen hatte, war diese davongeeilt.

Auch Therese Wittmann, so der Protokollant weiter, war eindeutig eine Gespielin des Teufels, die regen Kontakt zu ihrem dunklen Herrn hatte und zusammen mit Liese die Untaten geplant habe. Der alte Hans Mergel war ein dummer Greis, der unwissend den beiden Hexen zur Seite stand, ohne zu ahnen, bei welchen Schändlichkeiten er sie unterstützte. Und die erst kürzlich zum Heer gestoßene Anna Pippel war auch nichts weiter als eine verirrte Landarme, der bezüglich der jüngsten Schandtaten keine absichtlichen Verfehlungen nachgesagt werden konnten.

Zur Verteidigung hatten sämtliche Angeklagte nichts vorzubringen. Sie hüllten sich in tiefes Schweigen, was angesichts des Fehlens aller Zähne bei Liese Kroll und Therese Wittmann nicht verwunderlich war.

Und somit konnte das Urteil schnell und deutlich verlesen werden. Liese Kroll und Therese Wittmann, die sich selbst der Hexerei für schuldig erklärt hatten, sollten mit dem Feuertod bestraft werden, ganz so, wie es sich für Hexen gehörte. Hans Mergel und Anna Pippel hingegen wurden begnadigt und mussten binnen zweier Stunden nach Ende des Prozesses das Lager und das gesamte Heer auf Nimmerwiedersehen verlassen. Sollte man sie nach Ablauf eines Tages noch im Umkreis von zwei Meilen auffinden, so würde auch über sie ein Todesurteil verhängt, welches jedoch mit Hilfe des Strangs vollstreckt werden würde. Auf eine Brandmarkung der beiden wurde gnadenhalber verzichtet.

Anna war erleichtert. Nicht weil sie freigesprochen worden war, sondern weil es endlich vorüber war. Sie wäre mit jedem Ausgang froh gewesen, hätte sich einem jeden Schicksal gefügt – nur vorbei sollte es endlich sein.

Ihr und dem vollkommen geschwächten Hans Mergel blieb nur wenig Zeit zu verschwinden. Sie durften ohnehin nicht ins Lager zurück, weil es ihnen untersagt war, irgendwelche Habe mit sich zu nehmen. Die Güter der Liese Kroll waren konfisziert worden, um damit die Prozesskosten zu begleichen, worin immer diese auch bestanden haben sollten.

An Abschied von den beiden Frauen, die ihr Urteil stumm und regungslos hingenommen hatten, war nicht zu denken. Anna befand sich ohnehin wie in Betäubung und konnte die ganze Situation nicht wirklich begreifen. Nachdem man ihr die Handfesseln abgenommen hatte, wurden sie und Hans Mergel auf einen Karren gehoben, der sie an den Rand des letzten vom Heer bewohnten Dorfes brachte. Dort wurden sie ausgesetzt und durften von da an sehen, wie sie weiterkamen.

Der arme Mergel konnte nicht laufen. Seine Beine waren durch die Folterungen zu zwei schwarzblauen Klumpen angeschwollen, zudem waren die Arme noch immer ausgekugelt, und am ganzen Körper hatten die zahlreichen Wunden zu eitern begonnen. Es sah angesichts des hohen Fiebers nicht danach aus, dass er sich jemals erholen würde. Doch Anna nahm sich vor, alles daran zu setzen, ihn zu retten. Immerhin war er der Einzige, der ihr noch geblieben war.

Etwa eine Stunde hatten sie Zeit, außer Sichtweite des Lagers zu kommen, und dann blieb ihnen ein ganzer Tag, um sich mehr als zwei Meilen weit zu entfernen. Unter normalen Umständen wäre das kein Problem gewesen, doch Anna konnte den kranken Alten nicht tragen, sie musste sich erst einmal einen Karren besorgen. Doch woher sollte man den nehmen?

Es verging eine halbe Stunde, in der sie, stumm und nachdenklich, auf einem großen Stein sitzend in die Ferne schaute und sich zu keiner Tat durchringen konnte. Sicherlich hätte sie noch länger dort gesessen und so ihr Schicksal aufs Spiel gesetzt, doch da hatte sie zum zweiten Mal in diesen schrecklichen Tagen Glück. Wieder kam es durch niemand anders als den unbekannten Edelmann. Zusammen mit einem etwa zwölfjährigen Burschen, der einen Eselskarren führte, kam er die Dorfstraße entlanggeritten. Überfallartig begann er auf die benommene Anna einzureden.

»Du hast es geschafft, Anna Pippel, und jetzt musst du schnell verschwinden. Das hier ist Balthasar, man hat ihn aus Heidelberg verschleppt, das ist schon einige Jahre her. Damals war er noch ein kleiner Bub. Ich überlasse ihn euch beiden, damit ihr ihn zurück in seine Heimat bringt. Und dafür bekommt ihr diesen Karren mit dem Esel. Das Tier ist gut im Futter und kann sicherlich eine Menge aushalten. Hast du so weit alles verstanden?«

»Ja, habe ich.«

»Ich vertraue dir und glaube, dass du den Buben heil heimführst. Er ist ein guter Junge, und wenn es Menschen gibt, die es nicht verdient haben, unter diesem Krieg zu leiden, dann sind das die Kinder. Du bringst ihn zurück, versprochen?«

»Versprochen.«

»Von Heidelberg aus empfehle ich euch, weiter in den Süden zu ziehen. Die Mitte Deutschlands ist vollkommen verwüstet, aber in Bayern ist die Welt noch in Ordnung. Dort sind die Wiesen grün, das Vieh fett und der Krieg weit. Ich denke, dass es im Norden wieder anfangen wird mit den Schlachten. Die Schweden kommen bald. Deshalb ist es besser, so weit wie möglich in den Süden zu gehen. Hast du mich verstanden?«

»Ja, in den Süden, nach Bayern.«

»Zieht an Augsburg vorbei und dann an den Ammersee, dort bei dem Ort Herrsching fragt ihr euch nach Bäuerin Gramshuber durch. Sie ist meine Tante und bewirtschaftet alleine einen ganzen Hof. Sie braucht immer gutes Gesinde, und wenn sie niemanden benötigt, dann wird sie wissen, wo sie euch sonst unterbringen kann. Verstanden?«

»Ja, Gramshuber bei dem Ort Herrsching.«

»Genau. Sie kann nicht lesen, aber bring ihr trotzdem diesen Brief von mir, sie soll damit zum Pfarrer gehen, der kann ihr sagen, was darinsteht. Verlier den Brief nicht, du wirst ihn gut aufbewahren müssen. Ihr werdet vielleicht mehr als ein halbes Jahr unterwegs sein.«

»Ich werde ihn gut aufbewahren.«

»Gut, dann ist alles gesagt. In dem Karren findest du frisches Wasser und auch sauberes Leinen zum Verbinden der Wunden. Es ist Brot, Käse und Wurst da. Falls der Alte fiebert, gib ihm Branntwein. Geh mit allem sparsam um und beeilt euch, aus dieser Gegend fortzukommen. Kannst du lesen, Anna?«

»Nicht gut. Eigentlich gar nicht.«

»Der Junge kann es. Hier ist eine Karte, auf der alle wichtigen Flüsse und Städte eingezeichnet sind. Folge ihr, und ihr werdet euch nicht verirren. Ihr müsst jetzt los.«

»Wieso tut Ihr das?«, fragte sie benommen.

Er lächelte. Er lächelte traurig und machte Anstalten, ihr mit dem Handrücken über die Wange zu streichen, doch dann senkte er den Arm schnell wieder.

»Danke für alles«, sagte Anna nur.

»Geht jetzt, bevor man euch wieder einfängt.«

Zu dritt legten sie den vor Schmerzen stöhnenden Mergel auf den Karren. Sie betteten ihn weich und deckten ihn warm zu.

»Wenn Ihr außer Sichtweite seid, versorgt ihr die Wunden des Alten und gebt ihm zu essen und vor allem auch zu trinken. Du musst ihm die Arme wieder einrenken. Sie scheinen ausgekugelt zu sein. Ich muss jetzt los. Viel Glück, Anna Pippel, wir werden uns irgendwann wiedersehen.«

Das sagte Annas Retter zum Abschied und sah dabei verlegen aus. Dann bestieg er sein Pferd und ritt zurück ins Lager, um noch am selben Tag zu einem neuen Auftrag aufzubrechen, der ihn ganz in den Norden führen sollte.

XII

Wie viel Zeit ist vergangen? Hat man lange geschlafen? So viel Blut. Alles ist kaputt. Die Hose ist kaputt. Die gute Hose. Und das Hinterteil ist auch kaputt. Man wird nicht mehr darauf sitzen können, auf seinem Hinterteil. Wie viel Zeit wohl vergangen ist?

Die Frau ist nicht gerettet. Die Frau ist verloren. Man hat ihr nicht helfen können. Sie ist verloren. Man muss zurück. Man muss sehen, ob man sie noch findet. Man muss sehen, ob sie noch lebt.

Das Hinterteil schmerzt. Und so viel Blut. Man will gar nicht glauben, dass es so bluten kann. Ganz allein muss man die Kugel da herausholen. Muss sie herausholen, bevor alles faulig wird.

Man braucht keinen Feldscher, kann es alleine, kann es ganz alleine. Kann es besser als die Quacksalber. Weiß besser, was zu tun ist, damit das Fieber nicht kommt.

Wenn es nur nicht so schmerzen würde.

Und das Hündchen? Ist es noch in seinem Versteck? Erst die Bleikugel aus dem Hinterteil holen, dann das Hündchen suchen und dann die Frau retten.

Man muss sich beeilen, nicht dass sie sie verbrennen. Die Frau darf nicht brennen, das tut weh, viel mehr weh als alles andere. Sie soll nicht verbrennen wie die liebe Mama. Wie die liebe Mama und all die anderen schlafenden Leute einfach gebrannt haben. Man muss die Frau retten, so wie man selbst gerettet wurde.

Hoffentlich kann man laufen. Man muss es versuchen.

Sie befanden sich irgendwo in der Nähe der Stadt Bielefeld. Es war eine katholische Gegend, das konnte Anna an den Kirchen und den Friedhöfen erkennen. Doch von Flüssen und Himmelsrichtungen hatte sie nicht die leiseste Ahnung. Am Tage ihrer Abreise mit dem armen, fast besinnungslosen Mergel auf dem Karren und dem fremden Jungen an ihrer Seite wusste sie nicht genau, in welche Richtung sie nun gehen musste, um den von ihrem Wohltäter geplanten Weg einzuschlagen. Sie beschloss, die Straße, auf der sie sich befanden, weiterzuziehen, soweit sie ihre Füße tragen würden, um dann hoffentlich am Ende des Tages zwei Meilen weit vom Lager entfernt zu sein.

Nun hatte sie einen Auftrag, und dieser Auftrag gab ihr neuen Mut. Sie sollte ein armes, entführtes Kind zurück in den Schoß seiner Familie bringen. Das war ihre Berufung. An das gelobte Land Bayern jedoch konnte sie noch nicht glauben. Erst einmal hieß Heidelberg das Ziel.

Gegen Abend hatten sie eine Anhöhe erreicht. Sie erklommen den kleinen Hügel, um von dort aus das Lager sehen zu können. Anna wollte sich einen Überblick verschaffen und sichergehen, dass sie wirklich weit genug entfernt waren. Auf dem Gipfel dieses kleinen Berges befand sich eine flache Ebene, die von einem Birkenhain umgeben war. Hier war ein guter Platz zum Rasten. Die Bäume standen so dicht, dass sie es sogar wagte, ein kleines Feuer zu machen. Zwar war das Laub längst zu Boden gefallen, aber dennoch würde man das Licht vom Lager aus schon nicht sehen, und Wärme hatten sie jetzt bitter nötig.

Hans Mergel war derweil zum zweiten Mal versorgt worden. Anna hatte ihm den Arm eingekugelt und dabei ein Sprüchlein aufgesagt, welches sie von ihrer Mutter kannte:

»*Christus der Herr Jesus ging über ein Gass, Die war sich wüst und nass, Er trat auf einen Stein, Verrenkte sich Ader und auch sein Bein.* Bein zu Bein, Ader zu Ader, Blut zu Blut, Fleisch zu Fleisch.«

Nach und nach kam der alte Mann an diesem Tag wieder zu Bewusstsein und konnte schon ein paar Brocken Brot und Käse zu sich nehmen. Der Junge redete nicht viel, er war etwas verängstigt, und Anna ließ ihn gewähren. Sicherlich brauchte er seine Zeit, um aufzutauen und Vertrauen zu gewinnen. Ihr würde es an seiner Stelle nicht anders gehen.

Erst als sie es sich im Windschatten des Eselskarrens unter einer ledernen Zeltplane einigermaßen bequem gemacht hatte, kam Anna dazu, über die neue Situation nachzudenken. Wenn man durch den Birkenhain ging und über den Rand der Hügelebene blickte, konnte man die Lichter des Lagers sehen. Dort unten warteten Liese und Therese auf ihren Tod.

Annas Hals schnürte sich zu, und Tränen schossen ihr in die Augen. Doch richtig weinen konnte sie nicht. Stattdessen blickte sie starr und immer wieder tief durchatmend in die Dunkelheit. Sie dachte an den morgigen Tag, an dem ihre ehemaligen Begleiterinnen unter höllischen Schmerzen den Tod finden würden. Das stand fest, und es tat Anna weh, so weh, dass sie sich einredete, die beiden seien längst gestorben. Die kahlen Kreaturen, die dort am gestrigen Abend in die Zelle gestoßen worden waren, hatten nichts mehr mit der resoluten Liese und der robusten Therese gemein gehabt, das waren schon Leichen gewesen. Man hatte ihren Willen bereits gebrochen, jetzt hieß es nur noch ihre Körper zu erlösen.

Irgendwann verfiel Anna in einen unruhigen Schlaf, aus dem sie durch die ungewöhnliche Stille der Natur immer wieder aufgeschreckt wurde.

Schon früh am Morgen – es war noch dunkel – weckte sie das Rufen des alten Mergel. Dieser hatte die Nacht in dem Eselskarren verbracht. Nun war er wach und klagte über höllischen Durst. Anna gab ihm reichlich Wasser zu trinken, welches er hastig hinunterspülte. Erstmals seit drei Tagen begann er nun zu reden. Anna war erleichtert, es schien ihm besser zu gehen.

»Anna, sag mir, was wir jetzt machen. Wohin gehen wir?«

»Wir ziehen nach Heidelberg. Kennst du Heidelberg?«

»Ja, natürlich, ich war doch damals bei der Belagerung dabei. Das war noch mit dem Tilly-Heer, ging den ganzen Sommer, von Juni bis September, das war genau im Jahre 1622, ist also schon ein paar Jährchen her. Weiß aber noch genau, wie man dort hinkommt. Kenne mich ja gut in Deutschland aus. Kannst du mir noch etwas Wasser geben, Anna?«

Anna schmunzelte traurig, er war noch immer der Alte. Welch ein Lichtblick an diesem düsteren Tag.

»Hier, trink. Und dann werde ich dir deine Verbände wechseln. Will hoffen, dass es keinen Wundbrand gibt.«

»Wie geht es der Liese? Sie wird doch wohl entkommen. Wir wollen hier auf sie warten, oder?«

»Ich weiß nicht, ob sie flüchten kann, Hans. Ich glaube es nicht. Sie war schon sehr schwach, schwächer noch als du.«

»Dann musst du sie holen, Anna. Sie darf nicht dort bleiben. Wir können das doch nicht einfach geschehen lassen.«

»Ich kann doch nichts machen. Was soll ich da ausrichten? Wir dürfen uns dort nicht mehr blicken lassen, sonst blüht uns das gleiche Schicksal.«

»Aber der Mann, der feine Herr, von dem wir den Wagen haben – ich konnte ihn nicht mehr genau erkennen, war schon zu müde –, kann der ihr nicht helfen? Suche ihn und sag ihm, er solle sich einsetzen für Liese und auch für die arme Trese.«

»Aber ich weiß doch gar nicht …« Anna durchlief es plötzlich glühend heiß, und ein schrecklicher Schmerz machte sich in ihrem Körper breit. Wieso war sie nicht auf die Idee gekommen, dass der fremde Reiter auch ihren beiden Begleiterinnen helfen könnte? Sie hätte es wenigstens versuchen können.

Nicht Schüchternheit, Bequemlichkeit oder Selbstsucht waren die Gründe für diese unterlassene Hilfeleistung gewesen. Nein, Anna wusste ganz genau, weshalb sie nie auf den Gedanken verfallen war, den Edelmann um Unterstützung zu bitten. Der Grund war einfach: Sie glaubte, das Schicksal anderer Menschen genauso wenig in der Hand zu haben wie ihr eigenes. Man konnte beten, konnte hoffen, alles werde sich zum Guten wenden. Aber die Macht, aus eigener Kraft unverrückbar erscheinende Tatsachen zu ändern, diese Macht hatte Anna nicht. Davon war sie überzeugt, denn anders hatte sie es nie gelernt.

Aber nun, hier auf dem Berg, zusammen mit dem gequälten Hans Mergel und dem schlafenden Jungen, merkte sie, dass sie handeln musste. Endlich handeln musste. Sie hatte einen großen Fehler begangen, sie hatte ihr Gewissen auf ewig belastet, sie hatte nicht alles getan, um den Frauen zu helfen, ihnen beizustehen, ihnen ihren letzten Weg zu erleichtern, ihnen wenigstens das Gefühl zu geben, dass sie an sie dachte und alles daransetzen würde, sie vor diesem schrecklichen Ende zu bewahren. Sie hätte ihren Wohltäter wenigstens bitten können, dass er seine Kontakte spielen ließ und für die beiden wenigstens einen milderen Tod ermöglichte. Doch sie hatte es nicht getan.

Wie ein dummes Huhn hatte sie sich von ihm von der Schlachtbank nehmen, sich in einen Käfig setzen und zu einem neuen Hof bringen lassen, wo sie nun unbekümmert ihr Gnadenbrot picken durfte. Nicht ahnend, welches Schicksal ihr erspart geblieben war, blöde weiterlebend, undankbar und gleichzeitig ohne schlechtes Gewissen ihren alten Wegbegleitern gegenüber, die bereits lange im Suppentopf gelandet waren.

Anna rang lange mit sich, doch dann entschied sie, allein ins Lager zurückzulaufen. Blind vor Entschlossenheit und in einem plötzlichen Anflug enormen Mutes wusste sie, dass sie sich jetzt aufmachen musste, um gutzumachen, was sie verpasst hatte zu tun. Ganz gleich, was es sie kosten würde.

»Ich gehe zurück, wartet hier. Der Junge soll dir deine Verbände wechseln. Ich bin am Abend wieder da.«

Ohne abzuwarten, was Mergel ihr antwortete, stürmte sie davon. Sie dachte an nichts anderes, als so schnell wie möglich das Lager zu erreichen. Sie machte sich keinen Plan, überlegte nicht, wo sie den vermeintlichen Ludwig von Brunnthal suchen sollte, dachte nicht einmal daran, sich zu verhüllen und unkenntlich zu machen. Sie rannte einfach, so schnell sie konnte.

Bereits nach wenigen Minuten war sie völlig außer Atem. Ihre Lungen schmerzten, und sie spuckte blutigen Schleim. Fast war sie so weit, ihr kühnes Vorhaben zu bereuen, doch dann lief sie weiter. Sie lief und lief, die kalte Luft durch ihre wunden Lungen pressend, und tatsächlich war sie bald am Rande des Lagers angekommen. Fast tot vor Erschöpfung, ließ sie sich am Wegesrand nieder. Es dauerte lange, bis sie wieder langsam atmen konnte, und jetzt erst begann sie zu überlegen, wie sie vorgehen sollte.

Sie musste ihn wahrscheinlich in dem Ort suchen, in dem sich die Offiziere niedergelassen hatten. Er war ein vornehmer Reiter und verkehrte mit Sicherheit in den oberen Rängen der Kompanie. Der Ort, wo die hohen Tiere residierten, lag unweit des Dorfes, in welchem sie verurteilt worden waren, und den Weg dorthin würde sie in jedem Fall finden. Sie warf sich ihren Mantel über den Kopf, drückte ihr Kinn auf die Brust und hoffte, für eine bucklige Alte gehalten zu werden. Man würde sich nicht weiter an ihr stören.

Nach einer Stunde hatte sie das Dorf erreicht, in welchem die provisorischen Kerker, der Gerichtssaal und die Folterkammer eingerichtet worden waren. Hier, das war augenscheinlich, würde in Kürze auf dem Dorfplatz die Hinrichtung stattfinden. Anna erschrak, als sie den Kopf hob und plötzlich vor zwei mit Stroh und Brennholz umgebenen Holzsäulen stand. Man war bereits dabei, alles vorzubereiten.

Schnell machte sie sich auf, in den Nachbarort zu eilen. Dieser war nicht weit entfernt und bestand aus vier großen Höfen und zahlreichen kleinen Bauernhäusern. Es musste einmal ein reiches Dorf gewesen sein, doch davon war nun nicht mehr viel zu sehen. Obwohl hier nur die hochrangigsten Vertreter des Heeres lagerten, wurde kein Wert darauf gelegt, für Ordnung zu sorgen. Selbst an diesem Ort lagen verwesende Tierkadaver in den Straßen, und es roch überall nach Fäulnis und Exkrementen.

Anna war ein wenig ratlos, wie sie die Suche nach dem Reiter beginnen sollte, dessen Namen, den er vor dem Profoss genannt hatte, sie in der Aufregung gar nicht erst im Gedächtnis behalten hatte. Sie wollte niemanden fragen, das war gefährlich. Immerhin war sie geächtet und würde ebenfalls mit dem Tode bestraft, wenn man sie hier wiedererkannte und erneut dem Gericht vorführte. Besser war es, sich einfach in ein jedes Haus zu schleichen, vielleicht lief ihr der Gesuchte rein zufällig über den Weg. Doch sie musste sich beeilen, es blieb nicht mehr viel Zeit.

Vorsichtig schlich sie sich auf den Hof des ersten Hauses, ging am Schweinestall vorüber, in welchem nun Pferde standen, ignorierte den modrigen Geruch, der aus den offenen Türen des Speichergebäudes drang, und ließ die verkohlten Reste des Backhauses hinter sich. Als sie schließlich am Seiteneingang des großen Haupthauses angelangt und ihr bis dahin keine Menschenseele begegnet war, öffnete sie vorsichtig die niedrige Tür, bei der selbst sie sich bücken musste, um das Innere zu betreten.

Hier roch es nach geschlachtetem Federvieh, Pferdemist, Schweiß, Alkohol und Erbrochenem. Man hatte allem Anschein nach am Abend zuvor ein wildes Gelage gefeiert. Die Türen zu den einzelnen Wohnkammern im hinteren Bereich des Hauses waren sämtlich geschlossen. Gegenüber dem Nebeneingang, durch welchen Anna gekommen und bei dem sie nun stehen geblieben war, befand sich eine offene Küche. Darin saßen ein Knabe und eine alte Magd. Die Frau hatte gerade ein Huhn ausgenommen, der Junge Becher und Teller für die unwillkommenen Gäste geputzt, welche man aus den Wohnräumen mehr als deutlich schnarchen hörte.

Nun hatten sie jedoch beide in ihrer Arbeit innegehalten und schauten zu Anna, die ihren Umhang nach hinten warf und eilig, ihre Furcht, erkannt zu werden, vergessend, auf dieses harmlose Paar zuging.

»Wisst ihr, wo sich ein junger Reiter befindet? Er ist sehr groß, hat helles Haar und blaue Augen. Einen sehr schönen Bart und spricht deutsch mit einem seltsamen Einschlag. Er ist noch nicht lange hier, etwa eine Woche.« Anna war bei diesen Worten feuerrot angelaufen.

»Weißt du, wie viele Reiter es hier gibt?«, sagte die Magd schroff. »Musst mir schon einen Namen nennen, die Namen kenne ich alle von diesem Pack. Ist doch alles Pack, ob Adel oder nicht, alles Pack. So, wie die hier hausen und sich bedienen lassen. Wenn es nur das wäre. Schlagen tun sie einen, wenn man alt ist. Und wenn man jung ist, dann machen sie ganz andere Dinge mit dir. Schau mal da in den Stall, da liegt die Tine. Fünfzehn Jahre ist die geworden, die Tochter vom Dorfschmied, hübsches Mädchen. Haben die gestern totgemacht, so besoffen wie die waren, haben ihr puren Alkohol eingeflößt. Das hat sie nicht überlebt.

Ist nur die Schuld vom Albert, dem Knecht vom Menke, der macht doch seinen Schnaps selbst und hatte eine riesige Flasche von dem Teufelszeug, unverdünnt, im Keller stehen. Haben das dem armen Ding eingetrichtert, und dann ist sie gestorben. Liegt noch da, ist nicht mal ganz kalt. Paulchen kann gleich mal ein Loch buddeln auf dem Kirchhof. Machst du doch, Paulchen, bist doch ein lieber Junge, oder? Wer soll es sonst machen?«

»Und den Reiter kennt ihr nicht?«, fragte Anna unbeirrt.

»Nein.«

»Ich aber, ich kenne den.« Paulchen schien Bescheid zu wissen. »Das ist doch der, der den Balthasar gerettet hat.«

»Ja, der könnte es sein. Brunnthal heißt der. Auch so eine Geschichte. Die habens ja nicht nur auf die Frauen und Mädchen abgesehen, die Schweine. Auch die kleinen Knaben lassen sie nicht in Ruhe. Da hatte einer von denen so einen kleinen dabei, einen hübschen Kerl von vielleicht dreizehn Jahren. Will dir gar nicht erzählen, was der Junge erdulden musste. Kannste dir nicht mal vorstellen, so schlimm war das. Und da war dann mal dieser Neue, dieser Brunnthal, hier und hat ihm den Jungen beim Kartenspiel abgeluchst.

Der ist aber nicht mehr hier, der Brunnthal. Ist schon gestern Abend weg. Hat drüben auf dem anderen Hof gewohnt, beim Richter Rittling. Aber, wie gesagt, der ist auf und davon. Und wo der Junge, der Balthasar, geblieben ist, das weiß ich nicht.«

Anna war verzweifelt. Es schien ganz sicher zu sein, dass sie vom selben Mann sprachen, und wenn er nun fortgeritten war, dann war er nicht mehr aufzufinden, dann waren Liese und Therese verloren. Sie versuchte sich ein letztes Mal zu vergewissern.

»Seid Ihr sicher, dass er ganz fort ist? Wird er nicht wiederkommen?«

»Habe ihn wegreiten sehen. Bin mir sicher, weil er nämlich noch von dem Lakaien unseres neuen Hausherren ein zweites Pferd gekauft hat. Gestern Nachmittag, ganz schnell. Hat viel zu viel bezahlt. Und dann ist er sofort weg. Hat noch zu dem Josef – das ist der Lakai – gesagt, dass er es eilig habe. Bin mir sicher, der kommt nicht wieder, sonst wär er auch gestern hier gewesen, als die alle gesoffen haben. War sonst immer dabei. Gestern aber nicht.«

»Wo hat er gewohnt?«

»In dem Hof auf der anderen Seite von der Straße. Ist der Hof vom Röser. Der ist aber schon lange tot, der Bauer Röser, da ist jetzt nur noch seine älteste Tochter da. Und die hat sich freiwillig mit dem ganzen Kroppzeug eingelassen, die alte Funzel, ist auch schon bald fünfunddreißig.«

Anna lief, ohne sich zu verabschieden, hinaus und eilte zu dem Röser-Hof, doch auch dort suchte sie vergeblich nach dem vermeintlichen Herrn von Brunnthal. Er war tatsächlich fortgeritten.

Verzweiflung machte sich in Anna breit. In ihrem Kopf begann es wild zu pochen. Orientierungslos stand sie auf dem Vorhof des Bauernhauses und versuchte einen klaren Gedanken zu fassen.

»Du bist doch die Freundin von der Hexe.«

Blitzschnell drehte Anna sich um. Hinter ihr stand eine Frau. Ein Weib, bei dem man nicht sicher sein konnte, ob es eine Bäuerin oder eine Lagerhure war. Um ihr einfaches, graues Lodenkleid hatte sie einen grasgrün gefärbten Pelz gelegt, und ihre Augen waren geschminkt. Das wollte gar nicht zu dem vergilbten Kopftuch passen, das sie, trotz ihres Alters, so trug, wie es sich für ein unverheiratetes Bauernmädchen gehörte.

Anna starrte sie an, und die Frau wiederholte noch einmal ihre Worte: »Du bist doch die Freundin von der Hexe. Hab dich gesehen, gestern vor Gericht.«

Kaum war das gesagt, war Anna auch schon fort. Sie musste hier verschwinden, es war zu gefährlich.

Die Frau verfolgte sie nicht und unterließ es auch, hinter ihr herzurufen. Dennoch beeilte sich Anna, das Dorf zu verlassen. Sie musste Bracht finden. Er wäre der Einzige, der jetzt noch helfen könnte. Doch wo sollte sie nach jemandem suchen, der immerzu überall und nirgends zu sein schien? Im Tross. Dort hielt er sich die meiste Zeit auf.

Wieder müsste sie jemanden fragen, anders würde sie ihn niemals finden. Und Anna fragte, sie lief durch das Trosslager und fragte einen jeden, von dem sie sicher war, dass er sie nicht kannte und nicht mit Liese Kroll in Verbindung bringen würde. Sie fragte eine halbblinde alte Frau, die vor ihrem Zelt saß und döste, sie fragte eine junge Mutter, die gerade dabei war, ihren Säugling zu wickeln, sie fragte zwei Halbwüchsige, welche beieinandersaßen und Uniformknöpfe tauschten, sie fragte außerdem drei verschiedene Lagerhuren, einen jüdischen Marketender, ein dickes Waschweib und sogar eine Gruppe spielender Kinder. Fast alle kannten Bracht, doch niemand hatte ihn an diesem Tag gesehen.

Und dann geschah es, dass sich die Masse in Bewegung setzte. Wie auf ein heimliches Zeichen hin gingen sie los. Hunderte, ja Tausende machten sich auf den Weg zu dem Spektakel, das in Kürze auf dem nur wenige Gehminuten entfernten Dorfplatz stattfinden würde. Anna stand in der Mitte dieses Menschenstromes und wurde schließlich ein Stück weit von ihm mitgerissen. Man achtete nicht auf die verhüllte Gestalt, sondern war vielmehr damit beschäftigt, über die bevorstehende Hinrichtung zu reden. So etwas sah man nicht alle Tage, selbst in Kriegszeiten nicht.

Eine ungeheure Angst erfasste Anna. Sie wollte es nicht sehen, um keinen Preis wollte sie es sehen. Mit Händen und Füßen um sich schlagend und tretend, bahnte sie sich ihren Weg dem Strom entgegen, kämpfte sich hindurch, hindurch bis zu seinem Ende.

Anna hatte bereits eine halbe Meile zurückgelegt, als sie zum ersten Mal nach hinten blickte. Sie hatte sich nicht beeilt, war nur Schritt für Schritt, in wirre Gedanken versunken, sehr langsam vorwärtsgegangen. Doch auf einer kleinen Anhöhe, kurz bevor der Weg in einen Wald abbog, sah sie sich um und blickte auf das Lager. Dort, unter ihr, konnte sie die Dörfer sehen, auf die sich der große Wurm verteilt hatte, und in einem der Dörfer brannten zwei große Feuer. Ihr schwarzer Qualm stieg weit in den Himmel.

Mit einem stechenden Schmerz im Herzen wandte sie sich wieder ihrem Weg zu, verdeckte ihre Augen mit beiden Händen und rannte, schreiend und blind, davon, bis sie stolperte und im Graben liegen blieb, wo sie, ohne die Zeit zu spüren, in den grauen Himmel starrte.

Gegen Abend kam sie zurück zu Hans Mergel und dem jungen Balthasar. Auch die beiden hatten von ihrer Lagerstätte aus die Scheiterhaufen brennen sehen. Der Junge schwieg, und Hans Mergel saß wie versteinert in seinem Eselskarren, als Anna sich mühselig den Berg hinaufschleppte. Wieder verging ein langer Abend, an dem kein Wort gewechselt wurde.

Als der nächste Morgen anbrach, machte man sich gemeinsam auf die Weiterreise, ohne über den vergangenen Tag zu sprechen. Das Leben musste weitergehen, und jeder versuchte mit seinem Schmerz und seinem eigenen schlechten Gewissen alleine zurechtzukommen.

Anna betete immerzu heimlich für die beiden Frauen, und Hans Mergel ließ in seinen Erinnerungen die schönsten Momente, die er und die Lumpenliese in ihrer jahrelangen Freundschaft miteinander geteilt hatten, wieder aufleben. Beide weinten mitunter leise und ohne, dass die anderen es bemerkten.

Ein großer Abschnitt im langen Leben des Hans Mergel war grausam zu Ende gegangen, und eine weitere Episode im Leben der Tagelöhnerin Anna Pippel war nun auch vorüber. Es hieß einen neuen Weg einzuschlagen und sich auf neue Hindernisse und Aufgaben vorzubereiten. Die starke Liese Kroll gab es nicht mehr, man war nun auf sich allein gestellt.

XIII

Anna musste sich, was die Orientierung betraf, voll und ganz auf Hans Mergel verlassen. Er war noch immer sehr schwach, konnte nicht laufen und litt an seinen brennenden und nicht heilen wollenden Wunden. Beide Beine waren noch immer dunkel verfärbt, aber Anna redete sich ein, dass das Schwarz mittlerweile zu einem Gemisch aus Violett und Grün übergegangen war. Sie sprach dem alten Mann gut zu, wenn sie ihn dreimal am Tag versorgte. Einzig die offenen Stellen am linken Bein wollten nicht zuheilen, Anna machte sich Vorwürfe, die geplatzten Quetschungen und Schnitte nicht genäht zu haben. Besser wäre das allemal gewesen, nun waren sie eitrig und schmerzten entsetzlich.

Doch der alte Hans war tapfer, denn er hatte, trotz der enormen Trauer, die er empfand, erstmals in seinem Leben eine Aufgabe, die tatsächlich seine große Erfahrung beanspruchte und ihm eine wichtige Rolle auf diesem gemeinsamen Weg zuwies. Er war der Lotse, denn er kannte sich aus.

Anna war sich nicht sicher, wie viele von seinen Schlachtenberichten tatsächlich der Wahrheit entsprachen, doch augenscheinlich musste er viel in Deutschland herumgekommen sein, denn mit geübtem Blick studierte er – auf dem Eselskarren sitzend, während Anna und der Junge nebenherliefen – die Karte, welche der Edelmann zurückgelassen hatte. Und immer wieder kamen ihm Erinnerungen, und er sprach von geografischen Besonderheiten oder städtebaulichen Details, die er sich nicht hätte just ausdenken können. Anna vertraute dem Alten immer mehr und hoffte, dass er sie leiten werde.

Man entfernte sich immer weiter von den Hügeln des Teutoburger Waldes und betrat die flache Ebene, die sie, südwärts marschierend, in die Stadt Paderborn bringen sollte. Es war trotz großer Kälte ein recht angenehmer, weil flacher Weg, obwohl dies natürlich den Wind noch eisiger in ihre Gesichter blasen ließ. Sie hofften, dass sie binnen einer Woche die große, reiche Handelsstadt erreichen würden. Dort, so riet Mergel, könne man eine Rast machen und seine Vorräte auffüllen. Wie dieses Auffüllen ohne Geld und ohne tauschbare Waren gelingen sollte, darüber zerbrach sich der Alte anscheinend nicht den Kopf. Anna jedoch machte sich so manche Gedanken, ohne eine Lösung zu finden, wie man auf legalem Wege an Proviant kommen könne. Sie beschloss, sich vor Ort zu entscheiden.

Die Jahreszeit brachte es mit sich, dass die drei des Nachts nicht mehr unter freiem Himmel schlafen konnten. Ihnen fehlte die Wärme eines einfachen Zeltes, so, wie sie es im Heereslager mit sich geführt hatten. Die ersten Nächte des Marsches suchten sie Unterschlupf in einsamen Scheunen oder in verlassenen, einzeln stehenden Gehöften, von denen es in dieser Gegend des Landes viele gab.

»Hier ist für ein Heer nun wirklich nichts mehr zu holen«, meinte Mergel, die Lage der Bauern kommentierend. »Tilly hat schon vor mehreren Monaten verboten, dass seine Truppen weiterhin Quartier in diesem Landstrich nehmen. Der alte Haudegen weiß, warum. Die Leute sind ausgezehrt, haben zwar nie eine Schlacht gesehen, aber seit Jahren müssen sie die Völker ernähren, da würde ich auch das Weite suchen. Macht doch keine Freude, unter den Umständen immer wieder vergeblich seine Felder zu bestellen. Für nichts und wieder nichts. Den Wallenstein kümmert das nicht, Hauptsache, die Soldaten fressen sich nicht durch seine eigenen Ländereien.«

»Du kennst dich gut aus, Hans, woher weißt du das alles?«, wollte Anna nicht ohne Grund wissen. Es war ihr wichtig herauszubekommen, ob der alte Geschichtenerzähler tatsächlich ein verlässlicher Routenkenner war.

»Weißt du, Anna, ich bin alt. Und wenn man so alt ist wie ich, dann hat man so viel erlebt, dass es sehr leicht ist, eins und eins zusammenzuzählen. Außerdem halte ich Ohren und Augen auf, und da bekommt man eine Menge mit.«

»Auskennen tust du dich wirklich, oder?«

»Wie gesagt, ich halte meine Ohren auf und auch meine Augen, Anna. Würde jeden Stein wiederfinden, an dem ich schon einmal vorbeimarschiert bin. Jetzt lass mich wieder gesund werden, und dann wirst du sehen, wie schnell wir in Heidelberg sind. Das verspreche ich dir und auch dem Knaben. Will wohl gar nicht anfangen zu reden, der Balthasar.«

»Wir müssen ihm noch etwas Zeit geben.«

Anna war froh, dass Hans Mergel ihr geblieben war. Nicht nur, weil sie ihn brauchte, um den richtigen Weg zu finden, sondern weil sie ihn mochte und ihr der kauzige Alte sehr am Herzen lag. Ihn sterben zu sehen, hätte ihr noch mehr Schmerzen bereitet, als die starke Liese in den Tod gehen zu wissen. Sie wollte sein verschmitztes, faltiges Lachen und seine gütigen blauen Augen noch so lang wie möglich, Tag für Tag, sehen können. Das wünschte sie sich, und deshalb war es ihr wichtig, dass er vollkommen gesundete.

Am Nachmittag des dritten Tages konnten die drei von Ferne eine Windmühle sehen, ein nicht ungewöhnlicher Anblick in diesem sehr flachen und zugigen Teil Deutschlands. Ungewöhnlich war nur, dass sich an einem ihrer drehenden Flügel aus der Distanz ein nicht zu definierender Gegenstand befand. Dort hing ein Sack oder etwas Ähnliches, und da es an diesem Tag sehr windig, ja fast schon stürmisch war, drehte sich das

Gebilde zusammen mit den Flügeln in einer fast schon holzberstenden Geschwindigkeit.

»Was ist denn da los?«

»Scheint ein Mehlsack zu sein.«

»Kannst du das sehen, Anna? Du hast bessere Augen, da laufen doch welche weg, oder?«

»Ja, da sind vier, fünf Gestalten mit Pferden. Die stehlen da offensichtlich das Mehl.«

»Ah, ja. Lass uns einen Bogen machen, das sind irgendwelche Schnapphähne, die auf der Gard gehen.«

»Auf der Gard gehen?«

»Soldaten, die keine Anstellung haben. Kennst du doch, Anna, bist doch jetzt schon einige Zeit dabei.«

Anna nickte nur. Nach einer Weile fragte sie den alten Mergel: »Jetzt, wo die alle weg sind, könnten wir doch dort Quartier machen, in der Mühle. Ist ja jetzt niemand mehr da, und wenn die alles mitgenommen haben, kommen sie auch nicht wieder.«

»Du bist schon so gewieft wie die Liese. Anna, du erstaunst mich. Wir können es mal versuchen.«

Und so brach das Gespann seinen Umweg ab und machte sich direkt auf in Richtung der sich noch immer wild drehenden Mühle.

»Das ist tatsächlich ein Mehlsack, aber da scheint kein Mehl drin zu sein«, meinte Mergel, als sie an ihrem Tagesziel angekommen waren. »Ihr müsst die Seile losbinden und euch mit aller Kraft gegen die Stange dort werfen. Das ganze Dinge muss gedreht werden, und zwar so, dass der Wind keine Angriffsfläche mehr hat.«

Anna und Balthasar gehorchten den Befehlen des weisen Mergel, und tatsächlich brachten sie nach kurzer Zeit die Mühle zum Stehen. Der an einem der Flügel befestigte Sack schwebte nur noch wenige Fingerbreit über dem Boden, sodass der Junge ihn abschneiden konnte.

Anna fühlte zunächst von außen, was sich dort im Innern des Sackes befinden könnte, und sie kam zu dem Schluss, dass es sich um einen Körper handelte. Tot oder lebendig, Mensch oder Tier, das war nicht festzustellen. Bewegen tat sich das Ding jedenfalls nicht.

Ungewöhnlich forsch machte sie sich daran, das grobe Leinen zu zerschneiden. Hans Mergel schaute vom Wagen aus zu, und Balthasar stand unerschrocken neben ihr.

Sobald der Sack geöffnet war, kugelte die wohlbeleibte Gestalt eines Mannes mittleren Alters hinaus. Er war mehr als nur benommen, aber bei Bewusstsein. Der ihn plagende Drehwurm musste unvorstellbar groß sein, denn der Arme wollte gar nicht mehr damit aufhören, sich zu übergeben. Es kam schon längst nichts mehr heraus, und dennoch würgte er minutenlang weiter. Danach dauerte es noch eine ganze Weile, bis er wieder bei sich war und sitzen konnte, ohne immer wieder zur Seite, nach vorn und nach hinten zu kippen. Schließlich gelang es ihm zu sprechen, und er stellte sich als der Müller vor, was die drei nicht verwunderte, da sie genau dieses bereits angenommen hatten.

»Lumpenpack, Bernheuter, lose Vögel, Schelmendiebsgesindel! Es reicht nicht, dass sie mich bestehlen, nein, umbringen müssen sie mich dazu. Niemandem habe ich etwas zuleide getan. Dreckspack!«

»Du lebst doch noch. Reg dich mal nicht so auf«, rief Mergel, der noch immer auf dem Wagen saß.

»Was seid ihr für Zigeuner? Was macht ihr hier? Denkt wohl, dass ich euch dankbar bin und auch noch Futter in den Arsch stecke.«

»In den Arsch sollst du es nicht gerade stecken. Ins Maul, das wäre schon besser.«

»Wie soll ich euch was geben, wenn ich nichts mehr habe? Lasst mich in Frieden und verschwindet. Geht dahin, wo ihr hergekommen seid, ihr verfluchtes Gesindel. Nichts als Ärger bringt ihr, gehört doch auch zu diesem vermaledeiten Kriegspack. Sehe ich euch doch an.«

»Wir hätten nur gerne eine Schlafstatt für eine Nacht. Zu essen haben wir noch selbst. Lediglich ein Dach überm Kopf, das wäre gut.« Anna versuchte, den Müller zu beschwichtigen.

»Einen Teufel werde ich tun, einen Teufel«, schrie der Müller nur.

»Na, dann halt wieder ab in den Sack«, rief Mergel. Und als sei es zwischen ihnen abgesprochen gewesen, zückte im selben Moment der schweigsame Balthasar aus seinem Rock eine riesige Pistole und richtete diese auf den Undankbaren.

Anna erschrak, aber noch mehr erschrak der Müller und beeilte sich, das Weite zu suchen. Hans Mergel fiel fast vom Wagen vor Lachen, Balthasar steckte seine Waffe, woher immer er sie hatte, wieder ein, und Anna schüttelte nur den Kopf.

Die drei verbrachten eine solch ruhige und endlich auch einigermaßen warme Nacht, dass sie, nachdem der Müller nicht mehr aufgetaucht war, beschlossen, eine weitere Nacht in der Mühle zu bleiben. Besonders Hans Mergel tat es gut. Es tat ihm offenbar so gut, dass Anna ihn am Mittag des zweiten Tages dabei beobachtete, wie er heimlich und ganz allein die steile Außenstiege der Mühle hinabkletterte.

Wenn er das konnte, dann würde es wohl nicht mehr allzu schlimm mit seinem Bein sein, dachte sie, den sich unbeobachtet fühlenden Mergel im Auge behaltend.

Unten angekommen, hinkte er eine Weile vor der Mühle hin und her, bevor er sich bückte und nach einem herumliegenden Holzstück griff. Dann schleppte er sich langsam und mühselig zu einer krummen Bank, die unweit der Mühle stand. Er krempelte seine Hosen hoch und pulte mit schmerzverzerrtem Gesicht in seinen Wunden herum.

Anna konnte sich beim besten Willen nicht erklären, was dieser seltsame Vorgang zu bedeuten hatte. Schließlich bestrich er das Stück Holz, welches er soeben aufgeklaubt hatte, mit dem, was er aus seiner Wunde gekratzt hatte. Es wird nichts anderes als Blut und Eiter sein, dachte Anna.

Dann erhob er sich, nahm sein Messer aus dem Gürtel und begann an einem unweit der Bank stehenden Kirschbaum herumzuschaben. Als er ein ordentliches Loch in den Ast gebohrt hatte, steckte er das eitrige und blutige Holz hinein und hinkte, sein Werk noch kurz begutachtend, wieder zurück zur Mühle. Dort erblickte er Anna und winkte ihr zu.

»Was hast du da gemacht, Hans?«

»Nichts Besonderes. Will nur ganz sichergehen. Hast du alles gesehen?«

»Ja, habe ich, und ich glaube, dass das ein Hexenspuk ist, den du da treibst. Du solltest das lassen.«

»Unsinn. Ist ein altes Heilverfahren. Wenn das Holzstück mit dem Baum verwächst, dann heilen auch die Wunden, aus denen ich das Blut genommen habe.«

»Wenn Liese das gesehen hätte, hätte sie dir ordentlich den Kopf gewaschen.«

»Liese kennt das selbst, die kennt alle Methoden, mit denen man Wunder vollbringen kann. Nur glauben tut sie nicht dran. Verkauft ihr Wissen, aber selbst glaubt sie nicht daran.«

Mergel sprach noch immer in der Gegenwartsform von Liese. Wahrscheinlich würde sich das nie ändern, und Anna sah aus Mitleid davon ab, ihn darauf hinzuweisen, dass es Liese nicht mehr gab.

»Wir werden gar nicht so lange hierbleiben, dass du noch sehen könntest, ob das Holz mit dem Stamm verwächst.«

»Macht doch nix, wenigstens habe ich alles unternommen. Und was ist da schon für ein Unterschied zwischen meinem heidnischen Spuk und deinen urigen Sprüchen über verdrehte Beine und Adern? Allein doch nur, dass du vorgibst, dem

Jesuskind sei das passiert. Weiß man doch gar nicht. Ist nicht bewiesen. Steht nicht in der Bibel.«

Anna schaute ihn streng an. Schon seitdem sie unterwegs waren, war ihr aufgefallen, dass Mergel seine alten Gewohnheiten, in jedem Satz mindestens einmal den Herrn Jesus Christus zu erwähnen, abgelegt hatte. Woran mochte das liegen? Hatte es mit Lieses Tod zu tun? Mit den Folterungen, denen der arme Mann ausgesetzt gewesen war? Hatte er etwa seinen Glauben verloren?

Anna lächelte ihn an und sagte nur: »Mach, was du willst. Solange es niemand sieht, soll es zu deinem Schaden nicht sein.« Und als sie dann wieder nach oben in die Mühle ging, musste sie sich eingestehen, dass auch sie in den letzten Tagen nur selten gebetet hatte. Doch vielleicht würde sich das bald wieder ändern, bald, wenn die ganzen teuflischen Ereignisse weit hinter ihnen lägen. Wenn Zeit und Raum sie von all dem trennten.

So ein Glück, so ein großes Glück. Man hat es nicht geglaubt, aber es ist wahr. Die Frau lebt, und man hat sie gefunden.

Es war nicht schwer, sie zu finden. Man hat sie gesehen, hat sie gesehen, als sie herumgelaufen ist. War verkleidet, die Frau, aber man hat sie erkannt. Würde sie immer erkennen.

Es war auch nicht schwer, sie zu verfolgen. Gar nicht schwer. Trotz des kranken Hinterteils war es nicht schwer. Sind sehr langsam, die Frau und die anderen beiden. Sehr langsam.

Jetzt hat man sie gefunden und kann sie eine Weile beobachten. Aber ändern kann man nichts. Es ist passiert, und das wird nicht vergessen werden. Sie war zu nah, sie war zu nah. Man hat es gewusst. Jetzt ist es passiert. Darum kann man nur abwarten.

Man wird sie beschützen. Nur soweit es geht, wird man sie beschützen. Vor dem Müllersmann hat man sie beschützt. Sitzt in seinem Loch und kommt nicht raus. Bleibt da, bis andere ihn finden. Wollte doch ins Dorf laufen und Hilfe holen. Wollte doch zurückkommen und die Frau verjagen. Das geht nicht. Jetzt sitzt er in der Grube und muss warten.

Vor solchen kann man die Frau beschützen, vor jenem jedoch nicht. Es ist passiert, es wird geschehen. Das weiß man. Das weiß man, leider.

XIV

Nach nicht ganz einer Woche erreichten sie die Stadt Paderborn. Im Vergleich zu dem zertrampelten und zerschundenen Umland blühte hier das Leben. Auch dieses Bollwerk des katholischen Glaubens war seit Beginn des großen Krieges immer wieder von Truppen heimgesucht und geplündert worden. Doch im Gegensatz zu den Dörfern erholten sich die Städte, zumindest die meisten, ausnehmend schnell, denn sie waren der optimale Ort für umherziehende Soldaten, ihre auf dem Lande erworbenen »Waren« gegen Geld oder Alkohol einzutauschen. Auf den Märkten der Städte verkauften die Söldner und ihre Weiber das Vieh, die Bettwäsche, den Hausrat und sonstiges Gut, welches sie auf dem Lande mehr als kostengünstig erworben hatten. Und die Städter machten dabei ein gutes Geschäft, hatte doch das Heeresvolk keine Vorstellung, wie viel ein Rind, eine Ziege oder eine Gans wert war. Ja, es kam mitunter vor, dass ein bestohlener Bauer in die Stadt ging und dort sein Vieh vom Dieb zurückkaufte.

Anna war noch niemals in einer solch großen Stadt gewesen. Es verschlug ihr fast den Atem, als sie inmitten dieser neuen, prächtigen Bürgerhäuser stand und auf die sich weit in den Himmel erstreckenden Türme des Domes blickte. Als Kind durfte sie zwei- oder dreimal mit nach Höxter gehen, und selbst diese kleine Stadt hatte sie beeindruckt. Doch während dort die Häuser aus Fachwerk waren, so wie sie auch – kleiner und schlichter – in den Dörfern gebaut wurden, stand Anna nun riesigen, über mehr als vier Stockwerke reichenden Giebelbauten aus Stein gegenüber.

»Bist wohl zum ersten Mal in einer Stadt?«, bemerkte Hans Mergel, der sich mittlerweile an Krücken fortbewegen konnte. Der Alte wirkte ausgesprochen gelassen, war er doch viel gereist und hatte bereits ganz andere Städte wie Prag, Wien, Heidelberg oder Magdeburg in Augenschein nehmen können. Paderborn war dagegen ein winziges Bauernnest. Allerdings, und das erkannte Mergel sogleich, schienen die Menschen hier nicht gerade begeistert, einen weiteren Karren mit Flüchtlingen aus dem Umland in ihren Mauern begrüßen zu müssen.

Es war schon schwierig genug gewesen, überhaupt Einlass zu erhalten. Freiwillig war dieser vom Torwächter nicht gewährt worden. Die drei hatten sich von einem Bettelweib im Tausch gegen zwei harte Fladen ein Schlupfloch zeigen lassen.

Paderborn, diese kaisertreue Stadt, in der das Restitutionsedikt begrüßt, der Messgang der Einwohner überwacht und aus der die Evangelischen vor Jahren vertrieben worden waren, hatte genug von den nicht abreißenden Strömen ausgebrannter Bauern, die sich in den engen Straßen und auf den Plätzen der Stadt als Bettler verdingten. Und da jetzt Frieden war, kamen auch noch ausgediente Truppenteile hinzu, die, ohne Uniform und nicht selten mit krimineller Absicht, die Gassen unsicher machten. Solange sie brauchbare Waren auf den Märkten anboten und das erstandene Geld in den Kneipen und heimlichen Freudenhäusern der Stadt wieder ausgaben, waren sie willkommen. Doch das zerlumpte Volk, welches nun vor allem im Spätherbst und frühen Winter Einzug hielt, war einem jeden ordentlichen Bürger ein Dorn im Auge. Dieses Los traf auch Anna, Mergel und den jungen Balthasar.

»Es wird schwierig werden, eine Unterkunft zu finden. In den Armenhäusern ist sicher nichts mehr frei, außerdem holt man sich da nicht nur Flöhe, sondern noch wer weiß was für ein elendes Zeug.« Hans Mergel schien sich auszukennen. »Hier in diesem katholischen Nest gibt es sicherlich auch noch Laienbrüder und -schwestern, die Fremde in ihren Häusern aufnehmen. Aber auch daran glaube ich bei dem Andrang nicht mehr. Denke, dass wir was berappen müssen, um in irgendeiner Spelunke unterzukommen. Eine andere Möglichkeit sehe ich nicht. Es sei denn, wir schlafen auf der Straße. Ich würde sagen, wir versuchen erst einmal, an Geld zu kommen. Dumm nur, dass ich nicht einmal meine Fiedel mitnehmen durfte. Aber so bös, wie die hier dreinschauen, gibt keiner auch nur einen Heller aus für ein bisschen Unterhaltung.«

»Hier gibt es auch schon reichlich Musikanten«, bemerkte Anna und machte sich Sorgen, ob sie überhaupt jemals an Geld oder neue Nahrungsmittel kommen würden.

»Ich könnte Schuhe flicken, und du könntest Wäsche stopfen. Nur: Solche, die das können, gibt es hier auch mehr als genug. Zudem bräuchten wir sicherlich eine Genehmigung, wenn wir ein Gewerbe ausüben wollen. So ist das immer, man darf in der Stadt nicht einfach tun und lassen, was man will. Wenn ich noch gut auf den Beinen wäre, könnte ich mich als Zimmermann durchschlagen, wir könnten bei der Zunft anklopfen, bekämen ein Bett und ein warmes Süppchen, und ich würde einige Tage lang beim Häuserbauen aushelfen. Doch leider kann ich nicht mehr auf Dächer steigen, beim besten Willen nicht«, sprach Hans Mergel und war dabei ganz froh, eine Ausrede gefunden zu haben, nicht bei einem Meister seines alten Handwerks vorsprechen zu müssen.

Innerlich schwebten ihm schon längst andere Möglichkeiten der Geldbeschaffung vor, doch er wusste noch nicht, wie er es Anna beibringen sollte. Deshalb erging er sich in mehreren weiteren Arbeitsbeschaffungsvorschlägen, die er nach und nach alle selbst wieder verwarf. Man könne Kinder auf dem Esel reiten lassen, Balthasar könne sich als Laufbursche anbieten, Anna könne in einer Schenke als Bedienung aushelfen, Mergel könne auf dem Markt Geschichten erzählen. Nein, das ging alles nicht. Man musste noch heute an Geld kommen, und da gab es nur eine Möglichkeit, darüber war sich Hans Mergel im Klaren. Vorsichtig begann er, bei Anna vorzufühlen.

»Weißt du, Anna, ich kenne dich ja jetzt mittlerweile ganz gut. Da gibt es schon die zehn Gebote, an die man sich halten sollte, aber immerhin kann man ja auch wieder beichten, wenn man etwas Böses getan hat, und so etwas wie Mundraub in einer Notsituation ist nun wirklich nicht verwerflich. Was sagst du?«

»Ach, Hans, wenn du denkst, dass ich ein schlechtes Gewissen habe, wenn ich Leuten etwas wegnehme, dann hast du dich getäuscht. Wir haben doch in den letzten Wochen so viel gestohlen, da würde es auch nichts machen, wenn man hier einer reichen Bürgersfrau einen Apfel aus dem Korb nimmt.«

»Ich glaube nicht, dass hier reiche Bürgersfrauen mit Apfelkörben herumlaufen. Aber Geld, das haben sie dabei. Und an das müssen wir irgendwie herankommen.«

»Ich habe nur Angst, erwischt zu werden. Vielleicht wäre es doch gar keine so schlechte Idee, wenn ich in einer Taverne nachfrage, ob sie eine Küchenhilfe brauchen.«

»Das hilft uns nichts, Anna. Würden wir hier wochenlang bleiben, dann könntest du das versuchen. Aber wir wollen ja nur unseren Proviant auffüllen, und das möglichst schnell. Da kannst du nicht warten, bis der Wirt dich am Ende der Woche oder gar des Monats ausbezahlt.«

»Ich helfe euch.« Es waren die ersten Worte, die Balthasar sprach, seitdem die drei das Lager verlassen hatten.

»Du?«

»Ja, ich kann helfen. Soll ich es dir zeigen?«

»Dann zeig mal.«

»Hast du ein Messer bei dir?«

»Ein Messer? Nein, das lass mal, Junge, so etwas machen wir nicht.« Hans Mergel wurde streng.

»Ich tue nichts Böses. Gib mir nur dein Messer, ich will dir etwas zeigen. Ich tu niemandem weh. Bekommst es sofort zurück.«

»Na gut.« Hans Mergel griff an seinen Gürtel und wollte dem Jungen das Messer geben, welches er immer bei sich trug.

»Nanu, wo ist es? War doch vorhin noch da.«

»Ist es vielleicht das?« Balthasar zeigte ein schelmisches Lausbubenlächeln, das man bisher nie bei ihm gesehen hatte. Über das ganze sommersprossige Gesicht grinsend und seine großen weißen Schneidezähne zeigend, hielt er das Mergelsche Taschenmesser in die Höhe.

»Wo hast du das her, du Schlingel?«, schimpfte der Bestohlene und griff empört nach seinem Eigentum.

Doch der Junge antwortete nicht, stattdessen wandte er sich an Anna und fragte diese: »Zeig mir deinen Rosenkranz.«

»Hast du mir etwa meinen Rosenkranz gestohlen?« Anna wühlte in ihrer Rocktasche und suchte vergeblich nach dem dort verstauten Rosenkranz ihrer Schwester, denselben, den sie eines Morgens plötzlich in Händen gehalten hatte. Er war nicht mehr da.

»Ist es etwa der hier?« Balthasar strahlte erneut.

»Das heißt also, dass du ein kleiner Beutelschneider bist?«, flüsterte Hans Mergel und sah sich verstohlen um. Immerhin standen sie mitten auf dem Marktplatz und heckten dort kriminelle Pläne aus.

»Kann ich ganz gut, hat noch nie einer gemerkt.«

»Wer hat dir das beigebracht?«, fragte Anna.

»Habe ich von anderen Buben gelernt. Lernt man halt im Krieg.«

»Ja, das ist schon eine verdorbene Generation, diese Kriegskinder. Daran hat man sich versündigt. Kennen nichts anderes als stehlen, hauen und stechen.« Hans Mergel wurde moralisch, doch dann besann er sich auf das Geschäftliche. »Doch was soll's, dient ja einem guten Zweck. Haben Hunger, und wenn der Junge wirklich so gut ist, dann merkt es tatsächlich keiner, und wir kommen glimpflich davon.«

Und damit begann eine einigermaßen harmlose Diebestour, bei der durch den kleinen Balthasar, ohne dass er einem Menschen ein Haar krümmte, eine ordentliche Summe zusammenkam. Der Knabe, der sich im Übrigen sehr adrett und wohlerzogen verhalten und ausdrücken konnte, hatte es vorwiegend auf Damen abgesehen. Dabei wählte er gekonnt solche aus, die offensichtlich auf dem Wege zu einem Einkauf waren. Meistens waren das Dienstmägde eines reichen Bürgerhaushalts.

Nach nur zwei Stunden hatten die drei mehr als vierzehn Taler zusammen, das war nicht weniger als der Monatslohn eines Feldwebels.

»Wunderbar«, lobte ihn Hans Mergel. »Morgen machen wir so weiter, und dann verlassen wir die Stadt. Nicht, dass man dich noch erwischt.«

Anna war erleichtert, dass Balthasar wohlbehalten zurückkam. Sie wollte sich nicht ausmalen, was man mit ihm angestellt hätte, wenn er auf frischer Tat ertappt worden wäre. Nun konnte sich das Gespann eine Bleibe suchen, und sie fanden diese in einem mehr oder weniger sauberen Wirtshaus, welches sich unweit des Domes in einer engen, kleinen Seitengasse befand. Mergel und Balthasar kamen in einem größeren Raum unter, in dem bereits fünf weitere Männer ihren Schlafplatz hatten, und Anna durfte sich ein kleines Zimmer mit zwei Frauen teilen, einer Mutter und ihrer fast erwachsenen Tochter, die weder mit Anna noch miteinander sprachen. Anna war es recht.

Während Balthasar am nächsten Morgen sein wenig lobenswertes Treiben fortsetzte, gingen Mergel und Anna in die Stadt, um sich dort mit all dem auszustatten, was sie auf ihrem weiteren Weg zum Überleben brauchten. Das waren, außer haltbaren und wichtigen Nahrungsmitteln wie Mehl, Linsen, Zwieback, geräuchertem Käse und billigem Wein, auch warme Decken, eine lederne Zeltplane, zahlloses Blechgeschirr, wollene Umhänge, warme Strümpfe und neue Stiefel. Außerdem leisteten sie sich den Luxus, eine große Mettwurst und ein enormes Stück Schinken zu kaufen, zudem einen kleinen Sack voll Trockenobst. Es war reichlich, und niemals in ihrem Leben hatte Anna so viel Geld ausgegeben.

Sie befanden sich gerade an einem Stand, an dem man Tran für ihre Funzeln erstehen konnte, als Mergel plötzlich verstummte und in Richtung des nahegelegenen Rathauses blickte: »Was machen *die* Kerls denn hier?«

»Wen meinst du?«, fragte Anna erstaunt und schaute in dieselbe Richtung wie Mergel. Dort standen in den Arkaden des erst vor wenigen Jahren errichteten Prachtbaues mehrere Männer mit Federhüten. Offensichtlich handelte es sich um Hauptmänner oder gar Obristen, so vornehm, wie sie gekleidet waren.

»Das sind die hohen Tiere aus unserem Heer. Wenigstens ein Teil von denen. Von Piepenhofen, Grindel, Wattenberg oder so ähnlich – keine Ahnung, wie die alle heißen, aber auf jeden Fall sind das alles Hauptmänner. Heißt also, das die *auch* nach Paderborn gezogen sind.«

»Mit der ganzen Bagage?«, wollte Anna wissen, die sich fürchtete, bekannten und deshalb unliebsamen Gesichtern zu begegnen.

»Glaube ich nicht. So schnell sind die nicht unterwegs. Wahrscheinlich verhandeln sie hier irgendwas. Man steckt ja nicht drin, in den Köpfen der Großen. Geht bestimmt um dieses Edikt, das alles wieder katholisch machen soll. Wird ja wohl das nächste Kriegsvorhaben sein, bevor die Schweden kommen.«

Mergel wandte sich erneut dem Händler zu, blickte aber immer wieder in Richtung der Männer. Auch er schien Angst zu haben, erkannt zu werden. Nicht von diesen dort, die nichts von seiner Existenz wussten und sich auch niemals dafür interessiert hätten. Aber er fürchtete sich vor deren Lakaien und Helfershelfern, die nun auch nicht weit sein konnten und ihn sowie Anna als Verbannte und Vogelfreie womöglich wiedererkennen würden.

Nach dem Kauf des Laternentrans machten sich die beiden wieder auf in ihre Herberge. Dort wollten sie auf Balthasar warten, um gleich am nächsten Morgen die Stadt zu verlassen.

Es geht ihr gut. Zufrieden sieht sie aus, die Frau. Zufrieden, weil die Hexe endlich tot ist. Weiß gar nicht, dass der Tod auch auf sie lauert.

Weiß gar nicht, dass er ganz in der Nähe ist. Weiß nicht, dass er sie längst gesehen hat.

Hat sie gesehen und will sie jetzt endlich bestrafen. Will sie bestrafen und freut sich schon darauf. Die Frau muss bestraft werden, alle wurden bestraft, wenn sie es gemacht haben. Das kann man nicht ändern. Das kann man nicht mehr ändern.

Will noch weit gehen, die Frau. Will bis in die Berge gehen, bis in die hohen Berge will sie gehen. Das ist noch ein weiter Weg. Da kann man nicht mit. So weit wird sie gar nicht kommen, niemals wird sie so weit kommen. Ammersee hat der alte Mann gesagt, Ammersee, das muss man im Kopf behalten. Doch das schafft sie nicht, der Tod ist schneller.

Ein wenig aufhalten lässt er sich. Aber dazu muss man sich beeilen. Ganz schnell beeilen.

Die beiden Frauen waren in dieser Nacht nicht in ihr Zimmer zurückgekommen, sodass Anna die ganze Kammer für sich hatte. Sie wunderte sich nicht über den Verbleib ihrer Mitbewohnerinnen. Entweder gingen sie einem nächtlichen Gewerbe nach, oder sie hatten die Zeche geprellt und waren auf und davon, so dachte sie.

Anna schlief in Seelenruhe ein, zumal der Junge am Nachmittag mit einem weiteren Haufen Geld heimgekehrt war und versichert hatte, dass ihn niemand, aber auch wirklich niemand beim Stehlen erwischt hätte. Keiner hatte auch nur den Verdacht geschöpft, dass dieser höfliche kleine Kerl den Damen in die Tasche langte, wenn er ihnen behilflich war, schwere Waren zu tragen oder sie einfach nur nach dem Weg fragte.

Nahezu zwanzig Taler waren zusammengekommen. Ein fast unermessliches Vermögen für solch arme Menschen, wie die drei es waren, und dennoch wussten sie nur zu gut, dass man fortan sparsam damit umgehen musste. In einer großen Stadt ließen sich solche Diebereien verhältnismäßig unerkannt begehen, in einer Kleinstadt oder gar in einem Dorf war daran nicht mehr zu denken. Außerdem liefen dort auch nicht so viele Menschen mit so viel Geld in den Taschen umher.

Hans Mergel wurde zum Finanzverwalter erklärt und nähte die Münzen sorgsam in den Saum seines neuen Umhangs ein. Jede einzeln, sodass er bei Bedarf mühsam immer nur eine herausnehmen konnte. Eine Vorsichtsmaßnahme, die vor allem vor der Versuchung schützen sollte, unnötig viel Geld auszugeben.

Was die Begegnung mit den Hauptmännern betraf, so machte sich Anna keine weiteren Gedanken, denn erstens war der unbekannte Edelmann ohnehin nicht unter ihnen gewesen – das hatte sie gesehen –, und zweitens waren sie mit Sicherheit nicht auf der Suche nach drei Trossleuten, die ohnehin aus dem Heer verbannt worden waren. Und aus diesen vielen Gründen also verbrachte Anna eine ruhige Nacht.

Am nächsten Morgen jedoch war es mit der Seelenruhe vorüber, denn Anna hielt beim Erwachen in ihrer rechten Hand eine Sanduhr.

Vor Schreck warf sie das Ding auf den Holzboden, sodass es zerbrach. Der Sand verteilte sich zwischen die Ritzen der Dielenbretter und rieselte in feinen Prisen auf die Tische der darunterliegenden Gaststube. Was es mit der Sanduhr auf sich hatte, was es zu bedeuten hatte, das wusste sie noch immer nicht genau, doch in jedem Fall verhieß es nichts Gutes.

Anna überlegte, ob sie Hans Mergel davon erzählen sollte. Doch sie beschloss, dieses eigentümliche Geschenk zu verheimlichen, die Scherben aufzusammeln und alles in die Gosse zu werfen.

Als sie in die Gaststube trat, saßen Mergel und Balthasar an ebendem Tisch, auf den offensichtlich ein kleiner Sandstrahl herniedergegangen war. Anna setzte sich zu ihnen und wischte nebenbei mit ihrem Ärmel auch diesen letzten Rest der unwillkommenen Gabe fort. Sie schwieg, während sie eine dünne Hafersuppe schlürften, und sie nickte nur, als Mergel vorschlug, doch noch einen weiteren Tag in Paderborn zu bleiben. Jetzt, wo doch die Geschäfte so gut liefen.

Man einigte sich also darauf, dass Balthasar noch ein- bis zweimal an diesem Tag ausfliegen, sich jedoch an anderen Plätzen aufhalten solle, damit ihm bloß nicht eines seiner früheren Opfer über den Weg liefe. Man wusste ja nicht, ob manch eine der Damen im Nachhinein den freundlichen Knaben unter Verdacht hatte. Alles in allem wurde die Situation also auch für Balthasar heikel, denn es war nur noch eine Frage der Zeit, bis er wiedererkannt würde.

Anna wollte den Tag in der Herberge verbringen, um dort alles für die Abreise vorzubereiten, und Mergel tat ein Selbiges, nur dass er nicht packte, sondern seine müden, wunden Knochen ein wenig schonte.

So verstrichen Vor- und auch Nachmittag in friedlicher Langeweile, ohne dass etwas geschah, bei dem Anna um ihr Leben hätte bangen müssen. Sie begann die Sanduhr für einen schlechten Scherz zu halten, den ihr nicht zuletzt vielleicht sogar Hans Mergel gespielt hatte.

Am späten Nachmittag kehrte Balthasar zurück, und bei sich hatte er eine Frau mittleren Alters, die offensichtlich blind war. Es handelte sich um Gundis Fingerbreit, eine Obdachlose mittleren Alters, von Geburt an blind und der Profession der Wahrsagerei verschrieben. Ob Gundis Fingerbreit tatsächlich hellsehen konnte, wusste niemand genau, ihre Erfolgsquote jedoch war nicht besonders hoch, und auch eine Stammkundschaft konnte sie nicht an sich binden. Wahrscheinlich war sie einfach eine Halsabschneiderin, die anders ihr Geld nicht zu verdienen wusste. Nun hatte also Balthasar ebendiese Frau mitgebracht.

»Das Weib hier hat mich angesprochen. Will mit dir reden, Anna.«

»Weshalb? Woher kennt sie mich?«, fragte Anna erstaunt und nichts Gutes ahnend.

Die Blinde ergriff das Wort: »Soll dir eine Nachricht überbringen. Bist du Anna Pippel?«

»Ja, die bin ich.«

»Geh von hier fort, Anna Pippel. Geh noch heute fort. Bleibe nicht über Nacht in dieser Stadt. Verschwinde, so schnell es dir möglich ist. Lauf die ganze Nacht. Schlafe nicht. Gehe bis zum Sonnenaufgang und ruh dich nicht aus. Achte darauf, dass dir niemand folgt. Verschwinde schnell und heimlich.«

Die Frau sprach mechanisch und abgehackt, ähnlich einem schlechten Leser, dem es nicht gelingen wollte, Leben in die Stelle zu bringen, die er gerade aus der Bibel oder sonst einem Buch vortrug.

»Wer hat dir das gesagt?«, fragte Anna mit heiserer, fast unhörbarer Stimme.

»Kenne den nicht. Ist einfach zu mir gekommen und hat mir diese Worte mitgeteilt. Konnte ihn nicht sehen, weil ich blind bin. Konnte ihn nicht hören, weil er nicht gesprochen hat. Seine Worte waren plötzlich da, habe sie vernommen, aber nicht gehört. Kann Stimmen hören, die aus dem Jenseits sprechen. Höre Stimmen, wo andere nur das Rauschen der Blätter wahrnehmen. So war es auch jetzt, hat nicht gesprochen, hat nur Geld dagelassen. Und so bin ich gegangen, um die Nachricht zu überbringen.«

»Ich danke dir.« Mehr konnte Anna nicht sagen. Sie verspürte den Drang, dieser Mitteilung sofort Folge zu leisten und zu fliehen. Ihre Sachen zu packen und fortzugehen, so schnell es irgend möglich war. Doch dazu musste sie zuerst mit Hans Mergel sprechen.

»Eine Sanduhr hast du gefunden?«

»Ja, in meinem Bett, ich hielt sie in der Hand.«

»Das ist kein gutes Zeichen.«

»Was bedeutet es?«

»Weißt du nicht, Anna, dass die Sanduhr das Zeichen des Todes ist? Deine Zeit ist abgelaufen, das hat sie zu bedeuten.«

»Hat der Mörder sie zu mir gebracht?«

»Ja, ich denke schon. Der Mörder war es, wer immer es ist.«

»Bist du dir da sicher, Hans?«

»Ja, das bin ich. Du weißt es nicht, aber vor drei Jahren kam schon einmal eine junge Frau, auch ein Bauernmädel, zu uns. Helene hieß sie. Weiß gar nicht mehr, wo wir damals standen. Liese hat sie aufgenommen, hat die gleichen Arbeiten verrichtet wie du, ungefähr sechs Wochen lang. Eines Morgens kam sie und hatte eine Sanduhr in der Hand. Wer hat mir die geschenkt?, wollte sie wissen. War ein einfaches Mädchen. Wir wussten es nicht und haben uns auch nichts dabei gedacht. Am nächsten Tag haben wir sie nicht mehr finden können. War einfach verschwunden. Liese hat angenommen, dass sie in ihr Dorf zurückgegangen ist.

Einige Wochen später kamen wir durch die gleiche Gegend.

In Hessen war das, wenn mich nicht alles täuscht. Und da stöberten wir dann so in einem Dorf herum. Ganz so, wie man es halt macht im Krieg. Na ja, da hat dann einer auf dem Heuboden eines Bauernhauses die Helene gefunden. War nach so langer Zeit nicht mehr zu erkennen. Aber ich habe gesehen, dass sie es war. Die hatte nämlich so einen besonderen Flicken auf ihrem Rock, ein Kleeblatt. Das hatte sie mir mal eines Abends gezeigt. Sollte ihr Glück bringen, das Ding. Hat nichts genutzt. Niemand hat je erfahren, um wen es sich bei der Toten gehandelt hat, ich habe mein Wissen für mich behalten – zur Sicherheit. Hatte doch wieder was mit uns zu tun, das Mädchen, zufällig, versteht sich. Und das musste ja nun wirklich nicht jeder wissen, außer Liese, der habe ich es erzählt.

Und gemeinsam ist uns dann aufgefallen, dass da wohl tatsächlich Sanduhren im Spiel sind. Glaube nicht, dass das sonst jemandem aufgefallen ist. Ich für meinen Teil nehme an, dass er seine Opfer auf diese Art und Weise warnt. Er will auch dich warnen, Anna. Du scheinst die Nächste zu sein.«

»Dann müssen wir jetzt gehen.«

»Ja, das sollten wir. Aber was hat die Blinde wohl damit zu tun? Wer hat ihr den Auftrag gegeben? Das frage ich mich.«

»Ich weiß es nicht. Wir müssen gehen!«

»Und wenn es der Mörder selbst war, der dir zur Flucht rät? Vielleicht ist das nur ein Teil seines Spielchens.«

»Aber wir können doch nicht hier warten.«

»Nein, das können wir nicht. Wir gehen, aber nicht sofort, sondern erst, wenn es stockdunkel ist. Dann schleichen wir uns ganz heimlich weg. Wird uns schon keiner sehen.«

Und so geschah es. Still und leise verließen die drei mit ihren neuen Waren und ihrem Eselskarren am Abend durch das ihnen bereits bekannte Schlupfloch die Stadt, immer auf der Hut, nicht verfolgt zu werden, dem Morgen entgegenbangend, die

Helligkeit und mit ihr das Ende der Gefahr erwartend. Fünf Meilen legten sie in dieser Nacht zurück, trotz der Behinderung des alten Mergel. Nichts geschah, niemand sprach sie an, nicht einmal ungeheuerliche Geräusche waren aus der Dunkelheit zu hören gewesen. Dennoch war es eine schaurige Nacht, und Anna war heilfroh, solch treue Begleiter bei sich haben zu dürfen.

Am Morgen erreichten sie eine kleine Waldschenke und nahmen dort Quartier. Zunächst legten sich Hans Mergel und Balthasar nieder, danach versuchte Anna unter der Beobachtung der beiden ein wenig zu schlafen. Zwar schloss sie die Augen, doch einschlummern, das konnte sie nicht. In der folgenden Nacht gingen Müdigkeit und Erschöpfung in eine Art von trunkener Gleichgültigkeit über, und Anna fiel in einen tiefen und unerschütterlichen Schlaf.

Am zweiten Morgen nach dem Erhalt der eigentümlichen Botschaft machten sie sich schließlich, da nichts geschehen war, auf den weiteren Weg in Richtung Heidelberg. Die Gefahr schien vorüber. Vielleicht war es nichts weiter als ein schlechter Scherz gewesen.

Sie ist fort. Hat es geschafft. Vielleicht wird sie verfolgt, vielleicht auch nicht. Man weiß es nicht genau. Man wird sehen.

Bleibt man nun hier? Oder geht man mit ihr? Bis in die Berge will sie ziehen. So weit war man nie entfernt von ihm. Man braucht ihn, muss doch hierbleiben, kann doch nicht alleine gehen. War doch noch nie weit von ihm entfernt. War doch immer in seiner Nähe. Immer, seitdem die Mama tot ist.

Man kann die Frau ein wenig verfolgen. Wird schon wieder zurückfinden. Ist ja bald alles vorbei. Er wird nicht lange warten. Kann nicht warten. Wird sie wieder suchen. Muss sie suchen. Muss sie bestrafen. Muss sie unbedingt bestrafen, wie er alle Frauen bestraft, die böse zu ihm sind. Wird sich aber ein anderes

Hündchen suchen, dieses Hündchen darf er nicht haben. Das ist nicht sein Hündchen, das wird nur aufbewahrt. Das kommt zurück zu der Frau. Muss zurück zu ihr.

»Mit dem Frieden ist es schon ein seltsames Ding. Jetzt herrscht er angeblich schon mehr als ein halbes Jahr, und trotzdem hat er den Menschen kein Glück gebracht. Schau dir nur dieses verlumpte und verlauste Volk an, Anna. Dagegen reisen wir schier wie die Könige. Wie die drei Weisen aus dem Morgenland kommen wir daher, vergleicht man uns mit denen.«

Hans Mergel philosophierte bereits seit mehr als einer Stunde über die schreckliche Armut der zahlreichen Menschen, die den dreien auf ihrem weiteren Weg immer und immer wieder begegneten. Da kamen ihnen entlassene Söldner mit ihren Frauen und Kindern entgegen, da waren mittellose, weil ausgebrannte Bauern unterwegs, da zogen Zigeuner und fahrende Händler ohne Kundschaft umher, und da gab es natürlich auch reichlich von denen, die es darauf abgesehen hatten, sich an diesem großen Aufkommen heimatloser Menschen zu bereichern und zu ergaunern, was es noch zu ergaunern gab.

Hans Mergel behauptete von sich, einem Menschen am Gesicht ansehen zu können, ob er ein Halunke sei oder nicht.

»An der Kleidung und an der Stimme kannst du es nicht erkennen, Anna. Das ist unmöglich. Ich weiß sogar von Edelleuten, die sich einen Spaß daraus machen, die Kutschen von Kaufleuten zu überfallen. Raubritter sind das. Gab es in vergangenen Zeiten viel, dann eine Weile nicht mehr, nun sind sie wieder da. Als hätte die Hölle sie einfach ausgespuckt.

Du kannst nicht einmal sagen, dass alle Zigeuner Diebe sind, nein, das kann man nicht behaupten. Habe schon sehr liebreizende Menschen kennengelernt, als ich damals als junger Geselle unterwegs war. Sehr liebreizend, besonders die Mädchen, können wunderbar tanzen und singen, diese Zigeunerinnen.

Nein, das sind nicht immer Schlitzohren. Viel eher kann es dir passieren, dass dir eine dumme Magd, mit einem Gesicht wie ein Schaf und einem Hintern wie ein Pferd, dass so eine dir, so blöd sie auch aussieht, heimlich den Geldsack stiehlt. Alles schon erlebt.

Da ist so viel Gesindel unterwegs in der heutigen Zeit, da kannst du nichts auf die Herkunft oder auf gute Erziehung geben. Die kommen von überall her, aus Böhmen, aus Dänemark, aus Schottland, aus Ungarn, aus Schlössern, Holzhütten oder Höhlen, und alle können sie gut oder böse sein. Du siehst es ihnen auf den ersten Blick nicht an. Nicht, wenn du kein geschultes Auge hast. Ich habe zum Glück ein geschultes Auge. Ja, das habe ich, und darauf kannst du dich verlassen.

Ja, ja, der Frieden. Das ist schon 'ne komische Sache mit dem Frieden. Bringt alles durcheinander. Wird Jahre, ach was sag ich, Jahrzehnte dauern, bis vieles wieder im Lot ist. Die müssen ja alle erst mal ein Zuhause finden, die ganzen Leute. Und finde du mal ein Dach überm Kopf, in diesen Zeiten. Ist ja sämtliches Hab und Gut abgebrannt.

Und wenn du dann mal in ein heiles Dorf kommst, wo noch alles steht, dann jagen sie dich doch gleich mit Heugabeln und Äxten heraus. Und Recht haben die dabei. Haben Recht, wenn sie das machen. Glaub mal gar nicht, dass jeder von den Rumtreibern hier so genau weiß, wohin er will. Da sind wir eine Ausnahme. Die anderen ziehen einfach mal hierhin und mal dahin und hoffen jeden Tag, was zu beißen zu kriegen.«

Mergels Monolog ging weiter und zog sich über den ganzen Nachmittag. Manchmal hörte Anna ihm zu, manchmal träumte sie von einem schöneren Leben, und manchmal ging sie einfach stumpf vor sich herblickend den Weg entlang, der sie in Richtung der Stadt Korbach führen sollte. Dort wollten sie von dem vielen Geld, welches sie mit Hilfe des Jungen ergaunert hatten, weiteren Proviant erstehen.

Balthasar war wieder sehr still geworden. Von dem aufgeweckten Kerlchen, welches in Paderborn so sehr in seinem Element gewesen war, war nichts mehr zu spüren. Anna hatte ihn ein manches Mal angesprochen und nur ein Nicken oder ein Kopfschütteln auf ihre Fragen erhalten, und auch Hans Mergel hatte es aufgegeben, dem Jungen Geschichten zu erzählen. Stattdessen wandte er sich Anna zu, und obgleich er genau bemerkte, dass sie ihm nur ab und an mit einem Ohr lauschte, ignorierte er diese Tatsache geflissentlich und redete einfach weiter.

»Väterchen, gebt einer armen alten Frau doch ein Stückle Brot. Einen Krumen nur, nur einen winzigen Krumen.«

Mergel wurde in seinen Schilderungen von einer Bettlerin unterbrochen, die zusammen mit einem schweigsamen, einbeinigen Mann an einer Weggabelung Rast machte und offenbar einen jeden, der vorüberkam, um Essen anflehte.

»Kann dir nichts geben, Alte. Habe selbst nicht genug«, antwortete Mergel barsch.

Die Frau gab nicht auf, unerwartet flink kam sie hinterher und rief weiter: »Gebt mir doch. Nur einen winzigen Krumen, ich werde ihn nicht selber essen. Er ist für meinen Sohn. Das Bein haben sie ihm weggeschossen, und dann haben sie ihn einfach liegen lassen. Keinen Lohn hat er mehr bekommen. Ich habe ihn gefunden, musste ihn selbst versorgen, ihm das restliche Fleisch und die zertrümmerten Knochen abschneiden. Ich, seine Mutter. Oh, wie hat mir da das Herz geblutet.«

»So wie dir ergeht es vielen. Ist nun mal so im Krieg. Kann man nicht ändern. Bin nicht der barmherzige Samariter.«

Anna wunderte sich über Mergels Härte. Mitleidig blickte sie das in geflickte Lumpen gehüllte Weib an, dessen Gesicht so schmutzig war, dass man lediglich das Weiße in den Augen blitzen sehen konnte. Annas Rührung blieb nicht unbemerkt.

»Gib doch du mir etwas, gute Frau. Nur eine Kleinigkeit. Nichts mehr als ein Stück Brot. Nichts mehr als das. Gib mir, sonst werden wir verhungern. Mein Sohn hat noch immer Fieber, und ich habe die Gicht. Durch alle Knochen zieht sie sich. Bei der Kälte bringt mir das den sicheren Tod. Aber das ist mir egal, eine Erlösung wird es sein. Doch für meinen Sohn muss gesorgt werden. Er ist ein armer Krüppel. Gib mir, gute Frau.«

Hans Mergel war derweil vom Wagen gesprungen und hatte sich, ebenfalls ungewöhnlich schnell, mit seinen Krücken zum Esel geschleppt. Diesen traktierte er nun mit einer der Krücken, damit das Tier schneller lief.

»Treib ihn an, Balthasar, treib das Mistviech an«, rief er dem Jungen zu, nachdem er gestolpert und auf den gefrorenen Boden gefallen war. Anna half ihm hoch, während der Eselskarren und der Junge davonfuhren. Auch die alte Frau war stehengeblieben, ohne jedoch mit ihrem Gejammer aufzuhören.

Anna griff in ihre Tasche und holte den Rest ihres Mittagessens, ein Stück Zwieback und wenig Käse, heraus. Das gab sie der Frau, welche mit einem missmutigen Brummen und ohne ein Wort des Dankes von dannen zog.

»Anna, du bist zu dumm für diesen Krieg!«, schimpfte plötzlich der sonst so gutmütige Mergel auf sie ein. »Die ganze Zeit erzähle ich dir von solchen, denen man im Gesicht ansieht, dass sie Schwindler und Rabauken sind, und du fällst auch noch darauf herein. Die Alte war weder alt, noch war der Kerl ihr Sohn, und einbeinig war der erst recht nicht. Hättest mal richtig hinsehen müssen, dann wäre es dir aufgefallen. Die war höchstens dreißig, hast du nicht die gesunden Zähne und die kräftigen Arme gesehen? Und der Gauner, der hatte sein angeblich abgetrenntes Bein einfach nur hochgeschnallt. Konnte ich deutlich erkennen, so dick wie der Oberschenkel war. Das war dumm von dir, der was zu geben. Jetzt weiß sie, dass wir was haben.

Mehr wollte die doch gar nicht in Erfahrung bringen. Nur gut, dass sie keinen näheren Blick auf den Wagen werfen konnte.

Hilf mir jetzt hoch, Anna. Wir müssen uns beeilen und sehen, dass wir hier wegkommen. Wird auch langsam lausig kalt. Brauche ein warmes Stübchen mit einem hübschen Feuerchen.«

Mergel wurde wieder ein wenig versöhnlicher. Anna hingegen sagte gar nichts. Vielleicht hatte er Recht gehabt, und die beiden waren tatsächlich ein Gaunerpärchen. Trotzdem hatte die Frau ihr leidgetan, und es war besser, einmal zu viel, als einmal zu wenig zu geben. So dachte sich Anna und lauschte weiter den Geschichten des Hans Mergel, die nun wieder einmal politisch wurden. Er begann nämlich, da sie sich der Grafschaft Hessen-Kassel näherten, von den Streitigkeiten und Machenschaften der Herren von Hessen zu erzählen. Anna interessierte es nicht. Dennoch hörte sie zu, um sich ein wenig abzulenken.

»Da gibt es zwei Linien in Hessen, eigentlich drei, aber die dritte ist ausgestorben, und deshalb streiten sich die beiden anderen. Ist ein bisschen kompliziert, aber ich mache es einfach für dich, Anna.

Also, wie gesagt, da gibt es Hessen-Kassel und Hessen-Darmstadt, und die beiden liegen im Bruderzwist miteinander, weil ein jeder von ihnen das erbenlos dastehende Hessen-Marburg haben wollte. Ist ja nichts Ungewöhnliches in einer Familie, da streitet man sich häufiger, vor allem, wenn es ums Teilen geht. Kennen wir alle, oder nicht? Nun, und was tut man, wenn man sich in den Haaren hat? Na, was machst du dann, Anna, wenn du einen so gar nicht leiden kannst?«

»Was soll ich da machen? Ich gehe ihm aus dem Weg, wünsche ihm nie einen guten Tag und spreche auch sonst kein Wort mit ihm.«

»Ach was. Was machst du, wenn du ihn nicht leiden kannst,

aber dennoch was von ihm haben willst? Dann kannst du ihm doch nicht aus dem Weg gehen, wäre doch Blödsinn.«

»Ich würde böse Dinge über ihn in Erfahrung bringen und mit anderen darüber tuscheln. Ja, das würde ich machen, wenn ich jemanden nicht leiden könnte.«

Genau so etwas hatte Anna schon einmal gemacht, gerade fiel es ihr wieder ein. Und diese schmerzhafte, aber gleichzeitig Genugtuung bereitende Episode aus ihrer Vergangenheit verschaffte ihr nun in der Erinnerung mehr Zerstreuung als Mergels langweilige Erzählung über Erbstreitigkeiten.

Maria Kühne war Annas große Feindin gewesen. Das war kurz nachdem sie in das Dorf gezogen waren, sie und Friedrich, frisch vermählt und bettelarm. Friedrich hatte sich damals schnell mit einigen anderen Knechten und Landarbeitern aus dem Dorf angefreundet und war mit diesen öfters in eine dubiose Waldschenke gegangen. Ähnlich dem Etablissement, in welches sich Anna erst kürzlich von dem fremden Reiter hatte entführen lassen.

Dort, in der Waldschenke ihrer alten Heimat, hatten ausschließlich Männer verkehrt und, vielleicht, Maria Kühne. Das war die gut gebaute, hellblonde Magd der stolzen, aber schon uralten Bauerin Finke gewesen, welche einen der größten Höfe im Ort führte. So stolz wie ihre Herrin war auch die Kühne, ein schrecklich hochnäsiges Frauenzimmer, das am Brunnen oder nach dem Kirchgang nicht nur nicht mit Anna gesprochen, sondern sich mit ihren ihr vollkommen ergebenen Freundinnen auch offen über sie lustig gemacht hatte.

Anna hatte diese Demütigungen schweigend hingenommen, ein halbes Jahr lang. Sie hatte versucht, diesem verhassten Wesen, soweit es ging, aus dem Weg zu gehen, ihr nicht zu begegnen, um keine Beleidigungen erfahren zu müssen.

Als Anna jedoch an einem Abend, an dem Friedrich angeblich wieder mit seinen Freunden unterwegs war, dringend die Hebamme hatte aufsuchen sollen, weil die Bäuerin Schulz mit ihrem vierten Kinde niederkam, da hatte sie auf dem Weg dorthin niemand anderen als ihren Friedrich mit ebendieser Maria Kühne erwischt. Sie hatten unweit einer kleinen Brücke im Gras gelegen und sich unüberhörbar aneinander erfreut. Anna hatte zunächst nur Friedrichs Stimme vernehmen können und hörte ihn Dinge sagen, die er auch ihr manchmal in bestimmten Situationen zugehaucht, die sie in solchen Momenten jedoch immer aus Anstand ignoriert hatte. Die Frau, die nun bei ihm gewesen war, hatte diese Worte ganz und gar nicht ignoriert, im Gegenteil, sie hatte sogar noch deutlichere gefunden. So deutlich, dass Anna sich furchtbar für die beiden zu schämen begonnen hatte.

Die Scham war jedoch schon bald einer schrecklichen Wut gewichen, welche die arme Anna gepackt und zu einer Tat hatte schreiten lassen, die sie sich selbst am wenigsten zugetraut hätte. Wie eine wilde Furie war sie auf das Paar zugesprungen, hatte das oben sitzende Weib von ihrem Ehemann heruntergerissen, an den Haaren bis zum Bach gezogen und mit schier übermenschlicher Kraft ins Wasser geworfen.

Während ihre Nebenbuhlerin die Böschung hinuntergefallen war, die steil in das flache und steinige Bächlein führte, hatte Anna erkannt, dass es sich bei dieser Person um ihre ohnehin ärgste Feindin Maria Kühne handelte. Das war ein zusätzlicher Stachel in ihrem Herzen gewesen, und so hatte sie sich einen Stock gegriffen und den verdutzten Friedrich unter Flüchen nach Hause geprügelt. Danach war sie wieder zurückgelaufen, um endlich ihren Auftrag, die Hebamme zu holen, zu erledigen.

Doch Maria Kühne sollte noch mehr leiden. Zwar war Anna – aufgrund ihrer Schüchternheit und der Tatsache, dass sie neu im Ort war – weit davon entfernt gewesen, unter den

Landarbeiterinnen und Mägden, die sich täglich in der Frühe am Brunnen versammelten, ein interessiertes Publikum zu finden. Dennoch war es ihr mit der Zeit gelungen, gezielt Gerüchte über Maria Kühne zu streuen, welche diese vollkommen kompromittierten. Das war nicht allzu schwer gewesen, denn Anna hatte es nur einer einzigen Person berichten müssen, und das war Gisela Pfahlmann, die größte Klatschbase im Dorf. Dankbar nahm diese jede Information entgegen und verstand es wunderbar, sie mit Hilfe ihrer blühenden und nicht gerade unschuldigen Fantasie ein wenig interessanter, sprich: pikanter zu machen.

So hatten sich auch in diesem Fall im Laufe weniger Tage immer größere Trauben von quasselnden, flüsternden und kichernden Frauenzimmern um Gisela Pfahlmann gebildet, wenn diese von den neuesten Geschichten über Maria Kühne erzählte. Anna hatte sich zurückgehalten, in Ruhe ihr Wasser geschöpft und war ausnahmsweise froh gewesen, nicht dazuzugehören. Man hatte sie wie immer nicht beachtet, und niemand hatte geahnt, was sie in die Wege geleitet hatte. Nämlich, dass man im ganzen Ort und auch in den Nachbardörfern haarklein erzählte, wie Maria Kühne mehrmals in der Woche nackt in der »Kahlen Linde«, jener berüchtigten Waldspelunke, getanzt habe.

Maria Kühne war nicht begeistert von diesen niemals bestätigten Lästereien gewesen, schien Anna jedoch nicht zu verdächtigen. Erhobenen Hauptes und weiterhin in Begleitung ihrer stets treuen Freundinnen, war sie noch einige Tage durchs Dorf gegangen, bis sie schließlich von einer bösen Lungenentzündung dahingerafft worden war.

Das kam von den tiefen Ausschnitten, die sie immer trug, oder von dem Nackttanzen, hatte man sich zugeraunt. Anna jedoch hatte heimlich befürchtet, dass ein nächtliches Bad im kühlen Frühjahr durchaus auch zu einer schrecklichen Erkältung führen konnte. Sie war damals zur Kirche gegangen und hatte widerwillig eine Kerze für die Verstorbene angezündet.

Während Annas inneren Ausflugs in ihre Vergangenheit war Hans Mergel in seiner Erzählung über die Herrscherhäuser von Hessen noch nicht viel weiter fortgeschritten.

»Na, wenn du selber nicht darauf kommst, werde ich es dir sagen. Kann man jemanden nicht ausstehen, dann macht man, unwillkürlich oder auch nicht, immer genau das Gegenteil von dem, was der andere macht. Genau das Gegenteil, liegt doch auf der Hand, oder?

Und so war es auch bei den Hessen. Die Darmstädter waren kaiserlich, und die Kasseler gehörten zur protestantischen Union. Und jetzt darfst du raten, wer von den beiden durch seine Wahl den Kürzeren gezogen hat. Na, was denkst du?«

»Weiß nicht«, antwortete Anna und fragte sich, ob sie wegen Maria Kühne in die Hölle kommen würde. War sie schuld an ihrem Tod gewesen? Nein, das war die Strafe des Herrn für das unzüchtige Leben, welches die Kühne führte. Doch laut Liese gab es so etwas wie die Strafe des Herrn nicht. Liese hätte gesagt, dass die Kühne schlicht und einfach aus dem Grund gestorben sei, weil Anna sie ins kalte Wasser geworfen hatte. Und dann hätte Liese gesagt, dass die Kühne es auch nicht anders verdient hätte. Konnte ja niemand ahnen, dass sie gleich daran zugrundeging.

Anna musste nun, im Nachhinein, ein wenig über sich selbst staunen. Da steckte anscheinend doch etwas in ihr, das aufbegehrte, wenn es ihr zu bunt wurde. Und das damals, mit Friedrich und Maria, war ihr zu bunt geworden. Vielleicht hatte sie übertrieben gehandelt, aber sie hatte gehandelt, auch wenn sie diese Episode bislang gern aus ihrem Gedächtnis getilgt hatte.

»Na, die Protestanten haben natürlich die schlechteren Karten. Denn wenn zwei sich streiten, freut sich immer der Dritte, und das war der Tilly. Der brauchte nämlich gerade hier in diesem Teil des Landes eine Möglichkeit, seine Truppen zu versorgen. Und wo findet man die besser als in einem Gebiet, das gerade im Streit mit einem anderen liegt? Da kann man den schwarzen Peter wunderbar hin- und herschieben, kann die gefräßigen Soldaten als Beschützer, Befreier oder Kontrolleure darstellen und derweil alles kaputtmachen. Und deshalb wird in der Gegend, durch die wir in den nächsten Tagen ziehen, auch alles kaputt sein. Darauf kannst du dich gefasst machen. Hier hat der Tilly nämlich ganz schön gewütet in den letzten Jahren, das weiß ich genau, denn …«

»… du warst dabei«, führte Anna Mergels Satz zu Ende.

»Ich war dabei, so ist es. Im Darmstädter Gebiet sieht es wieder besser aus, glaube ich, bin mir aber nicht sicher. Werden wir ja sehen.«

Bis in den Abend hinein, ja bis sie über die Schwelle eines ärmlichen Gasthauses in der Nähe der Stadt Korbach traten, gelang es Hans Mergel nicht, eine Minute lang seinen Mund zu halten. Sosehr es Anna auf die Nerven ging, wertete sie diese Redseligkeiten doch als ein Zeichen der Genesung des alten Mannes.

Tatsächlich war die Gegend, durch die sie nun kamen, noch mehr verwüstet, als es das Paderborner Land gewesen war. Und es war ein Glück, dass dieser Gasthof noch nicht aufgegeben war. Er lag direkt an einer in Friedenszeiten viel befahrenen Straße, hier konnten Reisende ihre Pferde tränken, eine Schlafstatt und ein warmes Abendessen bekommen. Nun waren die Zeiten anders. Zu essen gab es nichts mehr, Zimmer jedoch wurden weiterhin vergeben. Aber die Wirtin wollte kein Geld, sie verlangte Naturalien. Und so mussten die drei zwei große Würste und einen Käse berappen, um für eine Nacht in einem unbeheizten Zimmer schlafen zu dürfen. Immerhin hatten sie eine Unterkunft im Haus selbst ergattern können, denn selbiges war übervölkert mit Flüchtlingen und anderen armen Reisenden, die jedoch aus Mangel an Habseligkeiten nur in der stinkigen Gaststube oder im Pferdestall schlafen durften.

Anna, Mergel und Balthasar zogen sich schnell in ihre kleine, dunkle Kammer zurück. Keiner von ihnen verspürte Lust, sich unten in die stickige Taverne zu begeben, wo es nach sämtlichen menschlichen Ausdünstungen roch, was nur den einen Vorteil hatte, dass auf diese Weise eine natürliche Wärme erzeugt wurde, von der die Temperaturen in dieser Dachkammer unendlich weit entfernt lagen.

Anna machte sich auf einen Abend voller Mergelscher Erzählungen gefasst. Doch dazu kam es nicht, da der Alte, müde von dem anstrengenden Tag, den er, ununterbrochen berichtend im Eselskarren sitzend, verbracht hatte, zeitig einschlief. Anna saß noch ein wenig da und lauschte dem sanften Wind, der an diesem Abend wehte und leise, Zug um Zug, über das schneebedeckte Dach wehte. Es war ein sanftes Geräusch, das sie mühsam aus dem von unten rührenden Gaststubenlärm herausfilterte. Gegen Mitternacht schlief auch sie ein. Balthasar hingegen war noch wach.

»Anna, Anna!«

Zunächst glaubte sie, die Stimme des Jungen im Traum zu vernehmen, doch als sie die Augen öffnete, sah sie Balthasars Gesicht direkt vor sich. Er rüttelte an Annas Schulter.

»Was ist?«

Ihr schwante nichts Gutes, fast panisch sprang sie von ihrem Lager und sah sich im dunklen Raum um. War er hier? Löste er sein durch die Sanduhr gegebenes Versprechen ein?

»Da war jemand an unserer Tür. Ich habe Stimmen gehört und dann ein leises Stöhnen und Gurgeln. Soll ich nachschauen?«

»Nein. Lass uns erst einmal lauschen«, flüsterte Anna. Vorsichtig schlich sie sich durch den Raum in Richtung Tür. Immer wieder stolperte sie über die Säcke und Kisten, ihr ganzes Hab und Gut, welches sie aus Schutz vor Dieben mit in ihre Kammer genommen hatten. Bei jedem Geräusch, das sie selbst erzeugte, blieb ihr fast das Herz stehen. Doch offensichtlich – und davon überzeugte sie sich selbst, als sie das Ohr an die morsche Holztür hielt – war dort draußen rein gar nichts. Kein Ton war zu vernehmen – Totenstille.

»Vielleicht hast du nur geträumt, Balthasar.«

»Wie könnte ich träumen, wenn ich gar nicht schlafe? Ich habe es genau gehört, und wenn du es mir endlich erlaubst, sehe ich nach, was es war.«

»Nein, wir werden warten, bis es wieder hell ist. Es ist ja nichts passiert. Alles ist noch da, und der alte Mergel schnarcht auch weiterhin friedlich in seiner Ecke. Leg dich wieder hin.«

Beide konnten sie im Verlauf der weiteren Nacht kein Auge zutun, stumm starrten sie die Decke an. Im Schein einer kleinen Laterne verfolgte Balthasar stundenlang den Kampf einer Schabe, die sich in einem riesigen Spinnennetz verfangen hatte und schließlich ganz gemächlich eingewickelt und gefressen wurde. Anna zählte siebenundsechzigmal bis hundert, danach verlor sie die Lust an den Zahlen und lauschte wieder in die Dunkelheit.

»Ach, du liebe Güte, was ist das für eine Schweinerei? … Augustin! Augustin! Komm sofort her, das musst du dir ansehen. Ich sag dir, mit Gesindel macht man keine Geschäfte, solche lass ich nie mehr ins Haus.«

Es war die hysterische Stimme der Wirtin, die den Anbruch des Morgens verkündete. Als Anna aufstand und die Fensterläden öffnete, hatte tatsächlich bereits die Dämmerung eingesetzt. Die ganze Landschaft war von einem wunderschönen weißen Teppich bedeckt. Unschuldig sah er aus, rein und unschuldig. Anna gefiel dieser Anblick. Dann klopfte es an der Tür.

Balthasar ging hin und öffnete.

»Habt ihr was damit zu tun?« Die Wirtin stand, die Arme in den breiten Hüften verschränkt, vor ihnen.

»Womit?«, fragte Anna.

»Na, damit«, antwortete die Frau und zeigte in den Flur. Anna rechnete damit, dass jemand einen Krug Schnaps zerbrochen und die Scherben liegen gelassen hatte, vielleicht hatte auch jemand seine große Notdurft auf dem Holzboden verrichtet. Doch dann erblickte sie hinter der wuchtigen Gestalt der Hausherrin das, was diese so erboste.

Da lagen doch tatsächlich zwei reglose Körper im dunklen Flur.

»Mausetot sind die. Waren keine Gäste von mir. Habe ich noch nie gesehen.«

»Ich kenne sie auch nicht«, log Anna die Frau an.

»Das würde ich jetzt auch behaupten.«

»Tust du ja auch«, meldete sich Mergel zu Wort, der sich ob des Lärms auch aus seiner Bettstatt bequemt hatte und in den Flur gehumpelt war.

»Was meinst du damit, Alter?«, wollte die Wirtin wissen.

»Du behauptest doch auch, dass du die nicht kennst. Woher sollen wir denn wissen, dass das wahr ist? Vielleicht hast du ihnen ja die Kehle durchgeschnitten und sie hier hingelegt. Kann man ja nicht wissen.«

Mergel war äußerst kühl und vollkommen Herr der mehr als beunruhigenden Lage. Denn immerhin standen sie dort vor den erstochenen Leichen der beiden Bettler, der angeblich alten Frau und ihres verkrüppelten Sohnes, denen sie gestern begegnet waren.

»Wer soll denn diese Sauerei wegwischen?«, schimpfte das Weib weiter.

»Na, du! Liegen doch bei dir im Haus! Und jetzt lass uns damit in Ruhe, sonst kann ich auch anders. Zahlende Gäste beschuldigen, wenn sie in ihren eigenen vier Wänden nicht für Ordnung sorgen kann. Na, das habe ich gern. Hätten ja auch wir sein können, die hier gemeuchelt werden.«

»Packt euren Kram und verschwindet, will euch nicht mehr hier sehen«, sprach die Wirtin, stieg über die Toten hinweg und verschwand im Erdgeschoss des Hauses.

»Nichts lieber als das«, murmelte Mergel und machte sich sogleich an die Vorbereitung der Abreise.

»Was ist da geschehen?«, flüsterte Anna dem packenden Alten zu, während Balthasar fasziniert die Leichen begutachtete.

»Die sind hinüber. Da hat uns einer die Arbeit abgenommen. Hatte mir schon gedacht, dass wir die nicht losgeworden sind. Wollten wohl an unsere Sachen.«

»Und dann liegen sie plötzlich tot vor der Tür?«

»Es gibt nichts, was es nicht gibt. Frag lieber nicht, Anna, sondern sei froh, dass es so gekommen ist.«

Das war alles, was der Alte zu dem seltsamen Vorfall sagte. Lediglich als sie ihre Habe über die toten Körper hinwegtransportieren mussten, merkte er noch an: »Schau, Anna, die war tatsächlich ganz frisch, nicht mal dreißig, würde ich sagen. Und er hatte mehr als nur ein Bein. Tja, nützt denen jetzt auch nichts mehr.«

Auf dem Weitermarsch schlich sich Anna zu Balthasar und fragte ihn leise, ob Hans Mergel die ganze Nacht in seinem Bett gewesen sei. Der Junge nickte und antwortete, der Alte habe nicht einen Augenblick lang aufgehört zu schnarchen, und aufgestanden sei er erst recht nicht.

XV

Für Träume und Sehnsüchte war im früheren Leben der Anna Pippel kein Platz gewesen. Nicht etwa, weil sie keine Zeit zum Träumen gehabt hatte; nein, vielmehr, weil sie sich nicht einmal im Traum hätte vorstellen können, dass es für sie ein anderes Leben außerhalb der ihr bekannten und vertrauten Muster geben könnte. Manchmal war es geschehen, dass sich ihre Fantasie ein wenig verselbstständigt hatte – des Nachts, wenn sie allein in ihrem Bett lag und nicht einschlafen konnte. Doch schnell vertrieb sie diese oft sehr schönen Vorstellungen von einem anderen Leben, von der Liebe, einem steinernen Haus und vier gesunden Kinderchen. In Gedanken schimpfte sie sich dann selbst, drehte sich um und zerbrach sich lieber den Kopf darüber, ob die Butter, die sie am Tag zuvor gemacht hatte, nicht ranzig würde.

Es hatte keinen Sinn, sich Hirngespinste auszudenken, es war dumm und anmaßend, denn letztendlich ließ sich ohnehin nichts ändern. Es kam, wie es kommen sollte, und damit hieß es sich abzufinden. Des Morgens in der Frühe um vier wurde aufgestanden, und am Abend um zehn legte man sich schlafen, dazwischen wurde gearbeitet, gegessen, gebetet und sonstige notwendige Bedürfnisse verrichtet.

Manchmal, wenn sie das Unkraut im Gemüsegarten der Bäuerin gerupft oder die Holzdielen geschrubbt – wenn sie also eine einfache, aber langwierige Arbeit verrichtet hatte –, dann war es ebenfalls geschehen, dass sich erneut Tagträume einschlichen. Still und heimlich hatten sie sich in Annas Kopf gestohlen und waren erst wieder verschwunden, als Anna sie bemerkt und gewaltsam verdrängt hatte.

Seit einigen Tagen, seitdem sie mit dem alten Hans Mergel und dem Jungen durch Schnee und Frost und über unwegsame Pfade in Richtung Süden zog, hatte Anna den Kampf gegen alle schönen Fantasien aufgegeben. Ja, sie hatte sich sogar verboten zu erröten, wenn sie einen aufregenden Gedanken hatte, und sie übte sich darin, nicht jeden Traum von einer besseren Zukunft als verwegene Sünde zu betrachten. Die Welt der Gedanken wurde in dieser langweiligen Kälte zu einem willkommenen Fluchtpunkt und schenkte Anna ein zweites, anderes Leben, ein Leben, das es für sie erträglich machte, all die durchgemachten und vielleicht noch bevorstehenden Ereignisse zu verkraften.

Sie knüpfte sich im Laufe der Zeit einen eigenen, selbst erträumten Lebensweg, auf dem sie zusammen mit dem blonden Reiter und vier kleinen Kindern in einem sauberen Bauernhaus in den Bergen lebte. Durch ihren Garten floss ein kristallklares Bächlein, Mine lebte bei ihnen, und auch Hans Mergel war da. Er bewohnte ein eigenes, ordentliches Zimmerchen in ihrem Haus und half ihnen bei der Verrichtung ihrer alltäglichen Arbeit. Alles war friedlich, und vor allem durfte Anna endlich, zum ersten Mal in ihrem Leben, einen Mann so lieben, wie sie es sich insgeheim immer schon gewünscht hatte.

Mit der Zeit langweilte sie diese Idylle, und sie schuf sich kleine Stolpersteine. Sie ließ ihren Mann wieder in den Krieg ziehen, ließ sich um ihn bangen und erfreute sich an der Vorstellung, wie es wäre, ihn nach einigen Jahren wieder leidenschaftlich und gesund in die Arme schließen zu können, ihn zu küssen und ihn in einem Heuhaufen zu lieben. Doch auch diese Vorstellung war schließlich zu abgedroschen. Es mussten neue Träume erfunden werden, neue Herausforderungen und Abenteuer, die jedoch stets glimpflich endeten.

Und so gewährte Anna auch *ihm* Einlass in ihre Gedankenwelt. Er war wieder da, er mordete erneut in ihrem Wohnort in den Bergen, ja, er mordete sogar in ihrem eigenen Haus. Zunächst versetzte er sie in Angst und Schrecken, doch dann überwältigte sie ihn, sie ganz allein. Anna Pippel aus Westfalen überführte den Mörder, und das in verschiedenen Variationen.

Variation eins brachte sie selbst in allergrößte Gefahr. Schwer verletzt und aus mehreren Wunden blutend, schaffte sie es dennoch, den Mörder zu überwinden. Sie bespritzte ihn mit Weihwasser, und da er niemand anderes als der Teufel war, löste er sich daraufhin in einer Schwefelwolke auf und ward danach, zumindest in dieser Rolle als Frauenschlächter, nie wieder gesehen. Anna selbst musste sich wochenlang von ihren tiefen Schnittwunden erholen. Ihre Familie war in tiefer Sorge, ihr Ehemann war blass vor Verzweiflung, und die Kinderchen weinten sich die Äuglein aus den kleinen Köpfen.

In einer zweiten Version ließ Anna sich tatsächlich sterben. Zu verlockend war die Vorstellung, von geliebten Menschen betrauert zu werden. Die Rührung trieb sie sogar dazu, dass sie vor Selbstmitleid tatsächlich zu schluchzen begann. Jedoch ohne dass Mergel und Balthasar es bemerkten.

Version drei war äußerst pikant und wurde dann doch von Anna abgebrochen, da sie nicht anders konnte, als sich für diese Gedanken zu schämen. Nachdem sie nämlich den Verdächtigen aufspürt und verfolgt, ihm über Berge und Täler vollkommen außer Atem hinterhergestürmt, ihn schließlich in einer Höhle überwältigt hatte und ihm gerade ein Messer in die Brust rammen wollte, wurde sie urplötzlich von einer unbändigen Lust überwältigt, diesen bösen, aber ihr nun vollkommen ausgelieferten Mann zu besitzen, ihm die Kleider vom Leibe zu reißen und ihn nach einem wilden, ja fast bestialischen Akt zu töten. Weitere Details ließ Anna nicht zu.

Die vierte Geschichte war die der hingebungsvollen und

treuen Ehefrau, die, hin- und hergerissen zwischen Liebe und Gewissen, sich für die Liebe entschied und ihrem Mann verzieh, dass er der Mörder war. Sie half ihm, nachdem sie ihn geschickt überführt und zur Rede gestellt hatte, alle verdächtigen Beweisstücke zu verbrennen, und floh mit ihm auf ein Schiff, das sie beide in die Neue Welt bringen sollte.

Die langen Märsche und schlaflosen Nächte brachten es mit sich, dass Anna noch viele weitere Variationen ersann – manche kitschig, andere brutal und die meisten unausgereift. Oft verrannte sie sich in ihrer Fantasie und landete in einer Sackgasse, die es ihr unmöglich machte, wieder zu einem roten Faden zurückzukehren. In solchen Fällen brach sie ihren Traum ab und dachte an etwas anderes.

In Anna Pippel ging eine Wandlung vor. Eine Wandlung, die mit dem Mord an ihrer Schwester Mine begonnen hatte, ihren Verlauf nahm durch die Bekanntschaft mit Liese Kroll, Hans Mergel und dem blonden Edelmann, und natürlich durch die meist schrecklichen Ereignisse, die so viel Bewegung in ihr bis dahin trostloses, aber geregeltes Dasein gebracht hatten: die zahlreichen neuen Morde, die Hinrichtung der beiden ihr so nahestehenden Frauen, die Flucht mit dem alten Mann und dem unbekannten Knaben und die irritierenden Gefühle für diesen Fremden.

Anna wollte in diese verworrenen Gedanken und wilden Eindrücke Ordnung bringen, sie sortieren und sie am liebsten zu einem neuen Leben zusammenfügen. Aber zu diesem neuen Leben fehlte ihr noch die Hauptperson: sie selbst. Anna musste sich selbst besser erforschen. Erfahren, was sie konnte und was sie nicht konnte. Wissen, was sie wollte und was sie nicht wollte. Und genau das tat sie nun, indem sie sich immer und immer wieder erlaubte zu denken und zu fühlen, was ihr gerade in den Sinn kam.

Es war schwierig, in der Gegend, in der sich die drei samt ihrem Eselsgespann aufhielten, an Essbares zu kommen. Und je tiefer sie in hessisches Gebiet kamen, desto mühseliger wurde es, für das tägliche Brot zu sorgen. Geld hatten sie genug, doch was nutzten ihnen ihre vielen Taler, wenn niemand sie annehmen wollte?

Bald war alles Brot, alle Wurst und aller Käse aufgegessen, kein Grieß, keine Linsen, nichts war mehr da. Dafür hatten die drei noch reichlich Salz, Honig und Wein. Luxusgüter, die leider nicht satt machten.

In der Stadt Korbach war kein Geschäft zu machen gewesen, und etwas anderes, als Geld zu stehlen, wollte Anna dem Jungen nicht erlauben. Sie fürchtete, dass er beim Stibitzen größerer Waren leichter ertappt werden könnte.

Im Tausch mit einem kleinen Säckchen Salz erstand Hans Mergel ein ebenso kleines Säckchen Mehl – ein schlechtes Geschäft, aber immerhin konnte man einen Honigpfannkuchen backen. Beim Verzehr der Köstlichkeit in einer kleinen Waldhütte kam sogar eine erste vorweihnachtliche Stimmung auf. Ja, man sang Lieder, und Mergel erzählte im Schein des knisternden Feuers bei einem Becher Glühwein aus der Bibel. Zum Glück begann er nicht bei Adam und Eva, sondern bei der Empfängnis Mariä und endete, nachdem er dem wahren Inhalt der Heiligen Schrift noch das eine oder andere spannende Detail hinzugefügt hatte, beim Kindermord von Bethlehem und der Flucht nach Ägypten.

Es war der erste wirklich schöne Abend seit Beginn ihres Marsches, und alle drei fühlten sich so wohl, dass nach den Mergelschen Bibelstunden auch Balthasar endlich aus seinem erst kurzen, aber sehr bewegten Leben zu erzählen begann.

Interessiert lauschten die beiden Erwachsenen dem, was der Junge zu berichten hatte.

Balthasar war nun etwa dreizehn oder vierzehn Jahre alt, ganz genau wusste er es nicht. Die ersten Jahre seiner Kindheit hatte er unbeschwert in der schönen Stadt Heidelberg verbracht. Sein Vater war Großgärtner und Blumenhändler, er hatte ein großes Geschäft und bezog die schönsten Gewächse von überallher. Aus den Niederlanden und sogar aus Übersee kamen Zwiebeln, Samen und Ableger, welche er mit Erfolg weiterzüchtete. Sein Ruf war so gut, dass er sogar den Hof des Kurfürsten Friedrich beliefern durfte. Ja, zur Hochzeit Friedrichs mit der englischen Königstochter habe der Vater sogar Girlanden aus frischen Rosen gefertigt.

An all diese Details konnte Balthasar sich wunderbar erinnern, doch eines war ihm entfallen – sein Nachname. Er kannte ihn nicht, und sosehr er sich auch anstrengte, wollte ihm beim besten Willen nicht einfallen, wie der Name seiner Familie lautete.

Eines jedoch blieb ihm ewig in Erinnerung: das wunderschöne große Haus, welches er mit seinen Eltern, der Großmutter und vier weiteren Geschwistern bewohnte. Seine älteste Schwester war bestimmt zehn Jahre älter als er und hieß Magdalena, sie war sehr schön und glich der Mutter wie aus dem Gesicht geschnitten. Die zweite Schwester, Luise, war weniger hübsch, aber dafür konnte sie wunderbar herumtoben und fluchen wie ein Pferdekutscher. Dann gab es den Bruder Gregor, er war um vier Jahre älter als Balthasar und nicht ganz richtig geraten. Gregor sah ein wenig seltsam aus, hatte einen großen Kopf mit schlitzförmigen Äuglein und machte nie seinen Mund zu. Er konnte nicht gut sprechen, war aber stets gut gelaunt, erfreute sich an jeder Kleinigkeit und lachte den ganzen Tag. Balthasar mochte ihn sehr, und auch die Mutter hatte Gregor außerordentlich lieb. Und dann war da noch die kleine Marianne, Balthasars Zwillingsschwester. Auch sie hatte rote Haare und Sommersprossen. Nie wich sie ihm von der Seite.

Was er machte, musste sie nachahmen, was er hatte, musste auch sie haben. Das war der wesentlichste Charakterzug, der Balthasar von seiner gleichaltrigen Schwester in Erinnerung geblieben war.

Der Vater war sehr streng mit seinen Kindern. Dennoch brachte er von seinen Reisen immer etwas mit, sodass sie reichlich zu spielen und auch zu naschen hatten. Die Mutter war das liebste Geschöpf auf Erden, so lieb, dass der jüngste Sohn sie immer wieder umarmen und küssen musste, den ganzen Tag, wann immer er sie sah.

Und die Großmutter konnte zum einen die köstlichsten Karamellbonbons der Welt machen und zum anderen die spannendsten Geschichten erzählen. Manchmal, so erinnerte er sich, waren sie so spannend, dass Balthasar nicht schlafen konnte und des Nachts zu seinen Eltern lief. Am nächsten Morgen hörte er dann den Vater mit der Großmutter schimpfen. Aber das machte ihr nichts aus, sie erzählte trotzdem ihre Gruselmärchen, und das erfreute und erschreckte die Kinderherzen zugleich.

Es waren wunderschöne sechs Jahre, die der kleine Balthasar in Heidelberg verbrachte – so schön, dass er sich nicht vorstellen konnte, dass solch unheimliche Geschichten, wie die Großmutter sie erzählte, grausige Wahrheit werden könnten.

Im Sommer 1622 – bei diesem Datum half Hans Mergel dem Jungen – begannen feindliche Truppen die Stadt zu belagern. Der Kurfürst lag im Krieg mit dem Kaiser, und dafür mussten nun die Untertanen büßen. Elf Wochen kam niemand aus Heidelberg heraus, und niemand kam herein. Balthasar bemerkte von der Belagerung nicht viel. Anders als viele andere verfügte seine Familie über einen reichen Vorrat an Nahrungsmitteln, sodass sie die Zeit ohne Hunger und Durst und auch, ohne sich mit schlimmen Seuchen zu infizieren, hinter sich bringen konnten. Im September – auch diese Zeitangabe fügte Hans

Mergel ein – konnten die Angreifer die Verteidigungsanlage überwinden und begannen die Stadt zu stürmen.

Drei Tage und drei Nächte wüteten die ligistischen Soldaten in der Stadt. Das Haus des Blumenhändlers wurde gleich in den ersten Stunden der Erstürmung eingenommen. Balthasar hatte sich zusammen mit Marianne auf dem Dachboden in einer Wäschetruhe versteckt. Doch dort wurden sie nach kurzer Zeit gefunden. Ein nach Schnaps stinkender Mann zog die Kinder an den Ohren die Treppe hinunter und band sie Rücken an Rücken auf zwei Stühlen fest. Wie es dem Rest der Familie erging, daran konnte Balthasar sich nicht mehr erinnern. Er hatte damals zu sehr und zu laut weinen müssen, als dass er noch irgendetwas von dem hätte wahrnehmen können, was um ihn herum geschah.

Als das Haus schließlich brannte, wurden die Kinder von zwei Soldaten losgebunden und hinausgeschleppt. Während der eine Soldat mit Marianne auf dem Arm die Straße hinunterrannte, lief der andere mit Balthasar die Straße hinauf. Man brachte ihn in ein großes Haus, ein Spital oder Armenhaus, und setzte ihn dort in einen Keller. In diesem Keller waren bereits mehrere andere Kinder festgebunden und wurden von einem dicken Glatzkopf bewacht, der von dem Soldaten, der Balthasar hergebracht hatte, einen silbernen Kerzenständer erhielt, welchen er auf einen Berg mit anderen Diebesgütern warf. Dann ging der Soldat wieder fort.

Balthasar erkannte unter den anderen Kindern den kleinen Theodor, den Sohn eines Freundes seines Vaters. Theodor war zwar kleiner, aber dennoch viel älter als Balthasar; genauso alt wie Gregor, über den er sich ständig lustig machte, wenn er mit seinem Vater zu Besuch kam. Aus diesem Grund mochte Balthasar den kleinen Wicht mit dem großen Mundwerk überhaupt nicht leiden, doch jetzt war er froh, ein bekanntes Gesicht zu sehen.

Theodor erzählte ihm sogleich, dass die Kinder in diesem Keller – es waren etwa zwölf, und stündlich kamen mindestens vier neue hinzu – Geiseln seien. Die Soldaten sammelten die Sprösslinge reicher Eltern ein, um sie später gegen Lösegeld wieder herzugeben. Er, Theodor, habe keine Bedenken, bald freigekauft zu werden, da sein Vater ja reich sei. Balthasar hingegen müsse darum bangen, wieder zurückzukommen, denn sein Vater, das wüsste er genau, habe schon lange nicht mehr so viel Geld, wie er vorgäbe zu besitzen. Der sei ruiniert, seitdem der Kurfürst nach Prag gezogen sei, um dort als König zu regieren.

Diese Worte bereiteten Balthasar Angst, und sie schienen sich zu bewahrheiten, denn während einige der Kinder, unter anderem auch Theodor, tatsächlich ausgelöst wurden, blieb er drei Tage lang in dem feuchten Keller sitzen. Am dritten Tag war dann der Soldat wieder erschienen und hatte ihn mitgenommen.

Eine ganze Zeitlang hatte er dann mit diesem Soldaten umherziehen müssen. Auf den Märschen hatte der Mann den Jungen einfach mit einem Strick an sein Pferd gebunden, und während er ritt, musste Balthasar zusehen, dass er mit dem großen Tier Schritt hielt und nicht ständig in den Schmutz fiel. Zu essen und zu trinken bekam er nur wenig, er wurde auch geschlagen und getreten. In den ersten Tagen hatte er viel weinen müssen, doch nach wenigen Wochen war er so abgehärtet, dass er sich kaum noch an bessere Zeiten erinnern konnte.

Fast ein Jahr lang begleitete er den Soldaten, dessen Name Heinrich Pfifferling war. Er putzte seine Stiefel, stahl für ihn Geld, fütterte und striegelte sein Pferd und ging sogar auf die Suche nach leichten Mädchen für seinen Herrn, wenn diesem danach war. Aus dem wohlbehüteten Kaufmannssohn wurde ein mit allen Wassern gewaschener Trossbube.

Dann kam die Schlacht von Stadtlohn – das war im August

1623, so Hans Mergel –, und aus dieser Schlacht kehrte Heinrich Pfifferling nicht mehr lebendig zurück. Der erst siebenjährige Balthasar machte sich auf die Suche nach seinem Herrn und fand ihn auf dem Schlachtfeld mit zerschossenem Schädel unter einer Hecke liegend vor. Er konnte ihn lediglich anhand seines goldenen Talismans identifizieren, einer kleinen Marienfigur, der allerdings der Kopf fehlte. Balthasar nahm das goldene Figürchen an sich und vergaß nicht, beim Weggehen dem Leichnam seines Peinigers einen Tritt in den Allerwertesten zu verpassen.

Wieder im Tross angekommen, vermisste der Junge, sosehr er ihn gehasst hatte, Heinrich Pfifferling. Ohne ihn wusste er nicht, wie er überleben sollte. Zunächst schloss er sich für fast zwei Jahre einer Gruppe von Kriegswaisen und vergessenen Geiselkindern an, von denen es im Tross nur so wimmelte. Hier konnte er seine Qualitäten als Taschendieb vervollkommnen, doch nachdem er sich mit dem Anführer der Gruppe, einem erst zwölfjährigen Zigeunerburschen, wegen eines gestohlenen Silberlöffels so anlegte, dass dieser ihn windelweich schlagen ließ, musste er sich eine andere Bleibe suchen. Und diese fand Balthasar schließlich bei Leutnant Karl Fengler. Fengler war auf den schönen Knaben durch Zufall aufmerksam geworden, hatte dieser doch versucht, ihm einen Geldbeutel aus der Satteltasche zu ziehen. Doch anstatt ihn zu bestrafen, nahm der Mann den Kleinen bei sich auf.

Was Verpflegung, Kleidung und Unterkunft betraf, konnte Balthasar sich nicht beklagen. Ja, er erhielt sogar wieder Schulunterricht und konnte sich plötzlich an im Elternhaus Erlerntes erinnern, obwohl er alles längst vergessen geglaubt hatte. So blühte der Junge äußerlich auf, während seine Seele stärker denn je leiden musste. Denn Fengler – und darüber schwieg Balthasar sich aus – verlangte für all die Güte und Milde, die er dem Knaben entgegenbrachte, als Gegenleistung Dienste, an die zu denken dem Jungen noch Jahre später körperliche und seelische Schmerzen bereitete.

Anna wusste, worum es ging, hatte sie doch auf der Suche nach ihrem Wohltäter, kurz vor Lieses und Thereses Hinrichtung, durch die alte geschwätzige Magd vom Schicksal des Jungen erfahren. Auch Hans Mergel war lebenserfahren genug, um zu ahnen, welches Schicksal dem Jungen widerfahren war. Beide jedoch sagten nichts dazu und nickten, als der Junge ihnen erzählte, dass es ihm bei Fengler eigentlich gutgegangen sei und dieser ihn – ansonsten – wie einen Sohn behandelt habe. Nur an seinen traurigen Augen war zu erkennen, dass er Wesentliches verschwieg.

Weil er dort einen besseren Posten erhielt, wechselte Fengler bald in das neu aufgestellte Wallensteinsche Heer und nahm den Jungen mit. Dort fand der weltoffene, zwar kultivierte, aber dennoch trinkfreudige Mann schnell neue Freunde und endlich auch solche, die all seine Vorlieben, selbst die dunkelsten, teilten. Für Balthasar begann eine noch schrecklichere Zeit, die er mit den Worten beschrieb: »Fengler trank viel und nahm mich mit zu seinen Festen. Dort waren nur er, zwei weitere Rittmeister und eine Handvoll Buben, meist jünger als ich. Es waren keine schönen Feste.«

So ging es jahrelang. Fengler selbst verlor irgendwann das Interesse an dem Knaben, aber dennoch gab es immer wieder Anlässe, an denen er ihn anderen andiente. Immerhin war Balthasar noch jung und entwickelte sich zu einem hübschen Kerl.

Bei einem der Feste – es war nicht lange her – wurde der Knabe von einem Herrn angesprochen, der sich als sehr freundlich erwies. Balthasar erzählte ihm, dass es ihm nicht gut ergehe bei dem Rittmeister Fengler und dass er sich zurücksehne nach Heidelberg, wo seine liebe Mutter, sein lieber Vater, seine gutherzige Großmutter und seine vier Geschwister sicherlich sehnsüchtig auf ihn warteten. Der Mann, der ohne Zweifel mitbekommen hatte, welches Spiel mit dem Knaben allabendlich bei den Saufgelagen getrieben wurde, bot ihm an, ihn fortzubringen. Und das habe er auch getan.

Er hatte mit Fengler gesprochen und diesen gebeten, den Buben für eine Nacht mit auf sein Zimmer zu nehmen. Großmütig hatte dieser eingewilligt und seinem Gast viel Spaß gewünscht. In dieser Nacht hatte Balthasar ein eigenes Bett in der Kammer des fremden Herrn erhalten und dort unbehelligt schlafen können. Am nächsten Tag dann waren sie zusammen an den Rand des Lagers geritten, wo der Fremde ihn an Anna und Mergel übergeben hatte.

Mit diesen beiden war er nun auf dem Weg nach Heidelberg. Und Balthasar schloss seine Erzählung mit folgenden traurigen Worten: »Doch dass ich meine Familie wiedersehen werde, daran glaube ich nicht. Je näher wir der Stadt kommen, desto mehr fürchte ich mich davor. Eigentlich will ich gar nicht nach Heidelberg. Was soll ich denn da? Nein, ich will nicht dorthin.«

»Wenn der Junge nicht nach Hause will, dann können wir anstatt über Marburg und Gießen auch über Fulda ziehen, da hätten wir uns einige Meilen Umweg gespart.«

Hans Mergel dachte pragmatisch. Seit zwei Tagen schmerzte sein linkes Bein wieder ungeheuerlich, und es ärgerte ihn, dass Anna sein Leiden offensichtlich nicht zu registrieren schien. Vielleicht, so gestand er sich insgeheim ein, war es auch seine eigene Schuld, dass sie nicht mehr auf sein Klagen und Jammern reagierte, war er doch in der letzten Zeit etwas übertrieben wehleidig gewesen. Dabei hatten sich die eitrigen Wunden längst geschlossen, und auch die einst ausgekugelten Schultern bereiteten ihm nur noch beim Heben schwerer Gegenstände ein unangenehmes Ziehen.

Jetzt jedoch hatte sich eine der Wunden, die ihm ganz am

oberen Ende des linken Oberschenkels beigebracht worden war, wieder entzündet, und an diesem Morgen hatte er feststellen müssen, dass sie zu faulen begann. Kein gutes Zeichen, das wusste der alte Mann, doch aufgrund der intimen Körperstelle, an der dieser schmerzhafte Prozess vonstattenging, war er eigentlich recht froh, dass Anna seinem leisen Klagen keine Aufmerksamkeit schenkte, wollte er doch nicht, dass sie ihn ebendort untersuchen und verbinden musste.

Ganz entgegen seiner Natur hielt er sich also zurück und versuchte lediglich den Weg, von dem sie bisher – und es war schon Anfang Dezember – nicht einmal ein Fünftel zurückgelegt hatten, abzukürzen. Könnten sie sich die Station Heidelberg ersparen und müssten sie nicht eine Schleife in den Westen machen, dann kämen sie sicherlich einen Monat früher an ihrem eigentlichen Ziel in Bayern an. Schließlich war auch zu bedenken, dass sie in Heidelberg die Eltern des Jungen erst einmal ausfindig machen mussten.

»Hast du gehört, Anna? Ich hätte da einen Vorschlag zu machen.« Hans Mergel sprach lauter und schaute Anna mit hochgezogenen Brauen und großen Augen direkt ins Gesicht.

Doch Anna war in einer anderen Welt. Seit Balthasars Erzählung konnte sie nur noch an ihn denken, an ihren edelmütigen Reiter, der nicht nur sie aus den Fängen der Lynchjustiz befreit, sondern auch den armen Knaben vor weiteren Übergriffen dieses Lüstlings errettet hatte. Und diesen Mann kannte sie – sie, Anna Pippel. Und wahrscheinlich, so nahm sie an, so hoffte sie fast, kannte sie ihn sogar näher. Dieser Gedanke, der sie früher befangen gemacht hatte, machte sie nun stolz. Ja, Anna war stolz darauf, sich in solch einen Mann verliebt zu haben.

»Anna! Anna!«

»Ja? Entschuldige, Hans, hab dich nicht gehört.«

»Na, leise habe ich nicht gerade gesprochen, und unsichtbar bin ich auch nicht. Ich wollte nur sagen, dass wir auch über

Fulda ziehen können. Jetzt, wo wir doch nicht unbedingt nach Heidelberg müssen. Wäre viel Weg gespart. Der Junge will ja gar nicht nach Hause.«

»Ich weiß nicht, Hans, ob wir das machen sollten. Vielleicht überlegt es sich Balthasar ja noch anders. Wenn er erst einmal seine Familie sieht, ist alles wieder gut und vergessen. Außerdem wissen wir doch gar nicht, ob wir ihn so einfach mit nach Bayern nehmen dürfen.«

»Was ich dich schon die ganze Zeit fragen wollte, Anna: Wer ist eigentlich dieser Mann, der uns den Jungen anvertraut hat? War ja nicht so ganz bei Sinnen, als das alles vonstattenging, aber ich kann mich erinnern, dass du ihn sehr wohl ebenfalls kanntest.«

Anna wurde rot. »Er ist ein Reiter, dem Liese und ich einmal geholfen haben, als er sich im Wald verirrt hatte und von Wegelagerern verfolgt wurde.«

»Und da ist er dann so dankbar, dass er uns bei unserer Flucht behilflich ist und uns auch noch eine Unterkunft besorgt? Sehr merkwürdig.«

»Wieso ist das merkwürdig?«

»Na, aber Anna, sei doch nicht so dumm. In diesen Zeiten bekommt man nichts geschenkt. Nicht einfach so. Da steckt überall was dahinter. Du musst immer misstrauisch sein, sonst bleibst du auf der Strecke. Vertrauen und Hochmut sind die schlimmsten Feinde des Lebens. Sieh dir Liese an: Vertraut hat sie zwar niemandem, aber hochmütig war sie, hat sich selbst keine Fehler eingestehen wollen, war zu stolz und musste deshalb sterben. Und du bist zwar nicht hochmütig, aber dafür viel zu vertrauensselig. Das darfst du nicht sein.

Wie heißt die Alte, zu der er uns schickt? Am Ammersee soll die leben, nicht war?«

»Gramshuber. Sie lebt in der Nähe des Ortes Herrsching. Wir sollen uns durchfragen, wenn wir den See erreicht haben.«

»Und die Alte hat einen Hof und braucht dort Gesinde. Habe ich das richtig verstanden?«

»Ja, entweder sie oder andere Bauern in der Umgebung. Sie wird uns helfen, sobald ich ihr diesen Brief gegeben habe.«

»Aha, einen Brief gibt es also. Zeig mal her.«

»Er ist versiegelt, und ich glaube nicht, dass wir ihn öffnen sollten.«

»Papperlapapp. Her damit! Wer weiß, was da drinsteht. Nachher ist es noch ein Mordauftrag oder Ähnliches. Will nicht mit einem dubiosen Schreiben in der Tasche erwischt werden. Was glaubst du, wie schnell wir dann einen Kopf kürzer sind.«

»Nein, ich gebe ihn nicht her. Der Pfarrer im Ort soll ihn öffnen, und nicht du.«

»Stell dich mal nicht so an. Was habe ich dir von der Vertrauensseligkeit erzählt, Anna? Na, was habe ich dir erzählt?«

»Du kannst mir viel erzählen. Es geht dich einfach nichts an.«

Anna fürchtete, dass in dem Brief Dinge standen, die ihr vor Hans Mergel peinlich sein könnten. Er sollte nicht wissen, wie gut sie den blonden Reiter tatsächlich kannte. Niemand sollte das wissen, auch die Tante nicht, doch bis dahin war es noch ein weiter Weg.

Jetzt hieß es erst einmal, diesen neugierigen Alten von seinem Vorhaben abzubringen. Und das ging schneller, als sie dachte, denn Hans Mergel wurde plötzlich schwarz vor Augen. Mit schmerzverzerrtem Gesicht griff er sich ins Gemächt, stöhnte laut auf und fiel stocksteif von der Holzbank, auf der er saß, nach hinten. Dort blieb er, am ganzen Körper bebend, auf dem Boden liegen.

Das konnte nun nicht mehr vorgetäuscht sein, dachte sich Anna und fühlte den Kopf ihres treuen Begleiters. Er war glühend heiß.

Im selben Moment kam Balthasar zur Tür herein. Er war

draußen vor der Holzhütte gewesen, um an diesem sonnigen Wintermorgen den Eselskarren zur Weiterfahrt vorzubereiten.

»Ich glaube, er hat ein schreckliches Fieber. Wir müssen ihn ausziehen und sehen, ob sich eine seiner Wunden entzündet hat. Hilf mir, Balthasar.«

Zusammen machten sie sich daran, den zitternden Alten auf seine Bettstatt zu legen, um ihn dort zu entkleiden. Der Anblick der Wunde war mehr als nur besorgniserregend. Die Narbe war aufgeplatzt, und das Bein hatte bereits begonnen, sich graugrün zu verfärben. Anna hoffte inständig, dass Mergels Anfall noch kein Starrkrampf, sondern lediglich ein Schüttelfrost war. Würde er verkrampfen, dann wäre längst alles zu spät. Dann ließe sich nichts mehr machen. Nichts, als auf einen grausigen Tod zu warten. Was sollten sie jetzt nur tun?

Abschneiden, abschneiden muss man das. Anders geht es nicht. Abschneiden. So ein Bein gehört abgeschnitten. Der wird verrecken, der Alte, verrecken wird er, wenn sie es nicht abschneiden. Von ganz oben mit einem scharfen Messer. Mit einer Axt sogar, anders geht es nicht.

Die Frau muss das machen, die Frau und der Junge. Man muss es ihnen sagen. Eine Schnur nehmen und fest um das Bein binden. Ganz oben drumbinden und dann ein Messer nehmen. Ein sauberes Messer nehmen und die Haut aufschlitzen. Nicht die grüne Haut, nur die gesunde Haut aufschlitzen. Abschälen muss man die gesunde Haut, abschälen und nach oben falten.

Dann kommt die Axt, kräftig hauen, damit der dicke Knochen ordentlich entzweigeht. Branntwein draufgießen und zunähen. Sorgfältig zunähen, auch die blutenden Adern zunähen, damit sie nicht weiterbluten. Zunähen, aber nicht brennen. Bloß nicht brennen. Das machen die dummen Feldscher so, und dann sterben die Soldaten, sterben fast immer. Besser nähen. Adern zunähen und dann die gesunde Haut wieder zurückfalten und auch zusammen-

nähen. Wie ein Kissen. Ja, wie ein Kissen zusammennähen. Bloß nicht brennen, keine Scharlatanerie. So wird es gemacht. So wird es richtig gemacht. So wird der Alte nicht sterben.

Genau das muss man der Frau sagen. Wie soll man es ihr sagen? Wie soll das gehen? Sie muss es wissen. Der Alte soll doch leben, soll sie doch beschützen, wenn man wieder zurückgeht. Irgendwie muss man es ihr sagen.

In den Süden will sie doch. An den See. Zur Bäuerin Gramshuber. Das wird man sich merken.

XVI

Anna war ratlos. Dem alten Hans Mergel ging es von Stunde zu Stunde schlechter. Zwar hatte sie die Wunde, so gut es möglich war, gereinigt und selbst das faulige Fleisch weggeschnitten. Doch das Fieber stieg immer weiter. Langsam begann der Kranke zu fantasieren.

Balthasar war nun schon seit zwei Stunden unterwegs. Er wollte sich nach Wildungen aufmachen, um dort nach einem Bader oder Medicus zu fragen. Geld hatten sie genug. Doch würde sich ein Arzt bereiterklären, mit einem fremden Knaben in einen meilenweit entfernten Wald zu marschieren?

Anna hielt es nicht weiter aus, auf die Rückkehr des Knaben zu warten. Sie musste etwas unternehmen, und wenn sie einfach ins nächste Dorf ging, um dort nach dem Schmied oder der Hebamme zu suchen. Irgendjemand musste sich dort doch auch ein wenig auskennen. Wie konnte sie nur so dumm sein und Balthasar so weit fortschicken? Niemals würde er rechtzeitig Hilfe holen können.

Und dann war da auch noch dieses merkwürdige Geräusch. Ein leises, aber ständiges Scharren. Irgendetwas war in diesem Raum, hier in der nur spärlich beleuchteten Hütte. Ein Tier, ein Kobold? Nein, Waldgeister gab es nun wirklich nicht. Vielmehr war er es, der Tod. Der Sensenmann, der hier irgendwo in einer finsteren Ecke stand, um den lieben Mergel zu holen. Oder wollte er Anna holen? Hatte er vielleicht statt einer Sense eine Sanduhr dabei? War es gar nicht das grinsende Skelett, vor dem sie sich als Kind immer so gefürchtet hatte? War es gar nicht der Tod an sich, sondern ihr Tod, ihr ganz eigener Tod? Ihr Tod aus Fleisch und Blut, ein ganz normaler Mann, den allein irrwitzige Gelüste zu seinen Taten schreiten ließen? Der Mörder, der sie nun endlich gefunden hatte, um sein lang gegebenes Versprechen einzulösen – war er hier?

Anna holte tief Luft. Nein, sie waren allein. Mergel und sie, allein mit ein paar Mäusen, Eichhörnchen und Mardern. Niemand anders außer ihnen war hier – und das war nicht gut. Denn der Alte würde bald sterben, sehr bald. Deshalb musste Anna handeln, sie musste handeln und Hilfe holen. Nicht jammernd und verängstigt nach dem Sensenmann Ausschau halten, sondern endlich laufen und Hilfe holen.

Sie machte dem Fiebernden noch einmal Wadenwickel und verabreichte ihm einen ordentlichen Schluck Wasser, dann ging sie.

Es dauerte eine Weile, bis Anna die nächste Ortschaft erreicht hatte, und dort wurde ihre Bitte nicht eben mit der größten Freundlichkeit aufgenommen.

Der Schmied ziehe zwar hin und wieder Zähne, doch mit entzündeten Wunden habe er nichts zu tun. Nein, so sagte seine Frau, sie würde ihren Mann bestimmt nicht mit einer dahergelaufenen Vagabundin in den Wald lassen. Und was die Hebamme beträfe, so hätten sie bis vor einigen Wochen zwar eine gehabt, doch die sei nun auf und davon, seitdem man ihre Schwester in Wildungen verbrannt habe. Angst habe sie gehabt, die dürre Hexe, dass es ihr ähnlich ergehen würde.

Auf die Frage, wie es in anderen Dörfern mit möglicher Hilfe bestellt sei, winkte man nur ab und riet Anna, sie solle sich doch lieber selber helfen. Dann wurde die Tür zugeschlagen.

Tatsächlich erging es ihr im nächsten Ort ähnlich, und auch im übernächsten hatte sie kein Glück, sodass sie sich vollkommen entkräftet und mit der Gewissheit, den alten Mergel nicht mehr lebendig vorzufinden, zu ihrer Holzhütte zurückbegab.

Auch Balthasar war kein Erfolg vergönnt gewesen. Drei Ärzte hatte er in der Stadt Wildungen aufgesucht, doch niemand wollte einen solch weiten Weg in Kauf nehmen.

Ein vierter Medicus, ein ziemlich zweifelhafter Mann, der im fünften Stock eines schmalen Mietshauses lebte und von dem Knaben zwischen zerbrochenen Flaschen, zerknülltem Papier und Unmengen an Mäusedreck kaum ausfindig zu machen war, erklärte sich bereit, für einen mehr als unverschämten Betrag den Kranken zu untersuchen. Jedoch, und das war seine Bedingung, müsse man ihm den Patienten herbringen, und zwar in ebendiesen schmutzigen Raum unter dem Dach.

Balthasar sagte zu, auch wenn er sich nicht vorstellen konnte, wie man den armen Mergel den ganzen Weg bis in die auf einem Hügel gelegene Stadt transportieren und ihn dann auch noch 60 Stufen einer engen und dunklen Stiege hinaufbringen sollte.

Mit einem unguten Gefühl machte auch er sich auf den Weg zurück in die Waldhütte.

Anna und Balthasar begegneten sich unweit ihrer Unterkunft und beschlossen, nachdem sie sich beide ihre glücklose Suche eingestanden hatten, selbst etwas zu unternehmen. Es war der Junge, der Anna vorschlug zu amputieren.

»Habe schon oft gesehen, wie das gemacht wird. Ich glaube, uns bleibt nichts anderes übrig. Eine Säge habe ich in der Hütte gesehen.«

Anna war nicht wohl bei dem Gedanken, und insgeheim wünschte sie sich, dass Mergel bereits erlöst sei, wenn sie die Tür zu ihrer Herberge öffneten.

Und tatsächlich herrschte dort im Innern Totenstille. Das

Feuer war mittlerweile erloschen, und in der Dunkelheit war nicht das geringste Lebenszeichen ihres Begleiters zu hören oder zu sehen. Vorsichtig schlich der Junge mit der Laterne ins Innere des kleinen Raumes, in dessen linker Ecke Hans Mergel liegen musste.

Anna wartete draußen.

Dann schrie Balthasar entsetzlich auf: »Komm her, Anna! Komm!«, rief er.

»Was ist los? Ist er tot?« Anna stand noch immer in der Tür. Ihre Gedanken von vorhin, als sie mit Mergel allein gewesen und die seltsamen Geräusche gehört hatte, gingen ihr wieder durch den Kopf.

»Ich weiß nicht. Aber da ist etwas geschehen.«

»Was ist geschehen?«

»Sieh selbst.«

»Nein, sag mir, was geschehen ist.«

»Komm herein und sieh selbst. Ich weiß es doch auch nicht. Kann es mir nicht erklären.«

Anna nahm dem Jungen die Laterne ab und ging hinein. Sie schloss die Augen und setzte vorsichtig einen Fuß vor den anderen. Erst als sie in der Mitte des Raumes angekommen war, blinzelte sie ein wenig.

Da lag er noch immer auf seinem Lager und war tot. Oder schlief er? Woher kam nur das ganze Blut? Anna lüftete das rot durchnässte Laken. Und da erkannte sie, was geschehen war.

Das Bein war nicht mehr da. Es war abgeschnitten. Amputiert. Amputiert und bereits verbunden.

»Hier ist es.« Balthasar stand hinter ihr und deutete auf das an der Wand lehnende abgetrennte Körperglied. Daneben stand eine blutige Axt.

Anna wurde übel, doch sie riss sich zusammen und fühlte Mergels Puls. Er lebte noch. Ganz leise konnte sie ihn auch atmen hören.

»Wer war das?«

»Keine Ahnung.«

»Hat er es selbst gemacht?«

»Das ist unmöglich. Niemals.«

»Er muss es selbst gemacht haben.« Anna konnte und wollte es sich nicht anders erklären.

»Natürlich. Und dann stellt er das abgehackte Bein fein säuberlich an die Wand.«

Der Junge hatte Recht.

»Aber wer war das dann?«

»Vielleicht ist jemand zufällig vorbeigekommen. Wir sind ja nicht die Einzigen, die hier unterwegs sind. Er hat gesehen, dass es dem Alten schlecht geht und dass er allein ist, und dann hat er das Einzige gemacht, was man noch machen kann, um ihm zu helfen.«

»Warum lässt er ihn dann einfach allein zurück?«

»Möglicherweise ist er etwas holen gegangen. Ein Medikament oder Kräuter, wer weiß.«

»Ja, das kann sein. Wir müssen uns auch nicht den Kopf darüber zerbrechen. Seien wir froh, dass er noch lebt.« Das sagte Anna, aber tatsächlich hatte sie ein ungutes Gefühl bei der Sache, ein sehr ungutes Gefühl.

Es vergingen Wochen, bis Hans Mergel wieder einigermaßen zu Kräften kam. Besonders der hohe Blutverlust machte dem alten Mann zu schaffen. Es war ihm kaum möglich, sich in seinem Lager aufzurichten und etwas zu essen oder zu trinken. Die Amputationswunde hingegen heilte gut. Beim Verbinden hatte Anna bemerkt, dass hier sehr sorgfältig gearbeitet worden war. Der »Heiler«, an den auch Mergel sich beim besten Willen nicht erinnern konnte, hatte vor dem Abtrennen des fauligen Beins sogar Hautlappen abgezogen und dann an dem Stumpf vernäht.

Es musste ein Arzt gewesen sein, ein Bader, Feldscher oder richtiger Medicus, so nahmen sie an, einer, der in jedem Fall etwas von seinem Handwerk verstand. Und das machte die Angelegenheit umso mysteriöser: Was hatte ein solcher Wunderheiler – der um Längen besser arbeitete als jeder Feldarzt – in diesem gottverlassenen Wald zu tun? Doch laut Mergel gab es, wie er nie müde wurde zu betonen, in diesen Zeiten nichts, was unmöglich war, und damit schien die Sache erklärt.

Es blieb zu hoffen, dass von der Narbe keine neue Entzündung ausging. Hans Mergel hatte insofern Glück gehabt, als sich der Wundbrand nur nach unten, in Richtung des Beines, ausgebreitet hatte. Lendenbereich und Rumpf waren unversehrt geblieben.

Anna und Balthasar versorgten ihren Patienten, so gut es ging, und offensichtlich mit langsamem, aber stetigem Erfolg.

Weihnachten ging vorüber und wurde nur sehr trostlos gefeiert, denn mittlerweile waren alle Nahrungsmittel ausgegangen. Auch in den benachbarten Dörfern war nichts mehr zu bekommen. Zweimal gelang es Balthasar, ein mageres Huhn zu stehlen, und einmal fing er ein Kaninchen, sodass man dem Kranken wenigstens eine heiße Brühe kochen konnte.

Von dem Retter – denn so mussten sie den heimlichen Medicus im Nachhinein nennen – hörten sie nichts mehr. Auch sonst blieben die drei allein. Nur ein paar polnische Pferdehändler kamen vorbei, schliefen eine Nacht in der Hütte, lauschten den Kriegsberichten des Hans Mergel und verkauften den drei Reisenden ein Pferd. Sicherlich zu einem viel zu hohen Preis, doch hatte das Geld im Moment ohnehin keinen Wert, und Hans Mergel musste nun so bequem wie möglich reisen. Dem armen Esel war es nicht mehr zuzumuten, einen kranken Mann samt seiner Bettstatt und den gesamten Hausrat zu ziehen. Die Polen nahmen ihn in Zahlung, sehr wahrscheinlich würde er geschlachtet.

Es war bereits Ende Januar, als es endlich weitergehen konnte. Die Gruppe zog an Marburg vorbei, welches sie laut Mergel besser nicht betreten sollten.

»Ein Pestloch ist das. Dutzende Mal belagert und heimgesucht. Da sterben die Menschen reihenweise wie die Ratten. Es gibt nichts, was da nicht eingeschleppt wurde.«

»Wann wird es denn endlich besser?«, wollte Anna wissen, die kaum noch glauben konnte, dass es irgendwo einen Flecken Erde gab, der nicht nachhaltig vom Krieg geprägt war.

»In Gießen müsste es besser werden. Ist nicht mehr weit bis dahin. Das gehört meines Wissens schon zu Hessen-Darmstadt. Zu den Katholischen, wie ich dir ja schon gesagt habe. Kannst du dich erinnern, oder soll ich es dir noch einmal erzählen?«

»Kann mich erinnern«, log Anna und freute sich auf Gießen.

Doch auch hier war nicht viel zu holen. Zwar hatte der Krieg hier keine Seuchen und verbrannten Dächer hinterlassen, zumindest nicht so viele wie im nördlichen Teil Hessens. Aber dennoch regierte der Hunger, denn wie in vielen Gebieten Deutschlands hatte es in den letzten Jahren nichts als Missernten gegeben. Tauschgeschäfte waren an der Tagesordnung, und da man nichts mehr zu tauschen hatte außer dem, was man am Leibe trug, zogen Anna, Mergel und Balthasar meist hungrig weiter in den Süden.

Der Januar war bitterkalt, und stellenweise war es den dreien unmöglich weiterzukommen, da der Karren sich keinen Fußbreit durch den zum Teil knietiefen Schnee bewegen ließ.

Hans Mergel schlug vor, Schlittenkufen zu bauen, doch wusste er selbst, dass es dazu an Material und ihm selbst an Kraft mangelte. An manchen Tagen schafften sie nicht einmal eine Meile. Dann gab es wieder solche Tage, an denen der Weg von entlassenen Soldaten und deren Anhang nur so wimmelte, sodass der Schnee wunderbar plattgetreten und somit für das Pferdefuhrwerk passierbar war.

Der Nachteil an einem solch großen Menschenaufkommen auf Hessens Wegen war der, dass die allgemeine Sicherheit gehörigen Schaden nahm. Mehrmals wurden Anna und ihre beiden Begleiter bedroht. Einmal war sogar das Pferd bereits dreist ausgespannt worden und konnte nur durch Balthasars Geschick zurückgestohlen werden. Darüber hinaus war es nur möglich, in der Helligkeit zu marschieren, und selbst da war man nicht sicher vor Wölfen. Denn sie trieben sich in diesem Winter in Unmengen in den Wäldern herum, drangen hungrig und rudelweise in die Dörfer ein und rissen dabei, so wurde erzählt, nicht nur Haustiere, sondern fielen auch Menschen an.

Anna erfuhr von einem Wolfsangriff, der sich unmittelbar vor ihrem Durchmarsch ereignet hatte und bei dem doch tatsächlich eine Bauersfrau samt ihrem erst wenige Monate alten Kind vor den Augen ihres hilflosen Mannes und weiterer vier Kinder zerfleischt worden war.

Mergel fielen zu diesem Thema natürlich wieder viele grausige Erzählungen von Werwölfen und anderen menschenfressenden Ungetümen ein, die sich in den Wäldern verbargen und auf ahnungslose Passanten warteten.

Die Nächte verbrachte das Gespann wegen der Raubtier- und Räubergefahr entsprechend unruhig, denn nur selten gelang es ihnen, sich in einem echten Gasthaus einzuquartieren. Meist mussten sie, zusammen mit vielen anderen, unter den zugigen Dächern eines Schafstalles oder auch einmal in einer verfallenen Köhlerhütte schlafen.

In selbiger Köhlerhütte, die sie sich mit einem Mann in Mergels Alter und dessen bereits etwa vierzigjähriger, unverheirateter Tochter teilten, geschah es, dass auch sie eine unangenehme Begegnung mit einem Rudel angriffslustiger Wölfe erlebten.

Als nämlich die reife Jungfer des Abends aus der Hütte trat und, nur mit einem kleinen Licht gewappnet, die Tiefen des Waldes aufsuchte, um in uneinsehbarer Abgeschiedenheit ihr keusches Geschäft zu erledigen, da hörte man sie wenige Augenblicke nach ihrem Fortgehen entsetzlich schreien.

Schon zuvor hatte die Gruppe das Geheul der Wölfe vernehmen können, doch war das kein Grund zu außergewöhnlicher Besorgnis gewesen, da diese Laute zu den üblichen Geräuschen einer hiesigen Winternacht zählten. Nun schrie also das alte Mädchen, und das brachte ihren Vater – einen verwitweten Schneider aus der Nähe der Stadt Bremen, der auf dem Weg zu seiner Schwester im Taunus war – in arge Sorge.

Pulver für Balthasars Schusswaffe besaß man nicht, und auch sonst gab es nichts, mit dem man ein ganzes, aus sicherlich zehn bis fünfzehn Tieren bestehendes Rudel hätte vertreiben können.

Der Vater, ein schmächtiges, kleines Männlein, getraute sich, trotz der immensen Angst um sein Töchterchen, nicht allein hinaus. Mergel konnte ihn nicht begleiten, was er insgeheim nicht bedauerte, und Anna sowie Balthasar wagten es ebenfalls nicht.

Also wartete man in der winzigen Herberge und lauschte den Geräuschen, die sich hoffentlich dahingehend entwickelten, dass Traude, so ihr Name, allein den Weg zurück in die Sicherheit finden werde. Und tatsächlich kam sie nach nicht allzu langer Zeit herangestürmt. Vollkommen aufgelöst, hatte sie nicht einmal bemerkt, dass sich ihr Kleid hinten in ihrem Gürtel verfangen hatte und somit das nicht mehr ganz frische Hinterteil vollkommen bloßgelegt war. Anna sprang schnell und diskret zur Hilfe und verhüllte die Jungfrau mit einem gekonnten Ruck wieder.

Dank erfuhr sie nicht für ihre höfliche Tat, dazu war die gute Traude zu aufgeregt. Kreischend berichtete sie ihrem ebenfalls weinenden Vater, wie ein böser Wolf sie im Wald angefallen habe. Wie er bereits zähnefletschend vor ihr gestanden habe und gerade zum Angriff übergehen wollte, als sie ihn durch ihren Aufschrei verscheuchen konnte. Doch dann hätte er es sich doch anders überlegt und sei ihr nun, mitsamt seinen Kameraden, bis hierher zur Hütte gefolgt.

Und tatsächlich: Da draußen auf dem Köhlerplatz erhob sich ein schreckliches Geheul, und im Schein des das Mondlicht reflektierenden Schnees konnte man bei einem Blick durch einen Spalt in der Hüttenwand etwa ein Dutzend vierbeiniger Schatten erblicken.

Sie warteten. Warteten darauf, dass einer von den Menschen herauskam oder dass einer von ihnen eine Möglichkeit fand, zu den Menschen in die Hütte einzudringen.

Man begann sich auf eine lange, schlaflose Nacht vorzubereiten und hoffte, dass die hungrigen Tiere irgendwann die Geduld verlieren würden. Das taten sie nicht. Eine Stunde nach Mitternacht machten sich zwei von ihnen auf und liefen schnurstracks in den Verschlag neben der Köhlerhütte, dorthin, wo das erst kürzlich und teuer erworbene Pferd untergebracht war.

Das arme Tier wieherte erbärmlich, doch was sollte man tun? Vielleicht war es auch ihre eigene Rettung, wenn sie ein Opfer brachten, dachte Anna.

Man hatte sich bereits mit dem Tod des Zugtieres abgefunden, als sie plötzlich einen ohrenbetäubenden Knall vernahmen. Dann brachen mit einem Mal auf dem Köhlerplatz – dort, wo sich die übrigen heulenden Wölfe aufhielten – zahlreiche kleine Feuerchen aus. Sicher zwanzig Feuerstellen brannten dort, und wieder war ein Knall zu hören, sodass sich alle Wölfe im Nu und mit eingezogenen Schwänzen winselnd davonmachten. Gefolgt von dem wütenden Gebell eines Hundes, der ihnen offensichtlich in den Wald nachfolgte.

»Was war denn das, in Gottes Namen?«, fragte Anna.

»Hexerei«, antwortete der Schneider.

»Hexerei«, wiederholte seine Tochter.

»Da kennt sich einer aus, wie man Wölfe vertreibt«, meinte Mergel.

»Langsam gruselt es mich«, sagte Anna leise.

»Solange uns nur Gutes geschieht, brauchst du dich nicht zu gruseln. Ist doch bisher alles zu unserem Wohl verlaufen. Wer auch immer unser heimlicher Helfer sein mag.« Hans Mergel schien die Ereignisse der letzten Wochen als selbstverständlich hinzunehmen, in denen den dreien mehrmals nicht nur aus misslichen Lagen geholfen, sondern ihnen auch manches Mal das Leben gerettet worden war, ohne dass sie wussten, von wem. Anna hingegen nahm es nicht so leicht. Sie, die sonst so vertrauensselig war, glaubte in diesem Fall, dass man es nicht allein gut mit ihnen meinte.

Wer war das? Was wollte er? Warum half er ihr? Warum tötete er sie nicht endlich? Warum hatte er ihr die Sanduhr gebracht und ließ sie dennoch am Leben? Wollte er sie quälen? Mit ihr spielen? Wollte er nur den richtigen Zeitpunkt abwarten, um dann zuzuschlagen? Anna konnte es sich nicht erklären.

Sicherlich hatte sie sich in ihren Fantasien immer wieder ausgemalt, wie es wäre, ihn zu überführen, ihn in heldenhaftem Alleingang dingfest zu machen und endlich außer Gefecht zu setzen. Doch das waren nur Gedanken gewesen, keineswegs war das Annas Wunsch. Sie wollte ihre Ruhe. Sie wollte, dass es endlich ein Ende fand. Doch es war noch nicht zu Ende, das spürte sie deutlich. Und sie spürte auch, dass diese Angelegenheit ihr Problem war. Allein ihr Problem. Aus welchem Grund auch immer. Und deshalb beschloss sie, nicht mehr darüber zu reden.

Am nächsten Morgen – man schlief sehr lange und erhob sich erst aus seinem Nachtlager, als die Sonne bereits aufgegangen war – erlebten die kurzfristigen Bewohner der bescheidenen Köhlerhütte eine weitere Überraschung. Neben Annas Liegestätte war ein Hund angebunden, ein großer schwarzer Hund. Er sah sehr friedlich aus und schaute die soeben erwachte Anna aus treuen Augen an.

Natürlich durchfuhr sie angesichts dieser durchaus bekannten Symbolik ein eisig-heißer Schreck. Hatte er ihr jetzt schon einen Hund gebracht? Unwillkürlich fasste sie sich an die Kehle. Kein Blut – sie lebte noch, war wohlauf.

Anna weckte die noch immer schlafende Jungfrau und fragte diese mit bebender Stimme, ob sie und ihr Vater etwa einen Hund dabeigehabt hätten, der Anna bisher vielleicht nicht aufgefallen sei. Traude wusste gar nicht, worum es ging, und verneinte die ihr am frühen Morgen seltsam erscheinende Frage.

Auch alle anderen konnten sich die Gegenwart des zwar großen, aber noch nicht ganz ausgewachsenen und lammfrommen Tieres nicht erklären.

»Wir nehmen ihn einfach mit«, schlug Balthasar vor, der den Hund sogleich ins Herz geschlossen hatte und ihn liebevoll Puck taufte, ganz so, wie er auch das kleine Hündchen geheißen, welches er als Dreijähriger von seinem Vater geschenkt bekommen hatte.

Anna hingegen konnte es nicht lassen, das schwarze Tier anzustarren. Und je länger sie es fassungslos betrachtete, desto mehr wurde ihr gewiss, dass sie diesen Hund kannte. Sie hatte einen ebensolchen großen schwarzen Hund mit glattem Fell, aber zotteligen Ohren und einer weißen Spitze am Schwanz gekannt, und dieser Hund war die gute Fee gewesen – die Hofhündin des Bauern Schulz. Fee jedoch war am selben Tag wie der Bauer, wie seine Magd Katharina und wie Annas Schwester Mine gestorben. Das wusste Anna genau, hatte sie ihren toten Körper doch im Hof liegen sehen. Dieser Hund hingegen glich Fee, abgesehen davon, dass er jünger und ein Rüde war, in jedem Detail. Selbst die Augen hatten diesen eigentümlich traurigen und dennoch vollkommen aufmerksamen Ausdruck, wie sie ihn nur von der lieben Fee kannte.

Wahrscheinlich, so dachte sich Anna, die nicht mehr an Zufälle und auch nicht mehr ausschließlich an göttliche Fügungen glauben wollte, wahrscheinlich war er aus dem Wurf und – ja! Da fiel es ihr wie Schuppen von den Augen: Ja, er war es auch, den sie einige Tage bei sich gehabt hatte. Den sie als Welpen mit auf ihre erste Flucht in den Wald genommen hatte. Es war ebendieser kleine wimmernde Hund, der an Mines Fuß festgebunden gewesen war. Und nun war er gewachsen und saß neben ihr. Was hatte all das nur zu bedeuten?

»Vielleicht ist es gar nicht schlecht, einen Wachhund mitzunehmen«, beschloss Hans Mergel. Er spürte genau, dass etwas in Anna vorging, wollte sie aber mit wilden Spekulationen und schaurigen Ahnungen verschonen. Stattdessen übte er sich in einer Bodenständigkeit, die dem Einfluss von Liese Kroll entsprungen zu sein schien.

Anna entschied für sich, in Zukunft wachsamer zu sein. Von nichts wollte sie sich mehr erschüttern lassen. Nichts sollte ihr mehr Angst einjagen. Keine Sanduhr in ihren Händen, keine Leichen vor ihrer Herbergstür, keine plötzlich abgeschnittenen Beine, keine fliehenden Wölfe und auch kein schwarzer Hund.

Auch sie würde versuchen, für all das eine Erklärung zu finden. Eine ganz natürliche Erklärung. Es gab ihn einfach nicht, diesen Mörder. Zumindest nicht hier, im Gefolge ihres kleinen Gespanns. Warum auch? Welchen Grund hätte er, das Heer zu verlassen und ihr zu folgen? Keinen, nicht den geringsten.

So schön kann sie singen, so schön. Doch Mamas Lied, sie will es einfach nicht mehr singen. Man hofft, hofft jeden Tag, aber es kommt nicht mehr aus ihr raus. Und nun muss man gehen. Muss sie allein lassen.

Die Soldaten warten nicht mehr lang. Werden bald weiterziehen, und dann findet man sie nicht mehr. Man muss sie aber finden, muss doch wissen, wo er ist. Kann doch nicht so lange fortbleiben.

Der Hund wird die Frau beschützen. Ist jetzt groß, der Hund, hat viel gelernt, der Hund. Man hat ihm eine Menge beigebracht. Ist ein guter Hund.

Man wird die Frau bald wiedersehen, wird sie wiedersehen und wird schauen, ob sie noch lebt. Ob sie am Leben bleiben wird, die Frau? Man weiß es nicht. Nicht, wenn er sie findet. Das steht fest.

Herrsching, Gramshuber. Das wird man sich gut merken. Dort wird man sie suchen. Irgendwann.

Vielleicht zeigt man sich dann. Wagt es endlich. Vielleicht fragt man sie dann, ob sie wieder singen mag. Keine Lieder vom Jesuskind. Nein, Mamas Lied soll sie singen. Dann wird man sie fragen, ob man bei ihr bleiben darf. Bei ihr, und nicht bei ihm.

Bei ihr bleiben, so, wie man gern bei der Mama geblieben wäre. So wie jedes Kind gern bei seiner Mama bleibt.

Doch jetzt muss man gehen. Er wartet, wartet bestimmt.

XVII

Im Winter zu reisen, war ohnehin beschwerlich, deshalb wurde es auch von den Heeren tunlichst vermieden. Im Winter ohne genügend Nahrungsmittel zu reisen, war fast unmöglich. Im Winter ohne genügend Nahrungsmittel und mit einem verkrüppelten Greis zu reisen, der keinen Schritt gehen konnte und zweimal am Tag neu verbunden werden musste, war eine Prozedur, die nicht lange auszuhalten war.

Müde und hungrig schleppten sich Anna, Mergel und Balthasar mit ihrer mehr und mehr schrumpfenden Habe vorwärts durch die dichten, verschneiten Wälder des Taunus. Das Pferd, welches den Wolfsangriff fast unbeschadet überstanden hatte, war mittlerweile zu einem Klepper abgemagert und weigerte sich immer wieder weiterzugehen.

Vergeblich suchte Anna nach einer Bleibe, denn auch der alte Mergel musste endlich einmal wieder eine längere Pause einlegen. Sein Beinstumpf heilte zwar gut, aber die Kälte machte ihm arg zu schaffen, bewegte er sich doch kaum, und hinzu kam natürlich der Hunger, der nicht mehr zu ertragen war.

Zum Glück hatten sie Puck bei sich, den treuen Hund, der Balthasar nicht mehr von der Seite wich. Er war ein Wundertier, denn ohne dass man ihn dazu aufgefordert hätte, brachte er hin und wieder ein Kaninchen, eine Taube oder auch einmal eine Ratte oder Katze an. Hatten die drei zunächst nur die herkömmlich genießbaren Tiere aus dem Maul des Hundes angenommen, so weigerte sich Anna nach einiger Zeit nicht mehr, selbst Bisamratten zuzubereiten. Und tatsächlich schmeckten diese gar nicht schlecht.

Doch von einer Ratte in zwei Tagen wurden drei Menschen nicht satt. Sicherlich erging es anderen noch schlechter, aber als ihr Weg sie schließlich in ein enges, bewaldetes Tal führte, das kaum passierbar war, dachte Anna ernsthaft daran aufzugeben.

Mit allerletztem Willen sowie großer Kraft- und Lustlosigkeit zog sie das Pferd an, welches sich schließlich schneller in Bewegung setzte, als man hätte vermuten dürfen. Von seiner eigenen Schnelligkeit überwältigt, rutschte das Tier, mitsamt dem Wagen und dem sich darauf befindlichen Hans Mergel, den steilen und dazu spiegelglatten Weg hinunter und zog Anna, die sich in den Zügeln verfangen hatte, neben sich her.

Es glich einem Wunder, dass sich der alte Mergel auf dem Wagen halten konnte, dass dieser nicht umkippte und dass auch das Pferd schließlich im tiefen Schnee einer Wegbiegung zum Stehen kam. Beiden war nichts geschehen, Anna jedoch verspürte einen stechenden Schmerz in ihrer Schulter. Nachdem Balthasar sie aus dem Zügelwirrwarr befreit hatte und sie sich von dem ersten Schrecken erholt hatten, stellten sie fest, dass Anna sich offensichtlich das Schlüsselbein gebrochen hatte.

»So etwas muss man schienen«, wusste der alte Mergel. »Wenn du das nicht schienst, wirst du dein Leben lang ein Krüppel bleiben.«

»Und wer soll das tun? Hier, mitten in der Einöde?«, fragte Anna. Sie hoffte inständig, dass nicht der heimliche Helfer von irgendwoher auftauchen und auch ihr ein Körperteil abhacken würde.

»Na ja, wenn Balthasar mir einen geraden Stock sucht und mir auch Verbandszeug bringt, dann werde ich das schon hinbekommen.« Mergel war zuversichtlich.

Gesagt, getan. Anna war eine halbe Stunde später fürs Erste

versorgt. Doch der schreckliche Schmerz blieb, und ans Weiterziehen war unter diesen Umständen nun wahrlich nicht mehr zu denken.

Vollkommen erschlagen und ziellos zogen die drei den schmalen Pfad weiter. Irgendwohin würde er sie schon führen. Der Schnee wurde immer tiefer, und als wäre das nicht genug, tat sich auch noch der Himmel auf und schickte weitere Abertausende dichter, weißer Flocken auf das Gespann hinunter.

Schließlich aber – sie dachten bereits, in einer weißen Hölle gelandet zu sein – kamen sie an eine Weggabelung. Und an dieser Kreuzung erkannten sie, dass auf dem zweiten Weg, der sich dort mit dem ihrigen schnitt, viele andere vor ihnen entlanggekommen sein mussten. Und das war offensichtlich noch nicht lange her gewesen, fanden sie doch außer zahlreichen Fuß- und Pferdespuren auch noch einen warmen Pferdehaufen vor.

»Da müssen wir lang. Der führt bestimmt in ein Dorf«, schlug Mergel, auf seinem Karren sitzend, vor. Anna, die sich mit ihrer schmerzenden und äußerst unbequem geschienten Schulter weiterhin zu Fuß fortschleppte, willigte müde ein.

Sie wählten also den zweiten Weg und entschieden sich, in die linke Richtung zu gehen, was schließlich dazu führte, dass sie immer weiter in den tiefen Winterwald gehen mussten. Oft führte der Pfad steil bergab, dann war es sehr schwer für den jungen Balthasar, das Pferd zu halten, welches ständig auszurutschen drohte. Manches Mal war die Gefahr groß, dass der Wagen einfach wieder auf- und davongleiten würde. Und auch Anna rutschte noch vier weitere Male aus, kam aber jedes Mal auf ihrem Hinterteil zum Sitzen und konnte sich mit Hilfe des Jungen wieder aufrichten, ohne sich noch mehr Schmerzen zugefügt zu haben, als sie ohnehin schon hatte.

Am frühen Nachmittag endlich vernahmen sie hinter einer Wegbiegung Geräusche, die offensichtlich von Menschen herrührten, denen es gutging. Niemals, nicht im Traum hatte Anna damit gerechnet, so tief in einem dicht bewaldeten, engen Tal ein Dorf oder einen Hof aufzufinden.

Ein Dorf oder Hof war es denn auch nicht. Was sich vor ihnen erhob, als sie die Kurve passiert hatten, war ein Wirtshaus.

Aufgrund seiner Abgeschiedenheit und der Unwegsamkeit des umliegenden Geländes hätte man niemals mit seiner Existenz gerechnet und erst recht nicht damit, dass hier das Leben blühte. Es war eine Menge los in diesem nicht großen und reparaturbedürftigen Fachwerkhaus. Vor seiner Eingangstür waren mindestens zehn Pferde angebunden, und aus dem Innern waren die Stimmen von etwa einem Dutzend fröhlicher Menschen zu hören.

»Das ist entweder ein Wunder, oder es geht nicht mit rechten Dingen zu«, staunte Hans Mergel angesichts dieses Anblicks.

»Wie kommen die denn alle hierher?«, fragte sich Anna.

»Vielleicht gibt es noch einen einfacheren Weg«, versuchte Balthasar das Phänomen zu erklären. Doch von einem zweiten Pfad war weit und breit nichts zu sehen, und tatsächlich gab es ihn auch nicht.

Dass täglich so viele Menschen den Weg in die »Dunkle Tanne« fanden, war tatsächlich ein Wunder, welches kaum zu erklären war. Es gab dieses Wirtshaus schon sehr lange. Damals war es am Rande eines kleinen Dorfes gelegen, welches nur wenige hundert Schritte entfernt in einer ebenen Waldlichtung entstanden war. Mühselig hatten seine Bewohner den Wald gerodet und versucht, im breiteren Teilen des Tales Landwirtschaft zu betreiben. Als die ersten zwei ertragreicheren Jahre vorüber waren, kam jedoch die Pest, und im Nu raffte sie alle sechs Familien samt Vieh dahin. Das Dorf verödete wieder, und mit der Zeit holte sich der Wald zurück, was ihm zuvor abgerungen worden war. Das Wirtshaus jedoch blieb bestehen und wurde zehn Jahre nach dem Schwarzen Tod wieder in Betrieb genommen.

Schnell erlangte es einen zwar zweifelhaften, aber dafür weit verbreiteten Ruf, sodass es nicht nur die Einwohner der fast einen halben Tagesmarsch entfernten Ortschaften anzog, sondern auch reisende Fremde. Gerne nahm man den mühsamen Weg in Kauf, um die vorzüglichen Darbietungen, die gute Küche und den selbst gebrannten Schnaps zu genießen. Seit dreihundert Jahren war das nun so, und selbst in solchen Zeiten wie diesen hatte sich kaum etwas daran geändert.

Philipp Knopf betrieb nun in siebter Generation die »Dunkle Tanne« und hatte mit seiner Frau Elisabeth eine hervorragende Köchin an der Seite, welche selbst in der Not aus den geringsten Zutaten große Leckereien zaubern konnte. Für die Unterhaltung der Gäste sorgten meist fahrende Leute. Im Moment war eine Gruppe Zigeuner da, die fröhliche Tanzmusik spielte und Zauberstücke aufführte.

Man kannte dieses Wirtshaus in einem Umkreis von zwölf Meilen. Und in jedem Heer, ob katholisch oder evangelisch, sprach man davon, wenn man die Gegend passierte. Ließ es sich einrichten, so machten gern auch Soldaten einen Abstecher hierher und blieben dabei immer friedlich. Es gab kaum Schlägereien, nie eine Plünderung, und in all den vielen Jahren hatte es auch niemals gebrannt in dieser Schenke. Das hieß jedoch nicht, dass hier nicht das eine oder andere Geschäftchen mit unrechtmäßig erworbenen Waren oder verbotenen Gütern betrieben wurde. Zweifelhafte Gestalten gab es genügend an jenem Ort, ihren finsteren Machenschaften gingen sie jedoch an anderer Stelle nach.

Hans Mergel glaubte sich urplötzlich an dieses Etablissement zu erinnern. Staunend standen sie noch auf dem Vorplatz, als ihm einfiel, dass auch er – damals, als er noch im Tilly Heer war – einmal mit einer Handvoll Fußknechte hierher hatte gehen wollen.

»Unbedingt wollten die das. Richard Bickel, einer von den gewieftesten Glücksspielern, die ich je kennengelernt habe, war ganz wild darauf. Alles soll es hier geben, meinte er. Alles. Weiß selbst nicht mehr, was dann dazwischengekommen ist, dass wir doch nicht hierhergestiefelt sind. Und jetzt stehen wir da. Rein zufällig. Ist das nicht großartig?«

Anna war zwar nicht so begeistert wie Hans Mergel, aber dennoch heilfroh, endlich einen Unterschlupf gefunden zu haben. Und hoffentlich auch ein Bett, in das sie sich mit ihrer kranken Schulter legen könnte. Unwohl war ihr nur bei dem Gedanken, jetzt in diese miefige, sicherlich von betrunkenen und geilen Kerlen angefüllte Spelunke gehen zu müssen. Denn was Männern an solchen Einkehrmöglichkeiten gefiel und ihre Augen eigentümlich von innen erstrahlen ließ, das musste einer anständigen Frau ganz und gar nicht gefallen. Und ebendieses befürchtete Anna Pippel wahrscheinlich zu Recht.

Kaum hatten Anna und Balthasar die sperrige Tür zur Schankstube geöffnet und waren durch einen nach Rauch und anderen Dünsten riechenden, wollenden Vorhang geschritten, der die Winterkälte draußen lassen sollte, da kam ihnen zunächst einmal eine Wärme entgegen, die Anna unvermittelt einer Ohnmacht nahebrachte.

Sie konnte in diesem vollkommen überheizten und stickigen Raum nicht atmen und wäre sicherlich, als ihr schwindelig wurde und sie die Bodenhaftung verlor, auf ihre kranke Schulter gefallen, wenn nicht die starken Arme eines bärtigen Mannes sie aufgefangen hätten. Sofort, ohne dass sie sich den Wirtsleuten vorgestellt hatten, wurde die fast ohnmächtige Anna hinauf in eine der Gästekammern gebracht und von der freundlichen Wirtin Elisabeth Knopf aufs Fürsorglichste umhegt.

Auch Hans Mergel wurde von den zwar betrunkenen, aber dennoch oder gerade deswegen besonders gutmütigen Gesellen schleunigst in die warme Stube getragen, wo ihm sofort ein

Glühwein gereicht wurde. Er freute sich sehr und hub im Nu zu erzählen an.

Balthasar erhielt eine heiße Milch, obwohl ihm in der Hitze eigentlich nach einem kühlen Schluck Wasser gewesen wäre. Das jedoch wurde dem Hund gereicht, der gierig trank und dann seine treuen Augen, in Erwartung eines Stückes Essbarem, auf den gastfreundlichen Wirt richtete.

Alles in allem wurde man in der »Dunklen Tanne« ausgesprochen entgegenkommend aufgenommen. Niemand beäugte die Fremden kritisch, niemand fragte sie, ob sie ihre Zeche auch zahlen könnten, und nicht einmal schmutzige Bemerkungen musste man über sich ergehen lassen. Die Stimmung war gelassen und ausgelassen zugleich. Und so kam es, dass sich alle drei sehr wohlfühlten.

Selbst Anna, die, mit neuem Verband und an den enormen Temperaturunterschied gewöhnt, nach einer Stunde die Treppe hinunterkam, konnte nicht behaupten, dass es ihr sehr unangenehm war, an diesem Ort zu sein, an dem sie, zusammen mit der Wirtin, die einzige Frau war – noch.

Obwohl alle Gäste – es waren etwa zehn – ruhig und freundlich waren, sah man ihnen allen an, dass jeder für sich ordentlich Dreck am Stecken hatte; und da machte Anna bei keinem eine Ausnahme. Wenn das mal nicht ein ausgewiesenes Räuberloch war, dachte sie bei sich.

Da bestand für die sonst so gutgläubige Anna Pippel kein Zweifel. Auch Hans Mergel musste es wissen, doch offensichtlich schien ihm das nichts auszumachen. Er war gerade dabei, die Geschichte seiner Amputation zu erzählen, was die Zuhörer dahingehend inspirierte, dass auch sie sich die Kleider vom Leibe rissen, um dem alten Mann ihre sämtlichen im Krieg oder bei sonstigen Kämpfen zugezogenen Blessuren zu zeigen.

Da gab es nicht nur verheilte Einschusslöcher in Schultern und Beinen, da konnte man auch ausgelaufene Augen, durchstochene Wangen, Brandmarkungen jeglicher Art, entsetzlich vernarbte Rücken und selbst eine abgeschnittene Zunge bewundern.

Jeder hatte sein eigenes Wehwehchen, und natürlich hatte auch jeder seine eigene Geschichte dazu, die nun erzählt wurde. Die Geschichte des Mannes ohne Zunge berichtete dessen Bruder, der über jedes Detail genau informiert war, während der Geschädigte selbst immer nur zustimmend nickte.

Bis in den späten Abend hinein unterhielt man sich prächtig über dieses eine einzige Thema, und sicherlich hätte man noch weiterreden können, wäre nicht das Unterhaltungsprogramm eröffnet worden.

Und dieses bot bei Weitem mehr, als man einer solch abgelegenen Spelunke zugetraut hätte.

Eröffnet wurde der Abend von einer für Kriegszeiten ungewöhnlich beleibten Zigeunerin, die ihre üppigen Rundungen tief dekolletiert und zur Freude derjenigen Herren, die solche Formen mochten, zur Schau trug. In einer seltsamen Sprache – die jedoch an diesem Ort außer Anna jeder zu verstehen schien – erzählte sie eine offenbar unterhaltsame und, dem schmutzigen Lachen der Zuhörer zufolge, auch anrüchige Anekdote nach der anderen.

Mergel lachte laut, und selbst Balthasar kicherte unverhohlen mit. Anna jedoch blickte beide nur stumm an und ärgerte sich, dass sie lediglich einzelne Brocken begriff. Der Rest blieb ihr schleierhaft. Doch das, was sie da Schlüpfriges verstehen konnte, reichte ihr, um sich noch mehr zu ärgern.

»Was lacht ihr denn so dreckig, und was ist das überhaupt für eine Sprache?«, wollte sie von Mergel wissen.

»Rotwelsch«, antwortete dieser nur knapp, ohne seine Augen von der dicken Frau zu wenden.

Wenn er in diesem Moment Zeit dazu gehabt hätte, hätte

Mergel Anna sicher erzählt, dass Rotwelsch eine Gaunersprache war, die sich besonders in diesem Krieg schnell verbreitete. Sie wurde in einem jeden Heer verstanden – sei es deutsch, spanisch, dänisch, böhmisch, ungarisch oder später auch französisch und schwedisch gewesen. Dabei handelte es sich um ein Gemisch aus verschiedenen Sprachen und Mundarten wie dem Deutschen, dem Spanischen, dem Jiddischen und der Zigeunersprache, und das wurde gerne als eine Verständigungsmöglichkeit zwischen Gleichgesinnten genutzt. Sei es, damit andere nicht zuhören konnten, sei es, weil man sich aufgrund unterschiedlicher nationaler oder regionaler Herkunft so am besten unterhalten konnte. Kurz: Gemeine Soldaten, Trossleute, anderes fahrendes Volk und auch herkömmliche Spitzbuben kannten diese Sprache, ohne dass auch nur einer von ihnen sie irgendwann mit Hilfe von Büchern und Vokabellisten gelernt hätte. Es war, als hätte man sie mit der Muttermilch aufgesogen, und das war der Grund, weshalb sich an diesem Ort alle prächtig amüsierten – nur die gute Anna nicht. Sie verstand kein Rotwelsch, weil sie aus einem anständigen Bauerndorf kam.

Als die üppige Zigeunerin die Bühne, das heißt den freien Raum in der Mitte der Schankstube, verließ, traten zwei junge Männer auf, die erstaunliche artistische Kunststücke vollführten. Danach kam ein Zauberer, der unter anderem die dicke Frau vom Beginn der Schau in zwei Hälften sägte. Es folgte eine Schlangenfrau, welche das Mannsvolk durch ihre grazilen und unmenschlich wendigen Bewegungen regelrecht in Ekstase versetzte, und dann formierte sich eine Gruppe von Musikanten, die mit Flöten, Trommeln und Geigen eine treffliche Tanzmusik aufzuspielen verstand.

An diesem Teil des Abends fand Anna besonderes Vergnügen. Sie liebte Musik, und sie liebte es eigentlich auch zu tanzen, doch musste sie heute sämtliche Aufforderungen der anwesenden Herren ausschlagen, schmerzte doch ihre Schulter noch allzu sehr und war nach wie vor mit einem sperrigen Holz geschient.

Der Spaß, den Anna beim Anblick der tanzenden Trunkenbolde hatte, die wild ihre Beine in die Lüfte schwangen, hatte ein Ende, sobald wieder zwei äußerst anmutige Zigeunermädchen auftraten. Sofort setzten sich alle Tänzer auf ihre Hocker und Bänke, um die Schönen mit offenen Mündern zu begaffen.

Und dann begannen die jungen Frauen ihren Tanz, der weitaus anmutiger war als das, was zuvor noch die polternde Räuberbande aufs Parkett gelegt hatte. Mit offenem schwarzen Haar, bunte Tücher um die zarten Körper geschlungen, bewegten sie sich nach Annas Geschmack allzu aufreizend und beachteten dabei anscheinend gar nicht, dass sich die Tücher immer weiter lösten und nackte Haut freilegten. Anna war empört und fasziniert zugleich.

Im ganzen Raum war es mucksmäuschenstill bis auf die leichten Klänge, die den wunderbaren Reigen begleiteten – kein lautes Gegröle, kein wildes Aneinanderstoßen von Bierkrügen, kein derbes Zutrinken, keine schmutzigen Bemerkungen, nur andächtiges Staunen. Ein anerkennendes Murren war zu hören, als mit einem Mal die Tücher voll und ganz zu Boden fielen und die Mädchen doch tatsächlich bis auf ein kleines Leibchen um die Hüften splitternackt umhersprangen.

Als dann die Musik jedoch wilder wurde und die zwei Grazien begannen, auf die Tische zu steigen und sich vor den Männern zu räkeln, da wurde es mit einem Mal doch wieder lauter. Solch eine Veranstaltung war der guten Anna vollkommen fremd, und sie wollte auch nicht weiter daran teilnehmen. Als nämlich noch die Schlangenfrau und die alte Dicke hinzukamen und der Spaß, den das Mannsvolk an den rassigen Schönheiten hatte, langsam Formen annahm, deren Zeugin Anna nicht sein wollte, zog sie es vor, ihre Kammer aufzusuchen.

Dem jungen Balthasar befahl sie Gleiches. Zwar weigerte er sich zunächst, doch stiefelte er dann brav hinter ihr her, nur um sich eine halbe Stunde später wieder heimlich nach unten zu stehlen, wo er zusammen mit Hans Mergel noch bis tief in die Nacht dem Spektakel zuschaute.

So ging es Abend für Abend. Nach den Zigeunern, die nur zwei Wochen blieben, trat ein Künstler aus den spanischen Niederlanden auf, der wunderbar Stimmen, Tiere und andere alltägliche Geräusche imitieren konnte. Ihm folgte ein jüdisches Pärchen, welches zu zweit die witzigsten Komödien aufführte, indem die beiden es verstanden, an einem Abend in mehr als zehn verschiedene Rollen zu schlüpfen. Dann kam eine Zeitlang niemand, und man musste sich allein mit dem Alkohol behelfen und mit den Erzählungen des alten Mergel, die ebenfalls großen Anklang fanden – bis dieser schließlich von einem Seemann abgelöst wurde, der doch tatsächlich frisch aus der Neuen Welt angereist kam, die wundersamsten Dinge berichtete und dazu selbst gemalte Bilder zeigte.

So verging die Zeit, und Anna genoss es immer mehr, in dieser abgelegenen und, auf ihre besondere Art, wohlbehütenden Unterkunft zu sein. Ihre Zeche bezahlten sie mit barer Münze, die hier gerne angenommen wurde, weil sich der Wirt sagte, dass auch wieder bessere Zeiten kommen würden. Außerdem hatten sie noch einiges an Wein und Branntwein in ihrem Wagen, mit dem sie in den ersten Tagen ihre Kost bezahlen konnten.

Woher Philipp und Elisabeth Knopf all ihre Zutaten bekamen, verrieten sie nicht. Es war jedoch stets so viel da, dass alle Gäste satt wurden. Nicht immer war alles frisch, und auch gab es mitunter wochenlang dasselbe, doch die drei konnten sich darauf verlassen, niemals mit knurrendem Magen einzuschlafen. Des Morgens wurden Haferschleim oder Grießbrei aufgetischt, mittags dann Schwarzbrot mit Wurst oder auch nur mit Butter, und des Abends wurde häufig sogar Fleisch gereicht. Davon gab es ungewöhnlich oft und viel, denn obwohl alle Wälder ringsumher entweder dem Landgrafen und seiner Jagdgesellschaft vorbehalten oder bereits so leergeschossen waren, dass man nicht einmal eine Maus fangen konnte, brachte die allabendliche Kundschaft fast immer frisches Fleisch mit – Kaninchen, Reh, Rebhuhn, Wildschwein oder auch einmal ein geschlachtetes Pferd. Dass es durch wilddieberisches Treiben beschafft wurde, scherte Philipp Knopf nicht. Hauptsache, seine Frau hatte genügend in ihrem Kochtopf und konnte auf ihre unnachahmliche Weise auch aus wenigen Zutaten die üppigsten Speisen bereiten.

Alles in allem befanden sich Anna, Mergel und Balthasar in einem Wunderland, in dem sie jeden Abend neue und alte Gesichter zu sehen bekamen. Für Balthasar war es ganz besonders spannend, den Berichten der Soldaten, Wegelagerer und Spitzbuben zuzuhören, denn niemand, rein gar niemand, hielt mit dem Herausposaunen seiner kriminellen Machenschaften hinterm Berg. Hier war man sicher und konnte es sein, denn niemals wagten sich Büttel und Schergen in die »Dunkle Tanne«. Und waren dennoch einmal welche gekommen – das hatte es in dreihundert Jahren vielleicht viermal gegeben –, so waren diese niemals wieder dahin zurückgekehrt, von wo sie hergeschickt worden waren. Darüber, was ihnen widerfahren war, schwieg man sich jedoch aus.

Auch Anna begann diesen Ort zu lieben, und besonders liebte sie die Erzählungen von Elisabeth Knopf. Manchmal, wenn alle Gäste gegessen hatten und die Krüge frisch gefüllt auf den Tischen standen, setzte sich die Wirtin zu Anna und erzählte mit ihrer warmen, dunklen Stimme die hinreißendsten Liebesgeschichten.

Anna war dann stets eine begeisterte Zuhörerin, beflügelte doch die Liebe anderer Menschen auch ihre Fantasie und weckte in so manch kalter und einsamer Winternacht die aufregenden Erinnerungen an ihre Begegnung mit dem blonden Reiter. Wie schön wäre es, so dachte Anna häufig, während sie den fremden Romanzen lauschte, wenn auch sie eines Tages eine solche Geschichte erleben dürfte. Zwar waren diese Liebesgeschichten oft traurig und endeten fast immer tragisch, doch ergreifend waren sie allesamt, und alle erzählten sie auch von Gefühlen, die Anna in dieser Tiefe noch niemals empfunden hatte. Von denen sie sich aber wünschte, sie irgendwann einmal – vielleicht in der Zukunft im fernen Bayern – erleben zu dürfen.

Da war die Geschichte der schönen Spanierin, die ihren verloren geglaubten Geliebten suchte und dabei durch halb Europa reiste. Kurz bevor sie sich wiederfanden, kam sie in einem kleinen deutschen Dorf nieder, gebar zwei gesunde Kinder und verstarb an den Folgen der schweren Geburt. Nur Stunden danach traf ihr Liebster ein – zu spät. Weinend konnte er nur noch seine tote Frau im Arm halten, der er ewige Liebe schwor.

Dann war da die Geschichte des jungen Edelfräuleins, das sich unsterblich in den Sohn des Stallmeisters verliebt hatte und von diesem in die Herberge der Knopfs entführt worden war. Wochenlang hatte sich das junge Paar dort verborgen und bereits geglaubt, dass die Schergen des Vaters die Suche nach der Tochter aufgegeben hätten. Doch kaum hatten sie ihre Herberge verlassen und waren nur wenige hundert Schritte in den Wald geritten, als sie aufgespürt und zum Schloss des Vaters zurückgebracht worden waren. Der Junge wurde in den Kerker geworfen und starb bald an einer Lungenentzündung. Vor Schmerz und Verzweiflung über den Verlust ihres Geliebten hatte sich das Mädchen wenig später vom Wachturm gestürzt, um ihm in den Tod zu folgen.

An solchen und ähnlichen Geschichten besaß Elisabeth

Knopf einen schier unerschöpflichen Fundus. Sicherlich entsprachen nicht alle der Wahrheit, da machte Anna sich keine Illusionen – aber schön waren sie, sehr schön. Am ergreifendsten jedoch war für Anna eine Geschichte, die Elisabeth Knopf mit besonders trauriger Stimme erzählte. Eine Geschichte, die nicht von wahrer, sondern von falscher Liebe handelte – eine Geschichte, so frei von Kitsch und Herzschmerz, wie nur das wirkliche Leben sie hatte schreiben können. Alles, und davon war Anna überzeugt, hatte sich genau so zugetragen.

XVIII

»Eine Zeitlang«, so erinnerte sich Elisabeth Knopf, »eine Zeitlang kam Jahr für Jahr ein und dieselbe fahrende Gruppe zu uns. Es waren Theaterleute, allesamt herzliche Menschen. Unter ihnen befand sich ein Mädchen mit wunderschönen großen Rehaugen. Ein hübsches Ding, das es verstand, sich geschickt von den derben Männerhänden fernzuhalten.

Sie war noch sehr jung und erzählte mir damals, wie verliebt sie sei. In einen Studenten habe sie sich verguckt, in einen, der die herrlichsten Gedichte aufsagen könnte. Und weil er im Moment auf Wanderschaft sei, da er eine neue Universität suche, würden sie sich häufiger treffen. Das nächste Mal in Marburg, so war es verabredet.

Im zweiten Jahr brachte sie ihn mit, ihren Studiosus. Er hatte wohl keine Universität gefunden, die ihn aufnehmen wollte, und sich deshalb den Theaterleuten angeschlossen. Ihre Liebe zu ihm war groß, doch er machte nicht den Anschein, dass ihm viel an ihr lag. Er war schweigsam und verschlossen, sagte wenig, und wenn er sprach, dann verstand man ihn nicht, weil er so gebildet war. Die Theaterleute lachten viel über ihn, aber das Mädchen, Felicitas, ließ nichts auf ihn kommen.

Im dritten Jahr kamen sie wieder, doch dieses Mal war Felicitas allein. Ihr Liebster hatte sie verlassen, und sie war todunglücklich darüber. Zumal sie ein Kind von ihm erwartete. Sie habe ihn mit der Franzosenkrankheit angesteckt, habe er ihr vorgeworfen. Doch das Mädchen schwor Stein und Bein, niemals mit einem anderen Mann als ihm zusammen gewesen zu sein. Niemals, so hörte sie nicht auf zu wiederholen, habe sie sich mit solch einer Krankheit anstecken können. Ich jedoch hatte schon im Jahr zuvor gesehen, dass sich ihre Haut am Haaransatz braun gefärbt hatte und ihr stellenweise die Haare ausgefallen waren. Das hatte ihrer Schönheit keinen Abbruch getan, sie hatte genügend Haare – doch ein untrügliches Zeichen für die Franzosenkrankheit ist es allemal. Ich weiß, wovon ich spreche.

Nun war also der Mann fort und hatte ihr zwei Dinge dagelassen, eine schreckliche Krankheit und ein Kind. Das Kind gebar sie hier in einem der Gästezimmer. Ich hätte nie geglaubt, dass es überlebt, so wie es aussah.

Meine Schwester – und das sag ich dir jetzt ganz im Vertrauen – hat auch diese Krankheit, und sie hat trotzdem ein Kind bekommen. Die Kleine ist nach einem halben Jahr gestorben, sie war auf die gleiche Weise missgestaltet wie Felicitas' Kind. Anders als andere Säuglinge hatten beide Kinder eine ungeheuer schrumpelige Haut, ja sie sahen aus wie kleine Greise. Und ihre Handflächen und Fußsohlen waren übersät mit Pusteln. Und dann dieser Schnupfen, dieser Schnupfen, der niemals aufhörte.

Es war ein Wunder, dass der kleine Pippin überlebte.

Die Theaterleute waren entsetzt, als sie das Kind sahen. Sofort wurde beschlossen, es zu verbergen. Niemand sollte es zu Gesicht bekommen. Das war klug von ihnen, denn die Menschen können grausam sein. Wird doch von solchen Schaustellern immer erwartet, dass sie Monstergeburten bei sich führen, um damit die Leute zu belustigen. Und wenn es dann einmal einen Wetterschaden oder eine Viehseuche gibt und die fahrenden Leute sind gerade in der Nähe, dann wird die Belustigung schnell vergessen, und der geeignete Sündenbock ist gefunden. Schließlich sind sie ja mit dem Teufel im Bunde, weil sie Wechselbälger bei sich aufnehmen. Nun, so ist das mit dem unwissenden, abergläubischen Volk.«

Anna nickte. Ähnlich besonnen waren auch Lieses Worte gewesen, als Therese ihr krankes Kind geboren hatte.

»Im vierten Jahr kehrten sie wieder. Der kleine Pippin lebte noch immer. Er wurde hinten in einem der Plankarren der Gruppe versteckt. Mittlerweile war er im ganzen Gesicht vernarbt, der arme Bub. Das kommt von den Blasen, die sich durch die Krankheit überall bilden. Er war sehr lieb und verbrachte in seinem Versteck mitunter einen ganzen Tag allein. Felicitas liebte ihr Kind und machte sich große Sorgen wegen seines ewigen Schnupfens. Der hatte schon das Näschen von innen so kaputtgemacht, dass es von außen ganz eingefallen war.

Mehr noch als ihr Kind liebte sie nach wie vor ihren Studenten, in einem fort sprach sie von ihm und sang stets dieses Lied – wie ging es noch gleich? *Kennst du das blaue Blümchen* … Nein, so war es nicht. Wie auch immer, es ging um ein abgemähtes Blümchen und um verschmähte Liebe. *Weißt du von dem Blümlein blau* …«

Anna fiel Elisabeth ins Wort:

»Weiß mir ein Blümlein blaue, von himmelklarem Schein
Es steht in grüner Aue und heißt Vergissnichtmein
Ich kunnt es nimmer finden, war mir verschwunden gar;
Von Reif und kalten Winden ist es mir worden fahl.
Das Blümlein, das ich meine, ist braun, steht auf dem Ried.
Von Art ist es so kleine, es heißt: Nun hab mich lieb!
Das ist mir abgemäht wohl in dem Herzen mein.
Mein Lieb hat mich verschmäht. Wie mag ich fröhlich sein?«

Elisabeth schaute Anna überrascht an. »Genau, Anna, genau dieses Lied war es! Du kennst es ja auch – scheint ein bekanntes Lied zu sein. Nun, das hat sie gesungen, immer wieder …

Geht es dir gut, Anna? Soll ich weitererzählen, oder magst du nicht mehr?«

»Doch, doch, erzähl. Ich musste nur gerade an meine Schwester denken. Erzähl weiter.«

Elisabeth fuhr fort: »Felicitas war mitunter ganz wahnsinnig vor Kummer und Herzeleid. Das machte auch mich traurig. Ich mochte sie sehr gern, und deshalb hörte ich mir immer wieder ihre Geschichten von ihrem Liebsten an. Sie erzählte den ganzen Abend von ihm. Davon, wie sehr er darunter litt, dass seine Familie von einer Räuberbande gemeuchelt worden war. Davon, wie viele Bücher er schon gelesen hatte und wie viele mächtige Leute er kannte. Davon, wie sehr er es liebte, wenn man ihn schweigend ansah und ihm einfach nur lauschte. Und davon, wie sehr er es hasste, wenn man sich über ihn lustig machte. Sie erzählte und erzählte.

Im vierten Jahr hatte sich nicht viel verändert. Aber als sie im fünften Jahr zurückkehrten, war Felicitas überglücklich. Sie würde ihn bald wiedersehen, er habe ihr eine Nachricht zukommen lassen und wolle wieder zu der Theatergruppe stoßen.

Wenig später zogen sie fort.

Im sechsten Jahr kehrten sie nicht zurück.

Im siebten Jahr kamen neue Schausteller zu uns, bei ihnen war eine Frau namens Anneke. Ich kannte sie, sie war die Wahrsagerin aus Felicitas' Theatergespann. Anneke erzählte, was geschehen war: Felicitas war tot, verbrannt in ihrem Wagen. Und nicht nur sie, alle anderen Wagen hatten auch gebrannt. Niemand hatte es überlebt. Sie waren im Schlaf überrascht worden. Anneke war im nahen Dorf gewesen, um dort einige Frauen zu besuchen, denen sie heimlich, ohne Wissen ihrer Männer, aus der Hand hatte lesen sollen. Als sie zum Lager der Schausteller zurückkehren wollte, war er ihr auf dem Feldweg begegnet. Er lief eilig an ihr vorüber und hatte Felicitas' Kind im Arm. Es war der Mann gewesen, den Felicitas so liebte. Er hatte nicht auf Annekes Rufen reagiert, und erst, als sie zu dem Platz kam, an dem ihre Wagen standen, sah sie es: Alles brannte, und jede Rettung kam zu spät.

Anneke war fest davon überzeugt, dass er das Feuer gelegt hatte. Es hatte einen Vorfall gegeben zwischen ihm und der Gruppe. Er hatte auftreten wollen, hatte ein Stück geschrieben, das jedoch niemandem gefiel. Alle hatten lachen müssen, als er es ihnen vorspielte, und dann war er wutschnaubend davongeeilt. Felicitas hatte ihn verzweifelt, aber vergeblich gesucht. Und als er zurückkam, kam er heimlich, legte ein Feuer und tötete damit auch die Frau, die ihn so unsterblich liebte.«

Als Elisabeth Knopf ihre Erzählung beendete, hatte Anna Tränen in den Augen. Die ganze Geschichte ging ihr unglaublich nahe, sie erinnerte sie an so vieles: an ihre Schwester Mine, die ebendieses Lied von dem blauen Blümlein so geliebt hatte, an Therese, welche sich so rührend um ihr todkrankes Kind gekümmert hatte, an Liese, die trotz ihrer schroffen Natur mehr Herz und Seele besessen hatte als die meisten anderen Menschen, und sie erinnerte sich an den schrecklichen Feuertod dieser beiden unschuldigen Frauen. Nicht zuletzt tat Anna dieser kranke, kleine Pippin leid. Er war so unschuldig und musste doch so leiden. Was war wohl aus diesem armen Kind geworden?

Langsam begann der Schnee zu schmelzen, der Wald begann zu grünen, die Vögel zu zwitschern, und die Tage wurden endlich länger. Annas Schulter war wieder ganz genesen, Hans Mergels Beinstumpf hatte sich wunderschön geschlossen, und auf Balthasars Oberlippe bildete sich ein erster Flaum. Der Frühling war da und brachte die Wärme und das Kribbeln in alle Glieder zurück. Man musste weiterziehen, ob man wollte oder nicht, denn auch das viele Geld war längst zur Neige gegangen.

Mitte März ging es weiter. Der Abschied fiel schwer, und auch den beiden Gastgebern konnte man anmerken, dass sie ihre drei Schützlinge und deren Hund ins Herz geschlossen hatten. Doch letztendlich konnte man sie nicht umsonst durchfüttern, und außerdem hatten auch diese ein Ziel vor Augen, welches sie schon allzu lange aufgeschoben hatten.

Also ging es auf in Richtung Heidelberg.

XIX

Es war ein großer Unterschied, im eisigen Winter oder unter angenehmen Frühlingstemperaturen zu reisen, und so legte die Gruppe, mit ausreichend Proviant ausgestattet und halbwegs genesen, am Tag bis zu sieben Meilen zurück.

Sie zogen an Frankfurt vorüber, welches zu betreten Mergel sich strikt weigerte, ohne einen Grund dafür nennen zu wollen. Sie füllten ihre Taschen und Mägen, so gut es ging, in Darmstadt auf und verirrten sich dann im dichten Odenwald. Schließlich erreichten sie, mehr als ein halbes Jahr nach dem Aufbruch aus Westfalen, die Stadt Heidelberg. Dort sollte der Junge Balthasar seine Familie wiederfinden.

Dieser war wenige Meilen vor seinem Geburtsort seltsam verstummt, er gab nicht einen Ton mehr von sich. Und eines Nachts hatte er sogar den Versuch unternommen, heimlich, zusammen mit dem Hund, das Weite zu suchen. Anna war jedoch aufgewacht und hatte ihn umstimmen können. Er war geblieben, doch sprechen wollte er weiterhin nicht.

Das brachte die beiden Begleiter des Knaben jedoch nicht davon ab, ihren Auftrag zu erfüllen und ihren Schützling in die Arme seiner geliebten Mutter zurückzuführen. Allein, dies wollte nicht so ganz gelingen, denn bei der Suche nach seiner Familie zeigte sich Balthasar außerordentlich störrisch, kurz: Er schwieg weiter.

Anna konnte sich derweil an der Schönheit und dem Reichtum dieser prächtigen Residenzstadt ergötzen. Hoch oben über dem Neckar thronte – zwar beschädigt, aber noch immer majestätisch – das imposante Schloss und warf seinen Schatten auf eine Stadt, in der, trotz Belagerung, Morden, Brandschatzung und zahlreicher Durchzüge, weiterhin das Leben blühte. Zwar war der gesamte Hof um den Kurfürsten Friedrich V. – besser bekannt als der Winterkönig – entflohen und befand sich im niederländischen Exil. Dennoch versuchten die überlebenden und vor Ort gebliebenen Bürger die Geschäfte wieder anzukurbeln. Schwierig war es nur für diejenigen – und das stellte Mergel mit dem kummervollen Blick des Wissenden fest –, deren Gewerbe allein vom Hof abhängig gewesen war.

»Und das sind viele in solchen Städten. Unter anderem natürlich auch die Blumenhändler. Wer will schon Blumen, wenn er Brot braucht? Entweder hat sich der Vater des Jungen was Neues überlegt und bäckt nun Kuchen aus Rosen und Nelken, oder er hat schon längst das Weite gesucht.«

Mit dieser Vermutung sollte Mergel Recht behalten. Balthasars Familie war nicht mehr in Heidelberg. Ob sie hatten fliehen können oder allesamt gestorben waren, darüber erhielten Anna und Hans Mergel unterschiedliche Informationen. Letztendlich beschlossen sie nach zwei Wochen vergeblicher Suche, die Stadt zu verlassen und den Jungen mit nach Bayern zu nehmen.

Balthasar war erleichtert. Er hatte sich ohnehin keinerlei Hoffnungen gemacht. Viel lieber wäre es ihm gewesen, man hätte ihm diese schmerzhafte Rückkehr in die Heimatstadt ganz erspart. Und auch Mergel ärgerte sich lauthals über Annas Sturkopf.

»Wäre es nach mir gegangen, hätten wir uns den ganzen Umweg gespart«, schimpfte er, während er seine persönliche Habe in einen Lederbeutel packte. »Soll ich dir mal auf der Karte zeigen, was wir alles zum reinen Vergnügen, ohne Sinn und Verstand, ganz für die Katz, kurz: was wir alles umsonst gelaufen sind? Schau mal, Anna«, und er griff nach der Landkarte, die er immer in seiner Nähe aufbewahrte. »Quer von Ost nach West, fast einmal gerade durch, durchs ganze Land, für nix und wieder nix. Und dem Jungen hast du damit auch keinen Gefallen getan. Im Gegenteil, verstummt ist er wieder. Aber wer hört schon auf einen alten Schwätzer? Liese nicht, und du auch nicht, Anna.«

»Gut, dass du immer alles besser weißt, Hans. Wenn wir dich nicht hätten, wären wir verloren.« Anna kam sich langsam tatsächlich vor wie Liese Kroll.

Der Alte wuchs ihr immer mehr ans Herz, und sie nahm es ihm nicht übel, wenn er böse auf sie war. Sie wussten mittlerweile beide, dass sie sich aufeinander verlassen konnten, ganz gleich, was geschah. Und Balthasar würde nun bei ihnen bleiben. Trotz der Tragik seiner Geschichte war Anna erleichtert, dass sie ihn mit nach Bayern nahmen, denn auch ihn hatte sie fest in ihr Herz geschlossen.

Sie folgten dem Neckar, kamen durch Wimpfen und Heilbronn, und je weiter sie in den Süden vordrangen, desto unberührter vom Krieg waren die Dörfer.

Hatte der Krieg den Süden bislang weitgehend gemieden, so galt dies nicht für die Tücken der Natur. In den letzten Jahren hatte es ständig Missernten gegeben, und so litten die Menschen auch hier unter Hunger.

Proviant gab es erst wieder in Hall, von wo aus es dann weiter in Richtung Ellwangen ging, einer von lauter protestantischen Städten umgebenen katholischen Enklave – so Mergel –, in welcher der Kaiser nicht aufzuräumen brauche.

»Das besorgen die da ganz pflichtbewusst von selbst. Da brennen schon seit Jahrzehnten die Scheiterhaufen. Das weiß ich von der Schüttler, die damals geflohen ist. Sie und ihre Tochter. Habe ich dir das eigentlich erzählt? Von hier konnte sie sich noch retten, verbrannt wurde sie trotzdem, bei uns im Heer. Alle beide, sie und auch das Madel. Das ist eine lange und traurige Geschichte …«

»Ja, ich weiß. Du hast mir schon davon erzählt, Hans. Und die war aus dieser Stadt?«

»Ja, aus Ellwangen.«

»Dann machen wir wohl besser einen Bogen um Ellwangen. Brauchen ja auch nichts weiter, oder?«

Hans Mergel, der längst ein anderes Ziel vor Augen hatte, war einverstanden. Kurz vor den Toren der Stadt beschlossen sie weiterzuziehen. Vorher jedoch machten sie eine kleine Rast, ließen das Pferd grasen und nahmen an einem schattigen Plätzchen ihr Mittagsmahl ein. Da plötzlich begann der Hund laut zu bellen.

»Was ist los mit dir, Puck?« Balthasar sprang auf und rannte dem aufgebrachten Tier hinterher. Nach wenigen Minuten kamen beide zurück. »Da wurde gerade eine merkwürdige Gestalt aus der Stadt herausgetrieben. Und jetzt kommt sie direkt hierher«, berichtete der Junge.

Nicht weit hinter ihm war bereits ein lautes Krakeelen zu vernehmen: »In jenen Tagen werden die Menschen den Tod suchen, aber nicht finden; sie werden sterben wollen, aber der Tod wird vor ihnen fliehen.«

Abgesehen von den dunklen Ringen unter den wasserblauen Augen war das Wesen schlohweiß oder besser aschfahl. Haar, Haut und Kleidung, alles besaß die gleiche Farbe. Schnellen Schrittes und bereits aus der Ferne unangenehm riechend, kam der Schreihals auf die drei zu.

»Na, das hat uns auch noch gefehlt. Ein Schwenckfelder. Wenn wir den mal wieder loswerden.« Hans Mergel schien im Bilde zu sein, um welche Sorte Mensch es sich bei dem Weißen handelte.

»Das erste *Wehe* ist vorüber. Noch zweimal wird das *Wehe* kommen.«

»Und du hoffentlich weitergehen, Kamerad.« Das hätte Mergel besser nicht gesagt, denn während der Prediger zunächst mit verklärtem Blick an ihnen vorübergeeilt war, blieb er wie erwacht plötzlich stehen, drehte sich um und strahlte die drei mit einem erlösten Lächeln an. Von Lächeln konnte jedoch nicht eigentlich die Rede sein. Denn obwohl alles andere an diesem Mann weiß war, so galt dies für seine Zähne ganz und gar nicht.

»Gefunden habe ich euch. Gefunden! Gefunden! Endlich gefunden!«

»Um Himmels willen, Hans, jetzt haben wir ihn am Hals!« Anna konnte sich denken, dass es nicht einfach sein würde, den offensichtlich mit einer wichtigen göttlichen Mission Beauftragten wieder loszuwerden.

»Da wurden die vier Engel losgebunden, die auf Jahr und Monat, auf Tag und Stunde bereitstanden, um ein Drittel der Menschheit zu töten. Und die Zahl der Reiter dieses Heeres war vieltausendmal Tausend; diese Zahl hörte ich.«

»Wir fahren besser weiter«, schlug Hans Mergel vor. Rasch packten sie all ihre Sachen, luden sie auf den Wagen, spannten das Pferd davor und machten sich, den Wanderprediger ignorierend, auf den Weg.

»Und so sahen die Pferde und die Reiter in der Vision aus: Sie trugen feuerrote, rauchblaue und schwefelgelbe Panzer.« Sie wurden verfolgt. »Die Köpfe der Pferde glichen Löwenköpfen, und aus ihren Mäulern schlug Feuer, Rauch und Schwefel. Ein Drittel der Menschen wurde durch diese drei Plagen getötet, durch Feuer, Rauch und Schwefel, die aus ihren Mäulern hervorkamen.«

Man hätte ihn an einen Baum binden müssen, um ihn loszuwerden, so entschieden heftete sich der weiße Mann an die drei Reisenden und zitierte in einem fort die Apokalypse des Johannes. Der Einzige, der seine offensichtliche Freude an ihm hatte, war Puck. Schwanzwedelnd lief er neben ihm her.

Anna und Mergel versuchten, den ungebetenen Gast zu

übersehen, doch je weniger Beachtung sie ihm schenkten, desto lauter lamentierte dieser. Es gelang ihm, seine Stimme immer gewaltiger zu heben, ja, so laut zu schreien, dass Anna versucht war, sich die Ohren zuzuhalten, da ihr die schrillen Töne Kopfschmerzen bereiteten.

»Und mir wurde gesagt: Du musst noch einmal weissagen über viele Völker und Nationen mit ihren Sprachen und Königen.«

»Von denen gibt es Hunderte, alle sehen sie gleich aus, und alle sagen sie dasselbe. Glauben zu wissen, dass das jüngste Gericht bald Einzug halten wird. Als wenn wir das nicht längst selber ahnten.« Hans Mergel gelang es tatsächlich, die Stimme des Kreischenden zu übertönen, um ein Gespräch mit Anna und Balthasar zu beginnen. »Zunächst haben sie den Menschen tatsächlich Angst und Schrecken eingejagt, aber mittlerweile ist es doch allen schietegal, ob sie in den Himmel oder in die Hölle kommen. Schlimmer als das, was man auf der Erde erleben muss in diesen Tagen, kann es eh nicht mehr werden.

Habe mal einen gesehen, einen von diesen Schelmen, der hat es fertiggebracht, ein ganzes Dorf aus den Häusern zu locken und mit sich zu führen. Fünfzig Leute, mindestens, schritten da hinter ihm her, jammerten und klagten. Ja, die haben sich sogar die Kleider vom Leibe gerissen, selbst die Weiber, und haben sich mit Ruten die Rücken blutig geschlagen. Auch gegenseitig.

Und während die tagelang so dahinmarschierten und dem Rattenfänger nachliefen, haben in der Zwischenzeit dessen Kumpanen ihre Häuser leergeräumt. So läuft das mit diesen Wehklägern, alles abgebrühte Hunde. Von wegen Verkünder des Herrn! Halunken sind das.«

»Und ich will meinen zwei Zeugen auftragen, im Bußgewand aufzutreten und prophetisch zu reden, zwölfhundertsechzig Tage lang.«

»Na, da haben wir ja noch was zu erwarten«, kommentierte Hans Mergel.

Die Predigt wollte kein Ende nehmen. Von Feuerspuckern, blutigem Wasser, allen möglichen Plagen und einem entsetzlichen Tier, das aus dem Abgrund steigen werde, erzählte der Prophet im immer gleichbleibend klagendem Ton, während er das Gespann verfolgte.

Am Abend hielten sie, um ihr Nachtlager zu errichten. Es war angenehm warm, und deshalb beschlossen die drei, im Freien unter ihren Leinenzelten zu schlafen. Ihr Gast war noch immer zugegen und hatte mittlerweile zu schreien aufgehört. Stumm saß er, nicht weit von ihnen, mit angewinkelten Beinen da und wiegte seinen dürren Körper vor und zurück.

Anfangs hatte Anna, ähnlich ihrem Begleiter Mergel, nur lachen müssen über den klapprigen Wanderpropheten. Doch je länger er hinter ihnen herlief und je länger seine eindringliche und unangenehm helle Stimme sich in ihr Ohr fraß, desto banger wurde ihr. Noch immer, obwohl er schon seit mehr als einer Stunde schwieg, tönten seine Worte in Annas Kopf nach: »Weh aber euch, Land und Meer! Denn der Teufel ist zu euch hinabgekommen.«

Anna wusste nicht genau, was sie mehr beunruhigte: der Inhalt oder der Klang seiner Worte. Es gelang ihr nicht, in dieser Nacht zur Ruhe zu kommen. Mit geschlossenen Augen, aber wachem Geist lag sie auf ihrem Schaffell und hoffte, dass das Schreckgespenst blieb, wo es war, oder vielleicht sogar ganz und gar verschwand. Jede Sekunde befürchtete sie, dass das Schreien erneut anhub und ihnen allen die Nacht zum Tage machen würde.

Doch erstaunlicherweise blieb der Prediger still – so lange, bis Anna plötzlich seinen fauligen Atem direkt über sich wahrnahm.

»Das Tier, das du gesehen hast«, flüsterte er, »war einmal und ist jetzt nicht; es wird aber aus dem Abgrund heraufsteigen und dann ins Verderben gehen.«

Annas Augen waren weit geöffnet, vor Schreck und Ekel hielt sie die Luft an. Was meinte dieser Sonderling? Sprach er etwa von dem Mörder, ihrem dubiosen Verfolger, dem Herrn der Sanduhren?

»Verschwinde!«, befahl sie ihm entschieden.

Und dann änderte sich sein Tonfall. Aus der unangenehmen Fistelstimme wurde ein warmer, männlicher Bariton: »Ich will dich warnen. Das Tier ist längst unter uns. Es versteckt sich überall. Manchmal verbirgt es sich für Jahre, um dann wieder hervorzuspringen. Schlimmer und grausamer als je zuvor. Wir bemerken es nicht, weil wir nicht besser sind als das Tier. Das ist unser Schicksal, unser Verderben, wir erkennen das Böse nicht, wenn es unter uns weilt, weil wir selbst böse sind.«

Am nächsten Morgen – Anna hatte sich die ganze restliche Nacht unter einer Wolldecke vergraben – war der Fremde verschwunden. Mit ihm ein Großteil des Vorrats – und der Hund.

»Der kommt bestimmt zurück. Das ist doch eine treue Seele. So einer verschwindet nicht auf Nimmerwiedersehen.« Hans Mergel versuchte Balthasar zu beruhigen, der furchtbar unglücklich über das Verschwinden seines vierbeinigen Freundes war. »Weißt du, Junge, ich brauche ohnehin eine Pause. Mal wieder was Ordentliches zwischen die Zähne und eine angenehme Bettstatt für mein einziges Bein. Nicht weit von hier, in Nördlingen, da lebt ein alter Kamerad von mir. Ein Gerbergeselle, den ich auf der Wanderschaft – damals, als ich noch Zimmermann war – kennengelernt habe. Bei dem finden wir sicherlich Unterschlupf. Und so klug, wie der gute Puck ist, wird er nicht lange auf sich warten lassen, deine Spur verfolgen, Balthasar, und schon bald vor der Tür stehen. Was meinst du, Anna, wollen wir einige Tage in Nördlingen bleiben?«

Anna war einverstanden. Ob sie nun in Ellwangen, Nördlingen, Herrsching oder weiß der Kuckuck wo seien, so dachte sie, finden würde dieser Teufel sie überall. Es war so ruhig gewesen den ganzen Winter und das bisherige Frühjahr über. Seit der Hund bei ihnen war, war nichts Ungeheuerliches mehr geschehen. Und jetzt das.

Dieser Prophet hatte von *ihm* gesprochen, von einem Tier war die Rede, aber er hatte *ihn* gemeint, den Mörder. Es war doch so? Oder bildete Anna es sich nur ein? Es sei gewesen und sei jetzt nicht mehr, werde aber aus dem Abgrund wieder aufsteigen und dann ins Verderben gehen. So ähnlich waren die Worte des weißen Mannes gewesen. Sollte das eine Warnung sein oder gar eine Drohung? Anna war verwirrt. Und nun war auch der Hund weg. So ein treuer Hund lief nicht einfach davon. Er musste einen Grund dafür gehabt haben.

Wer immer dieser Wanderprediger war und was immer er mit seinen Worten bezwecken wollte – bei Anna Pippel hatte er bewirkt, dass sie glaubte, wieder verfolgt zu werden. Verfolgt von einer Geschichte, in der sie, warum auch immer, eine entscheidende Rolle spielte.

Anna überlegte, ob es klug wäre weiterzuziehen. Genauso gut könnte sie in ihr Dorf zurückkehren. Sicher wäre sie nirgendwo, aber vertraut wäre es ihr dort allemal. Sie wollte darüber nachdenken, und deshalb kam ihr der Vorschlag Mergels, in Nördlingen zu verweilen, ganz recht.

Es war jedoch zu befürchten, dass sich nach all den vielen Jahren dieser besagte Gerber nicht mehr finden ließe. Zwar hatte der Krieg die Stadt Nördlingen bislang unbeschadet gelassen, doch konnte der Mann, wenn er denn im Alter des lieben Hans war, schon längst das Zeitliche gesegnet haben. Anna rechnete nicht damit, dass sie ihn finden würden. Doch da hatte sie sich getäuscht.

XX

Vitus Hasenmann arbeitete nach wie vor, obwohl er bald siebzig Jahre zählte, als Gerbergeselle. Seinen Arbeitsplatz hatte er, zusammen mit zahlreichen weiteren Gesellen und Lehrbuben seiner Zunft, in einem riesengroßen blauen und übel riechenden Haus unweit der Stadtmauer. Es war nicht schwierig gewesen, ihn ausfindig zu machen, denn das Gerberquartier dieser Stadt war ausgesprochen groß und Vitus Hasenmann vor Ort eine Institution. Zumindest unter den Handwerkern, und das aus einem einfachen Grund: Er war genauso wie sein Freund Hans Mergel.

Auch er erzählte gern Erlebtes und Erfundenes, machte daraus, sich heimlich die künstlerische Freiheit eines Dramaturgen nehmend, eine bunte Mischung aus Dichtung und Wahrheit und scharte somit fast allabendlich zahlreiche Zuhörer um sich. Ähnlich seinem Begleiter aus einstigen Tagen strahlte auch Hasenmann eine Liebenswürdigkeit aus, die es einem leichtmachte, ihm seine kleinen Flunkereien zu verzeihen. Waren doch gerade sie das Salz in seinen Erzählungen, wie er gerne nach ein paar Schoppen Wein selber zugab.

Sobald sich die beiden alten Männer wiedergefunden, wiedererkannt und wiedervereint hatten, wusste Anna, dass dieser Aufenthalt von längerer Dauer sein würde. Sie richtete sich darauf ein. Denn das weiträumige Haus, welches auch über einige Kammern für Wandergesellen verfügte, war durchaus wohnlich. Wäre da nicht dieser gleichbleibend schreckliche Geruch gewesen, ein Gemisch aus Verwesung, Urin und ätzenden Tinkturen, der jedoch zu einem Gewerbe wie dem des Gerberhandwerks dazugehörte.

Der Juli war bereits angebrochen, und sie waren noch immer in Nördlingen. Anna hatte die Zeit genutzt, um darüber nachzudenken, wohin sie ihr Weg nun führen sollte. Und sie war zu dem Schluss gekommen, weiter zum Gramshuber-Hof zu ziehen. Davon ließe sie sich nun nicht mehr abbringen. Von einem heimlichen Helfer oder gar einem heimtückischen Mörder gab es nicht die geringste Spur, alles hatte sie sich nur eingebildet. Denn hier, in dieser Stadt, in der sie nun seit Monaten verweilten, war nichts, rein gar nichts Dubioses vorgefallen. Anna war sicher, dass sie allein waren, umgeben nur von freundlichen Gerberburschen und deren Lederhäuten, die überall im Haus eingelegt oder aufgehängt zu finden waren und in der Sommerhitze einen mittlerweile unglaublichen Gestank verbreiteten. Sie war froh, als auch Hans Mergel endlich bereit war weiterzuziehen.

Auslöser für Mergels plötzliche Aufbruchsstimmung war ein Abend gewesen, an dem sein Freund Vitus Hasenmann es doch tatsächlich gewagt hatte, in einer großen Runde zu erzählen, weshalb der gute Hans ein gespaltenes Verhältnis zur Stadt Frankfurt hatte.

Und das kam so:

»Oh, das ist schon lang her«, berichtete Hasenmann in seinem schwäbischen Akzent, »wir waren beide junge Burschen und gut im Saft, wenn ihr wisst, was ich meine. Hans hatte damals noch zwei Beine und so schönes blondes Haar, dass er sich vor dem Weibsvolk kaum retten konnte. Ja, ein schöner Kerl ist das mal gewesen, auch wenn man das heute kaum mehr glauben mag.

Zusammen zogen wir durch die Lande, hatten uns zufällig irgendwo in der Fränkischen Schweiz getroffen und beschlossen, gemeinsam weiterzugehen, wohin uns unsere jungen Füße trugen. Das war sehr großmütig vom Hans, denn immerhin ist er ein stolzer Zimmermann, während meine Wenigkeit als Gerber einem unehrbaren Gewerbe nachgeht. Aber das hat uns nicht gestört, haben uns halt gut verstanden, und so kamen wir dann auch eines Tages in die Stadt Frankfurt.

Dort verbrachten wir so manche durchzechte Nacht. Ja, ihr Lieben, es gab da nämlich eine Spelunke, die es in sich hatte. Von außen klein und unscheinbar, erwies sie sich von innen als das reinste, prächtigste Babel. Und da wurde getanzt, gesungen, gesoffen und geküsst.

Und jetzt ratet mal, wer der wildeste Küsser von allen war: Das war unser guter Hans. Nicht ein, nicht zwei, nicht drei, nein, vier Mädel hat der an manchem Abend verführt. Ganz besonders angetan hatte es ihm ein junges Ding namens Sofia, zur Hälfte Zigeunerin, mit schwarzem Haar und stechend grünen Augen. Doch die Augen waren nicht einmal das Schönste an ihr. Nein, es gab was anderes, was noch viel, viel prächtiger war. Nicht wahr, Hans?«

Und Hasenmann machte mit beiden Händen eine eindeutige Bewegung vor seiner Brust.

»Ja, die hat dem Hans den Kopf verdreht. Möchte gar nicht wissen, wie viel Geld er für sie verprasst hat, Unmengen müssen es gewesen sein, denn die Dame hatte Wünsche. Sie wünschte sich einen neuen Schal, purpurrot und aus Seide sollte er sein, dann bildete sie sich eine Bernsteinkette ein und schließlich ein grünes Samtkleid. Hans kaufte ihr alles.

Doch wie das bei schönen Frauen so ist, hatte auch die feurige Sofia nicht nur einen Verehrer. Nein, sie pflegte – und das war stadtbekannt – auch ein sehr inniges Verhältnis zu einem jungen Kaufmannssohn, einem zwar gebildeten, aber dennoch flegelhaften Lüstling. Der pflegte mitsamt einem Anhang von fünf, sechs weiteren nichtsnutzigen, aber reichen Söhnen allabendlich die Stadt unsicher zu machen, um den darauffolgenden Tag in seinem weißen Himmelbett zu verschlafen.

Dieser – seinen Namen kenne ich, will ihn aber hier nicht nennen – erfuhr schließlich von seinem Nebenbuhler Hans und glühte vor Eifersucht.

Eines Abends – wir feierten gerade wieder in besagter Spelunke, und auch Sofia und Hans waren turtelnd zugegen – kam dieser Jüngling, der sich sonst nie in solch einer gemeinen Absteige zeigte, mit seinem Gefolge hereingestürmt. Zunächst begann es friedlich, denn er machte sich alle Anwesenden zu Freunden, indem er eine Runde Schnaps nach der nächsten spendierte. Doch dann, ehe wir's uns versahen, schnappte er sich mit einem seiner starken Freunde den Hans und band ihn bäuchlings auf eine Bank. Wir anderen sahen darin nichts Böses, und obwohl der gute Hans protestierte, lachten wir, als sie ihm die Hosen runterzogen, seinen Hintern mit Salz beschmierten, sodann die Ziege des Wirtes hineinführten und sich an dem Salz gütlich tun ließen.

Ja, sie spielten noch so manchen Streich mit dem Hilflosen, bevor sie ihn – es war bereits Morgen, und ein redlicher Mensch ging längst seinem Tagwerk nach – losbanden und vollkommen nackend durch die Stadt jagten.

Der Hans war splitternackt, er trug nichts am Leibe, rein gar nichts. Und so drehten sie ihre Runden, bis hin zum Römer, auf dem schon längst ein reges Treiben war. Dort banden sie den Armen wieder auf eine Holzbank und gaben jedem, der Spaß daran hatte oder gierig nach Geld war, ein paar Kreuzer, wenn er dem hilflosen Kerl mit einer Rute einen ordentlichen Streich über den Allerwertesten verabreichte. Und ich sage euch, es kamen viele, die sich dazu anboten. Des Geldes wegen, hauptsächlich, so nehme ich an.

Es verging eine Zeit, bis sich endlich städtische Ordnungshüter einfanden, die dem Spektakel ein Ende setzten. Doch anstatt die Rüpel zu bestrafen, schickten sie diese, wahrscheinlich aus Angst vor deren mächtigen Vätern, nur nach Hause in ihre Betten. Den lieben Hans hingegen brachten sie auf einem Leiterwagen, ganz so wie er war, nämlich nackend, vor die Tore der Stadt. Dort setzten sie ihn aus und wiesen ihn an, ihre Stadt nie mehr in seinem Leben zu betreten.

Und am Nachmittag – auch ich musste einen gehörigen Rausch ausschlafen – fand ich meinen guten Freund dort. Er hatte sich hinter einem Busch verborgen und seine Blöße notdürftig mit einem Zweig verdeckt. Ganz so, wie man sich unseren Stammvater Adam im Paradiese vorstellen muss.

Ja, liebe Anna, und deshalb wollte Hans nicht mit euch in die Stadt Frankfurt einziehen.«

Die Geschichte amüsierte alle Anwesenden köstlich – alle bis auf Anna, die sich aus Anstand mit dem Lachen zurückhielt, und natürlich Hans Mergel, welcher, hätte er gekonnt, aufgestanden und fortgegangen wäre. Mit vor Scham und Wut hochrotem Kopf saß er da und schwieg. Nicht einmal an den Stellen, an denen sein Freund die Unwahrheit erzählt oder hemmungslos übertrieben hatte, war er eingeschritten. Er schwieg und beschloss, sich gleich am nächsten Tag ohne einen Abschiedsgruß auf- und davonzumachen. Allein, ohne Anna und den Jungen.

Daraus wurde nichts, da Anna ihm noch am selben Abend vorschlug, ihre Reise so bald wie möglich gemeinsam fortzusetzen. Und so kam es, dass sie tatsächlich in aller Frühe aufbrachen und das friedlich schlummernde Nördlingen, welches noch nichts von alldem ahnte, was ihm im Verlauf des weiteren Krieges widerfahren sollte, hinter sich ließen.

In glühender Hitze ging es Richtung Donauwörth. Hans Mergel, der auf dem Pferdewagen saß, hatte sich einen nicht gerade ansehnlichen, aber dafür zweckdienlichen Sonnenschutz aus zusammengenähten Lederflicken gemacht, die er seinem Freund Vitus Hasenmann aus Wut entwendet hatte. Nicht nur das: Der Alte hatte sich, trotz seines Alters und seines fehlenden Beines, in der Nacht vor seinem Aufbruch in die Speisekammer des Gerberhauses geschlichen und dort alles mitgehen lassen, was er tragen konnte. Und das war erstaunlich viel.

Nun saß er also unter seiner Schatten spendenden Konstruktion, während Anna und Balthasar in der brütenden Hitze neben dem Wagen herliefen. Doch Hans Mergel hatte, mehr als selbst das Pferd, mit Unmengen an Fliegen zu kämpfen, die ihm das Leben nicht ganz so angenehm machten, wie er es sich gewünscht hätte.

Während Mergel gegen die Fliegen kämpfte, war Balthasar weiterhin enttäuscht. Puck war nicht zurückgekehrt, und langsam fand auch Anna keine aufmunternde Erklärung mehr für ein baldiges Auftauchen des Hundes. Selbst die Aussicht, im nahen Donauwörth einen neuen, jungen Hund aufzutreiben und mitzunehmen, stimmte den Jungen nicht fröhlicher. Er wollte Puck und nur diesen.

Mit der Erwähnung der Stadt Donauwörth hatte man dem Geschichtenerzähler Mergel ein Stichwort geliefert, welches ihn geradezu zwang, wieder einmal einen Teil seines umfangreichen Wissens preiszugeben.

»Ja, ja, dann zieht es uns also nach Donauwörth. Streng genommen fing ja nicht in Prag, sondern *hier* der Krieg an, und zwar bereits im Jahre 1606. Damals war die Stadt noch frei, jeder durfte selbst bestimmen, ob er am Sonntag lieber in die evangelische oder in die katholische Kirche gehen wollte.

Die meisten dort waren allerdings Protestanten, und die waren gar nicht zimperlich, wenn es darum ging, den Papisten ihren Prunk und ihre Zeremonien auszutreiben. Verprügelt haben sie die einfach, selbst katholische Geistliche haben sie beschimpft. Und auf Abgesandte des Kaisers, die für Ruhe sorgen sollten, wurde erst gar nicht gehört. War ein ganz schön aufrührerisches Völkchen, diese Donauwörther Evangelen.

Und was macht der Kaiser, wenn ihm etwas gegen den Strich geht? Na, Balthasar, was macht er da?

Er verhängt die Reichsacht und lässt Soldaten einmarschieren. Einer hat sich darüber ganz besonders gefreut: der gute Maximilian von Bayern. Den gab es damals schon. Und er hat es auch damals schon verstanden, sich alles, was er gut gebrauchen konnte, unter den Nagel zu reißen. Und Donauwörth konnte er ganz gut gebrauchen.

Weil der Kaiser nämlich nicht viel Geld hatte – ist heute ja bekanntlich auch nicht anders –, hat er dem Bayernherzog, der inzwischen Kurfürst ist, die Stadt Donauwörth als Pfand vermacht. Maximilian hat ihm dafür das Heer bezahlt.

Und was macht der katholische Bayer und neue Herr von Donauwörth? Er verbietet den Protestanten ihren Glauben. Durften nicht mal mehr in ihre Kirchen gehen.

Das Ende vom Lied war: Die Großen in diesem Lande, die ja bekanntlich auch entweder Papisten oder Evangelen sind, haben sich über diesen Vorfall so sehr gestritten, dass sich zwei Lager gebildet haben, die protestantische Union und die katholische Liga.

Jetzt ratet mal, wer in diesem Krieg, der gerade eine Pause macht, gegen wen kämpft? Na? Die Union gegen die Liga. Na ja, nicht ganz, denn die Union ist mit Friedrich von der Pfalz untergegangen. Haben alle ihre Schwänze eingezogen, die evangelischen Fürsten, nachdem die Spanier den Pfälzer in seinem eigenen Land ordentlich verprügelt hatten. Nicht wörtlich, ihm selbst wurde kein Haar gekrümmt, aber seinem Volk. Daran kann sich Balthasar nur allzu gut erinnern. Aber die Liga gibt's noch. Das Heer wird von Tilly geführt, wisst ihr ja.

So, und wenn ihr mehr hören wollt, dann dürft ihr mir jetzt Fragen stellen.«

Unterdessen hatte Mergel in etwa zwei Dutzend Fliegen, die es sich auf seinem Filzhut bequem gemacht hatten, eine aufmerksamere Schar an Zuhörern gefunden als in Anna und Balthasar, die dankend auf eine Fortsetzung der Ausführungen verzichteten.

In der Stadt Donauwörth, welche sie noch am selben Abend erreichten, herrschte aufgeregtes Treiben. Obwohl es längst Zeit zum Abendessen war, standen die Menschen auf den Straßen und tuschelten miteinander.

Es hatte sich das Gerücht verbreitet, dass die Schweden tatsächlich auf deutschem Boden gelandet seien. Noch ganz im Norden zwar, also Hunderte von Meilen und Monate von Tagesmärschen entfernt. Doch sie schienen da zu sein und sich auf einen Krieg gegen den Kaiser vorzubereiten.

Es freute die Menschen offenbar, dass der Krieg nun weitergehen würde, so hatte Anna den Eindruck. Und nach dem, was der alte Mergel heute Nachmittag erzählt hatte, auch wenn sie ihm nur halbherzig zugehört hatte, hatte die Mehrzahl der Bürger Donauwörths auch allen Grund dazu. Hofften sie doch, endlich die strenge Herrschaft des bayerischen Kurfürsten Maximilian abschütteln zu können und wieder zu einer mehrheitlich protestantischen, freien Reichsstadt zu werden.

Anna freute sich keineswegs über diese Nachricht. Sollten sie etwa diesen ganzen weiten Weg völlig umsonst gemacht haben, wenn der Krieg jetzt weiterging und auch hier in Bayern erwartet wurde? Sie hatte keine Lust mehr, verfolgt zu werden, nicht von Mördern mit Sanduhren und auch nicht vom Krieg. Sie wollte nur eines: endlich Ruhe und Frieden.

Die Gerüchte von der Landung der Schweden verdichteten sich Ende Juli, als die drei die Stadt Augsburg erreicht hatten. Dort, in dieser ehemals protestantischen Hochburg, die nun ebenfalls von dem bayerischen Kurfürsten aufs Ärgste traktiert wurde, waren längst Flugschriften im Umlauf, von denen Hans Mergel eine in die Hände fiel.

Auf dem Blatt war zu sehen, wie ein großer Mann mit einem schönen Bart in königlicher Haltung von einem Boot stieg. Der Löw' aus Mitternacht sei auf der Insel Usedom gelandet, so las Mergel vor, und mit ihm eine Schar von nicht weniger als 15 000 Kriegern. Er werde den Adler – damit sei der Kaiser gemeint, so Mergel – bekämpfen und besiegen. Durch ihn werde der protestantische Glaube befreit und könne einen erneuten Siegeszug in Deutschland antreten. Und so weiter und so fort.

Anna verstand nur die Hälfte all dessen, was der alte Mann vorlas, doch eines verstand sie genau: Es war mit Sicherheit nur noch eine Frage der Zeit, bis alles von vorn losging.

Und als Balthasar am nächsten Tag, nach einem seiner berüchtigten Streifzüge, mit der Nachricht in ihre Augsburger Herberge kam, dass Wallenstein mit einem Großteil seines Heeres bereits seit mehr als einem Monat im nicht weit gelegenen Memmingen lagerte, da war sich Anna gewiss, dass sie dem Krieg nicht würde entfliehen können. Es war ihr Schicksal, davon verfolgt zu werden. Allein, sie hoffte, man werde ihr wenigstens noch einige Zeit Aufschub gewähren, damit sie sich im schönen Bayern, auf dem großen und sauberen Hof der Gramshuberin, bei redlicher Arbeit erholen könne.

»In Memmingen also«, staunte Mergel. »Dann sind die gleichsam neben uns hermarschiert, und wir haben nichts davon bemerkt. Wobei wir ja auch ganz ordentliche Umwege gemacht haben wegen dir, mein Junge, wegen dir. Tja, Anna, denen möchten wir nicht begegnen, oder? Da sind bestimmt unsere alten Freunde mit dabei. Obwohl es mich ja reizen würde, heimlich einmal wieder dort vorbeizuschauen, in meinem alten Tross. Was sich wohl so verändert hat? Wen es noch gibt und wen nicht mehr. In Memmingen also. Und warum ebendort?«

»Weil sich nicht weit von hier der Kaiser mit den ganzen Fürsten trifft. In Regensburg oder so. Und weil der Kaiser will, dass Wallenstein in Italien kämpft«, berichtete der Junge, stolz auf all das, was er in der Stadt aufgeschnappt hatte.

»Aha, dann gibt es also einen Kurfürstentag in Regensburg. Da wird das alte Schlitzohr von Wallenstein wohl einen Teufel tun und nach Italien ziehen, der verschanzt sich da in Memmingen, um den Herrschaften in Regensburg ordentlich Angst einzujagen. Und weißt du warum, mein Junge?«

Balthasar schüttelte den Kopf.

»Weil die ihm mit Sicherheit den Laufpass geben wollen. Den kann doch keiner leiden, diesen Emporkömmling. Aber wenn er mit versammelter Mannschaft nur ein paar Meilen entfernt lagert, dann machen sich doch Maximilian und Gefolge in die Hosen vor Angst. Denn sollten die den Kaiser zwingen, den Wallenstein rauszuschmeißen, wird der denen aber zeigen, was er davon hält, das kann ich dir versprechen. Dann macht er dem Maximilian sein schönes Bayern wüst. Katholische gegen Katholische.

Und außerdem: Was soll der denn in Italien, wo doch die Schweden jetzt im Norden sind? Heilige Jungfrau Maria, über ihre eigenen Plänkeleien erkennen die Papisten anscheinend überhaupt nicht den Ernst der Lage!«

Zur Enttäuschung der drei Reisenden trug nicht nur die Landung der Schweden und die nahe Anwesenheit ihres alten Heeres bei, aus dem sie vertrieben worden waren. Es kam hinzu, dass sich Bayern mitnichten als das gelobte Land erwies, als welches es sich Anna in ihren Träumen vorgestellt hatte.

Zunächst einmal waren weit und breit keine Berge zu sehen. Ganz im Gegenteil: Das Land war in diesem Teil Bayerns sogar so flach, dass Anna die Hügel des Weserberglandes dagegen als schroffe Gebirgszüge in Erinnerung hatte. Und die Menschen begegneten den Ankömmlingen, die sich zum Ammersee durchfragten, mit einer Skepsis und Unfreundlichkeit, wie Anna es bisher selten erlebt hatte. Wenn sie etwas in Erfahrung brachten, dann waren es lediglich Hiobsbotschaften, welche zu berichten den Leuten offenbar Freude bereitete.

Frieden? Den gäbe es hier nicht. Immerhin seien ja die eigenen Truppen durch Bayern marschiert, und Engel seien das auch nicht, außerdem habe erst vor wenigen Jahren eine Pestwelle ihr Unwesen in der Gegend getrieben, und darauf sei eine solch schlimme Hungersnot gefolgt, dass man nicht einmal alle Toten habe vergraben können, so schwach seien die Überlebenden gewesen. Nun würden seit einiger Zeit seltsame Himmelserscheinungen auftreten, die nichts Gutes verkünden. Sehr wahrscheinlich plane der Antichrist Wallenstein etwa eine teufliche Tat, der sitze ja jetzt in Memmingen und warte nur darauf, über Bayern herzufallen.

Ähnliches hörte man aus vielen Mündern, sodass Mergel und Anna beschlossen, niemandem zu berichten, dass sie selbst einem Wallensteinschen Regiment entstammten.

Als sie schließlich den Ammersee erreichten, war Anna von der Ungastlichkeit der Menschen und dem flachen Land so sehr enttäuscht, dass sie es bereute, doch nicht in ihre Heimat zurückgekehrt zu sein. Am Ufer des ohne Zweifel wunderschönen Sees stehend und die nackten Füße in das angenehm kühle Wasser tauchend, huschte erst dann wieder ein Lächeln über ihr Gesicht, als sie linker Hand, in weiter, weiter Ferne, das erblickte, was sich in ihrem Kopf als der Inbegriff der Schönheit und Sicherheit festgesetzt hatte – die Berge. Weit weg, doch immerhin sichtbar, ragten ihre schroffen Gipfel, von einem Nebelschleier verhangen, in den hellblauen Himmel.

Wer weiß, überlegte Anna, vielleicht gingen doch noch einige ihrer Wünsche in Erfüllung. Und sie dachte seit Tagen zum ersten Mal wieder an die Liebe. Wahrscheinlich war es dumm von ihr, sich so etwas einzubilden, aber sie wollte den Gedanken nicht aufgeben, dass auch er bald hierher, in seine Heimat, zurückkäme und Anna in seine Arme schloss. Das – und daran erinnerte sie sich gut – hatte er ihr beim Abschied versprochen. »*Wir werden uns irgendwann wiedersehen*«, so waren seine Worte gewesen. Und daran glaubte Anna. Dass er sie jedoch leidenschaftlich umarmen würde, konnte sie sich nur wünschen.

Sie schaute noch eine Weile in die Ferne, stand dann auf, ging zu ihren beiden Begleitern und sagte: »Jetzt wollen wir fragen, wo die Gramshuber-Bäuerin lebt.«

XXI

Zur Gramshuberin wollts ihr? Na, dann seids aber schon zu weit g'laufen. Der ihr Hof ist weiter oben am Ufer, etwa eine Stunde Fußweg von hier. Ihr werdets schon sehen, wenn ihr dort seid, ist ein schönes Dorf, und der ihr Haus ist groß, gewaltig. Zur Gramshuberin wollen die, zur Gramshuberin …«, sagte der Mann im Fortgehen und schüttelte dabei ungläubig den Kopf.

Anna zögerte nicht lange und wendete sofort das Pferdegespann mitsamt dem aufsitzenden Mergel. Sie hatte beschlossen, die erste Begegnung mit der Bäuerin, vor der es ihr grauste, so schnell und schmerzlos wie nur möglich hinter sich zu bringen. Und deshalb hieß es, sich beeilen und ans Ziel gelangen, bevor ihr Mut sie wieder verließ.

Es war nicht einmal eine Stunde vergangen, ehe sie das besagte Dorf erreichten, welches aus zahlreichen und sehr unterschiedlichen Bauernhäusern bestand. Allein drei Höfe von ungeheuerlicher Größe waren auf dem ersten Durchmarsch durch den Ort zu erkennen gewesen, an dessen Ende sich das Ufer des Ammersees mit seinem grün glitzernden Wasser erstreckte. Mergel bemerkte sofort, dass selbst die Fischer in diesem Dorf, entgegen der Mehrzahl ihrer Zunft, betucht zu sein schienen. Denn solch große Fischerhäuser, das musste er mit offenem Munde eingestehen, habe er, der bereits bis zur Nord- und Ostsee gereist war, noch nie gesehen.

Anna ging schnurstracks auf einen Fischerbuben zu, der auf einem Steg stand und dabei war, ein Netz zusammenzulegen.

»Kannst du mir sagen, wo ich den Hof der Bäuerin Gramshuber finde?«

Der Junge schaute sie nur groß an und zeigte dann stumm mit dem Finger nach links. Schließlich fand er doch ein paar Worte und sagte: »Das erste Haus an der Wegbiegung. Die große Fischerei ist genau gegenüber.«

»Ich danke dir.«

Nur wenige Schritte, und sie standen vor dem Anwesen der Tante des blonden Reiters. Tatsächlich war das Haus riesig. Jedoch, und das war unübersehbar, nagte der Zahn der Zeit bereits seit Jahren an ihm, und es hatte den Anschein, als würde dem keinerlei Einhalt geboten. Es war weniger die über drei Stockwerke reichende Höhe des Hauses, die so sehr beeindruckte, vielmehr konnte man über die Länge des Gebäudes in Staunen geraten. Denn es erstreckte sich über weite Teile der Dorfstraße, die, eine Kurve an seiner Vorderseite beschreibend, auch an der linken Flanke des Hauses vorüberführte. Angefügt an den riesigen Wohnbereich, befand sich ein enormer Stall, in welchem sicherlich zwei Dutzend Rinder ausreichend Platz finden würden. Im Anschluss an diesen folgte ein von hinten befahrbares Geräte-, Holz- und Heulager, welches allein fast so groß war wie das ganze Haus des ebenfalls nicht armen Bauern Schulz, für welchen Anna in Westfalen gearbeitet hatte. Rechts des schlauchartigen Hauses lag der große Hof, auf dem weitere kleine Gebäude zu finden waren, unter anderem ein eigenes Backhaus und ein separater Schweinestall. Beide jedoch augenscheinlich nicht mehr in Betrieb, so wie alles auf diesem Grundstück zu zerfallen und zuzuwuchern drohte.

Beerensträucher und Rosenstöcke waren vertrocknet, während es dem Unkraut auf wundersame Weise gelang, in einem prächtigen Grün auf allem zu wachsen, was man hätte zu anderen Zwecken gebrauchen können. Der Lehm an der Fassade des Hauses bröckelte an zahlreichen Stellen ab, es bildeten sich sogar Risse, und wenn sie nicht krumm und schief an dem ihnen zugedachten Platz hingen, so lagen die Fensterläden am Boden inmitten von kniehohem Löwenzahn und sonstigem unwillkommenen Gewächs.

Die drei Ankömmlinge staunten noch, als sie hinter sich plötzlich eine Frauenstimme vernahmen. War das die Bäuerin?

»Und ihr wollt also zu der Gramshuberin?«, fragte die wohlbeleibte Frau, die man – hätte sie kein Kleid getragen – leicht für einen Mann hätte halten können. Ihre dicken Arme forsch in die Hüften gestemmt, betrachtete sie die Fremden feindselig aus kleinen, schwarzen Augen.

»Ja«, antwortete Anna scheu.

»Und was wollt ihr von der?«

»Ihr Neffe hat uns hierhergeschickt. Wir sollen ihr helfen, auf dem Hof.«

»Na das ist auch nötig.« Und als habe sie nur auf ein Stichwort gewartet, schüttelte die Frau mit einem Mal all ihre Widerborstigkeit ab und begann den Fremden in einer enormen Lautstärke Geschichten zu erzählen, deren Inhalt nicht gerade schmeichelhaft für die Bäuerin war, vor deren Haus sie unmittelbar standen. Und ihre Erzählung lautete so:

Die Gramshuber Leni war schon immer ein seltsames Weib gewesen. Seit drei Jahren war sie nun Witwe. Ihr Mann, der Gramshuber Sepp, hatte ihr, nachdem er endgültig unter der Erde gewesen war, den reichsten Hof des Ortes vermacht. Der Sepp übrigens, welcher im Grunde ein feiner Mann gewesen war, war damals an der Pest gestorben. Man hatte ihn vergraben, so wie drei weitere Bewohner des Dorfes, doch nach zwei Tagen hatte er plötzlich wieder vor der Tür gestanden – ein Wiedergänger.

So freundlich und lieb der Sepp auch zu Lebzeiten gewesen war, seine Auferstehung machte ihn zu einem unheimlichen

Geist, dem die Menschen aus dem Dorf besser aus dem Weg gingen. Kalkweiß wie eine Wand schlich er mitunter auf seinem Hof herum, doch die meiste Zeit versteckte er sich in seinem Haus. Nach fünf Wochen war er wieder gestorben, dieses Mal an den Folgen einer Erkältung. Und dieses Mal sollte er tot bleiben. Dafür hatten einige Burschen gesorgt, als der Sepp bereits in seinem Sarg lag. Man hatte dem Verstorbenen die Gurgel zugedrückt, ihm die Hände und Füße gebunden, den Sarg doppelt und dreifach vernagelt und schließlich eine große Steinplatte auf das frische Grab gelegt. Da war der Sepp nicht wieder herausgekommen.

Die Gramshuberin hatte seitdem keinen einzigen Handschlag mehr getan. Auch das Gesinde hatte bereits nach dem unheimlichen Wiedererscheinen des Bauern das Weite gesucht. Es ließ sich auch niemand Neues finden, weil sich schon im ganzen Seenland die teuflische Geschichte vom Wiedergängertum des Sepp Gramshuber verbreitet hatte. Und einen neuen Ehemann wollte das scheußliche Weib auch nicht haben, obwohl es da einige Freier gegeben hatte. Freilich hatten die es mehr auf den Hof als auf die Vettel abgesehen. Diese aber vermachte lieber alles ihrem einzigen Sohn, dem Zwerg.

So lebte sie nun, nachdem ihre Tochter schon vor Jahren gestorben war – was wieder eine Geschichte für sich gewesen sei – mit ebendiesem Zwerg, dem Bartel, in dem immer mehr heruntergekommenen Anwesen. Und der Bartel, das sei ein ganz garstiger Unhold, nicht nur dem Aussehen, sondern auch dem Wesen nach. Ein bösartiger Zwerg, ging der Fischerin gerade einmal bis zur Brust und hatte Freude daran, Menschen und Tiere zu quälen. Allein zehn Katzen und vier Hunde der Fischerfamilie hatte er in den letzten Jahren ertränkt, erstickt, erschlagen, erhängt oder sonstwie um ihr Leben gebracht. Und ein Kind war der schon lange nicht mehr, fast dreißig Jahre zählte er, der Bartel. Den wollte natürlich auch keine haben, obwohl er auf den Dorffesten den Dirndln so sehr nachstellte, dass ihn die Burschen schon mehrmals verprügeln mussten, damit er seine Finger bei sich behielte.

Ja, so lebten diese beiden nun schon seit drei Jahren und ließen Haus und Hof immer mehr verkommen. Der Sepp war ordentlich und fleißig gewesen, die Leni aber war schon immer faul und dazu mit einem frechen Mundwerk ausgestattet. Die hatte stets einen Streit gefunden, wenn sie einen gesucht hatte. Doch nun war seit Jahren Stille, die Felder lagen brach, und manchmal sah man sie schimpfend und fluchend auf ihrem Hof herumschleichen, Eier einsammeln und die Hühner füttern. Weitere Tiere hatten die nicht mehr, ein paar Kaninchen noch, aber von den vielen Kühen, Pferden und Schweinen war nichts mehr übrig. Wie die es schafften, ihren Zehnten zusammenzubringen, blieb allen im Dorf ein Rätsel. Man munkelte, dass die reiche Bauernfamilie über die Jahre eine ganze Truhe mit Geld angesammelt hatte, von dem die beiden nun zehrten. Doch lange werde auch das nicht mehr gutgehen.

Ja, die Familie Gramshuber hatte es schwer getroffen. Dabei waren sie ursprünglich angesehen und, wie gesagt, die reichsten Bauern im Ort gewesen. Der Sepp, der Wiedergänger, hatte zunächst auch ein hübsches Maderl geheiratet, die Stiegler Maria, doch die war ihm gleich bei der ersten Geburt mitsamt dem Kindlein gestorben. Und dann hatte er irgendwann dieses garstige Weib aus den Bergen dahergeschleppt, dabei hätte er jede andere Schönere, Fleißigere und Frommere aus dem Ort haben können. Nun, es war wohl Gottes Wille, dass es mit den Gramshubern einen solchen Weg nahm.

Ob denn die Leni Gramshuber auch jetzt in ihrem Hause sei, fragte Hans Mergel die redselige Fischerin.

Nun, die säßen beide mit großer Sicherheit in ihrem Haus. Denn sie würden den lieben langen Tag nun einmal nichts anderes machen. Die Alte bete Stunde um Stunde den Rosenkranz, um ihr längst verlorenes Seelenheil zu retten, und der Bub reiße derweil Fliegen und Spinnen die Beine aus. Mehr würden die eh nicht tun.

»Klopft nur an. Ich will sehen, was dann passiert. Werden bestimmt nicht aufsperren, die beiden.« Mit diesen Worten ging die Frau zwei Schritte zurück und wies Anna mit einer auffordernden Handbewegung an, nun endlich zur Türe zu gehen. Mittlerweile hatten noch weitere Dorfbewohner die Ankunft der Fremden bemerkt, standen nun neugierig in ihren Türen oder auch auf offener Straße, sprachen laut miteinander oder schüttelten nur die Köpfe und warteten wie die Fischerin darauf, wie der Empfang der Ankömmlinge ausfallen würde.

Anna musste minutenlang immer wieder gegen die Türe pochen, bis sich im Inneren des Hause endlich etwas regte. Unter einem entsetzlich lauten Quietschen wurde schließlich das bereits aus seinen Scharnieren fallende Portal geöffnet. Vor ihr stand, etwa in Höhe ihrer Brust, ein kleinwüchsiger Mann. Er hatte einen enormen Kopf, einen großen Rumpf, aber nur ganz kurze Gliedmaßen.

Schon zuvor hatte Anna derartige Zwerge gesehen und sie immer lustig gefunden. Fröhlich winkten sie von den Schaustellerwägen herunter, wenn diese durch die Dörfer fuhren. Und manchmal führten sie erstaunliche Kunststücke vor. Einer – daran konnte sie sich aus ihrer Kindheit erinnern – hatte mit sechs brennenden Fackeln gleichzeitig jongliert und dabei auch noch lustige Lieder gesungen.

Doch dieser schien ganz und gar nicht lustig und fröhlich zu sein. Auf den ersten Blick konnte man erkennen, dass er ein kleiner Giftzwerg war. Unter einem strammen Schopf rotblonden Haares blickten zwei kleine blaue Augen Anna von oben bis unten an, während sich die dicken Lippen zu einem lüsternen Schmunzeln formten, welches eine Reihe äußerst guter und riesengroßer Zähne freilegte.

Der Zwerg sagte nichts, sondern bedeutete Anna und ihren beiden Begleiter einzutreten. Nachdem auch Hans Mergel mit Hilfe Balthasars die Schwelle überschritten hatte, lief der kleine Wicht plötzlich in Windeseile nach draußen und verscheuchte mit wilden Handbewegungen und unter entsetzlichen, unverständlichen, offensichtlich bayerischen Beschimpfungen die Fischerin und ihren Sohn. Allen weiteren Starrenden zeigte er durch unanständige Handbewegungen an, was er von ihrer Neugierde hielt.

Einen solchen Empfang hatte sich Anna, trotz immer weiter schrumpfender Erwartungen, nicht vorgestellt. Hier in diesem Rattenloch also sollte die Tante des wie ein Prinz daherkommenden, immer gestriegelten und sauber geputzten Reiters hausen?

Sie betraten die dunkle Stube, welche groß und schön hätte sein können, jedoch wegen Unmengen an herumliegendem Gerümpel eng geworden war. Die zugenagelten oder vollkommen verdreckten Fenster machten sie dazu düster. In einer Ecke vor einem riesigen Ofen, der jetzt im Sommer natürlich nicht in Betrieb war, saß sie, die Gramshuberin. Und sie betete tatsächlich ihren Rosenkranz.

Keiner der drei Ankömmlinge wusste, was er nun sagen oder tun sollte, und so verging eine geraume Zeit, in der sie einfach nur dastanden und schwiegen. Hans Mergel schließlich brach die unangenehme Stille, welche nur durch das leise und monotone Murmeln des Ave Maria erfüllt war, weil er schlicht und ergreifend nicht mehr auf einem Bein stehen konnte.

»Ich setze mich mal einfach«, sagte er und ließ sich von Balthasar zu der einzigen unratfreien Stelle auf der an der gesamten Stubenwand entlangführenden Holzbank bringen.

Anna hatte in der Zwischenzeit ausgiebig Möglichkeit gefunden, den Raum und die Frau in Augenschein zu nehmen. An sich hatte sie noch nie in ihrem Leben eine solch prächtige Stube gesehen. Der Kamin war bunt gekachelt und vom Nebenraum aus beheizbar, was bedeutete, dass es hier in diesem Zimmer selbst im ärgsten Winter nicht nur herrlich warm, sondern auch rauchfrei sein musste. Die Holzbank, auf der Mergel saß, war voller schöner Schnitzereien, und auch an den Wänden waren kunstvolle Muster zu sehen. Allein der Schmutz, bestehend aus Fliegendreck und feuchtem Staub, hatte ihnen bereits übel zugesetzt. Außerdem stand in der Mitte des Raumes ein riesiger Eichentisch, ebenfalls kunstvoll beschnitzt und gesäumt von mit Leder bezogenen Stühlen, welche jedoch bereits stark mitgenommen aussahen.

Der Fußboden bestand aus Holz, welches man blank und glänzend polieren konnte, würde man es von all dem Katzen- und Rattendreck sowie all den Essensresten und sonstigem Unrat befreien. Außerdem fanden sich noch zwei enorme und ebenfalls in bunten Farben bemalte Truhen in der Stube sowie ein massiver Schrank, in dem sich einst Geschirr befunden haben musste, welches nun entweder im gebrauchten, ungewaschenen Zustand oder aber in Form von Scherben überall im Raum verteilt lag.

Anna hatte bei diesem Anblick nicht wenig Lust, sich einen Besen und mehrere Eimer Wasser zu holen und diese prächtige Stube wieder in den Zustand zu versetzen, welcher ihr gebührte.

Die Frau, welche vor dem Kamin saß, war nicht weniger verwahrlost als ihre Herberge. Sie trug keine Haube, und ihr graues, ursprünglich zu einem Knoten gebundenes Haar hing in dünnen, fettigen Strähnen lang über ihre Schultern. Das Gesicht bestand nur aus Falten, ja es war so runzlig, dass sich ein trockener Hautlappen an den nächsten reihte und dabei Augen, Nase und Mund fast verdeckte. Der ganze Körper schien vollkommen entwässert zu sein, die dünnen Armgelenke und Hände waren nichts weiter als mit grauem Leder umspannte Knochen. Es war ein Wunder, dass diese Frau, die einer ausgetrockneten Leiche ähnlicher als einem lebenden Menschen war, überhaupt noch atmen, sich bewegen und reden konnte.

Wahrscheinlich, so dachte Anna, die sich noch immer nicht an den schrecklichen Gestank in diesem von Tausenden von Fliegen bevölkerten Raum gewöhnen konnte, war dieses alte Weib das Einzige in der Stube, was keinen üblen Geruch verströmte. Denn wahrscheinlich roch sie, ähnlich eines in der Sommerhitze getrockneten Frosches, nach nichts.

Anna war aus ihren Beobachtungen gerissen worden, als Hans Mergel die Stille gebrochen und sich auf die Bank gesetzt hatte. Denn im selben Moment, in dem er Platz nahm, hörte auch die Alte auf zu beten und schaute aus ihren winzigen Sehschlitzen die Gäste an, welche ihr Sohn, der erwartungsfroh in der Türe stand und seinen Blick nicht von Anna abwenden konnte, ins Haus gelassen hatte.

Der Blick der Leni Gramshuber blieb an Anna haften, doch ihr Gesicht zeigte keinerlei Regung. Schließlich fragte sie mit einer für ihren schmächtigen Körper ungewöhnlich kräftigen Stimme: »Was wollt ihr hier?«

»Mein Name ist Anna Pippel, dort drüben, das ist Hans Mergel, und der Knabe heißt Balthasar. Dein Neffe hat uns zu dir geschickt, Bäuerin, wir sind ihm in Westfalen begegnet. Er gab mir diesen Brief mit und sagte, wir könnten möglicherweise für dich arbeiten.«

»Mein Neffe? Etwa der Andreas?«

Anna zögerte. Seinen Vornamen kannte sie immer noch nicht, dennoch antwortete sie schlich und einfach: »Ja, genau der.«

»Der Andreas also. Hat sich schon lange nicht mehr blicken lassen. Und dann schickt er dich hierher, Madel.« Und sie musterte Anna wieder mit diesem seltsamen Blick, der zunächst vollkommen regungslos wirkte, beim näheren Betrachten jedoch nicht ganz ohne Rührung und Wärme auf der jungen Frau ruhte, die da plötzlich in der Stube stand.

»Gib her, den Brief.«

Anna reichte der Frau das Schreiben, welches sie über all die Monate brav in ihrer Schürzentasche aufbewahrt hatte. Leni Gramshuber brach das Siegel und schaute sich das Blatt genau an.

»Kann nicht lesen, aber es ist tatsächlich vom Andreas. Er hat schon als Kind immer solch einen Gamsbock gemalt.«

»Er sagte, Ihr sollt mit dem Brief zum Pfarrer gehen.«

»Einen Teufel werd ich tun«, sprach die Alte, faltete das Blatt zusammen und steckte es sich unter den schmutzigen Rock.

»So, arbeiten sollt ihr für mich.«

»Ja, das sagte er.«

»Na, wenn er das sagt, der Andreas. Hat sich schon seit Jahren nicht mehr hier blicken lassen, und dann schickt er mir solch ein Lumpenpack. Bartel, hörst, arbeiten sollen die für uns.«

Bartel grinste nur.

»Gut. Dich, Maderl, kann ich gebrauchen, den Buben vielleicht auch. Aber den alten Krüppel da, den werd ich nicht durchfüttern.«

Genau das hatte Anna befürchtet.

»Dann werden auch wir nicht bleiben können«, antwortete sie mit fester Stimme.

»Dann gehts. Habe euch nicht hergerufen. Bin ja kein Siechenhaus.«

»Obwohl es hier ganz wie in einem solchen riecht«, brummte der beleidigte Mergel vor sich hin.

Anna half ihm hoch, und zusammen mit dem Jungen schleppten sie den Einbeinigen zurück zur Haustür.

»Wartet«, rief die Gramshuberin hinter ihnen her. »Könnt alle bleiben. Aber bezahlen kann ich euch nicht. Könnt hier schlafen und sehen, woher ihr was zu fressen bekommt. Werde mir das einen Monat lang ansehen, und wenn ich nicht mit euch zufrieden bin, dann scheuch ich euch wieder in das Loch zurück, aus dem ihr gekrochen seid. Der Krüppel muss aber auch arbeiten. Wie er das macht, soll seine Sorge sein. Aber faul rumliegen und Löcher in die Wand starren, das gibt es hier nicht.«

Anna schritt in die Stube zurück und nickte. Auch sie war damit einverstanden, zunächst einmal nicht länger als vier Wochen in dieser ungastlichen Bleibe bei dem garstigen Frauenzimmer und ihrem lüsternen Sohn zu bleiben. Vielleicht war es erträglich bei ihnen. Vielleicht – und damit rechnete sie eher – ließ es sich auch ganz und gar nicht aushalten. Immerhin waren sie frei, und eines hatten diese grausigen Zeiten für sich: Es gab immer eine Möglichkeit, den Ort, an dem man sich aufhielt, wieder zu verlassen und irgendwo anders, wenngleich mehr schlecht als recht, Unterschlupf zu finden.

Und so machten sich die drei Ankömmlinge noch am selben Tag an die Arbeit, um sich in dem verfallenen Haus einzurichten. Die Alte ließ ihnen freie Hand. Zwar schimpfte sie, weiterhin an ihrem Kamin sitzend, dass diese »Grattler« ihr ohnehin alles stehlen würden, doch andererseits ergab sie sich in ihr Schicksal, indem sie, ebenfalls laut vor sich hinbrummelnd, sagte, dass es schlimmer nimmer kommen könne.

Bartel hingegen war froh, Gesellschaft zu haben. Er sprach zwar nur sehr wenig, doch wich er nicht von Annas Seite. Solange er sie nicht bei der Arbeit störte oder sie anderweitig belästigte, gelang es Anna, die Anwesenheit des Zwerges zu ertragen.

Sie begannen zunächst damit, drei Zimmer im ersten Stock, die in den letzten Jahren offensichtlich zu einem Taubenschlag verkommen waren, zu entrümpeln, zu putzen und sie mit Möbeln, von denen es in diesem ehemals reichen Hause genügend gab, zu bestücken. Noch am selben Abend hatten sie für jeden eine eigene Kammer hergerichtet, die zwar noch nicht so sauber war, wie Anna es sich gewünscht hätte, aber immerhin keinem Drecksloch mehr glich. Müde und vollkommen erschöpft sank sie auf ihr Lager und verbrachte die erste Nacht in ihrem neuen bayerischen Heim.

Endlich, da ist sie. Hat lang gedauert. Man dachte schon, sie kommt gar nicht mehr. Dachte, sie hat den Weg nicht gefunden. Dachte, sie ist tot.

Hat lange gedauert, bis die Frau hier war. Hat sehr lange gedauert. Man wartet schon fast zwei Monde hier auf sie. Hat lange gedauert, sehr lange.

Doch nun ist sie da. Man hat nicht umsonst warten müssen.

Kann sie noch eine Weile beobachten. Man hat nicht mehr viel Zeit mit ihr. Muss es endlich wagen, sich zu zeigen. Muss sie fragen, ob sie für einen singen mag.

Man muss sich beeilen, denn bald wird es so weit sein. Sie ahnt es noch nicht. Fühlt sich sicher.

Doch allzu viel Zeit ist nicht. Man muss es berichten. Muss berichten, dass sie da ist. Doch bis dahin kann man sie noch anschauen. Kann sie beschützen. Kann sie vor allem beschützen – nur davor nicht. Wenn es so weit ist, lässt sich daran nichts ändern.

Wie traurig.

XXII

Es begann eine Zeit des Räumens, Reparierens, Putzens, Flickens, Streichens und Waschens. Innerhalb von nur zwei Wochen hatten es die drei neuen Gesindekräfte der Leni Gramshuber fertiggebracht, den Wohnbereich des großen Hauses von innen auf Vordermann zu bringen. Und das ganz ohne Dazutun der Herrin und ihres Sprösslings.

Raum für Raum wurde zunächst leergeräumt, von Grund auf gereinigt und schließlich sogar frisch gekalkt. Hans Mergel entpuppte sich derweil als ein Meister der sitzenden Tätigkeit. Mit geübter Hand reparierte er Stühle, schliff alte Möbel ab, versah sie mit neuer Farbe und flickte zerschlagenes, aber noch zu rettendes Geschirr.

Danach kam die Außenseite des Gehöftes an die Reihe. Anna mähte das hüfthohe Gras und flickte den Zaun. Mergel überprüfte, von Balthasar in einem Handkarren geschoben, sämtliche Fenster und machte sich dann daran, die Fensterläden zu reparieren, nachdem der Junge sie allesamt abgeschraubt hatte. Balthasar verrichtete mit großem Fleiß und ungeheurem Geschick die schwierigsten und schwindelerregendsten Leistungen. Ja, er brachte es gar fertig, den alten Mann auf das Dach zu schleppen, wo dieser mit nur einem Bein saß und den Knaben beim Ausbessern der zahlreichen Löcher anwies. Dies war die liebste Aufgabe des alten Mergel, war er doch gelernter Zimmermann und somit voll und ganz in seinem Element.

Geräte, Werkzeug und Brennholz wurden auf dem Hofe zusammengesucht, Brauchbares von Unbrauchbarem getrennt, das Backhaus wurde wieder instand gesetzt und der kleine Abtritt nach Jahren zum ersten Mal wieder gesäubert.

Schließlich reinigte und kälkte man auch den riesigen Stall, in welchem schon lange keine Tiere mehr standen. Dennoch hatte hier der alte Mist vor sich hingefault und zahllosen Ratten ein Zuhause geboten. Zu guter Letzt wurde auch die Tenne im dritten Teil des Langhauses wieder nutzbar gemacht und mit all den reparierten und erneut funktionstüchtigen Gerätschaften und Utensilien gefüllt, die auf einem Bauernhof nicht fehlen durften.

Über diese ganze Arbeit vergingen natürlich mehr als vier Wochen, und weder Anna, Mergel und Balthasar noch ihre neue Herrin oder deren Sohn verschwendeten einen Gedanken daran, diese sich ungewöhnlich glücklich gestaltende Verbindung zu lösen. Ja, Leni Gramshuber war sogar so selig über die positiven Veränderungen in ihrem Haus, dass sie immer wieder ihre berüchtigte Schatztruhe öffnete, damit Anna die notwendigen Materialien kaufen konnte, die sie zweifellos in Massen zur Wiederherstellung von Sauberkeit und Ordnung benötigten.

Unter den restlichen Dorfbewohnern hatten die drei Neuen, die so einfach auf dem verrottenden Hof der garstigen Alten eingezogen waren, zunächst Misstrauen hervorgerufen. Als Erbschleicher und Diebsgesindel waren sie hinter vorgehaltener Hand bezeichnet worden. Doch nachdem selbst die argwöhnischsten Spötter nach wenigen Wochen einsehen mussten, dass sich auf dem Gramshuber-Hof merklich etwas tat – und zwar zum Guten –, verstummten die missmutigen Stimmen langsam. Ja, mitunter wurden die neue Magd und die beiden neuen Knechte der Gramshuberin sogar gelobt und als fleißige und sogar rechtschaffene Leute bezeichnet. Fremde blieben sie dennoch, man sprach nicht mit ihnen, grüßte gar nicht oder nur mürrisch zurück, aber immerhin wurden sie geduldet. Und das war mehr, als die drei hatten erwarten dürfen.

Auf dem Bauernmarkt im nahen Herrsching erfuhr Anna dann auch zu ihrer weiteren Erleichterung, dass Wallenstein, welcher bekanntlich mit seinem Heer in Memmingen gelagert hatte, tatsächlich vom Kaiser entlassen worden war. Auch wenn Mergel dies nicht für möglich gehalten hatte, aber der General war anscheinend ruhig geblieben und hatte sich seinem Schicksal als gewesener Heeresführer ergeben. Seine Regimenter hatten sich derweil teils von selbst aufgelöst oder waren von dem neuen Befehlshaber, dem alten Tilly, übernommen worden. Alles war friedlich und reibungslos vonstattengegangen, und so stand auch für Anna nicht zu befürchten, dass es zu einem erneuten und unwillkommenen Zusammentreffen mit ihrem alten Truppenteil kommen würde.

Der Herbst war inzwischen gekommen, und die Felder und Wiesen, welche zu dem Anwesen gehörten und ebenfalls seit Jahren brachlagen, würden auch in diesem Jahr nicht mehr bewirtschaftet werden können. Aber dank des zwar nicht legendär großen, doch ausreichend vorhandenen Geldvorrates, der im Hause Gramshuber von Leni verwaltet wurde, konnte man den Viehbestand etwas auffüllen.

Bald standen in dem noch immer viel zu großen Stall eine Milchkuh, vier Ziegen und das Pferd, welches Anna und ihre Begleiter mitgebracht hatten. In dem abgegrenzten Schweinestall tummelten sich zwei Säue mit ihren Ferkeln, und auch die Anzahl an Hühnern wurde aufgestockt. Darüber hinaus erhielten die Kaninchen, die sich auch ohne Zukauf prächtig vermehrt hatten, einen großen Stall und lieferten an jedem Wochenende eine mehr als ausreichende Menge Fleisch.

Zum Winter hin war alles gerichtet. Das Haus war dicht und sauber, der Ofen wurde von Balthasar täglich beheizt und spendete eine wohlige Wärme, und auch die Hausherrin erwies sich als weniger kratzbürstig, als man befürchtet hatte. Zwar behandelte sie ihre Helfer nicht besser oder schlechter, als andere Herren dies taten, doch mehr erwartete Anna auch nicht von ihr. Immerhin ließ sie den dreien die Freiheit, auf dem Anwesen zu tun, was sie wollten. Lediglich das Resultat ihrer Arbeiten kontrollierte sie, wobei sie oft, aber eher aus prinzipieller Gesinnung denn aus fester Überzeugung, etwas zu bemängeln hatte. Ein »Ja, ja« reichte dann vollkommen aus, um sie zufriedenzustellen, denn eine zweite Kontrolle erfolgte nie.

Bartel hingegen entwickelte sich tatsächlich zu einem aufdringlichen Lüstling, den besonders die Anwesenheit einer jungen Frau unter seinem Dach sehr erfreute. Anna verriegelte jeden Abend ihre Schlafkammer und schob sogar noch eine schwere Holztruhe vor die Türe, um den lästigen Verehrer von sich fernzuhalten. Dieser verlangte immer mal wieder Einlass und schlug in mancher Nacht sogar sein Lager vor Annas Kammer auf, sodass sie des Morgens über den schlafenden Zwerg hinwegsteigen musste. Tagsüber gab er sich meistens mit Glotzen zufrieden, wobei er mit Vorliebe auf Annas Busen starrte, indem er, wenn er mit ihr sprach, einfach auf das blickte, was sich in seiner Augenhöhe befand.

Anna vermied jede Situation, in der sie mit ihm hätte allein sein müssen. Zwar hielt sie ihn für harmlos, dennoch wollte sie keinen Unmut bei ihrer Bäuerin schüren, den es sicherlich gegeben hätte, falls sie deren Sohn ein paar Ohrfeigen verpasst hätte.

Doch abgesehen von diesen kleinen Lästigkeiten, fühlte Anna sich sehr wohl, und als schließlich der Winter kam und mit ihm eine gewisse Ruhe einkehrte, fand sie auch wieder Zeit, über sich und ihr Leben nachzudenken. Ihr Leben – das bedeutete ihre Zukunft. Und die wünschte sie sich hier an diesem Ort zu verbringen, jedoch nicht alleine.

Wann würde er kommen? Und wie wäre es, wenn er plötzlich vor ihr stünde? Immer wieder hatte Anna gehofft und auch gebangt, dass dieser Moment nahe sein könnte. Wie sollte sie sich dann verhalten? Was konnte sie von ihm erwarten?

Sie wusste es nicht. Lediglich in ihren Vorstellungen malte sie sich aus, wie sie unbefangen und kokett sein Interesse weckte. Wie sie sich beim Maifest von ihm zum Tanz auffordern ließ oder vortäuschte, sich beim Heumähen das Handgelenk verstaucht zu haben, damit er sie verband.

In ihrer Fantasie war Anna eine erfolgreiche Verführungskünstlerin, aber vor der Wirklichkeit grauste es ihr fast. Was, wenn er sie gar nicht beachtete? Was, wenn sie sich alles nur einbildete?

Doch das war ihr gleich, solange sie noch träumen durfte.

Kalt wird es. Bitterkalt. Man kann nicht weiter hierbleiben. Muss sich einen Platz in der guten Stube suchen. Muss sich im Haus verkriechen. Ist zu kalt hier bei den Tieren.

Wird bei der Frau schlafen. Wird sie des Nachts beschützen. Wird sie retten, wenn der Zwerg kommt. Wird den Zwerg vielleicht verschwinden lassen müssen. Ist ein lästiger Zwerg. Schrecklich lästiger Zwerg. Muss verschwinden. Darf die Frau nicht weiter stören. Sie hat Angst vor ihm. Sie soll keine Angst haben. Nicht vor dem Zwerg.

Sonst geht es ihr gut, der Frau. Fühlt sich wohl im Haus. Hat alles sauber gemacht. Ist nicht mehr so dünn. Isst gut, die Frau. Sieht jetzt viel schöner aus. Man erkennt sie kaum wieder, die Frau.

Jetzt wird man sich eine neue Schlafstelle suchen. Wird zu ihrer Kammer schleichen. Wird an ihrer Tür lauschen und hoffen, dass sie endlich wieder singt. Dort wird man bleiben, die ganze Nacht. Und wenn der Zwerg stört, dann haut man ihm den Schädel ein. Haut ihm den dicken Schädel ein und verscharrt ihn im Garten.

XXIII

Bist du eigentlich das Stanzerl?«

»Nein, mein Name ist Anna, Anna Pippel. Ich bin nicht von hier. Komme aus dem Corveyer Land, das ist weit im Norden.«

»Ah, bei Freising?«

»Nein, bei Höxter.«

»Höxter? Kenn ich nicht. Na ja, ich dachte, du seist das Stanzerl. Denken viele hier im Dorf, traut sich nur keiner zu fragen, weil ja damals schon der alte Sepp ein Wiedergänger war. Und jetzt steht das Stanzerl plötzlich auch wieder von den Toten auf. Herrgott Maria, gut, dass dem nicht so ist.«

Die Magd bekreuzigte sich. Ihr Name war Rosi, und sie war eine der wenigen im Ort, die hin und wieder ein Wort mit Anna sprachen. Nie ging es um persönliche Dinge, mehr sprach man über das Wetter und welche Fortschritte die Arbeiten auf dem Hof machten.

Rosi lebte auf dem Hof eines der anderen Bauern im Ort, und dorthin war Anna an diesem Dezembermorgen gegangen, um ein Ferkel gegen Viehfutter einzutauschen. Immerhin hatten sie durch den Ausfall der Ernte in den letzten drei Jahren keinen Vorrat an Heu und Schrot und mussten dieses also teuer hinzukaufen. Im nächsten Jahr würde sich das endlich ändern.

Nun war sie zusammen mit Rosi auf dem Rückweg. Sie half Anna, den Handkarren zu ziehen, obwohl das nicht nötig gewesen wäre. Aber offenbar wollte sie unbedingt mit der neuen Magd der Gramshuber-Bäuerin schwatzen. Denn im Dorf wurde über Anna schon seit Langem getuschelt. Die einen behaupteten nämlich steif und fest, sie sei das Stanzerl. Andere wiederum konnten gar keine Ähnlichkeit feststellen, und wieder andere erinnerten sich nicht einmal mehr daran, wer das Stanzerl gewesen war, weil seit ihrem Tod schon so viele Jahre vergangen waren.

»Wer ist denn Stanzerl?«, wollte Anna wissen.

»Die Gramshuber Konstanze. Du weißt gar nichts von ihr?«

»Nein. Mir hat nie jemand von ihr erzählt.«

»Das war die Tochter der Gramshuberin. Sah genauso aus wie du. Ein wenig fülliger, aber das gleiche Gesicht. Die ist schon lange tot. Bestimmt zehn Jahre. Und weil doch der Alte, der Gramshuber Sepp, ein Wiedergänger war, haben jetzt die Leute im Dorf Angst, dass es mit dem Stanzerl genauso ist.«

»Sie denken, ich sei Konstanze Gramshuber und wäre von den Toten auferstanden?«

»Nicht alle denken das. Aber einige. Besonders im Wirtshaus wird viel darüber gesprochen. Du glaubst gar nicht, was für Gruselgeschichten die sich ausdenken.« Und Rosi kicherte wie eine Ziege.

Sie war nicht wirklich ein schönes Mädchen, ein wenig zu klein und gedrungen, dazu mit einer viel zu kurzen Stirn und so dichten Augenbrauen, dass ihre hübschen braunen Augen gar nicht zur Geltung kamen. Aber dennoch schien sie fest an ihre Wirkung auf Männer zu glauben, sprach jeden an, der ihnen entgegenkam, und brachte es tatsächlich fertig, alle Vertreter des Mannsvolkes mit einem gekonnt fröhlichen Spruch zum Lachen zu bringen.

Und wieder winkte sie einem jungen Burschen zu und rief ihm in tiefstem Bayerisch etwas zu, was Anna nicht verstand, worüber sich der junge Mann aber sehr zu freuen schien.

»Ja, die erfinden ordentliche Gruselgeschichten über dich und das Stanzerl. Ich selbst kenne die eigentlich nicht mehr.

War damals noch ein Kind, aber was man sich von ihr erzählt, das weiß ich.«

»Und was erzählt man sich?«

»Das war wohl eine Fesche, die Gramshuber Konstanze. Hat vielen hier den Kopf verdreht. Wohl auch ihrem Vetter, obwohl der noch ein ganz junger Bursche war. Ob die alten Gramshubers das wohl nicht merkten oder es ihnen gleich war? Aber der Vetter stieg des Nachts häufig zum Stanzerl. Jedes Jahr aufs Neue, immer wieder. Der kam nämlich jeden Sommer zum Arbeiten auf den Gramshuber-Hof, aus den Bergen kam der. Da geht es den Bauern nicht so gut wie hier, und darum schicken sie ihre Kinder im Sommer fort. Ein Maul weniger zu stopfen, und ein bissl was verdienen tun sie auch.

Das muss wohl einige Jahre gutgegangen sein mit der Liebschaft, doch dann, in einem Herbst, wurde das Stanzerl dicker. Die Gramshuber Leni hat das nicht sofort gesehen, eigentlich erst, als es schon zu spät war. Und trotzdem soll sie ihre Tochter an den Haaren zur Rössler Ruth gezogen haben. Das war die Engelmacherin.

Die wollte aber nichts mehr unternehmen, und dann hats die Leni wohl selbst in die Hand genommen, heißt es. Das ist aber nicht gutgegangen. Ein paar Tage später war das Stanzerl tot, verblutet. Und die Mutter war die Schuldige.«

»Und der Vetter?«, Anna ahnte, um wen es sich bei diesem jungen Burschen gehandelt haben musste.

»Der war schon fort, wieder in seinem Bergdorf. Vor ein paar Jahren ist er mal wieder hier gewesen, und da haben sie sich wohl vertragen, er und die Eltern vom Stanzerl. Fesch ist er, der Bursche. Würde ich nicht Nein sagen.«

Anna wurde bei diesen Worten der unwissenden Magd ganz rot, und dann fragte sie – nur, um nicht schweigen zu müssen: »Hat man denn die Leni nicht dafür bestraft, was sie ihrer Tochter angetan hat?«

»Nein. Man hat einfach nicht mehr darüber gesprochen. Die Gramshubers haben erzählt, das Stanzerl wäre an diesem schrecklichen Bauchziehen gestorben. Jeder wusste, dass das nicht so war, aber hier fragt keiner näher nach. Erst als der Sepp dann zum Wiedergänger wurde vor drei Jahren, erst da haben die Leute dann im Wirtshaus und vor der Kirche die wahre Geschichte vom Stanzerl erzählt.«

»Ach so.«

Sie waren angekommen, Anna lud zusammen mit Rosi die Säcke und das Heu in den Stall. Bartel beobachtete sie dabei. Er war der Einzige, dem Rosi kein Lächeln schenkte. Im Gegenteil, sie beeilte sich, wieder fortzukommen.

Anna war es recht. Während sie den Stall ausfegte, dachte sie über alles nach und begann die ganze Geschichte in ihrem Kopf zu sortieren. Anna erinnerte den Andreas Moosberger – jetzt kannte sie endlich seinen wahren Namen – also an dessen Base Konstanze, die seit vielen Jahren tot war. Er musste sie sehr geliebt haben, diese Konstanze, denn welchen Grund sollte er sonst haben, einer einfachen Trossfrau wie Anna Pippel zu helfen und ihr sogar das Leben zu retten?

Anna war sich nicht sicher, ob sie sich geschmeichelt fühlen sollte oder ob sie nicht vielmehr enttäuscht war, dass er in ihr eine andere sah. Eine, wegen der er eine solch große Schuld auf sich geladen hatte, dass er wahrscheinlich nun versuchte, alles bei ihr, der dahergelaufenen Anna Pippel, wiedergutzumachen. Je mehr sie darüber nachdachte, desto mehr ahnte sie, dass sie nichts von Andreas Moosberger zu erwarten hatte, nichts außer Mitleid. Das machte sie traurig.

Doch in ihrer Fantasie gelang es ihr schon bald, diese Enttäuschung zu überwinden, und so wurde der fesche Neffe der Gramshuberin schnell wieder zum Hauptdarsteller ihrer Tagträume und ihrer schlaflosen Nächte.

Trotz allem war es eine sehr schöne Zeit. Anna Pippel, Hans

Mergel und der Junge Balthasar konnten alle drei behaupten, dass sie sich in ihrer neuen bayerischen Heimat sehr wohlfühlten. Sie verrichteten tagtäglich eine schwere, aber früchtetragende Arbeit, hatten genügend zu essen, mussten im Winter nicht frieren und sich im Sommer nicht von Ungeziefer quälen lassen. Es gelang ihnen, aus dem jahrelang brachgelegenen Land wieder einigermaßen gute Erträge zu erwirtschaften, und auch unter ihrer Herrin hatten sie nur wenig zu leiden. Allein ihre Launen und ihr zuweilen lautes Schimpforgan konnten so manchen Tag trüben, doch darüber ließ sich hinwegsehen.

Zwei merkwürdige Dinge geschahen allerdings im ersten Jahr ihres Aufenthaltes auf dem Gramshuber-Hof. Zum einen – es war im Januar des Jahres 1631 – verschwand der Zwerg Bartel urplötzlich spurlos. Wochenland durchstreifte Balthasar mit anderen Burschen aus dem Ort die Wälder, doch der Gramshuber-Sohn war nicht zu finden. Die alte Leni war untröstlich, sie konnte sich das Verschwinden nicht erklären. Freiwillig, da war sie sich sicher, würde ihr Sohn niemals auch nur das Dorf verlassen. Man hatte ihn ermordet, die Leute aus dem Dorf hatten ihn ermordet, von diesem Gedanken war sie nicht abzubringen. Fortan machte sie nicht einmal mehr einen Schritt aus der Stube heraus. Wie eine Statue saß sie auf ihrer Ofenbank und verbrachte sogar die Nächte dort.

Anna tat die Alte leid, aber andererseits war sie über das Verschwinden des lästigen Zwerges nicht traurig, hatte er sich doch noch in der Nacht zuvor heimlich in ihrer Kammer versteckt und sie dabei beobachtet, wie sie sich wusch. Anna hatte aufgeschrien und sich schrecklich geschämt, als sie, fast unbekleidet, in der Ecke hinter dem Bett plötzlich ein leises Stöhnen vernommen und den Bartel dabei ertappt hatte, wie er selbst für die Erleichterung seiner Triebe sorgte.

Mit dem Besen hatte sie ihn hinausgejagt, und er hatte ihr

geschworen, seiner Mutter zu erzählen, dass Anna Geld und Schmuck und alles im Wald verstecke, so lange, bis sie genug zusammenhätte, um sich mir nichts, dir nichts aus dem Staub zu machen. Natürlich stimmte das nicht. Doch was sollte Anna dagegen tun, dass sie so hinterhältig erpresst wurde?

Die ganze Nacht hatte sie darüber nachgedacht, wie sie den Bartel wieder besänftigen könne, hatte sogar versucht, sich an die widerwärtigsten Gedanken zu gewöhnen, nur um bleiben zu dürfen. Aber dann hatte sich am nächsten Morgen alles von allein erledigt. Wahrscheinlich, so hatte Anna zunächst gedacht, war der Bursche einfach gekränkt und würde schon bald wieder vor der Türe stehen.

Das zweite seltsame Ereignis jedoch ließ Anna vermuten, dass der Bartel nicht aus freien Stücken verschwunden war, sondern sehr wahrscheinlich für immer fort sein würde, ja, dass er mit großer Sicherheit sogar genauso tot war wie andere, die ihr, Anna Pippel, im Laufe der letzten zwei Jahre an Leib oder Leben gewollt hatten. Denn mit einem Mal tauchte Puck, der entlaufene Hund, wieder auf.

Mergel und Balthasar glaubten, dass das kluge Tier allein aufgrund seines Gespürs und seines guten Geruchssinns den weiten Weg vom fernen Ellwangen, wo er entlaufen war, bis hierher an den Ammersee gefunden hatte. Doch Anna zweifelte daran. Sie vermutete, dass Puck gebracht worden war, genauso wie er ihnen in der Nacht gebracht worden war, als sie das Rudel Wölfe überfallen hatte. Es konnte kein Zufall sein, dass dieser Hund, der schon bei ihrer toten Schwester Mine gesessen hatte, ihnen aus freien Stücken bis hierher folgte – so klug konnte kein Hund sein.

Und außerdem war Bartel verschwunden, der Zwerg Bartel, der ihr immer nachgestellt hatte, der sie belästigt hatte. Wieder einmal war Anna beschützt worden, und wieder einmal bereitete ihr dieser Schutz Unbehagen. Sie wollte ihn nicht, und sie wollte auch niemandem von ihren erneuten Sorgen erzählen.

Stattdessen widmete sie sich ganz ihrer Arbeit. Sie hatte einen riesigen Hof zu führen. Sie, Anna Pippel, die landarme Kötterin aus Westfalen, war verantwortlich für einen Hof, der größer war als der des Bauern Schulz. Natürlich hatte sie in Mergel und dem Jungen emsige Helfer, doch die beiden waren in landwirtschaftlichen Dingen unerfahren. Nicht so Anna. Sie kannte sich aus, und es bereitete ihr enorme Genugtuung, ja, sie blühte regelrecht darin auf, die Früchte ihres harten Schaffens nach und nach ernten zu dürfen. Endlich hatte sie das Gefühl, etwas für sich selbst zu tun. Gewiss mussten sie Gewinn und Pacht zahlen, aber das hatte Bauer Schulz auch entrichten müssen, und dennoch war er sein eigener Herr gewesen. Genau wie sie, Anna Pippel, nun ihre eigene Herrin war. Zumindest fühlte sie sich so, denn die eigentliche Herrin, Helene Maria Gramshuber, geborene Moosberger, war nur noch ein verrücktes altes Weib und zu nichts zu gebrauchen.

Über dieser großen Aufgabe vergaß Anna mitunter alles, was sie zuvor bedrückt hatte. Sie vergaß die mögliche Rückkehr des mysteriösen Verfolgers, und sie vergaß auch den Krieg. Und nicht nur sie verlor den Krieg aus den Augen, sondern auch alle Menschen um sie herum, die fleißig ihre Ernte einfuhren, ihr Vieh mästeten und des Sonntags in der Kirche beteten, dass der Sommer nicht zu trocken und der Winter nicht zu lang würde. Auch diese dachten nicht daran, dass die Regelmäßigkeit ihres Lebens bald aufs Fürchterlichste aus den Fugen geraten würde.

XXIV

Während der Sommer des Jahres 1631 noch in Ruhe und Ordnung verbracht wurde, begann sich im Herbst desselben Jahres bereits eine schreckliche Vorahnung im Bayernland zu verbreiten.

Hans Mergel war einer der Ersten im Dorf, der über den Ausgang der großen Schlacht von Breitenfeld informiert war. Woher der Alte, welcher sich nach wie vor nur mit fremder Hilfe aus dem Haus bewegen konnte, immer so gut über das Zeitgeschehen unterrichtet war, wusste selbst Anna nicht. Aber er hielt Ende September plötzlich ein Fliegendes Blatt in Händen, welches offensichtlich nicht aus München, sondern aus dem schwedenfreundlichen Augsburg kommen musste, denn auf diesem Blatt wurde mit großem Hurra der Sieg des Königs Gustav Adolf über das Ligaheer Tillys gefeiert. Zwar war das sächsische Breitenfeld, wo der Kampf stattgefunden hatte, weit entfernt. Doch selbst dem Dümmsten im Lande Bayern war klar, dass der Schwede, nun verbündet mit den Sachsen und versehen mit einem mittlerweile 40 000 Mann starken Heer, kein anderes Ziel haben würde, als demjenigen entgegenzuziehen, von dem die meiste Gefahr für das Wohl der protestantischen Sache ausging. Das war nicht etwa der Kaiser, der zwar fromm und katholisch war, aber tatsächlich als Person noch nicht groß vom bisherigen Krieg profitiert hatte, und es war auch nicht Wallenstein, welcher bekanntlich längst seinen Dienst hatte quittieren müssen. Nein, Maximilian von Bayern stand ganz oben auf der

Liste der Feinde des Schwedenkönigs, und mit ihm dessen reiches und nahezu unberührtes Land.

Schnell verbreitete sich die Kunde vom Erfolg des von Katholiken bislang als »Schneekönig« belächelten Gustav Adolf, der von den Protestanten im Lande längst als ihr glorreicher und heldenhafter Retter gefeiert wurde. In München dagegen bekam man es langsam mit der Angst zu tun, weshalb man die strenge Verordnung erließ, ein jeder katholischer Bayer solle an einem jeden Sonn- und Feiertage mindestens zehn Stunden dafür beten, dass dieser Kelch aus dem Norden an dem wunderschönen Heimatland im Süden vorübergehe.

Auch in ihrem Dorf wurde fast täglich zu einem gemeinsamen Gebet in der Kirche aufgerufen, dem zumindest Anna fromm Folge leistete. Hans Mergel hingegen, der schon lange alle religiösen Floskeln aus seinem Wortschatz verbannt hatte, vertrat die Meinung, dass Gebete nichts nützten, vielmehr solle man doch den Wallenstein zurückrufen und die Burschen aus allen umliegenden Dörfern zwangsrekrutieren. Etwas anderes helfe nicht, zumal der Schwede dem Tilly ordentlich den Marsch geblasen hatte, was ihn, Mergel, nicht verwundere, da doch der alte Haudegen als Nachfolger Wallensteins und gleichzeitig als Führer des Ligaheeres vollkommen überfordert war.

Doch zu Hans Mergels Ärger wurde wieder einmal nicht auf ihn gehört, und deshalb verbrachte man den Winter mit Beten. Anna in der Kirche, und die Leni Gramshuber vor ihrem Kamin sitzend. Nur dass Letztere sich wenig darum scherte, dass nun die Schweden bald ihren Hof anzünden könnten. Sie murmelte ihr unaufhörliches »Ave Maria« ausschließlich zu dem Zweck, dass ihr geliebter Sohn bald wieder vor ihr stehe und sie ihn in ihre immer knochiger werdenden Arme schließen könne.

Im Frühjahr schließlich geschah das, was auch die inbrünstigsten Gebete nicht verhindern konnten: Die Schweden erreichten den Süden. Zwar wurde Wallenstein tatsächlich zurückbeordert, doch konnte oder wollte auch er dem raschen Vormarsch der Nordmänner nicht sogleich Einhalt gebieten. Sie nahmen Nürnberg, »befreiten« Donauwörth und schlugen Tilly ein zweites und ein letztes Mal bei Rain am Lech, woraufhin der Alte einige Tage später an seinen Verletzungen starb. Mittlerweile waren die Schweden in Augsburg eingezogen, wo sie – noch – mit Freuden empfangen wurden, und machten sich dann auf, um Maximilian einen Besuch in München abzustatten.

Es war nur noch eine Frage von wenigen Tagen, und sie würden auch am Ammersee erscheinen. Frauen, Kinder und Greise waren die Einzigen, die im Dorf zurückgeblieben waren, denn alle jungen Burschen und Männer waren zu Schanzarbeiten in die Hauptstadt abberufen worden, und es sollte eine Zeit dauern, bis sie wieder zurückkamen.

Ende Mai war es dann so weit. Balthasar, der sich mit dem Hund außerhalb des Ortes auf den Feldern aufgehalten hatte, kam aufgeregt herbeigestürmt und erzählte, dass etwa zwei Dutzend Reiter vom Norden her in Richtung ihres Dorfes unterwegs seien. Anna mistete gerade den Stall aus und beschloss, diese Arbeit nicht zu beenden. Anders sahen es die übrigen Dorfbewohner. Denn nachdem sie von aus München heimkehrenden Bauern gehört hatten, wie gesittet sich die Schweden in der katholischen Regierungsstadt betragen hätten, war auch die Panik der Landbevölkerung vor den groben »Wikingern« verraucht. Allein Hans Mergel warnte, dass man darauf nichts geben könne: »Wer weiß, was die Münchener denen für ihre Zurückhaltung bezahlt haben.«

Anna war seiner Meinung, und beide sollten sie damit Recht behalten.

Bis in den Juli hinein verging kein Tag, an dem nicht ein Haus brannte, ein Mensch auf unglückliche Weise sein Leben lassen musste, eine Frau geschändet, ein Stall geplündert oder sonstige Garstigkeiten verübt wurden. So etwas hatte man in diesem Dorf noch nicht erfahren, zumindest nicht, soweit die Erinnerungen zurückreichten. Es fiel den Menschen, die in diesem zwar strengen, aber dafür behüteten Lande lebten, schwer, sich mit einem solchen Schicksal abzufinden. Anders als Anna, welche all dies bereits seit ihrer Jugend kannte.

Zwar wurde auch sie jäh aus ihrem Traum von einer heilen Welt gerissen, doch genauso schnell hatte sie sich wieder an den bekannten Alltag gewöhnt, der erfüllt war von einem immerwährenden Kampf ums nackte Überleben. Ständig hieß es, auf der Hut zu sein, von einer Minute auf die andere alles liegen und stehen zu lassen, um sich zu verstecken. Die Fähigkeit, sich von dem, was man hart erarbeitet hatte, ohne weiteres trennen zu können, wurde ungeheuer wichtig. Tat man das nicht, so endete man im glücklichsten Fall mit einem Strick um den Hals am nächsten Apfelbaum, im unglücklichsten Fall – und das kam im Dorfe vor – wurde einem die Haut in Streifen vom Körper gezogen, bis man nicht nur all seine Habseligkeiten, sondern auch sein Leben hergegeben hatte.

Bei aller Grausamkeit, welche die schwedischen Truppen an den Tag legten, die wahllos marodierend und gezielt kontribuierend durch das ganze Land zogen, gab es auch Menschen, die es verstanden, sich mit ihnen zu arrangieren, oder die ihre Gegenwart sogar genossen. Einer dieser Menschen war die Magd Rosi. Lachend, singend und trinkend verbrachte sie eine ganze Woche mit einer Handvoll schwedischer Kürassiere in der Ortswirtschaft und schien ihre große Freude an der Aufmerksamkeit zu finden, die das Mannsvolk ihr entgegenbrachte. Ja, sie ging sogar so weit, dass sie eines Abends mit zweien von ihnen in die Kirche einbrach, dort den Messwein austrank und mit einem der beiden auf dem Altar einen Tanz aufführte, während der andere die erst kürzlich erworbene Orgel betätigte, welche der ganze Stolz des musikalischen Pfarrers war.

Bald sah man jedoch ein, dass dies nur ein verhältnismäßig harmloses Betragen gewesen war, denn immerhin hatte sich diese Gruppe von schwedischen Reitern einigermaßen gesittet aufgeführt, auch wenn die Orgel letztendlich zu Bruch gegangen war. Andere Marodeure, die im Laufe der nächsten Wochen immer wieder in den Ort einfielen, gaben sich nicht mit einem Tänzchen, einem Schluck Messwein und dem Zertrümmern von Musikinstrumenten zufrieden.

Da musste selbst die Rosi einiges gegen ihren Willen über sich ergehen lassen, während Anna sich gegen männliche Zudringlichkeiten mit einem selbstgebrauten Brechmittel wappnete, welches tatsächlich zweimal seine Funktion erfüllte, sodass die Peiniger vor Ekel und Abscheu das Weite suchten. Anna blieb also, was den Schutz ihrer Weiblichkeit betraf, unversehrt. Doch leider galt dies nicht für Haus und Hof der Leni Gramshuber.

Noch im Mai verloren sie ihren gesamten Viehbestand. Hans Mergel konnte ihn zwar in Landsberg, wohin die Schweden alles gestohlene Vieh verschleppten und zu Schleuderpreisen verhökerten, wieder aufstocken. Unglücklicherweise war jedoch seine Reise vergebens gewesen, denn bereits am Tag nach seiner Rückkehr war wieder alles gestohlen oder noch vor Ort geschlachtet und ausgeweidet worden.

Ausgeweidet wurde auch das Haus. Es gab keine Wertgegenstände mehr, alles nahm man mit und hinterließ wiederum nur Schmutz, Unrat und mitunter sogar Leichen, welche Anna und Balthasar mühsam beseitigen mussten. So hatten sich an einem Abend zwei Schweden beim Kartenspiel in der Stube des Gramshuber-Hofes so sehr in die Haare bekommen, dass dem einen von beiden offenbar nichts anderes übrigblieb, als seinem Kontrahenten mitten ins Gesicht zu schießen.

Was der Leni Gramshuber und ihrem Gesinde in diesen Wochen jedoch erspart blieb, war das Feuer. Zumindest schlug es nicht so erbarmungslos zu wie auf den anderen ganzen Höfen des Ortes, die innerhalb nur einer Nacht vollkommen niederbrannten. Zwar kam es durch die Unachtsamkeit unwillkommener Gäste eines Abends zu einem Brand in einer der oberen Kammern. Doch konnten Balthasar und Anna dank des hauseigenen Brunnens Schlimmeres verhindern, sodass lediglich drei Zimmer ausbrannten. Darunter war jedoch auch Annas Schlafkämmerchen.

Und an einem Tag im Mai hatten die vier Bewohner des Hofes wieder einmal Glück im Unglück. Eine große Gruppe raubender schwedischer Söldner wurde erwartet. Auf den Rat des kriegserfahrenen Hans Mergel zogen es er, Anna, der Junge und auch die alte Bäuerin – sie musste getragen werden – vor, sich in einer Nische des modrigen Kellergewölbes zu verstecken, während alle anderen Bewohner des Dorfes in den Wald flüchteten. Als die Schweden davon hörten, dass sich in dem Waldstück die Bevölkerung gleich mehrerer umliegender Dörfer verschanzt hielt, erlaubten sie sich einen makabren Scherz. Wie auf einer Treibjagd versammelten sie sich zu Dutzenden um den Wald, und während die einen die Menschen von hinten aus ihren Verstecken trieben, standen die anderen bereits vorne am Waldesrand und hielten ihre geladenen Büchsen bereit, um auf alles zu schießen, was dort in panischer Angst auf sie zugelaufen kam. Allein aus Annas Ort kehrten vierzehn Leute nicht wieder zurück.

»So ist das im Krieg«, kommentierte Mergel, als sie von der Menschenjagd erfuhren. »Aber das weißt du ja selbst, Anna. Es liegt nicht einmal am Schweden an sich. Auch die Katholischen machen solche Dinge. Hab dir ja erzählt, was kürzlich erst in Magdeburg geschehen ist. Keiner Frau und keinem Kind haben sie das Leben gelassen, und das auch noch auf Geheiß des frommen Tilly. Na, der hat seine Strafe dafür längst bekommen.«

Eine Ernte würde es in diesem Spätsommer nicht geben. Alle Felder waren niedergetrampelt oder niedergebrannt, selbst die Obstbäume, welche in den Gärten und an der Ausfahrtstraße zu den Wiesen und Äckern standen, waren abgeholzt und mutwillig zerstört worden. Es würde rein gar keinen Ertrag geben. Man konnte allein auf die mitfühlende Gunst des Landesvaters hoffen, und dass dieser seine Vorratsspeicher öffnete, um eine Hungersnot unter seinem ohnehin schon leidenden Volke zu verhindern.

Erst Ende Juli gelang es den Katholischen einzugreifen. Doch die Hoffnung, sie würden den Schweden Einhalt gebieten und wieder Ruhe und Ordnung in die Gegend bringen, wurde schnell zerschlagen. Denn das Einzige, was die kaiserlichen Truppen veränderten, war, dass sich zu den schwedischen Marodeuren nun auch Mörder, Schänder, Diebe und Brandstifter aus den katholischen Reihen gesellten.

So wurden Soldaten des kaiserlichen Oberst Scharfenstein aus Unwissenheit darüber, dass dieselben zuvor erst die Stadt Landsberg geplündert hatten, im Dorfe wie Befreier gefeiert. Jedoch nur so lange, bis sie sich auch hier über Vieh, Frauen und Alkohol hermachten. Wütend auf diese sich als Halunken erweisenden Retter griff die noch lebende männliche Dorfbevölkerung zu Sensen, Äxten und Mistgabeln und bereitete vieren von den vollkommen betrunkenen Landsknechten einen äußerst blutigen Abschied vom Leben.

Immer häufiger nutzten die Bauern diese Möglichkeit des Selbstschutzes, wobei das Lynchen von Soldaten, ob schwedisch oder kaiserlich, eher zu Akten blinder Rache als zu einem effektvollen Schlag aktiver Landwehr wurde, denn meistens schlugen die Marodeure doppelt und dreifach zurück.

Im August nisteten sich im Gramshuber-Hof gleich zwei Parteien ein: Erst kamen etwa acht schwedische Reiter; und nachdem diese endlich wieder fortgeritten waren, machten es sich neun kroatische Reiter gemütlich, ohne den Anschein zu erwecken, bald wieder gehen zu wollen.

Einer dieser Kroaten, die laut Mergel die Schlimmsten in diesem Kriege waren, hatte es auf Anna abgesehen. Selbst die Anwendung des Brechmittels hielt ihn nicht davon ab, die Arme an sich zu drücken und zu küssen. Als er sie eines Abends nach einem Trinkgelage hinter sich herschleifte und sie mit sich in den leeren Stall zog, konnte Anna plötzlich, während er bereits auf ihr lag, nur noch sehen, wie sich das Weiße in seinen Augen unmenschlich vergrößerte. Die Augäpfel sprangen ihm quasi aus dem Kopfe, und plötzlich sackte er mit einem lauten Stöhnen zusammen. Zunächst glaubte Anna, das Glück zu besitzen, dass dieser Mensch mit seinem Vorhaben bereits am Ende war, bevor es für sie wirklich schlimm wurde, doch dann merkte sie schnell, dass er tot war. Denn in seinem Rücken steckte eine Heugabel, und zwar so tief, dass ihre Zinken nicht nur durch seine Brust wieder herausragten, sondern sich sogar bis in Annas Mieder geschoben hatten, wo sie jedoch nur am Stoff Schaden angerichtet hatten.

Anna ging an diesem Abend nicht wieder zurück ins Wohnhaus. Und als sie am nächsten Morgen den Stall verließ und auf den Hof trat, da erblickte sie, dass alle weiteren Kroaten – immerhin acht an der Zahl – an dem riesigen Kastanienbaum aufgeknüpft waren.

Mergel und Balthasar kamen erst kurze Zeit später auf den Hof zurück und standen ähnlich erschrocken wie Anna vor dem, was da an dem großen Baum hing. Sie waren, noch bevor der Mann über Anna hergefallen war, von den mittlerweile toten Eindringlingen fortgeschickt worden, um weiteren Schnaps und Wein aufzutreiben. Sie hatten sich nicht besonders beeilt zurückzukehren, zumal sie keinerlei Alkohol hatten finden können, was sicher nicht ungestraft geblieben wäre.

Bestraft worden waren jedoch offensichtlich nun ihre Peiniger. Doch wer die Männer an den Baum gehängt hatte, das wussten sie nicht.

»Ein Schatten hat sie geholt«, sagte plötzlich die Gramshuberin. Und mehr war aus ihr nicht herauszubekommen. Sie hatte die ganze Nacht auf ihrer Ofenbank gesessen und gebetet. Während die kroatischen Reiter gefeiert hatten, hatte sie gebetet, während sie volltrunken eingeschlafen waren, hatte sie gebetet, und während sie aus dem Zimmer gezogen worden waren, hatte sie auch gebetet. Ein Schatten war es also gewesen.

Den ganzen Herbst über kam das Seenland nicht zur Ruhe, und zu den Überfällen der Schweden und Kaiserlichen gesellte sich dann auch noch die lästige Pflicht, Flüchtlinge zu beherbergen. Auch im Hause Gramshuber wurden gleich dreizehn Landsberger aufgenommen, die vor den wiederholten Heimsuchungen ihrer Stadt das Weite gesucht und sich auf dem Lande Schutz versprochen hatten.

Leni Gramshuber hatte nichts dagegen, die Menschen zu beherbergen. Es war ihr schlichtwegs egal, und Anna nahm sie gerne auf, weil sie aus eigener Erfahrung wusste, wie beschwerlich es war, in einem regnerischen und kalten Herbst auf der Straße zu sitzen und vergeblich um ein Obdach zu betteln.

Was sie nicht wusste, war, dass Flüchtlinge häufig nicht allein kamen, sondern mitunter Begleiterscheinungen mit sich brachten, die sie für viele noch unwillkommener machten, als sie ohnehin schon waren. Aus diesem Grund war auch der alte Mergel skeptisch und erlaubte es Anna lediglich – sich als Hausherr aufspielend –, dass sich die beiden Familien im Stall einquartierten und das Wohnhaus nicht zu betreten hätten. Akribisch wachte er über die Einhaltung dieser Quarantäne.

Zwei Wochen lang geschah nichts, nicht einmal die Anzahl der Flöhe nahm zu, sodass Anna die Strenge des Alten bald zu ignorieren begann und ein manches Mal die beiden Mütter mit ihren Säuglingen in der Küche sitzen ließ, von wo aus der Hinterlader betrieben wurde und dem Raum eine angenehme Wärme spendete. Dann aber, im November, fing es an. Man war sich nicht sicher, ob die Flüchtlinge oder Plünderer die Krankheit eingeschleppt hatten, aber mit einem Mal starben gleich sieben Dorfbewohner innerhalb weniger Tage an dem, was man später als ungarisches Fieber erkannte.

Noch in derselben Woche, in der es die ersten Toten zu beklagen gab – unter anderem auch die Fischerin, welche die drei damals über die Geschichte der Gramshubers aufgeklärt hatte –, wurden mit Gewalt alle Flüchtlinge, welche sich im Dorfe herumtrieben, fortgejagt. Anna gelang es nicht, wenigstens die kleinen Kinder vor dem Verbleib in eisigem Regen und frostigem Wind zu bewahren.

Dann, an einem Sonntagnachmittag, begann sich auch Leni Gramshuber plötzlich schrecklich zu schütteln, obwohl sie vor dem warmen Ofen saß. Ihre schmalen Lippen verfärbten sich dunkelblau, und sie klapperte entsetzlich laut mit den ihr noch verbliebenen Zähnen. Anna war gerade wieder hereingekommen, um sie mit mehreren wollenen Decken einzuhüllen, als die Alte ungeheuerlich zu schwitzen begann. Aus dem Schüttelfrost hatte sich binnen Minuten ein hohes Fieber entwickelt, welches die ohnehin schon trockene Frau so weit austrocknete, dass ihr Durst nicht zu stillen war. Ganze drei Krüge Wasser schluckte sie unter großen Schmerzen herunter und jammerte dabei selbst bei der leichtesten Berührung ihres Körpers. Nicht einmal hinlegen konnte sie sich.

Anna blieb die ganze Nacht bei ihr und musste am nächsten Morgen feststellen, dass sich an den Füßen der Bäuerin riesige Geschwülste ausgebreitet hatten. Salben und feuchte Wickel halfen nichts.

Leni überlebte den Tag nicht. Am frühen Abend hauchte sie mit einem entsetzlich dunklen Stöhnen ihr Leben aus.

Hans Mergel, Anna und Balthasar standen nun allein da. Ohne ihre Herrin und ohne deren Sohn hatten sie als Gesinde keine Berechtigung mehr, in dem Haus zu bleiben. Die Grundherren mussten benachrichtigt und die Erben ausfindig gemacht werden. Und wer wusste schon, was dann mit ihnen dreien geschehen würde?

»Es darf einfach niemand wissen, dass die Bäuerin tot ist.« Hans Mergel sprach aus, was auch Anna dachte. »Sie saß ohnehin nur in der Stube und hat sich draußen nicht blicken lassen. Das wird gar keiner merken, dass es die nicht mehr gibt.«

»Und wenn es dann doch jemand bemerkt, dann werden wir für ihre Mörder gehalten und bestraft.« Anna hatte trotz allem Bedenken.

»In solchen Zeiten gibt es so viele andere mögliche Mörder. Nein, uns wird man so schnell nicht beschuldigen. Außerdem, wer sollte die schon vermissen?«

Und so kam es, dass sie die alte Gramshuberin auf dem Hof direkt neben dem leeren Kaninchenstall beerdigten. Als sie das Loch für sie buddelten, stießen sie jedoch auf etwas, mit dem sie nicht gerechnet hätten. Zuerst dachten die drei, es handele sich um die Überreste eines der neun verstorbenen Reiter, welche ebenfalls im Gramshuber-Garten ruhten. Dann aber, bei näherem Hinsehen, erkannten alle, dass das der Bartel sein musste.

Anna, Mergel und Balthasar sahen sich nur stumm an, legten dann die Mutter zum Sohne und schütteten das Grab wortlos zu.

Nun waren die drei Fremden allein in diesem großen bayerischen Bauernhaus und mussten sich, als sie von dem Tod des Schwedenkönigs in der Schlacht von Lützen erfuhren, langsam darauf vorbereiten, dass der Krieg bald ein Ende haben würde und sie den noch lebenden Dorfbewohnern erklären mussten, wo denn die Gramshuber Leni abgeblieben war. Denn wenn erst einmal wieder Ruhe eingekehrt war, würden auch die Toten gezählt werden.

Die Gramshuberin wurde vorerst jedoch nicht vermisst, und auch die Trauer ihrer drei Gesindekräfte hielt sich in Grenzen. Vor allem für Anna bot sich durch das Ableben der Alten nun endlich die Gelegenheit, den Brief des Neffen Andreas Moosberger, den Leni noch immer unter ihrem ungewaschenen Rock getragen hatte, wieder an sich zu nehmen.

Anna fand das Schreiben in einem unleserlichen Zustand vor, die Tinte war zerlaufen. Welche Flüssigkeit auch immer dazu beigetragen hatte, Anna wollte es gar nicht wissen. Kurz und gut, der Brief war nicht mehr zu entziffern. Aber da sie ohnehin nicht lesen konnte und das Schriftstück niemals aus den Händen gegeben hätte, war es ihr letztendlich gleich.

Dies war das einzige Erinnerungsstück an ihn, und was auch immer jetzt an diesem Schreiben klebte, Anna würde den Brief behalten. Und so steckte sie ihn wieder zurück in ihre Schürzentasche.

XXV

Der Tod des Schwedenkönigs Gustav Adolf brachte nicht die erhoffte Ruhe. Die Schweden blieben, und hinzu kam erneut eine riesige kaiserliche Armee unter dem Regimentsführer Aldringen, welche sich wochenlang am Ammersee und in dessen Umgebung einnistete.

Ihren Auftrag, die nun führerlosen Schweden aus Bayern zu vertreiben, schien diese Armee nicht besonders ernst zu nehmen. Lieber verbrachten ihre Tausende von Angehörigen den Winter hinter den Öfen der Bauern, fraßen und soffen weg, was an Wenigem noch aufzutreiben war, und betrugen sich auch sonst nicht gerade sittsam.

Die Enttäuschung unter der bayerischen Landbevölkerung hielt sich in Grenzen, hatte man doch schon längst resigniert und keine großen Hoffnungen in einen erlösenden Schlag gegen die schwedische Invasion gehegt. Feind und Freund waren bereits seit Monaten nicht mehr zu unterscheiden, grundsätzlich galt, dass alle Soldaten nur Schlechtes mit sich brachten. Selbst die, die ursprünglich Bauern im selben Dorf gewesen waren, mit denen man früher gefeiert und gelacht hatte.

Im Sommer noch wäre man gegen diese Plage mit allem vorgegangen, was sich an Stech- und Hiebwerkzeug in Ställen und Schuppen auftreiben ließ. Doch nun war die verbliebene Landbevölkerung durch Seuchen und Hunger so geschwächt, dass sie diese erneute Einnistung zahlloser unwillkommener Gäste stillschweigend ertrug.

Allein was den Antichristen Wallenstein betraf, so besaßen die Bayern noch genügend Kraft, um gehörig über ihn zu schimpfen: Er sei an allem schuld, er war es, der seine Armee in ihr Land geschickt hatte, er war es, der seinen Soldaten befohlen hatte, alles aufzufressen, was sie hier finden würden, und er war es, der nicht wollte, dass sie ihren kaiserlichen Auftrag erfüllten und gegen die Schweden vorgingen. Nein, Wallenstein habe wieder einmal einen teuflischen Plan ausgeheckt und sich vorgenommen, das Land seines größten Rivalen in den eigenen Reihen, des Kurfürsten Maximilian, zu ruinieren; und das Einzige, was dazu nötig war, war schlichtes Nichtstun, und darin übe er sich nun mit Bravour. Solch einen kaiserlichen Oberbefehlshaber konnte man nicht gebrauchen. Lynchen sollte man ihn, wenn man ihn in die Finger bekäme, etwas anderes hatte dieser gichtkranke Tyrann nicht verdient.

So die Meinung vieler bayerischer Untertanen.

Auch Hans Mergel war sich sicher, dass der General absichtlich eine verzehrende Hinhaltetaktik verfolgte, und dies nicht nur, weil er dem Bayern Maximilian schaden, sondern auch, weil er sich bei den Schweden ein Türchen offen halten wollte.

»Der spielt mit zweierlei Karten. Und wenn ich ehrlich bin, ich würde es nicht anders machen. Schließlich kann er niemandem mehr vertrauen. Hat ja selbst gesehen, was passiert, wenn er nicht mehr gebraucht wird. Dann schmeißen die den einfach raus. Anders würde es auch nicht sein, wenn er die Schweden versohlt und in ihre Eiswüste zurückschickt.

Der ist schlau und gleichzeitig gekränkt. Kann ich verstehen, zumal er ohnehin so ein komischer Kauz sein soll. Habe ich dir eigentlich schon einmal erzählt, Anna, was man von dem alles berichtet?«

»Nein.« Anna saß am Ofen, dort, wo früher Leni Gramshubers Platz gewesen war, und strickte eine Decke aus grober

Wolle. Wolle war das Einzige, was man noch auftreiben konnte. In unverarbeiteter Form hatte diese für Plünderer keinen Wert.

»Der soll ganz empfindlich sein, was sein Gehör betrifft. Kann nicht schlafen, wenn er auch nur einen Mucks hört, ein Rascheln oder auch nur einen leisen Schritt. Dann wird der wohl fuchsteufelswild. Angeblich hat er schon eigenhändig Leute erschlagen, die ihn versehentlich geweckt haben.

Wenn er irgendwo Quartier nimmt, dann lässt er in den Straßen Stroh legen und allen Hunden, Katzen und Hähnen die Hälse schon im Vorhinein umdrehen. Ja, seine Diener haben sogar die Anweisung, all die zu vertrimmen, die zu laut reden, wenn der General zu nächtigen geruht.

Ein Tyrann soll das sein, und das alles nur, weil ihn jeder Knochen schmerzt. Völlig verkrampft ist er wohl, hat die Gicht. Und das muss wohl mehr schmerzen als Wundbrand am ganzen Körper.«

»Und so einer befehligt die kaiserliche Armee?«, fragte Balthasar.

»Ja, so einer. Weil der Kaiser so einen Schlauen und Gerissenen nicht wieder findet. Außerdem braucht er ja auch im gegebenen Fall einen Sündenbock – will ja, falls was schiefgehen sollte, nicht die Schuld auf sich nehmen müssen. Und dann gilt es ja auch noch die mächtigen Fürsten in Schach zu halten. Glaub mir, mein Junge, die Katholischen unter sich, die hassen sich mehr, als sie ihre Feinde auf den Schlachtfeldern hassen.

Wenn man den Maximilian gefragt hätte, wessen Kopf er lieber auf einem Silbertablett serviert bekommen würde, den des Schwedenkönigs oder den Wallensteins, na, da kannst du aber Gift drauf nehmen, dass er sich für den Wallensteiner entschieden hätte.«

Es war endlich einmal ein ruhiger Abend. Keine Überfälle

und nur einige wenige Einquartierungen von vollkommen erschöpften kaiserlichen Landsknechten, die bereits seit Sonnenuntergang friedlich in den nicht ausgebrannten Kammern der ersten Etage schlummerten.

Diese Ruhe jedoch bedeutete nicht, dass von ihnen keine Schrecken zu erwarten gewesen wären. Aber es gab kaum noch etwas zu zerstören, und selbst zum Schänden waren die Frauen zu dünn geworden und die Soldaten viel zu schwach. Auch sie litten in diesem Winter, ganz so wie die Landbevölkerung, unter Hunger und Seuchen. Wie mit gelbem Leder überzogene Knochengerippe ritten oder schleppten sie sich durch die Straßen, und man brauchte sich nur noch vor ihren Pistolen oder den Schwefelhölzern zu fürchten, mit denen sie hin und wieder willkürlich Häuser und Ställe anzündeten. Kräftezehrende Gewalttaten waren kaum noch zu erwarten. Dafür war jedoch die Lust auf Alkohol größer denn je, und dies führte bei den vollkommen ausgemergelten Körpern nicht selten dazu, dass man die Einquartierten des Morgens tot aus ihren Betten ziehen musste.

Trotz ihrer körperlichen Schwäche nahm Anna sich vor, am nächsten Tage nach Herrsching zu gehen. Sie hatte mittlerweile acht Wolldecken gestrickt, und diese wollte sie dort gegen Lebensmittel eintauschen. Wie schön wäre es doch, etwas Hafer und ein Säckchen getrocknete Erbsen zu ergattern. Vielleicht ließ sich ja sogar ein Huhn erstehen.

Zusammen mit Puck, dem treuen Hund, machte sie sich auf den Weg. Er sollte sie vor möglichen Angriffen beschützen, denn darin war er mehr als zuverlässig, verstand es doch der große, bullige Hund, selbst drei Männern auf einmal gehörig Angst einzujagen. Dieses Tier war ein Meister des Überlebens, nach wie vor stark und muskulös, weil er sich von den unzähligen Ratten ernährte, die sich, seit der Krieg Einzug an den Ammersee gehalten hatte, in den Dörfern rundum wohlzufühlen schienen und nicht müde wurden, sich zu paaren und zu vermehren.

Der Weg nach Herrsching verlief ohne Zwischenfälle. Dafür jedoch fand Anna auf dem Bauernmarkt nichts als gähnende Leere vor. Tauschhandel war die einzige Möglichkeit, um an Lebensmittel zu kommen, und auf die Idee, Wolldecken zu stricken, waren außer ihr offensichtlich noch Dutzende weiterer Frauen gekommen.

Immerhin gelang es ihr, ein Glas Honig zu erstehen, und sie war gerade dabei, dem Imker noch etwas von der Butter abzuschwatzen, die dieser kurz zuvor selber eingetauscht hatte, als sie ein Gespräch zwischen zwei Frauen belauschte.

»Dem Stammberger Schorsch haben sie beide Füße weggeschossen, nur weil er ihnen nichts von seinem Selbstgebrannten geben wollte.«

»Was stellt er sich auch so an. Muss doch langsam wissen, dass die nicht zimperlich sind.«

»Ist halt ein Geizhals. Wahrscheinlich wird er's nicht überleben, soll schon im Fieberwahn liegen.«

»Hast du denn auch gehört, dass sie die Vroni, die Tochter vom Häusler-Wirt, dass sie die an den Haaren hinter ihren Rössern hergezogen haben? So lange, bis sie grün und blau war und sich sämtliche Knochen gebrochen hat.«

»Das ist noch gar nichts gegen das, was unser Dorfpfarrer Holzbichl mitansehen musste. Soll erst heute früh passiert sein, weiß ich von der Huberin. Dem seine Wirtschafterin, die kleine Martha, die soll morgens in der Küche gehangen haben. An einen Balken haben sie sie geknüpft, und als wäre das nicht genug, haben sie der auch noch zusätzlich den Hals durchgeschnitten. Und als hätten sie's gewusst, dass die sich vor Hunden graust, haben sie ihr noch einen Köter ans Bein gebunden. Das muss ein schlimmer Anblick für den Pfarrer gewesen sein, wo der doch so leicht aus der Fassung zu bringen ist. Der kann ja nicht einmal mitansehen, wenn man vor seinen Augen eine Fliege totschlägt.«

»Ja, da muss er sich wohl daran gewöhnen. Keiner von uns ist bisher ungeschoren geblieben, und das wird so weitergehen. Man kann ja froh sein, wenn sie einem nur das Haus anzünden und die Viecher mitnehmen. Und wie viele liederliche Weiber schon durchgebrannt sind mit diesem Gesindel, da könnte ich dir auch noch was erzählen …«

Weiter verfolgte Anna das Gespräch nicht. Fast den Honigtopf und ihre restlichen Decken vergessend, machte sie kehrt und eilte auf und davon, ohne sich von dem Imker zu verabschieden.

Blind vor Schreck fand sie sich bald vor dem Gramshuber-Hof wieder, wo sie in die Stube trat und wie ein nasser Mehlsack auf einen Holzschemel fiel.

»Was ist los mit dir, Anna?« Hans Mergel befürchtete, sie sei wieder einmal belästigt worden.

»Er ist wieder da!«

»Von wem sprichst du? Von dem Zwerg Bartel etwa? Den haben wir doch gefunden, da bin ich mir ganz sicher.«

»Nein, von dem Mörder. Von dem mit der Sanduhr.«

»Wie kommst du denn darauf, Anna?«

»Ich habe in Herrsching gehört, wie zwei Frauen darüber gesprochen haben. Alles war so wie bei ihm: erhängt, durchtrennte Kehle, und auch ein Hündchen war wieder dabei.«

»Bist du dir sicher?« Auch Mergel schien unruhig zu werden.

»Ganz sicher. Ich habe mir ohnehin schon in der letzten Zeit Sorgen gemacht. Habe nie mit dir darüber gesprochen, weil du mir sowieso nicht glaubst. Aber ich weiß, dass wir hier nicht allein sind.«

»Wir sind hier nie allein, Anna.«

»Nein, ich meine nicht die Landsknechte und Marodeure. Ich meine diesen Schatten, den auch die Gramshuber gesehen hat. Er ist hier, und zwar schon eine ganze Weile. Das spüre ich. Und er war auch auf unserem Weg lange Zeit dabei. Er war es, der die Wegelagerer vor unserer Herbergstüre erstochen hat, und er war es, der dein Bein abgeschnitten hat, er hat uns den Hund dagelassen und den Bartel beseitigt. Ja, und die neun Krabaten, die hat er auch umgebracht. Und jetzt fängt er wieder mit den Frauen an. Ich bin mir ganz sicher, Hans, und ich lasse es mir von dir auch nicht mehr ausreden.«

Mergel schwieg und starrte an die mittlerweile wieder vollkommen verdreckte Wand.

»Wir können nichts machen, Anna«, sagte er nach einer ganzen Weile. »Wir können nur aufpassen, dass dir nichts passiert.«

»Ich glaube nicht, dass mir etwas passieren wird, Hans. Das ist ja das Seltsame. Irgendwie habe ich das Gefühl, er beschützt mich.«

»Er beschützt dich?«

»Ja. Und ich weiß nicht, warum.«

Wieder verfiel der alte Mergel in minutenlanges Schweigen.

»Das sind ja jetzt auch zum ersten Mal wieder Wallensteinsche Truppen, die hier am Ammersee quartieren«, sagte er nach einer Weile. »Ganz unwahrscheinlich wäre es nicht, wenn da auch der eine oder andere aus unserem alten Regiment dabei ist.«

»Also glaubst du auch, dass es wieder derselbe ist?«

»Wie gesagt, unwahrscheinlich ist es nicht. Aber, du meinst ja, er habe dich schon die ganze Zeit verfolgt. Schon auf unserem Weg hierher.«

»Ja, das glaube ich.«

»Ach, Anna, was hilft das Spekulieren? Wir können eh nichts

daran ändern. Können lediglich Acht geben und die Augen offen halten.«

Anna nickte nur.

Es ist so weit. War nicht zu verhindern. Es musste weitergehen. So ist der Lauf der Dinge. So war es, und so wird es sein.

Die Frau hat Angst. Muss sich fürchten, die Frau. Hat allen Grund dazu. Es wird nicht mehr lange dauern. Das steht fest und lässt sich nicht ändern.

Man wird berichten müssen. Jetzt, wo er ganz in der Nähe ist, wird man berichten müssen. Man kann nicht anders, muss es tun, muss helfen, so wie er geholfen hat. Muss ihm berichten.

Man will doch nicht allein sein. Kann doch nicht allein sein. Wäre am liebsten bei der Mama geblieben. Aber das ging ja nicht.

Man wird gehen und berichten – bald. Man wird selbst entscheiden, wann der richtige Zeitpunkt ist. Noch darf sie ein wenig leben, die Frau.

Ende des Jahres, kurz nach dem Weihnachtsfest, zogen Aldringen und seine Truppen langsam ab. Zusammen mit den feindlichen Schweden ging es an den Bodensee, sodass die gepeinigten Menschen im bayerischen Seenland etwas aufatmen konnten, zumindest was die Heimsuchung von sich einquartierenden Soldatenschwärmen betraf. Es blieben jedoch Hunger, Kälte, Seuchen und einheimische Räuberbanden, die den Marodeuren der Heere an Skrupellosigkeit in nichts nachstanden.

Für Anna war es eine Entlastung, hoffte sie doch, dass damit auch die schreckliche Gefahr, die urplötzlich wieder aufgetaucht war, vorüber war. Sollte sich der Mörder tatsächlich im Wallensteinschen Heer aufhalten, dann war er nun fort.

Seit dem Gespräch auf dem Markt hatte sie von keinen weiteren Vorkommnissen dieser Art gehört, doch das war auch nicht weiter verwunderlich, fielen doch solche Taten unter den zahlreichen Schändlichkeiten, welche tagtäglich begangen wurden, nicht weiter auf. Und um ihr eigenes Leben hatte sie bisher auch nicht mehr fürchten müssen, da sie seit einiger Zeit immer eine geladene Feuerbüchse bei sich trug.

Von dem schmucken Ort, den Anna, Mergel und der Junge bei ihrer Ankunft vorgefunden hatten, war längst nicht mehr viel übrig geblieben. Die meisten Höfe waren im Laufe des letzten Jahres niedergebrannt. Andere, die vom Feuer unversehrt geblieben waren, konnten jedoch auch nicht weiter instand gehalten werden, denn die Menschen im Dorf, die Krankheit, Hungertod und Gewalt verschont hatten, waren mittlerweile so schwach und antriebslos, dass ihre Heime verfielen und sie teilweise unter eingestürzten Dächern und in zugigen Räumen ihr Dasein fristeten.

Die kleine Kirche lag längst in Schutt und Asche, sodass schon seit Monaten kein Gottesdienst mehr abgehalten wurde, zumal auch der Pfarrer sich heimlich des Nachts auf und davongemacht hatte. Der Kirchhof, ohnehin von den zahlreichen Toten des Dorfes überfüllt, lag völlig brach und wurde nur noch von den hungrigen Wölfen und den streunenden Hunden aufgesucht, die mittlerweile auch mitten am Tage in den gar nicht mehr so frischen Gräbern wühlten. Begraben wurden die Toten längst nicht mehr. Wer starb, der konnte von Glück sagen, wenn man für ihn einen kleinen Scheiterhaufen errichtete, meistens jedoch wurden die Leichen auf einem Handkarren in den Wald gefahren und dort einfach abgelegt.

Auch der Gramshuber-Hof sah mittlerweile verwahrloster aus als je zuvor. Sämtliche Scheiben waren eingeschlagen und alle Fenster gegen die Kälte mit alten Brettern vernagelt. Der Dachstuhl war noch in der letzten Dezemberwoche niedergebrannt, nur dank eines plötzlich einsetzenden Eisregens hatte sich das Feuer nicht weiter in den Innenbereich des Hauses vorfressen können. Bewohnbar waren lediglich die unteren Räume, und selbst der schöne Hinterlader war nahezu unbrauchbar, da ein wütender Söldner ihn, versteckte Kostbarkeiten hinter den Kacheln vermutend, mit einer Axt in Stücke gehauen hatte.

Die drei Bewohner des Hauses waren inzwischen dazu übergegangen, die Stube auf herkömmliche Weise durch ein offenes Feuer zu beheizen, was dazu geführt hatte, dass alle mühevoll gekälkten Wände wieder schwarz vom Ruß waren. Außerdem hatten die Möbel unter zahlreichen Trinkgelagen und Prügeleien, welche in dem Hause stattgefunden hatten, sehr zu leiden gehabt. Es existierte lediglich noch die Bank, welche sich um die gesamte Wand zog, und ein einziger wackelnder Tisch, den Mergel bereits notdürftig geflickt hatte. Sämtliche Wertgegenstände und alles Geschirr waren fort, man aß das Wenige, was man noch hatte, aus den Holzschüsseln, die man bereits auf dem Weg ins Bayernland dabeigehabt hatte.

Im Februar kehrten dann nach und nach all die zurück, die man längst am Bodensee vermutet hatte. Zunächst nisteten sich wieder unzählige der von Anna besonders gefürchteten Krabaten ein, und schließlich zog sich auch noch am Ammersee die gesamte bayerische Armee zusammen, um sich gegen die Schweden zu rüsten.

Man ertrug alles mit stoischer Geduld und sehnte sich längst nicht mehr nach besseren Zeiten zurück, sondern lebte einfach in den Tag hinein, ohne etwas vom Morgen zu erwarten, außer vielleicht die rettende Erlösung durch den Tod.

Eines Tages – es war im April des Jahres 1633 – klopfte es an der Türe, die Balthasar erst unlängst vernagelt hatte, sodass man nur noch durch eine geheime Luke im Stall in den Innenraum des Wohnhauses gelangen konnte. Anna, Mergel und

Balthasar machten sich bereit, ihr Versteck im Keller aufzusuchen. Das war ihre herkömmliche Reaktion auf ungebetene Gäste.

Nur wenige Augenblicke später saßen sie in dem eisigen unterirdischen Raum, der ihnen in den letzten Monaten zu einer zweiten Wohnung geworden war. Es dauerte nicht lange, und man konnte Schritte vernehmen. Die Schritte von vielleicht zwei, höchstens drei Menschen. Schließlich hörten sie ein Rufen, das aus der Stube kommen musste. Die Eindringlinge hatten also den Weg ins Haus gefunden, und das offenbar ohne Gewalteinwirkung, denn von splitterndem Holz war nichts zu vernehmen gewesen.

»Tante Leni! Gramshuberin, wo bist du? Hast du dich versteckt? Komm heraus, ich bin es nur, der Andreas. Bin zurück. Will dich besuchen kommen.«

Annas Herz begann wie wild zu schlagen. Er war es, er war zurück! Ausgerechnet jetzt. Sie hatte sich so gut erholt gehabt in den ersten drei Monaten in Bayern. War aufgeblüht, hatte zugenommen, ihre Haut war rosig gewesen und ihr Haar glänzend. Das war die Zeit gewesen, in der er hätte zurückkommen können. Nicht jetzt.

Wie sah sie jetzt nur aus? Wie ein aschfahles Knochengerippe. Und dann auch noch dieses schreckliche Kleid, dieses schmutzige, zerschlissene Kleid. So hatte Anna sich diesen Moment nicht vorgestellt. Sie konnte unmöglich ihr Versteck verlassen und ihm entgegengehen. Besser war es, zu warten und der Dinge zu harren, die da kommen sollten.

Mergel nahm ihr die Entscheidung ab: »Das scheint der Reiter zu sein, der uns hierhergeschickt hat. Wir sollten uns zu erkennen geben, schließlich hat er es ja schon einmal gut mit uns gemeint.«

Und schon öffnete der Alte die Luke und rief: »Fremder, hier sind wir. Helft einem alten Krüppel aus diesem modrigen Versteck. Wir sind es, die Ihr einst hierher nach Bayern zu Eurer Tante geschickt habt.«

Es dauerte nicht lange, und über der Kuhle erschienen zwei wildlederne, offensichtlich nagelneue Stiefel. Anna sah hinauf und blickte von unten in das Gesicht von Andreas Moosberger. Er hatte sich nicht verändert. Wieder stand er da, sauber und adrett, mit blondem Bart und strahlend blauen Augen. Ja, er erinnerte sie an die Darstellungen des unlängst gefallenen Schwedenkönigs auf all den Flugschriften, die Mergel, auf welchem Wege auch immer, ständig aus Augsburg erhielt.

Und tatsächlich lächelte Moosberger Anna an. Und auch sie wollte ihm gerade ein Lächeln schenken, als neben seinen Stiefeln plötzlich kleinere, spitzere, aber ebenfalls wildlederne Schühchen auftauchten. Anna blickte an diesen empor und schaute in das Gesicht einer hübschen blonden Frau mit rosigen Wangen und einem roten Mündchen. Und diese Frau sah aus dicht bewimperten grünen Augen direkt in Annas weißes, schmales Antlitz und lächelte ebenfalls. Sie lächelte sogar freundlich.

»Was sind das für Leute, Andreas? Weshalb verstecken sie sich vor uns?«, fragte sie ihren Begleiter.

»Das ist das Gesinde meiner Tante«, antwortete dieser und schenkte der Frau, die etwa in Annas Alter war, aber von an Schönheit und Jugend zehrenden Strapazen offenbar verschont geblieben war, ein keckes Augenzwinkern. Anna schaute weg und versuchte den bohrenden Schmerz in ihrem Herzen zu ignorieren.

»Wo ist meine Tante?«, fragte Moosberger, als er den alten Mergel aus dem Kellerloch zog.

»Eure Tante, mein Herr, hat diesen Winter mit all seinen widrigen Heimsuchungen leider nicht überstanden. Ich bedaure, Euch mitteilen zu müssen, dass wir sie bereits vor vielen Wochen haben begraben müssen.«

Moosberger blieb ungerührt. »Nun, dann ist sie also tot. Ihr aber lebt allesamt, und auch der Knabe ist noch bei euch. Hast du deine Eltern nicht finden können?«

Balthasar, der inzwischen allein aus dem Loch gekrochen war, schüttelte lediglich den Kopf.

Jetzt saß nur noch Anna unten und starrte stumm und verlegen nach oben. Sie wollte mit allen Mitteln vermeiden, dass er ihr aufhalf oder auch nur ein Wort an sie richtete. Mit einer hektischen Bewegung versuchte sie ihren schlanken Körper nach oben zu katapultieren, was ihr jedoch nicht gelang, sodass sie, mit einem dumpfen Knall schmerzhaft auf dem Steißbein landend, in der feuchten, kalten Brühe saß, die sich am Boden des Kellerversteckes angesammelt hatte.

»Aber Anna Pippel, nicht so eilig, ich hätte dir doch aufgeholfen«, sprach Moosberger und reichte ihr die Hand. Anna nahm sie mit einem verlegenen Lächeln und ließ sich von ihm mit einem Ruck hochziehen. Dann wandte sie sich mit hochrotem Kopf ab und murmelte viel zu leise, dass sie schon einmal in die Stube gehen werde.

Es waren schmerzhafte zwei Wochen, die Anna nun durchleben musste. Noch nie zuvor, nicht einmal, als sie ihren Mann Friedrich mit diesem liederlichen Weibe erwischt hatte, hatte sie eine solche Demütigung erfahren. Alle körperlichen Leiden und Entbehrungen der letzten Jahre waren nichts gegen diesen furchtbaren Kummer, den Moosberger in ihr schüchternes und ehedem erwartungsfrohes Herz pflanzte. Und das Schlimmste daran war, dass er es nicht einmal zu merken schien.

Anna hasste sich selbst, hatte sie sich doch in ihren ständigen Tagträumen und nächtlichen Fantasien dazu hinreißen lassen, in diesem Mann, der niemals etwas von ihr hatte wissen wollen, den Inbegriff der Liebe zu sehen. Der romantischen Liebe einer einfachen Frau, deren Schicksal es eigentlich sein musste, einem von den Eltern und der Vernunft auserkorenen Ehegemahl ein Leben lang treu zu dienen und ihm einen Haufen Kinder zu schenken. Sie aber hatte sich erdreistet, solch hochfahrenden Gefühlen zu erliegen. Die Strafe war nun gefolgt, und zwar in Form eines Herzschmerzes, der ihr in diesem Ausmaß vollkommen fremd war.

Sie hasste diese Person, die offen mit Moosberger herumturtelte. Die ihn vor Annas Augen sogar auf den Mund küsste und die des Nachts so laut schrie und kreischte, dass selbst der Hund zu bellen anfing. Es widerte sie an, dieses Miststück bedienen zu müssen, und einmal erlaubte sie sich sogar, ihr ein wenig von dem Brechmittel, welches sie noch immer für den Fall eines unsittlichen Übergriffes bereithielt, in den morgendlichen Brei zu mischen. Zwei Tage lang verschaffte das Elend dieser Hure Anna einen Hauch von Genugtuung, doch die rührende Art, wie sich Moosberger um die Kranke kümmerte, ließ Anna dann doch von dem Gedanken abkommen, es mit einer weiteren Portion des besonders gewürzten Breis zu probieren.

Das Einzige, was dieser Besuch Gutes für sie brachte, war, dass Moosberger einen Wagen voller Proviant dabeigehabt hatte und sich auch nicht zu schade war, dem Gesinde reichlich davon abzugeben.

Trotz des Kummers, der ihr bereitet wurde, war Anna sich nun endlich im Klaren darüber, dass sie als Frau gar nichts, aber auch rein gar nichts von diesem Mann zu erwarten hatte. Fortan stellte sie alle Gedanken ab, die Andreas Moosberger, ja, die die Liebe im Allgemeinen betrafen. Die Liebe gab es nicht mehr für Anna. Sie verstand sich nur noch als die kinderlose Witwe des im Kriege gefallenen Friedrich Pippel.

Mergel hatte aus dem Aufenthalt des jungen Herrn mehr Profit geschlagen. Und das im Namen aller drei Flüchtlinge. Nachdem Moosberger sämtliche Formalitäten reibungslos – so gut das in Kriegszeiten möglich war – bewältigt hatte, war er zum Erben der verstorbenen Gramshuber-Bäuerin erklärt worden. Mergel konnte daraufhin eine schriftliche Bestätigung von ihm erwirken, dass die drei Gesindekräfte den Hof in Abwesenheit des Herrn unter Einsatz ihrer ganzen Arbeitskraft verwalten durften. Sie konnten also bleiben.

Entsprechend gut gelaunt verabschiedete sich der Alte von Moosberger und dessen hübscher Begleitung. Auch Balthasar konnte nichts Ungutes an den beiden finden. Hatte doch er dem Jungen das Rauchen beigebracht. Und sie hatte es mit ihrem offen zur Schau getragenen Liebreiz verstanden, erste wallende Leidenschaften in diesem zum Mann heranreifenden Jüngling zu wecken.

Allein Anna war froh, als sie das glückliche Paar endlich von dannen ziehen sah.

Kein Wort hatte er mit ihr geredet. Manchmal hatte er sie angeschaut und gelächelt, aber mehr auch nicht.

Oder war es etwa Annas Schuld, dass es zu keinem Gespräch zwischen ihnen beiden gekommen war? Hatte es daran gelegen, dass sie seinen Blicken ausgewichen war? Kam es daher, dass sie jede Situation vermieden hatte, in der sie mit ihm allein gewesen wäre? Hätte er vielleicht doch etwas zu sagen gehabt?

Seinen Blicken zufolge hätte man das vermuten können. Doch Anna machte sich nichts vor. Was war sie schon im Vergleich zu diesem hübschen Frauenzimmer, das er dabeigehabt hatte?

Als er endlich fort war, nahm sie seinen Brief aus der Schürzentasche, zerriss ihn und warf die Papierfetzen auf den Mist.

XXVI

Wie sich doch alles im Leben zu wiederholen schien. Der Krieg und die damit einhergehenden Ereignisse hatten Anna Pippel aus ihrem schlichten und dumpfen Alltag auf äußerst unsanfte Weise herausgerissen, hatten ihr gezeigt, dass es neben dem Dasein als Tagelöhnerin und treue Ehegattin auch ein anderes Leben geben konnte. Ein Leben, in dem einem zwar mehr genommen als geschenkt wurde, in dem es nur wenig Halt und Schutz gab, in welchem es jedoch in der eigenen Hand lag, was man aus den sich überstürzenden Umständen machte. Es gab keine Kontrolle mehr und damit auch keine Hindernisse; der Weg hatte offengestanden, um Träumen freien Lauf zu lassen.

Anna hatte viele Wünsche, und das Beglückendste für sie war gewesen, die Entdeckung zu machen, dass es überhaupt so etwas wie Wünsche und Lebensträume gab. Nie, selbst nicht in ihren schönsten Vorstellungen, hatte sie tatsächlich an die Verwirklichung ihrer geheimen Gedanken geglaubt. Doch solange es die Möglichkeit gegeben, solange noch ein Fünkchen Hoffnung am Horizont geschimmert hatte, hatte sie in Ruhe weiterträumen können.

Nun waren jedoch all ihre Träume zu einem Wust unwirklicher und absurder Ideen verkommen. Ja, Anna schämte sich, auch nur einen Gedanken an die vielen schönen Dinge zu verschwenden, die sie sich in ihren einsamen Stunden so gerne und so bunt ausgemalt hatte. Selbst wenn sie es versuchte, gelang es ihr nicht mehr, in ihre frühere Fantasiewelt eines Lebens voll bescheidenen Glücks einzutauchen. Diese Welt war verschwunden. Und das lag nicht nur daran, dass ihr »Prinz« sich als vertrauensunwürdiger Frauenheld erwiesen hatte.

Nein: Annas ganzes Dasein hier in Bayern war nicht anders als das, welches sie ehedem im Corveyer Land gefristet hatte. Dort war sie Landarbeiterin gewesen, hier eine Magd, dort war sie von ihrem Gatten Friedrich hintergangen worden, hier von Andreas Moosberger, dort hatte sie sich jahrein, jahraus in einem Erdloch hinter dem Stall verstecken müssen, hier verbarg sie sich mehrmals in der Woche in einem Kellerloch.

Und hier wie dort stumpfte sie immer mehr ab, fügte sich in ihr Schicksal, erwartete von einem jeden Tag lediglich, dass sie genügend zu essen haben werde, und verdrängte mit der Zeit nicht nur jeden Gedanken an die Zukunft, nein, sie vergaß sogar regelrecht, dass es eine Zukunft gab.

Angesichts des alltäglichen Überlebenskampfes, dem nicht nur Anna, sondern alle Menschen in dieser Region ausgesetzt waren, war dies kein besonders auffälliges Verhalten. Denn auch im Jahre 1633 wurde das Land Bayern auf herkömmlich grausame Art heimgesucht. Wenn man geglaubt hatte, es könne schlimmer nicht kommen, dann wurde man schnell eines Besseren belehrt.

Auch im Dorf der Familie Gramshuber, die es ja nun nicht mehr gab, ging das Sterben zwischen Frühjahr und Herbst 1633 weiter. Und wieder war der Feind als solcher nicht zu erkennen, denn unter den Freveltätern waren sowohl Angehörige der bayerischen wie der schwedischen Armee, Katholiken und Protestanten, ja, es waren nicht einmal nur immer Soldaten, vor denen es sich zu fürchten galt. Auch gemeine Straßenräuberbanden, die sich aus obdachlos gewordenen Jungbauern und Dorfburschen zusammensetzten, trieben ihr grausiges Unwesen. Und als wäre das nicht schon furchtbar genug, so gingen auch Nachbarn aufeinander los, und es kam nicht selten dazu, dass Streitigkeiten, die schon seit Jahrzehnten ruhten, wieder aufgefrischt und unter dem Deckmantel einer gemeinhin herrschenden Anarchie mit Hilfe der Selbstjustiz gelöst wurden.

Am besten man verschanzte sich komplett in seinem Haus, wenn einem ein solches geblieben war, oder aber man machte sich auf den Weg in die Berge, wohin es den Krieg schon nicht ziehen würde. Die Lösung, welche Anna damals noch in Westfalen gewählt hatte, nämlich die, sich in den Reihen des Feindes zu verstecken – diese Lösung kam nicht mehr in Frage. Zum einen deshalb, weil nun jeder jedermanns Feind war, und zum anderen, weil selbst diejenigen, die tagaus, tagein mit nichts anderem beschäftigt waren, als anderen zu nehmen, mittlerweile selbst nicht mehr genügend zum Überleben zusammenbrachten. Auch die Soldaten und ihre Weiber sahen nicht besser aus als die armen Bauern, die wie gelbe Gerippe mit schwarz umrandeten Augen mehr tot als lebendig umherschlichen.

So also verging der Sommer des Jahres 1633 in dem Dorfe am Ammersee nicht anders, als der Sommer des Jahres 1629 in Annas Heimat Westfalen vergangen war, allein mit dem Unterschied, dass es dieses Mal sogar noch schrecklicher als damals war. Man hungerte, versteckte sich, hungerte und versteckte sich. Schlaf fand man wenig, und auch die Kraft zum Arbeiten war dahin, da der Körper nicht mehr konnte und der Geist nicht mehr wollte.

So nahm man auch den erneuten Durchzug kaiserlicher Truppen unter Aldringen – die es ins Elsass trieb, wo man sich mit den Spaniern vereinigen wollte – mit einer fatalistischen Gelassenheit hin. Zwar gab es immer mal wieder solche Dorfbewohner, die aus Angst in die Wälder liefen, um sich dort zu verstecken, doch ihre Zahl wurde immer weniger. Und dies nicht nur, weil immer mehr dahinstarben oder ganz das Weite suchten, sondern weil immer mehr es vorzogen, in ihren heimischen Löchern zu verbleiben und mit Geduld zu ertragen, was eine erneute Invasion an Schrecken bringen würde.

Auch Anna, Mergel und Balthasar blieben in ihrem Haus, von welchem sie mittlerweile nur noch den Stall bewohnten, weil der vordere Wohnteil inzwischen vollkommen ausgebrannt war und schließlich auch einzufallen drohte. Ein Dach hatte selbst der Stall nicht mehr, doch die Holzdecke des ehemaligen Heubodens spendete an einigen Stellen noch genügend Schutz vor Regen und Sonne. Ob sie bis in den Winter hinein halten würde, war jedoch fraglich, doch so weit in die Zukunft dachte man nicht mehr.

Anna raffte sich höchstens einmal in der Woche auf, um nach draußen zu gehen und nach Essbarem zu suchen. Suchen, das hieß betteln, stehlen oder etwas finden, was man unter normalen Umständen nicht gegessen hätte. Manche gaben sich sogar mit Hunden und Katzen zufrieden. Es war allein auf Pucks Überlebenskunst zurückzuführen, dass er noch nicht in Nachbars Suppentopf gelandet war. Ja, der Hund, welcher den dreien noch immer treu zur Seite stand, brachte hin und wieder ein Kaninchen, ein Eichhörnchen oder eine Taube nach Hause.

Die Kaiserlichen hatten ihren Durchmarsch Ende September noch nicht beendet, nach wie vor nisteten sie in den umliegenden Dörfern, und einige quartierten sich auch in Annas Ort ein. Dennoch beschloss Anna, müde und kraftlos wie sie war, sich aufzuraffen und nach Nahrung zu suchen. Sei es eine Handvoll Pilze, ein paar Kräuter, etwas Löwenzahn oder sonst etwas, was sie hätten zu sich nehmen können. Angst hatte sie keine mehr. Das Einzige, was sie davon abhielt, nach draußen zu gehen, war die Sinnlosigkeit jeglicher Handlung. Doch wenn sie nicht bald etwas zwischen die Zähne bekämen, würden sie einschlafen und Hungers sterben, wie es schon manchen in der Nachbarschaft passiert war.

Allein dem Jungen zuliebe verdrängte Anna den Reiz dieses Gedankens. Er war zu jung, um zu sterben, und für ihn lohnte es sich, sich einen Schub zu geben, aus dem Bretterverschlag hinauszuklettern und in die öde Welt zu gehen. Dort draußen verhöhnte mittlerweile nicht einmal mehr die Natur die Menschen durch die Unbeirrbarkeit ihres Jahresrhythmus. Kein Vogel zwitscherte, kein Baum trug Früchte, und auch die Tiere des Waldes waren allesamt Opfer des Krieges geworden, selbst die Wölfe, die noch bis vor kurzem Angst und Schrecken verbreitet hatten. Allein Wind und Wetter ließen nicht ab, ihr Spiel zu treiben, und scherten sich nicht darum, ob auf Erden gerade Krieg oder Frieden herrschte.

Anna machte sich also auf den Weg, ohne festes Ziel, nur mit dem Gedanken im Hinterkopf, irgendwo und irgendwie etwas zu essen aufzutreiben. So schlenderte sie lustlos an den leergefischten und von Wasservögeln freien See, schaute in die Fischerhütten, ging zurück zum Dorf, warf einen Blick in die verlassenen Ställe, ging weiter, nahm den Weg Richtung Herrsching, bog auf einen Waldpfad, fand ein wenig Löwenzahn, pflückte diesen, fand einige Hagebutten, pflückte auch diese, traf einen gerade aus dem Mittagschlaf erwachten jungen Dragoner, wurde von diesem freundlich gegrüßt, grüßte zurück und ging weiter. Hier und da ließ sich doch noch so einiges finden, so etwa ein paar Hagebutten, Brennnesseln und Löwenzahn sowie sieben Schnecken – die einzigen Tiere, die es nicht schafften, vor Anna davonzulaufen.

Anna wünschte sich gerade – und das war der erste Wunsch seit Wochen – ein wenig Butter zum Zubereiten der Weichtiere, als sie, wieder am Rande des Dorfes angekommen, ein entsetzliches gurgelndes Geräusch vernahm, welches aus einem der wenigen noch stehenden Kleinbauernhäuser kam.

Dumpf und regungslos blieb Anna stehen und überlegte, was sich dort in dem kleinen Bauernhaus wohl abspielen mochte.

Weit und breit war keine Menschenseele zu sehen, niemand trieb sich auf der Dorfstraße herum, obwohl der Tag freundlich war und es auch seit vorgestern keine nennenswerten Überfälle mehr gegeben hatte. Es war nicht Hilfsbereitschaft, sondern pure Neugierde, die es schaffte, Annas Gleichgültigkeit zu durchbrechen und sie dazu zu treiben, sich an das Fenster des Hüttchens zu schleichen.

Zunächst konnte sie im Innern nichts Besonderes ausmachen, denn alles war leer, lediglich ein wenig unbrauchbares Gerümpel lag herum. Doch als sie den Blickwinkel etwas veränderte und ihren Kopf nach links drehte, erkannte sie in einer Ecke die Quelle des Gurgelns. Und während sie noch immer nicht ihren entsetzten Blick von der unwirklichen Szene lösen konnte, sah sie, wie ein schwarzer Schatten sich erschreckt in ihre Richtung wandte, augenblicklich von seinem weiteren Vorhaben absah und sich dann in Windeseile durch ein Hinterfenster aus dem Staub machte. Das Röcheln jedoch blieb, und es dauerte noch immer eine Weile, bis Anna sich von dem Guckloch entfernte und sich in das düstere Gemäuer begab, um nach dem Rechten zu sehen.

Als sich ihre Augen an den Lichtunterschied gewöhnt hatten, konnte sie in der Ecke eine Frau liegen sehen. Anna ging langsam auf sie zu. War das Rosi?

Ja, tatsächlich, es war Rosi! Die lebensfrohe Magd, die es in all diesen Hungermonaten geschafft hatte, weiterhin drall und wohlgeformt zu bleiben.

Doch heute erging es Rosi schlecht, sehr schlecht. Jeden Moment würde sie sterben, denn ihre Kehle war so weit durchtrennt, dass es fast einem Wunder glich, wie sie überhaupt noch ihre Augen offenhalten und Anna mit einem hilfesuchenden Blick anschauen konnte.

»Was ist passiert?«, fragte Anna und kniete sich neben die Sterbende.

Rosi schüttelte nur leicht den Kopf und hielt sich krampfhaft den blutenden Hals. Ihre Lippen formten Worte, doch aus ihrem Rachen kam nichts weiter als ein entsetzliches Röcheln und Gurgeln.

Anna versuchte zu verstehen, was ihr die junge Frau mitteilen wollte. Und nachdem Rosi etwa zehnmal ein und dieselben Mundbewegungen gemacht hatte, glaubte Anna es erraten zu können: »Nur weil ich gelacht habe.«

Ja, das war es – Rosi sagte immer und immer wieder diesen einen Satz: »Nur, weil ich gelacht habe.«

Wenige Augenblicke später war sie tot.

Anna legte die Verstorbene, deren Kopf sie bis dahin gestützt hatte, sanft auf den Boden. Erst dann sah sie sich im Raum um, und es dauerte nicht lange, bis sie fand, was sie zu finden befürchtet hatte. Unweit über ihr, in der anderen Ecke des Zimmers, war ein Seil vorbereitet, ein Seil, an welchem die arme Rosi hätte aufgehängt werden sollen. Und dann, als Anna wieder nach draußen ging, fand sie auch das Hündchen. Es war ganz dünn und gar nicht mehr so jung. Ängstlich hatte es sich in einem alten Eimer verkrochen und schaute sie nun aus großen schwarzen Augen an. Um seinen Hals war bereits die Leine gelegt, mit der es an Rosis Füßen hätte befestigt werden sollen.

Anna war nicht fassungslos, sie war auch nicht mehr erschrocken, selbst panisch war sie nicht. Nein, Anna war wütend und gleichzeitig entschlossen.

Woher auch immer sie die Kraft nahm, sie rannte los. Und dieses Mal rannte sie nicht weg, sondern sie lief ihm hinterher. Lief in die Richtung, in die er, der Schatten, davongestürmt war, lief und lief, bis ihr schließlich schwarz vor Augen wurde und sie sich in eine Wiese setzte.

Es bestand kein Zweifel mehr: Er war hierhergekommen. Hierher in Annas Ort. Reglos saß sie da und starrte in den

Himmel. Und als sie sich Stunden später wieder aufraffte und den Heimweg antrat, hatte sie einen Entschluss gefasst.

Der Löwenzahn und die Brennnesseln waren verdorrt, die Hagebutten zur Hälfte aus ihrer Schürzentasche gerollt und verloren, und die Schnecken waren allesamt nicht nur ihres Hauses, sondern auch ihres Lebens verlustig gegangen und zum Teil sehr unappetitlich zerdrückt.

Von dem Vorfall des Nachmittags erzählte Anna ihren Freunden nichts. Und diese stellten auch keine Fragen – nicht einmal, als sie sahen, dass das Kleid ihrer Ernährerin voller Blutflecken war. Es interessierte die beiden nicht, hatten sie doch genug von Schauergeschichten und schrecklichen Vorkommnissen.

Anna jedoch dachte viel über das nach, was geschehen war. Sie war wieder hellwach. Dieser erneute Mord, diese Schandtat, die nach außen so gar nicht anders war als all die anderen, die hier tagaus, tagein passierten – diese Schandtat hatte sie aus ihrem Delirium gerissen. Endlich, nach Wochen, hatte sich wieder eine Gefühlsregung in ihr gezeigt, endlich, nach Wochen, hatte sie wieder ein Ziel.

Das Gefühl, welches sie beseelte, war Wut. Wut darüber, dass sie immer und immer wieder mit diesem selben Schrecken konfrontiert wurde, dass es kein Ende nahm; und auch Wut darüber, dass sie nicht wusste, warum all das geschah.

Das Ziel, welches Anna sich nun in den Kopf setzte, war nur ein einziges: Sie musste alldem ein Ende bereiten. Es musste aufhören, und es war ihre Aufgabe, dies in die Hand zu nehmen. So schrecklich der Anlass auch war, er beseelte Anna vollkommen. Ja, er gab ihr ihren Lebens-, ihren Überlebenswillen zurück und trieb sie dazu, ihre eingeschlafenen Kräfte hervorzuholen und sich inmitten dieser hoffnungslosen Zeiten an eine Aufgabe zu machen. Eine Aufgabe, von der sie jetzt fest annahm, dass das Schicksal sie, die einfache Anna Pippel, dazu auserkoren hatte, dafür eine Lösung zu finden.

Vielleicht war es das letzte Aufbäumen einer wahnsinnig Gewordenen, so schien es ihr mitunter, wenn sie des Nachts wieder grübelnd dalag. Doch sie musste nun etwas tun, musste sich durch diese Hölle quälen und wenigstens dieses Rätsel lösen. Keine Liebe, kein schönes Haus, keine gesunden Kindelein und kein glückliches Leben. Nicht die Spur romantischer Gefühle beseelte sie nun, sondern ein ganz anderes Lebensziel.

Anna wollte den Teufel besiegen. Den Teufel, oder wer auch immer sich hinter diesem Mordgesellen verbarg.

Niemand darf lachen, lachen ist nicht gut. Das sollte man nicht. Sieht nicht schön aus, wenn man lacht, tut weh, wenn andere lachen. Möchte man gar nicht sehen und gar nicht hören, wenn andere lachen. Nein, das sollen sie nicht.

Man selbst versteckt sich, damit die Leute nicht lachen. Schon Mama hat gesagt, man soll sich verstecken, damit die Leute nicht lachen. Wenn man sich aber nicht versteckt, wenn man meint, man braucht sich nicht verstecken, dann lachen die Leute. Das lässt sich nicht vermeiden. Und Leute, die lachen, die müssen sterben. Alle Leute, die lachen, müssen sterben.

So ist das. Deshalb musste die Frau aus dem Dorf auch sterben. Hat gelacht. Musste sterben.

Aber die andere Frau, die Frau, die man schon so lange beobachtet, die hat alles gesehen. Hat wieder einmal alles gesehen. Und das ist nicht gut. Das ist überhaupt nicht gut.

Längst hat man berichten müssen, hat sagen müssen, dass sie hier ist, die Frau. Gesucht wurde sie bereits, doch nicht gefunden, nicht sie, sondern diese andere. Das hat man gut gemacht, das hat man gut gemacht. Doch leider hat sie alles gesehen.

Wer weiß, wie lange sie noch weiterleben darf. Denn keine, die lacht, darf weiterleben. Und die Frau hat gelacht. Ja, auch sie hat gelacht. Sie darf nicht weiterleben. Das muss man verstehen. Das muss man verstehen. Auch wenn man traurig ist.

Man versteckt sich, damit sie nicht lachen. Doch würde man sich nicht verstecken, dann würde man auch wütend. Man würde auch wütend auf die Leute, die lachen. Und Leute, die über ihn lachen, die müssen sterben, so ist der Lauf der Dinge.

Daran lässt sich nichts ändern.

XXVII

Die Eltern der Rosi Wiestaler lebten auf der kleinen Anhöhe unweit der längst zerstörten Kirche. Ihr Heim, eine winzige Bauernkate, hatte Plünderungen, Bränden sowie anderen Gewalteinwirkungen getrotzt und stand nahezu so da, wie es vor den Einfällen der Schweden dagestanden hatte: unscheinbar, baufällig, schmutzig, aber bewohnbar.

Hier hatte Rosi, nachdem ihr Brotgeber, der Bauer, sie wegen ihrer ausschweifenden und unzüchtigen Eskapaden mit diversen Schweden, Kaiserlichen und Bayerischen von seinem Hof gejagt hatte, wieder gelebt, und hierher machte Anna sich nun auf den Weg, um die Hinterbliebenen der jüngst Verstorbenen zu besuchen.

Mit gleichgültigen Gesichtern und trüben Augen empfing man die junge Frau, ohne sie nach ihrem Anliegen zu fragen. Anna betrat die angenehm kühle, da fast völlig dunkle Stube und nickte den drei alten Leuten zu, die dort auf ihren Bänken saßen. Es waren Mutter, Vater und Großmutter Wiestaler.

»Grüß Gott, ich komme wegen der Rosi.« Anna wusste nicht, wie sie beginnen sollte.

»Die Rosi ist tot«, sagte der Vater schroff und blickte den Gast dabei nicht einmal an, sondern schnitzte weiter an einer Marienfigur. Eine sehr schöne Figur, wie Anna auffiel, denn aus Verlegenheit starrte sie eine Weile auf dieses kleine Kunstwerk und überlegte dabei krampfhaft, wie sie fortfahren sollte.

»Mein Name ist Anna Pippel, ich bin die Magd der Leni Gramshuber, und ich war es, die eure Rosi gefunden hat.«

»Na und? Willst du etwa Dank dafür?« Der Mann schnitzte weiter, während die Frauen schwiegen.

»Nein, ich bin hergekommen, um euch mein Mitgefühl auszusprechen und um ein wenig über Rosi zu erfahren. Immerhin haben wir uns gut miteinander verstanden.«

»Dein Mitgefühl brauchen wir nicht, und wenn du dich mit dem Flitscherl gut verstanden hast, dann bist wohl auch nicht besser.«

Viel war offensichtlich nicht aus dem störrischen Mann herauszuholen. Anna war im Begriff, sich zu verabschieden, als die ganz alte Frau, die Großmutter, zu sprechen anhub und sich auch von den bösen Blicken ihres Sohnes nicht davon abhalten ließ: »Unsre Rosi war ein braves Maderl, und es freut mich, dass sich jemand nach ihr erkundigt. Setz dich zu mir, ich werde dir von unserem lieben Kind erzählen.«

Anna war erleichtert. »Ich glaube, ich weiß, wer die Rosi umgebracht hat. Ich möchte nur ganz sicher sein, bevor man ihn einfängt und bestraft. Deshalb bin ich hergekommen.«

»Ach, Kind, was nutzt es denn, wenn man den Mörder einfängt? Laufen denn im Moment nicht Tausende von solchen umher? Da ist nicht geholfen, diesen einen zu fangen.«

Anna hatte geahnt, dass genau das die Reaktion auf ihre Fragen sein würde – Resignation und Hoffnungslosigkeit. Anders hätte auch sie damals nicht geantwortet, wenn man ihr vorgeschlagen hätte, den Mörder ihrer Schwester Mine zu finden.

»Hat Rosi in letzter Zeit Geschenke erhalten?«, fuhr sie dennoch fort.

»Geschenke? Unser Mädchen hat immer Geschenke bekommen, war ein freundliches Kind. Kleinigkeiten meist. Aber leider nie etwas zu essen, dabei hätten wir doch das am besten gebrauchen können.«

»Eine Sanduhr vielleicht?« Anna wollte nicht weiter um den heißen Brei reden.

»Eine Sanduhr? Toni« – die Alte wandte sich an ihre Schwiegertochter –, »hat die Rosi eine Sanduhr geschenkt bekommen?«

Mit leerem Blick schaute die Angesprochene nach oben.

»Was willst wissen, Mutter?«

»Ob die Rosi eine Sanduhr hat?«

»Du meinst ein Stundenglas? So ein Ding, wo Sand hindurchrieselt? Erst in die eine, dann in die andere Richtung, wenn man's dreht?«

»Ja, Toni, ein solches Stundenglas.«

»Hat sie, ja, das hat sie. Und sie hat es an mich weitergegeben. Hat gesagt: Mutter, wenn du traurig bist, dann lass den Sand rieseln, und hast du ihn dreimal rieseln lassen, ist's mit der Traurigkeit vorbei. So war sie doch, meine Rosi, so war sie.«

»Von wem hat sie die Sanduhr denn geschenkt bekommen?«, wandte sich Anna nun an Rosis Mutter.

»Ich weiß es nicht. Sie kam eines Morgens die Stiege hinunter und hielt sie in der Hand. Einen Tag vor ihrem Tod war das, ja, nur einen Tag davor.«

»Und dabei hat unser Maderl doch erst so einen schmucken Mann kennengelernt. Hats mir erzählt, Marta. Sollte es euch nicht weitersagen. Aber jetzt, wo es tot ist, das Roserl, macht das ja auch nichts mehr.«

»Ein Flitscherl war sie, hatte ständig neue Kerle.« Wieder mischte sich der mürrische Vater ein, wurde aber von den beiden Frauen ignoriert.

Die Großmutter fuhr fort: »Ein braver Mann, mit Anstand. Ja, das hat sie mir erzählt.«

»Wann hat sie ihn kennengelernt?« Anna wurde immer hellhöriger.

»Das weiß ich nicht. Sie sagte nur, dass er nicht so sei wie all die anderen, die Soldaten, die seit so langer Zeit hierherkommen und den jungen Mädchen hinterhersteigen wollen. Ich hätte es dem Roserl so gegönnt, jetzt, wo sie doch ihre Anstellung beim Nesselbacher verloren hat. Da wäre es doch schön, wenn sie einen guten, treuen Mann finden würde, der sie ernähren kann und ihr ein warmes Dach über dem Kopf bietet. Ach, aber das ist ja nun vorbei, nun ist sie tot, die Rosi.«

»Hör auf zu schwätzen, Mutter, mit der hat's keiner ernst gemeint.« Der Vater wurde erneut überhört.

Anna fragte weiter: »War dieser neue Verehrer, war der aus einem der Regimenter, die hier im Moment durchziehen?«

Die Großmutter zuckte mit den Schultern: »Mehr weiß ich nicht. Sicher hätte sie noch weitererzählt, wäre sie nicht so plötzlich gestorben. Aber so ergeht es vielen in diesen Tagen, besonders den jungen Dingern. Sei bloß vorsichtig, Kind, wenn du gleich das Haus wieder verlässt. Überall kann er lauern, der Tod. Und er bedient sich nicht mehr so gerne an uns Alten und Gebrechlichen, nein, er will was Frisches und Gesundes.«

»Bevor ich gehe, muss ich noch eines wissen. Hat die Rosi denn erzählt, dass an diesem Mann etwas war, über das sie hat lachen müssen?«

Die Großmutter schaute Anna nur verständnislos aus ihren trüben Augen an: »Nein, weshalb sollte sie lachen?«

»Es kam mir gerade in den Sinn, vielleicht war er ja bös auf die Rosi.« Anna wurde verlegen.

»Ja, ja, da hast du Recht, Kind. Das sagte sie. Sie sagte: Großmutter, doch leider ist er bös auf mich. Ich war zu dumm. Zu dumm war ich. Ja, das hat sie gesagt. Hatte es vergessen, hatte es ganz vergessen, doch du hast mich daran erinnert. Er war bös auf sie.«

Anna nickte stumm, dann fragte sie: »Weißt du denn, weshalb er bös war auf die Rosi?«

Die Alte schüttelte den Kopf und blickte auf ihre im Schoß

gefalteten knochigen Finger. Schließlich stand Anna auf und verabschiedete sich höflich, dann machte sie sich in der glühenden Sommerhitze auf den Weg zurück in ihr zerstörtes Heim.

Wieso tut die Frau so etwas? Das soll sie nicht machen. Ist nicht gut, was sie da macht. Das darf sie nicht.

Man kann das nicht mehr lange erlauben. Muss sich zurückhalten, die Frau. Muss sich verstecken. Muss sich in ihrem Haus verstecken und da bleiben. Darf hier nicht herumschleichen, darf hier nicht umhersuchen. Nein, das ist nicht gut. Ist nicht gut für die Frau. Wird sie selber sehen, dass es nicht gut ist für sie.

Sie soll wieder fort von hier. Man muss sie vertreiben, muss sie verscheuchen, muss sie erschrecken. Ja, man muss sie so sehr erschrecken, dass sie fortläuft. Fortläuft und sich versteckt. Sie muss sich in ihrem Haus verstecken. In ihrem Haus muss sie sich verstecken, nicht hier. Hier soll sie nicht sein. Hier hat sie nichts verloren. Sie wird gesucht, die Frau. Sie wird gesucht.

Man wird sie erschrecken müssen, fürchterlich erschrecken, und dann läuft sie schon weg. Wird schon fortlaufen und nicht wiederkommen. Darf nicht wiederkommen, sonst ist es zu spät. Ja, dann ist es zu spät. Schade, dass die Frau so dumm ist, schade, dass sie nicht weiß, was auf sie wartet.

Anna war ein wenig ratlos. Der Besuch bei den Wiestalers hatte einerseits ihre Neugierde geweckt und ihr andererseits gezeigt, dass es keine Möglichkeit mehr gab, an mehr Informationen über den todbringenden Unhold zu kommen. Keine Möglichkeit außer zu warten – darauf, dass noch einmal etwas geschah und dass Anna das zweifelhafte Glück hätte, erneut Zeugin werden zu dürfen. Sie konnte und sie wollte jedoch nicht mehr warten.

Sie verstand selbst nicht, weshalb sie plötzlich so besessen war. Doch vielleicht war es nur die notwendige Aufgabe, die sie brauchte, um zu überleben, um sich täglich aufzuraffen, zu essen, zu trinken und das Haus zu verlassen.

Und ebendieses hatte sie gerade verlassen. Hatte Mergel und Balthasar nicht einmal Auf Wiedersehen gesagt und sich in aller Herrgottsfrühe davongestohlen, um den Tag damit zu verbringen, die Quartiere des Aldringschen Heeres aufzusuchen. Heimlich, natürlich. Hier, innerhalb dieser kaiserlichen Truppen, vermutete sie, vertraute Gesichter zu erblicken. Vielleicht könnte man das eine oder andere aufschnappen, könnte sich eventuell sogar dem einen oder anderen zu erkennen geben, mit ihm sprechen, ihn fragen, was in der Zwischenzeit geschehen war. Anna war sich nicht sicher, wie sie das anstellen sollte, ob sie die Gelegenheit und den Mut haben würde, tatsächlich etwas herauszubekommen über die mysteriösen Vorfälle, deretwegen vor mittlerweile drei Jahren Liese und Therese hatten unschuldig sterben müssen.

Die Truppen hatten überall in der Umgebung der Seen kurzzeitig Quartier genommen, um dann weiter in den Nordwesten zu ziehen. Ein Teil lagerte in den Dörfern, ein weiterer Teil hatte, so wie auch Anna es kannte, in selbstgebauten Zelten Platz gefunden oder nächtigte im Freien unter dem klaren Sommerhimmel.

In der Mitte zwischen Ammersee und Würmsee lag der riesige Tross. Der Anblick war Anna vertraut, doch eines bemerkte sie sofort: Es schien bei Weitem nicht mehr so viel zu essen zu geben, wie es zu ihren Heereszeiten der Fall gewesen war. Das konnte man unweigerlich an den ausgemergelten, klapprigen Gestalten erkennen, die in fast schon groteske Lumpen gekleidet vor ihren Lagern saßen und irgendwelchen Beschäftigungen nachgingen. Anna traute ihren Augen kaum, aber sie sah nicht nur Männer in Frauenkleidern, sondern auch solche, die sich ein Nonnengewand übergeworfen hatten, nur um ihre schmächtige Blöße zu bedecken.

Nun saß Anna also wieder da, saß hinter einem radlosen Ochsenkarren, der mittlerweile als Müllhalde diente, und hatte damit ein Versteck gefunden, von wo aus sie zunächst beobachten und dann entsprechende Pläne schmieden konnte. Denn der Wagen stand genau an der zentralen Durchfahrtstraße des Zelt- und Lumpenlagers.

Wie gut, dass sie nicht mehr hier leben musste. Hier zwischen all diesen verwahrlosten Gestalten, die auch nicht mehr zu beißen hatten als sie. Nein, es war besser, in dem abgebrannten Haus der Gramshuberin dahinzuvegetieren, als sich hier tagtäglich mit den unterschiedlichsten Seuchen zu infizieren und dann auch noch seine müden Knochen in Bewegung zu halten, um die Gewaltmärsche zu überleben, die ein solches Heer samt Anhang noch immer kreuz und quer durch Deutschland zwangen.

Kein bekanntes Gesicht war zu sehen. Anna überlegte, ob sie ihren Standort wechseln oder gar ganz frank und frei inmitten des Trosses herumstöbern sollte. Sie entschied sich für Letzteres und zog sich ihre Haube tief ins Gesicht. Wahrscheinlich würde man sie ohnehin nicht mehr erkennen, wenn es überhaupt noch jemanden gab, der sich an Anna Pippel erinnern konnte, die ja nur etwa ein halbes Jahr lang im Tross gelebt hatte.

Ein solcher Tross war ohnehin einiger Wandlung unterzogen. Nicht nur, dass viele seiner Angehörigen starben – und in den letzten Jahren waren Hunderte, ja Tausende verstorben –, nein, auch die Fluktuation unter den einzelnen Heeresschwänzen war enorm. Dieser hier setzte sich aus den verschiedensten Teilen unterschiedlichster früherer Regimentstrosse zusammen und bildete in sich lediglich winzige kleine Einheiten, welche jedoch treu zusammenblieben, ob sie sich nun einem kaiserlichen, einem ligistischen oder gar einem schwedischen Heer angeschlossen hatten.

Aufgrund des großen Durcheinanders der letzten Jahre – der Entlassung Wallensteins, des Todes Tillys und der Wiedereinberufung Wallensteins – war es ohnehin zu einem steten Wechsel auch unter den Soldaten gekommen. Viele mussten abdanken und konnten sich wenig später wieder einschreiben, andere waren zu den Schweden gewechselt oder auch in das bayerische Heer. Die Wahrscheinlichkeit, dass Anna das Glück haben würde, in diesem Aldringschen Heer ein bekanntes Gesicht zu finden, schien ihr sehr gering. Unmöglich jedoch war es nicht.

Und so ging sie nun, lediglich mit ein wenig über die Augen gezogener Haube, durch die lagernden und herumlümmelnden Trossleute, die in der Mittagshitze dieses Sommertages meistenteils dem Nichtstun frönten, denn zu mehr fehlte ihnen Material, Kraft und Gelegenheit.

Anna überlegte gerade, wie sie ein Gespräch mit einem dieser fremden Menschen beginnen sollte, als sie plötzlich einen schweren Arm auf ihren Schultern spürte und einen Geruch wahrnahm, der ihr unangenehm vertraut war.

»Die kleine Bäuerin! Na, dass ich dich irgendwann mal wiedersehe. Bist noch dünner geworden. Ein richtiges Knochengerüst. Aber man soll ja nicht wählerisch sein in diesen Tagen …«

Es war der lange Kaspar, der totgeglaubte Kaspar. Der ekelhafte Mensch, welcher Anna nachgestellt hatte und welcher schließlich mit Hilfe eines von fremder Hand geworfenen Steins gebremst worden war. Kaspar, der verschwunden war, nachdem sie hatte Hilfe holen wollen, welcher danach niemals mehr aufgetaucht war und von dem nicht nur jeder annahm, dass er tot, sondern auch, dass er der Vater von Thereses Kind gewesen sei.

Anna sagte nichts. Irgendwie war sie erleichtert, ein bekanntes Gesicht zu sehen, zumal sie das von Kaspar, auch wenn er ein penetranter Schürzenjäger war, für harmlos hielt. Andererseits packte sie doch der nackte Ekel angesichts dieses Menschen, der noch immer nur das eine zu beabsichtigen schien.

»Dachte, du seist auf und davon, kleine Bäuerin. Wo hast du denn gesteckt?«

»Wo hast *du* gesteckt?« Anna versuchte frech zu wirken, doch es gelang ihr nicht, ihre Stimme bebte.

»Ich? Ach ja. Du erinnerst dich. Hast mir ganz schön eine verpasst damals. Hab ein schwarzes Loch im Hirn, weiß selbst nicht, was ich eine Zeitlang so getrieben habe. Kann mich an nix erinnern, und wem habe ich das zu verdanken? Der kleinen Bäuerin.«

»Aber an mich kannst du dich erinnern …« Anna ließ nicht ab von ihrem Vorhaben, dem Langen möglichst kaltschnäuzig gegenüberzutreten.

»Und ob. Immerhin hast du mich dahin gebracht, dass ich wie ein Irrer herumgelaufen bin. Fast zwei Jahre. Und dann habe ich zufällig den Schnauber getroffen, einen alten Freund von mir. Ja, und wenn der mich nicht zurück in den Tross gebracht hätte, wer weiß, wo ich dann geblieben wäre. Dafür bist du mir einiges schuldig, kleine Bäuerin.«

»Nichts bin ich dir schuldig.« Weshalb war dieser Mensch plötzlich so gesprächig? Anna war es recht, denn zum einen konnte einer, der viel schwätzte, nicht so leicht gleichzeitig handgreiflich werden; und zum anderen war es möglich, aus ihm, wenn er denn schon so redselig war, die eine oder andere Information herauszubekommen. Nur, wie sollte sie es anstellen, ohne dass er dafür eine Gegenleistung verlangte?

»Und wie geht es dir jetzt?«, fragte sie.

»Mir? Wie es mir geht? Schlecht geht es mir. Wie es allen schlecht geht. Nix zu beißen haben wir, nix zu saufen, und die Weiber sehen auch alle aus wie Bohnenstangen. Das Schlimmste sind aber die verdammten Seuchen, da packt es jeden Tag mindestens einen, und was das Dumme daran ist: Jeder hat irgendwas anderes angeschleppt, krepieren nicht einmal alle an derselben Sache. Man weiß gar nicht mehr, wie man sich schützen soll. Die einen sagen waschen, die anderen beten, und wieder andere vertreten die Meinung, man sollte keine Weiber mehr anlangen. Die wären alle mit der Pest verseucht. Waschen und beten lasse ich mir ja noch gefallen, aber auf das Weibsvolk verzichten kann ich nicht.«

»Weißt du denn auch, was aus Therese geworden ist?« Anna packte die Gelegenheit beim Schopfe und lenkte das Gespräch auf das Thema, welches sie interessierte.

»Verbrannt haben sie sie. Ja, das habe ich gehört. War verrückt, die Kleine, nicht richtig in der Birne, aber 'ne Hexe war das nicht. Nicht mal die alte Liese war eine Hexe, obwohl man das hätte meinen können. Und seit wann hat es dich wieder hierher verschlagen in unseren altvertrauten Tross, kleine Bäuerin?«

»Ich gehöre nicht dazu, bin heute einfach so vorbeigekommen.« Hätte sie das sagen sollen?

»Wie? Wo bist du denn dann geblieben?«

»Überall und nirgends. Mal hier, mal dort«, log Anna.

»Na, dann kannst du auch hierbleiben. Kannst ja meine Begleiterin werden, müssen ja nicht gleich heiraten. Zumindest so lange, bis einer von uns beiden was Besseres gefunden hat.«

Anna lächelte nur ein wenig. Sie wollte Kaspar keine Hoffnungen machen, ihn aber auch nicht vergraulen. Dann fuhr sie fort: »Ja, das mit Liese und Therese war ungeheuerlich. Ich darf gar nicht daran denken.« Und sie wurde bei diesen Worten tatsächlich traurig.

»Weiß schon, dass man dich und den Mergel fortgejagt hat. Habt da aber ganz schönes Glück gehabt, kann ich euch sagen. Was macht der Alte, lebt er noch?«

Anna zuckte mit den Schultern. Sie wollte ihren treuen Begleiter aus dem Spiel lassen, zumindest, solange sie nicht sicher war, ob man dem langen Kaspar vertrauen konnte.

»Redet man noch von der Sache?«, fragte sie weiter.

»Ja, durchaus. Ich glaube, die wollten damals einen Schuldigen sehen, egal wen. Waren wohl ganz schön aufgebracht. Aber das hat sich gelegt, schon recht schnell hat sich das gelegt.«

»Wieso?«

»Na, weil es weiterging.«

»Es ging weiter?«

»Ja, aber ordentlich. Erst war 'ne Weile Ruhe. Bestimmt ein halbes Jahr. So wurde mir berichtet, ich war ja nicht dabei. Dann in Memmingen, als die im Lager waren, da ging es plötzlich weiter, und seitdem hört man hier und da wieder davon. Erst vorletzte Woche hat es hier im Tross wieder einen Fall gegeben. Die lahme Dorothea, eine Wanderhure, schönes Weib, hatte nur einen Fehler: Ihr fehlte ein Fuß. Deshalb hieß sie die Lahme. Ich fand's nicht schlimm. So ein fehlender Fuß fällt bei anderen Reizen nicht so sehr ins Gewicht, wenn du verstehst, was ich meine. Na, die hat es halt erwischt. Vor zwei Wochen erst. Und davor war es eine von den alten Wäscherinnen, und davor irgendeine Neue, die einer der Soldaten aus einem Dorf hier in der Gegend verschleppt hatte. Ja, und was so in den Bauernhäusern passiert, das kriegt man hier nicht immer unbedingt mit. Kurz und gut, der treibt noch ordentlich sein Unwesen, und Liese und Therese haben dran glauben müssen. Tja, das nennt man wohl Pech.«

»Und man weiß noch immer nicht, wer dahintersteckt?«

»Nein. Kümmert sich auch keiner mehr drum. Gehört einfach dazu. Hin und wieder hängt da halt eine. Das ist genauso normal geworden, wie wenn einer an der Pest krepiert oder an Hungertyphus. Kommt halt vor, so wie man im Winter erfriert oder in einer Schlacht in den Kopf geschossen wird. Jeder ist mal dran, und so manches Weib halt auf diese Art und Weise. Angst hat da keine mehr. Da ist es doch wahrscheinlicher, dass dich eher noch ein anderer Tod ereilt. Alle vier bis fünf

Wochen, mein Gott, da kräht doch kein Hahn nach. Aber ich merke mir das schon. Ja, ich schon. Da geht es nicht mit rechten Dingen zu. Aber was soll man machen?«

Anna hatte genug gehört und überlegte nun, wie sie sich am besten verabschieden sollte. Irgendwie hatte dieser Kerl ihr Vertrauen gewonnen, und sie war drauf und dran, ihm zu erzählen, dass sie und der alte Mergel nicht weit von hier in einem verfallenden Bauernhaus lebten. Es würde ihn sicher freuen, und mehr noch würde es Hans Mergel freuen, wenn er wieder mit jemandem über alte Tage schwätzen und gemeinsame Erinnerungen austauschen konnte. Das war doch das Größte und Schönste für diesen Greis, der mehr und mehr in ein trübes Siechtum verfiel, was Anna ernstlich Sorgen bereitete.

Vielleicht ein andermal, dachte sie und entschied sich, dem langen Kaspar nicht zu viel zu verraten.

»Ich schau mich noch ein wenig um. Wo kann ich dich denn finden, falls ich mir doch noch überlege hierzubleiben?« Sie wollte ihn versöhnlich stimmen.

»Ja, ja, ja, weiß schon, dass du dich still und heimlich verdrücken willst. Bin ja nicht doof, kleine Bäuerin. Wo willst du denn hin?«

»Weiß nicht. Will mich halt umschauen.«

»Kann ja mitkommen. Zu deinem Schutz, versteht sich.«

»Ich glaube, ich komme allein zurecht.«

»Das glaube ich kaum. Hat sich vieles verändert. Auch hier im Tross. Ist nicht mehr so wie früher. Von wegen Zusammenhalt und so. Die plündern sich mittlerweile gegenseitig aus, und wenn du nachts nicht aufpasst, dann haut dir dein Nachbar den Schädel ein.«

Was sollte sie nun tun? Würde sie diesen Menschen jemals loswerden? Anna entschloss sich, ihn doch einzuweihen. »Weißt du was? Wenn du mir versprichst, dass du deine Finger bei dir behältst und keinen deiner verkommenen Kumpane mitbringst, dann kannst du mich begleiten, und wir besuchen gemeinsam den alten Mergel. Er lebt mit mir nicht weit von hier. Glaub aber ja nicht, wir könnten dich aufnehmen! Haben selbst nicht genug zum Überleben. Kannst uns besuchen und einen Abend lang mit dem Alten schwatzen. Dann musst du wieder gehen.«

Kaspar schaute sie ungläubig an. »Na gut, wenn du das so sagst. Gerne komme ich mit. Mag den Alten. Langweilt einen zwar manchmal, wenn er seine ollen Geschichten erzählt, aber der hat auch durchaus Lustiges auf Lager. Hole nur kurz einen Schlauch mit Schnaps, den habe ich gut versteckt und für einen besonderen Anlass aufgehoben. Kommst aber mit, kleine Bäuerin, nicht dass du dich heimlich verkriechst, wenn ich fort bin.«

Anna ging auf das Angebot ein, holte zusammen mit dem langen Kaspar den besagten Schnaps aus seinem lumpigen Zelt und machte sich dann mit diesem Menschen, der ihr langsam etwas angenehmer erschien, auf den Weg zurück in ihr Dorf. Ob das eine gute Entscheidung war, wusste sie noch immer nicht.

Doch Kaspar benahm sich. Auf dem Weg, der immerhin zwei Meilen betrug, erzählte er noch viel. Und seine aufdringliche Art verwandelte sich, offenbar von Annas ungewöhnlich schroffem und unnahbarem Auftreten eingeschüchtert, in eine fast schon höfliche Zurückhaltung.

Im Gramshuber-Stall angekommen, freute sich der alte Mergel sehr, ein bekanntes Gesicht zu sehen. Auch wenn Kaspar nicht unbedingt sein bester Freund gewesen war, so war er doch die willkommene Abwechslung, die der Alte gebraucht hatte, um aus seiner Lethargie zu erwachen. Er war so still und teilnahmslos geworden, dass Anna und Balthasar schon mit dem Schlimmsten gerechnet hatten und an jedem Morgen froh waren, an dem der alte Mann doch wieder seine Augen aufschlug.

Anna war selig, ihren treuen Freund glücklich zu sehen und ihn bei seiner Lieblingsbeschäftigung, dem Erzählen, zu beobachten. Während sie so im Stall saßen und nur hin und wieder durch die Schüsse betrunkener Soldaten, die auf Eseln durchs Dorf ritten, aufgeschreckt wurden, dachte Anna über all das nach, was sie in den letzten zwei Tagen über den Mörder erfahren hatte.

Sie glaubte mittlerweile, nein: sie war sich sicher, dass es sich um keinen Geist, keinen Teufel handelte, sondern um einen Menschen aus Fleisch und Blut. Einen Menschen, der sich schon damals im Tross des Heeres, welches durch ihr westfälisches Dorf gezogen war, aufhielt und der sich nun immer noch inmitten dieser fast zahl-, heimat- und oft in jeder Hinsicht hemmungslosen Menschen befand, weil er dort am wenigsten in Erscheinung trat. Er fiel nicht auf, einfach deshalb, weil es um ihn herum eine Vielzahl solcher gab, die auf den ersten Blick schlimmer waren als er. Nur, wer war dieser Mann? Und wie sollte sie ihn finden?

In Memmingen hatte es wieder begonnen, hatte der lange Kaspar gesagt. Memmingen – dort war das Heer, wenn sich Anna richtig erinnerte, zu der Zeit gewesen, als sie gerade in Bayern angekommen waren.

Ja, so lange hatte er eine Pause eingelegt. Oder aber er war woanders gewesen, hatte sich vom Tross verabschiedet, war vielleicht in ihrer Nähe gewesen. Hatte womöglich Anna auf ihrem Weg begleitet, ohne ihr etwas anzutun. Ja, vielleicht war er der Helfer, der ihr immer ungewünscht zur Seite stand, wenn er dachte, dass sie ihn brauchte.

Doch warum schützte er sie und tötete andere? Welchen Grund konnte er haben? Oder war Anna vollkommen auf dem Holzweg? Irrte sie sich, indem sie annahm, eine Art Auserwählte zu sein? Eine, die – um es in der Soldatensprache zu sagen – gefroren war, eine, der ein solcher Teufel nichts anhaben konnte? Doch was machte sie dazu? Was verschaffte ihr diese Stellung?

Nein, sie musste sich irren. Wahrscheinlich hatte er deshalb eine Zeitlang nicht gemordet, weil er froh war, dass der Verdacht auf andere gelenkt und diese auch dafür bestraft worden waren. Er hatte nicht mehr auffallen wollen und war dann doch wieder rückfällig geworden. Er konnte nicht anders, er war besessen. Das war die plausibelste Antwort. Doch viel weiter war Anna noch immer nicht.

XXVIII

Der lange Kaspar blieb vier Tage, und in diesen Tagen musste Anna einsehen, dass sich hinter dem vermeintlich stets lüsternen und groben Gesellen ein durchaus anständiger und gutmütiger Mensch verbarg.

Er baute dem alten Mergel Krücken, mit denen dieser schneller und leichter denn je laufen konnte, er besorgte – von wo auch immer – Getreide, Milch, ja sogar Obst und Fleisch, welches die drei sorgfältig konservierten und versteckten, um für weitere magere Zeiten gewappnet zu sein. Und was das Auffälligste an seinem Verhalten war: Er ließ Anna vollkommen in Frieden. Keine zweideutigen Bemerkungen, keine unangenehmen Berührungen, alles in allem ein angenehmer Zeitgenosse.

Am fünften Tag verabschiedete er sich schließlich und zog mit seinem Heer weiter in Richtung Elsass. Sicherlich hätte er sich gewünscht zu bleiben, aber trotz aller plötzlicher Sympathie wäre das nicht nach Annas Wunsch gewesen. Freundlich, aber unmissverständlich ließ sie ihn wissen, dass er als Gast jederzeit wieder willkommen sei. Und so ging er.

Es war September, und nachdem die Soldaten Aldringens verschwunden waren, kehrte Ruhe ein. Auch Annas Nachforschungen lagen brach – keine weiteren Morde, keine neuen Informationen über den Schandtäter. Sosehr sie sich auch umhörte, alles war verhältnismäßig friedlich – zum Glück. Ihre Annahme, dass sich der Unhold im kaiserlichen Heer aufhielt und jetzt mit großer Wahrscheinlichkeit im Elsass sein Unwesen trieb, schien sich zu bestätigen, und nichts anderes hatte ja auch Kaspar gesagt.

Im November war die Ruhe schon wieder vorüber. Erneut kamen Kaiserliche in die Gegend. Mergel freute sich und machte sich sofort mit Balthasar auf den Weg nach Herrsching, wo die Truppen Quartier genommen hatten. Er hoffte, seinen Freund Kaspar wiederzusehen, und wenn nicht ihn, so doch wenigstens den einen oder anderen aus seinem alten Tross, mit dem er ein Schwätzchen über vergangene Tage halten konnte.

Tatsächlich war der Alte erfolgreich, und es war für ihn ein schönes Erlebnis, alte Bekannte zu treffen, zumal ihm Kaspar die Angst genommen hatte, dass man ihm wegen der angeblichen Hexereien der Liese Kroll etwas nachtragen könnte.

Lieses Ruf war gänzlich rehabilitiert, und man schämte sich gar im Tross, dass dieser besonderen Frau eine solche Qual widerfahren war. Mergel, ihr treuer Begleiter, wurde deshalb mit offenen Armen empfangen und hielt sich zu Annas Verwunderung fast eine Woche in dem Lager auf, ohne nur ein einziges Mal im Dorf zu erscheinen. Lediglich Balthasar, der nur zu kurzen Abstechern in den Tross hinüberging und jeden Abend zu Anna zurückkam, berichtete ihr, dass es dem Alten gut ginge, ja dass es ihm sogar so gut ginge, dass er, Balthasar, fast schon befürchtete, der alte Mergel wolle wieder ins Kriegswesen einsteigen und mit dem Heer weiterziehen.

Anna hatte so etwas schon geahnt, und es war ihr nicht wohl bei diesem Gedanken. Nicht nur, dass sie dadurch ihren besten Freund verloren hätte. Nein, sie war auch davon überzeugt, dass der Krieg seit etwa einem Jahr eine neue Qualität angenommen hatte, dass es nicht mehr so einfach war, sich in einer Formation wie dem Tross eines Heeres zu behaupten, und dass dies einem armen alten Krüppel noch viel weniger gelingen würde. Es wehte ein eisiger Wind, und davon hatte auch Kaspar bei seinem letzten Besuch berichtet.

Von Kaspar hingegen hatte Balthasar trotz mehrfacher Nachfrage Annas nichts mehr gehört. Er schien nicht mehr in Herrsching zu sein. Nachdem Anna dem Jungen aufgetragen hatte, sich intensiv über den Verbleib des Vermissten zu erkundigen, kam dieser eines Tages mit der Nachricht nach Hause, dass der lange Kaspar wohl im Elsass gestorben sei. Es habe, so Balthasars Bericht, eine Prügelei gegeben, und dabei hätte man den Kaspar erschlagen.

Anna war traurig, bestätigte dieser grausige Tod doch Kaspars eigene Aussage, dass Habgier und Gewalt nun auch *innerhalb* dieser Gemeinschaft die Oberhand gewonnen hatten. Nun war er selber ein Opfer der veränderten Zustände geworden, und somit gab es für Anna keinen Informanten im Tross, der ihr von dem Fortgang der Ereignisse berichten konnte, bei denen so viele Frauen auf immer die gleiche Art und Weise ihr Leben ließen. Sie musste also den alten Mergel in ihre Nachforschungen einweihen. Vielleicht hatte er in der Woche, in der er sich nun schon im Lager aufhielt, das eine oder andere aufgeschnappt. Balthasar hingegen wollte sie aus all dem heraushalten. War er doch noch ein Kind – allerdings nur in Annas Augen.

Der Tross lagerte nicht direkt in Herrsching, sondern verteilte sich wie immer im Umland. Es war November und bitterkalt, sodass die Menschen in ihren löchrigen Zelten und unter ihren modrigen Decken schrecklich froren. Brennholz gab es kaum noch, ja selbst die Bauernhäuser der umliegenden Dörfer gaben nicht mehr genug Möbel und Materialien her, die zum Anzünden und Wärmen geeignet gewesen wären.

Auch Anna hatte in den letzten Tagen immer wieder Besucher in ihrem Hause gehabt, die alles durchwühlten, um an überlebensnotwendige Dinge zu gelangen. Sie sah diese Plünderungen von ihrem Versteck aus mittlerweile mit Gelassenheit, denn es gab nichts mehr zu holen und nichts mehr zu zerstören.

Ähnlich gleichgültig gegenüber etwaigen unangenehmen Begegnungen schritt sie nun auch durch das Quartier des kaiserlichen Trosses und suchte ihren Freund Mergel.

Jetzt, wo sie ungeniert einherging und ihren Blick ohne Scheu schweifen ließ, erkannte sie tatsächlich in vielen der sich durch Hunger und Darben veränderten Gesichter den einen oder anderen wieder, mit dem sie oder auch Liese in ihren westfälischen Tagen zu tun gehabt hatte.

Da war zum Beispiel die dürre Ursula Schmeichel, Lieses Feindin, welche immer ihr Haar kurz trug, um Männer und Läuse von sich fernzuhalten. Sie sah aus wie eh und je. Konnte man doch auch nicht dünner und faltiger werden, dachte Anna bei sich. Zum Glück war das geschwätzige Frauenzimmer in ein Gespräch mit zwei weiteren Frauen vertieft und beachtete Anna nicht, als sie an ihr vorüberging.

Sie sah auch Johann Schlick wieder, und das war ein Anblick, der ihr Gänsehaut verschaffte. Er und seine Helfer hatten Liese und Anna in jenen Tagen aufgegriffen, als sie gerade die tote alte Frau verschwinden lassen wollten. Von diesem wollte Anna nicht erkannt werden. Sie wurde es auch nicht, denn er hatte genug damit zu tun, einen jungen Burschen niederzubrüllen, der bereits am Boden lag und aus dessen weit geöffneten Augen abzulesen war, dass er sich vor den berüchtigten Schlägen und Tritten des Unholdes nicht nur fürchtete, sondern auch wusste, dass sie ihm unausweichlich in den nächsten Minuten zuteilwerden würden.

Und dann erblickte Anna den Pastor Bracht. Auch er hatte sich nicht merklich verändert. Lediglich die Haare waren ein wenig lichter geworden, doch seine große, schlanke Gestalt und die ihm eigene Körperhaltung waren schon von Weitem unverkennbar. Auch für ihn blieb Anna zunächst unsichtbar, sprach er doch soeben predigend auf eine junge Frau ein, die ihrer Kleidung nach ohne Zweifel zu den leichteren Mädchen der Trossgemeinschaft zählte.

Ihn könnte Anna um Hilfe bitten. Doch wie sollte sie es anstellen? Sollte sie, nach allem, was vorgefallen war, einfach auf ihn zugehen? Wie würde er reagieren? Anna schwankte, sie traute sich nicht. Doch die Entscheidung wurde ihr unmittelbar abgenommen, denn ehe sie sich's versah, kam er schon lächelnd auf sie zu.

»Anna Pippel, da seid Ihr tatsächlich. Erst unlängst erfuhr ich durch den jüngst verstorbenen Kaspar Niggemann, dass Ihr am Leben seid. Es ist schön, wenn es Euch aspectabilis gut ergangen ist, nach all diesen grausamen und ungerechten Vorgängen.«

Anna begrüßte ihn. Er hatte sich wirklich nicht verändert. Doch anders als früher, würde sie nun offen mit ihm reden, wäre nicht gehemmt, nicht eingeschüchtert von der Wirkung dieses Mannes. Denn sie, Anna Pippel, war seit ihrem letzten Zusammentreffen mit Georg Bracht nicht mehr dieselbe wie zuvor.

»Wie ich von Kaspar hörte«, so fragte sie unumwunden, »sind Liese und Therese gestorben, ohne dass das Morden danach aufhörte.«

Bracht schaute sie erstaunt an, dann antwortete er: »So ist es, und das hat mich nie verwundert. Euch etwa, Anna?«

Anna schüttelte den Kopf. »Hat es denn je aufgehört?«, wollte sie dann weiter wissen.

»Wenn ich mich recht entsinne, so hat es ruhige Zeiten gegeben, in denen, Gott sei's gedankt, nichts Derartiges vorfiel. Doch einen tatsächlichen Exitus gab es nie. Erst proxime war wieder ein Opfer zu beklagen.« Bracht schaute nach diesen Worten mit leerem Blick an Anna vorbei.

Sollte sie ihm sagen, dass sie von dem Mörder verfolgt wurde? Sie war sich nicht sicher, denn immerhin hatte er Liese und

Therese nicht retten können, obwohl er von deren Unschuld überzeugt gewesen war. Und wenn nun sie, Anna, den Verdacht auf sich lenken würde, indem sie von all ihren mysteriösen Erfahrungen erzählte, könnte auch sie zu einem willkommenen Sündenbock werden. Es sei denn, Bracht würde alles für sich behalten. Doch obwohl er Geistlicher war, traute Anna ihm hinsichtlich seiner Verschwiegenheit nicht.

Bracht hatte seine künstlerische Pause mittlerweile beendet und fragte Anna: »Nun, Anna Pippel, affektieret Ihr, wieder zum Heer zu stoßen? Jetzt, wo erwiesen ist, dass Eure Begleiterinnen zu Unrecht kondemniert wurden.«

»Nein«, antwortete sie kurz.

Wieder nickte er nur.

»Hat man denn gar keine Ahnung, wer dahinterstecken könnte?«, bohrte Anna weiter.

»Gewiss gibt es Ahnungen, Beschuldigungen, Rumores. Doch nichts, was sich jemals bestätigt hätte. Es ist eine gewisse Vorsicht eingetreten, man will nicht noch einmal Unschuldige bestrafen. Außerdem, so muss ich zu meinem Leidwesen feststellen, resignieren die Menschen. Sie ergeben sich ihrem Fatum und glauben nicht mehr daran, etwas ändern zu können.«

»Was glaubt Ihr, wer oder was es ist?«

Bracht atmete tief ein, spitzte dabei die Lippen und ließ dann die Luft langsam und hörbar wieder hinaus. »Nicht der Teufel, Anna Pippel, nicht der Teufel.«

»Dann kann man ihn also finden«, stellte Anna fest.

»Sicherlich, wenn man ihn sucht, kann man ihn finden. Doch wo will man damit beginnen? Seit Jahren halte ich meine Augen auf, höre mich um, forsche nach. Sine Effectu. Rein gar nichts ist über diesen Menschen herauszubekommen. Ich kenne viele, aber ihn kenne ich nicht. Hätte ich ihn je zu Gesicht bekommen, ihm Aug in Aug gegenübergestanden, ich hätte ihn erkannt. Aber er scheint sich gut zu verstecken. Hier, unter uns.

Glaubt nur, Anna, auch mich lässt das mitunter desperieren. Fühle ich mich doch als Hirte, dem ein unsichtbarer Wolf ein Schäfchen nach dem anderen raubt. Und ich kann nichts daran ändern. Kann predigen, dass sie sich in Acht nehmen, mehr nicht.

Vor nicht allzu langer Zeit erhielt ich einen Hinweis, es war ganz hier in der Nähe gewesen, da kam ein altes Kräuterweib zu mir und affimierte, sie habe ihn gesehen. Im Wald sei er ihr über den Weg gelaufen. Entstellt sei er gewesen, mit nur einem Auge, Zähnen wie spitze Nägel und von unmenschlich körperlicher Kraft. Bei sich habe er einen Hund gehabt und einen großen Beutel, an dem er schwer zu tragen hatte.

Doch, gute Anna, wer mag solchen Imaginationes Glauben schenken?«

Bracht wusste also auch nicht mehr als sie, das schien sicher zu sein. Anna verzichtete darauf, weitere Floskeln mit ihm auszutauschen, verabschiedete sich höflich und gab ihm das Versprechen, noch einmal im Tross vorbeizuschauen, bevor das Heer die Gegend wieder verließe.

»Gebt auf Euch Acht, Anna Pippel«, rief er hinter ihr her, als sie weiterging, um Mergel zu suchen.

Diesen fand sie vor einem recht geräumigen und mit Fellen ausgestatteten Zelt sitzend – erzählenderweise, wie konnte es anders sein. In der Runde, in welcher er sich befand, saß, außer zwei Landsknechten und deren Mädchen, auch ein Greis in Mergels Alter, der aus nichts weiter als aus faltiger grüner Haut zu bestehen schien und an dem nicht ein einziges Haar zu sehen war, nicht auf dem Kopf und auch nicht an den Brauen. Während die vier jungen Leute mit sich beschäftigt waren, lauschte allein dieser alte Mann den Worten Hans Mergels. Und der war wieder einmal so sehr in seinem Element, dass er die Ankunft Annas überhaupt nicht bemerkte.

Erst als Anna sich räusperte und fragte, ob sie sich dazusetzen dürfte, schaute Mergel auf und strahlte über das ganze alte, liebenswürdige Gesicht.

»Anna, was machst du denn hier? Hast du mich vermisst?«

»Und ob ich das habe. Dachte schon, du willst einfach gehen, ohne mir Lebewohl zu sagen.«

»Niemals, Anna, niemals. Würde mich doch nicht davonstehlen! Und wenn ich ginge, dann doch nur mit dir, nach dem, was wir alles miteinander erlebt haben.«

Mergel genoss es sichtlich, vor der ganzen Runde den Anschein zu erwecken, dass er sich in der ständigen Begleitung einer solch jungen Frau befand, und es war ihm offensichtlich nicht unangenehm, dass die Qualität ihrer Verbindung für Spekulationen offen blieb.

»Das ist übrigens ein guter Kamerad aus alten Landsknechttagen, Hein Jansen von der schönen Insel Sylt. Eigentlich müsste der sich bei den Schweden rumtreiben, habe ihn aber hier bei den Kaiserlichen angetroffen. Was man nicht so alles macht, um am Leben zu bleiben, nicht wahr, Hein?«

»Jo, jo.«

Mehr sagte der andere Alte nicht, und das schien Mergel mehr als recht zu sein, blieb doch dadurch genügend Zeit für die eigenen Worte, von denen er bekanntlich mehr als genug auf Lager hatte.

»Ja, den Hein habe ich kennengelernt, das war nach der Schlacht von Wimpfen. Ist damals vom Mansfeld zu Tilly übergelaufen, der Hein. Da waren wir noch ein bisschen jünger, aber auch nur ein bisschen. Schon damals alte Knochen. Wie man sieht, währt das Alte am längsten. Sind halt zäh wie Zunder, solche Methusalems wie wir. Denen kann Krieg, Kälte, Hunger und Pest nichts anhaben, während die Jungen wie die Fliegen sterben. Nicht wahr, Hein?«

Hein nickte.

»Willst du mich nach Hause holen, Anna?«, fragte Mergel, sich an seine Begleiterin wendend.

»Nein, du kannst natürlich machen, was du willst. Aber nach dem Rechten wollte ich schon einmal sehen. Muss doch wissen, ob es dir gut geht. Du weißt ja …«, und Anna zeigte auf sein fehlendes Bein.

»Ja, das muss ich dir auch noch erzählen, Hein, das mit meinem Bein. Wollte nicht mehr bei mir bleiben, ist einfach auf und davon. Wache auf, und es ist weg. Ja, und das Ganze kam so …«

Anna merkte, dass es keinen Sinn hatte, auf den Alten zu warten. Sie unterbrach ihn nur noch ein einziges Mal, um ihn zu fragen, wann sie denn einmal kurz unter vier Augen mit ihm reden könne. Und da Hans Mergel es genoss, den Anschein zu erwecken, Geheimnisse mit Anna zu haben, brach er seine Erzählung sofort ab und bat Anna, ihm aufzuhelfen, damit sie sich hinter dem Zelt in Ruhe besprechen könnten.

»Was gibt es denn so Wichtiges, Anna?«, fragte Mergel und machte es sich auf einem umgedrehten Holztrog bequem.

Und dann sprudelte es aus Anna heraus: »Das Morden geht weiter, schon lange. Es hat nie aufgehört. Ich habe schon mit Kaspar und sogar mit Bracht darüber gesprochen. Beide haben es bestätigt. Auch in unserem Dorf hat es bereits einen Fall gegeben, ich habe es mit eigenen Augen gesehen. Ich will dich nicht beunruhigen, weil du doch so an Liese gehangen hast, aber jetzt, wo Kaspar tot ist, wüsste ich niemanden, der sich sonst für mich umhören könnte. Und ich will, dass das endlich ein Ende hat.«

»Wieso rollst du das immer wieder auf, Anna? Lass es gut sein.« Hans Mergel wurde ernst. »Es hat keinen Sinn. Du hast selbst gesehen, wohin das bei Liese geführt hat, und auch wir sind nur um Haaresbreite davongekommen. Manchmal ist es besser, die Augen zu verschließen, Anna. Lass es sein, ich bitte dich darum.«

»Du willst mir also nichts dazu sagen.«

»Ich weiß nichts, und ich will auch nichts wissen.«

»Ich habe aber mit eigenen Augen gesehen, wie er die Rosi, die Magd aus unserem Dorf, wie er sie getötet hat. Er war es. Das weiß ich genau, weil Rosi eine Sanduhr bekommen hat, einen Tag vor ihrem Tod.«

Hans Mergel zog die Augenbrauen hoch und biss sich auf die Lippen.

»Komm, wir gehen wieder nach vorn, und dann erzähle ich ein paar lustige Geschichten, die der schweigsame Hein und ich so erlebt haben.«

Er wollte also ganz und gar nicht. Anna musste sich damit abfinden. Sie verabschiedete sich und ließ sich von Mergel noch das Verspechen geben, dass sie ihn in drei Tagen abholen und wieder nach Hause bringen dürfe.

Doch Anna kam nach ebendiesen drei Tagen nie im Tross an. Denn auf dem Weg dorthin ereignete sich Merkwürdiges.

Ein Stein traf sie direkt im Rücken. Mit schmerzverzerrtem Gesicht drehte sie sich um und wollte den Rabauken ausschimpfen, der sich einen solch bösen Streich mit ihr erlaubte, als sie schon wieder getroffen wurde, diesmal in die Seite. Der nächste Stein schlug direkt unter ihrer Brust ein und raubte ihr einen Moment lang die Luft zum Atmen. Als sie sich wieder aufraffte, um das Weite zu suchen, wurde sie am Kopf verletzt. Ihr war schwindelig, und das Blut lief ihr in die Augen. Ein weiterer Schlag an den Kopf raubte ihr schließlich die Besinnung. Anna fiel um, und als sie wieder erwachte, fand sie sich im Hause der Gramshubers wieder. Sie lag auf ihrem Lager in einer der hintersten Ecken des Stalles – und in ihrer Hand hielt sie eine Sanduhr.

XXIX

Anna zählte.

Sie hockte im Schneidersitz auf dem nasskalten Lehmboden des Gramshuber-Stalles und starrte auf die Sanduhr. Schon seit Stunden hielt sie das kleine Ding in ihren Händen und war mittlerweile beim dreihundertachtundzwanzigsten Durchlauf. Jedes Mal, wenn der Sand die untere Hälfte der Uhr gefüllt hatte, nannte Anna ein Zahl zwischen eins und hundert und drehte dann die Uhr um. Von ihrer linken Hand hielt sie Daumen, Zeige- und Mittelfinger gespreizt, sie zeigten ihr an, dass sie bereits die dreihundert überschritten hatte. Als der Sand erneut aus dem oberen Bereich der Uhr heruntergerieselt war, sagte Anna laut: »Achtundzwanzig« und drehte die Sanduhr wieder um – zum dreihundertneunundzwanzigsten Mal.

So ging es weiter, weiter und weiter. Ja, Anna musste ihre linke Hand viermal aufs Neue zum Zählen der Hunderter benutzen, denn sie kam an diesem Tag auf insgesamt zweitausendeinunddreißig Durchläufe.

Dann verließ sie die Geduld. Sie wollte nicht mehr warten, sie hatte Hunger und Durst, und außerdem musste sie sehr dringend den Abort aufsuchen.

Anna war wütend. Wieso ließ er so lange auf sich warten? Da schenkte er ihr nun schon zum zweiten Mal eine solche Sanduhr und kam nicht.

Sie wollte ihm noch zwei Tage Zeit geben, und wenn er sich dann nicht blicken ließe, müsste eben sie weitersuchen.

Als Anna ihre eingeschlafenen Glieder nach draußen in den Hof bewegte, war es bereits stockfinster. Sicheren Schrittes, aber mit zitternder Hand griff sie unter den Lederriemen, den sie um ihre Taille geschnürt hatte und in dem sie nicht nur eine geladene Pistole, sondern auch einen Dolch und eine kleine Axt verborgen hielt. Kein leichtes Gepäck, das sie da nun zu dem Häuschen trug, welches als Einziges auf dem Hofe Gramshuber den Zugriffen zahlreicher Marodeure unterschiedlichster Herkunft getrotzt hatte: die Latrine.

Anna hatte eine kleine Laterne dabei und hielt sie in alle Richtungen, um sicherzugehen, dass sie auch tatsächlich alleine war. Mergel war noch immer im Tross und Balthasar offensichtlich ebenso. Der Einzige, der auf dem Hofe geblieben war und sie nun freudig begrüßte, war Puck, der Hund.

Anna streichelte den großen schwarzen Schatten und verschwand dann in dem winzigen Häuschen, um sich endlich zu erleichtern.

Puck bellte nicht. Stattdessen hörte Anna ein freudiges Fiepen und Winseln, das sie glauben ließ, Balthasar käme zurück. Doch weshalb sollte der Junge den Abort versperren, dachte Anna, als sie vernahm, wie von außen ein Holzstück durch die Öse in der Tür geschoben wurde. Dummerweise befand sich die Verriegelung außen, da Mergel die Luke verkehrt herum eingebaut hatte.

Anna richtete ihre Röcke und nahm die Pistole zur Hand. Dann blickte sie durch einen winzigen Spalt in der Tür. Doch sie konnte nichts sehen. Der Hund und der Mensch, den er offensichtlich freudig begrüßt und der dann die Latrine verriegelt hatte, mussten sich außerhalb ihrer Sichtweite befinden.

Dann, urplötzlich, begann der Hund doch zu bellen, laut und bedrohlich. So, wie Anna ihn nie zuvor hatte knurren hören. Er erschien nun im Blickfeld ihrer Holzspalte, und sie sah in der Dunkelheit, wie er entschlossen und wütend auf einen Schatten zulief, der jedoch unbeirrt auf das Tier zusteuerte, einen Gegenstand in der Hand haltend.

Dann waren Hund und Schatten wieder außer Sichtweite. Schließlich ein Schuss. Dann ein Aufheulen. Verstummen. Der Hund war tot.

Ein Rascheln war zu hören. Da waren nun zwei. Oder etwa nicht? Sie kämpften. Ein dumpfes Hauen und Reißen.

Dann eine betont heisere, merklich verstellte Stimme, die schrie: »Verschwinde. Was tust du? Verschwinde.«

Das Hauen und Reißen ging weiter.

Dann ein plumpes Fallen und wieder die Stimme: »Was ist in dich gefahren? Warum greifst du mich an?«

Wieder ein Schlag, ein Stöhnen. Dann Stille.

Schließlich ein Schleifen, ein Schleifen, das sich entfernte. Und dann wieder Stille.

Anna zählte. Die Sanduhr hatte sie nicht dabei. Sie zählte auf ihre herkömmliche Art und Weise. Bis siebentausendachthundertfünfundsechzig.

Endlich kam Balthasar. Wehklagend über den Tod seines geliebten Hundes, lief er über den Hof, bis Anna ihn rief und sich von ihm aus ihrer Gefangenschaft befreien ließ.

Es war schon wieder geschehen. Sie war gerettet worden. Zwei Schatten waren dort gewesen. Oder etwa nur einer?

Jedenfalls hatte Anna nur einen gesehen und auch nur einen gehört. Doch da hatten zwei miteinander gekämpft, das war sicher gewesen. Und den Schleif- und Blutspuren im Schnee nach zu urteilen, war einer von ihnen verletzt und von dem anderen davongezogen worden. Wohin, das konnte Anna nicht mehr ausmachen, denn die Spuren verloren sich wenige hundert Schritte von ihrem Hof entfernt. Ein Hund hätte die Fährte sicherlich aufnehmen können, doch der Hund war tot, erschossen.

Anna war ratlos.

Wieder wartete sie zwei Tage, immer und immer wieder die Sanduhr in Händen haltend. Doch nichts geschah. Er kam nicht wieder. War auch der Überbringer der Sanduhr letztendlich tot? Doch wer war es, der ihn umgebracht hatte?

Die Kaiserlichen unter Aldringen blieben in der Gegend. Zusammen mit den Spaniern, denen es tatsächlich gelang, die Qualen der verbliebenen und abgestumpften Bevölkerung aufs Neue zu beleben, überwinterten sie im Seenland.

Mergel war froh darüber, er siedelte quasi zum Tross über, und Anna bekam ihn nur noch selten zu Gesicht. Auch Balthasar suchte mehr und mehr die Nähe des Trosses. Er war mittlerweile ein junger Mann und genoss es, den Soldatenberuf zu erlernen. Es dauerte nicht lange, und er ließ sich anwerben, von den bayerischen Truppen des strahlenden Rheinländers Johann von Werth, eines erfolgreichen Emporkömmlings, dessen Karriere großen Eindruck auf den Jungen zu machen schien.

Verzweifelt hatte Anna ihn gebeten zu bleiben. Anders als bei ihrem Mann Friedrich, den sie damals einfach hatte ziehen lassen, versuchte sie Balthasar mit allen Mitteln davon abzuhalten, in den Krieg zu gehen. Zuerst argumentierte sie, dann fing sie an zu drohen, schließlich sogar zu flehen – doch es half nichts. Der Junge, auf den sie so lange Acht gegeben hatte, der ihr so nah war wie ein eigenes Kind, ging und wurde Söldner.

Nun war sie also allein in dem zertrümmerten Haus und wartete noch immer. Hin und wieder hörte sie sich vorsichtig um, befragte Hans Mergel, wenn er sich von einem Freund nach Hause bringen ließ, um sich von Anna die Wäsche waschen zu lassen oder einfach nur ein paar Tage zu verschnaufen, weil es ihm im Tross zu kalt und zu anstrengend wurde. Der Alte sagte die Wahrheit, wenn er untypisch gereizt und wortkarg immerzu auf ihre Fragen antwortete, dass er von keinen weiteren Vorkommnissen der besonderen Art im Trosse gehört habe. Es habe sich nichts mehr zugetragen, und wenn dem doch so sei, dann habe man ihm nicht davon berichtet. Aber generell würde man sich dort über derlei Dinge ohnehin nicht mehr den Kopf zerbrechen, und das sei auch gut so. Mehr als immer und immer wiederholen könne er sich auch nicht, und Anna solle doch bitte ihre Fragerei einstellen und sich diesen Wurm, der sich in ihr Hirn gefressen habe, wieder herausreißen.

»Das tut dir nicht gut, Anna. Es gibt Wichtigeres. Es ist Winter, und wir brauchen zu essen. Dafür zu sorgen, ist sinnvoller, als einem Geist hinterherzulaufen, den es eh nicht gibt.«

Und dann verschwand der Alte wieder. Verschwand in seine imaginäre Welt, gesellte sich zu seinen Zuhörern, die seinen Geschichten lauschten, während sie berauscht waren von Mittelchen, die lange schon nichts mehr mit Alkohol zu tun hatten, sondern aus Kräutern und Essenzen bestanden, die Anna nicht kannte. Die Wirkung dieser Rauschmittel war fataler noch als die des Branntweins. Zwar machten sie die, die sie rauchten, aßen oder inhalierten, nicht aggressiv, aber dafür so gleichgültig und träge, dass die Süchtigen eher Gespenstern als Menschen glichen. Viele starben, weil sie vergaßen zu leben. Hans Mergel, so befürchtete Anna, hatte sicherlich auch schon davon probiert, denn mit jedem Mal, wenn sie ihn sah, wirkte er fremder auf sie.

Anna fühlte sich sehr einsam.

Der Winter verging, er hatte Tod durch Kälte, Hunger und Morden mit sich gebracht und war damit nicht ungewöhnlich verlaufen. Von dem Schatten mit der Sanduhr war jedoch nichts mehr zu vernehmen gewesen. Und so hatte Anna die meiste Zeit damit verbracht zu zählen, zu warten und nach Essbarem zu suchen. Dreimal war sie von spanischen Soldaten überfallen worden, man hatte sie geschlagen, gedemütigt, ja ihr fast alle Haare ausgerissen und sie auch beinahe vergewaltigt, doch

Anna hatte alle drei Male gesiegt. Dem einen hatte sie ins Bein geschossen, den anderen mit dem Dolch verjagt, und an dem Dritten war ihre kleine Axt so nah vorbeigesaust, dass auch er, am Ohr blutend, lieber das Weite gesucht hatte.

Auch wenn sie gegen Anna nicht ankamen, eines ließen die Spanier zurück: die Pest. Sie gesellte sich zu Hunger, Kälte und Gewalt, schaffte es jedoch nicht, den Schrecken zu mehren, war dessen Grenze doch bereits längst erreicht und gar überschritten worden.

Die Kälte nahm im Februar und März weiter zu, und auch die Pest blieb. Auf ihren zahlreichen Nahrungsfeldzügen musste Anna nicht selten über die erfrorenen Körper ehedem kranker oder auch nur hungriger, bekannter oder unbekannter Personen hinwegschreiten. Begraben wurde niemand mehr.

Auch im Tross, in dem sich noch immer der alte Mergel aufhielt, ging es den Leuten sehr schlecht. Manchmal suchte Anna ihren alten Freund auf. Er war noch magerer und ganz fahl geworden. Dennoch wollte er nicht zurück zum Hof – ihn hielt ebendas im Tross, womit Anna keine Bekanntschaft schließen wollte.

Das einzig Positive, was Hunger, Kälte und die Pest mit sich brachten, war, dass die Gewalt weniger wurde. Die Kraft dazu fehlte, und das machte die Monate Februar und März des Jahres 1634 zu einer Zeit der verhältnismäßigen Ruhe.

Zu dieser Zeit trug es sich zu, dass Anna an einem bitterkalten Märztag unerwarteten Besuch bekam. Sie war gerade dabei, ein kleines Feuer in dem Verschlag zu schüren, den sie sich notdürftig im Gramshuber-Stall aus Decken, Laken, Brettern und Sonstigem gezimmert hatte, als sie Schritte hörte. Mit geladener Pistole begrüßte sie den Ankömmling.

Beinahe hätte sie ihn nicht erkannt, so sehr hatte er sich verändert. Nicht nur, dass er zum ersten Mal ungepflegt und schmutzig war. Er war zudem dürr, blass und voller Narben. Seine Haare waren geschoren, und sein Bart fehlte gänzlich. So hatte Anna den strahlenden Andreas Moosberger nicht in Erinnerung.

Er lachte nicht, er begrüßte sie nicht, er fragte lediglich, ob sie allein sei und ob sie etwas zu essen habe.

Anna war allein, und zu essen hatte sie auch. Schweigend musterte sie ihn. Dann ging sie an ihm vorbei und holte aus einem sicheren Versteck genug, damit er satt wurde. Die Not hatte Anna erfinderisch gemacht: Im Tross hatte sie gegen ein Bärenfell, das sie in der ehemaligen Schlafkammer der Gramshuberin gefunden hatte, einen halben Sack »Tartuffeln« bekommen. Der junge Mann, mit dem sie diesen unglaublichen Tausch abschloss, hatte offenbar nichts mit diesem enormen Schatz anzufangen gewusst. Wenige kannten sich mit den neuartigen Gewächsen aus, viele hielten sie gar für giftig. Doch dank Liese Kroll wusste Anna um den großen Wert der Knollenfrüchte und war glücklich, ein so gutes und seltenes Geschäft gemacht zu haben. Gekocht schmeckten diese Ackerfrüchte gar nicht schlecht, waren nahrhaft und machten satt.

Immer noch schweigend, schlang Moosberger die kalten Kartoffeln in sich hinein. Anna schaute ihm dabei zu. Danach war er müde und schlief ein. Anna ließ ihn schlafen. Sie wusste nicht, ob sie nun glücklich oder unglücklich war.

Die Karriere des Andreas Moosberger war keine ungewöhnliche in diesem Krieg gewesen, es hatte andere Bauernburschen gegeben, die es zu noch höherem Ruhm gebracht hatten. Klugheit, Wandlungsfähigkeit, Geschick, Ehrgeiz und Rücksichtslosigkeit waren neben dem Glück, zur rechten Zeit am rechten Ort zu sein, die einzigen Voraussetzungen, um Erfolg zu haben. Es bedurfte nicht unbedingt einer adeligen Herkunft.

Geschah einem solchen Emporkömmling jedoch ein Missgeschick, so wäre die adelige Herkunft hingegen von großem Vorteil gewesen. Einem Bauern aber verzieh man keinen Fehler. Der Fehler von Andreas Moosberger, oder besser seine größte Schwäche, waren die Frauen. Zwar hatte er stets Acht gegeben, dass seine zahlreichen Liebschaften geheim blieben, und sich von den Töchtern und Frauen seiner Vorgesetzten ferngehalten. Doch eines Tages hatte ihm dann ausgerechnet die Frau eines Hauptmanns den Kopf verdrehen müssen.

Er wusste selber nicht, wieso er sich darauf eingelassen hatte, dass sie ihn auf seinem Weg durch Bayern begleitete. Er war nach München beordert worden, und sie war auf dem Weg nach Passau gewesen. In der Nähe von Würzburg hatten sie sich zufällig getroffen. Beide hatten Rast in ein und demselben Gasthaus gemacht.

Eigentlich hatte sie ihm gar nicht so gut gefallen. Zwar war sie hübsch, keine Frage, aber doch etwas dümmlich und dazu ein wenig zu forsch für seinen Geschmack. Und dass sie verheiratet war, hatte er erst zu spät erfahren.

Kurz und gut: Andreas Moosberger war deshalb unehrenhaft aus dem Dienst entlassen worden. Er konnte von Glück sagen, mit dem Leben davongekommen zu sein. Die Wut des betrogenen Ehemannes hatte sich in Grenzen gehalten, weil es nicht das erste Mal war, dass ihm ein solches Betragen seiner Gemahlin zu Ohren gekommen war. Darum hatte man sich damit begnügt, dem »Buhlen der Hure« einige Hiebe zu verpassen, ihn zu scheren und ihm das schöne Gesicht zu entstellen. Danach konnte er gehen.

Doch wohin? Zurück in sein Bergdorf? Zu seinen armen Eltern, deren einziger Stolz der erfolgreiche Sohn war? Unmöglich.

Zum Hof der Tante, wo Anna Pippel lebte, die Frau, die er in Westfalen getroffen hatte? Auch sie kannte ihn nur als den strahlenden Retter.

Andreas Moosberger hatte sich zunächst entschieden, eine Weile allein zurechtzukommen, doch das war ihm nicht gelungen. Die Seiten wechseln, geheimes Wissen preisgeben? So hoch war er nie gestiegen, als dass er tatsächlich über Informationen verfügte, die für den Feind von Interesse gewesen wären. Alle Botschaften, die er überbracht hatte, waren verklausuliert gewesen, alle Gespräche, die er belauscht hatte, belanglos oder nur von vorübergehender Wichtigkeit, alle Spionageaufträge, zu denen er aufgebrochen war, hatten mittlerweile keine Bedeutung mehr für die große Politik. Er war ein Nichts.

Schließlich hatte er sich doch dazu durchgerungen, zum Hof der Tante zurückzukehren, zu Anna, dieser seltsamen Anna, aus der er nicht schlau wurde. Nicht oft hatte er sie bisher gesehen und noch nie lange mit ihr reden können, aber eines wusste er: Ganz unabhängig von ihrer Ähnlichkeit mit Konstanze Gramshuber war da etwas, was ihm an ihr gefiel. Immer wieder hatte er an sie denken müssen, und immer wieder hatte er sich gefragt, warum er sich einfach nicht traute, dieser Frau näherzukommen. Sonst hatte er doch gerade in solchen Dingen keinerlei Schwierigkeiten. Bei ihr aber schon, und er glaubte, dass es an ihren Augen lag. An diesem scheuen, aber dennoch bestimmten Blick. Ja, er hatte den Eindruck, dass sie ihn durchschaute, hinter seine Fassade zu blicken verstand. Doch gefiel ihr, was sie da sah? Er war sich nicht sicher.

Anna war nun nicht mehr allein. Die Anwesenheit dieses Mannes, der nun auch im verlassenen Gramshuber-Hof lebte, war ihr dennoch unangenehm. Es lag nicht daran, dass er sich verändert hatte. Das war ihr vollkommen gleich. Es lag vielmehr daran, dass *sie* sich verändert hatte.

Es gefiel ihr nicht, dass er ihr Aufträge erteilte, dass er sie antrieb und aufforderte, ihm behilflich zu sein, den Hof wieder auf Vordermann zu bringen. Sie musste arg über ihren eigenen

Schatten springen, um mit dem Elan, mit welchem er an diese neue Aufgabe ging, Schritt halten zu können. In weniger als zwei Wochen hatte er den Wohnbereich des Hauses wieder wetterfest gemacht, hatte aus alten Brettern ein Dach gezimmert, die Möbel repariert und einen zwar einfachen, aber funktionstüchtigen Ofen gebaut. Er hatte von irgendwoher zwei Ziegen aufgetrieben und ein Kaninchenpaar. Anna staunte, und sie konnte sich nicht dagegen wehren, dass die Energie, die von ihm ausging, ansteckend war.

Dennoch blieb sie stur und sprach nicht viel mit ihm. Des Abends zog sie sich, ohnehin müde von der anstrengenden Arbeit, früh in ihre Kammer zurück, die sie noch immer in einem Bretterverschlag im Stall eingerichtet hatte. Häufiger hatte er sie gefragt, ob sie nicht zu ihm in den vorderen Hausteil ziehen möge, doch das wollte sie nicht. Nicht, weil es etwa verfänglich gewesen wäre. Vielmehr wollte sie ihm nicht den Eindruck vermitteln, dass sie auf ihn gewartet hatte. Ihr Verschlag war ihr Reich, sein Haus war sein Reich.

Manchmal jedoch musste Anna über ihn lachen. Er hatte sich schnell erholt, sah wieder gut aus – wenn auch anders als früher –, doch Anna gefiel er sogar besser. In der einfachen Bauerntracht wirkte er nicht mehr so verkleidet, wie das in den edlen Stoffen der Fall gewesen war. Nun erschien er ihr vollkommen natürlich. So sprach er auch: vollkommen natürlich, gerade so, wie es ihm in den Sinn kam.

Und genau darüber musste Anna immer wieder lachen. Sei es, dass er sich mit dem Hammer auf den Daumen schlug und eine Schimpftirade Richtung Himmel schickte, von der Anna nur einen Bruchteil verstand. Sei es, dass ihm eines der Kaninchen davonlief und er im Zickzackkurs über den gesamten Hof raste, sich nicht zu schade war, einen Sturzflug in den Misthaufen zu machen und dabei dem fliehenden Tier die urigsten Namen zu geben, ohne es jedoch tatsächlich einzufangen. Das war schließlich der schmunzelnden Anna – in aller Ruhe – gelungen.

Häufig musste sie sich eingestehen, doch froh zu sein, dass er bei ihr war, aber unangenehm war ihr seine Nähe dennoch. Und das besonders in solchen Situationen, in denen sie tatsächlich nah beieinander sein mussten. Immer dann, wenn wieder bewaffnete Strolche ihr Haus durchstöberten und sie sich in dem Kellerloch im Stall verstecken mussten, immer dann, wenn sie Schulter an Schulter dasaßen, abwartend, was oben vor sich ging, immer dann wurde es Anna sehr unwohl in ihrer Haut.

An einem Nachmittag im Mai machten gemeine Straßendiebe, welche nicht einmal einem Heer angehörten, die Gegend unsicher und suchten auch auf dem Gramshuber-Hof vergeblich nach dem vermeintlich gut verborgenen Vieh. Anna, die neben Moosberger im engen Versteck saß, musste plötzlich husten. Ein trockener Reiz kratzte unaufhörlich in ihrem Hals, wieder einmal hervorgerufen durch die unangenehme Nähe dieses Mannes.

Doch bevor sie den Hustenreiz nicht mehr länger zurückhalten konnte, legte sich seine Hand fest auf ihren Mund. Über ihnen waren Schritte zu hören, die Diebe liefen direkt über die Luke, den Eingang zu ihrem Versteck.

Zwei Minuten verstrichen – seine Hand war noch immer auf ihren Mund gepresst –, dann hörten sie, wie die Haustür zugeschlagen wurde. Sie waren weg. Doch Moosbergers Hand blieb, wo wie war. Sie blieb, wanderte dann aber langsam über Annas Wange zu ihrem Nacken. Dort wurde sein Griff fester, und er zog ihren Kopf nach vorn, um sie zu küssen.

Zunächst wollte sie sich wehren, aber dann beschloss Anna, sich der Situation hinzugeben. Wie oft hatte sie sich genau das vorgestellt. Nicht an einem solchen Ort, nicht in einer solchen

Situation – aber das war nun egal. Zunächst ließ sie sich nur küssen, dann begann sie, seinen Kuss zu erwidern. Und das ließ ihn plötzlich forscher werden. Es war nicht viel Platz in dem engen Raum, in dem man kaum zu dritt und mehr schlecht als recht zu zweit hocken konnte, aber dennoch gelang es ihm, sich und auch Anna spielerisch von ihren Kleidern zu befreien. Es war kalt, aber auch das war Anna egal. Sie vergaß all ihre Scheu und machte einfach das, was sie wollte – was sie in diesem Moment am meisten wollte. Und so geschah es, dass Anna hier in diesem Kellerloch etwas erlebte, was sie noch nie zuvor in der Art hatte erleben dürfen.

Ein wenig verlegen war sie schon, als sie schließlich aus ihrem Erdloch krochen, und auch Andreas Moosberger lächelte nur schüchtern. Beide wurden sie dann vollkommen rot, als sie in die Stube gingen und dort Hans Mergel trafen, der sie mit den Worten begrüßte:

»Grüß Gott. Ah, der junge Herr ist es. Wollte nicht stören, bin schon eine kleine Weile hier. War lange fort. Habe ein paar alte Bekannte getroffen und sie ein Stück begleitet. Dann hat mich doch das Heimweh gepackt. Nun bin ich also da, hab mich einfach reingeschlichen, als die Strolche weg waren. Und nun würde ich gerne fragen, ob ich wieder auf dem Hof wohnen darf. Es sei denn, ich bin unwillkommen.« Und dann räusperte er sich verschmitzt.

XXX

Für den, der die Liebe zweier Menschen von außen betrachtet, ist diese umso unbegreiflicher, je leidenschaftlicher und inniger sie ist, und wirkt mitunter sogar albern. Das Verständnis für die nahezu rücksichtslose Selbstlosigkeit der Liebenden hält sich für den nüchternen Dritten deshalb häufig in Grenzen.

Dieser Dritte war Hans Mergel. Er, der – weit entfernt von Neid und Eifersucht – die nun offen zu Tage getragene Liebschaft zwischen Anna und Andreas Moosberger tagtäglich vor Augen hatte, konnte sich dennoch einer gewissen Missstimmung nicht erwehren.

Hatten sie denn beide ihr Hirn auf der Strecke gelassen? Konnten sie an nichts anderes mehr denken als an sich? Waren sie kleine Kinder, die es für selbstverständlich hielten, dass ein jeder, der sie sah, sich mit ihnen freuen musste? Und ihr Sinn für die Umstände, für die Zeit und den Raum, in welche ihre Liebe eingebettet war, dieser Sinn schien ihnen vollkommen abhandengekommen zu sein. Sie kümmerten sich um nichts. Nicht darum, dass ihr Haus innerhalb einer Woche allein dreimal geplündert worden war – zunächst von Schweden, dann von Bayerischen und schließlich von einer Räuberbande; nicht darum, dass ihnen Freibeuter auf dem Weg nach Herrsching ihren Handkarren und mit ihm einen Großteil ihrer wertvollen Tauschwaren gestohlen hatten. Und sie kümmerten sich auch nicht darum, dass neben der Missernte in diesem Sommer auch die Pest ein weiteres Mal Einzug in die Gegend hielt.

Das Einzige, worum sich Anna und Moosberger kümmerten, war, zu welcher Tages- oder Nachtzeit auch immer, ein stilles Örtchen zu finden, an welchem sie ungestört den Bedürfnissen ihrer tiefen Zuneigung nachgehen konnten. »Wie die Karnickel«, so dachte sich Mergel – der in dieser Hinsicht bereits keinerlei Ambitionen mehr verspürte – und versuchte dennoch Verständnis für das junge Volk aufzubringen. »In der Not konzentriert man sich auf das Elementare«, murmelte er dann vor sich hin und erfreute sich heimlich daran, der übrigen Welt wenigstens in philosophischer Hinsicht überlegen zu sein. »Doch mich fragt ja niemand.«

Tatsächlich vernachlässigten Anna und Andreas den Alten ein wenig. In den ersten zwei Tagen nach ihrem kleinen Stelldichein im Kellerversteck waren sie sich noch aus dem Weg gegangen. Anna hatte kaum gewagt, den Kopf zu heben, wenn er den Raum betrat, und auch Andreas hatte immerzu nur verlegen vor sich hingelächelt. Am dritten Tag jedoch, als sie allein in der Stube saßen, weil Mergel mit den beiden Ziegen zum Weiden gegangen war, fing Andreas plötzlich schallend an zu lachen. Zunächst glaubte Anna, er mache sich nachträglich über sie lustig, und schaute ihn böse an, aber dann musste auch sie schmunzeln. Von diesem Tag an kehrte wieder Frieden in die kleine Hausgemeinschaft ein.

Für Anna war diese Liebe die Erfüllung eines großen Traumes, sie genoss den Augenblick und versuchte nicht darüber nachzudenken, wie lange dieser Mann es wohl bei ihr aushalten würde.

Auch Andreas Moosberger verschwendete keinen Gedanken daran, wie es mit ihm und Anna Pippel weitergehen sollte. Sie gefiel ihm, und sie hatte ihm schon immer gefallen. In ihr schlummerte mehr, als es auf den ersten Blick den Anschein hatte. Und vor allem jetzt, wo sie nicht mehr so scheu und unsicher war, mehr lächelte und sich nicht schämte, zu tun und zu lassen, was ihr gerade in den Sinn kam – jetzt erst konnte man sehen, wie schön sie eigentlich war. Ihre Haut war von der Sonne leicht gebräunt, ihre Haare trug sie meist zu einem einzigen Zopf geflochten, und besonders reizend fand er es, wenn sich einzelne Strähnen lösten und ihr ins Gesicht fielen. Überhaupt war ihr Gesicht nun völlig verändert, wieder voller, mit roten Wangen und strahlenden, großen Augen. Und am schönsten war es, wenn sie lachte und dabei ihre Zähne zeigte.

Sie war wirklich schön. Und allmählich, so hatte er den Eindruck, wusste sie auch um ihre Schönheit. Er fühlte sich wohl bei dieser Frau – so wohl, wie er sich noch nie bei einer Frau gefühlt hatte, und deshalb ließ auch er die Zeit verstreichen, ohne einen Gedanken daran zu verschwenden, was die Zukunft bringen würde. Wer wusste das schon in einer Zeit, in der Ruhe und Ordnung Zustände waren, an die sich nur noch die Alten erinnern konnten.

Es war Juli, als die Pest zum zweiten Mal im Seenland ausbrach. Wer sie eingeschleppt hatte und wen sie dahinraffte – auch das wollte kaum noch jemand wissen.

Das Leben in der Dorfgemeinschaft war längst zusammengebrochen, in den zerstörten oder verfallenen Häusern lebten nur noch wenige Menschen, und die meisten von ihnen waren Fremde, Flüchtlinge aus den Städten oder stellungslose Soldaten mit ihren Weibern und Kindern.

Eine Kirche gab es nicht mehr, Messen hatte man längst aufgehört zu lesen, in der Dorfschenke tummelte sich nur noch Gesindel, und der Dorfbrunnen kam als Treffpunkt der Frauen nicht mehr in Frage, da sein Wasser schon seit Monaten verseucht war. Kein Handwerker war mehr im Dorf anzutreffen, kein Bäcker, kein Fischer, kein Müller, kein Schmied – niemand. Alle waren sie tot oder in die Berge geflüchtet.

Entsprechend wenig kümmerte man sich also um den Wiederausbruch der Seuche. Die Toten, die sie dahingerafft hatte, wurden verbrannt, die Häuser, in denen sie gewütet hatte, gemieden.

»Andreas! Andreas! Wo steckst du denn?« Anna brauchte Hilfe. Sie war am See gewesen, um dort ein Entenpaar einzufangen, das sich vor wenigen Tagen dort niedergelassen hatte. Doch alleine wollte es ihr nicht gelingen. Schon seit Stunden war Andreas nun in der Tenne, dabei wollte er dort doch nur nach Gegenständen schauen, die sich zum Tausch eigneten.

Es hatte sich im Laufe der Zeit eine Menge Unrat angesammelt, denn immer, wenn man überfallen worden war, wenn Dinge zu Bruch gegangen waren, so hatte man sie beim Saubermachen kurzerhand in diesen hintersten Teil des Hauses gebracht und dort liegen lassen. Nun war kaum noch ein Durchkommen, und irgendwo zwischen diesem ganzen Gerümpel musste er doch sein. Anna versuchte, in dem fensterlosen, düsteren Raum etwas zu erkennen.

»Andreas, bist du noch da?«

Das Stöhnen kam aus einer der hintersten und dunkelsten Ecken des Holzschuppens. Von dort, wohin man nur gelangen konnte, wenn man sich in knochenbrecherischer Manier durch zerschlagene Möbel, kaputte Dachziegel und sonstigen scharfkantigen Unrat kämpfte.

Anna lauschte zunächst, um sicherzugehen, dass sie sich nicht täuschte. Ein entsetzlicher Schreck durchfuhr sie. Da war etwas, ganz sicher war dort etwas. Etwas Lebendiges, und den Geräuschen nach zu urteilen, die es von sich gab, war es krank oder verletzt. Hatte man ihm etwas angetan? Lag er dort und war verletzt?

Anna zückte ihr Messer und stürmte los, stolpernd und fallend bahnte sie sich einen Weg durch den turmhohen Müll.

Und dann sah sie ihn.

Sie atmete auf. Andreas hockte am Boden und schaute sie stumm an. Vor ihm lag auf einem Lager aus Lumpen ein Lebewesen. Ein Mensch. Doch als Anna ihn näher betrachtete, musste sie feststellen, dass sein Gesicht nicht viele Züge aufwies, die tatsächlich menschlich wirkten. Ein Monstrum war es, vor dem Andreas Moosberger kniete. Wahrhaft ein Monstrum – so dachte Anna.

Der dort lag und im Fieberwahn stöhnte, war nicht alt, groß gewachsen, aber im Gesicht vollkommen entstellt. Sein fast kahler, nur von wenigen, aber dafür langen Strähnen bewachsener, schweißnasser Schädel war vollkommen deformiert. Überall sah man offene oder schlecht verheilte Pusteln. Sein rechtes Auge war unter einem Wust von Narben zugewachsen, das linke hingegen war so groß, dass es gut und gerne die Funktion von zwei Sehorganen übernehmen konnte. Die Farbe war hellblau, fast so wie bei einem Blinden. Doch der Mann war nicht blind, er sah Anna an.

Die Nase war kaum vorhanden, eigentlich bestand sie nur aus zwei Löchern. Der Mund wiederum war groß, viel zu groß für die winzigen Zähne, die er, vom Schüttelfrost geplagt, unentwegt aufeinanderschlug. An seinem Kinn hingen nur wenige blonde Haare – zu dünn, um ein Bart genannt zu werden, zu lang, um diesen Mann bartlos zu nennen. Der Körper war kräftig. Von Verformungen konnte man hier nichts erkennen. Im Gegenteil, dieser Mann verfügte über mehr gesunde Muskulatur als ein junger Dorfschmied.

Anna musterte ihn entsetzt. Hunderte von Gedanken schossen ihr durch den Kopf. Das war er. Sie war sich ganz sicher. Und er hatte die Pest. Mit Sicherheit hatte er die Pest, deshalb konnte er nicht davonlaufen und lag nun fiebernd hier in der Tenne. Was aber machte Andreas bei ihm? Warum saß er dort und sagte nichts? Und wieso musste das alles jetzt geschehen?

Sie hatte die ganze Geschichte verdrängt, hatte nicht mehr an die Sanduhr gedacht, hatte angenommen, dass er am selben Abend gestorben war, an dem auch der Hund zu Tode kam. Aber das war er, das war er mit Sicherheit, denn genauso hatte ihn die Frau beschrieben, von der Pastor Bracht erzählt hatte. Die Frau, die ihn im Wald gesehen hatte. Bracht hatte ihr keinen Glauben geschenkt. Doch sie hatte Recht gehabt, denn hier lag er, und einen solchen wie diesen gab es sicherlich kein zweites Mal.

»Er hat die Pest«, sagte Andreas ruhig. »Er hat die Pest … und er hat nach dir gefragt.«

»Ich kenne ihn nicht«, antwortete sie, ohne den Blick von dem Kranken zu lassen.

Andreas nickte. »Wir können nichts für ihn tun. Da hilft nur abwarten. Manche schaffen es. Wir sollten ihn hierlassen, ihm vielleicht etwas Wasser und ein paar Decken bringen.«

»Nein«, Anna schüttelte den Kopf. »Er ist gefährlich.«

»Das ist er nicht. Nur weil er eine Missgeburt ist, ist er nicht gleich gefährlich. Wir können ihn nicht in die Gosse werfen und dort krepieren lassen, Anna.«

»Er ist ein Mörder.«

»Ich dachte, du kennst ihn nicht.«

»Ich bin ihm nie begegnet, aber ich weiß, wer er ist. Er ist der Mann, der all die Frauen ermordet hat. Er ist es, der das getan hat, wofür Liese und Therese verbrannt worden sind.«

»Bist du dir da sicher?«

»Nein.«

»Dann lassen wir ihn eine Weile hier. Im Moment kann er eh nichts ausrichten, und wahrscheinlich ist er schon morgen tot. Lass uns ins Haus gehen. Ich werde später noch einmal nach ihm schauen.«

Anna fühlte sich wie aus einem Traum gerissen. Zuerst war sie benebelt, musste sich fangen und ihre wirren Gedanken sortieren. Doch nach einer schlaflosen Nacht fasste sie einen Entschluss.

Sie würde ihn nicht einfach sterben lassen. Zuerst musste er ihr alles sagen. Er musste ihr erzählen, warum er diese zahllosen Grausamkeiten begangen und ausgerechnet sie so lange verfolgt hatte. Was trieb ihn an? Und war er es tatsächlich? Er durfte nicht für immer verschwinden, nicht, bevor Anna sein Rätsel gelöst hatte.

Er lebte noch. Andreas hatte ihm für die Nacht Decken und Wasser gebracht und auch am Morgen noch einmal nach ihm geschaut. Jetzt machten er und Mergel sich auf den Weg zum nahen See, um dort die Enten zu fangen. Mergel glaubte, trotz seiner Behinderung ein Händchen für scheue Tiere zu haben.

»Mit mir wird dir das gelingen«, versprach er dem jungen Mann. Dem Alten hatten sie nichts von ihrer Entdeckung in der Tenne erzählt. Anna wusste, dass Mergel all die schmerzhaften Erinnerungen an Liese Krolls Tod lieber verdrängen wollte, und das Recht dazu gestand sie ihm zu.

»Magst du uns nicht lieber begleiten, Anna?« Andreas wollte sie aus gutem Grund nicht allein im Haus lassen.

»So weit seid ihr ja nicht fort. Falls mich jemand holen kommt, schreie ich nach euch.«

»Nun gut. Es dauert ja nicht lange.«

Dann verschwanden sie endlich.

Er lag noch immer dort. Sie brachte ihm erneut Wasser und ein Stück Brot. Gierig nahm er das Wasser, das Brot wollte er nicht anrühren. Als er getrunken hatte, schlief er ein. Anna ging. Sie würde am nächsten Tag wieder versuchen, mit ihm zu reden.

Drei Tage lang pflegte sie ihn, manchmal begleitete Andreas sie, doch lieber ging Anna allein. Sie berührte ihn nicht und versorgte nicht seine Wunden. Sie gab ihm nur zu trinken und schaute ihn an. Doch das reichte: Er genoss und genas.

Anna hatte schon während der Lagerfeuergespräche im Tross erfahren, dass es nur eine einzige vage Hoffnung gab, dieser immer wiederkehrenden Beulenplage lebendig aus den Fängen zu springen. Und dies traf nun im Falle ihres Gastes ein: Die Beulen an der Leiste und in den Achselhöhlen brachen auf. Brachen von allein auf und ergossen ihren übel riechenden, breiig gelben Inhalt auf die Decke, auf welcher der Kranke lag. Und dann verging auch das Fieber, ja, er nahm sogar am Tag darauf Brot an und kam mehr und mehr zu Kräften.

Anna freute sich. Doch gleichzeitig stieg ihre Angst, stieg diese lähmende Angst vor dem Ungewissen, vor der Gefahr, die sie mit Absicht heraufbeschwor, um ihr ins Auge zu blicken und sie zu erkennen. Um sie endlich zu besiegen. Anna wollte Gewissheit, und deshalb war sie glückselig, dass er überlebte.

»Du bist sehr still geworden in den letzten Tagen.« Andreas' Stimme klang streng.

»Wundert es dich? Immerhin scheint er gesund zu werden. Und das heißt, dass du mich vielleicht schon morgen vom Dachbalken abschneiden darfst.«

»Das finde ich nicht lustig, Anna.«

»Es sollte auch kein Scherz sein.«

»Was hast du mit ihm vor?«

»Ich will mit ihm reden. Er soll mir alles sagen, alles. Vor allem soll er mir sagen, warum es meine Schwester treffen musste. Und weshalb er mich verfolgt. Seit Jahren verfolgt.«

»Wenn das stimmt, dann ist es tatsächlich sehr merkwürdig. Ich glaube aber nicht, dass er böse ist.«

»Wie kommst du darauf?« Anna schaute Andreas interessiert an. Sie saßen draußen im Hof, sie hatte den Buttertopf mit Ziegenmilch zwischen ihren Beinen stehen, und er war dabei, eine

Pfeife zu schnitzen. Fünf waren bereits fertig, sie waren bei den Soldaten sehr beliebt und konnten leicht gegen Essbares eingetauscht werden. Es war ein ruhiger, sonniger Tag, bisher ganz ohne böse Zwischenfälle.

»Sein Blick. Er hat einen gutmütigen Blick. Liebevoll, würde ich fast sagen, wenn ich sehe, wie er dich anschaut. Hast du übrigens gesehen, was er alles dabeihat? Er scheint Arzt zu sein oder Apotheker. Dutzende von Döschen und Schächtelchen hat er in seinem großen Lederbeutel, und als ich mir das mal näher anschauen wollte, wurde er ganz grantig.«

Andreas lachte, und Anna hatte das Gefühl, dass er den Ernst der Lage gar nicht begreifen wollte.

»Ich werde jetzt zu ihm gehen.« Sie stand auf und verschwand in der Tenne.

Er saß auf seiner Decke und packte in einer ungewöhnlich beeindruckenden Gemütlichkeit und Sorgfältigkeit seine Sachen zusammen. Er hatte tatsächlich viel Gepäck. Das war Anna bisher gar nicht aufgefallen, da alles in einem dunklen Winkel unter dem ganzen sonstigen Gerümpel versteckt gelegen hatte. Anscheinend wollte er gehen. Kräftig genug war er nun, die Krankheit schien glücklich überstanden.

Es war ihm noch immer unangenehm, Anna anzusehen oder besser: von Anna angesehen zu werden. Das war offensichtlich. Wäre er nicht zu schwach gewesen, so hätte er sich sicherlich vor ihr versteckt, aber nun war der Bann gebrochen. Anna hatte ihn gesehen, und nun ließ er es auch weiterhin zu, dass sie ihn ansah. Doch schämte er sich nach wie vor, das spürte Anna. Zwar erwiderte er ihren Blick standhaft, doch es kam immer wieder vor, dass er verlegen den Kopf senkte, ohne jedoch sein einziges Auge von ihr abzuwenden. Wie ein geschlagener Hund schaute er sie dann von unten an.

Angst hatte Anna mittlerweile nicht mehr.

War er nun der Mörder?

Ganz sicher war sie sich nicht. Andreas hatte Recht: Trotz seines entsetzlichen Äußeren sah er nicht wie ein kaltblütiger Schlächter aus. Und doch hatte er etwas damit zu tun, war immer da gewesen. War er etwa der Schatten, der sie jahrelang verfolgt hatte?

Und war dieser hier gar nicht der Mörder?

»Geht es dir gut?« Anna begann vorsichtig und mit leiser Stimme.

Er nickte, also verstand er.

»Willst du nun gehen?«

Er nickte.

»Wie ist dein Name?«

Er schüttelte den Kopf.

»Wie bist du hierhergekommen?«

»Man war schon lange hier.« Er sprach mit einer dunklen, froschartigen Stimme, aber verständlich.

Anna nickte.

»Bist du mir gefolgt?«, fuhr sie nach einer Weile fort.

»Man muss auf die Frau aufpassen.«

»Auf welche Frau?«

»Auf die Frau muss man aufpassen.«

Anna nickte, ohne zu verstehen, was er meinte. War sie die Frau, auf die er aufpasste?

»Warst du auch damals in Westfalen? Warst du dort im Tross dabei?«

»Man begleitet die Soldaten.«

»Aber zeigen tust du dich nicht, oder?«

»Man muss sich verstecken.«

Anna nickte, dann stellte sie die ihr wichtigste Frage: »Kanntest du meine Schwester? Mine war ihr Name. Sie hatte rotes Haar und konnte nicht sprechen. Zuletzt war sie im Wald und hat Holz gesammelt. Dort ist sie gestorben. In Westfalen war das, bei Höxter. Kanntest du sie?«

»Die Frau hat gesungen. Schön gesungen.«

»Wer hat sie umgebracht?«

»Die Frau hat gelacht. Niemand darf lachen. Lachen bedeutet den Tod.«

»Hast du sie umgebracht?« Anna wurde nervös.

»Man darf nicht lachen.«

»Wieso hat sie gelacht? Aus welchem Grund?«

»Die Frau hat etwas gesehen. Durfte das nicht sehen. Das war nicht gut. Hat darüber gelacht. Musste deshalb sterben.«

»Was hat sie gesehen?« Anna glaubte sich langsam in großer Gefahr, vorsichtig schaute sie sich um. Andreas war ihr sicherlich gefolgt und würde eingreifen, wenn etwas passierte.

»Hat gesehen, was sie nicht sehen sollte. Hat gesehen, was jeder macht, jeden Tag. Hat trotzdem darüber gelacht. Hat mit dem Finger darauf gezeigt. Hat so laut gelacht, dass auch andere Leute alles gesehen haben. Andere haben geschaut und alles gesehen. Haben gesehen, was jeder jeden Tag macht, und haben trotzdem gelacht.«

»Meine Schwester musste sterben, weil sie gesehen hat, wie du dein Geschäft verrichtest?«

Der Mann schwieg.

»Und all diese Frauen mussten sterben, weil sie gelacht haben?«

»Lachen darf man nicht. Man darf nicht lachen.«

Anna glaubte zu verstehen.

»Und dann bekommen sie eine Sanduhr. Als Warnung. Als Zeichen, dass sie sterben müssen. Stimmt das?«

Er nickte.

»Warum habe ich die Sanduhr bekommen?«, fuhr Anna fort.

»Die Frau hat gelacht.«

»Aber ich habe dich doch noch nie vorher gesehen. Wie hätte ich da lachen können?«

Wieder schwieg er.

»Worüber habe ich gelacht?«

»Die Frau hat über ein Missgeschick gelacht.«

»Was für ein Missgeschick?«

Keine Antwort.

»Wieso lebe ich noch?«

»Die Frau hatte Glück.«

»Hast du mich verschont?«

»Man hat aufgepasst. Hat auf die Frau aufgepasst.«

»Du hast auf mich aufgepasst? Warum?«

Wieder schaute er sie mit gesenktem Kopf an, und dann summte er. Es war ein unverständliches Brummen, aber dennoch erkannte Anna schließlich die Melodie von Mines Lieblingslied.

»Warum summst du dieses Lied?«

»Es ist Mamas Lied, und die Frau kennt es auch.«

Anna zog die Augenbrauen zusammen. »Und weil ich dieses Lied kenne, verfolgst du mich?«

»Ja.«

»Ich werde also nicht sterben müssen, weil du auf mich Acht gibst.«

»Man kann nicht immer aufpassen. Wer lacht, muss sterben. Muss sterben, irgendwann. Man hat den Zeitpunkt verschoben, doch man kann nicht verhindern, dass die Frau sterben muss.«

»Wann werde ich sterben?«

»Wenn die Zeit da ist.«

»Wirst du mich umbringen?«

»Man will die Frau beschützen, nicht umbringen.«

»Du hast die anderen Frauen nicht getötet.«

»Man will das nicht, will es gar nicht. Aber es muss sein.«

»Und ich darf nur wegen dieses Liedes leben?«

»Mamas Lied. Die Frau soll es singen«, wieder sah er sie mit seinem einen traurigen Auge an.

Anna wusste selbst nicht, wie ihr geschah – aber plötzlich hockte sie sich zu ihm, schaute ihn an, und dann sang sie: *»Weiß mir ein Blümlein blaue, von himmelklarem Schein, Es steht in grüner Aue und heißt Vergissnichtmein. Ich kunnt es nimmer …«*

»Was tust du da?« Es war Andreas' Stimme.

Kaum hatte sie sich nach ihm umgedreht, als sich der unheimliche Gast in Windeseile erhob und im Nu auf und davon war. Wie ein flinkes Wiesel sprang er über das Gerümpel, rempelte beim Fliehen den verdutzten Andreas an und eilte durch die Seitentür davon.

»Bist du verrückt geworden? Warum singst du diesem Irrsinnigen ein Lied vor?«

»Er war es nicht. Er hat die Frauen nicht getötet.«

Andreas schüttelte bei Annas Worten nur traurig den Kopf. »Ich werde nicht schlau aus dir, Anna Pippel. Erst behauptest du steif und fest, dass er der Mörder sei. Und dann gibt er es sogar zu, und plötzlich bist du von seiner Unschuld überzeugt.«

»Nichts hat er zugegeben, und außerdem hast du doch selbst gesagt …«

»Ich weiß«, unterbrach er sie, »aber ich habe mich getäuscht. Es ist doch eindeutig. Er hat es selbst gesagt. Ich habe euch die ganze Zeit belauscht, Anna, und er sagte, er wolle es nicht, aber er müsse es dennoch machen. Er tötet die Frauen. Glaub mir, so ist es.«

XXXI

Es verging fast eine Woche, in der Andreas mehr um Annas Leben fürchtete als sie selbst. Er war fest davon überzeugt, dass dieser Wahnsinnige zurückkommen würde, und machte sich Vorwürfe, dass er ihm nicht gleich den Schädel eingeschlagen hatte, als er krank und hilflos in ihrer Tenne lag. In seiner Gewissheit wurde er nur noch mehr bestätigt, nachdem er von Anna und auch von Mergel, welcher nun eingeweiht war, die ganze bisherige Geschichte vernommen hatte. Ganz entgegen seiner Gewohnheit hatte Mergel bei dieser Erzählung auf jegliche Ausschmückungen verzichtet und allein die nüchterne und traurige Wahrheit berichtet.

Anna machte sich nicht so viele Sorgen wie ihr Gefährte. Sie war sich zwar noch immer nicht sicher, ob der Genesene tatsächlich der Schlächter war. Sicher war sie sich jedoch in einem: *Ihr* würde dieser Mann kein Leid zufügen. Sie müsste ihn wiederfinden und erneut befragen. Denn er wusste mehr, noch viel mehr.

»Er versteckt sich in einer der Fischerhütten, der Drecksack.« Moosberger war aufgebracht. Wie ein Rasender stopfte er eine Muskete, steckte sich zusätzlich ein langes Messer in den Gürtel und verschwand dann in der Dämmerung. Anna lief hinter ihm her, wollte ihn aufhalten und schrie, dass nicht sie, sondern vielmehr er in Gefahr sei, doch er hörte nicht, sondern schickte sie mit schroffen, aber eindeutigen Worten wieder heim.

Sie kannte ihn mittlerweile recht gut und wusste, dass dieser Mann nur mit Gewalt von etwas abzubringen war, was er sich in den Kopf gesetzt hatte. Und er hatte sich nun in den Kopf gesetzt, diese Bedrohung ein für alle Mal aus der Welt zu schaffen.

Anna wartete noch eine Weile am Seeufer und beobachtete ihn, er lief von Hütte zu Hütte, riss jede Tür auf, schlug sie wieder zu und rannte weiter. Er hatte offenbar vor, den ganzen See zu umrunden. Kopfschüttelnd ging Anna zum Haus zurück. Er würde sich hoffentlich bald beruhigt haben und heimkommen.

Als sie zur Stube hineinkam, saß Mergel nicht alleine dort. Er hatte einen Gast, einen vermummten Mönch, so wie es schien. Recht arglos schwätzte der Alte auf den Kapuzenträger ein, offenbar ohne sich darum zu bekümmern, weshalb dieser sein Gesicht nicht zeigte. Es kam immer wieder vor, dass Geistliche durch die vom Krieg gebeutelten Dörfer zogen. Auch sie waren oft ohne Heim in diesen Tagen, stellten doch besonders Klöster in einem vermeintlichen Glaubenskrieg ein willkommenes Ziel für Raub und Zerstörung dar.

Anna war kaum zur Tür hereingekommen, da war der alte Mergel auch schon mitten im Gespräch eingeschlafen. Den Kopf unbequem im Nacken, saß er schnarchend auf seinem Stuhl. Dies war nicht ungewöhnlich für ihn, doch an diesem Abend war es Anna wenig willkommen.

»Nun, es ist spät, und ich denke, dass Ihr besser gehen solltet«, sagte sie zu dem Fremden und öffnete die Stubentür, um ihn hinauszubegleiten. Doch der Mann regte sich nicht.

»Wer seid Ihr? Warum versteckt Ihr Euch?«

Der Mann hob seinen Kopf und lüftete die Kapuze.

Sie hatte es geahnt: Er war zurück.

»Was willst du? Warum bist du wieder hier?«, fragte sie ruhig und mit freundlicher Stimme.

»Man will bleiben. Man kann helfen. Die Frau braucht richtige Hilfe, der neue Mann ist nicht gut für die Frau.«

»Wo ist er?« Anna wusste, dass er von Andreas sprach, und da sie auch ahnte, dass ebendieses Wesen für das Verschwinden so mancher Männer, die sich zu nahe an Anna herangewagt hatten, verantwortlich gewesen war, so befürchtete sie nun Schlimmes.

Er antwortete nicht.

»Wo ist er?«, wiederholte sie ihre Frage, diesmal in einem fast hysterischen Tonfall.

»Am See. Wird bald zurück sein.«

»Du hast ihm nichts getan?«

»Nein.«

»Aber den Bartel, den hast du verschwinden lassen, oder etwa nicht?«

»Der Zwerg ist tot.«

»Und den Kaspar, den hast du auch entführt.«

»Auf die Mütze hat er eines bekommen, und weggetragen hat man ihn. Ist wieder aufgewacht, aber nicht zurückgekehrt. Hat den Verstand verloren, sich an nichts erinnert. War keine Gefahr mehr für die Frau.«

»Er ist jetzt tot, der Kaspar.«

»Davon weiß man nichts. Viele sterben.«

Anna fragte weiter: »Der Rosenkranz meiner Schwester. Ich habe ihn noch vor Kaspars Verschwinden eines Morgens bei mir gefunden. Hast du ihn mir zugesteckt?«

»Ein Geschenk für die Frau.«

»Warst du es, der mich in den Wald verschleppt hat, als die alte Frau starb?«

»Besser die alte Frau als die junge Frau.«

»Was hatte es mit der Wahrsagerin, der blinden, in Paderborn für eine Bewandtnis?«

Anna reihte eine Erinnerung an die nächste, sie wollte die

Zeit nutzen, bis Andreas zurückkam. Jedes noch so kleine Rätsel sollte gelöst, alle offenen Fragen sollten beantwortet werden.

»Man hat sie geschickt, um zu warnen.«

»Und die Wegelagerer, die eines Tages tot vor unserer Herbergstür lagen, nachdem sie uns verfolgt hatten?«

»Wollten die Frau und ihre Begleiter töten.«

»Hast du auch Mergels Bein abgeschnitten?«

»Der alte Mann wäre gestorben. Hätte die Frau nicht weiter begleiten können.«

»Die Wölfe im Wald – du hast sie verjagt?«

»Ein Feuerwerk, jahaaa«, und er lachte laut, all seine kleinen spitzen Zähnchen zeigend, »jahaa, ein Feuerwerk war es.«

»Und der Hund? Der schwarze Hund.«

»Man hat ihn der Frau zurückgebracht.«

»Wer war der Prophet bei Ellwangen? Der weiße Mann?«

»Einen weißen Mann kennt man nicht.«

Anna war nicht zufrieden mit dieser Antwort.

»Er hat mich vor dem Teufel gewarnt. Er wusste über alles Bescheid.«

»Einen weißen Mann kennt man nicht.«

»Den Zwerg Bartel hast du verschwinden lassen, und die kroatischen Reiter hast du aufgeknüpft.«

»Das war nicht schwer.«

»Hast du auch den Hund getötet?«

»Nein!« Er schrie so laut, dass der schlafende Mergel zusammenzuckte und seinen Kopf aus dem Nacken auf die Brust fallen ließ, um dann weiterzuschlafen.

Der Fremde sprach wieder mit ruhiger Stimme: »War ein guter Hund. Ein treuer Hund. Man hat ihn gerächt.«

»Dann war da also noch jemand. Ein anderer, ein zweiter Mann. Und der hat den Hund erschossen.«

»Man hat den Hund gerächt.«

»Wer war das, dieser Zweite? Du hast ihn getötet?«

»Man hat den Hund gerächt.«

»Weshalb willst du nicht über ihn reden? Kennst du diesen Mann? Ist er der Mörder meiner Schwester? Ist er es, der auch mich umbringen will? Verteilt er die Sanduhren?«

»Die Frau muss vorsichtig sein.«

»Was meinst du damit?«

»Die Frau muss Acht geben. Bald ist es wieder so weit.«

»Wer ist dieser andere Schatten?«

»Man muss jetzt gehen. Man kommt wieder. Wird auf die Frau aufpassen.«

»Wer ist der Mörder? Kennst du ihn? Hilfst du ihm? Wo ist er?«

Anna fragte sich in Rage und respektierte nicht, dass der Gast sich längst bereit machte zu gehen. Fast mit Gewalt versperrte sie ihm den Weg, schloss die Stubentür wieder und redete auf ihn ein.

»Hast du auch etwas mit diesen anderen, diesen kleinen Hunden zu tun?«

»Die Hunde sind immer da, wenn eine Frau stirbt.«

»Weshalb sind sie immer da?«

»Das weiß man nicht.«

»Du bist es nicht, der die Frauen tötet, oder?«

»Die Frauen haben gelacht und mussten sterben.«

»Wer hat sie umgebracht? Du weißt es doch. Weshalb willst du es mir nicht sagen?«

»Man geht jetzt.«

Und mit einem unsanften Stoß wurde Anna zur Seite befördert, sodass sie gerade noch das Gleichgewicht halten konnte und nicht zu Boden stürzte. Dann war er fort, wieder einmal fort, dieses mysteriöse Wesen, von dem Anna nun eines wusste: Er hatte sicherlich mehrere Seelen auf dem Gewissen. Doch ihre Schwester und all die anderen Frauen, die mit durchtrennten Kehlen an Bäumen oder Balken hingen – für diese Toten war er nicht verantwortlich.

Aber warum sagte er nicht, wer der wirkliche Mörder war? Wieso nicht? Er beschützte Anna, aber er schützte auch diesen anderen, diesen wahren Täter. Warum?

Sie müsste sich später den Kopf darüber zerbrechen. Nun lud sie lieber eine Waffe und lief hinaus zum See, um Andreas zu holen. Sie fürchtete, dass dieser unheimliche Verfolger seine Mission, sie zu beschützen, zu ernst nahm. Nach wenigen hundert Schritten kam er ihr entgegen. Völlig erschöpft und außer Atem sagte er nur: »Hab ihn nicht gefunden.«

Anna umarmte ihn, strich ihm durchs verschwitzte Haar und gab ihm einen Kuss. Dann sagte sie: »Komm, wir gehen heim.«

Von dem Besuch erwähnte sie nichts.

Der Sommer des Jahres 1634 verging, ohne dass sich etwas ereignet hätte, was – außerhalb von Seuchen, Hunger, Spaniern und Schweden – für Aufsehen gesorgt hätte.

Der Krieg blieb unermüdlich. Hans Mergel, immer gut informiert über den Stand der Dinge, über Handeln und Unterlassen der Mächtigen, war sich sicher, dass dieses Schlachten und Bekriegen immerfort andauern würde.

»Da gibt keiner auf, denn niemand gönnt dem anderen auch nur das Schwarze unter dem Fingernagel. Ihr müsst euch das so vorstellen, meine Lieben: Das ist wie ein Rad, das man eine Zeitlang an einem Stöckchen vor sich hergestoßen hat. Ein nettes Kinderspiel, welches man so lange spielt, bis es einem langweilig wird. Doch dann kommen immer mehr Kinder, alle haben sie ein Stöckchen, alle wollen sie am gleichen Rad drehen, und schon bricht das Chaos aus.

Und dann, stellt euch vor, kommt auch noch ein Berg, ein Berg, der in ein tiefes Tal führt, und das Rad ist gar nicht mehr aufzuhalten, es läuft und läuft, läuft ganz von allein, und alle Kinder laufen hinterher. Erst lachen sie noch, dass das Rad so wunderbar den Berg hinabrollt, ganz ohne ihr Zutun, dann fallen die Ersten auf die Nase, weil sie nicht mehr Schritt halten können. Und die anderen laufen weiter mit, laufen und laufen hinter dem Rad her, laufen stundenlang, tagelang, monatelang, ja jahrelang, immer weiter den Berg hinunter. Und dann vergessen sie ganz, woher sie eigentlich kommen, vergessen ganz, dass sie doch eigentlich nach Hause gehen sollten. Sie laufen einfach, und das Rad rollt und rollt – bis in die Hölle.

So ist das mit dem Krieg und den Mächtigen, wie mit einem Rad und den Kindern. Wie mit einem Spielzeug, über das sie längst die Macht verloren haben, von dem sie aber trotzdem nicht lassen können, weil sie immer weiterspielen wollen, immer weiter, immer weiter, ohne überhaupt zu wissen, weshalb sie spielen, denn Spaß macht ihnen dieses Spiel schon lange nicht mehr.«

Anna kannte diese Erzählungen und Vergleiche des Alten schon zu Genüge, sie liebte ihn für diese Geschichten, aber wirklich interessant fand sie sie noch immer nicht. Andreas hingegen war fasziniert von der Klugheit und Weitsicht dieses einfachen Mannes. Ja, der Alte hatte begriffen, und auch er hatte begreifen müssen. War doch auch er, Andreas Moosberger, eines dieser Kinder gewesen, die vergeblich hinter dem Rad hergelaufen waren. Er war gestürzt und liegen geblieben. Und damit schien er sogar Glück gehabt zu haben.

Dem großen Wallenstein war es anders ergangen. Auch er war längst – bereits im Februar des Jahres – von den anderen umgestoßen und aus dem Spiel geworfen worden. Kurz: Man hatte ihn ermordet, den unliebsamen Emporkömmling beseitigt, weil man ihn beschuldigte, ein Bündnis mit den Schweden eingehen zu wollen.

Und die Schweden waren weiterhin im Land. Es kümmerte sie nicht, so sehr sie ihn auch geliebt hatten, dass ihr großer König Gustav Adolf gefallen war. Sie blieben.

Erst im September 1634, nachdem es bei der Stadt Nördlingen – welche auch Anna bereits kennengelernt hatte – zu einer großen Schlacht gekommen war, aus welcher die Kaiserlichen als Sieger hervorgegangen waren, begann sich das Blatt zu wenden. Zumindest hoffte man das. Man hoffte in Bayern, dass nun die Schweden endlich abziehen würden und der Krieg damit, zumindest in diesem Teil des Reiches, ein Ende finden würde.

Etwa zur gleichen Zeit geschah es, dass sich ein kaiserliches Heer unter Aldringen wieder auf den Weg durch Bayern machte, um sich mit spanischen Truppen zu vereinigen, die, über die Alpen kommend, ihren Weg nach Deutschland nahmen.

Anna erfuhr in der Nacht vor der Ankunft des Heeres, dessen Tross ihr und Mergel nur allzu vertraut war, von dem Durchmarsch. Der seltsame Gast, der beschützende und dennoch unheimliche Schatten, stand plötzlich vor Annas Lager und warnte sie.

»Die Frau muss sich hüten«, flüsterte er der schlafenden Anna ins Ohr. Sie erwachte nicht sofort, sondern flocht diese Worte des Mannes in einen Traum ein, den sie gerade träumte, einen Traum von Frieden und Glück.

»Die Frau muss sich hüten.« Anna öffnete ihre Augen und erschrak.

»Was willst du?«, wollte sie den Eindringling anschreien. Doch der hielt ihr den Mund zu, damit Andreas, welcher friedlich neben ihr schlummerte, nicht aufgeweckt würde.

»Die Frau muss sich hüten. Bald ist die Zeit gekommen, dann wird die Frau bestraft werden. Dann muss sie sterben, weil sie gelacht hat.«

Stocksteif stand er dort und teilte ihr in seiner seltsamen Aussprache diese schreckliche Nachricht mit.

»Wer wird mich umbringen, wer?«

»Man wird die Frau vielleicht nicht mehr beschützen können. Lange wird man das nicht mehr können.«

»Wer will mich töten? Sag es mir!«

»Der, über den die Frau gelacht hat.«

»Ich habe über niemanden gelacht. Zumindest kann ich mich nicht mehr erinnern. Hilf mir, sag mir, was ich falsch gemacht habe.«

Andreas räkelte sich, brummelte nur kurz »Ruhe!«, drehte sich um und schlief weiter. Anna erhob sich, schob den Einbrecher zur Tür hinaus und ging mit ihm in die Stube. Dort beantwortete er, immer noch flüsternd, ihre Frage: »Die Frau hat gelacht, das hat sie falsch gemacht, und deshalb muss sie sich hüten.«

»Hast du ihn denn nicht längst erschlagen?«

»Geschlagen, aber nicht erschlagen. Das kann man nicht, man kann ihn nicht erschlagen.«

»Weshalb nicht?«

»Weil man ohne ihn allein ist. Weil man ohne ihn nicht weiß, wohin man gehen soll.«

»Aber du bist doch hier, bei mir. Du verfolgst doch mich die ganze Zeit. Ist er denn etwa auch ständig dabei?«

»Er ist nicht immer da.«

»Was bindet dich an ihn?«

»Er weiß es. Er weiß, dass man existiert. Er ist gut. Solange man nicht lacht, ist er gut. Aber man lacht nicht über ihn, lacht niemals über ihn. Er hat einen gerettet. Gerettet vor dem Feuer. Dem Feuer, das Mama verbrannt hat. Und all die anderen in den vielen Wagen.«

Anna runzelte die Stirn. Irgendetwas kam ihr an dieser Geschichte bekannt vor. Doch sie konnte sich beim besten Willen nicht erinnern. Wo hatte sie davon gehört? Sie würde später darüber nachdenken.

»Und nun kommt er wieder?«
»Die Soldaten kommen zurück. Und auch er ist dabei.«
»Ist er auch ein Soldat?«
»Nein.«
»Wie heißt er?«
»Man kennt seinen Namen nicht.«
»Was tut er dir Gutes, dass du ihn nicht töten kannst?«
»Er bringt Bücher, er bringt manchmal Essen, er lacht nicht über einen, und man lacht nicht über ihn.«
»Das ist alles?«
»Alles.«
»Und was tust du ihm Gutes?«
»Man besorgt die kleinen Hunde.«
»Jedes Mal?«
»Nein, nur wenn er einen fragt. Nur wenn man gerade in der Nähe ist.«
»Hat er dich jetzt wieder gefragt?«
»Nein. Aber er wird kommen, weil die Soldaten kommen. Und er wird die Frau bestrafen wollen. Man hat ihn davon abgehalten, das hat ihn wütend gemacht. Wütend ist nicht gut. Vergessen wird er nie.«
»Dann muss man ihn töten. Töte ihn, bevor er mich umbringt.« Anna wusste, dass sie sehr weit ging, wenn sie das von diesem unberechenbaren Menschen verlangte.
»Man wird ihn nicht umbringen. Man wird versuchen, die Frau zu beschützen.«
»Wann ist er hier?«
»Die Frau kann weiterschlafen. Er ist erst morgen hier.«
»Danke.«
Und dann ging er.

Es war nicht gleich am nächsten, sondern am übernächsten Tag, dass Anna von »seiner« Ankunft erfuhr. Sie musste sich nicht lange umhören, denn er machte mehr als deutlich auf sich aufmerksam.

Ingrid Björnsen war die Frau eines schwedischen Soldaten. Zusammen hatten sie sich, nachdem ihr Mann im Krieg beide Arme verloren hatte, in dem bayerischen Dorf niedergelassen. Sie wurden geduldet, weil sie ruhige und friedliebende Menschen waren. Ihr Mann, Harald, war im Juli an der Pest gestorben, ebenso drei ihrer Kinder. Allein der älteste Sohn war Ingrid geblieben, und dieser hatte seine Mutter dann auch gefunden. Sie hing an einem Kirschbaum, die Kehle durchtrennt, mit einem Hündchen an ihren Fuß gebunden.

Annegret Birchler war eine der Letzten, die aus der ursprünglichen Dorfgemeinschaft übrig geblieben waren. Sie war eine etwa sechzigjährige Frau, von der es hieß, man habe sie als Kind zu heiß gebadet. Gretel ging, ob es regnete, schneite oder die Sonne vom Himmel schien, immer barfüßig und Selbstgespräche führend durch den Ort. Sie störte sich an nichts und niemandem, und niemand störte sich an ihr. Nicht einmal die Plünderer und Marodeure hatten der kauzigen Alten je ein Leid zugefügt.

Nun war das anders. Die Birchler Gretel fand man auf dem ausgebrannten Dachboden eines Bauernhauses in luftiger Höhe, an dem einzig verbliebenen, rußgeschwärzten Balken hängend auch sie mit durchtrenntem Hals und einem ebenfalls strangulierten Hündchen an ihren Füßen.

Kassandra war ein Zigeunermädchen, erst vierzehn Jahre alt. Doch ihr Alter sah man ihr nicht an. Ihre Eltern und die gesamte Sippschaft hatte man der Menschenfresserei beschuldigt, sie waren gejagt und getötet worden. Ein schreckliches Schauspiel, welches sich im August zugetragen hatte. Dem Mädchen hingegen hatte man kein Haar gekrümmt. Sie lebte nun am See in einer alten Fischerhütte und empfing dort Besuch von verschiedenen Männern der Umgebung. Einer dieser Männer entdeckte sie dann auch: Man hatte sie am Knauf ihrer Tür erhängt und auch ihr die Kehle durchtrennt. Das Hündchen an ihrem Fuß war schneeweiß und wimmerte.

Trine Helmer und Vera Krummbein waren zwei Trosshuren, die keine Lust mehr gehabt hatten, ihrer Bagage zu folgen. Sie stammten aus einem der vielen kaiserlichen Heere, die in der letzten Zeit das Land durchquert hatten. Beide waren sie zu alt und zu hässlich geworden, um erfolgreich ihrem Gewerbe nachzugehen. Und auch hier im Dorf wollte niemand etwas von ihnen wissen. Man mied die »dreckigen Luder«, und so war es auch ein Zufall, dass man sie noch am Tage ihrer Ermordung fand. Sie hingen im Hinterhof der kleinen Kate, in der sie hausten, an einem Giebel, der ursprünglich zum Ziegenstall gehört hatte. Auch sie beide mit zerschnittenem Hals und jeweils einem Hundekind an den nackten Füßen.

Fünf an nur einem Tag. Davon erfuhr das ganze Dorf und natürlich auch Anna, Andreas und Hans Mergel. Sie waren erschüttert. Denn während man im Dorfe die Schuld bei verschiedenen Marodeuren suchte, wussten die drei nur allzu gut, wessen Handschrift diese Taten trugen.

»Ich werde hier alles Mannsvolk zusammenrufen und die Sau suchen gehen. Du, Hans, gehst zum Tross und trommelst auch dort eine Armee zusammen. Die müssen doch langsam selbst genug von diesen unglaublichen Schelmenstücken haben.« Andreas war endgültig entschlossen zu handeln. »Und Anna werde ich jetzt umgehend von hier fortbringen. Ich kenne da in Augsburg eine Dame, bei der du gut aufgehoben bist. Wenn wir uns beeilen und uns vom Leitner Josef zwei Pferde borgen, bin ich vielleicht morgen wieder zurück, und wir können damit beginnen, dem Spuk ein für alle Mal ein Ende zu bereiten.«

Anna war nicht begeistert von dieser Idee.

»Er ist es nicht, glaub mir doch endlich. Da ist ein Zweiter.

Und dieser Zweite ist der Mörder. Nicht er, nicht der Einäugige.« Und Anna erzählte von den weiteren Besuchen ihres ungebetenen Helfers.

Andreas war aufgebracht, schimpfte sie lautstark aus, hielt ihr vor, sie hintergehe ihn, sei lebensmüde und unaufrichtig. Dann befahl er ihr, ihre Sachen zu packen und mit ihm nach Augsburg zu gehen.

Doch Anna weigerte sich. »Macht ihr, was ihr wollt. Ich bleibe. Ich bin der Köder, und ohne mich werdet ihr ihn nie finden.«

Andreas schaute sie nur kurz an und lächelte bitter. Dann packte er sie, trug sie zur Tür hinaus und zerrte die sich Wehrende die Dorfstraße hinunter. Mergel stand in der Tür und sah den beiden nach, bis sie hinter einer Wegbiegung verschwanden.

XXXII

Gustl Greitner war eine Hure, da war sich Anna sicher. Freundlich zwar und durchaus warmherzig, aber eine Hure. Und ihr Andreas kannte diese Frau. Sicherlich kannte er sie sogar gut.

In eine Kammer von Gustl Greitners Freudenhaus hatte Andreas sie gesperrt. Hatte Türen und Fenster verriegelt, und dann war er gegangen. Doch Anna würde nicht hierbleiben. Sie verstanden nicht, sie verstanden einfach nicht. Er hatte sie bisher immer gefunden, und er würde sie auch hier in Augsburg finden. Den weiten Weg hatte Andreas umsonst gemacht.

»Ich habe eine warme Suppe für dich, Anna. Darf ich reinkommen?«

Es war Gustl Greitners Stimme. Anna hörte, wie von außen der Riegel aufgeschoben wurde, und schnell schlich sie zur Tür. Als diese sich langsam öffnete, riss Anna sie von innen mit einem gewaltsamen Ruck ganz auf, sodass ihre Gastgeberin mitsamt dem Suppenteller in die Kammer stürzte und zu Boden fiel. Anna nutzte den Moment und stürmte davon.

Auf der Holzstiege brachte sie noch einen betrunkenen Landsknecht zu Fall, der ihr lallend eine üble Beschimpfung hinterherschickte. Unten in der Gaststube musste sie sich erst durch eine Gruppe weiterer Soldaten kämpfen, von denen einer Anna um die Taille fasste und sie an sich zog. Eine schallende Ohrfeige reichte aus, um sich zu befreien, und dann stand sie endlich auf der Straße.

Der Abend des folgenden Tages war bereits angebrochen, als Anna in ihrem Dorf ankam. Es war dunkel, aber noch keine Schlafenszeit. Dennoch war es gespenstisch ruhig. Der ganze Ort schien verlassen – kein Licht, kein Rumoren, völlige Stille. Offenbar hatte Andreas seine Ankündigung wahrgemacht und eine ganze Landwehr gegen den Frauenmörder zusammengestellt. Und nun trieb sich die Truppe irgendwo in den Wäldern herum, das Trugbild jagend, während Frauen und Kinder in ihren Verstecken saßen.

Anna schüttelte den Kopf und ging zum Gramshuber-Haus. Vielleicht würde der Einäugige dort auf sie warten und ihr verraten, was der Mörder als Nächstes im Schilde führte. Vorsichtig betrat sie den Hof. Es war düster und leise. Ihr wurde flau im Magen, und als plötzlich eine der Ziegen meckerte, wäre ihr beinahe das Herz stehengeblieben. Gerade hatte Anna sich wieder gefangen und atmete erleichtert aus, als sie etwas bemerkte.

Da stand jemand. Die schwarze Silhouette eines Mannes. Mitten auf dem Hof stand er und schaute in ihre Richtung. Anna blieb stehen, ihr Mund wurde ganz trocken, ihre Hände schweißnass. Angestrengt versuchte sie in der Dunkelheit auszumachen, ob es vielleicht ihr Beschützer sei.

Er war es nicht. Ganz sicher war er es nicht. Seine ganze Statur war anders. Nein, er konnte es nicht sein.

Jetzt kam er langsam auf sie zu. Und Anna rannte los. Sie rannte zum See.

Doch er war schnell, unglaublich schnell. Im Nu hielt er sie am Arm. Riss sie nach hinten, umfasste mit seinen langen Fingern ihren Hals. Anna gelang es, sich zu wehren, ihn zu treten, ihn zu beißen. Und tatsächlich ließ er sie los. Sie sprang ins Wasser. Schwamm fort. Der Schatten blieb am Ufer.

Offenbar konnte er nicht schwimmen. Anna hingegen hatte es als Kind gelernt – nachdem ihr älterer Bruder so jämmerlich ertrunken war, hatte sie es sich, zusammen mit ihren Geschwistern, selbst beigebracht. Doch Ausdauer und Übung hatte sie keine. Wie ein Spatz, der in einer Pfütze badete, planschte sie, unbeholfen mit den Armen rudernd, im Wasser. Längst hatte sie den Boden unter den Füßen verloren, war weit vom Ufer entfernt, doch sie konnte ihn noch sehen.

Er behielt sie im Auge, wartete, dass sie zurückkam, dass sie sich vor dem Ertrinken rettete und freiwillig das Land aufsuchte. Doch Anna wollte lieber ersaufen, als wehrlos und erschöpft in die Fänge dieses Monstrums zu geraten. Kaum vorwärtskommend, immer auf der Stelle paddelnd und ihren Peiniger im Auge behaltend, blieb sie im Wasser. Vielleicht geschah ein Wunder.

Doch das Einzige, was geschah, war, dass der Schatten sich eines der Fischerboote suchte und sich daranmachte, auf ebendiesem Gefährt zu Anna zu gelangen. Glücklicherweise lief das erste schnell voll Wasser und zwang den Verfolger zurück zum Ufer.

Er brachte ein zweites Boot herbei und wollte es ins Wasser setzen. Anna machte sich verzweifelt auf den Weg, um weit genug vom Ufer fortzukommen. Doch das brauchte sie nicht. Denn als der Schatten gerade das Boot ins Wasser hievte, erhielt er einen Schlag auf den Hinterkopf.

Da war er endlich. Wieder hatte er ihr geholfen. Erschöpft schwamm Anna zurück zum Ufer.

XXXIII

Keuchend und Wasser speiend kniete Anna am Ufer. Es brauchte einige Zeit, bis sie sich einigermaßen erholt hatte. Ihr Retter stand vor ihr und schaute ihr dabei zu, wie sie gegen Übelkeit und Überanstrengung ankämpfte.

Er sagte nichts, er wartete einfach. Hinter ihm, nur wenige Schritte von Anna entfernt, lag er, der Schatten. Der Mann, den Anna schon so lange suchte, der Mann, der auch Anna schon so lange gesucht hatte.

Immer noch röchelnd, mit einem unangenehmen Geschmack von Blut und schmutzigem Wasser im Hals, richtete sie sich auf und ging zu dem wie tot daliegenden Menschen, in dessen Gesicht sie nun endlich blicken wollte.

Als sie ihn im Schein des Halbmondes erkannte, nickte sie nur stumm. Er war es also. Seltsamerweise überraschte es sie nicht. Sie hätte es sich denken können.

»Danke, dass du mir geholfen hast. Sonst wäre ich sicherlich ertrunken. Kann nicht besonders gut schwimmen. Ist er tot?«

»Ist nicht tot. Wird bald wieder aufwachen. Wird die Frau dann umbringen wollen.«

»Ja.« Anna schaute den Besinnungslosen weiterhin an und überlegte, welche Beleidigung sie ihm entgegengebracht hatte, dass er sie derartig penetrant verfolgte. Was war es gewesen, das er nicht auf sich beruhen lassen konnte? Was hatte seine Ehre so sehr gekränkt, dass er sich dafür rächen musste? Wann – ja, wann hatte sie über ihn gelacht?

Sie war ihm immer aus dem Weg gegangen. Hatte seine Gegenwart tunlichst vermieden. Hatte es als unangenehm empfunden, mit ihm sprechen zu müssen. Niemals, nein wirklich niemals, hatte sie ihn ausgelacht.

Und dann fiel es ihr ein. Sie hatte über ihn gelacht. Ein einziges Mal hatte sie es getan, nur ein Mal. Er war hinter ihr hergelaufen, hatte sie aufhalten wollen, als sie das Lager verließ, hatte mit ihr sprechen wollen und war dann in Pferdedung ausgerutscht.

Ja, damals hatte sie über Pastor Bracht gelacht. Sie hatte gelacht, weil es tatsächlich komisch aussah, was da passiert war, sie hatte auch gelacht, weil sie erleichtert war, dass sie so um ein Gespräch mit ihm herumgekommen war, und vielleicht hatte sie auch ein wenig aus Verlegenheit gelacht. Sie hatte gelacht, und er war aufgestanden und weggerannt. Es war ihm peinlich gewesen. Ja, schrecklich peinlich war es ihm gewesen.

Doch Anna hatte nicht wissen können, dass der Pastor Peinlichkeiten so streng ahndete, dass er so gnadenlos all diejenigen verfolgte, die ihn in seiner Würde antasteten, und dass er schlicht keinen Spaß verstand.

Und auch ihre Schwester Mine hatte also gelacht. Sie hatte gelacht, wenn Anna die Aussagen ihres Helfers richtig auslegte, weil sie den Pastor bei einem Geschäft erwischt hatte, bei dem ertappt zu werden ihm ebenfalls unangenehm war – trotz der großen Natürlichkeit des Vorgangs. Das war alles: Mine hatte sterben müssen, weil sie ihn beim Abtreten beobachtet hatte. So schlicht war die entsetzliche Wahrheit.

Und all die anderen Frauen, was hatten sie getan? Worüber hatten zum Beispiel die Prostituierten gelacht, die nahezu monatlich tot aufgefunden wurden? Worüber hatte die alte Frau gelacht, der Anna im Wald begegnet war und deren Leiche sie dann zusammen mit Liese fortschaffen wollte? Worüber hatte die Rosi gelacht und worüber die weiteren fünf Toten aus dem

Dorf? Sie alle mussten über Bracht gelacht haben. Aus nichtigen Gründen wahrscheinlich, aber ihm hatte es missfallen.

Anna wollte, dass er aufwachte, wollte ihn befragen, wollte wissen, warum er die Frauen so schrecklich strafte, weshalb er ihnen eine kleine Unhöflichkeit nicht einfach nachsah, sondern ihnen dafür das Leben nahm. Ja, sie so vehement verfolgte, wie er Anna verfolgt hatte.

»Wann wird er aufwachen?«

»Man muss Wasser über das Gesicht schütten.«

Auch dieser Mann blieb ihr weiterhin ein Rätsel. Was trieb ihn, in der Nähe des Mörders zu bleiben und sein Handlanger zu sein? Er war informiert über nahezu jede einzelne Tat, die Bracht begangen hatte. Er hatte ihm die Hunde beschafft, die er seinen armen Opfern an die toten Füße band. Er hatte gewusst, aus welchem Grunde Mine hatte sterben müssen. Er hatte all das gesehen oder mit Bracht über all das gesprochen. Warum?

»Wirst du ihn töten, wenn er aufwacht?«, wollte Anna wissen.

»Man wird ihn nicht töten.«

»Weshalb nicht? Er ist ein Mörder.«

»Alle sind Mörder.«

»Aber er hat unschuldige Frauen getötet.«

»Andere töten unschuldige Frauen und unschuldige Kinder. Er tötet schuldige Frauen.«

»Und du schaust dabei zu.«

»Man schaut zu, man schaut nicht zu. Manchmal ist man nicht da, wenn es passiert. Ist man da, dann schaut man zu.«

»Macht dir das Freude, dabei zuzusehen?«

»Man kann nichts ändern. Manchmal macht es Freude, manchmal hat man Mitleid.«

»Wieso kannst du nichts daran ändern? Du hättest ihn längst ausliefern können. Stark genug bist du dazu.«

»Es soll so sein.«

Anna nickte. Sie verstand zwar nicht, aber sie nickte. Er war verrückt, keine Frage, und ihr zweifelhaftes Glück war, dass er glaubte, es sei seine Aufgabe, sie zu beschützen. So wie es Brachts Aufgabe war, sie durch ganz Deutschland hindurch zu verfolgen, um sie dafür zu bestrafen, dass er in Pferdekot gefallen war.

Sie suchte sich einen alten Eimer und ein Seil, von denen in einer nahen Fischerhütte genügend herumlagen. Sie band das Seil fest um Hände und Füße des Bewusstlosen, dann füllte sie den Eimer mit Wasser und schüttete den kalten Inhalt über Brachts Gesicht. Dieser erwachte tatsächlich, versuchte sich trotz der Fesseln aufzurichten, saß schließlich eine Weile wie benebelt da und erkannte dann Anna, die kerzengerade und mit versteinerter Miene vor ihm stand.

»Ihr seid es also, Pastor Bracht.«

»Anna Pippel – hat Euer Helfer Euch ein weiteres Mal das Leben gerettet? Ah, da bist du ja, Pippin. Hast dich einmal wieder erdreistet, mir eines über den Schädel zu geben. Das ist eine Unart von dir! Eine Unart, wenn du bedenkst, was ich alles für dich getan habe.«

»Er hat vieles getan. Aber man will nicht, dass er die Frau tötet.«

»Aber Pippin, das kannst du nicht von mir verlangen.«

»Man weiß, dass man ihn nicht aufhalten kann.«

»Das ist gut, dass du das weißt. Wo hast du den Hund, Pippin? Du hast mir doch versprochen, einen Hund zu besorgen.«

»Kein Hund da.«

»Ach, Pippin, das glaube ich dir nicht. Wo ist er?«

»Kein Hund da.«

»Na, wenn das so ist, dann spring schnell ins Dorf und hol mir einen. Irgendwo wird es schon noch eine junge Töle auftreiben geben.«

Erstaunt verfolgte Anna das Gespräch der beiden. Bracht hatte nun tatsächlich vor, sein Vorhaben mit ihr zu vollenden.

»Einen Teufel wird Pippin tun, und auch Ihr, Bracht, werdet bleiben, wo Ihr seid.«

»Solche Töne von Euch? Von der scheuen Anna Pippel? Na, wer hätte das gedacht. Ihr klingt ja nahezu wie Eure Freundin. Wie die alte Hexe Kroll!«

Das war nicht mehr der charmante und eloquente Pastor Bracht, den sie kannte. Es war nicht mehr der förmliche und höfliche Hirte, der mit sanfter und verständnisvoller Stimme zu seinen Schäfchen sprach. Hier saß ein Teufel, und er sprach auch wie ein Teufel. Doch er sah aus wie Bracht, trug dessen Kleidung, hatte dessen Gesichtszüge, dessen Statur – allein seine Stimme wollte wahrlich nicht zu ihm passen, seine düstere, bedrohliche Stimme. Und auch seine Worte waren plötzlich alles andere als erlesen und vornehm.

Anna begann mit ihren Fragen: »Warum tut Ihr solch scheußliche Dinge, Pastor Bracht?«

»Weshalb sollte ich das ausgerechnet dir erzählen?« Er lachte laut.

»Ihr müsst mir nicht antworten. Dann gehe ich gleich ins Dorf und hole Hilfe. Die Leute sind wütend auf Euch, sehr wütend.«

»Pippin wird mir helfen.«

»Das glaube ich kaum. Wirst du ihm helfen, Pippin?«

»Man wird tun, was die Frau sagt.«

»Seht Ihr, Bracht, er wird tun, was die Frau sagt.« Anna nahm sich ein Herz. Sie hatte einen Plan, wie sie diese Bestie aus der Reserve locken würde. »Was haben die Frauen gemacht? Warum haben sie über Euch gelacht? Sie haben es doch nicht etwa alle lustig gefunden, wie Ihr hinter einem Busch Euer Geschäft verrichtet oder in Pferdedung ausrutscht. Was ließ die vielen Trosshuren über Euch kichern? Was habt Ihr zu verbergen, Pastor Bracht, für das Ihr Euch schämt? Hat es etwa was mit Eurer Männlichkeit zu tun? Ist das der Grund? Könnt Ihr nicht, wie Ihr wollt? Habt Ihr nicht, was man von Euch erwartet?«

»Halt's Maul, du Hure!«, schrie Bracht wie von Sinnen.

Anna lächelte. Sie war auf dem richtigen Weg. Bracht war außer sich und würde gleich alles herausschreien, alles verraten, was sie wissen wollte, das spürte sie. Pippin saß derweil auf einem Stein, den Kopf in die Hände gestützt, und döste vor sich hin. Es schien ihn nicht zu interessieren, was Anna da mit dem Mörder anstellte.

»Ich halte mein Maul nicht, damit Ihr es wisst. Und jetzt sagt mir, warum all die Frauen sterben mussten!«

»Weil sie dumm waren, dumm und widerwärtig. So wie alle Frauen dumm und widerwärtig sind. Gackernde, blöde Hühner, das seid ihr, das seid ihr alle. Ihr verdient es nicht, mein Mitleid. Ihr verdient es nicht. Und doch bin ich immer wieder, immer wieder so gut und schenke es euch. Gebe euch Hinweise, warne euch, aber ihr begreift nicht. Auch du, Anna Pippel, hast nie begriffen. Da musste erst dieser Schwachsinnige dort drüben kommen, um dich vor mir zu retten. Eine Missgeburt, eine hirnlose Missgeburt musste kommen, um dich zu beschützen. Da kann man sehen, wie dumm ihr seid, ihr Frauen.«

»Offenbar hat diese Missgeburt es auch geschafft, Euch, den gescheiten Pastor Bracht, davon abzuhalten, mich zu töten. Also redet nicht so klug daher.«

»Du hältst dich wohl für ganz besonders pfiffig? Nichts weißt du, gar nichts. Wüsstest du alles, dann würdest du nicht so blöde schwätzen.«

»Was weiß ich nicht? Erzählt es mir.«

»Du weißt nicht, was sie mir angetan haben. Nein, das weißt du nicht. Du weißt nicht, wie es ist, immer und immer wieder gedemütigt zu werden, ausgelacht. Von dummen Weibern, von Weibern, die dir nicht das Wasser reichen können. Die so dumm sind, dass du dich selbst für ihre Dummheit zu schämen beginnst. Und trotzdem musst du es dir gefallen lassen, immer und immer wieder. Musst ihre Fratzen anschauen, musst diese Fratzen sogar lieben, weil sie deiner Mutter und deiner Schwester gehören. Musst sie lieben, weil der Herrgott das von dir verlangt. Aber eigentlich hasst du sie, du hasst sie, ärger als die Pest. Du wünscht ihnen nichts mehr als einen qualvollen Tod. Und trotzdem musst du sie lieben. Du kämpfst gegen deinen Hass, du hasst dich selbst für diesen Hass. Du tust dir weh, um nicht zu hassen. Und sie tun dir weh, weil sie dumm sind. Sie sind dumm und deshalb grausam. Dumm und grausam.«

»Was haben Euch Eure Mutter und Eure Schwester angetan, Pastor Bracht?«

»Was sie mir angetan haben? Das geht dich nichts an. Es geht dich nichts an! Es reicht, wenn ich dir sage, dass sie mich gedemütigt haben, gedemütigt und ausgelacht. Ausgelacht, ganz gleich, was ich getan und gesagt habe. Immerzu haben sie nur gelacht.«

Bracht war nun vollkommen von Sinnen. Mit wildem Blick kreischte er seine Worte förmlich heraus. Anna war es fast unheimlich, aber dennoch bohrte sie weiter.

»Und Euer Vater, was hat der dazu gesagt?«

»Tot war er. Schon lange tot. Es gab nur die beiden und mich.«

»Und dann, was geschah dann mit Euch? Seid Ihr fort von daheim?«

»Ich war ein Kind. Wohin sollte ich? Ich kannte nichts anderes. Ich wusste nicht, ob es üblich war, solchen Torturen ausgesetzt zu sein. Ich ertrug es, aber mein Hass und mein Ekel, die wuchsen. Wuchsen und wuchsen. Mit nur zwölf Jahren begann ich zu trinken. Ging in Spelunken und besoff mich. Ja, ich stahl Geld aus dem Klingelbeutel in der Kirche und besoff mich. Und dann, eines Tages, da lernte ich in einer dieser Spelunken zwei

Gauner kennen. Das waren ganz gemeine Strauchdiebe, und das bemerkte ich sofort.

Sie sprachen mit mir, horchten mich aus, wollten wissen, wo ich wohne. Ich sagte ihnen alles, erzählte ihnen, dass ich keinen Vater hätte, dass ich mit Mutter und Schwester allein lebte, dass unser Haus außerhalb des Ortes läge und wir immer sehr allein wären. Ich erzählte auch davon, wie geizig meine Mutter war, wie wenig Geld und Essen sie mir gab, ja, dass sie ihr ganzes Geld unter ihrem Kopfkissen aufbewahrte und sicherlich noch weitere Schätze im Hause versteckte, von denen ich nichts wüsste.

All das erzählte ich ihnen. Und sie dachten, ich erzählte es, weil ich ein dummer Junge war. Nein, das war ich nicht. Ich erzählte es, weil ich genau das erreichen wollte, was dann auch schließlich eintraf.«

Anna konnte sich denken, was dann geschah, dennoch fragte sie weiter: »Gingen die beiden zu Eurem Haus?«

»Das taten sie. Und ich folgte ihnen, folgte ihnen heimlich. Ich versteckte mich hinter dem Ofen und sah zu, wie sie sich mit der Mutter und der Schwester stritten. Wie sie sie schlugen und alles durchwühlten, wie sie nichts von dem fanden, was sie suchten. Ich sah, wie sie über meine Schwester herfielen, einer nach dem anderen. Und dann sah ich, wie sie ihr die Kehle durchschnitten. Ich sah, wie sie meine Mutter packten, wie sie sie schüttelten und anschrien, sah, wie einer von beiden ein Seil holte und es um einen Balken schlang. Ich sah, wie sie meine Mutter am Hals an diesem Seil hinaufzogen. Sah, wie sie zappelte, wie sie sich wehrte, wie ihr Gesicht blau anlief. Und dabei hörte ich das Röcheln meiner Schwester, das entsetzliche Röcheln. Und ich sah zu. Ich sah einfach zu. Saß in der Ecke und sah zu.

Und weißt du, was ich fühlte, Anna Pippel? Weißt du, was ich fühlte?«

Anna schüttelte der Kopf. Ihre Augen taten weh, ihre Ohren sausten, aber sie hörte weiter zu.

»Ich fühlte Abscheu, Ekel und Scham. Ich fühlte Liebe, Trauer und Schmerz. Und gleichzeitig fühlte ich Lust, Gier, Rache, Befriedigung und Freude. Ja, ich fühlte Glück und dann wieder Scham und wieder Glück und wieder Scham. Ich lachte, ich pinkelte mir in die Hose, und dann wimmerte ich wieder wie ein kleiner Hund. Wie ein kleiner, verlassener, hilfesuchender Hund. Ein unschuldiges kleines Wesen, dass in der Ecke hinter dem Ofen saß und zusah, wie die heißgeliebte und heißgehasste Mutter starb. Wie sie starb und mir nicht half, wie sie mich verließ, einfach von mir ging. Ich wimmerte und wedelte gleichzeitig mit dem Schwänzchen. Ja, so war das.«

»Und dann?«

»Dann ging ich in die Welt. Machte dies, machte das. Wurde Prediger, nannte mich Pastor. Hatte Erfolg. Ja, auch bei den Weibern hatte ich Erfolg. Doch immer wieder, immer wieder forderten sie mich heraus. Zeigten mir, dass sie es nicht wert waren, sie zu beachten, sie zu lieben und zu schätzen. Und dann musste ich sie bestrafen. Musste sie bestrafen, wie auch meine Mutter und meine Schwester bestraft worden waren. Aber ich gab ihnen allen einen letzten Ausweg, gab ihnen ein Zeichen. Doch allesamt waren zu dumm, dieses Zeichen zu deuten.«

»Ihr gabt ihnen die Sanduhr.«

»Die Sanduhr, genau. Einen Tag vor ihrem Tod gab ich sie ihnen. Steckte sie ihnen heimlich zu oder beauftragte Pippin, es für mich zu tun. Sie sollten wissen, dass ihre Zeit abgelaufen war. Dass sie ihr Leben verwirkt hatten. Doch sie begriffen nicht. Keine begriff.«

»Und dann habt Ihr sie alle getötet.«

»Alle. Ich habe sie getötet, weil sie so dumm waren und nicht begriffen, dass ich sie töten würde. Ich schaute mir an, wie sie litten, wie sie strampelten und röchelten. So wie die Mutter und die Schwester gestrampelt und geröchelt hatten. Und ich hinterließ bei ihnen einen kleinen Hund, ein kleiner Hund, der ihre Wärme, ihre Zuneigung suchte. Ein Hund, der Hunger hatte, der Schutz brauchte. Doch gaben sie ihm all das? Gaben sie ihm Schutz, Liebe, Wärme und Nahrung? Nein, das gaben sie ihm nicht. Sie dachten nur an sich, sie strampelten, röchelten und zuckten. Keine, nicht eine, hatte Mitleid mit dem unschuldigen, wimmernden Geschöpf zu ihren Füßen.«

»Ihr seid vollkommen irrsinnig. Vollkommen. Ihr seid vom Teufel besessen, Pastor Bracht.« Anna ekelte sich. Sie wollte kein Wort mehr hören. Er widerte sie an, dieser Mann, der dort gefesselt auf dem Boden saß und Mitgefühl von ihr erwartete.

Ihr war speiübel. Doch dann nahm sie sich zusammen und resümierte: »Und weil Eure Mutter und Schwester über Euch gelacht haben, als Ihr ein Kind wart, habt Ihr zukünftig alle Frauen verabscheut, die über Euch lachten?«

»Ja, denn sie sind alle gleich. Man ist freundlich, will helfen. Und was ist der Dank? Sie suchen und sie finden immer eine Möglichkeit, sich lustig zu machen. Doch das mussten sie büßen, allesamt! Und auch du wirst büßen, Anna Pippel.«

»Es war nur, weil Ihr damals in den Matsch gefallen seid und ich ein wenig lachen musste?«

»So ist es. Und wenn du alles wissen willst, dann kann ich es dir gerne sagen: Deine Schwester war eine von den Dümmsten, sie hat über das Niedrigste gelacht, über das man lachen kann. Die Hure, die du in der Kirche gefunden hast, fand komisch, was ich unter meinem Rock trage. Die Alte im Wald, die ich an den Galgen hängte, lachte über meine Aussprache, als ich sie fragte, ob sie dich gesehen habe. Die Magd aus diesem Dorf hier, deine Freundin, sie musste sterben, weil sie glaubte, etwas besser zu wissen, und sich lustig darüber machte, dass ich ein Gleichnis aus der Bibel falsch rezitiert hätte. Und die fünf letzten haben nicht viel verbrochen, sie sollten nur eine Warnung sein. Für dich, Anna Pippel. Ich war wütend, wütend auch auf Pippin. Doch Pippin kann nichts dazu, er ist ein armer Junge, ein armes, von seiner Mutter verstoßenes Kind.

Es gab noch viele andere, die gelacht haben, und es gab auch deine Freundinnen Liese und Therese. Sie haben nie über mich gelacht, aber sie waren gefährlich, und deshalb mussten auch sie sterben. Schade eigentlich, denn Liese Kroll war das einzige patente Weib, das mir je begegnet ist. Und du, Anna Pippel, bist zwar nicht patent, aber ein unglaubliches Glückskind – bisher.«

»Pippin hat Euch erzählt, wo ich bin.«

»So ist es. Ich habe dich gesucht, von dem Tag an, an dem du über mich gelacht hast. Als du aus dem Heer vertrieben wurdest, habe ich dich in Paderborn aufgespürt und erstmals gewarnt. Doch Pippin war schneller. Du bist geflüchtet. Dann habe ich deine Spur verloren. Aber der gute Junge hat mir, als wir längst hier in Bayern waren, erzählt, dass auch du hier bist. Nur hat er mir fehlerhaft, absichtlich fehlerhaft, berichtet. Bei deiner Freundin, der Magd Rosi, habe ich dich gesucht, doch da warst du nicht, und das dumme Ding wollte mir auch nichts von dir erzählen. War eifersüchtig, war in mich verliebt.

Aber dann bist du aufgetaucht, bist im Heer aufgetaucht, hast dich sogar mit mir unterhalten. Ich musste dich nur noch verfolgen und dir wieder eine kleine Warnung geben. Doch erneut ist Pippin dazwischengekommen. Und weil ich ihm seinen Hund erschossen habe, hat er mir wehgetan. Das erste Mal, dass er Hand an mich gelegt hat. Das war dein Glück, denn er hat brutal zugehauen, so brutal, dass ich beinahe verstorben wäre. Eine alte Offizierswitwe hat mich wieder gesund gepflegt. Aber jetzt ist deine Zeit gekommen, und er wird nicht wieder einschreiten. Nicht wahr, Pippin?«

Pippin war aus seinem Dämmerzustand erwacht, saß aber noch immer abseits auf dem Stein.

»Die Frau singt. Sie singt wie Mama.«

»Halt endlich den Mund mit deiner verfluchten Mama.«

Und plötzlich ging Anna ein Licht auf. Wie kam es, dass sie es hatte vergessen können? Die Geschichte, welche Elisabeth Knopf, die Wirtin aus dem Taunus, erzählt hatte. Die Geschichte von dem Schaustellermädchen Felicitas, das ein krankes Kind zur Welt gebracht und von ihrem Liebsten verlassen worden war. Der dann zurückgekehrt war und alle Wagen der fahrenden Leute in Brand gesetzt hatte. Das Kind jedoch, mit Namen Pippin, hatte er mit sich genommen.

Eine Gänsehaut lief über Annas Arme und Rücken. Das konnte kein Zufall sein. Das war Fügung, göttliche Fügung. Sie kannte Pippins Geschichte, sie kannte sie schon lange, und hatte sich nur nicht daran erinnern können. Jetzt fiel ihr alles wieder ein. Der Mann, der die Menschen verbrannt und das Kind entführt hatte, dieser Mann musste Georg Bracht gewesen sein.

»Seid Ihr Pippins Vater?«, fragte sie forsch.

»Wie kommst du auf solch eine wahnwitzige Idee, du dumme Gans?« Bracht tobte vor Wut.

»Ich kenne die Geschichte. Ich kenne Felicitas. Ich weiß, dass sie alle verbrannt sind. Ich weiß auch, dass alle über Euch gelacht haben. Über das schlechte Theaterstück, das Ihr geschrieben habt.«

»Du Drecksluder!« Bracht versuchte aufzuspringen und auf Anna loszugehen. Doch er fiel vornüber in den nassen Uferboden. Anna ging nur zwei Schritte zurück und wartete, bis der Gefesselte sich aus eigener Kraft wieder aufgerichtet hatte.

Pippin saß nun nicht mehr auf seinem Stein. Er stand und starrte mit offenem Mund ungläubig auf den Mann, den Anna als seinen Vater bezeichnet hatte.

»Seid Ihr nun sein Vater?«, fragte Anna erneut mit fester Stimme.

»Nein«, schrie Bracht. »Wie soll ich der Vater einer solchen Missgeburt sein? Er tat mir leid, das ist alles. Auch er hat gelitten wie ich. Auch über ihn wurde gelacht. Auch über ihn hat man sich lustig gemacht. Seine Mutter, die syphilitische Hure, hat ihn versteckt, hat sich für ihn geschämt.«

»Mama war gut zu mir.« Pippin kam auf Bracht zu, seine Stimme war verzweifelt.

»Das war sie nicht, sie wollte dich nicht.«

»Sie war gut zu mir, immer war sie gut zu mir.«

Bracht lachte nur. »Sie hat es verdient gehabt zu sterben. So wie das gesamte verkommene Pack es verdient hatte.«

»Du hast sie getötet. Du hast auch Mama getötet.«

»Sie war eine dumme, kranke Hure, deine Mutter. Und sie hat auch mich mit der Franzosenseuche angesteckt. Eine Hure war sie, und du bist nichts weiter als ein Hurensohn, ein armer, missgestalteter Hurensohn.«

Anna wich zurück, als Pippin plötzlich wie ein Rasender auf den Wehrlosen zustürzte. Wutschnaubend zerrte er den Gefesselten zum See. Zunächst lachte Bracht noch, aber dann wurde sein Kopf unter Wasser getaucht, minutenlang.

Anna schaute zu und unternahm nichts.

Schließlich hörte Georg Bracht auf zu zappeln. Der Mörder war tot.

»Da ist er. Er ist es, die Missgeburt. Und er hat schon wieder einen umgebracht.« Andreas kam plötzlich aus dem nahen Wald gestürzt. Hinter ihm ein gutes Dutzend mit Sensen, Spießen und Heugabeln bewaffneter Männer.

Anna konnte gar nicht so schnell schauen, wie sie auf Pippin losstürmten.

»Andreas! Andreas! Halt!« Erst jetzt bemerkte Andreas sie.

»Was machst du hier?«, brüllte er, dann rief er den Männern zu: »Packt ihn und macht mit ihm, was ihr wollt.«

Anna wollte sich zwischen die Meute und den verdutzten Pippin werfen. Doch Andreas hielt sie an beiden Armen fest.

»Nein, nein!«, schrie sie verzweifelt. »Schwimm, Pippin, schwimm!«

Und Pippin tat, was sie ihm zurief. Mit einem einzigen Sprung war er im tiefen Wasser, tauchte unter und war verschwunden. Einige Männer sprangen ihm hinterher, kehrten aber nach kurzer Zeit nass und frierend ans Ufer zurück. Anna atmete auf und befreite sich energisch aus dem festen Griff ihres Liebsten. Dann gab sie ihm eine schallende Ohrfeige.

Andreas sah sie traurig an. »Das ist also der Dank dafür, dass ich dir das Leben gerettet habe.«

Dann drehte er sich um und ging.

Die anderen Männer machten zwei Boote bereit, um auf den See hinauszurudern. Sie wollten die Suche noch nicht aufgeben.

Anna blieb am Ufer. Sie hockte sich neben den toten Bracht nieder.

Jetzt war es vorbei. Es war endlich vorbei.

Eine ganze Weile verharrte sie mit versteinertem Gesicht in dieser Position und beobachtete teilnahmslos die beiden Boote, die, immer kleiner werdend, im Dunkel des weiten Sees umherruderten. Als sie schließlich, fünfzig Schritte entfernt, einen schwarzen Schatten aus dem Wasser kommen sah, der nur kurz innehielt und sich in ihre Richtung wandte, um dann eilig im Wald zu verschwinden, war auch für Anna die Zeit gekommen, nach Hause zu gehen. Sie war erleichtert.

SCHLUSS

Georg Bracht, der teuflische Mörder all der vielen Frauen, wurde am 23. September 1634 ertränkt. Ertränkt von seinem eigenen Sohn, dem missgestalteten Pippin Ohnsorg, der seit diesem Tag verschwunden war. Er blieb ein Rätsel, ein Schatten, ein komischer Kauz, getrieben von Angst, Misstrauen und dem Bedürfnis nach Schutz und Geborgenheit. Ein Wesen des Waldes, das sich versteckte, um gefunden zu werden, das tötete, um zu schützen, und das weiterlebte, um irgendwann geliebt zu werden.

Anna Pippel dachte noch oft an ihn und wünschte sich, dass es ihm gut erging. Sie hoffte von nun an auf ein friedliches Leben, vielleicht sogar an der Seite des Mannes, den sie liebte. Doch noch immer war sie sich nicht sicher, ob Andreas Moosberger bei ihr bleiben würde oder ob es ihn wieder hinaus in den Krieg und zu anderen Frauen trieb.

Doch Andreas blieb. Zusammen mit dem alten Hans Mergel durchstanden sie die letzten Monate des schrecklichen Pest- und Hungerjahres, wehrten sich gegen Spanier, Kaiserliche, Bayerische und Straßendiebe. Sie ertrugen im folgenden Jahr die vorerst letzten Durchzüge plündernder Truppen, und dann kam endlich die Ruhe. Zehn Jahre lang Ruhe.

Der Krieg verlegte seinen Schauplatz und ließ das geschändete Bayern aufatmen. Der Gramshuber Hof wurde wieder aufgebaut, und endlich begann das Leben, von dem Anna immer geträumt hatte. Der gewohnte, harte Alltag kehrte ein. Man stand mit der Sonne auf, arbeitete schwer, freute sich über die erste gute Ernte, ärgerte sich über den Verlust einer trächtigen Kuh, saß des Abends müde vor dem Ofen und lauschte den Geschichten des alten Mergel.

Im Jahre 1635 heirateten Andreas und Anna. Sie fanden einen Pfarrer in Herrsching, der die Trauung vornahm.

Noch im selben Jahr geschah ein freudiges Ereignis, mit dem Anna nie mehr in ihrem Leben gerechnet hätte. Im November brachte sie ein kleines Mädchen zur Welt – sie, Anna Pippel, die fest daran geglaubt hatte, nie ein eigenes Kindlein in den Armen halten zu können, wurde Mutter. Und was das größte Glück war: Das Töchterchen, welches Luise getauft und Liesl genannt wurde, überlebte. Es gedieh sogar prächtig.

Man lebte weitere Jahre in einer Ruhe, von der ein jeder wusste, dass sie irgendwann ein Ende haben würde. Denn der Krieg wütete weiter, wollte nicht aufhören und fand immer wieder auch Einlass in Bayern – durch Rekrutierungen, verstreute Marodeure, in Form von Sondersteuern und Kontributionen. Man befand sich in einem Zustand des Wartens. Und das Warten hatte im Jahre 1646 ein Ende.

Die Schweden kehrten zurück und brachten die Franzosen mit. Wieder begann das Plündern und Morden. Und als sei das nicht genug, verordnete der Landesherr Maximilian – er lebte und regierte noch immer –, dass seine Bevölkerung schwarze Erde hinterlasse, dass sie dem Feinde weder Nahrung noch Reittiere oder andere Güter freiwillig oder unfreiwillig zur Verfügung stellen sollte.

Mühlen wurden zerstört, Vieh und Getreide verschleppt, und die armen Leute standen durch die »schützende« Hand ihres Landesherren nun ärmer da als zuvor. Das Einzige, was sie dem Feinde nun noch überlassen konnten, war ihr Leben, und das nahm er ihnen gerne.

Andreas Moosberger entschied unter diesen Umständen, so wie viele andere es vor ihm getan hatten und auch jetzt taten, in die Berge zu ziehen. Dorthin, woher er stammte, dorthin, wo er zusammen mit Vater, Mutter und Schwestern, die er allesamt seit Jahren nicht mehr gesehen hatte, ein kärgliches Leben gefristet hatte. Dorthin, wo es schon beschwerlich war, nur einen Fuß vor den anderen zu setzen, wo inmitten einer berauschend schönen Natur das Überleben selbst in friedlichen Zeiten so hart war, dass es den Einwohnern dieser Gegend ein hohes Maß an Demut, Bescheidenheit und körperlicher Kraft abverlangte. Dorthin, wo es selbst den ehrgeizigsten Kriegstreibern zu weit und zu anstrengend war, ihr Unwesen zu treiben.

Andreas Moosberger zog also mit seiner Frau, seinen mittlerweile vier Kindern und dem inzwischen uralten Mergel in die Alpen. Sie vergaßen jedoch nicht, Balthasar eine Nachricht an einen Holzbalken des Gramshuber-Hauses zu ritzen. Anna bestand darauf. Er sollte sie finden, falls er sie jemals suchen würde.

Es dauerte Wochen, bis sie, weit hinter Lenggries, die Anhöhe erreicht hatten, auf dem der Moosberger-Hof stand. Ein kleiner Hof, bewohnt von zwei ledigen Schwestern von Andreas. Der Empfang war verhalten, aber dennoch gutherzig. Nach einem gemeinsamen Besuch des Grabes der Eltern richtete man sich in dem bescheidenen Holzhaus ein. Die Arbeit war härter noch, als Anna es je erlebt hatte, aber der Krieg war fern, endlich fern.

Nach einiger Zeit gewöhnte Anna sich an, einmal wöchentlich den Berg noch ein gutes Stück weiter hinaufzugehen, bis zu einer winzigen, verlassenen Almhütte. Allein, ganz ohne Mann und Kinder. Dort legte sie dann einen Beutel mit Brot, etwas Käse und hin und wieder einem Ei ab, setzte sich kurz auf die morsche Holzbank und sang:

»Weiß mir ein Blümlein blaue, von himmelklarem Schein
Es steht in grüner Aue und heißt Vergissnichtmein
Ich kunnt es nimmer finden, war mir verschwunden gar;
Von Reif und kalten Winden ist es mir worden fahl.
Das Blümlein, das ich meine, ist braun, steht auf dem Ried.
Von Art ist es so kleine, es heißt: Nun hab mich lieb!
Das ist mir abgemäht wohl in dem Herzen mein.
Mein Lieb hat mich verschmäht. Wie mag ich fröhlich sein?«

Danach stand sie auf und ging, jedes Mal mit einem stummen Lächeln auf den Lippen, wieder zu ihrem Haus hinunter.